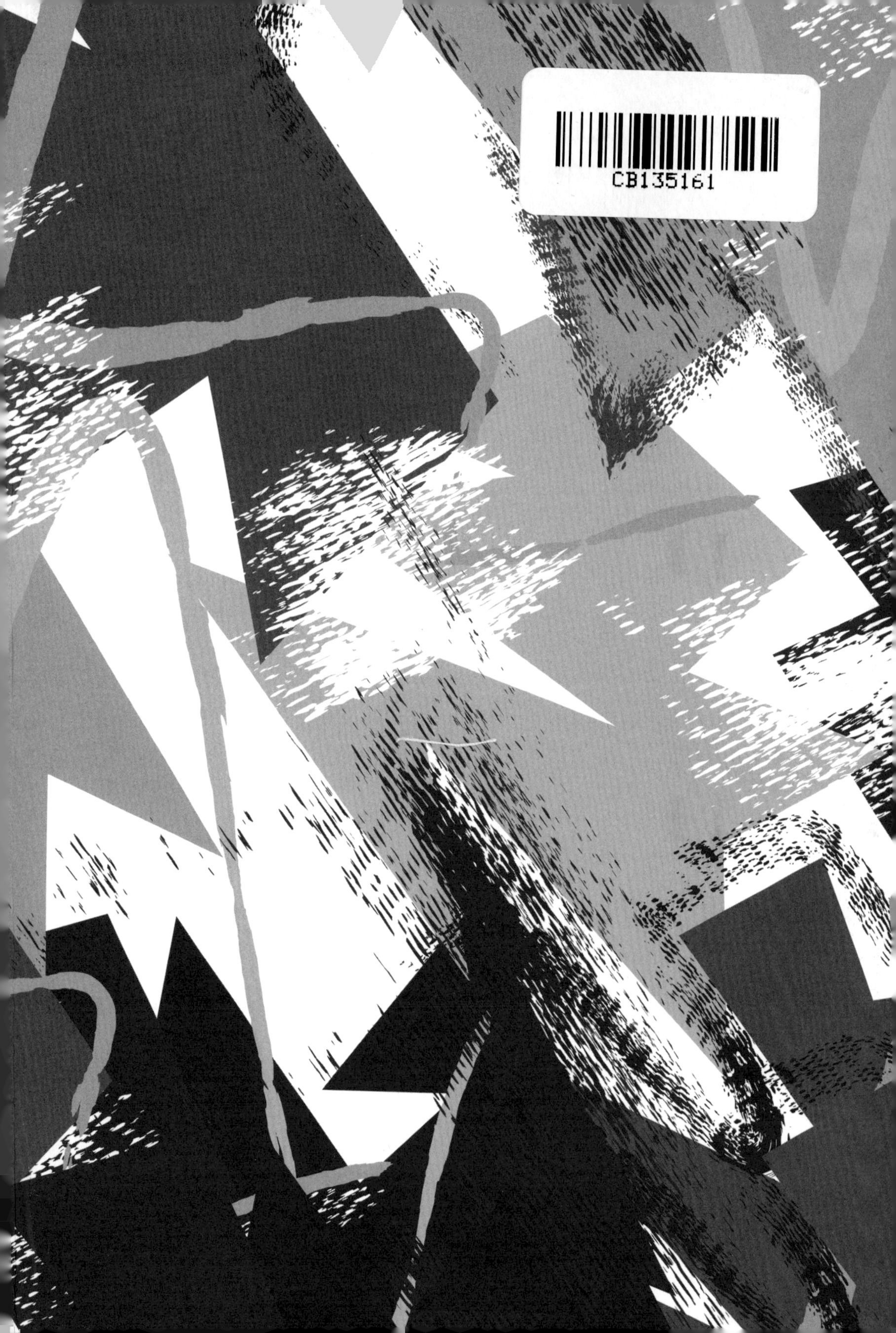

A história de Shuggie Bain

A história de Shuggie Bain

Douglas Stuart

Tradução de Débora Landsberg

intrínseca

TÍTULO ORIGINAL
Shuggie Bain

REVISÃO
Leticia Feres
Wendell Setubal

DIAGRAMAÇÃO
Julio Moreira | Equatorium Design

CIP-BRASIL. CATALOGAÇÃO NA PUBLICAÇÃO
SINDICATO NACIONAL DOS EDITORES DE LIVROS, RJ

S92h
Stuart, Douglas
A história de Shuggie Bain / Douglas Stuart ; tradução Débora Landsberg. - 1. ed. - Rio de Janeiro : Intrínseca, 2021.
528 p. ; 23 cm.

Tradução de: Shuggie Bain
ISBN 978-65-5560-276-0
978-65-5560-076-6 [c.i.]

1. Ficção escocesa. I. Landsberg, Débora. II. Título.

21-71124 CDD: 828.99113
CDU: 82-3(411)

Camila Donis Hartmann - Bibliotecária - CRB-7/6472

[2021]

Editora Intrínseca Ltda.
Rua Marquês de São Vicente, 99, 3º andar
22451-041 — Gávea
Rio de Janeiro — RJ
Tel./Fax: (21) 3206-7400
www.intrinseca.com.br

Para minha mãe, A. E. D.

1992
SOUTH SIDE

Um

O dia estava monótono. Naquela manhã a mente o abandonara e deixara seu corpo vagando lá embaixo. O corpo vazio cumpriu sua rotina com apatia, pálido e de olhar inexpressivo sob as luzes fluorescentes, enquanto a alma pairava sobre os corredores e só pensava no dia seguinte. O dia seguinte era algo pelo que ansiar.

Shuggie era metódico ao se preparar para o expediente. Todos os potes de pastas e molhos gordurosos eram despejados em bandejas limpas. Enxugava das bordas quaisquer gotículas que ficariam amarronzadas e arruinariam a ilusão de frescor. Os presuntos fatiados eram engenhosamente arrumados com ramos de salsinha fajutos, e as azeitonas eram viradas para que o sumo viscoso escorresse feito muco sobre a casca verde.

Ann McGee tivera a cara de pau de ligar de manhã para avisar que estava doente, deixando-o com a missão ingrata de gerenciar seu balcão de delicatéssen e a rotisseria dela sozinho. Dia nenhum começava bem com seis dúzias de frangos crus e, logo hoje, eles roubavam a doçura de seus devaneios.

Ele furava com espetos industriais cada uma das aves mortas, frias, e as alinhava impecavelmente em uma fileira. Ficaram ali, com as asas grossas cruzadas sobre os peitinhos gordos, como bebês descabeçados. Houve uma época em que se orgulharia dessa organização. Na realidade, enfiar o metal na esburacada carne rosada era a parte mais fácil; a mais difícil era resistir ao ímpeto de fazer a mesma coisa com os clientes. Eles se aproximavam da vidraça quente e examinavam cada carcaça em detalhes. Só escolhiam a melhor ave, alheios ao fato de que a criação de galinhas em cativeiro tornava todas idênticas. Shuggie ficava ali parado, os molares beliscando a parte interna da bochecha, e cedia à indecisão deles com um sorriso forçado. Então a pantomima começava de fato.

— Só três peitos, quatro coxas e uma asinha, meu filho.

Ele rezava para ter forças. Por que ninguém mais queria o frango inteiro? Ele levantava a carcaça usando um garfo trinchante, tomando o cuidado de não encostar nas aves as mãos enluvadas, e depois se esmerava em dissecar os membros (a pele intacta) usando um pegador. Ele se sentia um idiota parado ali contra as luzes da grelha. Seu couro cabeludo suava debaixo da rede e as mãos não eram fortes o bastante para quebrar habilidosamente as costas do frango com as lâminas cegas. Encurvou um pouco os ombros para jogar a força dos músculos das costas na pressão dos punhos e continuou sorrindo o tempo inteiro.

Se tivesse muito azar, as pinças escorregariam, e o frango cairia com um baque e deslizaria pelo chão arenoso. Teria que fingir, em tom de desculpa, que estava recomeçando, mas nunca desperdiçava aquela ave suja. Quando as mulheres virassem as costas, ele o colocaria de volta entre suas irmãs sob as luzes amarelas quentes. Acreditava bastante em higiene, mas essas pequenas vitórias pessoais o impediam de começar um motim. A maioria das donas de casa julgadoras, com cara de homem, que compravam ali mereciam. O olhar de desprezo delas tingia sua nuca escarlate. Nos dias em que estava mais cabisbaixo, juntava todos os seus tipos de secreções corporais à taramasalata. Vendia uma quantidade sinistra dessa bosta burguesa.

Trabalhava para os Kilfeather fazia mais de um ano. Nunca planejara que durasse tanto. Só que precisava se alimentar e pagar uma parte das contas toda semana, e o supermercado era o único negócio que o aceitava. O sr. Kilfeather era um babaca parcimonioso: gostava de suprir a loja com qualquer pessoa a quem não precisasse pagar um salário integral de adulto, e Shuggie se achou capaz de pegar turnos curtos que se encaixavam no seu arremedo de vida escolar. Em sonhos, sempre tivera a intenção de seguir em frente. Sempre adorara escovar cabelos e mexer neles: era a única coisa que fazia o tempo voar de verdade. Quando completou dezesseis anos, prometeu a si mesmo que cursaria a faculdade de cabeleireiros que ficava ao sul do rio Clyde. Tinha reunido todas as suas inspirações, os desenhos que copiara do catálogo de Littlewoods e as folhas rasgadas das revistas de domingo. Em seguida, fora a Cardonald para se informar sobre as aulas noturnas. No ponto de ônibus em frente à faculdade, ele descera com meia dúzia de adolescentes de dezoito anos. Usavam as roupas mais modernas, mais estilosas, e falavam com uma autoconfiança murmurante que mascarava o nervosismo que sentiam. Shuggie andava com metade da velocidade deles. Viu-os entrar pela porta da frente, depois atravessou a rua de novo para pegar o ônibus que faria o caminho inverso. Começou na Kilfeather na semana seguinte.

Shuggie matava boa parte de seu intervalo matinal examinando as latas avariadas nas prateleiras de descontos. Achou três latinhas de salmão escocês que mal tinham defeitos, os rótulos estavam descascados e marcados, mas as latas mesmo estavam intactas. Com o último salário tinha pagado sua cestinha, e botava as latas de peixe dentro da velha mochila escolar, que voltava a trancar dentro do armário. Subia a escada até o refeitório dos funcionários e tentava aparentar indiferença ao passar pela mesa dos universitários que cumpriam os expedientes fáceis no verão e gastavam os intervalos sendo presunçosos, rodeados de pastas grossas de revisões de matérias. Ele fixou o olhar à meia distância e se sentou no canto, não com as garotas do caixa, mas bem perto delas.

Na verdade, as garotas eram três mulheres de meia-idade de Glasgow. Ena, a líder, era uma varapau, uma mulher inexpressiva de cabelo oleoso. Praticamente não tinha sobrancelhas, mas ostentava um leve bigode, o que Shuggie achava injusto. Ena era bruta até para aquele canto de Glasgow, mas também era amável e generosa como pessoas maltratadas pela vida muitas vezes são. Nora, a mais nova das três, estava sempre de cabelo puxado e preso por um elástico. Os olhos, assim como os de Ena, eram pequenos e aguçados, e aos trinta e três anos já era mãe de cinco. A última do grupo era Jackie. Era diferente das outras duas porque lembrava muito uma mulher. Jackie era uma bisbilhoteira barulhenta, um sofá grande, peitudo, em forma de mulher. Era dela que Shuggie mais gostava.

Sentou-se perto delas e pegou o fim da saga do último namorado de Jackie. Era garantido que as mulheres estivessem sempre cheias de tagarelices bondosas. Elas já o tinham levado duas vezes às suas noitadas no bingo, e enquanto as mulheres bebiam e gargalhavam alto, ele ficava sentado entre elas como um adolescente em quem não se podia confiar para ficar sozinho em casa. Ele gostara de como ficavam à vontade juntas. Como o tamanho delas o cercara e a maciez da pele delas apertava as laterais de seu corpo. Gostava de como demonstravam afeto por ele e, embora protestasse, como tiravam seu cabelo dos olhos e umedeciam os polegares para limpar os cantos de sua boca. Para elas, Shuggie oferecia alguma forma de atenção masculina, e não importava se tinha só dezesseis anos e três meses. Sob as mesas de bingo de La Scala, todas tinham tentado pelo menos uma vez esbarrar em seu pau. Os golpes eram longos demais, perscrutadores demais, para serem acidentais. Para Ena-sem-sobrancelhas se tornava quase uma cruzada. Quanto mais se afogava na bebida, mais descarada ficava. A cada passada de suas juntas cheias de anéis, ela apertava a língua gorda entre os dentes e queimava a lateral do rosto dele com os olhos. Depois que Shuggie ficou vermelho de constrangimento, ela fez um muxoxo e Jackie empurrou duas notas de libras em direção a uma Nora sorridente, vitoriosa. Foi uma decepção, sem dúvida, mas depois de beber mais elas concluíram que não tinha sido exatamente uma rejeição. Tinha alguma coisa errada com o garoto, e pelo menos isso elas poderiam lastimar.

Shuggie ficou sentado no escuro escutando os roncos irregulares através das paredes do prédio. Tentava, e não conseguia, ignorar os homens solitários que não tinham a própria família. Como o frio matutino havia deixado suas coxas nuas azuladas, ele se enrolou em uma toalha fina para se esquentar e mascou a ponta devido ao nervosismo, aplacado pela forma como chiava entre dentes. Pôs o último salário da loja na beirada da mesa. Organizou as moedas, primeiro pelo valor, depois pelo pouco uso e pelo brilho.

O homem de rosto rosado do quarto ao lado ganhou vida rangendo. Em sua cama apertada, ele fazia muito barulho ao se coçar e suspirava uma prece pedindo forças para se levantar. Seus pés tocaram o chão com um baque, como sacos pesados de carne trazidos do açougue, e ele parecia fazer esforço para se arrastar pelo quartinho até a porta. Atrapalhou-se com as trancas conhecidas e saiu no corredor sempre escuro, tateando o caminho às cegas, a mão deslizando pela parede e caindo contra a parte externa da porta de Shuggie. O garoto prendeu o fôlego enquanto os dedos percorriam as contas da toalha. Só quando escutou o *pec-pec* da cordinha da luz do banheiro foi que Shuggie voltou a se mexer. O velho começou a tossir e ressuscitar os pulmões ao se agachar. Shuggie tentou não ouvi-lo mijar e cuspir bolas de catarro no vaso ao mesmo tempo.

A luz da manhã era da cor de um chá com muito leite. Enfiava-se no quarto como um fantasma travesso, traspassando o carpete e se aproximando devagar de suas pernas nuas. Shuggie fechou os olhos e tentou senti-la avançando, mas não havia calor em seu toque. Esperou até o momento em que achava estar coberto por inteiro e então reabriu os olhos.

Eles o encaravam também, uma centena de pares de olhos pintados, todos de corações partidos ou solitários, como estavam sempre. As bailarinas de porcelana com cachorrinhos, a garota espanhola com os marinheiros dançantes e o menino caipira de rosto rosado que puxava seu cavalo de carga preguiçoso. Shuggie tinha arrumado os enfeites direitinho na borda da janela da sacada. Tinha passado horas com as histórias que inventava. O ferreiro de braços grossos entre os coristas com carinhas angelicais, ou o seu preferido, os cerca de sete gatinhos gigantes que sorriam e ameaçavam o pastor preguiçoso.

Ao menos alegravam um pouco o ambiente. O quartinho era mais alto do que comprido, e sua cama de solteiro se destacava no centro como uma divisória. Um canapé antiquado para duas pessoas, do tipo feito em madeira, cujas almofadas finas sinalizavam que você sempre sentiria as tábuas nas costas, ficava de um lado. Uma geladeira pequena e um fogão Baby Belling com duas bocas ficava do outro. A não ser pelas roupas de cama amarrotadas, nada estava fora do lugar: não havia poeira, nem as roupas da véspera nem sinais de vida. Shuggie tentava se acalmar enquanto passava a mão nos lençóis descombinados. Pensou que a mãe teria detestado aquela roupa de cama, as cores esquisitas e as estampas, empilhada uma sobre a outra como se ele não ligasse para o que os outros pensavam. A bagunça teria ferido seu orgulho. Um dia ele guardaria uma grana e compraria roupas de cama para si mesmo, macias e quentinhas e de cores combinando.

Ele tivera a sorte de conseguir aquele quarto na pensão da sra. Bakhsh. Foi uma sorte de que o velho antes dele gostasse demais de beber e tivesse sido preso por causa disso. A enorme janela de sacada se projetava orgulhosamente sobre a Albert Drive, e Shuggie imaginava que a certa altura o quarto tivesse sido a sala de estar de um grandioso apartamento de três quartos. Já tinha visto alguns outros quartos da casa. A copa que a sra. Bakhsh transformara em quarto ainda tinha o assoalho de linóleo quadriculado original, e os outros três quartos apertados ainda tinham o carpete puído original. O homem de cara rosada morava no que outrora devia ser um quarto de bebê, ainda com seu papel de parede de flores amarelas e uma moldura alegre de coelhos risonhos em torno da cornija. A cama do sujeito, seu canapé e seu fogão ficavam encostados na mesma parede, e todos se tocavam. Shuggie tinha visto uma vez, pela fresta da porta entreaberta, e ficou contente com sua sensacional janela de sacada.

Tivera a sorte de encontrar as paquistanesas. Nenhum dos outros senhorios queria alugar para um garoto de quinze anos que fingia ter completado dezesseis na véspera. Os outros não diziam de cara, mas faziam perguntas demais. Olhavam de cima a baixo, desconfiados, para a sua melhor camisa da escola e os sapatos engraxados. *Tem alguma coisa errada*, diziam seus olhos. Pelo canto da boca de todos, percebia que consideravam uma desgraça um menino da idade dele não ter mãe, não ter uma família.

A sra. Bakhsh não se importara. Olhara para a mochila da escola e o aluguel do mês que ele ia adiantar e voltou a se preocupar com a alimentação dos próprios filhos. Com uma caneta esferográfica azul ele decorara aquele primeiro envelope com o aluguel especialmente para ela. Shuggie queria demonstrar que se importava em ser bom, que era confiável a ponto de fazer tal esforço extra. Então pegou um pedaço de papel do caderno de geografia e desenhou caxemiras em redemoinho, entrelaçadas em torno do nome dela, e coloriu entre as linhas para que as figuras pavoneadas se destacassem na glória de seu tom cobalto.

A proprietária morava em frente, em um apartamento idêntico, muito bem mobiliado e aquecido pela calefação central. No outro apartamento, frio, ela mantinha cinco homens em cinco quartos por dezoito libras e cinquenta centavos por semana, pagos semanalmente, só em dinheiro vivo. Os dois homens cujos aluguéis não eram pagos pela assistência social tinham que enfiar o salário por baixo da porta dela na noite de sexta-feira, antes de começarem a gastar o resto na bebida. De joelhos, no capacho dela, eles curtiam um pouco a satisfação que irradiava de dentro: panelas borbulhantes e cheirosas cozinhando frango, o barulho feliz de crianças brigando por canais de TV e o som das risadas de mulheres gordas falando palavras estrangeiras ao redor das mesas da cozinha.

A proprietária nunca incomodou Shuggie. Nunca botava os pés no quarto dele a não ser que o aluguel estivesse atrasado. Então ela entrava com outras paquistanesas de braços robustos e batia com força nas portas dos homens. Na maioria das vezes, aparecia apenas para passar o aspirador no corredor sem janelas ou limpar o banheiro. Uma vez por mês, despejava água sanitária no vaso e, de vez em quando, botava um novo retalho de tapete na sua base para absorver o mijo.

Shuggie encostou o rosto na porta e ficou escutando, esperando que o homem de rosto rosado acabasse sua ablução. No silêncio, ele o ouviu abrir a tranca da porta do banheiro e sair para o corredor. O garoto enfiou os pés nos velhos sapatos da escola. Por cima da cueca, pôs a parca, um troço barulhento com forro de náilon que tinha um capuz de pelo emaranhado. Fechou o zíper até o alto, e nos enormes bolsos enfiou uma sacola da Kilfeathers e dois panos de prato finos.

Havia um suéter da escola enfiado na fresta debaixo da sua porta. Ao tirá-lo, ele sentiu o cheiro dos outros homens sendo trazidos pela corrente de ar frio. Um deles andava fumando a noite inteira outra vez; outro tinha feito peixe para a janta. Shuggie abriu a porta e se esgueirou pela escuridão.

A sra. Bakhsh pegara a única lâmpada do lustre de cima, dizendo que os homens tinham desperdiçado uma boa grana deixando-a acesa o dia inteiro. Agora o cheiro dos homens continuava no corredor feito um rastro de fantasmas, sem brisa ou luz para atrapalhá-lo. Anos passados fumando onde dormiam, jantando frituras em frente a lareiras a gás e passando os dias de verão de janelas fechadas. Os cheiros azedos de suor e sêmen misturados ao calor estático de televisores em preto e branco e a picada de uma loção pós-barba âmbar.

Shuggie começava a ser capaz de diferenciar os homens. Na escuridão, seguia o homem de rosto rosado quando este se levantava para raspar o rosto e passar Brylcreem no cabelo, e sentia o aroma do sobretudo bolorento do homem de dentes amarelados que só comia o que cheirava a pipoca com manteiga ou peixe com molho. Mais tarde, quando chegava a hora de os pubs fecharem, Shuggie sabia dizer quando cada um chegava em casa são e salvo.

O banheiro compartilhado tinha porta de vidro texturizado. Ele passou a tranca e ficou um instante girando a maçaneta, verificando se estava mesmo fechada. Abrindo o zíper da jaqueta pesada, ele a pôs no canto. Virou a torneira de água quente para sentir a água, e um resto de água morna escorreu. Depois, ela cuspiu duas vezes e desceu mais fria do que o rio Clyde. O choque gelado fez com que Shuggie pusesse os dedos na boca. Ele pegou uma moeda de cinquenta centavos, virou-a com pesar, colocou-a no aquecedor de imersão e ficou observando a chamazinha do gás ganhar vida.

Quando tornou a abrir a torneira, a água saiu gelada e, depois, com uma tossida, jatos de água fervendo se derramaram. Ele molhou o pano de prato úmido, esfregando-o no peito frio e no pescoço branco, contente pelo calor vaporoso. Mergulhou o rosto e a cabeça naquele calor raro, ficou ali e sonhou em encher uma banheira até a borda. Pensou em se deitar sob a água quente bem longe dos cheiros de outros inquilinos. Fazia muito tempo que não sentia o corpo inteiro degelar, todo ele quente ao mesmo tempo.

Levantando o braço, passou o pano do punho até os ombros. Tensionou o músculo do braço e passou os dedos em torno do bíceps. Caso realmente tentasse, poderia quase fechar a mão inteira em volta dele, e, se apertasse com força, sentiria os contornos do osso. O sovaco estava polvilhado de fiapos fininhos, feito plumas de filhote de pato. Aproximou o nariz dele: o cheiro estava doce e limpo e de absolutamente nada. Ele beliscou e apertou, ordenhando a pele macia até ela ficar vermelha de frustração. Cheirou os dedos de novo, nada. Esfregando com mais força, ele repetiu baixinho:

— Os resultados da Premier League Escocesa. Gers venceu 22, empatou 14, perdeu 8, 58 pontos no total. Aberdeen venceu 17, empatou 21, perdeu 6, 55 pontos no total. Motherwell venceu 14, empatou 12, perdeu 10.

No espelho, seu cabelo molhado estava preto como carvão. Ao escová-lo sobre o rosto, ficou surpreso em perceber que estava quase batendo no queixo. Ele fitou e tentou achar algo de masculino para admirar em si mesmo: os cachos pretos, a pele leitosa, os ossos saltados nas bochechas. Flagrou o reflexo dos próprios olhos no espelho. Tinha algo errado. Não era assim que os garotos de verdade deviam ser. Esfregou-se outra vez.

— Gers venceu 22, empatou 14, perdeu 8, 58 pontos no total. Aberdeen venceu 17, empatou...

Então escutou passos no corredor, o rangido conhecido dos sapatos pesados de couro, e depois nada. A porta fina insistia em se mexer contra o fecho. Shuggie pegou a parca militar e enfiou o corpo úmido dentro dela.

Assim que se mudara para o quarto da sra. Bakhsh, só um dos outros inquilinos de fato prestou atenção. O homem de rosto rosado e o homem de dentes amarelados estavam cegos demais ou destruídos demais pela bebida para se importar. Mas, naquela primeira noite, quando Shuggie estava sentado na cama comendo a ponta de um pão branco com manteiga, houve uma batida à sua porta. O garoto ficou bastante tempo em silêncio até resolver abri-la. O homem do outro lado era alto e robusto e cheirava a sabonete de pinho. Trazia na mão um saco plástico com doze latas de cerveja que tilintavam como sinos de capela abafados. Com uma pata dura, o homem se apresentou como Joseph Darling e esticou a sacola para o menino com um sorriso. Shuggie tentara dizer não, obrigado, daquele jeito educado que lhe fora ensinado, mas o homem tinha algo que o intimidava, e deixou-o entrar.

Ficaram sentados juntos, em silêncio, Shuggie e o visitante, empoleirados na beirada da cama de solteiro arrumada, olhando para a rua cheia de prédios. Famílias protestantes comiam seu jantar olhando a televisão, e a criada que morava em frente comia sozinha em sua mesa dobrável. O par bebia em silêncio e observava os outros cumprindo sua rotina normal. O sr. Darling não tirou o casaco grosso de tweed. Seu peso na cama jogava Shuggie para o costado. De soslaio, Shuggie olhava as pontas amareladas dos dedos grossos do outro trocarem golpes por causa do nervosismo. Ele só tinha tomado um gole da cerveja para ser educado e, enquanto o homem falava, só conseguia pensar na bebida enlatada, no gosto azedo e triste que tinha. Fazia com que se lembrasse de coisas que gostaria de esquecer.

O sr. Darling tinha um jeito ponderado, meio ensimesmado. Shuggie fez o possível para ser gentil e prestar atenção quando o homem lhe contou que tinha sido bedel de uma escola protestante que tinham fechado e juntado com a católica para economizar o dinheiro do conselho. Ao contar a história, o homem parecia mais espantado que as crianças protestantes andassem com as católicas em paz do que com o fato de estar desempregado.

— É difícil de acreditar! — disse ele, mais para si mesmo. — Na minha época, a religião da pessoa tinha importância. Pra chegar na escola, você tinha que lutar por um lugarzinho no ônibus cheio de imbecis católicos que se entupiam de repolho. Era motivo de orgulho. Agora tem mocinha que topa dormir com esses irlandeses imundos que nem toparia dormir com um cachorro.

Shuggie fingiu dar um golinho na cerveja, mas de modo geral bochechava a bebida e a soltava de volta na lata. Os olhos do sr. Darling percorriam as paredes em busca de um sinal. Então ele deu uma olhada de soslaio para o garoto e perguntou, de repente inseguro de sua plateia:

— Então, em que escola você estudava?

Shuggie sabia o que ele estava procurando.

— Não sou nem uma coisa nem outra, e ainda estou estudando.

Era verdade, não fazia parte nem dos católicos nem dos protestantes, e ainda frequentava a escola, quando podia se dar ao luxo de não estar no supermercado.

— Ah é? Em que matéria você é melhor, então?

O garoto deu de ombros. Não era modéstia, de modo geral não era bom em nada. Sua presença era irregular, na melhor das hipóteses, e por isso era difícil acompanhar o fio do aprendizado. Na maioria das vezes ele ia e ficava quieto no fundo da sala para que o Conselho Educacional não fosse atrás dele por absenteísmo. Se a escola soubesse como ele vivia, era obrigada a fazer alguma coisa.

O homem terminou a segunda lata e foi logo começando a terceira. Shuggie sentiu a queimação do dedo do sr. Darling na lateral de sua perna. O homem tinha apoiado a mão no colchão dele, e o mindinho, com seu anel de ouro com o símbolo da maçonaria, encostava nele bem de leve. Não se mexia ou se retorcia. Simplesmente estava ali, e isso o fazia queimar ainda mais.

Agora Shuggie estava de pé no banheiro úmido, segurando a parca fechada. O sr. Darling puxava a beirada da boina de tweed em uma saudação antiquada.

— Só queria saber se você vai estar aqui de dia.

— Hoje? Não sei. Tenho algumas mensagens pra entregar.

Uma nuvem de decepção cruzou o rosto do sr. Darling.

— Péssimo dia pra isso.

— Eu sei. Mas combinei com um amigo de me encontrar com ele.

O sr. Darling sugou os enormes dentes brancos. O sujeito era tão alto que ainda estava se esticando para chegar à estatura total. Shuggie imaginava gerações de crianças protestantes alinhadas em uma fileira e apavoradas com aquela longa sombra. Agora via que o rosto do homem estava enrubescido, um fio de suor de beberrão na beirada da testa. Shuggie teve certeza de que o cara tinha se curvado diante da fechadura.

— Que pena. Vou só dar uma saidinha pra receber minha pensão, talvez dê uma parada no Brewers Arms, faça umas apostinhas. Mas estava torcendo pra gente tomar umas latinhas juntos. Quem sabe ver os resultados do futebol na telinha? Eu podia ensinar um pouco sobre as ligas inglesas pra você... — O homem olhou o garoto de cima, enfiou a língua nos molares.

Se ele jogasse direito, o homem sempre renderia algumas libras. Mas demoraria demais aguardar que o sr. Darling embolsasse o seguro-desemprego, fosse da agência do correio para a casa de apostas, para a loja de bebidas e depois para casa — isso se conseguisse achar o caminho de casa. Shuggie não tinha como esperar tanto tempo.

O garoto soltou a parca, e o sr. Darling fingiu não encarar quando o casaco se abriu um pouco. Mas ele parecia ser incapaz de se conter, e Shuggie viu quando a luz cinza de seus olhos verdes mergulhou. Shuggie sentiu-a queimar seu peito pálido quando o olhar do homem desceu da cueca frouxa para as pernas nuas, aquelas coisas brancas desinteressantes, sem pelos, que pendiam como linhas não cortadas da barra de seu casaco preto.

Só então o sr. Darling sorriu.

1981
SIGHTHILL

Dois

Agnes Bain afundou os dedos dos pés no carpete e se curvou ao máximo para o ar noturno. O vento úmido beijou seu pescoço enrubescido e desceu por dentro do vestido. Parecia a mão de um estranho, um sinal de existência, um lembrete da vida. Com um estalo viu seu cigarro duvidar da queda, as chamas incandescentes dançando dezesseis andares abaixo, chegando ao átrio escuro. Queria mostrar à cidade aquele vestido de veludo vermelho-claro. Queria sentir um pouco da inveja de estranhos, dançar com homens que a conduziam com orgulho e intimidade. Queria principalmente tomar um bom drinque, viver um pouco.

Alongando um pouco as panturrilhas, ela apoiou o osso do quadril no caixilho da janela e abandonou a estabilidade dos dedos. Seu corpo se inclinou em direção às luzes amarelas da cidade, e seu rosto ficou ruborizado pelo sangue. Ela esticou os braços para as luzes, e por um breve instante estava voando.

Ninguém reparou na mulher voadora.

Pensou em se inclinar mais, se desafiou a fazê-lo. Seria tão fácil se convencer de que voava até que virasse apenas uma queda e se quebrasse no concreto lá embaixo. O apartamento alto que ainda dividia com a mãe e o pai se espremia em sua direção. Tudo no cômodo atrás dela parecia muito pequeno, o pé-direito tão baixo e opressivo, do dia do pagamento ao dia da missa, uma vida comprada a crédito, sem nada que lhe parecesse seu de imediato.

Ter trinta e nove anos e o marido e os três filhos, dois deles quase adultos, todos espremidos no apartamento de sua mãe, lhe dava uma sensação de fracasso. Ele, seu homem, que agora, quando dividia a cama com ela, parecia se deitar bem na beiradinha, a deixava com raiva pelas promessas porcas de coisas melhores. Agnes queria pisar naquilo tudo ou raspar tudo como se fosse papel de parede estragado. Enfiar a unha por baixo e arrancar tudo.

Com uma postura entediada, Agnes recuou ao quarto abafado e sentiu a segurança do carpete da mãe sob os pés outra vez. As outras mulheres não tinham olhado para cima. Rabugenta, ela arranhou a agulha no toca-discos. Agarrou o cabelo e pôs o volume bem alto.

— Poxa, por favor, só uma dançadinha?

— *Para*, agora não — cuspiu Nan Flannigan. Ela estava agitada e arrumava moedas prateadas e acobreadas em pilhas bem-feitas. — Já-já vou botar pra foder com vocês todas.

Reeny Sweeny revirou os olhos e aproximou as cartas do corpo.

— Que mente suja você tem!

— *Bom*, não foi por falta de aviso. — mordeu Nan a ponta de uma posta de peixe frito e chupou a gordura dos seus lábios. — Depois que eu pegar toda a grana da sua casa com essas cartas tu vai ter que voltar lá e trepar com aquele saco de ossos que você chama de marido pra ele te dar mais.

— Cruz credo! — Renny fez o sinal da cruz com preguiça. — Estou segurando a periquita desde a Quaresma e não tenho nenhuma intenção de parar de segurar antes do Natal. — Ela enfiou uma batata gorda e dourada na boca. — Uma vez segurei tanto que consegui uma TV em cores nova pro quarto.

As mulheres caíram na gargalhada sem se desconcentrar do jogo. Suavam e se espremiam na sala da frente. Agnes ficou observando a mãe, a pequenina Lizzie, analisando cuidadosamente as cartas que tinha na mão, flanqueada pelo volume de Nan Flannigan de um lado e por Reeny Sweeny do outro. As mulheres estavam sentadas coxa com coxa e pegavam os últimos pedaços do peixe da janta. Movimentavam moedas e envergavam cartas com os dedos engordurados. Ann Marie Easton, a mais jovem delas, se concentrava em enrolar cigarros de tabaco solto, que tinham um péssimo aspecto, em cima da saia. As mulheres despejavam na mesinha de chá o dinheiro que serviria para manter suas casas e empurravam apostas de cinco e dez centavos de um lado para o outro.

Agnes se entediava. Houve uma época, antes dos cardigãs folgados e dos maridos magricelos, em que levava todas elas ao baile. Quando meninas, umas se agarravam às outras como um colar de pérolas e cantavam a plenos pulmões pela rua Sauchiehall. Eram menores de idade, mas Agnes, segura de si mesma aos quinze anos, sabia que conseguiria botá-las para dentro. Os porteiros sempre a viam brilhando no final da fila e a chamavam à frente, e ela puxava as outras garotas atrás de si como se fossem uma turma de detentas. Agarravam o cinto de seu casaco e balbuciavam protestos, mas Agnes dava seu melhor sorriso aos porteiros, o sorriso que reservava aos homens, o mesmo que escondia da mãe. Adorava exibir seu sorriso naquela época. Tinha puxado ao pai na dentição, e os dentes dos Campbell sempre foram fracos, eram motivo de modéstia em um rosto que, de resto, era bonito. Seus próprios dentes definitivos tinham crescido pequenos e tortos, e mesmo quando eram recentes não eram brancos, por causa do fumo e do chá forte da mãe. Aos quinze, ela suplicara a Lizzie que a deixasse arrancar todos. O incômodo dos dentes falsos não era nada em comparação com o sorriso de estrela de cinema que imaginou que estes lhe trariam. Todos os dentes eram largos e regulares e tão retos quanto os da Elizabeth Taylor.

Agnes mirava a porcelana. Agora estavam ali, todas as noites de sexta, aquelas mesmas mulheres jogando cartas na sala da frente da mãe. Não havia nem uma gota de maquiagem nelas. Ninguém mais tinha ânimo para cantar.

Ficou olhando as mulheres brigarem por algumas libras em moedas de cobre e soltou um suspiro entediado. A reunião de sexta-feira era a única coisa pela qual ansiavam a semana inteira. Era para ser uma trégua de passar roupa na frente da TV e esquentar latas de feijão para os filhos ingratos. A gorda Nan geralmente ia para casa com o bolo de dinheiro, a não ser quando Lizzie tinha uma noite de sorte e ganhava umas mãos. A gorda Nan não conseguia se conter. Ficava nervosa com dinheiro e não gostava de perder. Agnes já tinha visto a mãe ganhar um olho roxo por causa de dez xelins.

— Ei, você! — gritava Nan com Agnes, que estava compenetrada no próprio reflexo na janela. — Você está trapaceando!

Agnes revirou os olhos e tomou um longo gole de cerveja choca. O ônibus para onde queria ir era lento demais. Então encheu a garganta de cerveja e desejou que fosse vodca.

— Deixa ela em paz — pediu Lizzie, que conhecia aquele olhar distante.

Nan voltou a olhar para as cartas.

— Devia saber que vocês duas estão em conluio. São umas ladras imbecis!

— Nunca roubei nada na vida! — retrucou Lizzie.

— Mentirosa! Já te vi no final do expediente. Encaroçada que nem mingau e pesada que nem aveia! Escondendo rolos de papel higiênico do hospital e frascos de detergente no meio do avental.

— Você sabe quanto custam essas besteiras? — perguntou Lizzie, indignada.

— Mas é claro que sei. — Nan torceu o nariz. — Porque eu compro os meus.

Agnes vinha perambulando pela sala, incapaz de se aquietar. Quase derrubou a mesa do jogo com o braço cheio de sacolas de compras.

— Comprei um presentinho pra vocês — disse ela.

Normalmente, Nan não permitiria interrupções, mas o presente era de graça e sabia que era melhor fazer vista grossa. Enfiou as cartas entre os seios, onde ficariam seguras, e, ao passarem as sacolas plásticas de um lado para o outro, cada uma pegou uma caixinha. Ficaram um tempo em silêncio, contemplando o retrato na tampa. Lizzie foi a primeira a falar, meio injuriada:

— Um sutiã? Pra que eu preciso de sutiã?

— Não é um sutiã qualquer. É um daqueles em forma de xis. Faz maravilhas pela silhueta.

— Prova, Lizzie! — estimulou Reeny. — O velho Wullie vai pular em cima de você como se fosse a Feira de Glasgow!

Ann Marie tirou o sutiã dela da caixa. Era nitidamente pequeno demais.

— Esse sutiã não é do meu tamanho!

— Bom, eu me esforcei pra acertar. Comprei alguns a mais, então vocês podem olhar todos.

Agnes já estava abrindo o zíper nas costas do vestido. O alabastro dos ombros era chocante contra o vermelho do veludo. Ela abriu o fecho do sutiã antigo, e os seios brancos como porcelana escorregaram para fora. Enfiou-se às pressas no sutiã novo, e seus seios se ergueram alguns centímetros. Agnes se inclinou e rodopiou para as mulheres.

— Um cara estava vendendo num caminhão no Paddy's Market. Cinco por vinte libras. Magia pura, né?

Ann Marie procurou e achou seu tamanho. Era mais recatada que Agnes, por isso virou de costas para a sala ao tirar o cardigã e o sutiã antigo. O peso de seus peitos tinha deixado marcas vermelhas das alças em seus ombros. Pouco depois, todas as mulheres, menos Lizzie, tinham aberto o vestido ou desabotoado o macacão de trabalho e estavam de sutiã novo. Lizzie ficou sentada com os braços cruzados sobre o peito. As outras, quase nuas da cintura para cima, passavam as mãos nas alças de cetim e fitavam os próprios peitos e soltavam arrulhos agradecidos.

— Acho que é a coisa mais confortável que já usei na vida — admitiu Nan. O sutiã estava frouxo demais nas costas e fazia o possível para içar seus seios da prateleira que era sua barriga.

— *Esses sim* são os peitos de que me lembro de quando éramos meninas — declarou Agnes em tom de aprovação.

— Deus do céu, se a gente soubesse naquela época o que a gente sabe agora, né? — disse Reeny. — Eu teria deixado qualquer idiota mexer neles.

Nan revirou a língua com lascívia.

— Mentira das brabas! Você nunca foi de muitos pudores mesmo. — Ela estava louca para voltar aos negócios e já empurrava moedas na mesa. — Ok, será que dá pra gente parar de olhar pros nossos peitos que nem um bando de meninas idiotas?

Ela juntou as cartas e começou a embaralhá-las. As mulheres ainda não tinham vestido a blusa.

Lizzie tentou arrancar o celofane de um novo maço de cigarros sem fazer barulho. As outras mulheres estavam beligerantes, ficando enjoadas de fumar enrolados ásperos e tirar tabaco da ponta da língua. Lizzie torceu o nariz.

— Estava achando que a gente ia fumar o nosso.

Mas era como comer pernil de porco diante de uma matilha de cães largados; não lhe dariam paz. De má vontade, ofereceu o maço a todas, e todas acenderam um, curtindo o luxo do cigarro manufaturado. Nan se recostou de sutiã e segurou a fumaça no fundo dos pulmões enquanto fechava os olhos. O ar da sala esquentou e voltou a engrossar à medida que a fumaça espiralava e dançava com o papel de parede de caxemiras.

De vez em quando o ar fresco entrava e saía pela janela do décimo sexto andar, as mulheres pestanejavam diante de sua veemência. Lizzie tomava chá preto gelado e observava as mulheres todas descambarem rumo à escuridão de seus humores. O ar fresco sempre fazia isso com os bêbados. A energia leve, das fofocas, abandonava a sala e era substituída por algo mais pegajoso e mais denso.

Havia uma nova voz.

— Mamãe, ele não quer dormir!

Catherine estava parada na porta da sala de estar com uma expressão exasperada no rosto. Segurava o irmãozinho junto ao quadril. Estava ficando grande demais para ser segurado assim, mas Shuggie se agarrava às suas coxas e estava claro que amava o consolo ossudo que elas lhe traziam.

Catherine, de cara mal-humorada em busca de empatia, beliscou os punhos dele e o afastou de si.

— Por favor. Não aguento mais ele.

O menininho correu para a mãe, e Agnes pegou Shuggie nos braços. Havia a crepitação estática do pijama de náilon enquanto girava com ele, contente por finalmente ter com quem dançar.

Catherine ignorava o fato de que as mulheres estavam sentadas, meio nuas, de sutiãs novos. Mexeu nos escombros dos pratos de peixe. Preferia as batatas menores, marrons, as cascas enroladas que tinham passado tempo demais na fritadeira e se tornado crocantes na gordura quente.

Lizzie passava a mão no quadril de Catherine. Tudo na neta lhe parecia exíguo, pouco feminino. Aos dezessete anos, Catherine tinha braços e pernas compridos e parecia um menino, com um cabelo totalmente liso, que batia na cintura, e sem nenhuma curva de verdade. Saias justas eram frustrantes nela. Lizzie tinha aquele costume, quando estava distraída, de passar a mão no quadril da neta, como se isso pudesse induzir uma súbita feminilidade a surgir. Por puro hábito, Catherine afastou a mão irrequieta da avó.

— Aqui! — disse Lizzie. — Conta pra elas do emprego maravilhoso que você conseguiu na cidade. — Ela não se calou para deixar a neta falar, apenas se virou para as mulheres. — Estou morrendo de orgulho. *Assistente* do chefe. É quase como se você mesma fosse a chefe, né?

— Vovó!

Lizzie apontou para Agnes.

— Bom! Essa aí achava que ia se arranjar só com a beleza. Ainda bem que alguém nesta porra tem cérebro. — Lizzie fez o sinal da cruz rapidamente. — Vou feliz ao confessionário por fazer alarde.

— E por falar palavrão — completou Catherine.

Nan Flannigan não desviou os olhos das cartas.

— Agora você está trabalhando, bonequinha. A primeira coisa é abrir duas contas no banco. Uma pra quando você tiver marido. A outra pra você mesma. E não conta dessa segunda pra ele por nada desse mundo.

Todas as mulheres murmuraram sua concordância com aquele conselho.

— Então quer dizer que não tem mais escola, querida? — perguntou Reeny.

Catherine lançou um olhar para a avó.

— Não. Chega de escola. A gente precisa de grana.

— É. Do jeito que as coisas andam, você vai sustentar o homem que conseguir.

Todas elas tinham homem em casa. Homem que apodrecia no canapé por falta de trabalho decente.

Nan se impacientava de novo. Esfregou as mãos ásperas.

— Escuta, Catherine, adoro você, querida. — Ela não soava sincera. — Quando você for a primeira cadete espacial da Escócia garanto que faço uns sanduíches pra você levar na viagem. Até lá... — Ela gesticulou para as cartas, depois apontou a porta. — Vá à merda.

Catherine se aproximou da mãe com passos leves e a contragosto pegou Shuggie do quadril de Agnes. O irmãozinho estava fascinado com o regulador de plástico na alça do sutiã da mãe.

— Nosso Alexander já foi deitar? — perguntou Agnes.

— Aham. Acho que já.

— Como assim, *acha* que já? Alexander está no quarto ou não está?

O quarto era apertado demais para perder um menino magricelo de quinze anos. Mal tinha espaço para os beliches de Catherine e Leek e a cama de solteiro de Shuggie. No entanto, Leek era sossegado, dado a observar dos cantos, capaz de desaparecer até mesmo enquanto alguém falava com ele.

— Mãe, você sabe como Leek é. *Talvez* ele esteja lá. — Era só o que tinha a dizer.

Catherine deu meia-volta, um ventilador rodopiante de cabelo castanho, e, enquanto carregava o irmão para fora da sala, afundava as unhas na maciez da coxa dele.

Mais mãos de cartas foram distribuídas, mais dinheiro foi perdido, e Agnes deixava os discos sempre rodando, embora ninguém prestasse atenção. Como era de se esperar, as moedas começaram a se amontoar diante de Nan enquanto as pilhas das outras diminuíam. Agnes, de bebida na mão, passou a girar sozinha sob o chão acarpetado.

— Ah, ah, ah. Essa é a minha música, moças. Levantem, levantem! — Seus dedos rodopiantes imploravam que as demais ficassem de pé.

As mulheres se levantaram, uma de cada vez, as azaradas felizes por se afastar da ostensiva pilha de prata de Nan. Dançavam alegremente com seus sutiãs novos e cardigãs antigos. O chão balançava sob o peso que faziam. Nan rodopiou em volta de Ann Marie, que soltava gritinhos, até as duas baterem contra a beirada da mesinha de chá. As mulheres dançavam com desenvoltura e tomavam goles grandes de cerveja servidas em velhas canecas de chá. Todos os movimentos se concentravam em seus ombros e quadris, ritmados e sensuais, como os das moças que viam na televisão. Era certo que os pobres coitados dos maridos magricelos que tinham em casa seriam sufocados naquela noite. As mulheres, cheirando a vinagre e cerveja, iriam para casa e montariam em cima deles. Risonhas e suadas, porém se sentindo por um instante como meninas de quinze anos em seus sutiãs novos. Tirariam a meia-calça cheia de buracos e soltariam seus peitos balançantes. Seriam bocas abertas embebedadas, línguas vermelhas sensuais, e carnes gordas desajeitadas. Pura alegria de sexta à noite.

Lizzie não dançou. Afirmava que tinha parado de beber. Ela e Wullie tinham tentado dar um bom exemplo à família. Transformara-se em uma péssima católica ao fazer muxoxos para Agnes enquanto ela mesma tomava uma ou duas latinhas. Portanto, havia parado com a querida cerveja e as doses de uísque, *praticamente*. Agnes via a mãe se sentar com a caneca de chá frio e não acreditava nem por um segundo. Sentada de costas eretas, os olhos de Lizzie ainda estavam remelentos e úmidos, o rosto rosado enuviado pelo olhar distante.

Agnes sabia que Wullie e Lizzie tinham adquirido o hábito de sair de fininho da sala quando achavam que ninguém estava vendo. Eles se levantavam da mesa de jantar no domingo ou faziam visitinhas demais ao banheiro. Às escondidas, se sentavam na beira da cama de casal espaçosa, com a porta do quarto fechada, e puxavam sacos plásticos de baixo dela. Na caneca velha, despejavam a bebida e tomavam-na rápido e em silêncio, no escuro, feito adolescentes. Voltavam à mesa da cozinha e pigarreavam, os olhos mais felizes e mais vidrados, e todo mundo fingia não sentir o cheiro de uísque. Só precisava ver o pai tentar tomar sua sopa de domingo para saber se ele tinha ou não bebido.

O disco sibilou até chegar ao fim do lado A. Lizzie pediu licença e cambaleou até o banheiro. A gorda Nan, imaginando que ninguém estava vendo, aproveitou a oportunidade para dar uma espiada marota nas cartas da amiga. Seu olhar flagrou o brilho de latas de cerveja fechadas atrás da poltrona aconchegante de Wullie.

— Sorte grande! — bradou. — O meu velho tem um engradado escondido debaixo do encosto da poltrona dele! — Sentou-se, suada e resfolegante, e se serviu.

Nan estava ali a negócios, por isso permanecia um pouco mais sóbria do que as outras. Passara a noite inteira contando o dinheiro em cima da mesa de jogo, pensando no bocado de presunto que poderia comprar para o caldo de domingo e no dinheiro de que as crianças precisariam para a escola na semana seguinte. Agora que o negócio das cartas estava encerrado, Nan tinha sede da cerveja escondida.

— Lizzie Campbell. Que velha mentirosa. Ela não parou de beber coisa nenhuma — comentou Reeny.

— Ela parou de beber que nem eu parei de comer torta — comentou Nan, abotoando o cardigã por cima do sutiã novo. Gritou na direção do corredor escuro, para Lizzie ouvir: — Nem sei por que sou amiga de vocês, suas católicas ladras!

Nan pegou a cerveja e encheu as canecas e os copos que estavam em cima da mesa; quanto mais as embebedasse, melhor. De repente voltou a pensar nos negócios.

— Então. A gente vai terminar o jogo ou vai ouvir o álbum inteiro? Estou cansada de ver vocês dançando como se fossem as Pan's People.

De uma bolsinha de couro preto a seus pés ela tirou um catálogo grosso, cheio de dobras nos cantos das páginas. Na capa, lia-se *Freemans*, e havia o retrato de uma mulher de vestido rendado e chapéu de palha num belo campo dourado em algum lugar longe dali. Dava a impressão de que seu cabelo cheirava a maçã verde.

Nan abriu o catálogo em cima das cartas do jogo e folheou algumas páginas. O barulho do papel plastificado era o canto da sereia. As mulheres pararam de se balançar ao som da música e se reuniram em volta da revista aberta, encostando os dedos engordurados nas imagens de sandálias de couro e camisolas de poliéster. Abriram uma página dupla de mulheres pedalando bicicletas em belos vestidos de jérsei e arrulharam em uníssono. Diante disso, Nan enfiou a mão na bolsa de couro outra vez e pegou um punhado de cadernetas do tamanho de Bíblias. Todas soltaram gemidos. Eram suas amigas, claro, mas aquele era seu trabalho, e tinha bocas para alimentar.

— Poxa, Nan, não tenho nada esta semana — disse a jovem Ann Marie, quase recuando diante do catálogo.

Nan sorriu e, por entre os dentes cerrados, respondeu com toda a educação que lhe era possível:

— Ah, tem sim, porra. Você vai me pagar hoje nem que eu tenha que te pendurar janela afora por esses tornozelos gordos.

Agnes sorriu sozinha e entendeu que Ann Marie deveria ter abandonado quando estava por cima. Mas a moça seguiu em frente.

— É que o maiô não cabe direito.

— Sua idiota! Cabia quando você comprou. — Nan procurou nas cadernetas cinzentas. Pegou o que dizia “Ann Marie Easton” em uma letra arredondada feita com caneta esferográfica preta e a largou sobre a mesa.

— É que meu namorado falou que não vai poder mais me levar pra viajar.

Ann Marie passava de olhos arregalados de rosto em rosto, em busca de um quê de pena. As mulheres estavam pouco se lixando. A última viagem da maioria delas tinha sido uma estadia na maternidade de Stobhill.

— Porra. Que. Peninha. Escolha. Homens. Melhores. Escolha. Roupas. Melhores. — Nan fazia pressão como já tinha feito milhares de vezes e saiu recolhendo o dinheiro de todas e fazendo marcações na caderneta.

Levariam uma eternidade para pagar um par da calça de uniforme dos filhos ou um conjunto de toalhas de banho. Demorariam anos para saldar as cinco libras por mês com o acréscimo dos juros. Pareciam que estavam alugando a vida. O catálogo se abriu em uma nova folha, e as mulheres começaram a discutir quem queria o quê.

Agnes foi a primeira a levantar a cabeça ao perceber a mudança de pressão na sala. Shug estava parado na porta, a pochete cheia na mão. O vento úmido se esvaía da sala, avisando a Agnes que ele deixara a porta da frente aberta, que ele não ficaria. Agnes se levantou e se aproximou do marido, o vestido ainda dobrado na cintura. Tarde demais ela alisou a saia, depois entrelaçou as mãos e tentou dar seu sorriso mais sóbrio. Ele não retribuiu. Shug olhou para ela com asco e disse de repente:

— Bom, alguém precisando de carona?

A presença indesejada de um homem era como a campainha da escola. As mulheres começaram a recolher seus pertences. Nan enfiou algumas das cervejas escondidas por Lizzie na bolsa.

— Então é isso, mocinhas! Na próxima terça lá em casa — vociferou ela, acrescentando, referindo-se a Shug —, e o homem que pensar que pode interromper minha noite com o catálogo vai levar uma surra.

— Adorável como sempre, sra. Flannigan — disse Shug, cutucando a unha do polegar com a chave do carro. De todas as mulheres para foder, ela jamais seria uma. Ele tinha critérios.

— Que bondade a sua — respondeu Nan com um sorriso fraco. — Por que você não enfia o braço no cu dela e dá um abração nas entranhas dela por mim?

Agnes puxou o vestido de volta até os ombros. Ficou parada, as palmas abertas sobre a saia. As mulheres abotoaram os cardigãs e assentiram educadamente ao se espremerem para passar por Shug, que continuava na porta. Todas abaixaram os olhos, e Agnes ficou olhando ele sorrir por baixo do bigode para cada uma que saía. Ele só deu um passo para o lado para a corpulência de Nan.

Aos poucos Shug perdia a beleza, mas ainda era imponente, magnético. Havia uma objetividade em seu olhar que provocava algo esquisito em Agnes. Uma vez, contara à mãe que, ao conhecê-lo, ele tinha um brilho nos olhos que faria a pessoa tirar a roupa se ele simplesmente pedisse. Depois falou que ele pedia muito. Autoconfiança era o segredo, explicou ela, pois ele não era nenhuma pintura a óleo e sua presunção seria repugnante em um homem menos charmoso. Shug tinha talento para se promover como se fosse a coisa mais desejada do mundo. Tinha a lábia de Glasgow.

Ele ficou ali, com seu terno passado e gravata estreita, o cinto de couro de taxista na mão, e analisou com frieza as mulheres que partiam, como um negociante de gado em um leilão. Ela sempre soubera que Shug gostava das mais nobres e das mais vulgares: via aventura na maioria das mulheres. Era a forma como humilhava mulheres lindas, pois nunca se intimidava com elas. Sabia fazê-las rir e ficarem vermelhas e gratas perto dele. Ele tinha uma paciência e um charme capazes de fazer mulheres simples se sentirem confiantes, como se fossem a coisa mais adorável que já tivesse andado de sapatos sem saltos.

Ele era um animal egoísta, agora ela sabia, de um jeito sórdido, sexual, que a excitava mesmo indo contra seu bom caráter. Revelava-se na forma como comia, como enfiava comida na boca e lambia a gordura entre os nós dos dedos sem se importar com o que os outros pensassem. Revelava-se na forma como devorava as mulheres que saíam da reunião de carteado. Hoje em dia se revelava com bastante frequência.

Ela havia deixado o primeiro marido para se casar com Shug. O primeiro era um católico que só ia à igreja no Natal, pio o bastante para o conjunto habitacional, mas devoto apenas a ela. Agnes era tão mais bonita que ele, que levava homens desconhecidos a se sentirem esperançosos e levava mulheres a se concentrarem no meio das pernas dele e se perguntar o que teria lhes passado despercebido em Brendan McGowan. Mas não havia nada ali para passar despercebido: ele era cristalino, um homem trabalhador com pouca imaginação que sabia de sua sorte em ter Agnes, e por isso a venerava. Enquanto outros homens iam ao pub, ele levava o salário para casa toda semana, o envelope pardo ainda lacrado, e o entregava a ela sem argumentar. Ela jamais respeitara esse gesto. Nunca sentira que o conteúdo do envelope era suficiente.

O grande Shug Bain parecia reluzente em comparação com o católico. Era vaidoso da única forma que os protestantes tinham licença para ser, extravagante com sua pouca riqueza, de pele rosada pela gula e o desperdício.

Lizzie sempre soubera. Quando Agnes apareceu na sua porta com os dois filhos mais velhos e o taxista protestante, ela teve o ímpeto instantâneo de fechar a porta, mas Wullie não deixou. Wullie tinha um otimismo no que dizia respeito a Agnes que Lizzie considerava uma cegueira. Quando Shug e Agnes enfim se casaram, nem Wullie nem Lizzie foram ao cartório. Disseram que era errado, casamento inter-religioso, casar fora da Igreja. Na verdade, era de Shug Bain que ela não gostava. Lizzie soubera desde o início.

Ann Marie foi a última a ir embora, pois demorou demais para recolher seu cardigã e os cigarros, apesar de estar tudo ali, exatamente onde os largara ao chegar. Pensou em dizer alguma coisa a Shug, mas ele flagrou seu olhar e ela segurou a língua. Agnes observava a conversa silenciosa entre os dois.

— Reeny, como você anda, querida? — perguntou Shug com um sorriso de gato.

Agnes tirou os olhos da sombra de Ann Marie e olhou para a amiga de longa data, e suas costelas tornaram a se quebrar.

— Ah, bem obrigada, Shug — respondeu Reeny, sem jeito, sempre olhando para Agnes.

O peito de Agnes se afundou no coração quando Shug disse:

— Pega seu casaco, senão você vai morrer de frio. Eu te levo de carro até o outro lado da rua.

— Não. Vai dar trabalho demais.

— Bobagem. — Ele tornou a sorrir. — Quem é amiga da Agnes também é amiga minha.

— Shug, vou fazer seu chá, não demora — disse Agnes, soando como uma megera mais do que pretendia.

— Não estou com fome.

Ele fechou em silêncio a porta que os separava. As cortinas voltaram à inércia.

Reeny Sweeny morava na Pinkston Drive, número 9, no prédio residencial que ficava lado a lado com o 16. O táxi preto só precisava dar uma pirueta graciosa e em menos de um minuto Reeny estaria em casa. Agnes se sentou, acendeu um cigarro e entendeu que esperaria por horas até que Shug voltasse a dar as caras.

Ela sentia o ardor dos olhos de Lizzie na lateral de seu rosto. A mãe não disse nada, só lhe lançava um olhar furioso. Era insuportável estar presa na sala da mãe e ser julgada por ela, era insuportável saber que ela assistia de camarote a cada maré baixa de seu casamento. Agnes pegou os cigarros e foi até o corredor curto para olhar os filhos. O quarto estava escuro, a não ser pelo feixe da lanterna de acampamento. Leek a segurava sob o queixo e desenhava em um caderno de capa preta com uma expressão tranquila no rosto. Ele não ergueu os olhos, e ela não via seus olhos acinzentados sob a sombra da franja curta. O quarto estava aquecido e denso com a respiração de seus irmãos adormecidos.

Agnes dobrou algumas das roupas que estavam jogadas no chão. Pegou o lápis de sua mão e fechou o caderno.

— Você vai prejudicar sua vista, querido.

Ele estava quase um homem, velho demais para um beijo de boa noite, mas ela lhe deu um mesmo assim e ignorou quando ele se encolheu diante do bafo forte de cerveja. Leek apontou o feixe de luz para a cama de solteiro para ajudá-la. Agnes conferiu o caçula, puxou o lençol até o queixo de Shuggie. Queria acordá-lo, pensou em levá-lo para a cama, tomada pela súbita necessidade de ter alguém agarrado a ela novamente. A boca de Shuggie ficava aberta enquanto dormia, as pálpebras se mexiam um pouco, muito distantes para serem interrompidas.

Agnes fechou a porta sem fazer barulho e foi para seu quarto. Tateou entre as camadas do colchão e pegou a já conhecida garrafa de vodca. Sacudindo as últimas gotas, se serviu de uma caneca de indigente, depois sugou o gargalo da garrafa vazia e observou as luzes da cidade lá embaixo.

Na primeira vez que Shug desapareceu após um expediente noturno, Agnes passou o nascer do sol importunando hospitais e todos os motoristas que conhecia do ponto de táxi. Examinando sua agenda, ela ligou para todas as amigas, perguntando em tom casual como estavam, mas sem confessar que Shug estava perambulando, incapaz de assumir para si mesma que ele finalmente tinha feito aquilo.

Enquanto as mulheres tagarelavam sobre a rotina de suas vidas, ela só prestava atenção aos barulhos de fundo e aguçava os ouvidos em busca de qualquer ruído dele no ambiente. Agora queria dizer às mulheres que sabia de tudo. Sabia das janelas suadas do táxi, das mãos sôfregas dele e de como deviam ter ofegado pedindo que Shug as tirasse daquilo tudo enquanto ele enfiava o pau nelas. Ficou se sentindo velha e muito só. Queria lhes dizer que entendia. Ela entendia bem a emoção, porque em outra época tinha acontecido com ela.

Em outra época, o vento que subia do mar tinha deixado a parte da frente de suas coxas roxas de frio, mas Agnes não sentia, porque estava feliz.

Milhares de luzinhas do calçadão caíam sobre ela, que ia até elas boquiaberta. Estava tão impressionada que mal tomava ar. As lantejoulas pretas de seu vestido novo refletiam as luzes brilhantes e as projetavam de volta, cintilando na multidão da Feira de Glasgow, deixando-a tão radiante quanto as iluminações.

Shug a levantou e a botou de pé em um banco vazio. As luzes ardiam à beira da água até onde os olhos enxergavam. Todos os prédios competiam com os vizinhos, bruxuleando com milhares de lâmpadas espalhafatosas. Alguns eram letreiros de bares típicos do Velho Oeste, com cavalos galopantes e caubóis piscando, outros eram como as dançarinas de Las Vegas. Ela olhou para Shug, que lhe sorria de rosto levantado. Estava elegante com o terno bom, preto e ajustado. Parecia ser alguém.

— Não me lembro da última vez que você me levou pra dançar — disse ela.

— Ainda sou um pé de valsa.

Ele a ajudou a descer para a calçada e deu um aperto demorado em sua barriga macia. Via a beira-mar pelos olhos dela, o fascínio espalhafatoso das boates e a aventura dos cassinos. Perguntava-se se essas atrações também perderiam o brilho para ela. Tirou o paletó e o pôs nos ombros dela.

— Poxa, as luzes de Sighthill não vão ser as mesmas depois disso aqui.

Agnes se arrepiou.

— Não vamos falar de casa. Vamos fingir que a gente fugiu.

Eles caminharam pelo calçadão bruxuleante tentando não pensar em todas as coisas banais, cotidianas, que os afastava, que os obrigava a continuar vivendo no apartamento com a mãe e o pai dela roncando do outro lado da parede do quarto. Agnes ficou olhando as luzes se acenderem e se apagarem. Shug ficou olhando os homens virarem os olhos gulosos para ela e sentiu um orgulho aflitivo explodir no peito.

Na luz cinzenta daquela manhã, ela vira a orla do mar de Blackpool pela primeira vez. Seu coração se partira discretamente de decepção. Edifícios decadentes de frente para um oceano preto, encrespado, e uma praia fria, pedregosa, por onde crianças arroxeadas corriam de calcinha ou cueca. Eram baldes e espadas e pensionistas com gorros contra a chuva. Eram famílias que vinham de Liverpool para passar o dia, e ônibus de excursões vindos de Glasgow. Ele pretendia que fosse uma oportunidade de ficarem a sós. Ela mordera a bochecha por dentro diante da banalidade daquilo tudo.

Agora, à noite, ela entendia a atração. A verdadeira magia estava na iluminação. Não havia superfície que não brilhasse. Os bondes antigos que passavam no meio da rua estavam cobertos de luzes, e os píeres de madeira, bambos, que se projetavam sobre o mar salobro agora estavam decorados feito pistas de decolagem. Até os chapéus de senhora com os dizeres "me beija logo" piscavam como se loucos de tesão. Shug segurou seu punho e a conduziu em meio à multidão pelo calçadão fulgurante. Crianças berravam do carrossel do píer. Havia os estrondos e lampejos dos carrinhos bate-bate, os *plinc-plinc* das ranhuras frenéticas. Shug continuava a puxá-la pela multidão em direção à Torre de Blackpool, dando guinadas para um lado e para o outro, como era o hábito de um taxista.

— Querido, por favor, vai mais devagar — pediu ela.

As luzes todas passavam por ela voando, rápido demais para que as absorvesse. Ela desvencilhou o punho de suas garras, havia um círculo vermelho no lugar onde ele a segurara.

Shug piscava e estava com o rosto vermelho no meio do povo que aproveitava o passeio. Enrubescia por uma mistura de raiva e vergonha. Homens estranhos balançavam a cabeça como se soubessem melhor do que ele como lidar com aquela bela mulher.

— Você não vai começar, né?

Agnes esfregou o braço. Tentou abrandar a cara feia que fazia. Ela enganchou o mindinho dele com o seu, o ouro de anel da maçonaria que ele usava, frio e morto contra a sua mão.

— Você estava me apressando, só isso. Deixa eu curtir. A sensação que tenho é de que nunca saio de casa.

Ela se virou dele para as luzes, mas a magia havia acabado. Elas *eram* baratas. Agnes suspirou.

— Vamos tomar um drinquezinho. Vai tirar o frio, talvez ajude a gente a retomar o espírito da coisa.

Shug semicerrou os olhos e passou o punho pelo bigode, como se estivesse pegando todas as palavras duras que queria lhe dizer.

— Agnes. Estou suplicando. Será que você não pode pegar leve essa noite? — Mas ela já tinha se afastado, já tinha atravessado os trilhos do bonde rumo ao caubói que piscava.

— Como vai? — disse a garçonete com um sotaque carregado de Lancashire. — Isso é que é vestido bonito.

Agnes se ergueu para se sentar na banqueta giratória de plástico e cruzou os tornozelos, graciosa.

— Um Brandy Alexander, por favor.

Shug girou a banqueta ao lado dela, a rodopiou até o topo, até que ficasse mais alta do que a dela. Com um salto, ele se sentou e rodou até ficarem cara a cara.

— Leite gelado, por favor.

Ele pegou dois cigarros em um maço e Agnes pediu com um gesto que ele acendesse um para ela. A garçonete pôs as bebidas na frente deles. O leite estava em um copo infantil. Shug o empurrou de volta para a garçonete e exigiu outro copo.

Ele deslizou o cigarro aceso entre os lábios de Agnes e acariciou sua nuca, de onde escapava um cacho macio. Ela enfiou a mão na bolsa e então, puxando o cabelo de volta ao cocuruto, com um *shuosh* ela apertou o spray fixador de aroma adocicado. Depois tomou um gole longo do drinque doce e estalou os lábios.

— Elizabeth Taylor já veio a Blackpool. Será que ela gosta de moluscos?

Shug cutucou o nariz com o mindinho do anel. Enrolou o muco entre o polegar e o indicador.

— Quem não gosta?

Ela virou para ficar de frente para ele.

— Talvez seja uma boa a gente se mudar pra cá. Poderia ser assim sempre.

Ele riu e balançou a cabeça para ela, como se ela fosse uma criança.

— Todo dia você inventa uma coisa nova. Estou exausto de tentar acompanhar.

Ele passou o dedo pela bainha brilhosa da saia enquanto ela observava os grupos de veranistas se acotovelarem do lado de fora do bar. Gente comum, já de casaco de inverno.

— Sabe o que eu quero? Quero jogar bingo. — O calor do drinque estava nela agora. Ela passou os braços em torno de si mesma em um abraço satisfeito. — Essas luzes todas. Estou achando que vou dar sorte.

— É? Pedi pra eles acenderem todas só pra você.

Chegaram bebidas novas. Agnes tateou e pegou o canudo, o misturador e dois pedaços gigantes de gelo.

— Dessa vez estou falando sério. Vou tirar a sorte grande. Vou começar a viver. Vou mostrar a Sighthill o que é bom. Estou sentindo.

Ela terminou o conhaque em um só gole.

O quarto que alugaram era no alto de uma casa vitoriana que ficava a três ruas do calçadão. Era simples até para uma pousada em Blackpool, e cheirava ao tipo de lugar que alugava quartos para inquilinos temporários, não famílias de férias. Cada patamar acarpetado tinha um almiscarado diferente, entranhado. O ambiente cheirava a torrada queimada e estática de TV, como se a dona nunca quisesse abrir a janela.

Era sossegado àquela hora da manhã. Agnes estava deitada numa pilha de coisas ao pé da escada acarpetada, cantando sozinha, desafinada. "*Ahh'm onny hew-man. Ahh'm just a wooh-man.*"

Pés se mexiam atrás de portas fechadas, e as tábuas do assoalho velho rangiam acima. Shug pôs a mão, de leve, em cima de sua boca.

— *Shh.* Cala a boca, por favor. Você vai acordar a casa inteira.

Agnes empurrou o braço dele para longe do rosto, abriu os braços e cantou mais alto. "*Show me the stairwaa-ay ah have to cli-imb.*"

Luzes se acenderam em um dos quartos. Shug via por baixo da porta fina. Ele pôs as mãos sob as axilas dela e tentou pegá-la, arrastá-la pela escada acarpetada. Quanto mais ele puxava, mais facilmente ela escorregava de suas mãos, como um saco de carne desossada. Sempre que ele ganhava força, ela se tornava amorfa e escorregava. Agnes se esparramou na escada com uma risadinha e continuou cantando sozinha.

O inglês de um dos quartos alugados sibilou atrás da porta fechada:

— Cala a boca. Antes que eu ligue pra polícia! Tem gente tentando dormir.

Para Shug, ele parecia um homenzinho afeminado, do tipo que babava os *ésses* sibilantes. Shug queria que ele abrisse a porta. Queria deixar a marca do anel em seu rosto.

Agnes fingiu afronta.

— É, liga pra polícia, seu estraga-prazeres. Eu estou de fé…

Shug apertou a mão sobre sua boca úmida. Ela apenas riu. Com malícia no olhar, lambeu a palma da mão dele com a língua gorda. Parecia um naco molhado e quente de carne de carneiro. O estômago dele embrulhou. Apertando ainda mais sua mão, ele enfiou os dedos com anéis nas bochechas dela até abrir sua dentadura. O sorriso abandonou os olhos dela. Aproximando o rosto do dela, ele sibilou:

— Vou falar uma vez só. Toma jeito. Sobe a escada.

Devagar, tirou a mão do rosto dela. Havia uma marca rosa no lugar onde havia apertado seu maxilar. Havia medo nos olhos dela, e ela parecia quase sóbria outra vez. Quando ele afastou a mão, o medo se dissolveu nos olhos dela, e o efeito do álcool voltou a seu rosto. Ela cuspiu nele por entre os dentes de cerâmica.

— Que merda que você pensa que…

Shug estava em cima antes que ela pudesse terminar. Pisando nela, ele pegou seu cabelo. O spray endurecido se quebrou feito ossos de frango quando ele enrolou as mechas nos dedos. Com um puxão forte o bastante para arrancar punhados pela raiz, ele começou a subir os degraus, arrastando-a atrás de si. As pernas de Agnes se estendiam de um jeito esquisito, ela se sacudia como uma aranha desastrada tentando se equilibrar. A dor dos fios arrancados alfinetava sua cabeça, e ela passou as mãos em torno do braço dele para se apoiar. Shug mal sentia as pontas das unhas que ela enfiava na pele dele. Ele a puxou um degrau acima, depois mais um, depois mais um. O carpete sujo fazia as costas dela arderem, arranhava a pele de sua nuca, arrancava as lantejoulas do vestido brilhante. Enganchando o braço parrudo debaixo do queixo dela, ele a arrastou até o patamar acarpetado seguinte. Com um só movimento, ele a largou no chão, pegou a chave, acendeu a lâmpada exposta e a puxou para dentro.

Agnes ficou deitada, abandonada atrás da porta feito um rolinho de porta esfarrapado. O vestido de paetês tinha subido pelas pernas brancas. Ela levou a mão à cabeça, tentando saber de onde o cabelo fora arrancado. Shug atravessou o quarto e afastou a mão dela com um puxão, de repente envergonhado do que tinha feito.

— Para de se tocar. Não machuquei você.

Ela sentia o sangue da cabeça nos dedos. Seus ouvidos zumbiam do *pof*, *pof*, *pof* de cada degrau. O torpor do álcool estava indo embora.

— Por que fez isso?

— Você estava me fazendo passar vexame.

Shug tirou o paletó preto e o pôs na única cadeira de madeira. Tirou a gravata preta e a enrolou de forma impecável. O rosto dele estava vermelho, e isso fazia seus olhos parecerem um pouco menores e mais escuros. Enquanto a arrastava escada acima, seu cabelo tinha se desgrudado da parte calva que ele tentava tanto esconder. As mechas soltas pendiam sobre a orelha esquerda, ralas e aparentemente sujas. Houve um *glup* no fundo de sua garganta, como de um disjuntor ao ser ligado, e então pôs as mãos nela outra vez. Ela sentiu as garras no pescoço, sentiu na coxa. Ele usou os dedos e os fincou em sua maciez, querendo ter a certeza de que suas mãos estavam firmes. Quando a carne se separou do osso, ela berrou de dor, e ele martelou o anel no dedo mindinho em sua bochecha duas vezes.

Quando ela tornou a se aquietar, Shug se curvou e enfiou as unhas no ombro e na coxa dela e a jogou na cama alugada feito um saco de lixo rasgado. Subiu em cima dela. O rosto dele estava de um tom escarlate flamejante, o cabelo liso balançando em sua cabeça inchada. Era como se ele se enchesse de sangue fervente. Usando os cotovelos, pôs todo seu peso nos braços dela, os empurrou no colchão até parecer que iam se quebrar. Ele pegou todo o seu volume, todo o peso enorme que adquirira sendo tão sedentário, e o forçou contra ela e a segurou ali, embaixo dele.

Ele enfiou a mão direita embaixo do vestido e achou suas partes brancas e macias. Ela cruzou as pernas sob ele; ele sentiu os tornozelos se fecharem um sobre o outro. Com uma das mãos, ele apertou as coxas dela e tentou separar o peso morto delas. Não cederam. O bloqueio estava rígido. Ele enfiou os dedos na parte mole das pernas, enfiando as unhas até sentir a pele irromper, até sentir os tornozelos se abrirem.

Ele se forçou contra ela enquanto ela chorava. Não havia mais álcool dentro dela agora. Não havia mais luta nela. Quando ele acabou, pousou o rosto no pescoço dela. Disse que a levaria para dançar nas luzes de novo no dia seguinte.

Três

Aquele verão, quando finalmente chegou, foi denso e úmido. Para um homem notívago, os dias pareciam longos demais. A luz do dia prolongada era como um convidado descortês, o lusco-fusco do norte relutando a ir embora. Big Shug sempre achara mais difícil dormir durante os dias de verão. O sol iluminava as cortinas grossas até ficarem de um tom vibrante de violeta, e as crianças sempre ficavam mais barulhentas quando estavam mais felizes, as portas batendo constantemente por causa dos adolescentes respondões de outros apartamentos e as mulheres de sandálias de tiras perambulando no carpete do corredor, estalando os pés rosados e as gengivas rosadas o tempo inteiro.

Quando a noite enfim caía, Big Shug traçava um pequeno círculo com seu táxi preto. Ele girava feito um cachorro gordo procurando o rabo e saía do conjunto habitacional de Sighthill. Ao ver as luzes de Glasgow, ele relaxou no banco, e pela primeira vez naquele dia seus ombros caíram e relaxaram. Pelas oito horas seguintes, a cidade seria dele, e tinha planos para ela.

Limpou a janela e deu uma boa olhada no retrovisor. Sorrindo sozinho, pensou em como estava um arraso: camisa branca, terno preto, gravata preta. Era meio exagerado para o trabalho, dissera Agnes, mas ela andava falando demais atualmente. Enquanto o sorriso percorria seu corpo, ele se perguntava se dirigir táxi estaria em seu sangue. Com ele e o irmão, Rascal, era praticamente um negócio de família. O pai também teria curtido, caso a construção naval não o tivesse matado.

Shug parou diante das luzes à sombra da Enfermaria Real e ficou olhando um grupo barulhento de enfermeiras fumando cigarro artesanal. Ficou olhando-as esfregarem os braços rosados no ar gélido da noite e apoiar os peitos nos braços bem cruzados. Fumavam sem usar as mãos, com medo de perder o calor corporal. Ele sorriu devagar e observou a própria reação no espelho. O turno da noite sem dúvida lhe caía melhor.

Gostava de perambular sozinho na escuridão, dando uma boa olhada nas áreas perigosas. Surgiam os personagens envernizados pela cidade cinzenta, anos de bebidas e chuva e esperança os mantinham em seu lugar. Ganhava seu sustento transportando pessoas, mas seu passatempo preferido era observá-las.

A janela fina do motorista fez um som agudo de corte quando ele a abaixou e acendeu um cigarro. O vento entrou correndo, e suas longas mechas de cabelo ralo dançaram como grama de praia na brisa. Odiava ficar calvo, odiava envelhecer: tudo ficava mais difícil. Ele abaixou o espelho para não ver o reflexo da careca. Achou o bigode longo, grosso e ficou sentado, distraído, acariciando-o, como um bichinho de estimação adorado. Debaixo dele, a papinha do queixo balançava. Ele inclinou o espelho para cima de novo.

As ruas de Glasgow reluziam por causa da chuva e dos postes de luz. As enfermeiras não demoraram, jogando cigarros fumados pela metade nas poças e cambaleando rumo ao hospital. Shug suspirou, fez a curva depois de Townhead e foi em direção ao centro da cidade. Gostava de partir de Sighthill, era como uma descida ao coração da penumbra vitoriana. Quanto mais perto chegava do rio, a parte mais baixa da cidade, mais a Glasgow verdadeira surgia. Havia boates escondidas enfiadas sob os arcos sombrios das ferrovias e pubs de janelas pretas, onde mulheres e homens velhos se sentavam nos dias ensolarados, em um purgatório suarento, acre. Era perto do rio que as mulheres magras, de caras nervosas, se vendiam para homens em peruas lustradas, e às vezes era ali que depois os policiais achavam pedaços esquartejados delas em sacos pretos. A margem norte do Clyde abrigava o necrotério da cidade, e parecia conveniente que todas as almas perdidas rumassem naquela direção, para que não houvesse problemas quando a hora delas enfim chegasse.

Parando depois da estação, Shug ficou contente ao ver que o ponto estava cheio de táxis e vazio de clientes. Turistas eram chatos, tagarelas e uns mãos de vaca de merda. Passavam uma eternidade botando bagagens enormes no porta-malas e depois ficavam ali sentados, cobrindo o táxi de vapor com sua capa de chuva rangente. Aqueles imbecis feiosos e esnobes que enfiassem no rabo suas gorjetas de dez centavos. Ele deu uma buzinada irônica para os garotos e dirigiu em direção ao rio.

Chuva era o estado natural de Glasgow. Mantinha a grama sempre verde e as pessoas pálidas e brônquicas. Seu impacto no ramo dos táxis era irrisório. Era um problema, porque era quase inescapável e a umidade constante era generalizada, então os passageiros poderiam muito bem molhar os ônibus ou molhar o banco de trás de um táxi caro. Por outro lado, chuva significava que todas as mocinhas das boates queriam tomar um táxi para casa para não destruir os penteados e os sapatos elegantes. Por isso Shug era a favor da chuva incessante.

Ele parou na Hope Street e se sentou no ponto. Não demoraria muito. Só dois ou três dos antigos estavam sentados ali, esperando uma corrida. Dali era um pulo até a boate da Sauchiehall Street ou alguns passos congelantes até as prostitutas expostas na praça Blythswood. De qualquer forma, era um bom lugar para uma noite interessante.

Shug ficou sentado, fumando no escuro e ouvindo a crepitação da central de rádio. A operadora anunciou passageiros em Possil e corridas a serem feitas em Trongate. Joanie Micklewhite era a única voz no rádio, e todas as noites ele escutava a moça fazer aquele monólogo circular repetitivo pedindo ajuda, esperando respostas, dando ordens e cortando réplicas malcriadas. Sempre uma conversa pela metade, como se falasse sozinha ou falasse, parecia, só com ele. Gostava do som pacato da sua voz. Ela o reconfortava.

Terminou o cigarro e ficou olhando jovens casais aconchegados ao sair tarde de cena. Os motoristas da frente aos poucos começavam a pegar passageiros e sair chacoalhando noite adentro. Sozinho no ponto, ele viu um grupo de moças driblar batatinhas pela rua enquanto discutia como voltar para casa. Parecia que entrariam no táxi, mas não, a gorda prática queria esperar o ônibus noturno. *Deixa ela*, pensou ele, *ela que se molhe*. A mais bonita, mais cansada, continuava tropeçando na direção dele. Shug praticou seu meio-sorriso à meia-luz.

Ele foi arrancado dos pensamentos sujos quando uma série de dedos ossudos bateram na janela.

— Você está livre, colega? — perguntou uma voz masculina.

— Não! — gritou Shug, apontando para as meninas destruídas.

— Ok, então — disse o velho, sem lhe dar atenção. Ele abriu a porta antes que Shug conseguisse apertar a tranca automática e arrastou seu corpo franzino e o casaco volumoso carro adentro. — Sabe o bar pra torcida dos Rangers da Duke Street?

Shug suspirou.

— Sei, colega.

Enquanto isso a moça bonita seguia a fila, entrando no táxi atrás do seu. Ele lhe esboçou um sorriso, mas ela não lhe deu atenção.

Ignorando o banco de couro preto que tomava toda a largura do carro, o velho abaixou um assento dobrável e se sentou bem atrás de Shug. Era um sinal de que era tagarela. *Lá vem merda*, pensou Shug.

Chovia lá fora, e dentro do carro estava úmido. O táxi foi dominado pelo cheiro de leite velho. O velho estava de camisa amarelada e terno cinza amarrotado, sobre o qual tinha jogado um casaco de lã fino e acrescentado um sobretudo grande demais. Ele parecia um refugiado, seu corpo franzino se afundando em metros de lã Shetland e gabardine. Na cabeça usava um gorro Harris, de cujas sombras só seu nariz vermelho e arredondado se projetava. O papo começou praticamente no mesmo instante.

— Viu o jogo hoje, meu filho? — perguntou o passageiro leitoso.

— Não — respondeu Shug, já sabendo o rumo da conversa.

— Ah, mas você perdeu um jogão, uma partida formidável. — O homem falava para si mesmo. — Então pra *quem* você torce?

— Celtic — mentiu ele. Não era católico, mas era o atalho para encerrar logo a conversa.[1]

A cara do velho se amassou feito uma toalha largada.

— Ah, puta que pariu, fui entrar logo no táxi de um coroinha.

Shug o observava pelo espelho e bufou sob o bigode. Não torcia para o Celtic; tampouco defendia os Rangers, mas se orgulhava de ser protestante. Teria girado seu anel de maçom, mas o velho não estava prestando atenção e se mexia como se estivesse debaixo da água.

Perplexo, Shug ficou olhando o homem se afundar num estado de desespero distraído, oscilando entre lacrimoso e beligerante. Esticava as mãos à frente do corpo como se implorasse a Deus. Então pousou o braço na parte de trás da divisória e ficou com o rosto a centímetros da vidraça que o separava do ouvido de Shug. De lábios úmidos por causa da bebida, cuspia torrentes de arengas aleatórias, fazia caretas como um bebê aprendendo a falar. Gotas grandes de cuspe molhado cobriram a divisória. Shug pisou no freio de propósito, e a testa do sujeito fez um

---

[1] Os torcedores dos Rangers geralmente são protestantes e os do Celtic, católicos. [*N. da T.*]

som de *pof* ao bater no vidro. Sem o gorro, porém intrépido, ele continuou falando incoerências. Shug fechou a cara. Teria que dar uma boa esfregada ali depois.

O velho bêbado de Glasgow era uma raça em extinção — uma alma tradicionalmente afável que se degenerava em algo mais novo e bem mais sinistro com a propagação das drogas na cidade inteira. Shug olhou pelo espelho e observou o homem prosseguir com seu solo embriagado, o discurso tão baixinho e incoerente que ele só distinguia certas palavras como *Thatcher* e *sindicato* e *imbecil*. Sem nenhum sentimento de empatia, ficou olhando o sujeito se alternar entre risadas e soluços.

A Louden Tavern era escura e não tinha janelas, a porta era recuada em relação à fachada de tijolos do prédio baixo. Era intencionalmente à prova de pedras, à prova de garrafas e à prova de bombas. A fachada, pintada com o vermelho, branco e azul dos Glasgow Rangers, era esplendidamente desafiadora à sombra de Parkhead, a sede do Glasgow Celtic, a meca esportiva de todos os católicos.

Shug anunciou ao homem que a tarifa era de uma libra e setenta e o viu revirar um bolso atrás do outro. Todos os bêbados de Glasgow agiam assim. O salário que recebiam às sextas-feiras era dividido entre todos os bares pelos quais passavam até rolar por seus bolsos como as moedas de cinco e dez centavos dos trocos, o peso acumulado das moedinhas pesadas lhes conferindo um andar bamboleante e uma corcunda. Passariam o resto da semana vivendo de moedas, tentando a sorte com seus achados fortuitos. Mesmo ao dormir, nunca se desfaziam das calças e dos casacões por medo de que a esposa ou os filhos os pegassem e comprassem pão e leite com os trocados.

O sujeito passou séculos olhando em cada um dos bolsos. Shug ficou ouvindo a voz macia da central de rádio e tentou manter a calma. Quando o bêbado já tinha pagado e entrado na boca preta do pub, Shug disparava de volta à Duke Street, tentando não perder a saída da boate. À frente do Scala, uma velha senhora esticou a mão, acenando como uma passarinha. Shug teve que parar de repente para não atropelá-la.

Ficou olhando a mulher entrar no banco de trás do táxi e sentiu alívio quando ela se sentou bem no meio do assento largo e preto.

— Parade, por favor.

Ela fungou, enrugou o nariz e lançou um olhar desdenhoso para Shug. O cheiro ali atrás devia dar a impressão de que alguém tinha mijado em uma panela de mingau velho.

O táxi começou a subir as colinas com conjuntos habitacionais de Dennistoun. Shug olhou pelo espelho e observou a mulher, que o observava. As donas de casa de Glasgow sempre se sentavam bem no meio, nunca nos cantos, olhando pela janela, ou num dos bancos dobráveis, como os velhos solitários sedentos por companhia. Ela se sentava igual a todas, ereta e firme, como uma rainha presbiteriana, os joelhos grudados, as costas retas, as mãos entrelaçadas no colo. O casaco estava bem apertado ao corpo, o cabelo, arrumado e penteado, mesmo atrás, e o rosto, tenso como uma máscara.

— Está uma noite terrível, sem sombra de dúvida — disse ela por fim.

— É, o rádio disse que choveria a semana inteira.

Havia algo na mulher que o fazia se lembrar da própria mãe, já morta e enterrada. As mãos descarnadas e o corpo franzino não correspondiam à força e à potência que certamente a permeava. Ele pensou nas noites em que o pai levantava os punhos para a mãe. Quanto mais ela aguentava, mais ele avançava sobre ela, deixando-a vermelha e depois roxa e depois preta. Shug pensou nela diante do espelho, penteando o cabelo sobre o rosto, arrastando a maquiagem em volta dos olhos para cobrir os machucados.

— Falei que não costumo pegar táxi.

Ela buscava os olhos dele no espelho.

— Ah, é? — disse Shug, contente pela interrupção de seus pensamentos.

— É, mas ganhei um pouquinho esta noite, sabe? Só um pouquinho, entende, mas foi bom mesmo assim. — Ela esfregava a unha do polegar a ponto de deixá-la esfolada. — Veio bem a calhar, sabe?, agora que meu George está sem trabalho. — Ela suspirou. — Vinte. E cinco. Anos. Na Siderúrgica Dalmarnock, e ele só recebeu o salário de três semanas. Três semanas! Fui lá em pessoa, chutei a porta vermelha do gerente e perguntei o que é que eu ia fazer com três semanas de salário. — Ela abriu o fecho da bolsinha dura e olhou lá dentro. — Quer saber o que aquele imbecil me disse? "Sra. Brodie, o teu marido deu sorte de ganhar as três semanas. Tive aqui uns garotos com a vida inteira pela frente e eles só receberam o do expediente." Meu sangue ferveu, ferveu mesmo. Respondi: "Bom, tenho dois rapazes em casa para alimentar e eles também não conseguem achar trabalho, então o que é que vou fazer?" Ele me olhou e nem piscou quando respondeu: "*Tenta a África da Sul!*"

Ela fechou a bolsa.

— Eles nunca foram nem ao Sul de Lanarkshire, que dirá à África do Sul! — Ela não parava de esfregar o polegar vermelho. — Não é certo. O governo devia tomar uma atitude. Fechar as siderúrgicas e a construção naval... Os mineiros são os próximos. Fica só de olho! África do Sul! *Eu jamais!* Ir até a África do Sul pra eles construírem barcos baratos e mandá-los pra casa, tirando o emprego de mais garotos nossos?

— São diamantes — corrigiu Shug. — Eles vão pra África do Sul pra garimpar diamantes.

A mulher olhava como se ele a estivesse contradizendo.

— Bom, pouco me importa o que garimpam, por mim poderiam estar tirando alcaçuz da bunda de um negro. Mas deviam estar trabalhando aqui em Glasgow e comendo a comida da mãe.

Shug enfiou o pé no acelerador. A cidade estava mudando; ele via no rosto das pessoas. Glasgow perdia seu objetivo, e ele percebia isso detrás do vidro. Ele sentia em sua renda. Tinha ouvido falar que Thatcher já não queria mais trabalhadores honestos: o futuro dela era a tecnologia e o poder nuclear e os planos de saúde particulares. A época industrial estava encerrada e os esqueletos da Construtora Naval Clyde e da Construtora Ferroviária Springburn jaziam pela cidade feito dinossauros apodrecidos. Todos os rapazes de conjuntos habitacionais que herdariam o ofício dos pais agora não tinham futuro. Homens perdiam a própria virilidade.

Shug havia assistido à dizimação das classes operárias dos bairros pobres. Funcionários públicos e urbanistas de classe média consideravam um golpe de gênio cercar a cidade de novas áreas urbanas e imóveis mal construídos. Recebendo um pedacinho de gramado e uma vista para o céu, os males da cidade supostamente desapareceriam.

A mulher estava sentada, firme e imóvel no banco de trás. A pele se desgastava nos polegares, e a preocupação havia se alojado nos cantos de sua boca. Só quando ela deu batidinhas na parte de trás do cabelo foi que Shug soube que ainda estava viva. O táxi a deixou na entrada do prédio, e ela enfiou a gorjeta de uma libra na mão de Shug.

— Ei, que isso? — Ele tentou devolver o dinheiro. — Não estou precisando.

— Aceita e pronto! — Ela o silenciou. — É só um pouquinho do que ganhei. Estou espalhando minha sorte. Só a sorte pra tirar a gente dessa confusão.

Shug aceitou a gorjeta com relutância. Fodam-se os turistas ingleses e suas Kodaks de merda. Ele já tinha visto aquilo antes: quem menos tinha sempre dava mais.

Quando Shug voltou ao centro da cidade, o último filme já tinha acabado, e a cidade estava se acomodando para algumas horas de sono gélido. Algumas das boates tocavam música, mas era suicídio ficar sentado na frente delas esperando cliente, porque os primeiros bêbados só jorrariam dali bem depois da meia-noite. Shug suspirou e pensou em aguardar ali. Talvez pegasse uma pombinha que tivesse ficado segurando todas as bebidas enquanto as amigas dançavam com uns caras. A pombinha mais feia geralmente era a primeira a sair. Ele já as tinha levado para casa, já tinha até esperado com o taxímetro desligado enquanto compravam uns sacos de batatinhas e biscoitos de chocolate reconfortantes na lojinha de esquina dos paquistaneses. Se fosse legal com elas, elas também eram bem legais com ele.

Ele havia afrouxado a gravata e se acomodado para a longa espera quando a voz macia chamou pelo rádio.

— Carro trinta e um. Carro trinta e um. Câmbio.

O coração dele pulou. Era Agnes, só podia ser.

Ele pegou o aparelho preto e apertou o botão na lateral.

— Carro trinta e um na escuta. — Houve uma longa pausa, e ele aguardou notícias.

— Você foi requisitado em Stobhill, carro para Easton — anunciou Joanie Micklewhite.

— Estou com passageiro, levando pro aeroporto. Não tem algum carro mais perto? — indagou ele.

— Desculpa, raio de sol! Foi um pedido especial. — Ele quase ouvia o sorriso dela. — Cliente disse que não tem pressa, pode ir no seu tempo.

Ele não imaginava que seria isso. Agnes, sem dúvida, ou mesmo a primeira esposa querendo dinheiro para os quatro filhos deles, mas imaginava que não seria isso. Eles ainda não tinham idade para pedir dinheiro.

O caminho até o hospital antigo era rápido àquela hora da noite. A Enfermaria Real era onde iam parar as facadas dos torcedores de futebol e a violência doméstica dos dias de pensão do governo. Stobhill era onde Glasgow tinha nascido e onde Glasgow morria. Agora uma menina tímida estava parada ali, sob a luz do saguão, usando o avental azul de faxineira. Ela agarrava as coxas flácidas e as apertava e esticava, deixando-as lisas e retas. A maquiagem tinha se espalhado com o frio e as lágrimas, e ele via os círculos de guimbas queimadas em seus pés, como se o estivesse esperando no frio o intervalo inteiro. Shug sorriu. Ela só tinha vinte e quatro anos e já era capacho dele.

— Achava que você não estava chegando — disse ela, entrando no banco de trás do táxi.

— Pra que você me chamou aqui?

— Estava com saudades, só isso. Faz semanas que não vejo você. — Ela abria e fechava as pernas faceiramente. — Você não se esqueceu de mim, né?

Ela sorriu. Shug se virou no banco.

— Porra, quem você pensa que é, Ann Marie? Estou tentando ganhar a vida e você me chama do outro lado da cidade como se eu fosse um cachorro que tivesse mijado no seu tapete. — Ele bateu o punho na divisória de vidro. — A gente tem que ser discreto. Ficar na moita. O que você acha que vai acontecer se Agnes descobrir, hein? Deixa eu contar a merda que ia dar. Ela te pegaria pelo cangote e te arrastaria pelo Clyde pra começar. Quando ela terminasse de sujar sua cara na sarjeta, sujaria sua boa reputação. Ela ligaria pros seus pais toda noite logo depois que eles fossem dormir. Acordaria eles e contaria que a boa filha católica deles estava de caso com um homem casado. — Ele parou, vendo suas palavras causarem efeito. — É isso mesmo que você quer?

As lágrimas escorriam pelo rosto dela e encharcavam seu avental.

— Mas amo você.

Shug fez uma curva abrupta com o táxi e estacionou no canto escuro de um estacionamento vazio. Deu uma olhada no relógio e depois seu olhar cruzou com o dela de novo através do espelho.

— Bom, então tira essa porra dessa calcinha. Eu só tenho cinco minutos.

Shug sentiu fome ao pegar o caminho de volta à cidade. Tinha certeza de que Ann Marie passaria um tempo sem ligar para o ponto de táxi pedindo por ele. Era uma moça legal, peito grande e ávida, mas estava atrapalhando sua vida. Esse era o problema das mais novas: não viam motivos para não esperar coisa melhor. Ele decididamente teria que largá-la.

Estava justamente pensando na voz do rádio quando ela voltou a se dirigir a ele.

— Carro trinta e um, carro trinta e um, câmbio.

Ele pegou o aparelho e perdeu o fôlego; sua sorte estava acabando.

— Joanie?

— Telefone. Casa. Agora — veio a réplica sucinta.

Ele parou o táxi na entrada da Gordon Street e, pegando moedas da caixinha, deu uma corrida na chuva até uma velha cabine telefônica vermelha. Estava molhada por dentro e cheirava a mijo. Ele já tinha tentado ignorar as ordens de Agnes, mas a atitude só dificultara as coisas. Ela insistiria e ficaria mais agressiva à medida que a noite avançasse. A melhor coisa a fazer era *Telefone. Casa. Agora.*

Mal houve um toque antes de ser atendido. Ela devia estar sentada à mesinha de telefone de couro falso que havia no corredor, só bebendo e esperando e bebendo.

— Alou — disse a voz.

— Agnes, o que foi?

— Ora, se não é o grande mestre das putas em pessoa.

— Agnes... — Shug suspirou. — O que foi desta vez?

— Eu sei — cuspiu a voz embriagada.

— Sabe do quê?

— Sei. *De tudo.*

— Você não está falando coisa com coisa.

Ele se mexeu, desconfortável, na cabine apertada.

— Eu se-ei. — A voz estrondeou, seus lábios úmidos próximos demais do bocal.

— Se vai continuar nessa, vou ter que voltar ao trabalho.

Houve um soluço profundo do outro lado da linha.

— Agnes, você não pode mais ligar pro ponto, vão me mandar embora. Daqui a algumas horas estou em casa e a gente conversa. Tudo bem? — Mas não obteve resposta. — Bom, você quer saber do que eu sei? Sei que te amo — mentiu.

O soluço ficou mais alto. Shug desligou.

A chuva e o mijo tinham empapado seus sapatos com franjas. Pegando o fone preto outra vez, ele o martelou na lateral da cabine vermelha. Destruiu três vidraças até quebrar o fone, até se sentir melhor. De volta ao táxi, teve que ficar dez minutos parado até as juntas dos dedos afrouxarem a força que faziam para estrangular o volante.

Talvez se sentisse melhor se comesse alguma coisa. Ele tateou embaixo do banco à procura de sua caixa de plástico. Cheirava a margarina e pão branco, a casamento e apartamentos apertados. Os pedaços de carne enlatada que Agnes tinha colocado na caixa embrulharam seu estômago. Ele os despejou na sarjeta e cortou caminho por várias ruelas até parar na frente da lanchonete DiRollo's, aberta vinte e quatro horas. DiRollo's era popular tanto entre taxistas quanto prostitutas por causa do horário diferente e a discrição do dono. Havia uma enorme lagosta vermelha pintada no letreiro, mas nada tão exótico à disposição lá dentro.

Joe DiRollo ficava atrás do balcão, como parecia estar a qualquer hora do dia. À noite, a luz fluorescente o deixava com cara de morto. Um homem pequeno, cabelo ralo e puxado para trás, com gordura de batata ou Brylcreem, ou ambos. Como um iceberg gorduroso, só sua cabeça inchada e seus ombros eram visíveis do outro lado do balcão. O resto de seu corpo pálido era espremido contra o facão que guardava debaixo do balcão. Ele cumprimentava todo mundo com um pigarro catarrento e um aceno da cabeça gorda.

— Como vai, Joe? — perguntou Shug, sem interesse genuíno.

— É, nada mal.

— Andou se ocupando com as belas moças esta noite? — Shug empurrou o polegar na direção de uma cliente esquelética que, de olhos fechados, cambaleava sobre os pés.

— Éééé, elas chegam aí e é uma gozação, sabe? — Ele riu da própria piada. — Já não é mais tão bom pros negócios. Comem meio saco de batata, tomam uma bebidinha e só! Pedem pra usar o banheiro, o meu banheiro, e o velho Joe diz *Ok*. Ele é gente boa, mas elas só saem uma hora depois, sabe? Comem meio saco de batata e depois lavam a boceta no meu banheiro.

Shug estava de olho no peixe frito em cima do balcão aquecido.

— São as drogas. Eu não me atreveria a meter nelas.

— É, estão morrendo que nem mosca. Quando não morrem por causa das drogas, é um imbecil do mal que estrangula elas.

— Assim vou perder a vontade de comer meu peixe. — Shug fechou a cara. — É só um prato de peixe, com sal e vinagre extra, pode ser?

Joe pegou um papel branco e jogou fritas gordas e um pedação de peixe dourado à milanesa em cima dele. Pingou sal e vinagre na comida quente, e Shug a virou com os dedos.

— Mais, Joe. *Mais.* — O homem jogou mais até a comida ficar encharcada.

Ele entregou o embrulho a Shug.

— Então, você nunca respondeu a minha oferta. Vai querer a casinha ou não vai?

Tanto quanto por gerenciar a lanchonete, Joe DiRollo era conhecido por enganar a Câmara Municipal de Glasgow. Ele requeria apartamentos subsidiados sob o nome de uma de suas várias filhas. Depois os alugava, ganhando umas dez libras além do que a Câmara lhe cobrava.

— Eu aviso — disse Shug, indo em direção à porta. — A sra. Bain, bom, ela é difícil.

— Fico surpreso que você queira se mudar. Pensei que estivesse com uma vida de rei naquele céu de Sighthill.

— O rei está bem, é a rainha que quer ser decapitada. Segura essa casa vazia que você tem mais um tempinho. Tenho que organizar um monte de coisa antes. Quero que tudo saia perfeito.

Ele sorriu e mordeu uma batata gorda.

Quando Shug terminou de comer, só faltava cerca de uma hora de expediente. Ele abaixou as janelas quando o sol irrompeu no alto da George Square, banhando a cidade com uma luz alaranjada quente e ateando fogo à estátua de Rabbie Burns. Era a melhor hora do dia, a cidade em paz, antes de ser arruinada pelas massas diurnas. Ele olhava o relógio à espera e partiu cedo rumo à zona norte.

Dirigindo devagar o caminho inteiro até Joanie Micklewhite, ele deixou as janelas abaixadas e apertou o odorizador verde de ar com o indicador. Ela terminaria o expediente em breve, e então poderiam dizer todas as coisas que não podiam na central de rádio. Ele parou o táxi entre outros quatro ou cinco e esperou por ela, curvado em seu banco, sorrindo feito um garoto bobo, observando a porta da frente como se fosse Natal.

Quatro

Os dois ainda estavam molhados e sentados na beirada da cama quando as luzes dos postes se acenderam. Agnes tinha preparado um bom banho de banheira para Shuggie e, sentindo-se sozinha, enfiara-se ali com o caçula. Lizzie teria surtado se visse. Teria que parar em breve, ele era astuto demais para seus cinco anos. Foi a primeira vez que ele olhou as partes íntimas dela e depois avaliou as dele mesmo, como num jogo de sete erros.

A água esfriara enquanto transformavam em uma grande brincadeira encher os frascos de xampu e encharcar o outro com o jato de sabão. Ela deixara que ele descascasse o esmalte velho de suas unhas do pé, o cuidado e a atenção dele como uma ficha caindo no relógio medidor do consumo de eletricidade.

Na beirada da cama, ela penteou o cabelo preto reluzente do menino, enquanto ele ficava de cabeça baixa, concentrado. Ele fez o carrinho Matchbox guinchar pelo labirinto de caxemira da colcha, subiu na perna nua dela com a facilidade com que subiria a cordilheira de Campsie Hills. Sem saber o que era aquilo que via, ele trilhou as cicatrizes brancas, as lembranças das unhas de Shug, que lhe cobriam a parte interna da coxa. Depois o carro adernou de volta à colcha. Os pneus gritavam alto, e o menino olhava para ela e sorria com o rosto presunçoso do pai.

Agnes pegou do esconderijo uma lata nova de cerveja e puxou o lacre com delicadeza. Com um dedo cuidadoso, ela juntou as gotas borbulhantes e as estourou na boca. Deu ao menino a lata vazia de Tennent's. Ele sempre gostara das beldades meio nuas das fotografias das laterais. Shuggie ficou concentrado naquela, nunca a tinha visto antes, e gostou do som do nome quando o soletrava devagar, como o vovô Wullie havia lhe ensinado. *Shh-eee-ná.*

Shuggie catava as latas vazias espalhadas pela casa e alinhava as mulheres na borda da banheira. Acariciava seus cabelos minúsculos e fazia com que se falassem em conversas imaginárias, em monólogos desconexos, em geral sobre encomendar sapatos novos de catálogos e maridos promíscuos. Big Shug o flagrara uma vez. Ficara orgulhoso ao ver o filho enfileirando as mulheres e soletrar o nome de cada uma delas foneticamente. Mais tarde, se gabara disso no ponto de táxi.

— *Cinco anos, hein?! Esse puxou o pai.*

Agnes olhara com tristeza, ciente do que de fato acontecia.

Naquela mesma semana, levou Shuggie à loja de departamento BHS e lhe comprou uma boneca. Daphne era uma bebezinha rechonchuda, com o topete de uma dona de casa dos anos 1950. Shuggie adorou a boneca. Depois disso, jogou todas as moças da cerveja no lixo.

Shuggie vinha observando a mãe em silêncio. Estava sempre observando. Ela tinha criado os três da mesma forma, seus filhos todos eram tão observadores e atentos quanto um agente penitenciário.

— Vamo agora a uma diversão leve? — perguntou ele, imitando alguma bobagem da televisão.

Agnes se encolheu. Com as unhas pintadas, ela segurou o rosto dele e apertou suas covinhas com delicadeza. Ela apertou até o lábio inferior do menino se projetar para fora.

— Va-mo-ss — corrigiu ela. — Vamo-S.

Ele gostava da sensação das mãos dela em seu rosto, e inclinou um pouco a cabeça e lançou a isca.

— Va-muuu.

Agnes franziu a testa. Pegou o dedo indicador e o polegar e esticou um pouco as bochechas dele, deixando seus dentes entreabertos.

— Você não precisa se rebaixar ao nível deles, Hugh. Tenta de novo.

Com os dedos esticando sua boca, Shuggie pronunciou a palavra de forma correta, mas não com clareza. Tinha o som sibilado do *sss* de que ela gostava. Agnes fez que sim, aprovando, e soltou o rosto dele.

— Então quer dizer que tem três pratos de trigo pra três tigres tristes? — indagou o menino.

Ele já estava rindo antes de sequer terminar aquela bobagem insolente. Agnes se acocorou para correr atrás dele, e ele gritou de alegria e pavor enquanto corria em volta da cama.

Uma pilha de fitas cassetes ficava ao lado do despertador. Ele as revirou, espalhando-as pelo chão, até achar o que procurava. Shug tinha comprado aquele despertador para ela. Tinha guardado tijolinhos de cupons do posto de gasolina, amarrados com elástico, e entregado todos a ela, como se fossem uma barra de ouro. O botão de plástico abria a bandeja para fita cassete. Shuggie enfiou a fita e rebobinou, gritando, até o início. O som saía metálico e oco, mas ela não se importava. A música tornava o ambiente menos vazio. Shuggie ficou de pé em cima da cama e pôs os braços nos ombros dela. Eles se balançaram desse jeito por um tempo. Ela lhe deu um beijo no nariz. Ele lhe deu um beijo no nariz.

Quando a música mudou, Shuggie ficou olhando a mãe levar a lata ao peito e rodopiar pelo quarto. Agnes fechou bem os olhos e voltou a um lugar onde se sentira jovem e esperançosa e querida. Voltou a Barrowland, onde homens estranhos a seguiam com avidez pelo salão de dança e as mulheres baixavam os olhos de ciúmes. Com os dedos se espraiando feito um belo leque, ela passou a mão pelo corpo. Logo acima dos quadris, tocou no pneuzinho teimoso que ganhara dando à luz os três filhos. De repente seus olhos se abriram, e ela retornou do passado, sentindo-se podre e idiota e desajeitada.

— Detesto esse papel de parede. Detesto essas cortinas e essa cama e essa porra desse lustre.

Shuggie se levantou, os pés com meias na colcha macia. Passou os braços em torno dos ombros dela e tentou se agarrar a ela de novo, mas dessa vez ela o afastou.

O apartamento pequeno nunca ficava sossegado, as paredes eram finas demais. Havia sempre o zumbido da televisão grande ligada num volume bem alto para seu pai. As reclamações em voz baixa de Catherine, com o telefone puxado até seu quarto, o fio raspando o verniz da base da porta enquanto ela andava de um lado para o outro e se queixava das miudezas dos dezessete anos. Havia vizinhos de todos os lados e, no décimo sexto andar, o vento, sempre o vento pulsante, chacoalhando as janelas mal ajustadas.

Agnes pôs a cabeça entre as mãos. Escutava os pais soltarem gargalhadas estrondosas vendo um comediante inglês afeminado. Seus dois mais velhos estavam fora de casa, sabe-se lá onde. Agora pareciam estar sempre fora, se esquivando de seus beijos, revirando os olhos para tudo o que ela falava. Ela ignorou a respiração suave de Shuggie e, por um instante, foi como se não estivesse com quase quarenta anos, não fosse uma mulher casada com três filhos. Era Agnes Campbell outra vez, presa no quarto, escutando os pais através da parede.

— Dança pra mim — pediu ela de repente. — Vamos fazer uma festinha.

Ela golpeou o despertador, e a fita cassete guinchou adiante, a música lenta e triste acelerando até chegar a algo mais alegre.

Shuggie levantou a lata de cerveja dela. Levou-a aos lábios, como se fosse um suco mágico que lhe desse poder. O sabor amargo de cevada o fez estremecer, parecia um refrigerante gasoso, leite e mingau ao mesmo tempo. Dançou para ela, dando passos de um lado para o outro, estalando os dedos e sempre errando o ritmo. Quando ela riu, ele dançou mais ainda. Fez o que tinha provocado seu riso mais uma dezena de vezes até seu sorriso se retesar, apagado e falso, e então ele procurou o próximo movimento que a deixaria feliz. Pulou e abanou os braços enquanto ela ria e batia palmas. Quanto mais feliz ela parecia estar, mais ele queria rodopiar e se debater. O papel de parede com estampa vibrante ameaçava nauseá-lo, mas ele seguiu em frente, golpeando o ar e balançando os quadris. Agnes inclinou a cabeça para trás em uma gargalhada, e a tristeza evaporou de seus olhos. Shuggie estalou os dedos feito um sujeito durão e levantou a cabeça, ainda fora do ritmo. Não importava.

Os dois estavam sem fôlego de tanto rir quando ouviram.

No corredor, a porta da frente se abriu e se fechou. Era mais uma sucção do vento e uma contração do espaço do que um barulho. Passos pesados percorriam o carpete devagar até chegarem à porta do quarto. Agnes catou as latas de cerveja vazias e as escondeu do outro lado da cama. Girou os anéis, arrumando-os nos dedos, e, se virando para a porta com ar de expectativa, ensaiou seu sorriso mais alegre. Os passos firmes pararam ali fora. Agnes e Shuggie prestaram atenção ao suave *clin-clin* dos trocados no bolso da calça. Depois houve um suspiro baixinho, e os passos foram do corredor para a sala de estar. Ele estava em casa para seu primeiro intervalo de descanso. Deveria ser um momento para passarem juntos. Agora ouvia Shug dar oi a seus pais, sua voz monocórdia e sem afeto. Agnes sabia que o pai devia ter levantado a cabeça, a televisão refletida nos óculos, e sorrido. Haveria um momento em que Wullie se levantaria e ofereceria a Shug a poltrona aconchegante. Ambos os homens dariam voltas em torno dela, um jogo destrambelhado de dança das cadeiras, até Shug pôr a mão no ombro de Wullie e o empurrar de volta à poltrona. Lizzie, o rosto impassível, se levantaria a fim de ferver a chaleira e provavelmente sentiria um arrepio, como se não fosse Shug, mas o vento frio de Campsie que tivesse chegado.

Agnes ouvia tudo através da parede. Em um único gesto, pegou os cremes e frascos de perfume da cômoda e os jogou do outro lado do quarto. A luminária estava caída de lado, quebrada. A lâmpada à mostra que a iluminava mudava tão completamente suas feições que Shuggie ficou assustado. Tudo tinha mudado rapidamente.

Agnes se afundou na beirada da cama. Shuggie sentiu a lata de cerveja se derramar no colchão e começar a encharcar suas meias. Enfiando o rosto no cabelo do filho, ela soluçou em meio a lágrimas secas, frustradas; sua respiração era viscosa no pescoço dele. Caindo de volta na cama, ela o puxou para junto de si. Quando ela o agarrou, ele viu que o rosto dela estava torto, a pintura dos olhos borrada e escorrida. Estava como as beldades da cerveja às vezes ficavam, um impressor desleixado e uma tela desalinhada, e de repente a mulher já não estava inteira, era só uma confusão de camadas diferentes.

Agnes esticou o braço para pegar o cigarro do outro lado do colchão, acendeu um e, tragando alto, conseguiu que a ponta virasse uma chama acobreada. Olhou para a luz por um instante, e sua voz ficou rouca de tanto se lamuriar cantando junto com a fita cassete. O braço direito se estendia, gracioso, e ela segurou o cigarro incandescente contra a cortina. Shuggie viu quando a cinza começou a arder e soltar uma fumaça cinza. Ele começou a se contorcer quando a fumaça explodiu com um suspiro em uma chama laranja.

Agnes usou o braço livre e o puxou para junto de si.

— *Shhh*. Agora você tem que ser grandinho pela mamãe.

Havia uma calma apática nos olhos dela.

O quarto ficou dourado. As chamas galgaram as cortinas sintéticas e começaram a correr rumo ao teto. A fumaça preta subia como se fugissem de um fogo guloso. Ele teria sentido medo, mas a mãe parecia absolutamente tranquila, e o quarto nunca tinha sido tão lindo quanto no momento em que a luz criava sombras dançantes nas paredes e o papel de parede de caxemira ganhava vida, como milhares de peixes defumados. Agnes se apertou a ele, e juntos eles olhavam em silêncio toda aquela nova beleza.

As cortinas estavam quase acabadas, pingavam como sorvete no carpete. Partes do papel de parede que ficavam em torno da janela úmida tinham se soltado e estavam em chamas, e o trilho de plástico da cortina se derreteu em dois e balançou feito uma ponte partida. Uma enorme gota de cortina borbulhante pousou no canto da cama, e a fumaça cresceu ao redor deles. Shuggie voltou a se contorcer. Não conseguia parar de tossir. Uma tosse preta, pegajosa e amarga, como da vez em que a tinta de uma das canetas de bingo de Lizzie tinha estourado dentro de sua boca. Agnes não se mexia, apenas fechava os olhos e entoava sua canção triste.

Big Shug foi emoldurado pela escuridão da porta. Quando o oxigênio fresco adentrou o quarto, as chamas percorreram o teto para saudá-lo. Em um instante ele estava lá dentro e já tinha aberto a janela. Com as próprias mãos, empurrou o poliéster flamejante para fora da janela. Pegou do chão os pedaços maiores de magma derretido e os atirou junto com o tecido queimado. De repente ele sumiu outra vez, e Shuggie berrou pelo pai, com a certeza de que ele os deixara sozinhos.

Quando Shug voltou, estava balançando toalhas de banho molhadas. Esguichavam água sempre que acertavam o lugar e as chamas se apagavam sob elas. Shug se virou para a cama e bateu as toalhas molhadas nos corpos entrelaçados. Shuggie tentou não gritar enquanto as chicotadas deixavam sua pele ardida. Agnes ficou deitada, imóvel, os olhos fechados.

Quando por fim as brasas já tinham morrido, Shug deu as costas para a esposa e o filho. Pelos olhos ardidos, Shuggie via os ombros do pai tremendo de raiva. Quando este se virou, Shuggie percebeu que o rosto dele estava vermelho por causa do calor e seus dedos estavam enrolados, escarlates e doloridos nos pontos onde os queimara.

Lizzie e Wullie estavam parados na penumbra do corredor. Shug arrancou o filho dos braços de Agnes e o enfiou nos braços de Lizzie. Agnes estava impassível e inerte na cama e, quando Shug beliscou seu rosto com a mão, os lábios dela se abriram numa expressão bizarra de peixe. Curvando-se, ele a sacudiu com força e repetiu seu nome sem parar, até os cantos da boca estarem cheios de cuspe.

Era inútil.

Ele olhou para Lizzie, que apertava Shuggie contra o próprio corpo. Wullie passava a mão áspera, calejada, debaixo dos óculos, as lágrimas escorrendo pelo rosto. Shug olhou para a esposa e seu corpo sem vida. O quarto foi tomado pelo silêncio. Ninguém sabia o que dizer.

Agnes não confiou na quietude.

Ela abriu um dos olhos. A pupila estava escura e dilatada, mas focada e consciente. Ela pôs o cigarro destroçado entre os lábios.

— Porra, onde é que você estava?

Cinco

O centro da cidade estava cheio de orangistas. Com flautas, pífaros e tambores eles haviam desfilado pela cidade, do cenotáfio de George Square até Glasgow Green. Da janela do escritório, Catherine vira os estandartes e faixas das diferentes lojas passando. No começo, os protestantes cantavam em apoio ao rei Guilherme III de Orange e, mais tarde, quando os pubs já estavam abertos, berraram "É isso aí, seus fenianos imbecis" ao ouvir uma melodia que Catherine não conhecia e duvidava que eles conhecessem.

O dia inteiro policiais de jaquetas refletivas ficaram sentados em cavalos nervosos. Agora que a marcha estava encerrada, rapazes se reuniam e entoavam canções sectárias feito cantores detestáveis. Berravam para as moças que passavam e perseguiam todos os homens que não estavam usando as cores certas.

Catherine saiu do escritório o mais tarde possível na esperança de evitar a pior parte. Ficou parada em frente ao prédio de arenito, extremamente arrependida de seu novo casaco verde-esmeralda e das botas de camurça de salto alto. Enquanto as nuvens carregadas encobriam o sol de julho, ela praguejava por ter que trabalhar no sábado dos orangistas. Não que fosse grande coisa com números, mas o sr. Cameron insistia em que ela estivesse lá sempre que ele estivesse, para atender aos telefones que nunca tocavam, para fazer o chá que ele nunca tomava.

Não era nada mal para um primeiro emprego, argumentara o padrasto, Shug, principalmente para uma moça boba que tinha acabado de sair da escola e com o cérebro podre de tanto pensar em garotos e roupas. Concessão de empréstimos era um tédio, mas ela gostava de ver tudo bem organizado e arrumado. Adorava olhar para a elegante caneta vermelha no canto inferior de cada folha do livro contábil, totalizado, incontestável e verdadeiro. De certo modo, era a herança de Agnes, essa meticulosidade organizada, esse olhar aguçado para o que tinha e o que poderia gastar.

Não era um emprego ruim, e, além disso, o sr. Cameron tinha um filho que era do tipo grande e bonito. Enquanto ia para casa se esgueirando, Catherine se permitiu pensar no rapaz. Lá no cinema, Campbell Cameron estava cheio de mãos escorregadias, como um polvo obsceno. Até seus cortejos mais ternos pareciam petulantes e reivindicantes.

A avó a puxara de canto uma vez e lhe dissera que era uma boba, que devia se casar com Seamus Kelly. Lizzie explicou que tinha se casado com um bom rapaz católico, e fazia mais de quarenta anos que ele ficava a seu lado em meio a todo tipo de problema. Era fácil ignorar o conselho da avó. Afinal, Lizzie só tinha tido dois sofás novos desde que Catherine se entendia por gente, e casamentos deviam ser algo mais que mãos rachadas e joelhos esfolados. Lizzie nem precisava se preocupar com o jovem Cameron, de qualquer jeito. O padrasto de Catherine já estava ocupado empurrando o sobrinho, Donald Jr., para cima dela.

Da primeira vez que viu o primo postiço, ela ficara secretamente encantada com a forma como ele se portava, como ele se sentia à vontade na pequena sala de estar deles. Donald Jr. se sentava de pernas abertas, confiante, tomando mais espaço do que lhe cabia e falando de si sem nenhuma modéstia. Ela gostou das formas sutis através das quais informava que era mais importante do que ela. Era a cara que os cachorros protestantes sempre tinham, como se fossem muito amados, muito bem alimentados, o centro das próprias vidas. Eram o orgulho da mãe, mesmo nos vexames e nos defeitos, e Donald Jr. parecia inteiramente desprovido de consciência ou fardo. Ele era de ouro, mas na realidade tinha um tom rosa translúcido viçoso.

Catherine gostava de observá-lo comendo. Ficou escandalizada com o fato de que preferia gordura de carneiro a sopa de repolho e de que, para ele, as batatas sempre deviam vir acompanhadas de três linguiças inteiras. Ela o vira devolver o prato a Lizzie e pedir mais. Então como poderia dizer à avozinha que achava uma sorte tê-lo? Era de conhecimento geral que ele havia cortejado dezenas de garotas enquanto ela dividia o quarto com os dois irmãos. Donald Jr. não precisava pagar à mãe pela moradia. Não precisava sentir gratidão ou culpa por nada.

Praticamente desde que se conheceram, ele vinha tentando separá-la da virgindade. Catherine lhe dera um sermão sobre a primeira comunhão, e ele gargalhou quando ela explicou que estava se guardando para o casamento. Ele era mesmo sobrinho de Shug. Ela enfiou as unhas na palma da mão e castamente o rejeitou. Às escondidas, gostava desse raro desequilíbrio de poder, embora em certa medida tivesse presumido que ele a largaria por causa disso. No entanto, sabe-se lá o motivo, Donald Jr. nunca tinha lhe virado as costas. Na verdade, falou com o tio e, no aniversário de dezessete anos dela, ele a pedira em casamento, seu primo postiço, no segundo andar de um ônibus que passava por Trongate, em uma cena pomposa feita mais para ele do que para ela.

Quando a chuva apertou, Catherine passou a um leve trote nas botas de salto alto. Tinha visto diversas histórias chocantes espirradas em preto e vermelho na primeira página dos jornais noturnos, com fotos de moças estupradas e assassinadas nas sombras da cidade. Os jornais diziam que eram prostitutas e publicavam histórias tendenciosas sobre os problemas com drogas que elas precisavam sustentar. Uma das moças tinha sido estrangulada e largada em um córrego raso à beira da estrada. O assassino tinha dobrado seu corpo violado e o colocado dentro de um saco de lixo preto. Ela ficara ali por meses a fio, até que uns caras que jogavam lixo em qualquer lugar estouraram o saco, e a mão arroxeada escorregou para fora. Naquele tempo inteiro ninguém alertara à polícia sobre seu sumiço. Isso fez com que Wullie sugasse a dentadura de tanta pena e Lizzie perguntasse onde estava a Igreja Católica nessa história.

Catherine havia analisado com horror as fotos das moças mortas no jornal. Suas bochechas encovadas e os olhos saltados gritavam em contraste com os retratos delas vivas, contra um fundo laranja empalidecido. Uma jovem assassinada e a melhor foto que a família fora capaz de apresentar foram as cópias extras que Catherine fizera para seu cartão de transporte mensal.

Ainda não havia escurecido quando chegou ao pátio de concreto do conjunto habitacional. No crepúsculo havia várias crianças formando um círculo e cutucando alguma coisa com um graveto. Elas eram pequenas demais para estar fora de casa tão tarde, e algumas estavam sem casaco e sapatos na chuva de julho. Algo na pilha molhada chamou sua atenção, algo conhecido, mas fora de lugar. Catherine cruzou o pátio e torceu para que não fosse de novo um cachorro morto. Alguém estava dando veneno de rato a todos os cães sem dono de Sighthill — consideravam uma atitude mais bondosa do que vê-los se debater no calor.

No chão havia um monte molhado de cortinas chamuscadas, as caxemiras roxas que ela percebeu serem iguais às da mãe, queimadas e ainda fumacentas. Contando de dois em dois, achou o décimo sexto andar e viu que todas as luzes estavam acesas e as janelas, escancaradas, àquela hora já avançada. Não era um bom sinal. Tudo indicava que seu irmão Leek não estaria em casa. Se a noite tivesse transcorrido como ela imaginava, ele teria percebido o que estava para acontecer durante o jantar, fugido e se escondido. Era bom nisso. Como era quieto, ninguém sentia muito sua falta.

Mas ela precisava achá-lo. Não conseguiria encarar a mãe sozinha.

Havia um beco escuro entre as grades de ferro da Escola Saint Stephen à direita e a cerca de arame da Springburn Pallet Works à esquerda. Era conhecido por ser perigoso: depois que a pessoa entrava ali só podia dar meia-volta quando chegasse à outra ponta. As gangues adoravam. Mais ou menos no meio do beco, um velho casal de bêbados cambaleava entre o lixo levado pelo vento. Catherine ouvia a mulher cochichando promessas obscenas para o velho. Ela apertou o passo, depois se abaixou e rastejou pelo vão da cerca de arame. A cerca ficou presa na parte de trás de seu cabelo, e em um breve instante de pânico ela pensou que tinha sido pega. Catherine puxou, o cabelo foi arrancado e, quando ela se soltou, caiu de costas na lama. Molhada e escalpelada, viu o tufo pendurado feito os pelos de um animal e pensou em formas de descontar a raiva em Leek.

Dentro da fábrica de paletes de madeira havia milhares de cubos empilhados de engradados azuis. Cada cubo tinha uns nove metros de altura e era tão largo quanto o térreo de qualquer prédio residencial. O capataz os arrumara como ruas de conjuntos habitacionais, com dez quarteirões de largura e dez de comprimento, com espaço suficiente entre eles para movimentar o pequeno porta-paletes pelos corredores. Ela contou do jeito que Leek, de má vontade, havia lhe ensinado. Seria fácil se perder entre os paletes à luz do dia e mais fácil ainda no escuro. Refletores instalados na lateral da fábrica lançavam uma luz fraca nas filas norte-sul dos cubos, mas, se virasse para um dos lados, ficaria escuro como a noite.

Quando reparou nas chamas alaranjadas dançando no escuro, já era tarde demais. Ela tentou dar meia-volta, mas os saltos molhados das botas de camurça escorregavam e ela mergulhava ainda mais na escuridão. Mãos ásperas seguraram seus braços e a puxaram para um enxame de vagalumes. Ela tentou gritar, mas uma mão tampou sua boca. Ela sentiu o gosto de nicotina e cola que perdurava naqueles dedos. Muitas mãos se moviam pelo seu corpo, percorrendo e procurando. Ouviu o som sibilado da camurça quando um par de pernas se aproximou por trás. As pernas se forçaram contra ela, e ela sentiu o homem através da finura da calça justa. Ele estava inchado de sangue e excitação.

Uma das chamas que ardiam chegou mais perto e brilhou, ameaçadora, à frente de seu rosto.

— O que é que você quer, porra? — perguntou ela.

— Tem umas belas tetas — disse um dos homens à esquerda.

Todos os vaga-lumes em brasas riam e dançavam.

— Só uma apertadinha...

Catherine sentiu uma mão pequena, quase de mulher, puxar a blusa que usava para trabalhar.

Um flash prateado cortou a escuridão, e Catherine sentiu o metal frio apertado contra sua bochecha. A mão suja desceu de seu rosto para sua garganta. A faca de peixe prateada foi encostada no canto da sua boca e sua ponta entrou um pouco. O gosto era metálico, como uma colher imunda.

— Celtic ou Rangers?

Catherine soltou um lamento triste. Era uma pergunta muito difícil: se respondesse errado, a lâmina a deixaria com um sorriso de Glasgow, uma cicatriz de orelha a orelha, uma marca para o resto da vida. Se respondesse certo, talvez fosse apenas estuprada.

Inúmeras vezes, ela ficara sentada na cama, penteando o longo cabelo, vendo Leek fazer essas mesmas perguntas absurdas a Shuggie. Leek sentava em cima do irmão caçula e o segurava contra o chão. Fechava as mãos em punhos, mantendo-os a centímetros do rosto de Shuggie, e perguntava: "Cemitério? Ou hospital?" Não fazia sentido. Todas as respostas geravam resultados iguais. A pessoa ganharia o que quer que o imbecil em cima dela quisesse dar.

— Não vou perguntar de novo.

A faca de peixe chacoalhou contra seus dentes ao sondar a parte interna de sua bochecha. Uma única lágrima escapou de seu olho esquerdo. Catherine pensou nos dedos cheios de cola e forçou um palpite.

— Celtic?

O homem bufou, decepcionado.

— Deu sorte na resposta.

Sem pressa, ele tirou a faca do espaço entre os lábios dela. Estava curtindo o pavor estampado em seu rosto. Catherine pôs o dedo dentro da boca, sentindo o gosto salgado e quente de sangue, mas felizmente a pele ainda estava inteira.

Uma luz clara brilhou bem no seu rosto, e ela recuou contra o homem atrás dela.

— Puta que pariu! — disse a voz. — É a irmã mais nova do Leek.

Os olhos dela demoraram um pouco a se acostumar à luz da lanterna. Ela pôs a mão na ponta e a direcionou para o chão. Os homens que estavam ao redor eram apenas meninos, mais novos que ela e provavelmente mais novos que Leek. Estavam fumando e esperando na escuridão. Sem paz em casa, aguardavam alguém para molestar ou uma oportunidade para esfaquear o vigia noturno.

Ela esticou a mão e bateu no dono da faca prateada. Como não se sentiu melhor, fechou o outro punho e o golpeou no pescoço, na cabeça e nos ombros. O garoto cobriu a cabeça e saiu dançando, aos risos.

Catherine se acotovelou entre os garotos, enojada, e correu pelo último bloco de paletes. Ouvia pés, ligeiros e monocórdios, atrás de si. Agarrou-se à parede de madeira azul áspera e, o mais depressa que conseguiu, subiu em uma pilha de paletes. Às suas costas, sentiu uma mão se fechar em torno de uma das botas novas. Ela deu uma puxada rápida e seu pé se libertou. Precisou juntar todas as forças que tinha para se segurar na madeira lascada. Balançou a bota, encaixando-a de volta, e ouviu o estalar de um osso se quebrando. Levantando o joelho, ela achou uma base de apoio e galgou o resto dos paletes.

A lanterna brilhava por baixo da saia, tentando iluminar sua calcinha. Eles a atormentavam, as vozes estridentes, prestes a ceder, o barulho perigoso de meninos imbuindo-se do poder inebriante da masculinidade. Ela subiu os últimos três metros até o topo. Queria se deitar por um tempinho para recuperar o fôlego, mas se forçou a ficar de pé e olhar para o lado com uma expressão desafiadora. Eles eram cinco, de caras esburacadas e penugentas. Sorriam para ela, enquanto o mais velho enfiava o indicador num buraco que fazia com a outra mão. Catherine cuspiu neles. Foi um vasto banho de espuma branca, e os meninos gritaram feito as crianças que ainda eram e se dispersaram feito ratos aos risos.

Parada no alto do monte plano de paletes, ela olhou para os campos uniformes de madeira azul-clara. Os meninos a fizeram perder a conta, e ela torcia para ter subido na torre certa. Leek poderia saltar os quase três metros que separavam as pilhas, mas ela, não. De botas molhadas, poderia escorregar e cair. Estremeceu ao pensar no que os vândalos fariam com seu corpo enquanto ficasse ali, de pescoço quebrado.

Catherine contou quatro a partir da cerca, e cinco a partir da curva. Estava certa: não tinha errado a conta. Procurando o alto da pilha, ela se decidiu por um palete que tinha mais ou menos um metro e vinte por um metro e vinte, do canto sudeste. Olhando por cima do ombro, como fora ensinada, ela se inclinou e levantou um dos paletes, afastando-o dos outros. Uma luz bruxuleante vinha lá de dentro.

Catherine enfiou a cabeça na fresta e sibilou o nome do irmão em direção à luz fraca.

— *Leek, Leek!*

Não obteve resposta. Ela sibilou de novo, e de repente a luz bruxuleante se apagou, e o buraco ficou escuro. A chuva escorreu da ponta de seu nariz quando se aproximou do vácuo. De repente, um rosto branco com pequenas orelhas rosadas surgiu do escuro.

— Buu!

Catherine caiu para trás. Se estivesse mais perto da beirada, teria caído na lateral. Ela cuspiu no rosto branco de Leek.

— Ai, puta que pariu!

— Ué, que porra é essa de tentar me assustar desse jeito?

Catherine juntou os joelhos e examinou as mãos vermelhas à procura de lascas azuis. O medo e a vergonha a inundaram, e seu rosto ficou coberto de lágrimas de frustração.

Leek enxugou o rosto com a manga do suéter. Entendeu mal o choro dela.

— Também não precisa chorar por causa disso. Você vai entrar aqui ou não? Assim está entrando chuva.

Catherine olhou de cara feia para a fresta e desceu até a toca do irmão. Leek puxou a palete solta acima de suas cabeça. Ali dentro o ar estava tão bolorento quanto uma cova aberta e escuro como um caixão fechado. Assim que Catherine começou com a expiração grave que precedia seus lamentos, Leek a avisou:

— Boca fechada.

Enquanto isso, ele se remexia no breu. Na ponta mais distante houve o tinido de um metal, e o espaço se iluminou com uma luz fraca enfumaçada.

A lanterna de acampamento projetava longas sombras naquele espaço que parecia uma caverna. O meio dos paletes ocos tinha, sem sombra de dúvida, o dobro do tamanho do quarto deles em casa, mas o pé-direito tinha apenas um metro e oitenta. Leek cobrira o chão e as paredes com pedacinhos de carpete jogados no lixo e caixas de papelão aplainadas. Pelo buraco estreito no alto, havia enfiado pedaços velhos de móveis e cadeiras de cozinha quebradas. Os paletes foram organizados a fim de criar vigas de sustentação, e alguns tinham sido inclinados e revestidos de tapetes velhos para criar uma espécie de sofá feioso. Nas paredes acarpetadas havia fotografias de garotas nuas publicadas nos jornais populares. Alguém tinha pendurado uma foto de Maggie Thatcher, e outro piadista tinha desenhado um pinto cheio de veias entrando em sua boca discursadora.

Catherine ficou olhando o irmão arrumar a casa para que ela ficasse à vontade. Conhecia alguns dos garotos mais velhos de Sighthill que tinham esvaziado o espaço alguns anos antes. Depois que o mais selvagem esfaqueou um vigia noturno bisbilhoteiro, eles foram praticamente deixados em paz. Era um ótimo lugar para se embebedarem e cheirarem cola. A maioria dos meninos mais novos levavam meninas ali e faziam camas com casacos e suéteres emprestados. Aos poucos, à medida que boas reputações eram destruídas, as meninas de Sighthill pararam de frequentar a toca do palete. Como as vozes dos meninos continuavam a engrossar, e os hormônios permaneciam em polvorosa, a maioria saiu de fininho em uma caçada cheia de tesão. A casa de palete se tornou mais vazia e mais sossegada. Agora Leek volta e meia passava o fim de semana inteiro sozinho ali.

Se Agnes tomava um drinque em uma quinta-feira, Leek pegava umas latas de grãos e manjar em pó da cozinha da avó e ia para o esconderijo. Quando voltava, no domingo à noite, todos viam TV. Agnes estava afável e arrependida, sem o demônio do álcool. Ela abria um espaço a seu lado no canapé para afagá-lo, e ele se sentava perto, curtindo o cheiro quente, perfumado, de banho. Lizzie o olhava com um sorriso distante e perguntava se ele tinha passado o fim de semana inteiro na cama. Era bom ser uma alma discreta.

Não que ele fosse pequeno. Ao completar quinze anos, já passava de um metro e oitenta. Sempre fora magrelo, e, à medida que crescia, adquiria um corpo ainda mais saudável e capaz. O cabelo, assim como a constituição física, fora herdado do pai verdadeiro, há muito esquecido. Era fino e ralo, cor de marrom-rato, e caía delicadamente sobre as orelhas e os olhos, que eram acinzentados e límpidos, mas sempre lentos para demonstrar emoções. Fazia tempos que havia aperfeiçoado a arte de ver através das pessoas, abandonar conversas para seguir seus devaneios.

Leek era tão econômico nas emoções quanto enxuto de corpo. Do pai verdadeiro, também herdara uma personalidade dócil, reservada e pensativa, solitária e distante. A única coisa física que ganhou da mãe era seu nariz, largo e ossudo, forte demais para ser romano. Rompia a linha de sua franja macia e acanhada e repousava sobre seu rosto fino como um monumento a seus ancestrais católicos irlandeses. Agnes o herdara de Wullie, e Wullie o herdara do pai, que o trouxera do condado de Donegal. Não deixou ninguém incólume e não ignorou nenhum homem ou mulher da linhagem dos Campbell.

A toca era um forte acarpetado, coisa de menino. Cheirava a cerveja, cola e sêmen, e Catherine não entendia qual era o atrativo. Andando pelo ambiente, ela recuou diante da bagunça e dos enlatados comidos pela metade. Enxugou as lágrimas do rosto e fungou.

— Faz quanto tempo que você está aqui?

— Sei lá — respondeu o irmão, puxando um casaco jogado no lixo de um monte bolorento que havia no canto. — Na hora do almoço, ela já tinha tomado o resto do uísque do batizado.

Ele lhe entregou o sobretudo seco. Catherine tirou o belo casaco verde e se enfiou no tweed masculino da Harris. Cheirava a lanolina e suor, mas a secura crocante da lã áspera era aconchegante. Leek pegou uma lata velha de biscoitos na prateleira acima das fotos das mulheres peladas e passou para ela. Ficaram sentados juntos no sofá improvisado. Ele passou o braço em torno dela com delicadeza e se enfiou no casaco até cada um ficar com uma manga.

Catherine levantou os dedos cheios da massa doce da lata. Sentia o gosto do açúcar âmbar do xarope de que a avó tanto gostava. Sentiu-se melhor.

— Não comi nada o dia inteiro. Não tinha ninguém para ficar perto dos telefones, e o sr. Cameron disse que traria um sanduíche pra mim quando saísse pra comprar o almoço dele. Mas não trouxe. E, bom, eu não quis falar nada, senão ele ficaria sabendo que feriu meus sentimentos.

— *Sentimento é para os fracos* — retrucou Leek, usando a voz robótica que ela odiava.

Catherine tirou o braço do casaco e lhe lançou um olhar frio.

— Pois se esconder é para os covardes.

Os longos cílios tímidos sobre as bochechas rosadas do irmão. Desde que era menino, se magoava facilmente. Ela pôs o braço dentro do casaco cheio de traças outra vez e o passou pelas costas dele, sentindo as costelas finas através do suéter da escola.

— Desculpa, Leek. Dá muito medo vir aqui pra te encontrar. Estou encharcada e estava morrendo de medo e agora minhas botas novas estão destruídas.

— Não dá pra ter nada bom neste lugar.

Ela o puxou para perto, dois anos mais novo e já era trinta centímetros mais alto. Enfiou a cabeça molhada na curva de seu queixo largo. Ela se permitiu chorar baixinho e tentou deixar a raiva que sentia dos vândalos e da faca de peixe se esvair.

— Você passou o dia todo escondido aqui?

— Sim. — O suspiro dele a atravessou. — Eu te falei. Ela acordou, e senti durante o desenho animado que a tempestade estava pra chegar. Ela estava tremendo pra caramba, então pediu pra eu olhar o menino enquanto ela fazia compras... — Ele se calou.

Ela entendeu que os pensamentos dele estavam longe.

— Ela bebeu num pub?

Os olhos dele estavam de novo vidrados.

— Não. Eu... acho que não. Ela tomou o uísque, depois acho que comprou pra viagem e tomou um pouco no elevador, subindo lá pra casa.

— Bom, é *mesmo* uma secura só nessa altitude.

Catherine lambeu os restos da mistura melada dos dedos e pôs a lata no chão.

— É, ela me parecia bem seca — disse ele com tristeza.

Houve um longo silêncio entre os dois. Leek tirou da boca as dentaduras de porcelana da arcada superior e esfregou a bochecha como se estivesse pinicando. Agnes, irritada com as frequentes consultas ao dentista, o convencera a arrancar os dentes, fracos e cheios de obturações de alumínio, no décimo quinto aniversário.

— *Ainda* doem? — perguntou Catherine, satisfeita porque seus dentes ainda eram seus.

— É. — Ele tirou a saliva da dentadura e a colocou de novo na boca.

— Sinto muito, Leek, e desculpa por te deixar sozinho durante o dia.

Ela lhe deu um beijo amável.

Era um carinho exagerado. Ele pôs a mão no rosto da irmã e a segurou longe de si.

— Cai fora, sua nojenta. E também não precisa ter pena de mim. Já chega de me sentir mal por causa dessa merda.

Leek desabotoou o sobretudo enorme e voltou para o frio. Ele cobriu os nós dos dedos com a manga do suéter preto da escola e enxugou o beijo da irmã do rosto.

Observando-o, Catherine pensou que Leek pareceria ter doze anos, se não fosse pelo nariz grande dos Campbell. Observou que seus dedos compridos, tão delicados e finos quanto os de um relojoeiro, o amolavam, o percorriam constantemente, mexiam nele, o mediam, e depois o lamentavam. Ele afastou a mão do nariz.

— Para de ficar encarando. — Ele saiu da luz da lanterna para o lado escuro da toca.

Catherine pegou um caderno de desenhos preto. Leek voltara a desenhar. Ela folheou as páginas que continham esboços minuciosos de beldades de biquíni sentadas no capô de uma Ferrari ou montadas em dragões alados. As ilustrações de Leek eram tão boas quanto as de qualquer álbum de rock, um mundo lindamente representado de fantasias acanhadas. Os músculos e tendões e beldades nuas acabaram sucumbindo a projetos precisos, feitos à régua, de arquitetura e marcenaria, desenhos técnicos de prédios futurísticos e outros menores, mais detalhados, de um móvel para aparelhos de som e um de cavalete feito em casa. Ela não se lembrava de um minuto sem que ele estivesse com um lápis na mão.

Sorria sozinha, orgulhosa, quando Leek emergiu do breu e arrancou o caderno de suas mãos.

— Acho que isso não é seu, é?

Ele levantou o suéter e enfiou o caderno no cós do jeans.

— Leek, eu te acho muito talentoso.

Ele fez um som de desaprovação e voltou a sumir na escuridão.

— Estou falando sério. Você vai ser um artista incrível, e eu vou me casar, e nós dois vamos sair dessa merda e vamos pra longe desse chiqueiro.

O sibilo veio do breu.

— Vai se foder. Sei que você vai me abandonar. Já vi você trocando olhares com aquele orangista idiota. Sei que vai me largar e me deixar cuidando sozinho dela.

— Leek, você não pode ficar na luz pra eu poder te ver?

— Não. Eu gosto de ficar aqui.

Catherine secou o cabelo na manga do casaco e pensou por um instante. Enfrentou o medo que os vândalos tinham deixado dentro dela.

— Que pena, estou aqui pra tirar minhas roupas todas e lutar contra uma serpente alada gigante por você.

Ele saiu do escuro, balançando a cabeça.

— Não se dê ao trabalho. Prefiro desenhar peitos maiores.

Catherine se encolheu, mas disse:

— Usa essa sua imaginação.

— Não estou com um lápis de ponta fina o suficiente pra desenhar a complexa *miniatur-ei-sibi-lidade* deles.

Eles trocaram olhares furiosos com expressões sérias. Catherine fez a cara de náusea primeiro e fingiu vomitar no casaco de velho inteiro. Leek a copiou, até estarem ambos nadando em vômito imaginário. Catherine viu o sorriso tímido do irmão voltar, e pensou ser uma vergonha ele não sorrir mais. Leek a pegou analisando seu rosto.

— Por que você não tira uma foto?

Catherine tentou suavizar o olhar, com medo de jogá-lo de volta às sombras.

— Então, a mamãe parecia estar mais com cara de briga ou de sentimental quando você foi embora?

Ele deu de ombros.

— Ela passou boa parte do dia no telefone, procurando o Shug. Deu pra perceber que acabaria mal.

— Por quê?

— Ela estava bebendo como se quisesse chegar em outro lugar.

— Ela fez escândalo?

Ele fez que não.

— Hoje ela estava mais pra triste do que pra escandalosa.

Catherine suspirou.

— Que merda. Melhor a gente voltar. Acho que deu problema.

— De jeito nenhum. Roubei comida suficiente pra passar a noite aqui. — Ele já estava a meio caminho da escuridão.

— Você vai pegar um resfriado e morrer.

— Ótimo.

— Poxa, Leek. Você já passou da idade de ter casinha de brinquedo.

Era uma coisa cruel de se dizer, e ela sabia que não venceria se continuasse por esse caminho. O irmão fora dotado de uma teimosia lendária — ele simplesmente olhava através da pessoa e viajava, deixando seu corpo para ser despedaçado a bicadas. Catherine não queria encarar a mãe sozinha. Não queria voltar pela escuridão sem ele.

— Por favor, vim te buscar. Não deixei seus amigos cheiradores de cola olharem debaixo da minha saia a troco de nada. — Ela mordeu o lábio, digna de pena. — Eles tinham uma faca de peixe, Leek. E apertaram os meus peitos.

Leek pareceu estar com muita raiva. Ela sempre sentia medo do gênio do irmão, e um deleite secreto também. Sempre vinha em silêncio e com brutalidade, e a mínima ofensa era capaz de transformar um cavalinho de brinquedo em um cavalo de pau.

— *Por favor*. — Os braços dela pendiam flácidos junto ao corpo, em uma pantomima tosca de desamparo.

Leek voltou ao canto escuro da caverna e levou a jaqueta impermeável com capuz e o cabo quebrado de uma pá de jardinagem. Ele o girou em tom ameaçador. Apagou a lanterna de acampamento fumegante, e juntos os dois subiram em silêncio e saíram pelo alto dos paletes. Leek fechou a porta do alçapão e eles ficaram ali, olhando a cidade resplandecente lá embaixo. Era linda. Catherine levantou a mão direita e apontou para a escuridão muito depois das luzes alaranjadas da cidade.

— Leek, está vendo aquilo ali?

Era uma linha de vácuo no horizonte, preta como a margem do nada. Ele seguiu a direção do dedo.

— Não.

— Ali! — disse ela e apontou com mais convicção, como se fosse ajudar. — Olha pra depois de Springburn e Dennistoun. Olha pra depois do último conjunto.

— Boba! Não é porque você esticou mais o braço que vou enxergar melhor. Está um breu. Não tem nada ali.

— Exatamente!

Ela ponderou antes de abaixar o dedo e se virar de novo para o edifício.

— É pra lá que ouvi o Shug dizer que a gente vai se mudar.

Seis

Agnes passara boa parte da noite deitada, entre ataques de tosse seca. Agora a luz da manhã que entrava pela janela sem cortinas não lhe daria paz. Não podia mais ignorar a corrente de ar úmido que se enfiava no quarto e caía em seu corpo pegajoso. Abrindo os olhos, debilmente examinou o quarto em busca de uma solução para o inconveniente. Seus olhos não esperavam ver os dedos pretos de fuligem. Ela se levantou em pânico antes de reconhecer como seu o quarto chamuscado. Como um terrível cartão-postal da noite anterior, seu reflexo retribuía o olhar, vestido dos pés à cabeça, com o rosto cheio de maquiagem manchada. Olhou para o travesseiro atrás de si e para a bagunça molhada que tinha deixado. O olhar foi para o lado de Shug na cama. Não tinha sido usado.

Agnes abaixou o queixo contra o peito e tentou elucidar o blecaute. As imagens corretas não vinham. Passando os dedos pelos cachos pretos, ela sentiu a fragilidade quebradiça do excesso de spray fixador. Por puro hábito, enfiou a cabeça entre as mãos e as unhas, na risca do cabelo, com força, sentindo o sangue envenenado correr para o couro cabeludo. Era gostoso. As lembranças da véspera começaram a repicar como enormes sinos de capela dentro do crânio.

Blem, aqui está a criança dançando na cama.

Blem, aqui estão as chamas nas cortinas.

Blem, aqui está Shug, girando a aliança com o rosto cheio de decepção, mais uma vez.

Agnes tornou a se deitar na cama. Ela soluçou, mas foi um choro de autocomiseração que não provocou lágrimas. Pensou em segurar o menino enquanto as brasas subiam pela cortina. Descartou a lembrança e se obrigou a não olhar mais para ela. Porém, quanto mais desviava o olhar, mais ela brotava como uma flor tenebrosa. A culpa penetrou como umidade em seus ossos, e se sentiu podre de vergonha. Procurou um cigarro para cobrir a dor de garganta, que parecia tão preta e grudenta quanto asfalto em julho. Não tinha nem um cigarro nem fósforos no quarto. Tinha sido posta sob vigília. Isso pelo menos a animou um pouco.

No corredor, a casa estava sossegada. Devia ser muito tarde, pois a porta do quarto dos pais estava aberta, e ela viu que a cama estava bem arrumada. Entrou no banheiro sem janela e fechou a porta, sentando-se no vaso. Pensou em tomar um banho e afundar até o fundo para esperar o Senhor. Na banheira havia duas toalhas de banho ensopadas, empretecidas pelo fogo. Não teve forças para mudá-las de lugar.

Agnes fechou os lábios em torno da torneira fria de metal e engoliu a água cheia de fluoreto, ofegante e arquejante feito um cachorro sedento. Começou a limpar a maquiagem manchada do rosto — o algodão saiu preto por conta das manchas de fuligem. Ao abrir o armário de remédios, procurou nas prateleiras de plástico os remédios de Wullie, algo para aplacá-la, mas os analgésicos haviam sumido. Ela levantou um frasco de xarope para tosse seca e tomou um gole, depois outro.

Quando enfim saiu para o corredor escuro, passou um bom tempo se arrumando. No breu, testou sorrisos diferentes, sorrisinhos de desculpas em que abaixava os olhos e os erguia sob as sobrancelhas grossas com os lábios tensos e trêmulos. Testou alguns sorrisos casuais, como se tivesse acabado de voltar das compras. Testou um sorriso largo, cheio de dentes, radiante, uma expressão insolente que dizia e *daí? Vá se foder*. Se Shug estivesse ali, seria esse que ela usaria.

Wullie e Shuggie estavam sentados à mesa de jantar redonda, comendo ovos mexidos com pão. Com sessenta anos de diferença, se aconchegavam no canto como velhos companheiros de bar. Leek estava no canapé, as pernas nuas levantadas e apoiadas nas costas do móvel, um caderno de desenho na mão. Quando viu a mãe, ele se levantou em silêncio e passou por ela acenando com a cabeça educadamente, como um estranho na rua.

Todas as janelas estavam escancaradas, a casa já esfregada com água sanitária. O ar estava amargo e cortante. Wullie virou o olhar em direção aos ovos quando a viu. Ele devia ter ido à missa cedo, seu terno de qualidade estava dobrado sobre a cadeira da cozinha. Ele estava de camiseta, os braços grossos uma tapeçaria de tinta azul desbotada do punho ao ombro, nomes e lugares da Guerra que jamais poderia esquecer, uma garota risonha de cabelos pretos de Donegal e o nome e a data de nascimento de Agnes em letras elegantes e orgulhosas.

— Você perdeu a missa.

Agnes testou várias caras e por fim se decidiu pela contrita. Ouviu fungadas na copa.

— Shug está aqui? — indagou ela, nervosa, um sorriso derrubando sua expressão falsa.

Wullie fez que não. Tudo havia sido feio demais para ele: a briga, o fogo, a criança chorando. Ele empurrou os óculos no nariz e fitou os ovos.

— Por favor, não sorria, Agnes. Por favor, não me dê esse sorriso.

Seu filho, que o Deus o abençoasse, tinha se animado como as luzes de Blackpool quando ela entrou no ambiente. As mãos de Shuggie cheias de ovos estavam esticadas para ela, uma toalha de banho enrolada na cabeça como um turbante.

— Mamãe, Catherine não foi muito legal comigo de manhã. Ela me chamou de bebê-chorão.

Agnes o pegou no colo. Ele se enredou em seus ossos doloridos, apertou-a até trazê-la de volta à vida.

— O vovô falou que hoje posso comer três biscoitinhos recheados.

— Hugh, volta aqui pra terminar seu café da manhã, senão você não vai comer biscoito *nenhum*.

Wullie acenou a mão grossa para o menino, e, com um súbito *puf*, Shuggie escorregou do tronco da mãe. Ela sentiu o tremor de seus ossos recomeçar. O pai havia enfiado um monte de comida na boca franzida de Shuggie antes que ele tornasse a falar. A voz era calculada, mas o olhar dele não cruzava com o dela.

— Sei que a culpa é minha, Agnes. Sei que sou a razão para você ser do jeito que é.

Agnes se remexeu, irritada. *De novo não.* Sua garganta estava desesperada por um cigarro.

— Me escuta. Sei que te mimei quando devia ter batido em você com o cinto. Sei que sou emotivo, que tenho coração mole. Mas você não faz ideia. *Nenhuma* ideia de como era. — Wullie esfregou a pele do punho contra os lábios. Olhou para a porta da copa como se houvesse alguém na coxia lhe passando as falas. — A gente era catorze. Minha velha mãe não viu nenhum filho conquistar algo sem trabalhar muito. Nem nosso caçula Francis, com aquela perna torta. O pobre coitado teve que lutar que nem todo mundo. Então quando sua mãe me falou que eu seria abençoado contigo, rezei para que fosse diferente. Jurei que você nunca passaria a necessidade que eu nem passei.

— Papai, por favor, você não precisa…

Cadê os cigarros, porra?

Ele espalmou as mãos ásperas: o som foi como o de um trovão estrondoso.

— Vou ser sempre um covarde dentro da minha própria casa?

Ele não era homem de levantar a voz. Agnes fechou a boca. Até Lizzie parou de fungar na copa. Wullie Campbell era um homem feito para carregar silos de trigo em barcaças no rio Clyde. Ela já o tinha visto sozinho tirar de um pub meia dúzia de sujeitos desrespeitosos vindos de Liverpool.

— Todo dia, às cinco e quinze, você vinha correndo pela rua pra me encontrar, toda limpinha e arrumadinha. Eu pedia pra sua mãe deixar você limpinha. Ela me perguntava: "Wullie, precisa mesmo dessa ostentação toda?" Mas era a única coisa que eu pedia pra ela fazer. O homem tem que sentir orgulho da família. Mas as pessoas já não ligam mais pra essas coisas, né? — Os nós tatuados dos dedos de Wullie estavam franzidos de raiva. — Me dava tanto prazer ter orgulho de você! Dava pra perceber que eles tinham inveja, debruçados na janela de cara amarrada. Homens e mulheres feitos, com inveja de uma centelha pequenininha de vida feito você. Eu ria quando eles diziam que você cairia em desgraça.

— Você fez bem, papai. Eu fui feliz.

— É? Então o que é que você tem pra ser tão infeliz agora?

Ele chupou os dentes e pôs a mão na cabeça do menino, o peso parecia que quebraria o pescoço de Shuggie. Havia lágrimas de emoção nos olhos de Wullie, mas ele a encarava com frieza, como se fosse a primeira vez que a enxergasse de verdade.

— Me fala, Agnes. Devo te bater de cinto?

A mão de Agnes foi até a garganta, ela teve vontade de rir.

— Pai! Eu tenho trinta e nove anos!

— Tenho que arrancar esse demônio egoísta de dentro de você a cintadas?

Ele se levantou da mesa devagar. Os braços pendiam junto ao corpo, as mãos, enormes baldes de limo na ponta de gruas de ferro.

— Estou cansado de ver você sempre em primeiro lugar, Agnes. Estou cansado de ver você se destruir e saber que a culpa é minha.

Agnes deu um passo para trás. Não estava mais sorrindo.

— A culpa não é sua.

Wullie fechou a porta da sala de estar sem fazer barulho. Tirou o cinto de silo das calças de lã, o logotipo do Sindicato de Meadowside gravado no couro, e o peso dele se arrastava pelo carpete.

— É, talvez seja melhor assim.

Agnes esticou os braços para a frente e aos poucos recuou até a porta. O sorriso insolente havia sumido de seu rosto. Enquanto o pai avançava, ela continuava a andar de costas, até que sentiu a cristaleira da sala às suas costas e ouviu os enfeites com olhos de vidro tilintarem em advertência. O menino estava agora em suas pernas, a cabeça escondida meio atrás do jeans. Wullie enrolou o cinto nas mãos uma, duas vezes para ter um domínio melhor.

— Manda o menino ficar longe de você.

Ela puxou o menino para mais perto. Wullie fechou a mão no braço macio da filha. Com a outra mão, afastou o menino da perna dela, com delicadeza, mas também com firmeza. Ele levou Agnes até a cadeira dele, onde se sentou e a colocou no colo.

Ela não lutou, e não diria mais nenhuma palavra de súplica.

— Meu Senhor Jesus Cristo, Lhe peço forças pra perdoar. — O cinto desceu com um estalo alto nas nádegas tenras dela. Agnes não gritou. Wullie levantou a mão de novo. — Eu Lhe agradeço por meu fardo nunca ser mais pesado do que eu possa carregar. — *Plaf.* — Mostre a Agnes as muitas bênçãos que ela tem na vida. — *Plaf.* — Aquiete suas necessidades. — *Plaf.* — Dê a ela um pouco de paz.

Houve uma leve mudança de posição do seu lado, e Agnes sentiu a própria mão esquerda ser segurada. Sentiu o refresco das mãos sem sangue na nuca suada. Sentiu o afago delicado da mãe. Lizzie se ajoelhou a seu lado no chão. Sua voz se juntou à de Wullie na prece.

— Senhor, é só através do seu perdão que podemos nos perdoar.

Plaf.

* * *

Depois do incêndio, Shug saíra para seu expediente noturno, e pela segunda vez na semana não tinha voltado de manhã. Além do irmão, Rascal Bain, e alguns garotos do ponto de táxi, ele não tinha muitos amigos homens. No entanto, Agnes sabia, havia um milhão de outros lugares onde ele ficaria feliz de estar.

Ela se sentou cautelosamente na beirada da cama. As partes de trás das coxas ardiam, vermelhas por causa do cinto de Wullie, e ela não conseguia se concentrar ao dobrar as meias limpas de Shug, uma por dentro da outra, combinando os tons desbotados do jeito que ele gostava. Nos braços de quem ele estaria agora? Ela sentiu a briga crescer dentro dela outra vez. Seria possível que estivesse no prédio ao lado, com a grandalhona da Reeny?

Ela precisava sair, precisava dar as caras.

Do armário de roupas de cama, ela pegou uma cadeira de lona dobrável que eles levavam no trailer na semana da feira. Ela tirou a dentadura e a enxaguou debaixo da água morna da torneira. De jeans justo e usando o sutiã preto novo como a parte de cima de um biquíni, ela saiu para o corredor e esperou o elevador manchado de mijo. Depois de descer os dezesseis andares, ficou aliviada em ver que não havia cortinas queimadas espalhadas.

A não ser pela bosta de cachorro petrificada e alguns chamuscados leves, o pátio estava vazio. Agnes olhou os fundos do prédio, verificando se o táxi de Shug não estava estacionado ali. Ela já o havia flagrado assim uma vez. Ele deveria estar trabalhando à tarde, mas estava lá em cima, trepando com a esposinha de alguém. O que separava sua travessura suada da própria família eram alguns metros de concreto da qualidade que o Conselho permitia. Agnes havia passado aquela tarde inteira no elevador de Sighthill ao lado de um balde e um esfregão cheio de borra de chá gelado e mijo. Aguardou em cada corredor que a porta se abrisse para ele e só acabou com a caçada quando surgiu um grupo de meninas bonitas que estavam saindo para brincar. As crianças deram uma olhada nela e, com medo, se recusaram a entrar no elevador com a mulher aparentemente louca do décimo sexto andar.

A princípio, ela pensou na idiotice de Shug de ser flagrado com tamanha facilidade. Só depois, quando o confrontou, entendeu que a idiota era ela. Ele não fora pego com a mão na massa. Ele queria ter certeza de que ela saberia. Certas coisas não deviam passar despercebidas.

O sol estava branco no céu. O concreto já vibrava com o calor matinal. No descampado, Lizzie tomava banho de sol em um lençol velho, com as costas apoiadas no alicerce. O vestido floral estava desabotoado até o esterno e bem aberto para aproveitar o mais raro dos acontecimentos, a luz do sol. O cabelo estava apertado em bobes azuis-claros e tinham sido cuidadosamente enrolados em um pano de prato de algodão. Lia o jornal daquele dia e fofocava com um punhado de senhoras no gramado irregular. As outras estavam sentadas em cadeiras de cozinha, descascando enormes batatas marrons e deixando as cascas caírem em um saco plástico velho.

Agnes se sentou na cadeira de lona a uma distância respeitável da mãe e de sua turma. Lizzie mal tirou os olhos do jornal, e Agnes entendeu que estava sendo castigada. Tentou se acomodar casualmente no calor do sol, mas seus olhos não paravam de voltar à mãe, desejando só uma lasquinha de amizade para aplacar a solidão em seu peito.

Havia um novo grafite na parede acima de Lizzie. Pulava de seus cachos como um balão de pensamento obsceno: *Nada de timidês... Mostra tua torta pra nóis*. Para Lizzie, o grafite poderia ter sido um apelo providencial a uma confeiteira acanhada. Agnes era mais esperta e não teve como evitar a risada.

Lizzie lhe fez cara feia.

— Qual é a graça?

Era a primeira vez que falava desde o sermão na sala de estar daquela manhã, e Agnes demorou um instante para decidir se sua vontade era de instigar ou destruir a conversa.

— Nada. Cadê meu pequeno?

— Na confeitaria, comprando o biscoito dele — respondeu Lizzie, da forma mais austera possível, e voltou ao jornal.

Agnes conhecia a rotina. Nas tardes do fim de semana, Wullie andava junto com o neto uns oitocentos metros rumo às lojas. Era uma fileira apertada de vitrines com venezianas abertas até o meio, que ficava em um canto sombreado onde a luz do dia parecia nunca bater. Tinham expulsado famílias dos edifícios populares antigos de Glasgow para esse projeto, e ele deveria ser diferente, futurista, uma tremenda melhoria. Mas na verdade o projeto todo foi muito brutal, muito espartano, muito mal construído para ser melhor.

Shuggie ficava parado, bem-comportado, na loja dos paquistaneses, enquanto o vovô comprava muitas cervejas pretas Sweetheart e meia garrafa de uísque, o suficiente para que aguentassem a noite de sábado e discretamente sobrevivessem ao dia do descanso. O menino em fase de crescimento dava a Wullie e Imran algo de que falar enquanto as sacolas eram carregadas de álcool. Era uma coreografia em que nenhum dos dois tinha licença para reconhecer as bebidas que transitavam entre eles, como se isso fosse romper a encenação. Além das sombras, dentro da padaria, Wullie entabulava uma conversa fiada com as meninas bonitas enquanto Shuggie olhava os doces com cobiça. Shuggie sempre escolhia a mesma pirâmide esponjosa rosa-choque coberta de coco seco vermelho e branco e enfeitado com um docinho açucarado no alto. Ele voltava para casa à sombra do avô, andando bem devagar, curtindo suas conquistas.

Agnes olhou na direção das lojas, mas não os viu. Ela se levantou e ficou na beirada do descampado. Com seu sutiã preto, jogou a cabeça para trás e esticou bem os braços para aproveitar o formigamento do sol na pele pálida. Flagrou um olhar de soslaio de Lizzie. Havia o começo de um hematoma marrom-arroxeado em sua lombar. Foi isso o que chamou a atenção da mãe. Os dedos cheios de anéis de Agnes percorreram a marca do cinto, e ela estremeceu, num gesto teatral.

Lizzie se enrijeceu, altiva, e sibilou:

— Pelo amor de Deus. Põe uma roupa.

As mulheres que descascavam batatas trocaram um olhar compassivo, que dizia que sabiam muito bem que hematomas podiam ser bem mais numerosos em um casamento do que abraços, e não só para as mulheres. Agnes não aceitaria ordens. Agora irritada, ela desmoronou na cadeira de lona outra vez e quicou nela, sem graciosidade, como se fosse uma bola pula-pula, quicando, quicando, até chegar mais perto da mãe.

Ela se espreguiçou voluptuosamente, a pele já adquirindo um leve tom rosado. Esticou o pé e mexeu na bainha do vestido floral amarelo de Lizzie como se fosse criança. Lizzie abaixou o jornal e afastou o pé da filha.

— Para de mexer comigo — disse ela. — Que desplante o seu de aparecer na minha frente essa manhã.

Lizzie tirou o pano de prato enrolado em volta dos bobes. Abriu um saco plástico a seu lado e começou a desenredar o cabelo.

Agnes pegou o pente garfo da mãe e se encurvou na cadeira outra vez.

— Meu coração está palpitando.

Lizzie tirou um bobe e segurou o grampo entre os dentes.

— Ah, pobrezinha. Espero que não esteja esperando compaixão.

— *Você devia ter parado ele.*

Lizzie observava Agnes de soslaio.

— Minha senhora, deixa eu te dizer uma coisa: em quarenta anos de casamento, nunca vi teu pai levantar a mão de raiva. — Ela se virou para as mulheres com as batatas. — Sabe, Maigret, ele é tão coração mole que eu achava que ele ia voltar morto uma semana depois daquela maldita guerra começar.

— É, ele é um homem bom, sem sombra de dúvida — assentiram juntas as mulheres das batatas.

Lizzie se voltou para a filha.

— Não quero que você jogue o nome dele na lama junto com o seu.

Agnes passou o garfo por uma mecha pintada que estava embaraçada.

— Sou tão baixa assim?

— Baixa? — Lizzie zombou. — Você sabia que acabei de me sentar aqui comigo mesma pra pegar uma corzinha e ninguém me deu nem um pingo de paz? Uma mulher que não consegue nem cuidar dos próprios afazeres, mas teve que atravessar o gramado e me perguntar *como é que eu estou?*

— As pessoas deviam cuidar da própria vida.

— Janice McCluskie acabou de arrastar o filho mongoloide pelo gramado pra vir falar comigo. "*Eu soube que sua Agnes não tem andado muito bem. O que é que há com ela?*" — Os nós dos dedos de Lizzie estavam brancos de indignação enquanto abria um grampo. — Sentei aqui de vestido desabotoado e aquele par de babões ficou me encarando.

— Ignora, mamãe.

— Imbecis! Não tem andando bem? *O cacete que não tem andado bem!* — As mãos viraram garras diante dos ofensores imaginários à sua frente. Lizzie expirou alto, e sua raiva se transformou em uma expressão cansada de derrota. — Não mereço os lamentos deles, Agnes. Dei duro minha vida inteira, sem nem um dia de descanso, e pra quê?

Agnes conhecia a próxima fala muito bem. Agnes balançou a cabeça.

— Pra você ter tudo o que quisesse.

Lizzie parecia muito distante. Agnes teve vontade de embalar a mãe nos braços, implorar seu perdão, embora não sentisse nem um fiapo de remorso.

— Não podemos voltar a ser amigas?

— Não. Não é mais tão simples assim. — Os cantos da boca de Lizzie se voltaram para baixo de um jeito zombeteiro. — *Vamos ficar de bem e dar um abraço?* Não, acho que não dá. — Ela soltou outra mecha de cabelo. — Quantas mulheres serão necessárias pra você agir, Agnes?

Agnes se eriçou.

— Preciso de um cigarro.

— Você precisa de um monte de coisa. Você devia ter continuado casada com aquele católico.

Agnes revirou o saco de bobes da mãe. Pegou o maço de Embassy e pôs dois cigarros na boca. Deu um longo trago e prendeu a fumaça por um tempo.

— Jesus não paga meu catálogo.

Lizzie deu uma risada falsa.

— Não. Mas o inferno vai te emendar.

Agnes se levantou e se sentou no lençol ao lado da mãe. O cigarro aceso era uma oferta de paz insignificante, mas Lizzie o aceitou e continuou:

— Me ajuda a tirar os bobes. Devo estar parecendo uma doida. — Agnes segurou a cabeça da mãe e passou os dedos pelo cabelo cada vez mais ralo. Lizzie amoleceu um pouco. — Sabe, teu pai sempre chegava às seis e meia na noite de sexta-feira. Todos os outros trabalhadores da rua sumiam. Só se ouvia voz de homem na tarde de domingo, isso no bairro de Germiston inteiro. Lembro que dava pra ficar na janela vendo todos eles chegando em casa no domingo, na hora do chá. Todos eles podres de tanto beber.

As descascadoras de batata tornaram a assentir juntas. Lizzie prosseguiu:

— Não estou julgando os homens. Era isso o que eles faziam naquela época. Se você quisesse dinheiro pra casa, tinha que arrancar o marido do pub na sexta-feira, na hora do chá. Mas teu pai chegava cantando na sexta à noite, o salário espremido na mão e um pacote novo debaixo do braço. O bobo passava naquele mercado quando estava voltando de Meadowside e comprava um vestidinho ou um casaco novo pra você. Nunca conheci um homem que soubesse o tamanho que os filhos vestem, que dirá que comprasse roupa pra eles. Eu pedia pra ele parar, ele estava te mimando. Mas ele dizia: "*Que mal faz?*"

— Mãe, não consigo conversar sobre isso outra vez.

— Sinceramente, fiquei feliz por você quando se casou com Brendan McGowan. Eu tinha a impressão de que ele poderia te dar o que teu pai me deu. Mas olha só você, tinha que querer coisa melhor.

— Por que não?

— *Melhor?* — Lizzie usou os dentes trincados para coçar a ponta da língua. — Olha só onde o *melhor* te pôs. Pessoínha egoísta.

Agnes escovou o último dos cachos da mãe. Teve que se conter para não dar um puxão astucioso.

— Bom, já que você me considera egoísta, preciso te pedir um favor.

Lizzie fungou.

— Nossa amizade não tem tanto tempo assim pra você já ir pedindo favor.

Ela esfregou um lóbulo da mãe com delicadeza, manipuladora.

— Preciso que fale uma coisa pra ele. Conte que a gente vai se mudar. Pode ser?

— Isso vai matar teu pai.

— Não vai. — Ela fez que não. — Mas, se eu continuar aqui, sei que vou perder ele.

Lizzie se virou e examinou bem a filha. Fitou com frieza a faísca de esperança nos olhos de Agnes.

— Você acredita em qualquer coisa, né? — Não era uma pergunta.

— A gente só precisa recomeçar do zero. Shug diz que talvez tudo melhore. É um lugar pequenininho, mas vou ter jardim e minha própria porta da frente e tudo.

Lizzie balançou o cigarro, aérea.

— Uh-la-lá! Sua própria porta da frente. Me conta: acha que essa porta vai precisar de quantas trancas pra você segurar esse mulherengo imbecil em casa?

Agnes arranhou a pele ao redor da aliança de casamento.

— Nunca tive minha própria porta.

As mulheres passaram muito tempo caladas depois disso. Lizzie foi quem falou primeiro.

— Então, onde é? Essa tal porta da frente toda sua.

— Não sei direito. É bem no fim da Eastern Road. Era alugada por um dono de lanchonete italiano ou um conhecido do Shug. Ele falou que tem bastante verde. Falou que era sossegada. Boa pros meus nervos.

— Você vai ter seu próprio varal?

— Imagino que sim. — Agnes se pôs de joelhos. Sabia como implorar pelo que queria. — Escuta, nós voltamos a ser amigas, né? Preciso que conte ao papai.

— Que hora linda você escolheu. Depois da besteira dessa manhã? — Lizzie encostou o queixo no peito e exibiu uma boca longa, aberta, de palhaço. — Se você for embora, ele vai passar o resto da vida se sentindo culpado.

— *Não vai.*

Lizzie começou a abotoar o vestido de verão. Os botões estavam alinhados da forma errada, o que a deixava impaciente.

— Escreve o que eu te digo. O único interesse que Shug Bain tem é nele mesmo. Ele vai te levar pro fim do mundo e te destruir.

— *Não vai.*

Wullie e Shuggie apareceram se arrastando no pátio. Foi Lizzie quem os viu primeiro.

— Olha só pro estado dele. É uma propaganda ambulante de sabão em pó.

Quando Agnes ergueu os olhos, a última gota da Torre Eiffel estava sendo lambida do vinco entre os dedos gorduchos do menino. Ela não teve como não sorrir para o pai, o gigante com a camisa para fora da calça, como um colegial fazendo corpo mole com o uniforme. Andavam devagar, balançando entre eles a boneca Daphne que Shuggie tanto adorava.

— Se não consegue fazer Shug cuidar direito de você, faz ele pelo menos cuidar direito do menino. — Lizzie estreitou os olhos para ver o neto, a boneca loura. — Você vai ter que cortar isso aí pela raiz. Está errado.

Sete

Agnes seguia as malas de couro vermelho de Shug à medida que migravam pelo apartamento. Tinham surgido do nada, no começo da semana, sem etiquetas de preço e com aspecto de terem sido usadas, mas com cuidado. Shug tinha dobrado todas as suas roupas com esmero, botando as meias dentro dos sapatos e fazendo rolos certinhos com as cuecas antes de arrumar tudo ponderadamente dentro das malas vermelhas. Volta e meia, durante a semana, ele abria uma delas e analisava bem o conteúdo, como se decorasse um inventário, depois fechava e trancava outra vez. Agnes reparou que as malas estavam pela metade, ainda havia um espaço valioso dentro delas. Várias vezes ela deixou montinhos das roupas dos filhos perto delas e depois observou com um ciúme efervescente as malas se mudarem para o outro lado do cômodo, ainda sem nada que fosse dela e dos filhos.

No dia da partida, ele havia colocado as malas junto à porta do quarto. Agnes mexeu na tranca com as unhas. Ela se perguntava por que não tinha visto a casa nova. Shug voltou para casa com a ideia depois de passar um dos expedientes noturnos conversando com um amigo maçom que era dono de uma lanchonete no centro da cidade. Uma residência do município com dois cômodos embaixo e dois em cima, que ele dizia ter uma porta de entrada própria. Shug fechou o acordo na mesma hora com a informalidade de quem compra uma rifa.

Agnes embrulhou seu último enfeite de vidro com jornal e enfileirou suas malas velhas de brocado verde ao lado das de Shug. Ela as misturou, as reorganizou, mas independentemente do que fizesse, havia a sensação de que já não deviam ficar juntas. No identificador que pendia da mala de Agnes, uma letra de mão que ela mal reconhecia. Eram as voltas felizes, seguras, de uma Agnes bem mais jovem, fugindo do primeiro marido em busca da promessa de uma vida que valesse a pena. Seus dedos acompanharam o nome esquecido: *Agnes McGowan, Bellfield Street, Glasgow.*

Quando Leek ainda usava fraldas, Agnes fugira.

Na noite em que foi embora, ela enchera as malas verdes de roupas novas, peças espalhafatosas, pouco práticas, que havia comprado com o último dos créditos de Brendan McGowan e escondera no longo último ano. Antes de fugir, ela tinha faxinado o apartamento uma última vez. Sabia que a novidade atrairia os vizinhos. Com olhos brilhantes, chegariam aos montes para oferecer as condolências ao seu marido, na esperança de ranger os dentes falando de seu jeito arrogante. Ela não se atreveria a lhes dar o prazer de também achá-la desleixada.

No tapete peludo da entrada, ela tapou um canto solto com o dedo do pé, empurrando-o de volta ao lugar certo, e ficou triste ao ouvir o barulho das tachinhas do tapete se agarrando na madeira mais uma vez. No começo do dia, tentara levantá-lo. Tinha quebrado duas colheres boas que ganhara de casamento e ensanguentado os dedos antes de se sentar, derramando lágrimas de frustração. Enquanto o rímel escorria pelo rosto, ela se perguntava se talvez não devesse ficar, só mais um pouco, só até ter usado bem o tapete novo de veludo. Não estava tentando levar *tudo*, mas o tapete era novo, e curtia o fato de que a velha do outro lado da entrada empalidecesse toda vez que o via. Era o tipo de tapete de entrada que levava a pessoa a deixar a porta aberta, do tipo lindo e denso que gostaria que todos os vizinhos vissem. Ela resmungara sem parar até conseguir instalá-lo, de parede a parede, um tapete duplo da Templeton, mas a alegria não tinha durado desta vez, não pelo tempo que esperava.

Vivendo com um católico, no apartamento do térreo, ela só via o muro do prédio coberto de fuligem cinza do outro lado da rua. Na noite em que fugiu, Agnes vira as luzes se apagarem, uma a uma, pessoas boas, trabalhadoras, indo dormir cedo para acordar cedo. Lá fora na chuva, dava para ouvir o zumbido de um motor de táxi. Foi impossível não sentir certa empolgação, e dentro dela, sob a dúvida, havia uma emoção crescente.

Sobre as costas do sofá havia dois retratos em miniatura: estudos em mélton e veludo macio e sapatos desconfortáveis de couro envernizado com fivelas prateadas espalhafatosas. Ela acordou os bebês adormecidos. Catherine parecia um velho bêbado, as pálpebras sonolentas se abrindo e se fechando em goles angustiados. Enquanto Agnes os despertava com beijos, houve um leve rangido na porta do prédio. Foi de fininho até o corredor. A porta se abriu com uma lamúria baixinha, e o rosto redondo e bronzeado de um homem se contraiu, aflito, à luz clara do edifício. Shug apoiava seu peso, impaciente, sobre uma perna e depois sobre a outra, aparentemente pronto para correr a qualquer instante.

— Você está atrasado! — reclamou Agnes.

O cheiro de cerveja azeda do bafo dela o levou a engolir o meio-sorriso.

— Porra, eu não acredito.

— O que é que você queria? Estou com os nervos à flor da pele esperando você.

Agnes abriu a porta e passou as malas pesadas para Shug. Elas se abaulavam nos zíperes e tilintavam com alegria, como se estivessem cheias de enfeites de Natal.

— Só isso?

Agnes fitou o tapete grosso e ondulante, e suspirou.

— É. Só isso.

Com as malas na mão, o homem se arrastou até a rua. Naquele momento, Agnes se virou e olhou para o apartamento. Foi até o espelho da entrada e passou os dedos no cabelo. Os cachos pretos quicaram e se reagruparam em cachos apertados. Traçou uma nova linha de batom vermelho na boca. *Nada mal pra quem tem vinte e seis*, pensou ela. Vinte e seis anos de sono.

No quarto dos filhos, ela terminou de arrumar as camas e pôs os pijamas sujos no bolso de seu casaco de visom. Sem negociação, deu a cada um o direito de levar um brinquedo e os conduziu até o corredor. Parando em frente à porta do quarto grande, ela se virou para eles. Olhou para o lindo tapete e em voz baixa pediu:

— Ok, aconteça o que acontecer, nada de choro, está bem? — As cabeças luzidias assentiram. — Quando a gente entrar ali, o que vocês acham de me dar um sorriso *enorme*, bem feliz?

Ela achou o interruptor do quarto pelo hábito. Ele acendeu com um estalo, e o escuro explodiu de luz clara, nada lisonjeira. O quarto era pequeno e apertado, dominado por uma cama em estilo rococó que era grande demais. O menino chamou com alegria:

— Papai!

E a corcova bagunçada na cama majestosa se mexeu. Brendan McGowan se sentou, em choque, piscando para os cantores vitorianos ao pé de sua cama. Estava boquiaberto.

Agnes levantou a gola do casaco de visom em um gesto grandioso. Era um casaco que comprara para ela a crédito, uma extravagância desnecessária que ele esperava que a deixasse feliz e apaziguasse sua carência, mesmo que por pouco tempo.

— Está bem. Então, obrigada por tudo. — Parecia estar dizendo errado. — Estou indo — avisou ela, em um desastrado eufemismo, como uma empregada que tivesse terminado o serviço e fosse embora.

O homem adormecido só piscava enquanto sua família acenava e saía em fila do quarto. Ele ouviu a porta da frente se fechar devagarinho e o zumbido forte de um motor a diesel. Então eles partiram.

Enquanto seguiam ribombando naquela noite, o táxi preto parecia tão firme e pesado quanto um tanque. Agnes se sentou no banquinho comprido de couro, ladeada pelos bebês quentinhos. Os quatro percorreram em silêncio as ruas molhadas e reluzentes de Glasgow. Os olhos de Shug não paravam de mirar o espelho, olhando os rostos das crianças adormecidas e se retesando levemente.

— Então, pra onde a gente está indo? — perguntou ele um tempo depois.

Houve uma longa pausa.

— Por que foi que você se atrasou? — indagou Agnes de trás da gola do casaco.

Shug não respondeu.

— Pensou em mudar de ideia?

Ele parou de olhar para o espelho.

— Claro que pensei.

Agnes levou as mãos com luvas de couro ao rosto.

— *Jesus.*

— Ué, você não pensou?

— Eu pareço ter pensado? — retrucou ela, a voz mais estridente do que gostaria.

As ruas do East End estavam desertas. Os últimos pubs estavam fechados, e as famílias decentes estavam sob as cobertas para se proteger do frio. O carro se arrastou pelo bairro de Gallowgate e cruzou o mercado. Agnes nunca o tinha visto vazio — geralmente estava cheio de gente resolvendo pepinos ou comprando cortinas novas, peças boas de carne ou peixe para a sexta-feira. Agora era um cemitério de mesas vagas e caixas de frutas.

— Pra onde a gente vai?

— Deixei os meus em casa, sabe? — Ele a olhava com fúria através do espelho. — Nós fizemos um acordo. Dissemos que seria um recomeço.

Agnes sentiu a cabeça quente dos filhos se entocando em suas pernas.

— É, bom, não é tão fácil assim.

— É, mas você concordou.

— É, bom... — Agnes fixou o olhar fora da janela. Ela sentia que ele ainda a encarava através do espelho. Queria ser capaz de observar a rua. — Eu não consegui.

O homem olhou para as crianças em suas roupas de ir à igreja, roupas antiquadas usadas pela primeira vez, roupas caras compradas para uma fuga à meia-noite. Ele pensou em todas as roupas bem dobradas dentro das malas.

— É, mas você nem tentou, né?

Ela fixou o olhar na parte de trás da cabeça dele.

— Nem todo mundo é desalmado que nem você, Shug.

Ele pisou no freio quando o corpo teve um ataque de raiva. Os quatro foram lançados para a frente, e as crianças começaram a reclamar.

— E você vem me perguntar por que eu me atrasei, porra? — Gotas de cuspe pousaram, cintilantes, no espelho retrovisor. — Eu me atrasei porque tive que me despedir daquelas *quatro crianças.* — Ele passou as costas da mão nos lábios molhados. — Pra não falar da esposa que ameaçou matar todos eles abrindo o gás. Falou que se eu fosse embora ela acenderia o forno e não ligaria a ignição.

O táxi berrou outra vez. Seguiram em silêncio, observando os ônibus noturnos vazios rosnarem e as janelas escuras nas casas frias. Quando ele voltou a falar, foi em tom mais baixo:

— Já tentou chegar na porta da frente com a porra da família inteira presa na sua calça feito anzol? Sabe quanto tempo leva pra arrancar quatro crianças aos berros da barra da calça? Chutar todas elas para o corredor e fechar a porta nos dedinhos delas? — Seus olhos estavam frios no espelho. — Não, você não sabe como é. Você só manda o otário aqui vir te buscar. Sai cheia de malas como se fosse passar o dia em Millport.

Ela estava recobrando a consciência. Ficou calada, olhando pela janela, tentando não pensar no rastro de filhos sem pai e de pai sem filhos que deixavam para trás. Em sua mente, parecia um rastro de lágrimas salgadas, viscosas, sendo arrastadas pelo táxi preto. A empolgação já a havia abandonado.

Quando passaram debaixo da ponte da estrada de ferro em Trongate pela terceira vez, o sol começava a nascer, e os furgões de peixe fresco eram descarregados no mercado. Agnes fitou as mulheres amontoadas no ponto de ônibus, as arrumadeiras do turno matutino se aprontando para limpar os escritórios grandes no centro da cidade.

— A gente podia ir pro apartamento novo da minha mãe — murmurou ela. — Só até a gente achar um lugar pra gente.

Tantos anos depois, Agnes não queria pensar naquela noite porque se sentia uma boba. Agora tinha de novo feito as malas verdes. Aquelas malas de brocado que agora a levavam embora eram as mesmas que a tinham levado até ali, à casa da mãe. Olhou para elas e rasgou ao meio a etiqueta velha onde lia-se McGowan.

Depois que Agnes largara o católico, Brendan McGowan tentara tratá-la da forma correta. Mesmo depois de ela sair escondida no meio da noite, ele a procurara na casa da mãe e lhe fizera promessas do que ele mudaria se ela voltasse. Agnes ficara ali, à sombra do prédio, os braços cruzados, enquanto o marido se propunha a se transformar no que ela quisesse, no que nem a mãe dele o reconheceria. Quando ficou evidente que ela não o aceitaria de volta, ele pedira ao padre da paróquia que conversasse, no com Wullie e Lizzie, para que a induzissem a voltar pela culpa. Agnes não aceitaria ordens. Não retomaria uma vida cujos limites ela conhecia.

Durante os três anos seguintes, Brendan McGowan mandava seu dinheiro todas as quintas-feiras e pegava as crianças sábado sim, sábado não. A última lembrança que Catherine tinha do pai verdadeiro era de estar sentada na cafeteria Castellani's quando Brendan limpou o sorvete de baunilha do rosto de Leek. Agnes os vestira, de propósito, com as melhores roupas que tinham, e uma mulher mais velha, com pérolas no pescoço e nas orelhas, havia elogiado Brendan pelo asseio e os bons modos dos filhos. A mulher se abaixou até a altura de Catherine e perguntou à menina bonita qual era seu nome. Fazendo-se entender como o sino de uma catedral, a menina respondera:

— Catherine Bain.

Brendan McGowan pedira licença da mesa naquele instante. Ele serpenteou entre famílias felizes rumo ao banheiro, e depois ele se virou e saiu na rua. Catherine não saberia dizer quanto tempo ficaram sentados sozinhos, mas Leek tinha comido o próprio sorvete e depois o da irmã e estava enfiando o dedo nos restos derretidos no fundo da taça em forma de concha.

O bom católico tinha feito tudo o que podia para segurar a esposa irrequieta. Ela fugira dele, e ele havia se humilhado e pedido que ela voltasse. Ela se divorciara dele, e ele havia se humilhado de novo e considerado sagrado todo o tempo que tinha com os filhos. Então, ela lhes dera o nome do protestante e, como cordeiros que tivessem escapado do cercado, foram cobertos com as marcas vermelhas indeléveis de outro. Agnes conseguira chegar ao limite dele. Agora, treze anos depois, Leek e Catherine não o reconheceriam no meio da multidão.

Agnes teve que se conter para não cutucar a alça de brocado. Tinha enfiado as perguntas e dúvidas nas malas do católico outra vez e as carregado sem alegria até o táxi. Olhando para ele agora, o táxi preto parecia um rabecão. Wullie se negava a falar com ela enquanto descia com as roupas das crianças no elevador enferrujado. Lizzie estava na cozinha, diante da enorme panela de sopa, e revirava as mãos rachadas no avental. Enquanto via a mãe mexer a panela, Agnes reparou que o gás não estava ligado.

Leek e Catherine tinham se sentado na cama à noite para conversar sobre a força agourenta dessa vida nova. Agnes ouvia os cochichos das preocupações deles através da parede. Lizzie se aproximara dela no começo da semana para contar que as crianças tinham pedido para continuar com ela. Suplicara para que Agnes deixasse Leek terminar a escola e Catherine ficar perto do escritório de fomento mercantil. No dia da partida, Agnes notou que Leek passara a manhã sumido, depois de se esgueirar com seus lápis e cadernos secretos até algum esconderijo. Catherine havia aquietado seus lábios trêmulos e, obediente, ajudado a mãe a fazer as malas. Durante a manhã inteira, Lizzie abraçava Shuggie com força e sussurrava preces em seu pescoço pálido. Agnes ficou observando Leek, quando ele achava que ninguém estava vendo, implorar de novo à avó, o ouviu dizer que seria bonzinho, que se comportaria. Agnes ficou contente quando Lizzie o rejeitou com delicadeza.

— Não, Alexander, teu lugar é com tua mãe.

A chuva começou a cair, e as últimas coisas a serem carregadas eram as duas malas de couro vermelho de Shug. Só quando foram acomodadas que Agnes admitiu para si mesma que era hora de ir embora. Lizzie e Wullie ficaram parados debaixo da chuva, tão cinza e firmes quanto a torre atrás deles. A despedida deles foi casual e distante. Lizzie não queria que fizessem uma cena em público. Uma fresta na fachada poderia abrir um fosso, e Agnes não fazia ideia de que enxurrada brotaria. Então preferiram se ocupar, fazendo alvoroço por chaleiras e toalhas limpas.

Agnes se sentou no banco de trás do táxi, com Shuggie aninhado entre os joelhos. Leek e Catherine se espremeram um de cada lado, apertados entre as caixas, as coxas encostadas nas dela. Ela havia passado as roupas de todos a ferro, dedicando um tempo a engomar a camisa de trabalho de Catherine, escolhendo o blazer de Shuggie no catálogo. Tinha alvejado sua dentadura, e o cabelo estava recém-pintado, um tom acima do preto, mais próximo do azul-marinho mais triste.

Naquela manhã, ela inclinara a cabeça para a frente e perguntara a Catherine o que achava de seu rímel novo. O rímel era pesado demais para suas pálpebras, como se estivesse à beira do sono repentino. Agora, enquanto o táxi saía para a rua principal, Agnes dava um espetáculo, virando-se para trás e acenando pesarosamente com uma piscada longa, intensa. Achava que era um toque cinematográfico, como se fosse a estrela da própria matinê.

O táxi roncou Springburn Road acima e passou pela fábrica vazia de ferrovias Saint Rollox, antes de ela se virar no banco. Ela repassava as justificativas ocas por que estava aceitando o plano de Shug, mas, quanto mais tentava se fortalecer com esse rosário, mais pareciam fantasias idiotas, dignas de uma moça apaixonada com metade da sua idade. Agnes esfregava as pontas dos dedos enquanto enumerava suas tolices: a oportunidade de decorar e manter a própria casa; um jardim para as crianças; paz e sossego pelo bem do casamento. Ela cavou mais fundo. Existia a chance de que as coisas fossem diferentes, ela torcia, agora que o afastaria mais de suas mulheres.

As janelas embaçaram, e Shuggie desenhou uma cara triste na umidade. Com um movimento do polegar, Leek a transformou em um pau intumescido e em seguida desmoronou no banco. Agnes passou a mão cheia de anéis no desenho e viu pelo vidro transparente que estavam passando pelos enormes contêineres azuis de gás atrás de Provanmill, os vigias do portão nordeste de Glasgow.

Passaram um bom tempo viajando em silêncio. Por fim, o táxi parou com um ronco diante de algumas luzes, e Shug abriu a divisória de vidro para avisar que estavam quase chegando. Tornou a fechar o vidro, e Agnes se perguntou se era por hábito ou por algo ainda mais autêntico. Lembrou-se de quando ele a cortejava, de que sempre deixava o vidro aberto e tentava cativá-la com sua conversa tranquila. Ele se recostava e batia o anel de maçom na divisória, uma linha fina da mão esquerda, no lugar onde deveria estar a aliança de casamento. O ar ficava denso por causa do forte pós-barba de pinho e da pomada para o cabelo. Nas tardes dos dias de semana, o táxi cheirava ao fedor suado dos dois, o vidro embaçado porque faziam amor. Ela pensou nos momentos felizes parados debaixo do elevado Anderston, momentos felizes antes de se conhecerem de verdade.

Agnes olhou para os jardins gramados na frente dos bangalôs rebaixados e tentou se reanimar, mas era como tentar fazer fogo com madeira molhada. Havia uma linha em que as casas tinham passado de forma imperceptível de moradias populares a compradas. Shug abaixou a divisória de vidro com um silvo.

— Olha só os jardins, hein?!

As casas eram bonitas, com rosas e cravos e enfeites sorridentes atrás de janelas com vidraças duplas. Eles pararam mais à frente, e as casas se ergueram acima como um *cul-de-sac* elevado, uma corcova bem cuidada erguida sobre o barulho da rua. Todas as casas tinham um jardim, que tinha uma entrada para carros, que tinha um carro e às vezes até dois. Agnes olhou nos olhos de Shug através do espelho — ele a observava. O olhar era o mais próximo do amoroso de que conseguia se lembrar.

— Se você gostou, espera só pra ver. Joe falou que parece um vilarejo feliz. Aquele tipo de lugar que é uma comunidade de verdade, em que todo mundo se conhece. O lugar mais agradável que tem pra se viver.

Leek e Catherine trocaram um olhar de soslaio irônico. Agnes pôs a mão no joelho de cada um e os apertou, numa advertência firme. Shug gritou acima do barulho do motor a diesel, se esforçando para se virar para trás e ser ouvido.

— Fica do lado de uma grande mina de carvão, e todos os homens trabalham nessa mina. O salário é tão bom que as mulheres nem precisam trabalhar fora de casa. Joe falou que todas as crianças estudam na mesma escola. É bom pro nosso Shuggie, ele vai ficar mais ao ar livre, ter outros meninos da idade dele pra brincar.

Seus olhos lampejavam, felizes, no espelho. Ele parecia satisfeito com todo o planejamento que tinha feito. Agnes ficou olhando ele acariciar o bigode.

— Parece que não tem pub nenhum por aqui. É seco que nem um deserto, a não ser pelo Clube dos Mineiros.

— Quê, não tem nem unzinho? — Agnes avançou no banco.

— Nem unzinho. A pessoa tem que ser mineiro ou esposa de mineiro pra entrar no clube.

Agnes sentia o suor brotar nas costas.

— Como as pessoas se divertem?

Mas Shug não escutava.

— Chegamos! — bradou ele, apontando com empolgação uma curva na pista. O táxi se inclinou enquanto Agnes e os filhos se curvavam para ver a tal curva que os levaria à nova vida. No canto ficava um posto de gasolina deserto. Era um pátio amplo, mas tinha somente uma bomba de gasolina e uma de diesel. Shug desacelerou o táxi e virou na rua ao lado.

Agnes revirou a bolsa de couro. Ouviu o barulho de canetas do bingo e latas de bala quando pegou o batom e traçou uma nova linha vermelho-sangue em torno da boca. Com a mão já nos lábios, discretamente enfiou um comprimido azul entre os dentes, e, com uma única mordida, o partiu em dois e o engoliu a seco. Só Catherine percebeu. Catherine a viu fazer beicinho e limpar com cuidado as laterais do traçado dos lábios. Então, Agnes esticou o braço e apertou a fivela do salto alto e, com as unhas longas e pintadas, alisou a saia de lã e enxugou a gota que escorria na parte da frente de seu suéter de angorá cor-de-rosa.

Catherine estreitou os olhos.

— Como é que *você* não está vestida pra partida?

— Bom, existe *partida* e existe *mudar de casa.*

Agnes cuspiu no pente e o passou no cabelo de Shuggie, que se contorceu. Segurou os ombros do filho e continuou penteando até o cabelo se assentar em filas organizadas e ela conseguir enxergar as linhas rosadas de seu couro cabeludo.

— *Pff.* Como é que eu estou? — perguntou Leek, jogando o cabelo em cima do rosto. O dedão estourava a costura dos tênis brancos, uma meia suja começando a aparecer.

Agnes suspirou.

— Se alguém perguntar, você é do pessoal da mudança.

Eles abaixaram as janelas, e o táxi foi tomado por um jato de brisa que trazia o aroma da grama recém-aparada e dos jacintos silvestres. Sob os viçosos tons verdes, havia o marrom-escuro dos campos largados, montes de estrume e os cantos escuros ao pé das árvores molhadas. As mangas enfeitadas com contas do suéter de angorá cor-de-rosa de Agnes dançavam ao vento, e ela cintilava como um coelho banhado em pedrarias. Shuggie levantou o braço e passou os dedos nas miçangas. A boca da mãe estava parada em um sorriso largo e branco, os dentes sem se tocar, como se alguém estivesse tirando uma foto. Ela pareceria feliz, se os olhos não estivessem sempre se voltando com ansiedade para os de Shug no retrovisor. Shuggie ficou sentado, brincando com suas mangas, e viu quando os molares se juntaram e aos poucos começaram a ranger, para a frente e para trás.

A pista se estreitou outra vez, e o último dos jardins bem cuidados sumiram para sempre. Havia alguns teixos mortos, e depois um pântano exposto, plano, surgia de ambos os lados. Montículos marrons e moitas de galhos quebrados e tojos rompiam o vazio interminável. Córregos em tom de cobre sujo serpenteavam pelo campo aberto, e a grama marrom selvagem crescia dos dois lados das cercas, tentando recuperar a pista sulcada, a Pit Road. A estrada em si era coberta por uma camada assentada de poeira de carvão, e o táxi criou linhas no meio dela, como se fosse o negativo de uma foto da neve fresca.

O carro estremeceu ao dobrar uma curva preguiçosa. Ao longe havia um mar de montinhos marrons, colinas que pareciam ter perdido qualquer pingo de vida graças ao fogo. Eles enchiam a linha do horizonte, e depois deles não havia nada, como se aquela fosse a beira da terra. Os montes cortados por córregos cintilavam quando o sol batia, e o vento soprava tufos pretos do alto deles, como se fossem pilhas gigantescas de poeira não aspirada. Em pouco tempo o ar esverdeado e amarronzado foi tomado por um cheiro forte tenebroso, metálico e pungente, como lamber a ponta de uma bateria gasta. Eles dobraram outra esquina, e a cerca quebrada terminou em um enorme estacionamento. Na parte de trás do estacionamento, um muro alto de tijolos tinha um portão de ferro velho acoplado, bem fechado com um cadeado grande e uma corrente. A guarita do vigia, na lateral, estava inclinada em um ângulo esquisito, e uma camada grossa de ervas daninhas crescia em seu teto. A mina estava fechada. Alguém havia pintado *Que se fodam os Tories* na barreira de compensado. Parecia estar desativada para sempre.

Em frente aos portões, havia um edifício baixo de concreto. Dezenas de homens transbordavam de sua estrutura sem janelas e ficavam parados em grupos escuros na Pit Road. A princípio, parecia que estavam saindo da igreja, mas quando o motor a diesel se aproximou roncando, eles se viraram como se fossem uma só pessoa. Os mineiros interromperam a conversa e semicerraram os olhos para enxergar direito. Todos usavam o mesmo casaco grosso preto, seguravam uma enorme cerveja âmbar e tragavam guimbas de cigarros. Os mineiros tinham caras lavadas e mãos rosadas, que pareciam desprovidas de trabalho. Era estranho aqueles homens serem a única coisa limpa que havia num raio de quilômetros. Relutantes, os mineiros se afastaram e deixaram o táxi passar. Leek olhava para eles assim como eles o olhavam. Seu estômago se embrulhou. Todos os homens tinham os olhos de sua mãe.

O conjunto habitacional se estendeu de repente diante deles. À frente, a estrada de terra fina terminou abruptamente na lateral de um monte marrom. Cada uma das três ou quatro ruazinhas que compunham o conjunto se bifurcava horizontalmente a partir dessa rua principal. Casas com teto baixo, quadradas e atarracadas, apertavam-se em filas bem organizadas. Todas tinham exatamente a mesma porção de jardim irregular, e cada jardim era dividido por um zigue-zague idêntico de cordas brancas e postes cinza dos varais. O conjunto era rodeado por um pântano turfoso, e a leste a terra tinha sido revirada, empretecida e transformada em escória na procura pelo carvão.

— É isso? — perguntou ela.

Shug não conseguiu responder. Pelos ombros arredondados, ela percebeu que o coração dele também estava apertado. Os dentes de trás de Agnes tinham virado pó. Enquanto iam em direção à colina, passaram por uma capela católica singela e um grupo confuso de mulheres ainda de roupão. Shug examinou as placas das ruas e fez uma curva acentuada à direita. A rua era uma reta uniforme de blocos de quatro modestas casas. Quatro famílias moravam em um bloco atarracado. Eram as casas mais simples, mais infelizes, que Agnes já tinha visto. As janelas eram grandes, mas pareciam finas, deixando sair o calor e entrar o frio. Dos dois lados da rua, jatos pretos de fumaça de carvão saíam das chaminés, as casas incuravelmente geladas mesmo em um dia ameno de verão.

Shug parou o carro algumas casas adiante. Ele se debruçou no volante para dar uma boa olhada no edifício. Eram poucos os carros estacionados na rua, e os que estavam ali pareciam não estar funcionando.

Shug estava distraído quando Agnes revirou a bolsa de couro preto.

— *Vocês três fiquem de boca calada* — sibilou ela.

Ela abaixou a cabeça para olhar dentro da bolsa cavernosa e a virou um pouco junto ao rosto. Os filhos viram os músculos de sua garganta pulsarem quando tomou longos goles da lata de cerveja quente que havia escondido. Agnes afastou a cabeça da bolsa — a cerveja havia tirado o batom do lábio superior; e ela piscou uma vez, bem devagar, sob as camadas de rímel estragado.

— Que pocilga — comentou ela, a voz arrastada. — E pensar que eu me arrumei toda pra *isso*?

1982
PITHEAD

Oito

Quando as portas de trás do furgão Albion se abriram, já havia pessoas paradas no meio da rua encarando sem disfarces. Seguravam panos de prato molhados e peças passadas pela metade, coisas que não tinham se dado ao trabalho de largar para trás a fim de ver o que estava acontecendo. Famílias saíram das casas baixas e se acomodaram nos degraus da entrada, como se estivessem assistindo a algum programa bom na televisão. Uma tribo de crianças cobertas de fuligem, encabeçada por um garoto sem calça, cruzou a rua poeirenta e formou um semicírculo em volta de Agnes. Educadamente, ela cumprimentou as crianças, que a fitavam, o molho vermelho do jantar ainda em torno de suas bocas.

A disposição apertada das casas dos mineiros significava que as portas da frente ficavam umas de frente para as outras, cada prédio separado por uma cerca baixa e uma faixa pequena de grama. As portas em frente à de Agnes estavam todas escancaradas, e as mulheres, paradas, olhando, uma meia dúzia de crianças perambulando em volta, todas com a mesma cara. Era como a foto de sua avó Campbell e seus doze filhos irlandeses que Wullie mostrara uma vez. Agnes, parada na entrada de sua casa, sorria de trás da cerca baixa e acenava, suas mangas com pedrarias cintilando sob a luz.

— Olá. — Ela se dirigia educadamente de modo geral.

— Estão se mudando pra cá? — indagou uma mulher na porta seguinte à dela. O cabelo louro formava cachos nas raízes escuras. Ela parecia estar com uma peruca de criança.

— Estamos.

— Vocês *todos*? — perguntou a mulher.

— Isso. Minha família e eu — corrigiu Agnes. Ela se apresentou e esticou a mão.

A mulher coçou a raiz do cabelo. Agnes se questionou se a mulher só falava através de perguntas, mas ela enfim respondeu:

— Ah, meu nome é Bridie Donnelly. Faz vinte e nove anos que eu moro no andar de cima. Eu tive quinze vizinhos de baixo nesse tempo todo.

Agnes sentiu os olhos de Donnelly nela. Uma moça magra de olhos castanhos arredondados saiu porta afora com uma bandeja de canecas de chá descombinadas. Todo mundo pegou uma. Não tiraram os olhos de Agnes ao beber.

Bridie assentiu por cima da cerca.

— Aquela ali é a Noreen Donnelly, minha prima. Mas não é sangue do meu sangue, entende? — Uma mulher cinzenta enrolou a língua e assentiu com firmeza. Bridie Donnelly continuou: — Aquela moça ali é a Jinty McClinchy. Minha prima. Ela é sangue do meu sangue.

Uma mulher do tamanho de uma criança da casa ao lado da de Noreen deu um longo trago em uma ponta de cigarro. Seus olhos se apertaram por conta da fumaça, e de fato parecia Bridie com um lenço na cabeça. Todas pareciam Bridie, até os meninos, só que eles pareciam menos masculinos.

Pelo canto dos olhos, Agnes percebeu que outra mulher atravessava a rua poeirenta. A mulher parou e falou com o semicírculo de crianças maltrapilhas. Assentiu como se elas tivessem lhe dado uma péssima notícia e saiu marchando até o portão da frente da casa nova. Agnes não teve como escapar. Atrás dela, Leek saiu da casa de mau humor para pegar a carga seguinte.

— Esse é teu homem? — perguntou a mulher recém-chegada, sem se apresentar. A carne do rosto era tão esticada quanto um crânio envolto em couro. Os olhos eram bolsas encovadas, e o cabelo era de um tom castanho vibrante, mas os fios estavam rareando, como o pelo de um gato que não é penteado. Estava de calça elástica afrouxada, os pés enfiados em pantufas masculinas.

Agnes tropeçou no despropósito da pergunta. Havia uma diferença de vinte e poucos anos entre ela e Leek.

— Não. É o meu filho do meio. Faz dezesseis na primavera.

— Ah! Então é na *primavera*. — A mulher ponderou a ideia por um instante e depois apontou o dedo afiado para o furgão de verduras. — Teu homem é aquele ali?

Agnes olhou para o cara da mudança que se atrapalhava com a televisão velha que ela tinha tentado embrulhar em um lençol para manter a discrição.

— Não, ele é o amigo de um amigo que está dando uma mãozinha.

A mulher pensou no assunto. Sugou as bochechas emaciadas para dentro do crânio. Agnes deu um meio aceno e se virou para ir embora.

— O que é isso na sua manga? — indagou a mulher magra.

Agnes olhou para baixo e segurou os braços macios em um gesto protetor, como se fossem filhotes de gato. As miçangas balançavam, nervosas.

— São só continhas.

Shona Donnelly, a menina do chá, expirou devagar.

— Nossa! Senhora, achei elas lin…

— Você tem homem, afinal? — interrompeu a mulher magra.

A porta da frente se abriu de novo, e Shuggie foi até o primeiro degrau. Sem se dirigir às mulheres, ele se virou para a mãe e pôs as mãos nos quadris dela; colocou um pé à frente e disse, no tom mais claro que Agnes já o tinha ouvido falar:

— Precisamos conversar. Acho que não consigo viver aqui. Esse lugar tem cheiro de repolho e bateria. É impossível.

As cabeças na plateia se viraram umas para as outras, em choque. Era como uma dezena de rostos olhando a própria imagem no espelho.

— Olha só isso aí. Liberace está chegando! — berrou uma das mulheres.

Mulheres e crianças urraram em uníssono, gargalhadas estridentes e altas e tossidas guturais cheias de catarro.

— *Ai!* Espero que o piano caiba na sala.

— Bom, foi um prazer conhecer todos vocês — disse Agnes com uma leve careta. Segurou Shuggie contra o quadril ao se virar para sair dali.

— Ah, não faz assim. Um prazer conhecer vocês, querida — chiou Bridie, a cara tensa se abrandando ao redor dos olhos, por conta dos bons urros. — Aqui é todo mundo da família. É que a gente não recebe muita gente nova.

A mulher com rosto de caveira deu um passo em direção a Agnes.

— É. A gente vai se entender bem. — Ela sugou como se houvesse um pedacinho de carne preso entre os dentes. — É só você não encostar tua manga chique nos nossos homens.

Pelo resto da tarde, Shuggie caminhou pelos limites do conjunto novo enquanto os homens descarregavam o furgão de mudança. Mulheres de leggings justas arrastaram cadeiras da cozinha até a janela e se sentaram para observar, inexpressivas, à medida que caixa após caixa era descarregada. Tinham passado a cumprimentar o menino com acenos grandiosos, tirando seus chapéus imaginários e gargalhando sozinhas.

Com sua roupa nova, ele andou até o final da rua. Não havia nada ali. A rua parava à beira de turfeiras, como se tivesse desistido. Poças escuras de água pantanosa estavam paradas e eram profundas e assustadoras. Grandes florestas de juncos marrons brotavam da grama e aos poucos invadiam o conjunto habitacional, decididas a tomá-lo de volta das mãos dos mineiros.

Shuggie ficou olhando crianças descalças brincando nos montes de pó. Da beirada de um aglomerado de moitas plantadas pelo município, ele fingiu estar catalogando florezinhas vermelhas, analisando o tamanho de cada uma, enquanto aguardava as crianças o convidarem a participar. Eles pedalavam fazendo círculos em volta uns dos outros e o ignoravam. Ele estourou frutinhos brancos entre os dedos, tentando parecer casualmente desinteressado, e depois se esforçou para tirar o brilho dos sapatos bons com o sumo grudento.

As botas com tachas dos mineiros geravam faíscas no asfalto. Aos poucos, os homens começaram a andar, um a um, pela rua deserta. Agora não havia mais o apito da mina de carvão; porém, os homens seguiam em frente pela memória muscular de uma rotina morta, voltando para casa de um expediente que nunca existiu, só a barriga cheia de cerveja e as costas curvas de preocupação. Os casacos grossos estavam limpos, e as botas ainda reluziam enquanto caminhavam pela pista. Shuggie recuou quando passaram, a cabeça baixa como se fossem jumentos pretos cansados. Sem dizer nada, cada homem catava um punhado de crianças magricelas e obedientes, como sombras reverentes.

Agnes parou atrás da porta da frente e fechou a enorme porta de vidro que barrava a corrente de ar. Não conseguia pensar. No pequeno espaço entre as duas portas, ela terminou a lata que tinha escondido no fundo da bolsa. Imprensou o rosto contra a parede, fria e reconfortante — a pedra era densa e úmida, e ela percebeu que demoraria a esquentar.

Ficou no esconderijo por bastante tempo antes de atravessar o corredor e passar pelos dois quartos pequenos. Catherine estava parada no meio do primeiro, sem se mexer nem para lá nem para cá. Os filhos selvagens dos mineiros apoiavam os cotovelos no peitoril externo e a olhavam pela janela do quarto, como se fosse um zoológico. Atônita, ela só conseguia retribuir os olhares fixos. As janelas com caixilhos de madeira eram mal ajustadas, e a massa de vidraceiro lascada advertia sobre noites geladas e paredes molhadas. Agnes ouvia os filhos conversarem com tanta clareza que pareciam estar no mesmo cômodo que ela.

Leek havia descoberto o outro quarto. Abrira o saco que guardava seus materiais de desenho e estava deitado no chão vazio, fazendo um retrato a carvão das colinas pretas. Pegou a ponta do pastel e desenhou os contornos dos homens de casacos escuros que os observara no momento da chegada. Formavam uma fila nos montículos das colinas, feito árvores desfolhadas. Ela ficou olhando o filho, invejando seu talento para desaparecer e deixar todos para trás.

Não havia mais quartos. O terceiro que haviam lhes prometido era obviamente a sala de estar e, à medida que reconstituía seus passos duas e depois três vezes, ia entendendo que precisaria pôr todos os filhos no mesmo quarto outra vez.

Shug estava parado no fim do corredor, lançando um olhar inexpressivo para ela. Seu cabelo penteado para trás andara dançando ao vento, e ele pegou as mechas agitadas e, com uma lambida, tentou assentá-las de novo na cabeça. Ele recuou até a copa aberta e gesticulou para que ela o seguisse. A cozinha tinha um varal enorme pendente do teto, que mais parecia um cavalete de tortura. No outro canto estavam penduradas uma série de roupas de trabalho de mineiro, bem arrumadas para secar, das meias à cueca branca, passando por uma blusa de poliéster azul, todas enrijecidas pelo tempo. Será que o dono delas um dia voltaria das minas? Talvez tivessem ido parar na casa errada, no fim das contas.

O revestimento dos armários de compensado estava descascando em alguns pontos, e Shug passava o mindinho sob um dos laminados. Atrás dele, no canto acima do fogão, se alastrava uma vinha de mofo preto. Sem olhar para ela, ele disse simplesmente:

— Não posso ficar.

No começo, ela mal levantou os olhos. Imaginava que estivesse dizendo apenas que tinha que cumprir um expediente e ganhar dinheiro. Volta e meia fazia isso, voltava para casa depois de um turno só para se levantar e anunciar que ia sair de novo. Nunca fora de seu feitio ficar sentado em casa.

— A que horas vai querer jantar? — perguntou ela, já preocupada com fritadeiras e facas de pão.

— Não quero mais as tuas jantas. Você ainda não entendeu? — Ele balançava a cabeça. — Chega. Não tenho mais como continuar. Não posso ficar contigo. Todas as tuas necessidades. Toda essa bebedeira.

Foi então que ela percebeu que as malas de brocado estavam acomodadas entre as caixas da mudança, mas as malas vermelhas não. Devia estar com uma expressão extremamente confusa no rosto, pois Shug a olhou nos olhos e assentiu devagar, como se faz quando uma criança engole um remédio, instigando-a a ir adiante, esperando o *ic* chegar ao ventre. Agnes virou o rosto. Não queria entender. Não queria aquele remédio. Parou de procurar a fritadeira, começou a reorganizar as miçangas da manga para que os lados reluzentes, lapidados, ficassem uniformes e virados para fora, ganhando tempo, sem saber o que fazer naquele momento.

— Chega — repetiu ele.

Havia uma única cadeira no cômodo, uma cadeira de cozinha de costas quebradas, coberta de respingos de tinta, usada para que pudessem alcançar os armários mais altos. Agnes fechou a porta da cozinha sem fazer barulho. No corredor, as crianças já reclamavam, agora cientes de que não havia quartos para todos. Ela pôs a cadeira quebrada na frente da porta fechada e se sentou.

— Por que eu não sou suficiente para você?

Shug pestanejou como se não fosse capaz de acreditar no que estava ouvindo. Ele balançou a cabeça e coçava o peito enquanto respondeu:

— Não, minha senhora. Por que *eu* não fui suficiente para você?

— Eu nunca nem olhei para outro homem.

— Não é disso que estou falando. — Ele esfregou os olhos como se estivesse cansado. — Por que você não me amou o suficiente pra ficar longe da bebida, hein? Eu te compro as melhores roupas, trabalho todas as horas que Deus criou.

Ele fitava a parede — não Agnes, mas além dela.

— Até cheguei a pensar que se eu te desse um filho meu, mas não. Nem isso bastou pra você sossegar.

Segurando-a brutamente pelo cotovelo, ele tentou levantá-la da cadeira. Agnes se desvencilhou e voltou a se sentar, como se estivesse em uma manifestação pacífica.

Ela estava no perigoso meio-termo. Bebera o suficiente para ficar combativa, mas ainda não o suficiente para ser irracional. Mais alguns goles e se tornaria destrutiva, falaria crueldades, ficaria vingativa. Ele a encarava como se estivesse lendo o clima que chegava do vale. Ele a segurou e tentou tirá-la do lugar de novo, antes que as enormes nuvens dentro dela explodissem.

Ela escapou das suas garras, voltou a se sentar e se empertigou. Passou um bom tempo encarando-o com frieza. Ainda não conseguia acreditar no que estava acontecendo.

— Não. Não é bom o bastante. Essas coisas não acontecem com mulheres como eu. Olha só pra mim. Olha só *você*.

— Você está passando vergonha.

Ele puxou a parte da frente do suéter dela.

Shug a mudou de lugar à força. Agnes não berrou quando ele a segurou pelo cabelo e a empurrou para o chão. Ela se espremeu contra a porta da cozinha como se pudesse segurá-lo ali dentro para sempre. Ele bateu a porta na cabeça dela, como se fosse uma mera ponta solta de um carpete. Ao passar por cima dela, o sapato direito enganchou na parte inferior do queixo dela, abrindo a pele branca como pérola.

— Por favor, eu te amo. Eu amo.

— É, eu sei disso.

Quando o táxi dobrara na Pit Road, seus filhos estavam no corredor, e Agnes, cintilante e leve, estava deitada feito um vestido de festa jogado no chão.

As malas de couro vermelho nunca entraram na casa de mineiro. Shug demorou alguns dias para voltar e, quando o fez, não estava com elas. Ele as levara para a casa de Joanie Micklewhite e as enfiara no espaço que ela fizera para ele debaixo da cama. No começo, Agnes não sabia disso. Shug apenas ressurgiu uma noite, beijou a ferida do queixo com delicadeza e a deitou no sofá-cama da sala de estar.

Ele passou a aparecer durante os expedientes noturnos e a usá-la desse jeito. Esperava até altas horas, quando as crianças estariam na cama, então assobiava despreocupadamente do corredor, de camisa recém-passada. Enquanto ela o despia, percebia que a cueca dele tinha sido lavada e fervida por outra mulher. Quando acabavam, ele ficava deitado um instante até Agnes passar os braços em volta dele, e então se levantava e ia embora. Se preparava comida para ele, às vezes ficava um pouco mais. Se ela começava a fazer perguntas ou queixas, ele ia embora e passava várias noites longe como castigo.

Depois que ele saía, Agnes ficava deitada no sofá aberto porque não conseguia ir para a cama dos dois sem ele. Passava o resto da noite em claro, olhando para o teto enquanto os meninos dormiam no quarto ao lado. Naquele outono inteiro, Catherine se enfiava no colchão com a mãe, e ficavam ali deitadas sob a umidade e o mofo crescente.

— Por que a gente não volta pra Sighthill? — sussurrava Catherine.

Mas Agnes não conseguia se explicar em meio à mágoa. Sabia que ele jamais voltaria se ela retornasse à casa da mãe.

Tinha que ficar onde fora largada.

Tinha que aceitar qualquer fagulha de bondade que ele desse.

Por fim, a Noite de Guy Fawkes chegou e o ar se adensou com a madeira da fogueira e os pneus em chamas. Leek e Catherine ficaram na janela observando as piras caseiras arderem pelo negrume pantanoso. Crianças jogavam fogos de artifício umas nas outras, como se fossem mísseis sibilantes. Parecia um raro momento de diversão.

A televisão ainda estava meio embrulhada no lençol e enfiada num canto do chão, ainda não era um compromisso total. Catherine se afundou no sofá, o cabelo molhado enrolado na toalha. As notícias viriam de madrugada, e então passaria mais uma noite ouvindo a mãe chorar no escuro.

Agnes esperou nos fundos, na cozinha. De luzes apagadas, era o cômodo com a melhor vista da Pit Road. Todas as noites, ela ficava de olho esperando o táxi e criava esperanças com a aproximação do zumbido de qualquer motor a diesel. Tinha passado o dia inteiro bebendo, mas o álcool não estava ajudando. Ela andava da janela para o armário debaixo da pia da cozinha. Pelo clique da lingueta, as crianças conseguiam contar as vezes que o abria e tomava um gole.

— Mãe, o que é que a gente vai comer? — berrou Leek do sofá.

Agnes parou de cutucar a casca da ferida no queixo. Ela olhou para a panela no forno elétrico.

— Posso esquentar um pouco dessa sopa.

— Aquela que tem ervilha? — perguntou Leek.

— Isso.

— Bom, não se tiver *ervilha* nela — disse Leek, um pouco magoado por seus quinze anos de guerra contra legumes verdes passarem despercebidos.

— Ah, oi, a sopa é *de ervilha*, seu burro! — zombou Catherine.

Leek enfiou o pé perto dela e puxou a toalha de sua cabeça, arrancando junto alguns fios de cabelo. Ele a jogou no outro canto por despeito. *Pega você*, balbuciou ele em silêncio. Tinham concordado, sem nunca discutir o assunto abertamente, em pisar em ovos quando estivessem perto da mãe.

Catherine se levantou para buscar a toalha do outro canto da sala. Tinha se apegado à virgindade conforme Lizzie a aconselhara, portanto agora não levaria muito tempo para que se casasse com Donald Jr.. Não precisaria dividir o quarto nem com o irmão nem com a mãe naquela umidade gélida. Só essa ideia a impedia de ir embora: já estava de saída mesmo.

Catherine enrolou o cabelo na toalha outra vez e mostrou o dedo do meio ao irmão. Ela foi dar uma olhada na mãe. Agnes circulava distraída pela cozinha feito um trenzinho de brinquedo. De vez em quando parava e abria o armário debaixo da pia, enchia uma caneca com o conteúdo de um vasilhame dentro de um saco plástico e dava um grande gole. Catherine abriu a porta do armário dando um empurrão com o dedo do pé e ficou aliviada ao ver que não era água sanitária o que Agnes andava despejando na caneca.

Catherine franziu o nariz para a sopa congelada.

— Mãe, que tal a gente pedir uma comidinha chinesa?

— Boa ideia! — intrometeu-se Leek do outro cômodo.

Catherine tinha dito apenas chinesa, mas Agnes ouvira Shug. Tinha o estranho poder de ligar tudo a ele naquela época. Seus olhos adquiriram um foco aguçado.

— Eu podia ligar pro ponto pra ver se o Shug vai vir esta noite... — ofereceu em tom alegre. — Quem sabe ele não traz?

Catherine suspirou. Agnes fora avisada a não ligar mais para o ponto. Shug acrescentara essa à longa lista de coisas que ela deveria parar de fazer se quisesse que ele voltasse. Era o resgate emocional que ele pedia. Mas talvez, se soubesse que os filhos estavam com fome, ele aparecesse e as coisas ficassem bem por algumas horas. Ela poderia se arrumar e ele poderia passar a noite inteira com ela no sofá-cama... Agnes deu um gole na caneca e pensou bem no roteiro: soe normal, sóbria, neutra; mantenha a calma; e sorria para o telefone. Não tinha dado certo na noite anterior, ela não sabia o porquê, mas queria muito tentar outra vez.

Agnes se sentou diante da mesinha de couro artificial onde ficava o telefone e acendeu um cigarro para acalmar os nervos. Quando terminou de discar, ela girou a aliança de noivado no dedo, como se a pessoa do outro lado da linha pudesse vê-lo. O ouro da aliança de casamento havia adquirido um tom amarelo que parecia sujo.

Uma voz feminina atendeu com um estalo irritado.

— *Táxis Northside!* — Era Joanie Micklewhite. Agnes só a conhecia de vista.

— Alô, Joanie, é você? Aqui é a sra. Bain.

— Olá, querida. No que posso ajudar? — Joanie estava monocórdia, como quem vira uma esquina e dá de cara com alguém que preferiria nunca mais encontrar.

— Você pode passar um recado ao Shug, para ele, por favor, ligar pra casa — pediu Agnes.

Ela se perguntou se Joanie sabia que ele a abandonara. Ela se perguntou quem do ponto de táxi sabia que ele não estava dormindo na cama dela.

— Vou tentar. Você pode ficar na linha, querida? — O telefone ficou em silêncio enquanto Joanie botava a linha em espera e tentava contatar o táxi de Shug pela central de rádio. Joanie levou uma eternidade para voltar à linha. — Você ainda está aí?

Ela pegou Agnes no meio de uma tragada. Agnes exalou a fumaça sobre a própria cabeça.

— Ainda na espera! Conseguiu falar com ele?

Joanie estancou por um instante, e Agnes se preparou para a rejeição.

— Sim. Ele disse que vai te dar uma ligada daqui a pouco.

Agnes se animou, algo parecido com a esperança se prendeu a seu peito, e ela ficou ansiosa para vê-lo, o próprio marido. Pensou no vestido de veludo que usaria para ele. Perguntou-se se teria tempo para raspar as pernas.

— Agnes. Sei que ele não te contou tudo, querida — comentou Joanie. Gaguejando, continuou: — Eu… eu só queria que você soubesse, quando descobrisse, que nunca foi minha intenção que uma coisa assim acontecesse. Eu mesma tenho sete filhos. E, bom, me desculpa.

A última das fogueiras estava se apagando quando Shug apareceu. As crianças estavam na cama, emburradas e famintas. Agnes não conseguiu tocar na comida chinesa. Ficou observando o cabelo dele cair da careca enquanto ele enfiava garfadas cheias na boca. Em meio a toda a situação, ele não tinha perdido o apetite, e isso a matava. Agnes esfregava as têmporas, sentada entre todas as caixas ainda intocadas. Ainda não havia malas vermelhas.

— Ela mantém a casa arrumadinha?

— Na verdade, não — respondeu ele, sem erguer os olhos.

Agnes bebeu tanta cerveja quanto foi capaz em um só gole, até ter que abaixar a lata para tomar fôlego. Quando acabou, perguntou:

— Então, ela é bonita?

— Te falei pelo telefone. Eu não quero falar dela, porra. — Ele rasgou uma fatia de pão branco em dois. — Me deixa jantar em paz. Eu não vim até aqui pra brigar.

Agnes ficou calada por bastante tempo, ponderando o que dizer em seguida. A mão esquerda mexia na faca. Ela ficou balançada entre começar uma discussão e esfaqueá-lo e querer que ficasse um pouco mais. Quando tornou a falar, ela tentou manter a voz equilibrada e serena. Descobriu que era melhor não olhar para ele.

— Não vai acontecer, né? Nosso recomeço?

Shug parou de mastigar. Deu de ombros.

— Esse é um recomeço, Agnes. Eu não conseguia mais aguentar.

Ela tampou o rosto com as mãos. O esmalte nas unhas estava radiante, como se ainda estivesse molhado.

— Que merda foi essa de me trazer pra cá?

Shug afastou o prato. O bigode estava pesado de molho rosa coagulado.

— Eu precisava saber.

— Precisava saber *o quê*? — perguntou ela, a voz falhando de raiva. — Eu achava que era isso o que *você* queria.

— Se você viria mesmo.

Agnes segurou a gola do suéter dele. Shug pegou a pochete e a beijou com uma língua violenta. Ele teve que apertar todos os ossinhos da mão dela para conseguir se desvencilhar. Ela o amara, e ele precisava quebrá-la por completo para abandoná-la para sempre. Agnes Bain era uma coisa rara demais para deixar que outra pessoa amasse. Não bastaria deixar pedaços dela para outro homem recolher e consertar depois.

Nove

Agnes precisou tomar três latas inteiras de cerveja para conseguir sair pela porta da frente. Um grupo de mulheres formava um bando junto à cerca, os braços cruzados como para-choques. Era como se estivessem esperando ali desde que ela havia se mudado, quatro meses antes. O frio parecia não incomodá-las. O chão estava repleto de guimbas de cigarro, e canecas de chá sujas estavam empilhadas nas estacas da cerca. Pararam de falar e se viraram todas ao mesmo tempo quando ela saiu pela porta da frente. De cabeça erguida, Agnes fez questão de que os estalos dos saltos pretos fossem fortes e claros no cimento. Sorriu com orgulho para as mulheres de leggings e chinelos. Passou por elas, percorrendo a rua em direção ao Clube dos Mineiros, ao esquecimento.

As mulheres ficaram olhando em silêncio. Seus ouvidos já estavam quase fora de alcance quando uma delas se manifestou.

— A gente ainda não teve nenhuma desavença, né? — disse Bridie. O cabelo listrado ainda estava despenteado, o tronco grosso embrulhado em calças de jogging masculinas e roupão.

Agnes não se virou.

— O que te leva a pensar isso?

— Você não convidou a gente pra tua festa. Não somos amigas?

— Que festa? — perguntou Agnes, virando-se um pouco.

— Ué, onde mais você iria vestida assim toda arrumada?

— Ao Clube dos Mineiros. Queria ver como é que vocês se divertem.

As mulheres todas se entreolharam. Reviravam seus medalhões de São Cristóvão, nervosas.

— Não precisa se preocupar com isso — comentou Bridie. — Os homens não gostam quando a gente dá as caras lá. Fica aqui com a gente que a gente toma umas para te dar as boas-vindas. — Bridie pegou uma garrafa grande e transparente de trás de uma das estacas da cerca. Despejou o conteúdo de sua caneca de chá na rua e balançou a garrafa de vodca. — Por que você não vem aqui e conta um pouco sobre você?

Agnes se aproximou e viu o líquido amargo devorar o círculo de borra de chá. Ela levantou a mão num ato de moderação quando a vodca pura chegou perto da borda e deu uma risadinha afetada. Bridie a olhou de soslaio e encheu a caneca até a borda.

— Traz paz. Não posso deixar você pensando que a gente é pão-duro.

Agnes pegou a caneca com um agradecimento educado. As mulheres olhavam a nova vizinha de cima a baixo: os sapatos de tiras com salto, o cabelo endurecido de laquê, o lindo casaco de pele. Agnes olhou para os dois lados da rua vazia e deixou que elas assimilassem tudo. As noites se reagrupavam novamente. As luzes da rua estavam acesas e uma gangue de cães sem coleira vagava de fedor em fedor, farejando os fossos podres. Um mijou, e os outros se revezaram e marcaram o mesmo ponto. Ela se virou para as mulheres, que lhe sorriam com avidez.

— Bom, saúde, então. — Ela bateu a caneca de chá contra as delas.

Alguém pegou uma bolsinha de tabaco solto e o passou de mão em mão. Jinty lambeu alguns papeizinhos e ternamente despejou uma fileira de tabaco dourado.

— Guarda isso aí! — disse Agnes, vendo uma oportunidade de recompensá-las pela vodca. Ela enfiou a mão nos bolsos fundos e pegou um maço de Kensitas do casaco de visom.

Bridie olhou para o maço dourado reluzente, para o isqueiro folheado a ouro.

— Jesus. Parece até que a rainha da Inglaterra se mudou pra cá.

— Faz uma boa diferença quando você não tem que tirar o tabaco do dente — ressaltou Jinty.

Cada mulher pegou um e elas acenderam os cigarros. Todas deram um trago voraz e saborearam o gosto em silêncio. Seguravam o cigarro entre o polegar e o indicador, como se apertassem um brinquedo que cospe bolinhas. Analisavam Agnes, suas unhas pintadas dançando em frente ao rosto como inúmeras joaninhas vermelhas. Entre os dedos delicados, ela dava tragos superficiais enquanto elas chupavam as bochechas para dentro. Então, ela levantou a outra mão e tomou goles enormes da caneca.

— Então, de onde você é? — perguntou Jinty, esticando o braço para tocar em seus brincos de esmeraldas.

— Onde eu nasci? Em Germiston. Mas acho que daria pra dizer que sou do East End inteiro. Já me mudei muito.

— Do East End inteiro, é? — ecoou Bridie, assentindo sabiamente. — Então é uma boa moça católica. O que te trouxe pra cá, para o nosso conjuntinho?

Agnes hesitou.

— Meu marido ouviu falar que era um lugar bom pra se viver, seguro pros filhos. — Ela fez uma pausa. — *Bons vizinhos.*

— É — confirmou Bridie, com uma risada. — Não é nenhum resort, mas é como nos velhos tempos. A mina está à beira da morte há anos.

Já não tem trabalho pra mais ninguém. Todo ano tem mais homem sentado em casa, batendo punheta à luz do dia.

— Tem uns que ainda têm emprego. A maioria enche os buracos para as crianças não caírem — acrescentou Noreen. — Não querem mais nenhum acidente, sabe.

— Acidente? — indagou Agnes.

— É, sempre foi uma mina cheia de gás. Eles tinham que bombear o metano pra fora só pra conseguir trabalhar. Olha, os homens sabiam disso, sabiam com o que estavam lidando e respeitavam o máximo possível, mas um dia ela desabou em cima dos pobres coitados. Só caiu. Teve uma explosão que queimou todos eles. Deixou algumas crianças sem pai — contou Jinty, sem parar de fitar os brincos de Agnes. — Deixou muita mulher sozinha.

Elas se viraram e olharam para a casa da mulher com cara de caveira. Bridie suspirou e disse:

— Não esquenta a cabeça com Colleen McAvennie. Ela late, mas não morde.

— Ela também é sua prima?

— É, sim, mas não de sangue, sabe? Ela protege muito o Jamesy dela. Era um cara boa-pinta. Robusto, supervisor do guindaste... Mandava eles pra cima e pra baixo na gaiola do elevador na entrada da mina. Ele se queimou na mina, a pele do ombro e do lado do pescoço. Vermelho feito insolação em julho. — As mulheres abaixaram a cabeça, quase em sinal de respeito. Bridie continuou: — É um homem bonito mesmo assim.

— Bom, pra onde foi teu homem com aquelas malas vermelhas chiques? — perguntou Jinty de repente.

— Ele é taxista. Às vezes tem que levar as coisas dele — mentiu. Era uma mentira fraca. — Ele trabalha à noite.

Jinty chupou os dentes. Pôs a mão solidária em cima da de Agnes.

— A gente não nasceu ontem, meu bem. Tive a impressão de que ele foi embora pra passar mais tempo.

Bridie sacudiu o cigarro para Jinty.

— Ah, não liga. Não desça ao nível dela. A gente só está querendo dizer que nós todas temos homem e nós todas temos problema com homem.

As mulheres tragaram o cigarro em um gesto de empatia. Noreen parecia estar preocupada.

— Como é que você vai fazer pra comer se ele não voltar?

Estava sempre pensando em dinheiro, seu coração era corroído pela preocupação.

— Não sei.

As mulheres se olharam. Bridie foi a primeira a falar:

— A gente tem que te inscrever no auxílio. Você pode ir na repartição segunda de manhã. Vai ter que falar pra eles que está precisando de pensão por invalidez, senão te forçam a receber o auxílio-desemprego toda quinta-feira.

— Eles vão me aceitar na pensão por invalidez?

— Ah, não esquenta a cabeça, querida. Vão dar uma olhada no teu endereço e te aceitar fácil. Olha só pra esse lugar. — Bridie gesticulou, mostrando a rua vazia. — Não tem ninguém dando emprego aqui. A invalidez é o único clube que a gente tem, e segunda-feira é dia de clube.

Agnes levantou a caneca de vodca outra vez e contemplou as nuvens ralas. Deviam ter posto muito leite no chá.

Bridie voltou a encher até a borda da xícara com um sorriso.

— É, eu achava mesmo que você era de beber. — Ela tragou o cigarro. — É, no instante em que te vi, percebi. Elas acharam que você era uma grande *eu-eu-eu*, toda cheia de paetês, feito uma perua da cidade. Mas eu percebi. Percebi a tristeza, e me dei conta de que você devia beber muito.

— É. — As mulheres fizeram que sim e grasniram como um bando de gralhas.

— Você bebe qualquer coisa? — perguntou Bridie.

— Perdão? — disse Agnes, abaixando a caneca.

— É um problema *grande* o teu? — explicou Bridie.

— Não tenho problema nenhum.

— Olha, minha querida. Você está aqui fora tomando vodca no meio da rua. Não vai ter problema nenhum pra se inscrever na pensão por invalidez desse jeito.

— Você também está com uma caneca de vodca na mão — retrucou Agnes, ofendida.

As bocas das mulheres se envergaram para baixo, insensivelmente, enquanto inclinavam as canecas sob a luz laranja da rua. A brancura turva do chá leitoso surgiu em todas elas.

— Não, minha querida. A gente está tomando um chá que já está gelado — ralhou Bridie. — Só você é que está tomando vodca como se fosse água da torneira.

O rosto de Agnes começou a ruborizar. As mulheres deram um sorriso compadecido com os lábios fechados. As pupilas dos olhos, encapuzados pelas pálpebras, pareciam pretas na luz alaranjada. Agnes olhou para a xícara e derramou o resto da vodca goela abaixo.

Bridie levantou a mão.

— Escuta. *Um dia de cada vez* e aquela merda toda. Eu mesma tenho um probleminha. Seis filhos e marido desempregado? Pode crer que eu bebo. — Ela esmagou a guimba do cigarro na poeira com o dedo dentro de uma sandália. — Mas foram os apagões que me cansaram. Eu não aguentava os cinco primeiros minutos do dia, quando eu acordava e ficava me perguntando quem tinha falado o que pra quem e com que idiota eu tinha brigado. Você vai na cozinha para pegar uma xícara de chá e está todo mundo te olhando de lado. Daí você olha em volta e uma delas está de olho roxo. Então você vai pra frente do espelho e vê que você também está.

Todas as mulheres assentiram em solidariedade. Ninguém riu.

— Já fiquei na loja do Dolan batendo um papo sobre *Dallas* com mulheres que eu tinha arrastado pelos cabelos rua afora na noite anterior — acrescentou Jinty, fechando as mãos em punhos, o corpo magro avivado pelo escândalo. Então apontou para a casa da cara de caveira do outro lado da rua. — Lembra aquela vez que Colleen achou que Isa estava olhando demais para Jamesy?

Bridie soltou um muxoxo.

— Aquilo foi uma baboseira. Elas são do mesmo sangue. Todo mundo se esquece disso.

— Bom, não adiantava falar *isso* pra Colleen. — Jinty se virou para Agnes. — Agora, Colleen não bebe. Ela é bem próxima de Jesus, leva ele sempre no coração. Mas naquela segunda de manhã, ela tomou uma bebida, foi uma bela de uma paulada. Ela tinha ido ao correio e recebido o auxílio das segundas, gastou até o último centavo enfiando bebida goela abaixo. As crianças dela chorando e morrendo de fome, e ela bebendo até a última gota. Ela pega um saco plástico e anda de um lado para o outro dessa rua catando bosta de cachorro. Bosta branca, preta, líquida e dura, enche o saco quase até a borda. Ela pega o saco de bosta de cachorro e vai tropeçando pela rua. — Jinty apontou para os montes de escória. — Ela põe uma luva amarela na mão e começa a atirar. Quer dizer, ela *cobre* a frente da casa da Isa de bosta. Ela atirava e berrava para Jamesy sair e encarar ela que nem homem.

— O que foi que aconteceu? — perguntou Agnes.

— Ah, eu vou chegar lá. — Jinty deu uma olhada marota por cima do ombro, para o portão de Colleen. — Ela enche a casa de bosta de cachorro, dava pra sentir o fedor a quilômetros de distância. Joga nas janelas, gruda no chapisco. Encharcou mesmo. Deus sabe que não sou uma grande fã da Isa, porque o marido dela aceitou uma dispensa antecipada da mina, e ela gastou tudo no bingo e ganhou uma boa grana... *Maaas* não aprovo que alguém taque bosta na rua feito uma selvagem.

Bridie assumiu o relato.

— Bom, no final das contas Jamesy não estava trepando com a Isa. Ele estava trabalhando. *Trabalhando!* De todas as coisas que poderia estar fazendo. Ele tinha arrumado um serviço de meio período transportando refugo e não podia contar pra ninguém com medo de que dedurassem pra repartição.

Jinty beijou seu São Cristóvão.

— A Colleen cismada que ele estava com outra e ele na rua tentando ganhar uma graninha extra.

— Graças a Deus que apagão existe. — Bridie fez o sinal da cruz com ares solenes. — Olha. Sei por que você bebe, querida. Às vezes, é difícil lidar. Eu fico longe da bebida, mas ainda preciso de alguns desses todo santo dia. — Ela pegou um frasco de aspirina infantil do bolso. — Os amiguinhos da Bridie.

— Aspirina? — indagou Agnes.

— Que nada! — Bridie lambeu o lábio superior, ela se aproximou. — Valium. Se quiser, prova um pouco. Só uma provinha. Se quiser mais, eu arrumo pra você. *Preço especial.*

Bridie empurrou e desenroscou a tampa do frasquinho de plástico com um sorriso. Pôs dois comprimidos na palma da mão de Agnes como se fossem balas.

— Aqui, dá uma provada, e seja bem-vinda a Pithead.

Dez

A mãe dele tinha sumido. Ele segurou o dente branco feito osso nas mãos em concha — o pequeno incisivo boiava na poça de cuspe e sangue, e ele tinha certeza de que morreria. Era isso o que aconteceria agora que tinha sete anos? Ele teve medo de cutucar os outros dentes com a língua e todos se soltarem. Precisava achá-la para perguntar. Mas a mãe havia sumido.

Shuggie ficou com o rosto encostado no portão de metal enferrujado e observou um bando de cães da mina vagando. Cinco machos acossaram uma cachorrinha preta. Soltaram um ganido estridente ao passar por ali, e Shuggie forçou os lábios contra a grade e cantou junto com eles, *iiih iiih iiih*. Ficou escutando a canção dos cachorros, e era como se o chamassem ali para fora. Não podia ir além do portão da frente sem avisar, mas ela não estava em casa.

Mantendo os sapatos de ginástica bem fixados na parte de dentro, ele enfiou a cabeça para fora e olhou primeiro para a esquerda e depois para a direita. Brincou de prender a respiração e depois sair disparado e voltar voando, tudo enquanto dava olhadas para os dois lados da rua curta na tentativa de achá-la.

Ela não estava ali.

O bando de cães o chamava para além do portão. Shuggie pegou a boneca de cabelo louro-escuro e a atirou no asfalto. Daphne aterrissou com um estalo rouco e criou um anjo de neve na poeira. Ele saiu correndo e a pegou, voltando às pressas como um peixinho osteícte, fechando o portão com um sonoro clangor metálico. Olhou por cima do ombro, ninguém apareceu na janela e ninguém apareceu na janela de Bridie Donnelly. Ninguém o observava. Ela não estava ali.

Shuggie abriu o portão outra vez e seguiu os cães. Havia um grupo de mulheres de pantufas masculinas na esquina. Estavam conversando animadamente sobre algum assunto, mas ele percebeu que baixavam a voz à medida que ele se aproximava. Uma delas se virou e lhe fez uma reverência. Tentando parecer despreocupado, como se não se importasse, ele fez um espetáculo dançando pela rua poeirenta, passando pela igreja da colina. Ele transformou em brincadeira chutar o pó para o céu e se afastava cada vez mais de casa. Foi à escola católica e ficou olhando as crianças brincarem no recreio da manhã. Ficou à sombra de um castanheiro-da-índia e se perguntou por que não estava na escola também. Não tinha visto desenhos animados naquela manhã, portanto não era sábado, disso ele sabia, mas ela não tinha deixado as roupas dele à vista como às vezes deixava, por isso ele não tinha ido, e ela não disse nada.

Os meninos chutavam um balão para o canto do pátio sem dó nem piedade, e o notaram antes que ele percebesse que era observado.

— O que é isso aí na tua mão? — gritou o menor dos irmãos marrons, os filhos da mulher com cara de caveira, Colleen McAvennie.

Por instinto, Shuggie escondeu a boneca Daphne atrás das costas.

— Oi — disse Shuggie, com um aceno educado.

Imitou a reverência farfalhante da esposa do mineiro e graciosamente esticou a perna esquerda para trás.

De boca aberta, eles espiavam pelas grades descascadas e o olhavam de cima a baixo.

— Por que é que você não está na escola? — perguntou Gerbil, o caçula, arrancando lascas de tinta verde do ferro.

— Não sei — admitiu Shuggie, dando de ombros.

Os meninos eram só alguns anos mais velhos que ele, mas já eram parrudos e marrons por conta dos verões passados ao ar livre, explorando charcos e jogando gatos nas minas abertas do bairro. Já os tinha visto tirando com facilidade cargas pesadas dos refugos do caminhão dos próprios pais.

— É porque a tua mãe é bêbada — respondeu Francis McAvennie, apertando os olhos escuros. Ficou olhando para o rosto de Shuggie para ver o incômodo daquelas palavras.

Gerbil McAvennie enfiou uma lasca de tinta entre os lábios.

— Por que é que você não tem pai? — Sua voz já era grave como a de um homem.

— Eu te-tenho — gaguejou Shuggie.

Gerbil sorriu.

— Então cadê ele?

Isso Shuggie não sabia. Tinha ouvido falar que era um amante de puta e que estava criando os filhos de outra mulher enquanto trepava com qualquer imbecil que se sentasse no banco de trás do táxi. Mas não lhe parecia correto admitir isso.

— Ele trabalha à noite. Ganhando dinheiro para as nossas férias.

A campainha que anunciava o fim do recreio tocou, e o padre Barry saiu para enfileirar as crianças que brincavam. Gerbil esticou o braço por entre a cerca, os dedos compridos arrebatando a boneca de Shuggie. Francis gorgolejou feito um bebê feliz e se juntou a ele, até os dois a segurarem com violência. Shuggie recuou até a sombra do castanheiro-da-índia.

— Vou te dedurar para o padre Barry! Você devia estar na escola — berraram.

Apertando Daphne contra o peito, Shuggie deu meia-volta e correu o mais rápido possível. Já estava sem fôlego quando chegou ao Clube dos Mineiros, mas ainda ouvia os meninos chamando o padre Barry.

O clube era decrépito e parecia deserto. Shuggie pegou impulso e se pendurou nas barras das janelas. Ficou andando à toa pelo pátio, onde barris de cerveja vazios sangravam poças de bebida já sem álcool. A cerveja suja se misturava com a gasolina e criava laguinhos de arco-íris brilhosos. Shuggie se ajoelhou e mergulhou o cabelo louro de Daphne na poça iridescente. Ao tirá-la, o cabelo amarelo radiante estava da cor da noite, e ele deu um muxoxo. Onde estavam as belas cores do arco-íris? Ele a mergulhou de novo e a segurou sob a superfície por mais tempo. Os olhos dela se fecharam automaticamente, como se estivesse dormindo, mas, como ela sorria, ele sabia que estava bem. Quando tirou a boneca da poça, o líquido preto escorreu pelo rosto e pelo vestido de lã branco. O cabelo amarelo vulgar havia adquirido um tom preto opaco. Olhou fixo para ela e se deu conta de que por um instante havia se esquecido da mãe. Daphne estava com um cheiro engraçado.

Durante um tempo, ele andou desviando das poças de cerveja. Espiou lá fora e, quando teve a certeza absoluta de que o padre Barry não o procurava, saiu correndo pela rua e entrou pela boca de uma alameda arborizada que nunca tinha visto. A alameda ficava atrás de uma fileira de cabanas de mineiros que pareciam antigas, unidas pelos fundos com um jardim comunitário. No limite mais próximo do jardim havia um enorme abrigo de tijolos para as caçambas de lixo. Era achatado e retangular, sem janelas e com uma abertura escura, cuja porta pintada de verde estava aberta e quebrada. Ao lado do abrigo havia uma máquina de lavar, do tipo que é usada em hospitais ou em prédios do governo, maciça e grande como um guarda-roupas. Como era pesada demais para que os lixeiros a tirassem, ela ficava enferrujando ao lado do abrigo, e moscas gordas e preguiçosas voavam para dentro e para fora de sua sombra.

Dentro da máquina estava um menino, com as pernas acima da cabeça, curvado em torno do tambor como um gato de coluna quebrada.

— Quer dar uma volta na minha montanha-russa?

Shuggie ficou assustado ao encontrá-lo ali.

O menino se mexeu dentro do tambor e se balançou em semicírculos, em um segundo os pés já estavam acima da cabeça, no segundo seguinte a cabeça estava acima dos pés.

— Olha, é divertido à beça! — insistiu ele.

Shuggie estendeu Daphne para ele e a ofereceu para ser a primeira. O menino se desenrolou de dentro do tambor, empurrando as pernas marrons e compridas para fora, como uma aranha saindo de uma fechadura. Arqueou o corpo para trás. Ao se esticar, era quase tão alto quanto a máquina de metal. Era mais velho do que Shuggie, tinha pelo menos oito ou nove e já começava seu estirão.

— Ei. Meu nome é Johnny. Minha mãe me chama de Johnny Ossudo — contou ele com um sorriso tenso. — Era pra ser que nem um apelido de lutador, mas eu acho uma merda.

Ele bateu no antebraço como os lutadores da televisão faziam antes das lutas. Deu um golpe vazio no ar.

— Qual é o teu nome, homenzinho?

— Hugh Bain — respondeu, com a voz acanhada. — *Shuggie*.

O menino o observava, espiava com os olhos meio escondidos pelas pálpebras, assim como Shuggie vira os filhos dos mineiros fazerem quando ele levantava a mão na aula. Era um misto de incredulidade e desdém. Ele já tinha visto a avó olhar para seu pai assim várias vezes. Shuggie virou a rótula do joelho esquerdo para dentro.

Então Johnny sorriu. Sua expressão mudou tão rápido que Shuggie deu um passo para trás. Foi como o estalido de um interruptor, e seu rosto se clareou como uma lâmpada à vista em um ambiente vazio.

— Isso aí na tua mão é uma boneca, Shuggie? — O menino estava usando seu nome como se o conhecesse há tempos. Sem esperar a resposta, acrescentou: — Você é menina?

Ele pisou na grama alta, achatando-a ao passar.

Shuggie fez que não.

— Se não é menina então deve ser viadinho.

Ele deu um sorriso contraído. A voz estava baixa e doce, como se falasse com um filhotinho de cachorro.

— Você não é viado, ou é?

Shuggie não sabia o que era ser viado, mas sabia que era ruim. Catherine chamava Leek de viado quando queria ferir seus sentimentos.

— Você não sabe o que é ser viadinho, garoto? Viado é menino que faz coisas obscenas com outros meninos. — Agora Johnny estava na frente de Shuggie, quase o dobro de sua estatura. — Viado é o menino que quer ser menina.

Johnny Ossudo tinha uma cor branco-sujo, como se tivesse sido embebido em chá. Tinha uma pele sépia, cabelo cor de mel e olhos de cerveja âmbar. Quando Johnny sorriu, já tinha dentes de rapaz. Shuggie passou a língua no buraco do próprio sorriso. Johnny lhe arrancou a boneca e a atirou no tambor.

— Está vendo! Ela quer dar uma volta.

Johnny se imprensou contra as costas de Shuggie, passou os braços em torno de sua cintura e o levantou até a boca da máquina. Shuggie subiu no tambor e sentiu uma mão amiga lhe dando um empurrãozinho quando caiu lá dentro. Segurando Daphne, ele olhou para trás à luz do dia, as pernas nuas arrepiadas por causa do metal frio.

Johnny agarrou uma aresta levantada que havia no tambor e a mexeu da esquerda para a direita, balançando-a suavemente, como se fosse o berço de um bebê. Shuggie caiu de lado e tentou se equilibrar apesar do balanço, tensionou todos os músculos e mostrou os dentes, como um gato assustado. Daphne escorregou, batendo no cilindro.

Johnny continuou a balançar com delicadeza.

— Está vendo, não é *tão* ruim assim, né?

O movimento trouxe à memória de Shuggie o brinquedo de navio--pirata que havia em frente à padaria preferida do avô. Ele gorgolejou com uma risada involuntária.

— Espera aí — disse Johnny.

Ele segurou com mais firmeza a aresta de metal e, apoiando o corpo contra a máquina, balançou com mais força. A cabeça e os joelhos de Shuggie se moviam em semicírculos enquanto Daphne batia no teto. Os músculos do pescoço de Johnny saltavam enquanto rodava o tambor com todas as forças. Shuggie girava de pernas para o ar. Girava sem parar, mais e mais vezes, a cabeça batendo nas pás de metal.

O tambor desacelerou, e Shuggie caiu encolhido de cabeça para baixo. Um braço grosso segurou uma das barras de metal e parou a centrífuga. Um lamento de sirene brotou em Shuggie enquanto a dor percorria sua cabeça, o joelho cortado e as canelas machucadas. De trás da cachoeira de lágrimas, ele viu uma mão grande descer várias vezes sobre a cabeça de Johnny, o menino se abaixando para tentar proteger o rosto. O agressor era alto demais para que Shuggie visse seu rosto, só via os açoites raivosos de um braço tatuado estapeando o pescoço e os ombros nus do garoto.

— Em nome de Jesus, o que foi que eu te disse sobre brincar com essa porra dessa máquina de lavar? — repreendia o torso sem cabeça. Com o polegar grosso, o homem apontava para o tambor. — *Toma. Essa.* Cai fora dessa porra antes que eu te dê um bom motivo pra chorar.

Tão rápido quanto a figura havia chegado, ela desapareceu. Johnny ficou parado diante da porta da máquina como um cachorro espancado. O sorriso havia sumido, as orelhas estavam abaixadas. Ele esticou o braço e puxou Shuggie para fora do tambor.

— Escuta. Você para com esse chororô senão vou te dar um bom motivo pra chorar.

Fora do tambor, a luz do dia quase o cegou. A dor na cabeça roubou a cor dessa visão.

Johnny olhou o menino de cima a baixo. A perna de Shuggie sangrava onde o metal havia furado a pele, e hematomas já apareciam nos braços e nas pernas. Johnny o examinou em meio às moscas pretas e o empurrou para a escuridão fria do abrigo das caçambas. Tinha um cheiro azedo de iogurte estragado.

No escuro, Johnny cuspiu na mão e a esfregou no rosto molhado do menino e depois na perna ensanguentada. Só piorou a situação. O sangue virou uma camada de cuspe, causando mais sujeira em vez de tirá-la. O menino entrou em pânico, os olhos arregalados de medo. Arrancou um punhado de folhas verdes da terra e as raspou na perna de Shuggie. Esfregou até o sangue sumir e ser substituído por um rastro grosso de muco de planta verde triturada. A clorofila fez o corte arder. Shuggie começou a chorar de novo.

— Fica parado, seu viadinho imbecil.

Todos os tons de sua simpatia inicial haviam sumido. Shuggie via as marcas vermelhas da mão do pai de Johnny florindo em sua pele sépia.

O abrigo das caçambas estava sossegado, a não ser pelo zumbido das varejeiras gordas. Johnny esfregou sem parar a perna do menino pequeno até sua respiração se acalmar. A fricção fez com que Shuggie passasse de branco para vermelho, e depois para um verde intenso. Enquanto o pânico abandonava os olhos de Johnny, aos poucos o sorriso falso voltava ao rosto bronzeado. Estava bem escuro no abrigo.

Johnny Ossudo se levantou de novo, uma silhueta magra contra o sol claro. Entregou a Shuggie as folhas verdes reduzidas a polpa e abaixou o short de ginástica.

— Para de choramingar — disse ele por entre os dentes de rapaz. — Agora você me esfrega.

* * *

Quando Shuggie chegou mancando ao Clube dos Mineiros, o sol já havia quase secado as poças de arco-íris. Tinha deixado Daphne dentro da máquina. Não queria voltar lá nunca mais.

Ao subir os degraus até o corredor, ele a ouviu ao telefone.

— *Vá se fuder, Joanie Micklewhite. Você trate de dizer para aquele amante de puta filho de uma puta protestante que não dá pra ele ter tudo na vida!* — Cada sílaba imunda era enunciada com uma gramática perfeita. — *Sua cretina de merda, sua boqueteira. Você é tão sem graça e vulgar quanto a ponta de um pão branco.*

O fone desceu com um clangor e os ganchos tiniram com o baque.

Shuggie chegou ao fim do corredor e virou. A mãe estava sentada de pernas cruzadas diante da mesinha de telefone com uma caneca apoiada no joelho. Olhou para ele como se tivesse surgido do tapete. Não reparou no dente que faltava nem na perna, manchada de sangue e cuspe e folha.

Estava emplastrada no rosto dela a careta vidrada que vinha de baixo da pia da cozinha. Ela tirou o brinco e o jogou do outro lado do cômodo antes de pegar o telefone outra vez.

— Agora quero falar pra sua vovozinha de merda aonde ela tem que ir.

A casa ficava pertinho do ponto de ônibus, mas Leek andava bem devagar. As pernas estavam pesadas por causa do dia duro no Programa de Treinamento de Jovens, as entranhas pesadas pelo medo do que poderia encontrar em casa. Só torcia para ter uma hora de sossego para desenhar, mas tinha sido um ano sem paz desde que haviam se mudado para Pithead.

Sabia que Catherine não voltaria para casa naquela noite mais uma vez. Estava se tornando exímia em escapar de fininho bem debaixo do nariz de Agnes, levando sua vida secreta com Donald Jr. longe da mãe que parecia estar se desintegrando. A irmã culpava o patrão por tudo quanto era tipo de exploração e dizia a Agnes que ficaria até tarde no escritório e, portanto, teria que dormir na casa da avó. Leek via como a mãe se preocupava com dinheiro, como venerava a mixaria que Catherine ganhava semanalmente, e por isso não dizia nada. Ele sabia que na verdade Catherine estava na casa de Donald Jr., deitada no colchão inflável no quarto vazio que havia na casa da mãe dele, tentando manter as mãos fechadas sobre seu recato até que Donald enfim se casasse com ela. Depois de todos os seus anos de prática, Leek estava zangado por ser Catherine a primeira a desaparecer.

Ainda estava claro, mas luzes inclementes estavam acesas em todos os cômodos, e as cortinas estavam abertas de um jeito vergonhoso. Era um péssimo sinal. Na sala de estar, Shuggie estava à toa entre a cortina de voile, para impedir os mosquitos, e o vidro. As palmas e o nariz estavam imprensados contra a janela, ele balançava a cabeça para a frente e para trás para tentar se acalmar, e ninguém o mandava parar. Quando viu o irmão, Shuggie balbuciou *Leek* e deixou uma mancha engordurada no vidro.

As cortinas de voile voaram, ganhando vida. Uma sombra se projetou na janela e Agnes surgiu atrás do caçula. Leek levantou a mão numa espécie de aceno e pôs a outra mão na cerca, em um gesto que anunciava que estava chegando em casa. Agnes sorriu para ele, a careta cheia de dentes que telegrafava milhares de recados. Os olhos dela lhe pareciam turvos, instáveis, e ele soube no mesmo instante que ela sumiria.

Ela desapareceu de novo, voltou à mesinha do telefone, voltou à bebida.

Leek pegou a bolsa de materiais e deu as costas para a casa. Houve um insistente *tec-tec* no vidro. Os lábios de Shuggie estavam bem abertos enquanto enunciava, teatralmente: *Onde. Você. Está. Indo?*

Leek mexeu os lábios em silêncio. *Pra casa da vovó.*

Shuggie tentou firmar os lábios. *Posso. Ir. Junto?*

Não. Fica muito longe. Não tenho como te carregar.

O que ele nunca contou a Shuggie é que uma vez tinha achado o endereço do pai verdadeiro. Brendan McGowan. Estava ali, na lista amarela de Agnes, contornado em várias cores e grossuras de tinta, como se ela tivesse voltado a ele, inúmeras vezes, ao longo dos anos. Leek tinha ido ao endereço no inverno anterior e se sentado no muro de frente para o amplo prédio vitoriano. Observara um homem chegando do trabalho, um homem que ele não reconhecia, mas que também tinha aquele mesmo andar desgastado. Um homem de olhos do mesmo tom cinza-claro. O homem estacionou o carro na frente do prédio e passou por Leek na rua sem fazer nada além de lhe dar um aceno educado com a cabeça.

Quando a porta se abriu, três rostinhos felizes haviam corrido até a entrada para recebê-lo. Leek ficara olhando a família feliz, barulhenta, se sentar e comer a uma mesa de jantar encostada na janela da frente. Vira um falar por cima do outro, as crianças empertigadas, desafiadoras, em suas cadeiras enquanto o sujeito ria daquele entusiasmo. Leek ficara bastante tempo observando antes de dobrar o endereço e o jogar entre as frestas do bueiro.

Leek pegou a bolsa de materiais e saiu de Pithead. Deu as costas para Shuggie e não se atreveu a olhar de novo para o rosto suplicante na janela. Ia chover e seria uma longa caminhada até Sighthill. Estava cansado, fazia muito tempo que estava cansado. Só queria descansar.

Onze

A claridade desbotada do dia vazava pelas cortinas de voile. Cutucava-a no rosto, e, com uma bufada, ela retomou com um baque a consciência. Agnes abriu os olhos devagar e se viu contemplando o teto creme com textura de estalagmites congeladas. Os lábios não se fechavam por causa da película grudenta da arcada superior da dentadura enquanto um vômito seco subia dentro dela. Debaixo da mão direita, ela sentia o tecido adamascado escorregadio da poltrona. Os dedos delineavam os buracos conhecidos das queimaduras de cigarro. Estava vagamente ereta, embalando o fone mudo.

Permaneceu sentada por um tempo, imóvel, a cabeça apoiada no espaldar da cadeira, como uma lixeira de pedal aberta. Tornou a fechar os olhos e escutou o cérebro latejar alto. Como uma maré, o sangue fluía para dentro e para fora, para dentro e para fora da cabeça. Apesar das vazantes, dava para perceber que a casa estava vazia. Era cedo, mas o menino tinha ido sozinho para a escola outra vez. Já tinha faltado dias demais. Dias demais sentado a seus pés, só esperando e observando. A escola não gostava. O padre Barry tinha avisado que precisaria notificar a Assistência Social caso ele não começasse a ter uma presença regular.

Em certas manhãs, ela acordava assustada e via Shuggie a encarando. Estava vestido, apequenado pela mochila pendurada nos ombros, a cara lavada e o cabelo molhado partido e penteado só na frente. Ela ficava ali deitada, toda vestida, tentando forçar os lábios ressecados a se fecharem sobre os dentes, enquanto ele lhe dava bom-dia e se virava sem fazer barulho para ir à escola. Ele não queria sair sem avisá-la de que voltaria logo. Pegava o mindinho da mãe com o dele e jurava.

A casa estava em silêncio. Ela inclinou a cabeça para a frente, segurando-a entre as mãos, e o sangue voltou a seus olhos. Shuggie não estava parado ali como de hábito. Na mesa em frente a ela havia uma xícara de chá frio, a superfície já engrossada pela nata do leite. Ao lado, uma fatia de pão branco torrado, cutucado com uma faca desajeitada, sujo de nacos de manteiga grossos demais para serem espalhados. Com a mão sobre os olhos, ela examinou a mesinha de centro em busca de algo que aplacasse os tremores. Inclinou as canecas em sua direção e olhou à procura de um gole de cerveja. As canecas estavam vazias. Agnes esticou o braço para pegar um cigarro e com um lamento pesaroso pegou o último do maço. Ela o acendeu com os dedos trêmulos e deu um longo trago.

Sem se sentir melhor, levantou-se e se arrastou em torno do sofá, tentando achar garrafinhas escondidas ou latas pela metade. Perambulou pela casa vazia se curvando sobre todos os esconderijos que pudessem conter uma bebida esquecida: o cesto de roupa suja e atrás das capas de vinil das fitas de vídeo, feitas para parecer enciclopédias. De joelhos, puxou todos os sacos de compras vazios que estavam embaixo da pia da cozinha, até que a cintura ficou rodeada de plásticos azuis e brancos.

O pânico começou. Ela ia de cômodo em cômodo, fazendo ruídos agudos e de sucção por entre os dentes por conta da frustração. Forçava-se a não cuspir gotas da ânsia de vômito nas pias e nas canecas velhas. Pegou a bolsa grande de couro preto e a revirou à procura da carteira. Abriu seu fecho de metal de cima. São Judas Tadeu rolava nos fundos em uma camada de felpas e areia. Era quinta-feira, e todo o dinheiro dos auxílios de segunda-feira e de terça-feira já havia acabado.

Na segunda-feira anterior, tinha passado a noite em claro esperando a rádio-relógio anunciar que eram oito horas. De salto alto e sombra desigual nos olhos, tinha justamente corrido pela Pit Road para receber o que as esposas dos mineiros chamavam de "talão da segunda". De pé no final da fila do auxílio, a cabeça erguida, as mãos tremendo dentro do bolso, Agnes tentara ignorar as mulheres de casacos de náilon finos que faziam som de farfalho seco. Ficou isolada e arredia enquanto elas se sacudiam com suas tosses de fumante, rosnando com o catarro pegajoso.

Trinta e oito libras por semana para manter e alimentar todos eles. Isso levava mães a ficarem no mercadinho olhando para caixas de meio litro de leite como se fossem artigos de luxo.

Agnes recebeu o talão de segunda com ares de rainha. Passou direto pelo leite na parte da frente do mercado e comprou logo doze latas da cerveja Special Brew. Falou alegremente sobre o tempo bom que andava fazendo, mas o indiano nada respondeu. Tinha certeza de que o elefante azul pendurado atrás dele a olhava com desdém. Fechou a bolsa com um gesto afetado enquanto enfiava as latas frias de metal dentro do saco plástico. As mulheres atrás dela somavam em voz alta, os lábios se mexendo enquanto contavam, adicionando pão a batatas assadas e cigarros e então, derrotadas, botando o pão de volta na prateleira. Agnes saiu pelos fundos e, atrás da loja de arenito, ela se agachou sobre cacos de vidro e abriu a primeira lata gelada.

Na manhã de terça-feira, ao voltar ao mercado, já tinha bebido. Deslizou pela pista dupla da estrada, os joelhos cedendo com elegância a cada passo. Agnes recebeu o talão da terça, de oito libras e cinquenta centavos em auxílio para quem tinha filhos. Fortalecida pela Special Brew, disse ao dono do mercado que o elefante azul lhe "dava nos nervos".

Mas agora era quinta-feira. Ela olhou para a bolsa, vazia a não ser pelo santinho de São Judas Tadeus e as felpas que se acumulavam nas pregas. Lágrimas tristes, egoístas, de "coitadinha de mim", se formaram em seus olhos. Ela passou o dedo pelo cinzeiro sujo. Precisava pensar no que fazer.

Como ficava difícil assistir à televisão com o álcool abandonando seu corpo, ela preparou um banho quente. A água faria com que sentisse menos frio, menos dor. Enxaguou o suor e a falta de viço do cabelo. Pegou o pano de flanela e começou a esfregar para tirar o gosto dos dentes e se recostou na água escaldante e pensou em como arrumar dinheiro. Na cintura macia corria uma marca vermelha onde, depois que ela apagou, a meia-calça preta tinha se enfiado, machucando a pele. Ela passou o dedo pelo machucado. Percorria seu pneuzinho extra como um trilho de trem, e isso a levou a pensar no trem de Glasgow, no Paddy's Market, que ficava debaixo de seus arcos, e na casa de penhores que havia ali.

Sem se secar, correu pela casa de roupão molhado procurando alguma coisa para empenhar. À luz do dia tudo parecia vulgar e sem valor. Ela pegou todas as porcelanas de Capodimonte e tentou até pegar a televisão em preto e branco, mas jamais conseguiria levá-la até a cidade a pé. No quarto, ela cogitou as joias, todas as peças descombinadas que estavam soltas em um moedeiro velho: os anéis de Claddagh que a mãe lhe dera, o medalhão da avó, a pulseira do batizado de Catherine. Precisou se esforçar, mas, apesar da relutância, ela pôs a bolsinha de volta na gaveta.

Passou devagar pela pesada caixa de ferramentas de Leek. Ela a cutucou com o dedo do pé. Estava vazia, ele tinha levado todas as ferramentas consigo para o canteiro de obras do Programa de Treinamento de Jovens. Tinha carregado tudo, até as coisas de que tinha certeza que não iria precisar. Tinha aprendido a lição da última vez que ela ficara louca para empenhar alguma coisa. Agnes coçou a palma da mão. Chutou a caixa de ferramentas vazia e foi até o guarda-roupa de Catherine. Ficou surpresa de ver tão pouca coisa ali dentro, era como se a filha fosse uma inquilina ainda não comprometida a ficar na casa nova. Pegou um par de botas de camurça com salto alto, mas fazia tempo que tinham sido destruídas pela chuva e pela lama.

Perdendo as esperanças, ela abriu o armário pequeno de roupas de cama e banho onde guardavam as toalhas boas. Ali, dobradas e guardadas em um saco de lixo, estava o casaco de visom fora de moda que tinha comprado com o bom crédito que Brendan McGowan tinha na praça. Tirou o saco plástico do armário e enfiou a mão nos pelos. A sensação era de dinheiro puro.

Uma hora depois já estava de cabelo arrumado, vestida com o casaco de visom comprido, e fazia pela rua principal o longo caminho até o Paddy's Market. Andou na contramão da rua, com a cabeça erguida e um sorriso astuto no rosto. O saibro de Pithead se embrenhava no sapato aberto de salto alto, como se fosse areia de praia. Ela endireitou a coluna para dar a impressão de que curtia deixar os carros que corriam soprarem seu cabelo e tentou ignorar o pó fino que feria os dedos dos pés. Os carros que passavam desaceleravam diante daquela estranha visão. Seu rosto queimava por conta da areia que voava e da vergonha, mas ela levantava a cabeça e seguia em frente. Pensou que devia estar parecendo uma louca.

Sempre que se aproximava de um ponto de ônibus, parava um tempo, fingindo esperar um transporte passar, fazendo um gesto teatral ao olhar para a manga do casaco, para um relógio que não tinha. Aguardava o tráfego diminuir um pouco e ia andando até o ponto seguinte, a cabeça latejando, o coração ardendo. A cerca de seis quilômetros e meio do conjunto habitacional, um ônibus desacelerou e parou para ela. Virando o rosto para o outro lado, ela tirou a mão do bolso do casaco de visom e acenou para que seguisse adiante, como se ela fosse boa demais, enquanto as esposas dos mineiros a olhavam pela janela, boquiabertas.

Quando chegou aos arredores da cidade, já estava garoando. Primeiro foi um chuvisco que grudava nas pontas do casaco e cintilava feito spray de cabelo. Agnes estava exausta de andar de salto alto, mas atravessou com passos acelerados as ruas estreitas com medo de encontrar alguém da época do primeiro casamento. O chuvisco virou um aguaceiro, e em pouco tempo o casaco encharcado já batia em suas pernas nuas feito o rabo de um cachorro molhado. Ela se refugiou na entrada de um prédio e ficou olhando os ônibus jogarem ondas imundas na calçada. Por um instante, teve saudades do bom católico.

O rímel preto escorria pelas bochechas. Ela estava com um chumaço amassado de papel higiênico e, dobrando as manchas de vômito azedo para trás, limpou as linhas debaixo dos olhos. O casaco estava ensopado e emaranhado nos pontos onde a água tinha se acumulado. Ela tirou um enfeite de cada bolso e esfregou o rosto de vidro das bailarinas até ficarem secos.

Do outro lado da rua, havia um prédio cinza e alto. À esquerda ficava uma espécie de oficina de táxis, onde partes de táxis pretos quebrados e micro-ônibus jaziam como ossos de dinossauros e em algum canto dos fundos um rádio tocava. Depois havia um escritório pequeno, e pela janela suja Agnes via que as paredes estavam cobertas de correias de ventilador novas e calotas, latas de graxa e frascos de óleo lubrificante. Era uma oficina de serviços pesados, não era feita para um motorista comum. Não havia sanduíches embrulhados, não havia mapas de atrações a serem visitadas.

Uma sineta tocou quando Agnes entrou. Estava criando uma poça no chão quando um homem de macacão apareceu atendendo ao som. Ruivo, parrudo e de cara achatada, tinha a cabeça ligada direto ao corpo, como se pescoço fosse um luxo desnecessário. Ele ergueu os olhos das mãos sujas, surpreso em ver uma bela mulher de casaco de pele parada ali.

— Peço mil desculpas por incomodá-lo — começou Agnes, com seu melhor sotaque de Milngavie. — Mas é que peguei chuva e fiquei me perguntando se você não teria um banheiro que eu possa usar. *Sabe?* Para eu me arrumar um pouquinho. — Ela apontou para o casaco molhado.

— Bom… — Ele esfregou a barba por fazer. — A verdade é que não é para os clientes.

Agnes deu um puxão no casaco, que soltou pingos gordos de água.

— Ah, ok — disse ela, os olhos abaixados para o chão sujo.

Ele a analisou por um tempo e, coçando o braço grosso, declarou:

— Bom, você também não parece ser cliente, então acho que não tem problema.

Ele a conduziu pela oficina. Havia táxis, em mau estado de conservação, vazando óleo, o que dificultava sua caminhada sobre saltos. Ela ficou olhando o casaco pingar no cimento engordurado e a água se acumular e escorrer feito lágrimas pequenas.

— Hum, espera aqui um minutinho — pediu o homem.

Ele atravessou, nervoso, a porta vermelha fina. Ela ouviu o *shhh* do odorizador de ambiente em lata, e ele reapareceu um instante depois com rolos de revistas e jornais debaixo do braço.

— É meio básico, mas tem tudo que você precisa.

Ao segurar a porta, uma loura peituda espiou com uma piscadela atrevida por baixo do braço dele.

Agnes entrou no banheiro imundo e fechou bem a porta. Ficou um bom tempo olhando para a puta velha derretida no espelho. No banheiro não havia um secador de mãos, então ela pegou um punhado de toalhas de papel e começou a pegar punhados do casaco molhado, apertando as toalhas contra ele como se tivesse derramado alguma coisa no tapete. Quanto mais puxava e apertava, mais água o casaco expelia.

Demorou bastante até se sentir recomposta o suficiente para voltar à oficina. O homem estava bem do lado da porta, imóvel no mesmo lugar, com duas canecas descombinadas.

— Você parece estar precisando de um bom chá quente.

— Estou tão feia assim?

— Ah, que nada.

Ela aceitou a caneca — estava só um pouco engordurada.

— Devo estar parecendo um rato afogado — comentou ela, na esperança de que ele discordasse.

— Um visom afogado, na verdade.

Enquanto o homem olhava ao redor à procura de um banco limpo, Agnes o examinava com atenção. Ele tinha lavado a cara depois de sua chegada. Havia um círculo de óleo no pescoço e nas costeletas, onde tinha esquecido de passar o pano, e a parte da frente do cabelo claro ainda estava molhado contra o rosto rosado. Era bonito, pensou ela, naquele estilo forte, atarracado de Shetland. Ele puxou uma banqueta de bar, e Agnes percebeu que ele só tinha dois dedos e o polegar inteiros na mão esquerda — a outra metade dos outros dois dedos perdidos, como se ele os tivesse mascado de nervoso.

Ele viu o olhar dela e escondeu a mão atrás das costas.

— É uma longa história.

Agnes se retraiu um pouco, envergonhada de ter sido flagrada encarando.

— Todo mundo tem.

— Tem dedos faltando?

— Não — respondeu ela, rindo. — Longas histórias.

— Tipo a de que você estava indo empenhar esse casaco aí?

Ela riu de novo, dessa vez com estridência, e então parou. Ele não estava rindo junto. Ela adotou o sotaque de Milngavie outra vez, aquele que dizia *sou uma mulher que tem marido rico e uma casa grande*.

— Não estou indo empenhar nada. Por que achou que eu ia?

Sem hesitação, o homem explicou:

— Ah, te digo mais. Você está indo empenhar o casaco e veio a pé de Ballieston ou de Rutherglen. — Ele olhou para o lado. — Não, espera aí! Tem uma casa de penhores em Rutherglen. — Ele se calou por um instante. — Você veio andando de... — Ele estalou os dedos da mão boa. — De Pithead!

Agnes empalideceu.

— Acertei?

— Não.

Ele estancou por um momento e olhou para ela por cima da caneca lascada.

— Meu Deus, você me desculpa, senhora. Que grosseria da porra a minha. Eu achava que você estava indo empenhar o casaco. Pra ter dinheiro pra beber, sabe?

Agnes afastou a caneca dos lábios frios. Seus olhos encontraram os dele.

— Bom, você está enganado.

— É, pois é, estou, né?

— Sim.

— Bom, então melhor assim, né?

— Por quê? — perguntou ela contra a própria vontade.

— Porque a casa de penhores de Gallowgate está fechada para um conserto no gás, só isso.

Ela fez cara feia ao perceber o blefe. Ele apenas levantou a sobrancelha.

— Olha, não foi minha intenção ser rude. De verdade. É que os iguais *se reconhecem*, né?

Ele levantou a mão ruim como prova e balançou os dois dedos bons.

Agnes espirrou o chá ao botar a caneca no banco.

— Obrigada por me deixar usar o seu banheiro, mas é melhor eu ir. Meu marido vai morrer de preocupação.

— É, vai sim. Vai ser uma longa caminhada debaixo da chuva. Mas quem sabe você não acha a aliança que perdeu.

Ele conseguiu tirá-la do sério. Ela levantou a cabeça e tirou os cachos pretos do rosto.

— O que é que você está querendo com tudo isso?

Ele curvou a boca para baixo, desapontado.

— Nada. Bom, não é o que *você* está pensando, pelo menos. Olha aqui, senhora, você entrou aqui em um estado lamentável, e pela sua cara deu pra eu perceber, algumas coisinhas. — Ele diminuiu um pouco o ritmo. — Deu pra perceber, porque já estive na mesma situação, só isso. Não fica nervosa. Termina teu chá, tá? Usei um saquinho novo pra tua caneca e tudo.

Agnes pegou o chá novamente, usando a caneca para esconder seu choque, para preencher o silêncio, para parar de espumar por dentro.

— Então, você já foi no AA?

Agnes o encarou inexpressiva.

— Alcoólicos Anônimos? — Ele começou a entoar: — *Um dia de cada vez, Je-sus querido*?

Agnes fez que não.

— Bom, você está disposta a pelo menos admitir que tem um problema?

Ele inclinou a cabeça como um professor de escola cansado.

— Você entrou aqui tremendo bastante.

— É que... eu estava ensopada... com frio.

Ele riu.

— Olha, quando a pessoa está molhada ou com frio, o joelho treme e os dentes batem. Tipo *assim*, olha. — Ele fez uma imitação cartunesca de um lunático morrendo de frio. — MAS! Se a pessoa fica se coçando e olhando em volta, procurando uma garrafinha de fluido pra isqueiro para tomar, ela treme *assim*.

O sujeito tremeu como um cadáver reanimado.

A vergonha ressurgiu dentro dela.

— O que é que você sabe desse assunto?

— Sei que teu visom vai te valer umas seis garrafas de vodca e quem sabe um prato de peixe pra jantar. — Ele pôs um dedo nos dentes. — Bom, pelo menos foi o que consegui quando roubei o da minha mãe. Também sei que seis garrafas de vodca, um prato de peixe e três noites dormindo na sarjeta te causam septicemia. — Ele balançou os dedos da mão esquerda de novo.

Eles ficaram um tempo em silêncio depois disso. Ele abriu um maço de cigarros e, depois de pegar um com os dentes, ofereceu a Agnes. Ela acendeu o cigarro e tragou como se estivesse esfomeada. Os ombros caíram e, ao tomar fôlego, ela percorreu o cemitério de táxis escuro com os olhos.

— Você por acaso conhece um taxista chamado Shug Bain?

— Não tenho como saber.

— Ele é baixinho, gordo, um porco careca. Se acha um dom-juan.

— Todos são assim. — Ele riu. — Qual é o ponto dele?

— Northside.

— Não, eles mandam o carro praquela oficina de Red Road. Não devo conhecer o cara.

— Bom, se um dia conhecer, pode arriar o freio dele?

O homem sorriu.

— Por você, linda, *sem sombra de dúvida*.

O homem terminou o cigarro e continuou analisando Agnes.

— Não é por causa dele que você está indo pro buraco, né?

Agnes não respondeu. Ele começou a berrar impiedosamente:

— Rá-rá, é isso mesmo. Está se estragando por causa de homem.

Ela ergueu os ombros de novo, numa demonstração de orgulho.

— E se estiver?

— Sabe o que fazer se quiser *mesmo* pegar ele de volta?

Ele fez uma pausa. Tão típico dos homens, pensou ela, ter opiniões sobre tudo.

— O quê?

— É moleza. Você devia seguir em frente, porra. — Ele bateu uma palma e abriu os braços em um gesto grandioso de *tchan-ran*. — Você segue em frente com a porra da vida. Tem uma vida ótima. Te juro que nada vai deixar o babaca careca com cara de porco mais puto. *Eu ga-ran-to*.

Doze

No fim das contas, Catherine torceu o punho de Shuggie e o arrastou pela Renfield Street. O menino tinha parado em quase todas as esquinas para fazer uma reafirmação silenciosa do quanto não queria ir. Sem nem um pio, pisava nos cadarços e, com um olhar maroto para o rosto dela, docilmente deixava o nó se desfazer.

— Você está fazendo isso de propósito! — ralhou Catherine, se curvando para amarrar o cadarço do sapato do uniforme escolar pela quarta vez nos últimos dez minutos.

— Não estou, não — respondeu Shuggie, com um sorriso satisfeito. Pegou um dos livros de romance da mãe do bolso da jaqueta impermeável e, depois de abri-lo, o equilibrou na cabeça de Catherine, como se fosse um aparador. Começou a ler. Catherine se levantou e arrancou o livro dele, um demônio bravo fervendo dentro dela, e bateu o livro grosso na parte de trás das pernas do irmão. Ela o pegou pelo punho outra vez.

— Se a gente perder esse ônibus, vai demorar séculos pra outro passar, e quando você começar a reclamar "*Eu estou com foo-mee, estou com see-dee, estou cansaa-doo…*" — Ela imitou as lamúrias dele. — Bom, pode ter certeza de que não vou ter pena.

— Eu não falo assim — bufou Shuggie, as pernas rodando a mil para acompanhar os passos da irmã.

Ele torceu o braço para se desvencilhar. Ela parou e virou o irmão, para que ficasse de frente para ela.

— Shuggie. Eu achava que éramos amigos. Você e eu. — A expressão dela não era muito amistosa.

— Não quero ser *seu* amigo — retrucou ele.

Ela pegou o queixo dele entre as mãos e virou o rosto dele com delicadeza para si; os olhos dele seguindo na mesma direção a contragosto. Ela passou os dedos pela risca reta e partiu o cabelo preto volumoso do jeito que Agnes gostava. O menino havia crescido muito nos últimos dois anos em Pithead. Era difícil de descrever, havia se tornado mais alto, mas também tinha diminuído de certo modo, como uma massa de pão que, de tão esticada, afina demais. Percebia que ele havia afundado mais em si mesmo e se tornado mais vigilante e reservado. Agora já estava com quase oito anos, e volta e meia parecia bem mais velho.

— Quando a gente chegar lá, quero que você tenha um comportamento exemplar. — Catherine cumprimentou com um sorriso um casal mais velho de casaco de chuva colorido. — Por favor, faz isso por mim? Estou bem no meio de uma enorme, enorme confusão, e só estou te pedindo uma ajudinha.

Catherine olhou para o rostinho dele, os lábios fechados, ele parecia uma senhora teimosa. Ela deixou os braços penderem junto ao corpo, num gesto derrotado.

— Está bem, você venceu. Como sempre. Mas quero que você saiba que se *contar* à mamãe para onde te levei, ela *morre*. Está me escutando? Morre!

Sob as pálpebras emburradas, os olhos voltaram para o rosto dela.

— Como?

— Shuggie, se você contar, ela vai beber mais e mais, e nunca mais vai conseguir parar.

Catherine se levantou e abriu o fecho do moedeiro; era cor de conhaque com um camelo pintado e tinha sido um presente de Wullie para sua mãe. Ela contou as moedas de prata para duas passagens de ônibus.

— Ela vai beber tanto que vai lavar toda a bondade que tem no coração. *Chuá*. Se ela fizer isso, acho que Leek nunca mais fala com você. — Fechou a bolsinha antiga de couro com um estalido satisfeito e seu rosto se animou. — Ih, olha! O ônibus está vindo.

Chuparam balas verdinhas e encostaram o nariz contra a janela da frente do segundo andar. O ônibus sacolejou sobre o rio, e Catherine apontou para os esqueletos do Clyde, os guindastes que haviam parado para sempre. Ela contou que Donald Jr. tinha sido dispensado do emprego na construção naval, que queria ir para a África procurar trabalho.

— Reza por mim, Shuggie... — pediu ela.

— Minha lista é grande. Vou incluir você — ceceou ele, a bochecha inchada de balas azedas.

Catherine acreditava que o irmão estivesse rezando com bastante força por várias coisas. Ela cutucou a pele ferida do polegar e se preocupou de novo com a possibilidade de estar agindo errado. Desde que Shug abandonara a mãe, vinha dizendo a si mesma que não tinha culpa. Raramente funcionava, mas seu lado mais egoísta se recusava a ser dissuadido. Não era justo: só porque a mãe tinha perdido seu homem, ela deveria abrir mão do dela?

Quando desceram do ônibus, passaram por casas marrons idênticas, uma ao lado da outra, todas com jardins cercados na frente. Nenhum tinha flores. Catherine andou até um caminho estreito e atravessou uma porta também marrom maciça, sem bater. Pisou no tapete da entrada de um estranho e gesticulou para que o irmão a seguisse. Shuggie nunca tinha visto aquela casa. De repente se assustou com o quanto aquilo tudo era familiar para Catherine.

A casa era aquecida, como se houvesse muitas moedas dentro do medidor, e tinha um aroma forte e doce por causa do cheiro de batata assada e caldo de carne. Catherine se sentou na escada atapetada que levava ao segundo andar. Abriu o zíper da jaqueta dele e a pendurou no corrimão. Shuggie ouvia as televisões bradarem em canais diferentes em cômodos diferentes. Um jogo entre Celtic e Rangers era visto na sala da frente, e desenhos animados grasniam e piavam em algum canto do segundo andar. Catherine arrumou a gravata dele e deu um beijo em sua bochecha gelada.

— Comportamento exemplar, está bem?

Ela o levou até os fundos da casa, onde uma sala de jantar bem aquecida era ligada por uma bancada de servir a uma cozinha pequena. Quando entraram, seis ou sete adultos que Shuggie não conhecia se viraram ao mesmo tempo e sorriram. Catherine largou a mão dele e se aproximou de um sujeito que parecia Donny Osmond. Ela lhe deu um beijo de leve na boca.

— A gente já estava se perguntando onde você tinha se enfiado — disse o homem, acarinhando as bochechas frias dela com as costas dos dedos.

— Você devia ver como é arrastar esse menino pelo centro da cidade apinhado de gente. — Ela se virou para o irmão, parado na porta. — Shuggie, não fica aí parado, vem cá dizer oi para o tio Rascal.

Shuggie entrou na sala de jantar, o calor e o cheiro de presunto assado o deixando tonto. Ele passou um braço em torno das pernas de Catherine enquanto ela o apresentava aos adultos amontoados ao redor de uma porta corrediça, fumando e se exibindo ao soprar a fumaça para o jardim dos fundos. Logo depois de dizerem seus nomes, ele já não se lembrava da maioria. Ela o conduziu até uma poltrona no canto.

— Este é o seu tio Rascal. — Ela deu um empurrãozinho no menino.

Shuggie esticou o braço com educação e apertou a mão do homem.

Sua lembrança do pai era tão vaga que por um instante achou que o sujeito poderia ser ele. Tinham as mesmas faces vermelhas e um bigode em meia-lua grosso, bem cuidado. O homem era parecido com o de uma foto que Shuggie tinha visto uma vez, escondida debaixo das roupas íntimas da mãe, em uma gaveta, mas esse homem ainda tinha bastante cabelo, pintado de castanho, verdadeiro e volumoso e todo natural. Rascal balançou o braço do menino até doer.

— Quanto tempo, rapazinho! Que situação terrível essa.

O homem sorriu. Havia estrelas de felicidade em seus olhos.

Catherine o apresentou ao homem que parecia Donny Osmond, que a beijou.

— Este é o Donald. Você se lembra dele, né? Bom, eu e o Donald vamos nos casar.

O menino ergueu os olhos para ela.

— Eu vou ganhar bolo?

O homem deu um passo adiante e apertou a mão de Shuggie. Parecia ter penteado o cabelo castanho a partir da camada inferior, de modo que fazia uma curva como o chapéu de um champignon luzidio. Ele era rosado e parrudo e parecia ser simpático. Também sacudia a mão do menino.

— Estou *vendo*. Estou mesmo. Agora vejo a semelhança — bradou ele.

— Sinto muito por você não ter mais navios pra martelar — disse Shuggie a sério.

— Não tem problema, rapazinho — respondeu Donald. — Você vai nos visitar quando a gente for morar na África?

Catherine fez cara feia para Donald enquanto levantava o irmão e quase o empurrava inteiro da bancada em direção à cozinha. Havia uma bagunça de panelas fervendo, e uma fritadeira de imersão cheia de batata estalava no canto. Catherine o apresentou à mãe de Donald, tia Peggy. Tudo nela era pequeno e pontudo, dos cantos felizes dos olhos às pontas rosadas das orelhas. Catherine cochichou no ouvido de Shuggie, e o menino repetiu:

— Obrigado. Por me receber. Para jantar. Tia. Peggy.

— Então, cadê ele? — perguntou Catherine, pondo o irmão no chão. — Falei mentira atrás de mentira e arrastei esse menino pela cidade inteira por causa dele. Não vão me dizer que ele não veio, né?

Shuggie sentiu um peteleco na nuca à mostra, uma cutucada de unha grossa e achatada como aqueles que Gerbil McAvennie dava quando o padre Barry não estava por perto.

— Aiii!

— Não fica aí de costas pra mim, filho.

O homem de terno preto preenchia o vão da porta, não pela altura, mas pela largura. Shuggie o olhou com cautela. Ali estavam de novo o bigode grosso e os olhos ágeis da fotografia. O homem parecia enrubescido, a cabeça rosada e limpa sob as longas mechas ralas de cabelo castanho penteados sobre o cocuruto. O nariz era pequeno e delicado, ao contrário do estilo dos Campbell, e as sobrancelhas, retas e escuras, escondiam o dardejar dos olhos cristalinos. Shuggie o observava e sentia vontade de tocar no próprio rosto, de sentir e ver se tinha as mesmas bochechas redondas e rosadas, os mesmos fios grossos no lábio.

Atrás do homem havia uma mulher, esperando para ser apresentada, as mãos entrelaçadas afetadamente na frente do corpo. Shug girou o anel no dedo mindinho.

— Você não vai dar um abraço no teu velho?

Fazia muito tempo que Shuggie não via o pai. Sempre que Shug ia a Pithead, fazia questão de que as crianças estivessem na cama. Shuggie se agarrava à perna da irmã. Catherine falou em nome do irmão.

— Shug, ele está tímido. Também, com você dando um peteleco no menino.

— É o código dos Bain. Bater neles antes que te batam.

Ele se agachou, e Shuggie ouviu o balanço e as colisões das várias moedas de prata dentro de seu bolso.

— Gostei da gravata, muito elegante. Você já está partindo corações por aí, puxando ao teu velho?

Houve um movimento atrás dele quando a mulher que estava à espera apareceu.

— Viajar no dia de um clássico é uma péssima ideia, juro — comentou a mulher.

Ela parecia cansada, o canto dos olhos enrugados quando deu um sorriso tenso, relutante. Era mais baixinha que o pai, o que a tornava baixíssima. O cabelo estava preso junto à cabeça, e Shuggie viu raízes grisalhas malcuidadas por todos os lados. Usava um suéter simples e com decote em V e um enorme leão da Escócia no peito, e uma calça feminina. Parecia uma das merendeiras da escola ao fumar perto das caçambas depois do almoço.

Catherine deu um passo à frente sem sorrir.

— É um prazer te conhecer, Joanie. — Não parecia estar falando a verdade. Elas trocaram um aperto de mãos, depois colidiram em um abraço desajeitado, nervoso.

A cabeça de Shuggie quase estalou sobre o pescoço, e os lábios deviam estar abertos, porque Catherine fez a cara de *para-com-isso*. O pai, ainda agachado, nunca tirava os olhos do filho e sorria como se estivesse contente. Shuggie puxou a blusa de Catherine. Ela se curvou e ele cochichou no ouvido dela.

— *Caff, essa Joanie* é ruim. *Você não devia gostar dela. É a puta que roubou o papai.*

— Cumprimenta tua nova mãe — tentou Shug, ainda sorridente. — Vai, dá um abraço na tua nova mãe.

— Não. Tem gente que sabe que mão deve beijar — declarou Shuggie, abandonando a segurança da perna da traidora. Não sabia onde tinha ouvido aquela expressão, provavelmente dela, berrando à mesinha de telefone.

— *Pfff.* Você vai precisar de uma mãe nova, Shuggie. A velha que você tem está indo pro saco. — Shug se levantou com um estalo no joelho e uma cara de dor. — Ou para o Eastern Hotel, aquele abrigo de mendigos, mais provável.

Joanie acenou de leve para o menino. Ela lhe estendeu uma sacola de compras de papel.

— Não dá ouvidos a ele, não, filho. Às vezes eu seria capaz de jurar que o coração dele é tão vazio quanto o armário de um feniano na quinta-feira. — Ela deu um passo adiante com o saco de compras, parecia bem pesado. — Escuta, você não precisa me chamar de nada além de Joanie. — Ela deu uma espiadinha no saco. — A nossa Stephanie já não usa essas coisas aqui, mas estão tão novinhas que não tive coragem de jogar fora. Quer ficar com elas?

Ele fez que não, mas seus lábios disseram:

— São o quê?

Ela se aproximou e pôs o saco entre os dois, como se alimentasse uma fera desconfiada. Então Joanie, a Puta, deu dois passos para trás.

— Você vai ter que dar uma olhada.

O pai dele voltou da cozinha com um copo grande de leite, já com uma reta cheia de creme nas cerdas do bigode. Ele se encostou na parede e ficou observando o menino abraçar a segurança do canto. Shuggie queria se afastar do saco, queria fingir que não estava interessado, mas o objeto o chamava, e se pegou indo até ele. Bateu na parte inferior do saco com o pé e viu que era pesado. Usou só um dedo para abri-lo. Da borda, viam-se oito rodas amarelas. Seus olhos se arregalaram tanto que pareciam pires quando ele pegou o primeiro patim.

— Ainda não entendi por que a gente não podia dar a bola de futebol velha do Andrew pra ele — disse Shug a Joanie.

Eram de camurça amarelona com listras e cadarços brancos. Os cadarços estavam enfiados em dezenas de buracos, e as botas iam quase até os joelhos. Ele adorou.

— O que você diz para Joanie? — incitou Catherine.

Ele queria fingir que não se importava. Queria devolver as botas para o saco e dizer a Catherine que precisavam ir embora. Ele se sentia um traidor. Não era melhor do que a irmã.

A voz aguda de tia Peggy surgiu da bancada da cozinha.

— Shug. Você não vai nem acreditar no que o pródigo fez.

Shug deu um sorriso afetado para o sobrinho e em seguida o estendeu a Catherine, fazendo-a cruzar os braços sobre os peitos, sobre a barriga.

— Não! Não é *isso*, tio Shug — disse Donald Jr.. — Recebi uma oferta de emprego, um emprego bom, que paga bem. Vou ser o chefe e supervisor de quase cinquenta homens.

Shug deu o último gole no leite.

— Mas eu estava contando que ia te ver no ponto de táxi.

— Quem sabe você ainda não vê ele no ponto da Renfrew Street? — comentou Catherine, enquanto ajudava Shuggie a calçar as botas novas. Ela virou a cabeça, falou com Donald Jr. por cima do próprio ombro pequeno. — Eu tenho a minha carreira, sabe? Não posso levantar acampamento e te seguir que nem uma sombra.

Shug a observou tentando controlar o sobrinho e riu.

— Donnie, rapaz! Você achava que estava com a vida ganha, mas olha aí os católicos se rebelando.

Donald Jr. se virou para o tio.

— É um emprego bom nas minas de paládio. No Transvaal, acho que é esse o nome. Dizem que vão levar quase todos os especialistas da Govan, botar a gente no avião, arrumar um lugar pra gente morar. Vão dar um mês de adiantamento. Éééééé! África do Sul. Rapaaaz.

— Você vai ser capataz de crioulo! — exclamou Shug, o lábio inferior projetado de orgulho genuíno.

— Não usa essa palavra horrorosa na frente do menino — pediu Catherine. Ela ajudou o irmão a se levantar e o virou para a porta. — Vai brincar na sala. Não se esquece de fechar a porta.

Ficaram olhando o menino sair, os braços esticados em busca de equilíbrio, os dedos estendidos para cima, como belas asas de passarinho. Shuggie empurrava os pés com um farfalho gracioso, mas as duas botas logo se engancharam no tapete felpudo. Viram-no se movimentar como um robô corredor, o rosto dividido de orelha a orelha por um sorriso.

Shug chupou os dentes de tanta decepção.

— Acho que esse menino aí não é meu, não.

Shuggie abaixou os braços. Parou de deslizar pelo tapete. De repente, sentia o peso verdadeiro dos patins velhos.

Shug se virou para Catherine.

— O que acha que ela vai falar quando ficar sabendo que eu vi ele? — perguntou.

Catherine olhou para Shuggie, viu o rubor no rosto dele.

— *Ah, não.* A gente não pode contar que ele veio aqui.

Um sorriso cruel se formou no rosto de Shug. Ele falou no tom de alfinetada que os valentões do colégio falavam quando queriam ver briga.

— Vai. Deixa ele contar pra ela.

Com um empurrão, Catherine fechou a porta entre eles. Shuggie ouviu o pai soltar uma gargalhada estrondosa; ouviu Catherine perguntar:

— Por que pediu pra eu trazer ele se é pra ser cruel?

Shuggie passou a tarde criando listras no tapete da sala, se esforçando para destruí-lo. Escutava os adultos brigarem por alguma coisa que acreditava se chamar Joanna Burgo e vivia no sul da África. Ouviu Catherine dizer que já estaria instalada lá até o Natal. Ele ficou pensando como seriam os negros e por que precisavam de Donald Jr. para fazê-los trabalhar melhor. Ficou pensando por que a irmã mais velha tinha que ir embora e abandoná-lo.

Treze

Os montes pretos de escória se estendiam por quilômetros como ondas de um mar petrificado. O pó de coque deixava uma fina camada cinza no rosto de Leek. Aprofundava suas feições já emaciadas, contornando o osso cavalar grosso do nariz e escurecendo os pelos finos do parco bigode. A franja plumosa tinha parado de balançar e agora ficava, densa e cinza, contra sua testa. Ele parecia um homem feito a grafite, como um de seus desenhos em preto e branco.

Era vagaroso subir o monte preto em desintegração. Sugava seus pés, a cada passo o devorava quase até os joelhos. O pó fino retinto achava todas as aberturas e preenchia todos os espaços. Derramava-se pela parte de cima dos mocassins, as franjas trançadas jogando para o alto nuvens pretas como o rabo de uma vaca suja. No declive, a escória solta o assolava feito uma onda esfomeada. Embora não houvesse motivo, sua magreza ainda fazia a crosta do monte cair. Ela estremecia como se estivesse se virando do avesso, empurrando-o para longe e revelando o negrume mais escuro, intocado, que havia sob ela. Sempre que os montes o levavam embora, ele se sentia menos notado, mais como um fantasma invisível do que o normal.

Cruzar o mar preto era melhor quando não ventava ou chovia. Quando o vento lambia os montes secos, eles aderiam ao ar como o interior de um Traço Mágico quebrado, como o pó de grafite de um milhão de lápis raspados. Se entrasse na boca, ele passava dias sentindo o gosto. Quando chovia na mina de carvão, os montes ficavam cansados e derrotados. Endureciam, como se tivessem desistido e morrido.

Leek subiu até o alto do maior dos montes e se sentou. Acendeu um cigarro curto e ficou olhando a mina morta e o projeto habitacional agonizante que vinha depois. Como um diorama, repousava organizado e uniforme no pântano turfoso, assim como a coleção de casas de brinquedo de um maquetista repousava em um carpete marrom cada vez mais desgastado. Mesmo dali Leek o achava bonito e pequeno.

Ele pegou o caderno de desenho de dentro do casaco impermeável. Os dedos cobertos de fuligem deixavam manchas à medida que tentava capturar o horizonte com o lado mais largo de um lápis macio. Se o conjunto habitacional de Pithead tivesse sido criado por um maquetista, que avarento ele devia ser. Onde estavam os carros de estanho em miniatura, os animais de granja, ou arbustos verdes penugentos que pareciam corais do mar espinhosos? Leek ficou olhando as figuras de casaco preto matando o tempo em volta do clube masculino e se perguntou se o maquetista não gostava de estatuetas coloridas, pintadas com alegria.

Ficou observando o cenário, para além das árvores desfolhadas e o tapete de pântano morto. O trem que ia de Glasgow a Edimburgo parecia um brinquedo a distância ao avançar pela terra devastada que separava os mineiros do mundo. Criava uma fronteira invisível, e não parava nunca. Anos atrás, o Conselho tinha retirado à força a única estação para economizar bastante nos salários dos chefes de estação. Puseram um único ônibus que aparecia três vezes por dia e demorava uma hora para chegar aonde quer que fosse.

Agora, de noitinha, os mais velhos dos filhos dos mineiros ficavam nos trilhos do trem com cervejas e sacos de cola e observavam com tristeza e despeito os rostos felizes passarem rugindo de trinta em trinta minutos. Acariciavam os peitos das primas debaixo de suéteres folgados feitos nas ilhas Aran e corriam pelos trilhos na frente do trem em alta velocidade, o cabelo macio chicoteado pelo quase desastre. Jogavam garrafas de mijo nas janelas e, quando o maquinista apertava a buzina raivosa, sentiam que eram vistos pelo mundo, sentiam-se vivos.

Desde que a mina de carvão fora fechada, tinham passado a botar galhos nos trilhos, gravetos marrons e grossos que tinham que pular para arrancar de árvores moribundas. Como os trens os cortavam com facilidade, os meninos passaram a deixar pedras e depois tijolos vermelhos de construção. Um garoto que não era muito mais velho do que Shuggie tinha perdido um olho devido às pedras voadoras, faiscantes. Então, armados de latas de fluido de isqueiro que serviam para ser cheiradas, começaram a atear fogo nos juncos. Leek já tinha visto os meninos botarem fogo no pântano marrom de ambos os lados dos trilhos. Ainda assim, os trens de Glasgow não paravam.

Leek riscou com o lápis mastigado a vista devastada. Não reparou, sentado ali sozinho, que, enquanto desenhava, os ombros encurvados se afastavam das orelhas.

Ficava cada vez mais difícil levantar de manhã, deixar o dia entrar, voltar a seu corpo e parar de flutuar atrás das pálpebras, onde era livre. Chegava cada vez mais tarde ao treinamento. O contramestre estava desistindo, Leek percebia. Passavam um pelo outro com igual desinteresse.

No início, o contramestre, um sujeito musculoso, pragmático, fizera os discursos bem-ensaiados. À medida que o treinamento avançava, os discursos aos poucos iam se enchendo de bile amarga. Leek assentia como um metrônomo ao longo do sermão cheio de cuspe em que declarava que sua geração estava destruindo o país. O contramestre, espumando, esticou o braço e empurrou a franja de Leek para o lado com a palma calejada. Os olhos do rapaz estavam vazios como duas bolas de gude opacas. O homem tinha visto de tudo nos seus trinta anos de construção civil: gerações de crianças que criavam confusão nos conjuntos habitacionais do governo, preguiçosas e desinteressadas e desbocadas e astutas. Com o tempo, sucumbiam e arrumavam a vida, viravam homens que metiam moças em apuros e precisavam de um salário estável. Durante todos aqueles anos nunca tinha conhecido uma alma como aquele menino.

Zangado, o contramestre tirou o lápis curto de trás da orelha e, com o maxilar firme, o apunhalou a um centímetro do rosto de Leek, que nem piscou. Ele já havia praticado aquilo por conta de Agnes. Trancou a porta que havia atrás de seus olhos e foi embora, deixando para trás o corpo, o pó de gesso, o cantil de chá gelado e o contramestre furioso.

O contramestre talvez até tivesse permitido que o menino fosse embora, mas aquilo ali era o Programa de Treinamento de Jovens e, enquanto Thatcher subsidiasse seu salário, o homem teria que deixá-lo continuar. Sempre precisariam de alguém para preparar o chá. Os marceneiros mais velhos passaram a mandar Leek ao almoxarifado para pegar tintas que não existiam. Pediam que ele averiguasse caixas de pregos de um centímetro e os organizasse por tamanho. Leek dava de ombros das risadas deles e seguia seu caminho, feliz de estar abandonando o corpo a essas tarefas monótonas, infrutíferas, a cabeça vagando livremente pelo mundo.

Agora, em silêncio, ele virou as folhas do caderno e tirou dois envelopes da folha preta. O primeiro envelope era uma carta fina, colorida, mandada por correio aéreo, um elegante papel azul-celeste que se dobrava para dentro, enviada com uma fileira de selos de uma gazela sul-africana por Catherine, de Transvaal. Ele a virou nas mãos e desejou que não ficasse tão melancólico ao lê-la. Queria que a empolgação dela com a mobília do pátio e as linguiças de carne-seca não lhe provocassem a sensação de que era uma coisa descartada, algo fácil de se deixar para trás.

Porém, Leek imaginava que essa nova tristeza era melhor do que a raiva que sentira no começo. A tristeza era uma hóspede melhor: pelo menos era silenciosa, digna de confiança, constante. Assim que Catherine se casou com Donald Jr., todos ficaram bravos. Agnes, encharcada de vodca, tinha arrastado o colchão de Catherine até o meio-fio. Conseguiu fazer isso sozinha, e aos meninos restara se afastar até que o último resquício da irmã fosse posto entre os sacos pretos.

Leek pegou a segunda carta. Estava suja, amassada nas pontas por causa das horas a fio lendo e relendo. O envelope era de um papel grosso cor de creme, mosqueado, como um material caro de aquarela. Alguém tinha escrito seu nome com uma tinta preta de calígrafo, *Sr. Alexander Bain*, se esforçando para nivelar a letra com uma linha feita a régua. Leek abriu o envelope e desdobrou a carta datilografada. O papel estrepitava pela qualidade. Seus dedos sujos delineavam a insígnia conhecida no alto da página. Seria capaz de ler a carta de olhos fechados.

Caro Sr. Bain,
Temos o prazer de informar que, após criteriosa avaliação de sua candidatura e de seu portfólio, ficamos contentes em lhe oferecer uma vaga incondicional no curso de Bacharelado em Belas-Artes...

Leek dobrou a carta e a enfiou com cuidado no envelope. Sabia que ela dizia que lhe mandariam mais informações, que ele precisava contatar a secretaria do curso de belas-artes para aceitar a cobiçada vaga. Sabia que devia começar em setembro. Mas era um setembro de dois anos atrás. Ele pensou na época em que tinha recebido a carta. Vira Shug ir embora. Vira Catherine vigiar a porta e seu irmãozinho engraçado, esfomeado e medroso, enquanto a mãe ficava sentada de cabeça enfiada no forno a gás.

Estava frio e sossegado no mar petrificado — era por isso que gostava dele. Perdido em devaneios, ele primeiro ignorou o som, até este se aproximar e se tornar mais insistente, os horríveis sons de peidos das porcarias das galochas. Shuggie apareceu, vermelho e corado, na crista da pilha de escória. Suas cores geralmente em tons de creme eram atenuadas por uma camada de pó, mas tinha círculos rosados úmidos em volta dos olhos e da boca. Leek escondeu a carta no caderno de desenhos e foi cuidadoso ao enfiar tudo dentro da jaqueta.

— Eu pedi pra você esperar! — resmungou Shuggie. O lábio inferior era uma bolha rosada no pó cinzento.

— Se não consegue acompanhar o ritmo, não me peça pra vir.

Tinha certeza de que já tinham tido aquela conversa — a impressão era que a tinham sempre. Leek se levantou e foi embora de novo. Parecia um pernilongo tentando deslizar pela superfície da água preta, o casaco de náilon azul tão reluzente quanto a casca de um besouro. Tentou dar um perdido no irmão caçula descendo as laterais íngremes com pulos amplos. Torcia para que o menino parasse e voltasse para casa. Mas Shuggie seguiu em frente.

Leek escutou o irmão arfando como um asmático às suas costas, ele acabava com sua paz. Devia ter lhe dito que não fosse, mas o irmão era um grande dedo-duro. Shuggie tinha aprendido bem essa técnica, mas era destrambelhado ao usá-la. Ele espalhava as piores informações pelas menores recompensas, e quase sempre ia longe demais. Agnes, quando provocada, era capaz de perseguir Leek casa afora com uma sandália grossa Dr. Scholl's. A sola lisa de borracha deixava marcas roxas boiando em vestígios vermelhos de tapas, o que levava Shuggie a sorrir como se fosse inocente.

Leek havia se perguntado por que a mãe se importava se ele perambulava pela mina desativada. Tinha certeza de que não por causa do perigo da escória ou da água preta sem fundo da antiga pedreira. Era o pó que a incomodava. Era o que os vizinhos deviam pensar ao vê-lo voltando coberto de fuligem e terra. Que já não podia mais fingir não ter nada a ver com eles, que ela era mais bem-nascida e estava empacada só temporariamente naquele cafundó de miséria esquecido. Era o orgulho, não o perigo, o que a deixava tão brava.

Com um movimento do mocassim, Leek lançou escória para trás e escutou a tossezinha e a queixa. Shuggie deu um rosnado como um texugo enraivecido, e Leek riu e decidiu fazê-lo repetir o barulho a caminho de casa.

Leek galopou ao descer o último dos montes e esperou o irmão embaixo. A maré de escória se mexia como um deslizamento. Shuggie deu pulos amplos girando as pernas, e no segundo ou terceiro passo a escória de repente endureceu. Suas pernas se moviam rápido demais, e com um grito estridente ele se lançou para a frente e fez o resto do caminho escorregando de cara na terra. Ele parou com um ruído de raspagem, e a escória se levantou em silêncio ao redor dele, o engolindo como uma cova faminta. Leek esticou o braço e com uma só mão tirou o menino do carvão pela alça da mochila. Uma carinha preta com dois olhos brancos piscava para ele, confusa e temerosa.

Leek não teve como conter o riso.

— O que foi que eu te falei? Você tem que pegar mais leve na descida, senão faz a porra da lateral inteira se mexer.

— Eu sei, mas é que ela começa a deslizar e eu fico com medo de acabar enterrado. — Shuggie balançou o cabelo preto para tirar a escória. — A mamãe ia ficar louca se eu morresse.

Leek pôs o menino no chão.

— Por que você é tão chato, hein? Por que não consegue ser normal, pra variar um pouco?

O menino deu as costas para o irmão.

— Eu sou normal.

Leek achou que dava para ver o rubor surgir na nuca de Shuggie. Os ombros estremeceram com o início das lágrimas. Leek virou o irmão para si.

— Não me dá as costas quando estou falando contigo — disse, e analisou bem o rosto do irmão caçula.

Não eram lágrimas. Leek conhecia muito bem o rubor da vergonha e da frustração.

— As crianças da escola *continuam* batendo em você?

— Não. — Ele se desvencilhou das garras de Leek. — *De vez em quando.*

— Não deixa isso te aborrecer. Os meninos veem alguém que é um pouco mais especial que eles e eles menosprezam.

Shuggie ergueu os olhos.

— Contei pro padre Barry. Pedi pra ele que fizesse eles pararem com isso. — Shuggie alisou o vinco da calça. — Mas aí ele me obrigou a ficar depois que o sinal toca. Me obrigou a ler sobre santos perseguidos.

Leek tentou não dar um sorriso afetado.

— Que velho imprestável. A Igreja Católica é assim mesmo: "Para de reclamar, podia ser pior."

Ele chutou o mocassim para fora do pé e, se curvando, tirou a escória do sapato.

— Sabia que quando eu estava na escola ouvi dizer que tinha um padre transando com um menino todo quietinho? Dá pra imaginar?

Ele levantou os olhos e olhou no rosto de Shuggie.

— Ele nunca te tocou, Shuggie? O padre Barry?

Uma nuvem atravessou o rosto de Shuggie, escura o bastante para que Leek parasse de se livrar do pó de carvão.

— Não — sussurrou ele. Então as palavras começaram a sair mais rápido do que conseguia organizá-las. — Mas disseram que fiz coisas com ele. Disseram que fiz coisas obscenas. Mas nunca fiz. Eu juro. Nem sei que coisas são essas.

— Eu acredito em você, Shuggity. Eles estão só jogando a culpa pra cima de você. — Leek pegou o irmão nos braços e, em um grande abraço esmagador, apertou o rosto do menino contra suas costelas. — Bom, com quantos anos você está?

Shuggie não respondeu de imediato, estava feliz de ser sufocado. Então falou em um tom ponderado, como se recitasse um fato diante de um quadro-negro com poeira.

— Dezesseis de julho. Quatro e vinte da tarde. Você teve um parto difícil, Leek, um parto *muito* difícil.

— Puta merda!

Shuggie afundou ainda mais o rosto na lateral de Leek.

— É que eu acho que um devia saber essas coisas sobre o outro. — Em seguida, acrescentou, de mau humor: — Oito. Quase oito e meio.

— Poxa! Por que você não podia falar só *isso*? Bom, você já está bem grandinho. Está na hora de tentar se enturmar mais. Tem que tentar ser mais parecido com os outros babaquinhas.

Shuggie virou o rosto e tentou tomar fôlego.

— Estou tentando, Leek. Tento o tempo inteiro. Esses meninos deixam a blusa pra fora da calça como se não tivessem vergonha, e só fazem chutar aquela porcaria daquele balão de água de um lado pro outro. Já vi eles enfiarem o dedo na parte de trás da calça e cheirar. É tão... É tão... — Ele procurou a palavra. — *Baixo*.

Leek o soltou.

— Se quiser sobreviver, vai ter que se esforçar mais, Shuggie.

— Como?

— Bom, pra começo de conversa, nunca mais diga “baixo”. Meninos não devem falar que nem senhoras. — Leek cuspiu um chumaço de catarro. — E você devia prestar atenção no seu jeito de andar. Tentar não ser tão afeminado. Isso põe um alvo no meio das tuas costas.

Leek fez uma grande pantomima ao andar como Shuggie. Seus pés apontavam para fora, os quadris afundavam e balançavam, e os braços balançavam junto ao corpo, como não tivessem nenhum osso sólido.

— Não cruza as pernas quando você estiver andando. Tenta criar espaço para o teu pau.

Leek segurou a protuberância na parte da frente da calça de veludo cotelê e deu passos largos para a frente e para trás de um jeito que era meio pomposo, meio preguiçoso.

— Não dobra tanto os joelhos. Você tem que dar passos mais longos, mais retos.

Leek caminhava em círculos naturais. Shuggie o seguia como um mímico. Dava tudo de si para enrijecer os braços. Era difícil fazer com que parecesse natural.

Eles andaram como dois caubóis pela terra revirada e plana. O prédio principal da mineradora ficava de frente para a mina. Tão grande quanto a Catedral de Glasgow, o prédio abandonado era como um gigante solitário na lua. Enormes janelas quebradas formavam arcos simples, altas demais para que tivessem vista, mas o bastante para pegar toda a luz do dia em seu interior cavernoso. As janelas ainda intactas estavam enegrecidas pelo pó de carvão. Na outra ponta do prédio havia uma enorme chaminé que se elevava até o céu, e nos dias de chuva mal se via seu topo por conta das nuvens. Havia canos e barras espalhados pelo chão, a laceração apressada das serras visíveis nas pontas, saqueadores pegando o que podiam arrancar antes que a mina fosse oficialmente desmantelada e transformada em sucata.

— Quero que você espere aqui — disse Leek.

Ele marcou uma cruz na terra. Estendeu a mão em direção à cabeça do irmão e, pegando a alça da mochila, o girou. Abriu os pequenos zíperes, e Shuggie se curvou sob o peso dele revirando a mochila.

— Você tem que ficar de vigia, combinado? Se alguém aparecer, você vai me procurar.

Leek tirou um cortador de cadeados e um pé de cabra da mochila.

O menino assentiu, já se sentindo mais leve.

— Mas por que eu tenho que fazer isso?

— Eu já te falei milhares de vezes. Preciso economizar dinheiro. Tenho meus planos. Não posso ficar no Programa pelo resto da vida.

— Eu faço parte dos teus planos? — indagou Shuggie.

— Para de merda. — Ele apontou para a mina de carvão. — Está ficando cada vez mais difícil porque a cada dia que passa a gente tem menos coisa pra pegar, então pode ser que eu demore um pouquinho. Entendeu? — Com um silvo alto, Leek fechou a mochila vazia e tornou a girar o irmão. — Fica de olho bem aberto.

Leek entrou de fininho nas trevas do prédio da mina de carvão. Shuggie ficou olhando o irmão atravessar as poças de luz turva do dia, e em seguida sumir nos cantos escuros da catedral do carvão.

Shuggie passou um tempo desenhando na terra. O pó era fundo e macio. Desenhou um cavalo e depois desenhou Agnes. Gostava de desenhar cabelos cacheados. Ele os desenhava em tudo. Tinha um aspecto jovial.

Leek cruzou até os fundos do prédio, decidido a arrancar o cobre da parede mais afastada, onde os cabos se ligavam ao gerador de energia. Fechada havia menos de três anos, a mina estava lacrada e aos poucos era desmantelada, os donos vendendo as peças como sucata. Os mineiros e seus filhos mais velhos vinham tentando chegar antes deles. O cobre dos fios valia o peso, portanto arrancavam caixas de junção, puxavam cabos e deixavam tudo à mostra, como se fossem ratos. Leek viu que as caixas de borracha já tinham sido tiradas da parede e as que estavam no chão estavam vazias, como ossos sem tutano. Ele seguiu o cabo até a parte externa, onde os fios começavam a correr pelo subsolo rumo ao túnel principal. A trinta metros dos fundos do prédio da mineradora, o cabo estava suspenso no ar. O último saqueador tinha arrancado tudo o que dava e o deixara brotando como uma artéria rompida. Leek se abaixou e, com a ponta mais afiada do pé de cabra, começou a quebrar a lama dura.

Passou mais ou menos uma hora fazendo isso e só levantou a cabeça quando sentiu o cheiro que vinha das fogueiras das casas do conjunto habitacional. O cheiro de carvão queimado o avisou que já era fim de tarde. Seria mais seguro cruzarem o mar preto antes que escurecesse.

Enquanto cortava e serrava, desejava que Shuggie fosse maior, que não fosse um nanico chorão, pois assim poderia carregar mais. O cobre era pesado, mas a caixa grossa de borracha era de matar. Não seria sensato arrancar os fios ali, bem à vista da mina. Alguns dos meninos mais novos de Pithead foram pegos roubando o cobre e condenados. Isso lhes custara mais em multas do que ganhariam arrancando todos os fios de Pithead.

Leek enrolou uma extensão frustrante de fios de borracha em torno do corpo, como se fosse uma corda de escalada. Balançando o pé de cabra, ele atravessou as poças de luz acinzentada e emergiu na tarde escura de inverno. Ele se encorajava pensando no quarto que um dia alugaria, bem no alto de Garnethill, perto da Mackintosh Art School, com o dinheiro extra do cobre que vinha separando. Tinha o suficiente até para um pequeno suborno ao irmão, o dedo-duro. Quase sorriu ao voltar à luz do dia, mas estava silencioso demais. O dedo-duro tinha sumido.

Shuggie gostaria de ter atirado pedras. Era divertido. Da última vez, tinha passado uma hora tentando atingir as janelas altas e por fim conseguira acertar uma. Fez um estrondo alto no silêncio. Leek saiu correndo da escuridão e o xingara por ter feito aquilo.

Dessa vez estava andando em círculos amplos, parando de vez em quando para segurar o vazio da parte da frente da calça e chutar as pernas, abrindo-as mais, como um caubói. Estava muito compenetrado, tentando imaginar um corpo normal feito o de Leek, que mal parecia ter juntas graciosas ou úteis, quando enfim viu o homem. Quando percebeu o perigo, o estranho já estava correndo na direção deles, dançando sobre os calcanhares. Quando Shuggie se deu conta de que também devia correr, o homem já tinha passado das gigantescas torres e já estava quase em cima dele.

Shuggie deveria avisar Leek. Deveria ficar de olho e correr para dentro do prédio quando o bicho-papão aparecesse. O homem estava indo para cima dele, e Shuggie olhou para a escuridão dentro do prédio e foi na direção oposta.

A mochila vazia dançava de um lado para o outro à medida que o menino corria. Subiu no primeiro monte às pressas, atacando-o pela lateral, afundando até os joelhos, as botas peidando indecentemente. Ao chegar no alto, viu que o homem escalava a lateral do monte a passos largos, como Leek fizera, enfiando os pés e voando sobre a escória solta. Shuggie se virou na crista da duna preta e correu a todo vapor. Ele sentia a determinação do estranho, quase sentia as mãos do homem em suas pernas. Enquanto escorregava pelo outro lado, a terra roncava atrás dele e, com um esguicho granuloso, caiu no vale entre dois montes. O homem apareceu no alto. Shuggie o viu contra o céu que escurecia, os ombros se alargavam e caíam, as mãos se fechavam em punhos frustrados.

Shuggie correu pelo vale preto, mas o homem o seguia como um falcão atrás de um rato.

Os montes de escória estavam acabando, adiante só havia as turfas acidentadas. O homem poderia deslizar pela escória e pegá-lo sem nenhuma dificuldade, por isso o menino acelerou o passo, cruzando o xisto e a escória cheia de ervas daninhas, passando do ponto onde a grama vencia a batalha e os campos marrons começavam. Ele atravessou as ervas aos tropeços, prestando atenção à grama pisoteada às suas costas. Mas não ouvia mais passo algum.

Shuggie chegou em um denso gramado amarelado e se atirou em um amontoado. O homem ficou parado no alto do último monte, os ombros subindo e descendo enquanto ele fechava as mãos em torno da boca e gritava:

— Eu te pego, seu ladrãozinho imbecil!

Em seguida, sumiu.

Shuggie ficou deitado na moita de ervas daninhas até ter a certeza de que o homem já tinha mesmo ido embora. Ficou ali por tanto tempo que a parte da frente do corpo ficou encharcada, pois a turfa ficava satisfeita em soltar a umidade da última chuva nas roupas dele, já que a terra morta não via utilidade nela. O mar de escória estava entre ele e o conjunto habitacional, e o homem estava entre ele e sua casa. O que o sujeito faria com ele florescia em sua imaginação, uma montagem da violência dos bichos-papões de desenhos animados. Shuggie não queria ser enterrado para sempre naquele mar. Queria ir para casa. O chão ficou quente quando ele se mijou.

A tarde de inverno terminava rapidamente, o céu sem sol era um lençol denso de cinza felpudo. Shuggie começou a andar pelos montes, sempre à beira do pântano que os cercavam. Caminhava devagar, e suas pernas estavam vermelhas por causa da tinta índigo do tecido da calça molhada. Ele se deparou com uma cratera larga no chão, um trecho oco em forma de fritadeira formado por uma lama cinza-escura que tinha desmoronado sobre a terra, como o meio de um bolo solado. Dar a volta por fora levaria tempo demais. Se pudesse cortar caminho pelo meio, logo estaria em casa. O brilho opaco do conjunto habitacional estava do outro lado, aquecendo as nuvens baixas como um abajur na mesa de cabeceira. Shuggie fez o sinal da cruz de maneira tosca e começou a descer a cratera.

O chão afundado ficava mais ou menos três metros abaixo do nível do solo, mas as laterais de terra eram íngremes, e, enquanto deslizava pela escória, ele se se perguntava se conseguiria escalá-la. Com um baque molhado, chegou ao fundo. Da segurança da beirada que caía aos pedaços, ele esticou a perna e bateu na superfície da cratera. Estava molhada e pegajosa, mas, como uma barra de sabão escorregadia, era mais ou menos sólida. Usou um dos pés para testar a superfície lisa. Ela continuava firme. Ele levantou o pé e olhou para a pegada da galocha, ela permanecera por um instante e depois, como mágica, sumiu.

Teve coragem de dar alguns passos na superfície lisa, estancou e correu de volta para a beirada pedregosa. Ficou olhando as pegadas fantasmagóricas desaparecerem. Era como se fosse seguido pela própria sombra, e ali, sumindo diante dele, estava a prova. Um sorriso pegou fogo em seu rosto gelado, e por um instante ele se esqueceu das coxas esfoladas. Com braços de avião, ele fez desenhos circulares na lama cinza úmida e dançou com o parceiro fantasma invisível. Começou a cantar baixinho para si mesmo.

Até o outro lado levaria menos de um minuto com os passos de galocha a todo vapor. Com um salto, ele começou a saída da lama lisa. Ao dar passinhos rápidos pela cratera, as galochas vermelhas faziam um som de *plaf*, *plaf*, como uma mão gorda acertando uma coxa gorda. As pegadas quicavam nas laterais da cratera e ecoavam pelo fosso. Foi a mudança de tom o que ele percebeu primeiro.

Ficou mais devagar. Ficou mais profundo. Do *plaf-plaf* firme, o som virou um estalo molhado, como as costas de uma colher em um mingau frio. No meio do caminho ele estava cansado. A lama passou a se deslocar e a sugar as galochas. À medida que os joelhos latejavam mais, as pernas desaceleravam. Os pés estavam sendo arrancados das galochas. Esticou os dedos dos pés e agarrou a borracha em um ato de desespero.

Com um pânico súbito, ele saiu do rumo. Já estava a quatro Leeks de distância da beirada decadente quando não conseguiu tirar os pés da lama faminta. Ele se desfez das galochas, saltando para tirar as botinhas vermelhas. Agora descalço, se deu conta da idiotice que tinha feito: a lama lhe parecia tão molhada quanto água de banho. Deu mais dois ou três passos à frente e estancou. Sentia a lama chupar seus pés como uma boca gulosa chupa um picolé. Começou a devorá-lo de novo. Ele não conseguiria.

Se era para morrer, morreria de botas. Só pensou no rosto dela quando o descobrissem sem as galochas, e na sandália Dr. Scholl's e nas marcas que deixaria em seu cadáver. Lutou para voltar às botas vermelhas e as calçou de novo. Segurando a borda de uma delas, ele tentou se libertar, mas à medida que uma perna subia a outra se afundava mais na lama molhada. Ela subiu até o calcanhar, passou de sua panturrilha, chegou quase ao joelho. Começava a se impregnar na calça. Ficou olhando-a transbordar pela borda das galochas e a sentiu entre os dedos. Ele resolveu deixar para lá, esticou as costas e, como não sabia mais o que fazer, voltou a cantar.

— *Ai bilive dat chi-hil-dren are or feu-tchur. Tiach dem ue-e-ll and let dem liad de uei.*

Shuggie observou a lama de carvão encher a outra bota, a chance de abandonar as galochas vermelhas agora já parte do passado.

— *Chou dem au de beu-ty dei possess in-si-hide.*

Agora mais alto, ele continuou cantando, imitando todas as notas como as tinha ouvido no rádio.

— *Ai decidet long aglou ne-er tchu ua-halk in anybody's cha-dou. If ai fail if ai suck seeds at least it been as ai bi-live. No méter uat youse teik from me. Youse que-hent teik auai ma dihig-ni-tee.*

Havia uma voz abafada na escuridão.

— Que porra é essa? Como foi que você... Ô Whitney Houston. Aqui em cima.

Shuggie não tinha visto a sombra na beirada da cratera. Mesmo agora era difícil enxergar Leek contra o céu cor de carvão.

— Que merda você está fazendo aí dentro?

Shuggie fechou bem os olhos.

— Aaaah, seu merda merdorrento, seu imbecil da porra, anda logo! Me tira daqui, seu cheirador de cu!

No escuro, ouviu uma raspagem na terra e pés pesados na lama molhada.

— Anda logo, porra. — Ele escutou pés baterem na escória sugadora. — Me tira daqui, seu babaca.

O som molhado de tapas se aproximou, ele ouviu um suspiro conhecido enquanto Leek praguejava baixinho. Leek segurou o irmão pela mochila e com um grunhido o pegou como uma erva de jardim esquálida. Shuggie sentiu que era arrancado da lama e depois deixado sobre a superfície. Leek segurou a parte de trás do casaco de Shuggie como se fosse um par de rédeas e o arrastou até a terra firme.

— Ah, não! Espera! Não!

Eles estancaram. Leek aproximou a cara do rosto do irmão, tentando entender no crepúsculo por que fazia aquele novo estardalhaço.

— Me deixa! *Me deixa!* — pedia Shuggie, aos gritos.

— Você é burro, é?

Leek o arrastou até a beirada e deu um tapa em sua orelha. Parecia estar bravo. Parecia estar com pressa de ir embora dali.

— Não posso voltar pra casa...

O menino se agitava de um jeito teatral.

— Não sem a minha galocha. Ela vai me matar! Ela ainda está pagando o catálogo.

— Jesus! — exclamou Leek.

Shuggie sentiu a mão relaxar em seu capuz enquanto o irmão escorregava para dentro da cratera. No escuro, ouviu um resmungo e o som de puxadas frustradas, já que a lama sugava e jorrava. Fez-se silêncio, mas depois ele ouviu o *plaf-plaf* das botas de Leek e sentiu a mão de novo na gola de sua blusa. Leek arrastou Shuggie para longe da cratera, e só quando Shuggie começou a se queixar das pedras pontudas foi que Leek parou e deixou que o irmão calçasse as galochas. Enquanto calçava as botas lentamente, Shuggie via o irmão andar de um lado para o outro, nervoso, os olhos no horizonte longínquo, espiando a mina de carvão para saber a distância que já tinham percorrido. Parecia se coçar de tanta adrenalina.

— Anda logo! — exclamou Leek, sacudindo Shuggie pelos ombros, os dedos longos se encontrando no meio das costas.

Shuggie pestanejou para o irmão. Reparou pela primeira vez que as sobrancelhas de Leek haviam crescido e se juntando no meio. Achava esse fato estranhamente perturbador e ia dizê-lo.

Mas havia algo errado na voz de Leek — estava deturpada e distorcida. Estava assustando Shuggie. Um salpico de sangue se enegrecia no rosto de Leek, viscoso feito melado. A lateral do olho esquerdo escurecia, formando um hematoma que parecia um buraco profundo sob a luz do crepúsculo, e o lábio inferior estava inchado e fendido. Leek esfregava o queixo como se doesse muito. Pôs a mão na boca e tirou a dentadura da arcada inferior estremecendo de dor. Faltava um dente, outro estava quebrado, e a placa rosa de cerâmica estava partida ao meio, como se alguém tivesse lhe dado um soco forte no maxilar.

— Você está legal?

— *Pooorra* — resmungou Leek. — Mandei você ficar de olho, cacete. Era pra você avisar sobre o vigia.

Não havia pele nos nós dos dedos ao esfregar o queixo. Os olhos tinham um brilho assustado na escuridão.

— Eu bati muito nele, Shuggie. Tive que bater. É tudo culpa sua.

Leek enfiou a cerâmica quebrada no bolso e Shuggie reparou que não tinha cabos de cobre, não tinha pé de cabra. Leek deu início a uma corrida e não parava de olhar para trás, como se estivessem sendo seguidos. As botas de Shuggie não estavam bem enfiadas nos pés, as meias úmidas se enfronhavam entre os dedos e friccionavam a pele dos pés, mas ele não se atrevia a pedir ao irmão que andasse mais devagar.

Quando chegaram à beira do conjunto habitacional, ambos se sentiram gratos pela segurança da luz laranja pálida dos postes. Quando Leek falou sem os dentes inferiores, seu rosto meio que desabava. Era complicado entender as palavras moles, arrastadas, mas Shuggie percebia muito bem o medo e a decepção em seus olhos.

Catorze

Leek nunca mais foi catar cobre. O vigia da mina de carvão foi hospitalizado, o crânio aberto pelo pé de cabra de Leek, a mente dispersa como uma pilha de cartas de baralho largadas. Os policiais foram de porta em porta à procura do rapaz que fizera aquilo. Quando chegaram à porta deles, Agnes mandou que esperassem no primeiro degrau da entrada. Ficou mexendo na bugiganga espalhafatosa que era seu brinco, não precisou fingir irritação, e bufou como se fosse uma afronta baterem à sua porta. Ela os dispensou com facilidade, e Leek jamais tinha sentido tamanha gratidão por sua mãe estar sempre impecável.

Agnes nunca perguntou a Leek se fora ele o culpado. Isso nunca sequer lhe passou pela cabeça. Bridie Donnelly ficara fumando junto à cerca enquanto os policiais percorriam a rua. Ela só pareceu surpresa por não ter sido um de seus filhos. Declarou que era a melhor coisa que poderia ter acontecido à família do vigia. O contrato de segurança dele terminaria em breve, e agora sua pensão por invalidez estava garantida pelo resto da vida. Disse que ele nunca tinha sido de falar muito mesmo.

Durante todo o inverno e entrando no degelo da primavera, os dentes de Leek doeram. O Serviço Nacional de Saúde demorou a repor a dentadura, então ele usava a prótese quebrada só quando estava fora de casa, mantendo a boca bem fechada porque ela escapava sempre que ele falava. Em casa, ficava sem e andava de um lado para o outro com a arcada superior torta, como uma tartaruga de desenho animado. Quando via Shuggie, ele o silenciava e beliscava sua pele até deixar marcas. Shuggie achava merecer aquilo e fazia de tudo para não berrar.

Quando o Serviço Nacional de Saúde enfim repôs os dentes falsos, a mordida de Leek batia na arcada superior em um ângulo estranho e a placa de cerâmica o pinicava e provocava feridas na gengiva. Como um apóstolo, Shuggie o seguia com fatias de pão branco. Ele arrancava um pedacinho, o transformava em uma papinha macia e o entregava a Leek, para que o pusesse debaixo da cerâmica para aliviar as aftas. Shuggie carregou o pão no bolso para Leek até o verão. Inúmeras vezes, ao lavar a calça do uniforme escolar dele, Agnes achava uma fatia esquecida de pãozinho, duro e azulado pelo mofo.

As férias de verão chegaram, e a rua ficou infestada de crianças da família McAvennie e de seus primos e dos primos de seus primos. Estavam curtindo ao máximo as duas semanas de clima bom na costa oeste, quicando bolas de futebol no meio-fio e andando de bicicleta enquanto levantavam nuvens enormes de escória cor de rato.

Shuggie manteve distância deles.

Sentia que havia algo errado. Algo dentro dele parecia estar organizado de forma incorreta. Era como se todos percebessem, mas ele fosse o único que não soubesse dizer o que era. Era apenas diferente e, logo, era errado.

Ele trotou pelas sombras da casa e trepou debaixo da cerca de arame, saindo rumo aos pântanos de turfa que circundavam o conjunto habitacional. Passou um bom tempo se afastando das casas populares. O raro sol batia às suas costas e, através do suéter grosso, começou a sentir a pele pinicar por conta do calor. Ao desviar por um caminho plano, foi pisoteando uma nova via em meio aos juncos altos. Andou em círculos até pisar em um grande trecho oval e plano. A grama morta formava um denso carpete marrom. Shuggie tirou as galochas pesadas e começou a treinar conforme Leek havia demonstrado.

Ficou parado na beirada do círculo e andou até o outro lado. A primeira travessia foi uma corridinha, passos curtos e firmes com os braços balançando. Frustrado, ele enfiou as unhas limpas na palma das mãos, deu meia-volta e recomeçou. Deu passos mais vagarosos, mais ponderados, criou espaço para o pau, apontou os pés para fora e pressionou os calcanhares contra a terra macia. Shuggie tirou o suéter de lã e enxugou o suor da testa. Ele se repreendeu, deu meia-volta e fez tudo de novo.

Andou de um lado para o outro a tarde inteira, sempre se forçando a ir mais devagar, a parar de balançar os braços de forma tão expressiva e a ser mais parecido com Leek, com um menino de verdade. Vinha tão naturalmente para esses meninos, sem que precisassem pensar, sem que precisassem pedir desculpas.

Agnes se sentou de costas eretas na poltrona junto à janela e observou a rua. Bandos de crianças brincavam, mas Shuggie não estava entre elas. Às dez e meia, sua casa e sua maquiagem já estavam arrumadas e, embora não fosse sair de casa, ela vestia um suéter decotado e uma saia cinza justa. Ficou sentada, tomando os restos de uma cerveja velha e se perguntando onde o filho se escondia da própria infância.

Por tédio, catou fiapos brancos do braço da poltrona, fez uma pilha organizada de quadradinhos de papel higiênico, dobrou e enfiou no bolso. Ficava aborrecida ao pensar que ainda estava pagando aquele imóvel velho de três cômodos e os meninos não o respeitavam. Passaria os próximos oito anos penando para pagar as cinco libras por semana e eles se sentavam de qualquer jeito, descalços e de sapatos.

O portão quebrado do outro lado da rua se abriu e ela se ajeitou na poltrona. O bando maltrapilho dos McAvennie começou a pedalar bicicletas restauradas poeira adentro. Eram crianças bonitas, tinha que admitir. O jeito desleixado da mãe fazia com que parecessem leõezinhos selvagens. O cabelo comprido deles era volumoso e animalesco, e os olhos eram do belo castanho cigano que haviam puxado do pai.

Ela já tinha cuidado da menina do meio uma vez. Não era sua intenção, mas estava lavando as janelas com vinagre e água e não conseguia se concentrar. As crianças estavam brincando na rua, na cavidade da pista onde o pó se acumulava. Não conseguia curtir a lavagem das janelas vendo-as sentadas na sujeira. Acenou para a que chamavam de Rata Suja e a atraíra para os fundos da casa lhe dando meia maçã. Durante mais ou menos uma hora, passara uma escova de base dura pelo cabelo embaraçado da menina e com delicadeza cortara os nós e os fios grudados de sua nuca. Quando terminou, Agnes se surpreendeu ao ver como era liso, brilhoso e sedoso, da cor de caramelo e de gatos tigrados. Juntas, elas o pentearam em um belo rabo de cavalo, depois em tranças, em um coque francês, e depois em tranças francesas como as que Catherine usava para ir à escola. Foi uma tarde adorável.

Colleen foi à loucura quando descobriu. Estava berrando a plenos pulmões antes de sequer sair de casa. Atravessou a rua como uma tempestade iminente e bateu com força à porta de Agnes, gritando:

— Quem você pensa que é? Desfilando por aí como se você fosse grandes coisas. Você devia era se preocupar com você mesma e com aquele teu menino viadinho.

Então houve uma cusparada desenfreada. Mas Agnes, entorpecida pela cerveja, nem piscou. Virou a escova dura e a batucou contra a perna num gesto tranquilizador. *Continua*, pensou, *para você ver como eu também sei usar direitinho o outro lado da escova.*

Tinha dias, não muitos, que Agnes achava uma vergonha não conseguirem agir como gente civilizada. Elas tinham muitas coisas em comum, embora Agnes preferisse morder a língua a admitir tal fato. Agnes tinha ouvido da boca de Jinty que Jamesy gastara o seguro--desemprego inteiro em carros sucateados e espingardas de ar comprimido para os meninos. Colleen se vira obrigada a roubar a ceia de Natal do supermercado Fine-Fare. As duas conheciam bem o gume afiado da necessidade. Poderiam ser mais próximas. Separadas, ambas lançavam olhares esfomeados para as folhas do catálogo de roupas da Freemans e ficavam acordadas na calada da noite, se perguntando como fazer a ninharia que ganhavam durar. Se *ele tem isso* e *ela tem aquilo*, então do que elas mesmas teriam que se privar? Era uma matemática materna.

Separadas, as duas mulheres tinham passado tardes inteiras se escondendo do cobrador da Provident atrás do sofá. Era como um nado sincronizado estranho, a maneira como todas as mulheres de Pithead mergulhavam no carpete e se arrastavam pelo chão. O cobrador era um sujeito magrelo de terno largo. Espiava pelas janelas descaradamente. Tinha passado anos observando dedos curvos de fumaça de cigarro surgirem inexplicavelmente detrás dos sofás de casas vazias.

Colleen, indiretamente, por meio de Bridie, tinha até ensinado a Agnes como tapear o relógio de energia elétrica, como abrir a caixa com um grampo de cabelo sem danificar a tranca. Todo mês, havia um domingo em que resgatava suas moedas, e os filhos se sentavam para comer sanduíches de sorvete derretido em frente a um aquecedor elétrico bem quente, com três das barras acesas. Moedas de prata ficavam em sua mão como uma pilha de joias, e Agnes enfiava algumas moedas de novo e conseguia o dobro da franquia de eletricidade do mês. As contas do homem da companhia elétrica nunca batiam. Agnes conseguia imaginá-lo no pub com o cobrador da Provident, os dois se lamuriando ao falar das mães esforçadas de Pithead.

Enquanto Colleen apertava a Rata Suja contra o peito, Agnes se perguntava por que Colleen a odiava tanto. Agnes invejava o que Colleen tinha. Era muito apegada à família. Os parentes eram próximos, e estavam próximos. Os filhos eram novos e fortes e ainda precisavam dela. Acima de tudo, tinha seu homem, seu único homem na vida, e ele continuava ali. Também tinha seu Deus e, segundo seu próprio relato, Ele a escolhera para ser superior, para dar testemunho moral àqueles que estavam ao redor, e era o que ela fazia, como uma gerente de nível médio levando a cabo as ordens do chefão. Para Colleen, trapacear e furtar lojas eram uma coisa, pecados necessários. Meia-calça preta e saltos eram bem mais mortais.

Agnes terminava a cerveja assistindo aos bárbaros McAvennie pedalarem até a Pit Road. Assistiu a Colleen sair pelo portão com a bolsa de carteiro e seguir as nuvens de poeira até se afastar do conjunto habitacional. Foi então que ela teve uma ideia.

O marido de Colleen, Jamesy, estava debaixo do capô de um Cortina enferrujado. Já estava imundo ou continuava imundo, Agnes não saberia dizer. Com um afiado *ploc-ploc*, ela atravessou a rua estreita. Ele estava deitado de costas, uma mancha escura de óleo se espalhava em volta dele como uma poça de melado. Agnes batucou o anel grande no metal do capô.

— O que foi agora?

O suspiro dele foi tão rude que ela sentiu o calor dele nos tornozelos. As ferramentas de metal caíram no concreto e o homem se arrastou como um caranguejo para sair de baixo dos destroços. Pareceu levar uma eternidade.

O rosto dela ensaiou uma série de sorrisos inquietos, espontâneos. Depois de conseguir se equilibrar, era umas duas cabeças mais alto do que ela. Ele era da cor dos irlandeses negros, tão parecida com mel que a poeira e o óleo quase lhe caíam bem. A lateral do pescoço fora queimada e arrancada por causa da explosão na mina de carvão, a risca do cabelo na nuca era estranhamente assimétrica. Mas era bonito. Ela detestava que fosse.

— Colleen está em casa? — perguntou ela.

Jamesy a olhou com um ar cauteloso. Os olhos pararam no decote em V do suéter.

— Não tenta bancar a esperta pra cima de mim — disse ele categoricamente. — O que você quer?

Agnes baixou os olhos. As mãos dele eram grossas e calejadas.

— Eu tinha um favor pra te pedir.

— Ah, é?

Agora ele sorria como todos os homens que ela já tinha conhecido. Os dentes afiados apontavam para dentro, para o fundo da garganta, como se fossem uma armadilha.

— Eu já não sei mais o que fazer — declarou ela. — Estou tendo um probleminha com o meu menino, o mais novo.

O rosto dele voltou a virar pedra. Os olhos estavam no corpo dela.

— É, tem alguma coisa errada nele. Você vai ter que ficar de olho. Vive falando pelos cotovelos. Vi ele pulando corda um dia desses. É melhor você cortar o mal pela raiz.

— É por isso que estou aqui.

Agnes cruzou os braços, mas ele continuou olhando para seu peito.

— Quer que eu mande meus meninos darem uns tapas nele?

— Não!

— Só um tapinha. Pra endurecer ele.

— *Não!* Não é culpa dele. É difícil crescer sem um homem perto.

— E o Leek?

O homem imundo pensou na própria pergunta por um instante. A acidez com que sua boca se curvou para cima indicava que ele não via o filho mais velho dela com bons olhos.

— Então. O que é que você quer de mim?

Ela perdeu o fôlego.

— É que eu vejo você fazendo coisas incríveis com os seus filhos.

Não havia piedade naquele homem. Sua dureza, mesmo com a própria família, era lendária no conjunto habitacional.

— É, e o que quer que eu faça?

— Achei que, se eu te desse umas libras, você poderia levar ele junto da próxima vez que fosse pescar, ou quem sabe ensinar ele a jogar bola?

Os movimentos tensos do rosto lhe diziam que ele estava cogitando a ideia.

— Agnes, não preciso do teu dinheiro.

Agnes se sentiu uma idiota. Queria voltar para a bebida, afogar a raiva e a vergonha nela.

— É. Claro. Desculpa ter te incomodado. É que eu achava... Deixa pra lá.

Ela endireitou a coluna, pronta para atravessar a rua com constrangimento.

— *Espera aí.* Não estou dizendo que não existe nada que você possa fazer por mim.

Jamesy sorriu, e os dentes pareceram afiados como facas. Ele enfiou a mão oleosa por baixo da camiseta imunda. Passou-a na pele da barriga.

O cheiro de graxa e óleo lubrificante ficou nela por bastante tempo. O pau dele era consideravelmente mais escuro do que o corpo, como se fosse encardido ou, ela esperava, como se tivesse sido endurecido e desbotado pelo excesso de uso. Era escuro como a carne da coxa de um frango, e ela achou estranho que não fosse cor de mel como o resto dele.

Jamesy ainda estava inchado quando fechou o zíper da braguilha e puxou Agnes para que ficasse de pé. Terminou muito rápido, e ele a conduziu para fora da casa de Colleen todo cheio de astúcia e vergonha. Agiu como um mau perdedor, como um cliente que se arrependesse da compra e fosse incapaz de devolvê-la à loja. Ele murmurou que buscaria o menino dela naquele domingo, que levaria Shuggie para pescar em um canal entupido de lixo e peixes frescos.

A princípio, Shuggie se retraiu e parecia nunca ter ouvido ideia pior. Mais tarde, ela chorara no banho, tentando arrancar o óleo da pele, se sentindo uma idiota. Shuggie a escutara, sentada na água fria, chorando sozinha. Estava basicamente sóbria, e para ele foi diferente dos lamentos embriagados. Ele resolveu mostrar interesse na pescaria, tudo para deixá-la feliz outra vez.

Ele se apegou ao planejamento do dia, na organização, na criação de listas e em riscar itens dessa lista. Planejou o almoço e as roupas, as coisas que poria na mochila da escola e as coisinhas que colocaria em cada bolso: sanduíches com tomate, um robô de brinquedo para compartilhar, um par de óculos escuros de plástico e um apito de Natal. Depois de arranjar todos os preparativos e botar tudo arrumadinho no lugar certo, ele se sentou na beirada da cama como um cãozinho paciente.

Depois do café da manhã de domingo, a casa do outro lado da rua começou a ganhar vida. Os meninos da família McAvennie, de braços e pernas compridos, irromperam porta afora e começaram a botar sacolas e varas no porta-malas da caminhonete sucateada do pai. Francis carregou um balde velho de gesso cheio de gusanos e o levantou até a lateral. Agnes ouviu o barulho e foi até a porta do quarto dele. Fez uma cara animada para o menino suado, enrolado em plástico.

— Está vendo, eu te disse!

Ela parecia mais aliviada do que ele.

Shuggie fixou o olhar na caminhonete do outro lado da rua. Tocava em todos os bolsos do casaco de chuva, um depois do outro, como o padre durante a missa.

— Vou pegar o maior peixe do mundo pra você.

— Eu sei que vai — disse Agnes, estalando os lábios.

— É me-melhor eu atravessar a rua agora? — perguntou ele.

Agnes ponderou por um instante. Então, o orgulho que tinha dentro de si respondeu:

— Não, espera aqui. O sr. McAvennie vem te buscar.

Jamesy saiu de casa.

— Melhor eu sair agora? — indagou Shuggie de novo.

Leek vinha tentando dormir a manhã inteira. Uma semana de trabalhos manuais o deixavam ansioso por um longo descanso. Estava ouvindo os dois hesitarem e soltou um grito abafado debaixo das cobertas.

— Sim, pelo *amor de Deus*, vai lá!

Agnes deu um tapa no amontoado que era Leek.

— Não! Já falei que o sr. McAvennie vai vir.

Ela ficou olhando o homem moreno dar passos largos pela passagem. Com o pé gordo, ele soltou aos chutes as peças debaixo do Cortina, que estavam apoiadas em tijolos. Ela esfregou a lateral do polegar, deixando-a em carne viva, enquanto ele mudou alguns dos sacos do porta-malas de lugar, firmando-os sob cordas, e então ele passou por trás da caminhonete e pisou na rua.

Shuggie torcia as mãos de tanta expectativa. Ela arrumou a gola do casaco do filho.

— Escuta, você se comporte e fique bonzinho com o sr. McAvennie. Faz o que ele mandar. Tenta não incomodar, está bem?

Ela o beijou na boquinha quente, havia uma gota de suor em cima de seu lábio superior.

O montinho das cobertas de Leek falou de novo:

— Trata de não se afogar, seu idiota. Eu não iria me recuperar nunca.

Ouviram o som do motor da velha caminhonete sendo ligado, pegando os dois de surpresa. Viram o monstro se erguer e se sacudir quando o freio de mão foi solto. Com uma olhada para o espelho retrovisor, Jamesy saiu para a pista. O pânico irrompeu no rosto do menino. A caminhonete estava virada para o lado errado, para o fim da rua e não para seu começo. O fim da rua não levava a lugar nenhum; restrito pelo pântano cheio de juncos, alargava-se como a cabeça de uma colher, e os carros volta e meia não tinham opção que não continuar até a pontinha da colher para dar meia-volta.

Agnes mordeu o lábio.

— Acho que ele está só dando a volta com o carro.

Ela tentava acreditar naquilo.

— Mas talvez seja uma boa a gente esperar na porta.

O menino assentiu, o rosto bem vermelho. Ficaram parados atrás da porta da frente e se arrumaram como se fossem fazer uma entrada triunfal no palco. De mãos dadas, eles saíram e foram para a beirada da rua. A distância, a caminhonete verde havia virado e voltava roncando.

Ficaram no meio-fio, de costas eretas e orgulhosos, assim como outras pessoas ficavam na plataforma do trem. Ela segurava a mão dele, e com a mão livre ele segurava os sanduíches com tomate empapados. Agnes tremulou seus dedos cheios de anéis.

— Pronto, enxuga o rosto e não esquece do que te falei.

A caminhonete não desacelerou. Jamesy nem sequer os olhou com desdém. A poeira de fuligem chicoteou o ar quando a caminhonete passou fazendo barulho. Passaram um bom tempo vendo o carro sumir.

Quando a poeira assentou, houve um som de batidas, um *clic*, *clic* alto, da janela oposta. Colleen McAvennie levantou o caixilho teimoso e se curvou em direção à rua, uma expressão de desconfiança no rosto.

— Por que é que vocês estão aí parados que nem dois palhaços?

Agnes só podia sorrir, como se o ônibus atrás do qual tivesse corrido e perdido não fosse o ônibus que ela queria. Suas dentaduras reluziam, brancas na boca vermelha, a fuligem já grudada ao batom fresco nos lábios.

O filho se sentou no depósito de carvão nos fundos da casa e deu petelecos nos sanduíches para tirar o tomate morno. Não tinha chorado como ela esperava. Agnes abrira o relógio de energia elétrica e catara todas as moedas reluzentes. Com elas, foi à loja de Dolan e comprou um punhado de barras de chocolate e um pequeno filé de peixe. Quando lhe entregou o filé de peixe, ele não caiu na risada conforme ela torcia que fizesse. Apenas limpou a fuligem do rosto vermelho e deu de ombros.

— Eu não queria ir mesmo.

Lágrimas de frustração escorriam pelas bochechas dela quando ela disse que sentia muito. Ele ergueu os olhos para a mãe e perguntou:

— Por quê?

— Eu sinto muito que você tenha um idiota como pai.

Leek, sob coação, jogou bola com Shuggie no jardim dos fundos. Agnes ficou olhando pela janela, e era perceptível que nenhum dos dois queria estar ali. Ela achou algumas latas de cerveja escondidas debaixo da pia. Revirou o bronze frio nas mãos e pensou em trazer à tona os demônios dentro de si. Se bebesse para ficar bêbada, estaria brigando no meio da rua antes que o dia acabasse. Sentou-se na beirada do sofá limpo com uma lata de coragem e a abriu com um silvo.

Colleen pegou sua caçamba de lixo da beira da rua, parando para fofocar com a dona de casa que morava à sua esquerda. Girava o crucifixo de um jeito infantil. Agnes percebia que estava cheia de si. A manhã inteira mulheres deram voltas no Cortina estripado de Jamesy. Agnes via que estavam sociáveis, pois todas andavam rápido, com o corpo contraído à espera de uma boa fofoca. Bridie Donnelly tirou a legging do meio das pernas. Agnes se sentia melhor vendo suas saias sujas e meias-calças cor de chá, suas leggings frouxas e seus roupões.

Agnes foi estratégica ao tomar a cerveja. Queria se programar para que Jamesy chegasse em casa antes que ela atravessasse aquele portão enferrujado. Queria que ele a visse contar a Colleen o que tinha feito com ela com aqueles dedos engordurados. Se a bebida fizesse o sangue subir cedo demais, ela chegaria ao ápice, sua cabeça ficaria mais lenta e a voz, arrastada quando cuspisse a verdade.

Ela estava sentindo o primeiro rubor da bebida quando uma desconhecida apareceu na rua. A mulher averiguava o endereço em um papelzinho, contando as casas idênticas ao passar. Era fácil perceber que não era de Pithead, porque o cabelo tinha um corte e um penteado caros. Não era uma prima católica, porque usava uma bolsa bem vermelha, que combinava perfeitamente com os sapatos bem vermelhos.

O lampejo no rosto de Colleen indicou a Agnes que ela tampouco conhecia a mulher. A mulher abordou o grupo, disse alguma coisa a Colleen, que assentiu devagar. Apagando o cigarro, ela pegou a caneca de chá frio e, olhando para trás por cima do ombro, conduziu a estranha porta adentro. As gralhas fofoqueiras se dispersaram.

Agnes se sentou na beirada. Imaginou que a mulher fosse da Assistência Social e desejou que tivesse sido ela a ligar. Estavam dando batidas em Pithead, pegando os trapaceiros dos auxílios que trabalhavam meio expediente e os candidatos a pensão por invalidez que subiam em escadas para ligar antenas de televisão. Mas a mulher não ficou lá dentro por tempo suficiente para isso; foi embora com a bela bolsa vermelha ainda debaixo do braço. Agnes ficou olhando-a desviar das entranhas de carros e fechar com delicadeza o portão quebrado. Pegou da bolsa um par de óculos escuros que pareciam caros e os usou para tirar o cabelo do rosto. Agnes achou graça porque sabia que Colleen ficaria exasperada. Óculos de sol? Em nome do Senhor meu Pai, quem essa vaca está achando que é? De cabeça erguida, a mulher bem cuidada caminhou pela rua deserta e sumiu de vista.

Agnes aguardou, mas Colleen não saiu mais.

Quando estavam com fome, as três meninas da família McAvennie correram pela rua feito noivas fantasmagóricas. Os cabelos dourados estava embaraçado e voava em volta dos rostos feito um véu, e seus vestidos compridos de verão, antes de um tom azul delicado, estavam desbotados com o passar dos anos. Agnes só havia fechado os olhos um instante, mas quando os levantou boa parte da caminhonete sucateada de Jamesy já estava apoiada no meio-fio do outro lado da rua. Ainda havia luz do dia, mas as lâmpadas grandes já estavam acesas na casa dos McAvennie. Sob a luz da lâmpada descoberta, ela via as pessoas se movimentando rapidamente de cômodo em cômodo. Agnes abriu outra lata e a engoliu depressa.

No quarto, ela trocou a saia por uma peça que lhe permitisse chutar e vestiu o suéter de angorá com miçangas, o felpudo nada prático de que Colleen tanto desconfiara. Passou um tempo revirando a caixa de joias, escolhendo os anéis com as maiores pedras, que proporcionalmente eram de tamanho papal. As pedras de vidro eram tão mal ajustadas que rasgavam meias-calças e ficavam presas nos panos de prato. Havia manhãs, após grandes bebedeiras, em que, ao acordar, descobria cortes no rosto ou nas partes de dentro dos antebraços. Agnes olhou para as mãos enfeitadas, armas cintilantes, socos-ingleses de ouro folheado, descascado. O último gole de cerveja azedou em seu estômago vazio, e ela entendeu que já era hora.

Agnes cambaleou porta afora e se apoiou na cerca quebrada. Respirou fundo e ficou um pouco tonta e um pouco desanimada de novo. Então a gritaria começou.

A porta dos McAvennie se abriu, e o menino caçula saiu correndo a todo vapor pelo conjunto habitacional. De porta aberta, a voz de Colleen ressoou com clareza pelas casas baixas.

— James Francis McAvennie! Você está se comportando que nem um protestante imbecil.

Agnes ficou imóvel no meio da rua vazia. Em toda a rua, crianças pararam de brincar e frestas foram abertas nas janelas. Ela sabia que as mulheres estavam abaixando o volume das TVs e se contorcendo atrás das cortinas.

— Quê? É, faz isso, sim, *bate na gente*. Você está achando que é muito homem, né? Vou pedir para meus irmãos virem aqui e vamos ver quem é o homão, né? Eu devia ter ouvido minha mãe. Seu imundo que trepa com protestante.

Uma voz masculina disse alguma coisa dura, mas inaudível, e Colleen gritou mais alto:

— Eu *não vou* falar mais baixo. Você quebrou seus votos e Deus nunca vai per...

Agnes imaginou que Jamesy tivesse pegado a esposa pela garganta, pois a rua ficou em silêncio por um instante. Então, a voz de Colleen voltou, vacilante, dessa vez com menos raiva.

— Onde é que você pensa que vai? James? *Pra ela?*

Jamesy McAvennie irrompeu da casa, a gola da camiseta rasgada, como se Colleen estivesse agarrada nela. Ele ainda estava usando as botas de pescador e carregava nas mãos sacos de lixo pretos cheios do que pareciam ser roupas e cobertas. Tinha listras doloridas de queimaduras de sol e marcas recentes de garras no rosto e no pescoço queimado. Ele entrou na caminhonete e ligou o motor.

Agnes cambaleou no meio da rua. Era impossível que ele não a tivesse visto ali, bêbada, mas orgulhosa, de punhos cerrados e cheios de pedras. Ele baixou a janela da caminhonete com um golpe furioso e berrou para ela como um homem frustrado querendo direções:

— O que você quer, puta? — Ele falou como se aquele fosse o nome dela. — Está querendo catar os ossos? Você é meio rápida, né? Devia deixar o corpo esfriar primeiro.

Em seguida, a caminhonete saiu roncando. Quando ele chegou ao fim da rua e deu a volta, Colleen já estava na porta da frente, com cara de doida.

— James! Jamesy!

Agnes tropeçou até o meio-fio, desajeitada por conta da bebida. Jamesy deu uma guinada proposital e por um triz não a acertou com o pneu traseiro. A rua se encheu da nuvem habitual de fuligem.

Agnes piscava os olhos, fitando o meio-fio da frente, mas Colleen não sentiu paz de espírito ao vê-la. Em seu rosto magro havia uma ferocidade e um vazio, vida e morte ao mesmo tempo. Ela caiu com um baque no asfalto e ficou, de pernas frouxas e inexpressiva, na poeira.

Agnes olhou para os dois lados da rua como quem quisesse criticar quem já estava no fundo do poço ou fugir de um acidente de carro. Não sabia bem qual era o caso.

Uma leve brisa fazia todas as cortinas esvoaçarem, mas ninguém apareceu para ajudar, nenhuma prima, nenhuma outra mulher de Pithead. À janela dos McAvennie, estava a silhueta das outras quatro crianças, enfileiradas em ordem decrescente de altura, como bonequinhas russas. Todas com o mesmo rosto triste, bonito. Um dia, daria um belo banho quente em todas elas para realmente se vingar de Colleen.

Da sarjeta veio um barulho alto, *riiii-riii*, de cabelo sendo tirado de uma escova velha, um som pegajoso de puxão, como um linóleo antigo e viscoso sendo arrancado. Agnes se aproximou da mulher que se debatia. A barriga cheia de cerveja velha, a poeira e o emaranhado de braços e pernas dificultavam a compreensão do que via. A princípio, achou que Colleen estava rasgando em pedaços a camisa do time de futebol, mas, ao chegar mais perto, Agnes viu as mechas de cabelo embaraçado que a mulher puxava da própria cabeça e soltava a cada rasgo. *Riii. Riii.* Vinha em punhados selvagens.

Agnes andou ao redor da mulher caída. Quando se deu conta, já estava ajoelhada na terra, usando os dedos cheios de anéis para tentar domar as garras furiosas da mulher mais nova. Ela se enrolou bem perto de Colleen.

— Então, o que foi tudo isso? — disse ela em uma voz tão delicada que chocou a si mesma, porque não tinha aparecido ali para ajudar.

Colleen relaxou nos braços dela. Com suavidade, Agnes abaixou as garras da mulher até o colo. Conseguiu abrir os punhos dela, que ainda seguravam os cabelos arrancados. Começou a tirar as mechas grossas dos dedos finos, como se limpasse uma escova velha. Os olhos vazios de Colleen fitaram a terra por bastante tempo.

— Eu devia ter deixado pra lá em vez de alfinetar ele quando ele estava pra baixo. Só falei que não queria mais boca pra alimentar. — As mãos de Colleen tremiam. — Desde que a mina fechou, ele vinha atrás de mim dia e noite feito um adolescente no cio. Ele nunca viu muita serventia naquela bobagem de *tirar antes*.

Agnes olhava fixo para as partes calvas da cabeça de Colleen. Já havia poeira nas feridas cobertas de sangue.

— Cinco crianças bastam pra qualquer mulher.

Colleen fungou.

— Ele teria cem se pudesse. Mas eu só pensei *vai se fuder, McAvennie*, e pra me vingar fechei a fábrica.

Colleen tornou a chorar. As lágrimas vinham em correntes grossas e longas, quase como se ela estivesse com um vazamento. Escorriam pelo nariz ossudo, gotejando do queixo. Colleen se voltou para Agnes e olhou para ela como se fosse a primeira vez.

— Deve ter sido aí que ele começou a trepar com qualquer uma.

Agnes ficou confusa. Teria dito a qualquer outra mulher que, com o tempo, as coisas ficariam melhores, embora soubesse que isso lhe pesaria dentro do peito pelo resto da vida. Não ofereceu tal bálsamo a Colleen. Passou pela sua cabeça que agora elas eram iguais, e não poderia sentir vergonha de como suas entranhas se animavam diante das más notícias da mulher magricela. Mordeu o lábio para não sorrir.

Agora as mulheres dos mineiros andavam pela rua. Primas e esposas de primos, rodeando com nervosismo, como se Colleen tivesse se transformado em um animal que não soubessem muito bem como abordar.

— Ela chegou pra mim muito boazinha. *De óculos de sol.* Óculos enormes de dois tons de marrom. Disse que se chamava Elaine. Perguntou se não podia dar uma palavrinha a sós comigo. Achei que ela fosse da venda por catálogo, que ia tentar me vender alguma merda para o Natal das crianças.

Colleen soltou um lamento. Esticou os dedos e pegou na bainha da saia. Com um único puxão partiu o tecido fino em dois da bainha até a barriga. Então caiu, apática, de novo no asfalto.

— Pelo amor de Deus... — disse Agnes, pegando no tecido rasgado para manter o recato.

Colleen não usava roupa íntima. Os fios frisados da boceta eram chocantes contra a lisura pálida da barriga.

— A gente precisa te levar pra casa. Levanta. Levanta!

Agnes tentou levantá-la, mas estava descoordenada demais por conta da bebida. Elas tombaram juntas na poeira e Agnes arranhou a pele de um dos joelhos. Tentou arrastar Colleen para dentro de casa, mas a mulher arruinada, nada além de um amontoado de ossos, relaxou todos os músculos e escorregou de volta para a terra, como uma criança rebelde. Agnes ficou de pé diante dela, suando e cuspindo.

— Você não pode ficar deitada aqui desse jeito.

De olhos fechados, Colleen passou a mão pelo asfalto sujo como se acariciasse lençóis finos. As palavras saíram mais lentas e densas.

— Estou pouco me lixando. Que Jamesy McAvennie fique sabendo que. A esposa. Dele. Morreu. Na rua. De boceta velha de fora.

Algumas das crianças de bicicleta deram uma risada nervosa. Agnes deu uma sacudida forte em Colleen. Como percebeu que gostara, sacudiu-a de novo.

— Dona, você não tem orgulho nenhum?

Os olhos de Colleen se arregalaram e se fecharam. A respiração ficou mais fraca.

Agnes a beliscou.

— Anda! O que é que deu em você? O que foi que você tomou?

Mas o amontoado fraco de ossos não respondeu.

As cercas estavam cheias de mulheres que grasniam feito gralhas intrometidas. A notícia havia se espalhado rapidamente. As primas de Colleen reclamavam aos berros e as irmãs de Jamesy levantavam as mãos para defender a reputação dele. A mãe de Jamesy, que tinha pelo menos oitenta anos, cuspia e brandia um esfregão quase careca como se fosse uma foice.

Sem saber mais o que fazer, Agnes tirou a meia-calça e a própria calcinha de baixo da saia. Fez isso sem nem um pingo de vergonha, tropeçando de bêbada, bem no meio da rua. Lutou para botá-las em Colleen. Era como vestir uma boneca em tamanho real cujos membros, em vez de imóveis e duros, estavam moles e pesados por conta do sangue lento.

Quando a ambulância chegou, Colleen já não estava mais falando. Agnes mergulhou no pó ao lado dela. Ficou olhando a calcinha branca e cara, cintilante por causa da água sanitária de qualidade. Na mulher mais magra, parecia uma fralda rendada, e representava, pensou Agnes, mais gentileza do que ela merecia.

Quinze

Ele a lembrava da cor da tripa das linguiças, mas era menos uma cor e mais uma tinta aguada que de tão espalhada ficava rala. Parecia completamente esgotado. Lizzie precisava usar as duas mãos para segurar uma dele e, ao pousar a face nela, sentia as veias cobalto saltadas que a delineavam. Eram as mãos que tinham carregado caminhões de grãos ao longo de vinte anos, mãos que tinham assentado um macadame alcatroado pungente, mãos que tinham matado italianos no Norte da África.

Agora, Wullie tinha dificuldade até mesmo para respirar. O ar nos pulmões soava como se passasse por um ralador, como se fosse ficar preso nas pontas e parar, mas chiava e raspava para fora dele. Lizzie enxugava o rosto dele com o lenço que guardava na manga. A boca dele agora ficava aberta o tempo todo, os cantos incrustados e secos. Queria beijá-lo mais uma vez, queria uma última lembrança do belo homem que tinha sido, que ainda era.

Os velhos das outras camas cochilavam. Tinha visto as enfermeiras darem a todos uma gota de morfina líquida, e eles pareciam dormir um sono inquieto. Lizzie desabotoou o casaco e tirou o cachecol do cabelo. Levantou a mão de Wullie e puxou as cobertas para baixo. Pensou em subir na cama, se deitar contra o muro de pedra que era o corpo dele e chorar. Mas, ao escalar a cama de hospital, ela mudou de ideia. Subiu e então, ainda de casaco bom, ela montou nele.

A qualquer outra pessoa teria passado despercebido, mas Lizzie tinha certeza de ter visto as pálpebras dos olhos dele tremerem, os cantos da boca se retesarem em um sorriso atrevido. Ela rebolou para a frente e para trás com delicadeza. Não era para ser tão obsceno quanto parecia. Só queria senti-lo imprensado contra si, quente e vivo através do algodão do pijama, através da mistura de poliéster úmida da própria calcinha. Só queria lhe dar um pouco de conforto em meio à dor. Não lhe devia isso?

Ela acendeu um novo cigarro enquanto se balançava e se esfregava em cima de Wullie. Deu uma forte tragada e então se curvou e assoprou no rosto dele. Só conseguia imaginar a saudade que ele devia sentir dos cigarros Regal.

— A senhora está bem, sra. Campbell? — perguntou uma voz atrás dela.

Mãos seguravam seus cotovelos com delicadeza, mas também com firmeza.

— Está tudo bem, querida — continuou a voz, enquanto a conduzia para fora da cama. — Está tudo bem, minha bonequinha.

Wullie não se mexeu quando a irmã ajudou Lizzie a descer. O pijama dele estava amassado onde Lizzie o enrugara, porém nada mais havia mudado. Sem fazer qualquer juízo, a enfermeira apagou o cigarro de Lizzie e puxou sua saia até abaixo dos joelhos. Lizzie sentiu que era levada de volta à sua cadeira e o copo de água fria em seus lábios. O tempo inteiro a irmã a acalmava com uma voz serena, tranquilizadora, a acarinhava como a um gato, e isso fez com que Lizzie tivesse vontade de lhe contar coisas secretas. Lizzie pegou as mãos da irmã entre as suas e disse:

— Por favor, meu Deus, não leve ele embora. *Por favor*. De novo não.

* * *

O rosto de Agnes estava com uma maquiagem bem grossa, e Shuggie tinha a impressão de que a pintura tinha sido sobreposta a vários outros rostos que teria se esquecido de tirar primeiro. O menino a seguia a uma distância circunspecta, parando de vez em quando para catar as coisas que caíam do bolso do casaco de visom emaranhado da mãe.

Enquanto se arrastava pelas portas automáticas da enfermaria, uma enfermeira corria em sua direção, pensando que precisava de atendimento. Shuggie viu a moça tentar cercar a mãe e sentá-la delicadamente em uma cadeira de rodas surrada. Agnes passou pela enfermeira e foi em direção à ala oncológica. Shuggie ouviu a enfermeira dizer a um médico que tinha certeza de que Agnes trabalhava rodando a bolsinha na rua.

— Ela não trabalha, *não* — reagiu Shuggie, muito orgulhoso. — Minha mãe nunca trabalhou na vida. Ela é bonita demais pra isso.

O casaco emaranhado de visom lhe conferia um ar de superioridade, e os saltos pretos de tiras faziam um batuque arrastado no longo corredor de mármore. A ponta de borracha tinha se desgastado no salto do pé direito e, embora ela a tivesse pintado com um velho marcador de bingo preto, o prego afiado de metal arranhava o assoalho com o guincho das épocas de dificuldade.

Rostos emaciados olhavam de camas brancas enquanto ela passava arranhando o chão. Uma irmã robusta, de jeito simpático, saiu de uma cortina e entrou em seu caminho, uma prancheta verde apertada contra o peito como se fosse um escudo. Era tão larga quanto um muro pequeno.

— Perdão. Posso ajudar a senhora? — perguntou a enfermeira com um sorriso cansado. — Sou a irmã Meechan.

Ela puxou do uniforme azul o crachá com cara de documento oficial.

Para Agnes, parecia mais gentil do que as enfermeiras com as quais Lizzie havia trabalhado anos antes, mulheres parrudas de Glasgow que conseguiam conter homens nas noites de sábado e puxar garrafas quebradas de suas costelas. Tinham rostos de granito, frios e duros, de tanto assistir a uma novela interminável de violência disparatada. Era perceptível que a irmã Meechan estava dando seu melhor. Agnes abaixou a cabeça para olhar para a enfermeira atarracada e viu o pequeno crachá. As letras se mexiam. Ela respirou fundo e tentou parecer sóbria.

— Não, obrigada. Eu sei... aonde... estou indo.

A irmã Meechan não interrompeu o sorriso bem-treinado.

— Sabe mesmo? Já passou das nove. O horário de visitação acabou.

Piscando forte, Agnes passou os olhos pela mulher intrometida. A ponta do nariz era esburacada feito um moranguinho. Agnes deixou seus olhos pousarem ali e deu um muxoxo de compaixão, informando assim à irmã que ela tinha reparado. Então, pôs os dedos cheios de anéis no braço roliço da enfermeira de um jeito petulante, cada um dos dedos caindo na pele como se tocasse escalas ao piano.

— Eu vim ver o meu pai.

A enfermeira sentiu o bafo fermentado e azedo de Agnes no rosto.

— E qual é o nome do teu pai? — indagou a irmã, sem vacilar. Glasgow sempre a apresentava a várias figuras.

— Wulli… William Campbell.

A enfermeira fez que ia verificar o nome na prancheta verde, mas parou.

— Ah, *bem*...

O rosto ensaiado cedeu, e sob ele passaram diversas emoções verdadeiras. Apertou a prancheta contra o peito largo e pôs a mão livre no braço de Agnes com delicadeza. Agnes se pegou encarando a mulher.

— Ah, minha querida — disse ela com carinho, rompendo com toda a formalidade de seu treinamento. — Eu sinto muitíssimo pelo estado do teu pai. Ele é um dos nossos prediletos, um bobão lindo, grandalhão, e não dá trabalho. — Então a irmã Meechan se aproximou e acrescentou, em tom conspirador: — Mas ando meio preocupada com a tua mãe. Parece que ela não está lá muito bem. De noite, eu estava olhando se as coisas da janta tinham sido jogadas fora e quando cheguei na cama do teu pai reparei que a cortininha para ele ter privacidade ainda estava puxada até o meio. Só que estava muito tarde pra ficar assim. Então puxei a cortininha e vi a pobrezinha em cima dele, se esfregando nele.

Shuggie teria dito que a enfermeira era uma mulher simpática. Agnes se veria obrigada a discordar. Se estivesse sóbria, talvez não tivesse rido. Se a simpática enfermeira não estivesse com a mão no braço dela e com aquela expressão piedosa no rosto, talvez não tivesse rido. No entanto, não estava sóbria e não estava a fim de ser tratada com condescendência. Portanto, riu. Começou com uma risadinha culpada, mas depois ela começou a se sacudir, e inclinou a cabeça para trás em uma gargalhada espalhafatosa, arrogante. Então perguntou, com crueldade:

— Ficou com inveja?

Os maxilares polpudos da irmã Meechan se fecharam com um estalo.

— Deus do céu! — O nariz de morango se crispou. — Será que preciso lembrar que essa ala aqui é *coletiva*?

Shuggie viu os punhos da mãe se fecharem.

— Ah, dá um tempo! — Agnes abriu a boca, os olhos ainda brilhantes por conta da risada. Ela se aproximou. — Depois de quase quarenta e sete anos juntos, a pobre coitada está enlouquecendo de tanto sofrer.

Ela estendeu o braço de visom e seguiu em frente, passando pela corpulenta irmã com a facilidade de quem abre as cortinas de uma janela. Atravessou depressa o corredor até a porta da ala. Ao se virar, o prego à mostra deu uma arranhada vexaminosa no assoalho.

— E *meu* pai é um homem lindo.

Shuggie ficou olhando das sombras e esperou a mãe empurrar as portas grandes de vaivém ala adentro. Ele ficou em silêncio atrás da irmã, que estava parada, boquiaberta, olhando na direção dos saltos arranhando o chão. Ele tinha certeza de que agora a irmã sentia ainda mais pena da senhora com o marido moribundo, pois também tinha uma filha bêbada. Shuggie lhe cutucou o braço carnudo, e ela pulou ao perceber o visitante silencioso a seu lado.

— Me desculpa — disse ele, como se fosse um cartão de visita. — Por favor, perdoe a brusquidão dela. Na verdade, ela é uma boa pessoa. Então, é pra cá que as pessoas vêm a caminho do céu?

A irmã Meechan levou a mão ao coração de espanto. O garoto de terno ajustado estava bem perto dela. Ele entrelaçou as mãos às costas, como se fosse um senhor, como se fosse o diretor do hospital em pessoa. Ela queria tocar nele também. Queria ver se era real.

— Ô, filho. Você não pode chegar perto das pessoas assim de fininho.

— Eu não *chego de fininho*. Só tomo cuidado onde eu piso.

Ele esticou a gravata fina.

— A senhora poderia fazer o favor de me responder?

A irmã pestanejou.

— Céu? Imagino que sim. Às vezes.

Shuggie mordeu o lábio.

— Então também vêm pra cá pra chegar ao inferno?

Ela poderia ter respondido que dependia do turno, que a maioria das pessoas internadas na ala no dia de uma partida de futebol provavelmente ia *direto* para o inferno. Ela o olhou de cima a baixo. O menino não devia ter mais que oito ou nove anos.

— Não, filho. Não é muito comum — mentiu ela.

Com dedos curiosos, ele começou a acariciar a corrente de metal do relógio que pendia do bolso dela.

— Eles vão para o céu de ônibus?

Um sorriso paternalista cruzou os lábios da irmã, que esticou a mão lavada para afagar sua cabeça. Ele se abaixou instintivamente e soltou um muxoxo:

— Não faz isso, por favor! Eu acabei de pentear.

Com uma expressão emburrada, ele se aproximou de novo e voltou a girar as argolas interligadas da corrente do relógio.

A mão da irmã Meechan se abanou no ar, desajeitada, desacostumada a não estar no comando.

— Você é um menino muito arrumadinho.

— Minha mãe diz que não custa nada a gente valorizar nossa aparência.

Com um olhar para o corredor, ela perguntou:

— Então aquela mulher é tua mãe?

Shuggie assentiu. Ele enrolou a corrente nos dedos e deu uma olhadela para aquele rosto simpático da irmã.

— Mas tudo bem. A senhora não precisa gostar dela. Às vezes ela pega bebida debaixo da pia da cozinha. Aí ninguém gosta dela. Nem meu pai, nem minha irmã mais velha, nem meu irmão mais velho. Mas tudo bem. Leek não gosta de ninguém, na verdade. A mamãe diz que ele é um *social pato*.

A irmã Meechan fechou os olhos, os olhos cinza-claros que já tinham visto todos os tipos de pecados e espetáculos.

— Ela sempre faz isso? — perguntou.

Shuggie largou a corrente. Olhou para ela através das sobrancelhas franzidas.

— Eu dou conta. Faço as compras e cuido pra ela ir pra cama na hora certa. Além do mais, irmã enfermeira, a senhora não respondeu minha pergunta. Minha mãe falou que o vovô vai para o céu logo, logo, e eu queria saber se ele vai de ônibus ou se a gente pode levar ele num táxi preto.

A mão da irmã foi do coração à garganta.

— Ô, meu filho. Não funciona assim. Eles não vão de ônibus. Quer dizer, às vezes vão num carrão preto. — Ela começou a apertar um pedaço da pele do pescoço, torcendo-a como se fosse um colar. — Mas, quando a pessoa vai para o céu, ela não leva o corpo junto.

Shuggie projetou o lábio inferior, pensativo. O olho direito se fechou com uma incredulidade amarga.

— Não levam o coração?

— Não.

— Não levam os olhos?

— Bem. Não.

— Não levam nem os dedos?

— Não, filho. Eles não levam as pernas, nem os braços, nem o nariz. Não levam nada porque não é o corpo que vai para Deus. É a alma.

Shuggie pareceu um pouco aliviado. A enfermeira viu que um peso saía de seus ombros. Ele virou os sapatos engraxados e seguiu a nuvem perfumada de Agnes pelo corredor. Parou diante da porta dupla.

— Então, se o corpo não vai para o céu, não importa se outro menino fez alguma coisa ruim pra ele no depósito das caçambas, né?

A porta para a ala coletiva se abriu com um baque. As luzes estavam baixas e modorrentas. Homens bege estavam recostados em camas brancas. Do outro lado da ala, a cama de Wullie estava rodeada de cadeiras alaranjadas para as visitas. Cada uma das cadeiras vazias tinha uma poça solitária de luz refletida, e Lizzie estava sozinha, o casaco cinza, a saia cinza e as coxas bronzeadas esmorecendo no plástico colorido.

Agnes levou as mãos ao rosto em um arco amplo de sofrimento, algo como um grotesco jogo de esconde. Iluminada por trás pela luz clara do corredor, atuou como se estivesse no palco do King's Theatre. Atravessou a ala e deixou a bolsa e o casaco escorregarem e ficarem atrás de si formando um rastro no chão. Para provocar a irmã Meechan, apoiou a sandália que deixava os dedos à mostra na grade e subiu na cama. Lizzie olhou para aqueles pés, arrasada com os dedos pintados rasgando a meia-calça preta gasta. Agnes montou na cama e se jogou sobre o pai adormecido, como se fosse a viúva. Depois passou a abraçá-lo e a se lamuriar, como se fosse a amante. Wullie não se mexeu. Lizzie se levantou da cadeira e sem dizer nada puxou a saia preta da filha sobre sua anágua branca de náilon.

Uma frestinha se abriu na porta da ala e Shuggie apareceu, com as mãos cheias de pertences da mãe.

— Você esqueceria a cabeça por aí se não estivesse grudada no pescoço.

Os homens agonizantes se mexeram diante da aparição do jovem. Uma visitante senhora de conjunto de cardigã e suéter de lã de cordeiro cruzou os braços à frente do peito, apontou o mocassim de camurça na direção dele, em um gesto de reprovação. O menino de terno cruzou o ambiente e em silêncio catou mais objetos da mãe, arrastando o casaco descartado atrás de si feito uma toalha molhada. A avó sorria para ele. Era o sorriso que dava quando via televisão no domingo sem prestar muita atenção. Não parecia nada triste, ponderou Shuggie, parecia em paz, resignada. Ele se sentou em uma das cadeiras vazias ao lado dela e segurou sua mão fina enquanto olhavam Agnes descer da cama cambaleando. À luz fraca, o avô parecia da cor de leite condensado. A pele parecia fina, como papel mata-moscas amarelo, e estava tão repuxada e macilenta sobre o nariz ossudo dos Campbell que Shuggie pensou em um ossinho da sorte.

Agnes se sentou em outra cadeira perto da mãe e segurou sua mão livre. Lizzie comentou:

— O horário de visitação acabou.

A cabeça de Agnes bamboleou sobre o pescoço.

— Mamãe, isso é difícil pra mim. Demorei pra ter coragem de vir.

— É, bom, você parece estar *bem* cheia de coragem agora.

— Acabei com tudo o que eu tinha em casa. Assim que tudo isso acabar vou melhorar. Vou até nas reuniões do AA — estava mentindo, e a fala soou vazia.

— Nunca gostei desses troços de AA. Atraem os tipos mais vulgares. Deus te deu força de vontade. Você devia usar ela para se salvar.

Durante um bom tempo, as três gerações ficaram sentadas em silêncio, as mãos unidas em uma corrente. As pedras baratas nos anéis de Agnes eram tão grandes e azuis quanto os nós dos dedos de Lizzie. Agnes tirou um pedaço de papel higiênico da manga do suéter, enxugou os olhos e depois o passou para Lizzie, que fez a mesma coisa e passou o papel para Shuggie, que o dobrou para o lado onde não havia rímel ou catarro. Agnes enfiou a mão na bolsa preta e pegou duas latas de cerveja. Ela as abriu com um silvo espumoso, guardando os anéis das latas na bolsa.

— Acho que não vou aguentar. Eles todos vão me deixar?

Lizzie pegou o papel higiênico branco de Shuggie e recatadamente cobriu a pin-up seminua na lateral da lata de cerveja.

— A minha sensação é de que ele acabou de chegar daquela guerra imbecil — disse Lizzie. — Está cedo demais pra ele ir embora outra vez.

Shuggie observou a mulher de lã de cordeiro contorcer a boca de asco por causa da lata de cerveja aberta. Ele se virou para contar à mãe, mas percebeu que Agnes parecia não estar mais ali . Ela não tinha ouvido nem uma palavra sequer que a mãe dissera. Shuggie alisou os botões na parte da frente do casaco de lã da avó, virando todas as flores de plástico para cima, as folhas para baixo, as pétalas no alto. Esperou enquanto as mulheres falavam e falavam e falavam e não se escutavam.

O velho estava deitado na cama, com a respiração curta. O ar fazia um som chiado ao se espremer em volta dos tumores em seus pulmões. De raiva, Agnes trincou o maxilar com tanta força que as dentaduras de porcelana rangeram como dois pratos de jantar sendo friccionados.

— Eu nunca devia ter ido embora com aquele babaca do Shug.

Ela acendeu dois cigarros novos e entregou um à mãe.

— É, vou falar isso para o papai quando ele acordar.

Foi isso o que fez a cabeça de Lizzie se centrar. Lizzie deu um trago no cigarro e cuidadosamente soprou a fumaça no rosto de Wullie.

— Teu pai nunca vai melhorar.

Agnes deu batidinhas na cama.

— O papai, não. Daqui a alguns dias, ele vai estar novinho em folha.

— *Agnes!* Os médicos falaram que ele nunca mais vai voltar pra casa.

Agnes tomou outro gole da lata. Shuggie viu as camadas de rímel velho se dissolverem e lágrimas pretas escorrerem pelo seu rosto.

— Por que a gente tem que relaxar e aceitar tudo nesta vida?

Lizzie deu de ombros.

— Ah, que serventia essas lamúrias vão ter agora?

Passaram um bom tempo caladas depois disso. Ficou tão tarde que ficou cedo. A mulher da lã de cordeiro acabou indo embora, e pouco depois a irmã Meechan lhes trouxe canecas opacas para a cerveja e tirou as latas ofensivas. A enfermeira não disse mais nada, e Agnes entendeu que devia estar perto do fim. A irmã deu mais morfina a Wullie, deu a Lizzie uma pedra de gelo para passar nos lábios dele, e então fechou a cortina em torno dos quatro. As pernas de Shuggie começaram a formigar por causa da cadeira dura, mas ele sabia que era melhor não fazer estardalhaço.

Naquele silêncio, Agnes foi aos poucos retomando a sobriedade. Leu o catálogo da Freemans para aplacar os tremores. Fazia tempos que dobrava os cantos de certas páginas, desde o começo de fevereiro, para se preparar para o ano letivo seguinte, em agosto, Shuggie se estirando e crescendo feito erva daninha. Ela encheu as canecas outra vez, dessa vez mais devagar, e perguntou à mãe:

— Como você vai fazer sem ele? Em relação a grana e tal?

Lizzie deu de ombros.

— Como *você* fez?

Agnes deu uma olhada para o pai.

— Eu não gostaria de contar.

Lizzie deixou o menino cochilar apoiado nela, levantou o braço e o puxou para seu lado. Verificou se ele estava dormindo mesmo antes de voltar a falar:

— Preciso te contar uma coisa, Agnes. Não quero que você comente. Eu não aguentaria se você ficasse me julgando.

Agnes se inclinou para a frente.

— O que foi? Você anda bem?

Lizzie fez que não.

— Fui muito dura contigo. Sei que fui. — Lizzie parou como se esperasse que Agnes discordasse, mas ela não o fez. — Nunca fui muito fã do Shug. Mas fui mais dura contigo do que deveria ter sido.

— Tudo bem. Você tinha razão em ser dura.

— Não, eu já estive no teu lugar. Acho que eu tinha esperança de que você se saísse melhor.

Lizzie olhou para o menino adormecido outra vez antes de começar sua história. Shuggie estava de olhos bem fechados, mas não estava dormindo. Ele ouviu com bastante atenção o que ela contou.

Lizzie respirou fundo e prendeu o fôlego pelo máximo de tempo possível antes de se pronunciar de novo.

— Custe o que custar, Agnes, siga em frente, mesmo que não seja por você, mesmo se for só por eles. Siga em frente. É isso o que as mães fazem.

Ela vinha arrastando um esfregão de fibras cinza pela escada do prédio, parando a dança de vez em quando para torcer as fibras com as mãos. O cheiro ácido da água sanitária e terebintina lhe causava ardência nos olhos enquanto ela seguia a água suja de degrau em degrau e empurrava a última ondinha para fora da entrada fechada. Lizzie carregou o balde pesado até a rua e jogou a água salobra morro abaixo. Crianças seminuas pularam e dançaram sobre esse novo rio, berrando de alegria.

Ela passou o resto da manhã lavando cobertas na banheirinha de bebê de Agnes. Jamais confessaria, mas sentia saudades da lavanderia pública. Adorava aquele ritual: era um lugar sem homens, sem crianças, um lugar onde as mulheres podiam dividir histórias sobre as quais não podiam falar na igreja. Ela dava seu dinheiro, ganhava uma pia e mergulhava as cortinas e os vestidos de trabalho na água fervente. Enquanto a sujeira se desprendia dos tecidos, as mulheres formavam um semicírculo e ensaboavam as fofocas até fazerem espuma. Nada acontecia em Germiston sem que a lavanderia ficasse sabendo.

Agora, ela sabia, estavam falando dela. Agora esperavam que ela terminasse de torcer as roupas. Elas se despediriam com animação e, quando ela fosse embora, destruiriam sua boa reputação como se fosse um osso de presunto.

Enquanto estrangulava a sujeira das roupas, grandes marés de água lambiam a lateral da bacia de estanho. Xingou aquela bagunça, mas pelo menos não precisava mais lavar as coisas dele. Pelo menos não precisava lavar roupas para Wullie Campbell. De qualquer forma, não conseguia imaginar um de seus macacões de trabalho cabendo na bacia pequena. Não sobraria espaço para a água.

Lizzie estava de rosto vermelho, batendo as roupas sujas, quando percebeu Agnes rodopiando, as meias brancas com frufrus chupando a espuma que se acumulava. Lizzie a levantou do chão molhado. Deixou a menina em uma cadeira da cozinha e arrumou de novo o laço de veludo em seu cabelo.

— Imagino que você já esteja com fome de novo.

A testa de Lizzie franziu quando ela passou os dedos nas prateleiras dos armários. Não havia nada o que comer: um punhado de batatas esburacadas, um bastão de banha arenosa e um saco de farinha usado a tal ponto que parecia que sairia voando de tão vazio. Pôs a mão atrás do cesto de pães sem nada, pegou uma caixa velha de lascas de sabão na prateleira de baixo e a virou de lado com cuidado. Três ovos escondidos saíram rolando da caixa. Estavam marrons e arredondados, sem nem uma mancha. Com uma colherada de banha ela os quebrou na panela preta, e eles se agitaram e cuspiram voluptuosamente na gordura borbulhante. Ela se virou para Agnes e pôs o dedo diante dos lábios como quem pede segredo. A criança lhe ergueu os olhos com as bochechas gorduchas e pôs o dedinho rosa à frente do botão de flor que era sua boca e retribuiu o gesto da mãe.

Agnes se sentou no joelho de Lizzie, e as duas comeram no mesmo prato os ovos escondidos. A gema estava tão escura e gordurosa que Lizzie sentiu que cobria seus dentes e via que colava os lábios da menina. Feliz e satisfeita, ela deixou Agnes ficar sentada em seu joelho por um tempo, escutando as crianças brincarem de índio e caubói na rua, escutando a sirene da Companhia de Gás Provan chamar os homens de volta ao trabalho. Lizzie se perguntava se o homem que ainda estava fazendo o trajeto de volta às torres de gás sentia alguma vergonha, um pingo de vergonha que fosse. Ela se lembrou de como Wullie se sentia até lhe contar que não aguentava mais.

Foi um dia ameno. Da janela aberta, Lizzie ouvia a concentração desordenada, vozes sussurradas e os gritos e berros quando os indiozinhos davam um susto nos caubóis burrinhos. Então, o tom mudou de repente. As crianças se animaram com outra coisa, estavam arfantes e eufóricas, e algo se espalhava rua afora, mais rápido do que se fosse transmitido a pé. Muitas vozes dividiam as mesmas palavras, passavam de boca em boca, como um telegrama rudimentar. Lizzie se mexeu discretamente por trás das cortinas de voile para dar uma espiada. Todas as outras mulheres se debruçavam descaradamente nas janelas abertas. Crianças gritavam pedaços das notícias para as mães, e as mulheres se viravam e os dividiam com os cômodos escuros às suas costas.

Houve uma súbita batida à sua porta. Lizzie olhou para Agnes, a criança tinha um anel grosso de gema amarela em torno da boca. Ela a limpou, escondendo a prova. Sabia que a porta não estava trancada, nunca estava. Aquela área era boa, cheia de papistas. Quem estava ali fora devia ser um desconhecido. Lizzie parou no espelho do corredor e tentou rearrumar o cabelo. Na cabeça, repassou a lista de dívidas, verificando a boa reputação que tinham. Olhou mais uma vez para as prateleiras vazias da área de serviço e, se sentindo bastante segura, abriu a porta da frente.

A luz cobalto-esverdeada que se derramava pela janela caiu sobre ele como um pó fino. O homem não disse nada. Ele meio que sorria ao tirar a sacola do ombro, uma sacola pesada e grande de algodão, tão cheia de objetos que parava em pé sozinha e batia quase no nariz dela. Ela não sabia por que tinha dito aquilo. Talvez não conseguisse pensar em mais nada a dizer.

— É bom que não esteja cheia de roupa suja.

Ele riu, e mais tarde se sentiu grata por isso: que ele tivesse rido dela e não deixado que sua confusão acabasse com a alegria daquele dia.

— Posso entrar?

Ele tirou a boina.

Ela teve a sensação de não saber muito bem de onde o conhecia, aquele estranho. O rosto dele era parecido com um rosto que via na Royston Road, e ela retribuía o leve aceno com a cabeça por educação e não por reconhecê-lo direito. Porém, Lizzie deu passos para trás, em direção ao corredor, e o estranho pisou na soleira da porta. Ele arrastou a sacola de lona pesada e fechou a porta. Estava dobrando e desdobrando a boina quando viu os olhos o fitando do lado da mesa.

— É ela? — perguntou ele.

Lizzie só conseguiu fazer que sim. Da última vez que ele vira a menina, era rosa como um pernil de porco e estava embrulhada em uma manta bordada que a vovó Campbell fizera à mão. É claro que ele havia recebido as fotos do batizado e os cartões de Páscoa, mas não era a mesma coisa. Parecia ser a primeira vez que ele a via com os próprios olhos. Ele assimilou o cabelo preto volumoso, os olhos verdes-vidro e, o melhor de tudo, as pernas roliças. Wullie se ajoelhou, e estava chorando, filetes vagarosos de alívio, porque era uma criança que parecia feliz e saudável. Ele abriu a sacola grande e com muito cuidado pegou uma boneca linda, embalada em um tecido pintado à mão, uma maravilha de cores vivas, uma após a outra, fitas com contas da África e pequenas cruzes de papel da Itália. Havia balinhas em embalagens listradas e mais bonecas, todas de cores e estampas diferentes; seus rostos tinha cores de pele e olhos com formatos que Lizzie nunca tinha visto. Tudo que Wullie botava na frente dela Agnes pegava, até deixá-las cair pelo transbordamento dos braços. Enquanto Agnes se apoiava no joelho dele e recebia as riquezas nas mãos, ele enfiava o nariz no cocuruto da filha e absorvia seu frescor de cheiro doce de sabão.

Com Wullie ajoelhado, Lizzie o tocava com delicadeza, *quase* sem encostar. A nuca dele tinha um tom marrom melado que ela nunca tinha visto, era da cor de um torrão de açúcar queimado, dourado e doce. Podia ver um pouco abaixo da gola de sua blusa, e via como a linha mudava abruptamente do bronzeado escuro e queimado para um tom dourado saudável. Examinava docilmente uma mecha de cabelo que cacheava atrás da orelha dele — estava sem pomada e tinha ganhado uma cor castanho-chifre tão viva por causa do sol, tão diferente da raiz até a ponta, que não a reconhecia, ela não o reconhecia. Ela se perguntou onde teria ido parar o cabelo preto que ela conhecia e amava. Deixou o cabelo fino correr pelos seus dedos e depois o puxou com força.

Wullie olhou para ela. Fechou um olho e deu seu sorriso torto. Era de verdade. Estava em casa.

Os jornais não tinham anunciado — ela os olhava todos os dias, às vezes, duas vezes ao dia, às vezes, dez. Quando voltava do hospital, ia ao lavatório compartilhado no gramado dos fundos, se sentava no vaso quente e lia o jornal que o velho sr. Devlin às vezes deixava ali. Os jornais avisaram que os garotos do Norte da África tiveram uma grande vitória, mas também contavam dos muitos filhos de Glasgow, de Inverness e de Edimburgo que haviam se sacrificado e jamais voltariam para casa. Listas e mais listas de nomes. Até as ruelas de Germiston tinham perdido um bocado. Todas as semanas, parecia que famílias chegavam de cabeça baixa depois de ir à igreja para rezar pelos filhos perdidos. Foram tantos que ela perdeu as contas. O sr. Goldie, o jovem Davie Allan, os irmãos Cottrell, que tinham apenas vinte e um e vinte e três anos e ao todo haviam deixado para trás sete crianças órfãs de pai.

Um a um, todos esses pobres soldados foram declarados mortos, e Wullie não. Tinha dito à mãe, Isobel, da esperança que isso lhe dava, mas Isobel tivera uma trajetória de vida difícil. Pegou a filha caçula nos braços e disse a Lizzie que abrisse mão da esperança, que desse atenção às coisas práticas, à filha pequena, ao emprego e ao sustento delas duas.

— *Quem tem esperança* — disse Isobel — *acaba sofrendo.*

Nada disso importava agora. Wullie Campbell estava em casa, e Lizzie estava circulando pelo cômodo sem saber por que circulava. Vozes felizes vinham da entrada do prédio. Ela ouvia o chamarem e entendeu que logo viriam atrás dele. Pegou Agnes nos braços e a levou ao armário onde as roupas secavam. Abriu uma pilha de toalhas e pegou uma lata de materiais de costura que estava escondida. Abriu-a sem fazer barulho, e o ar se adensou com o cheiro doce de bolo amanteigado. Na prateleira também havia um pernil de porco gorduroso, e Lizzie arrancou um naco do osso. Pôs a lata de bolo inteira no colo de Agnes e em cada mão enfiou um pedaço de carne engordurada.

— A mamãe precisa que você fique aqui um tempinho — disse, e fechou a porta com delicadeza.

Eles logo viriam atrás dele.

Lizzie tirou logo a roupa íntima, ela não o beijou, ainda não tinha passado os braços em volta dele. Nada disso bastaria para saciar a ausência que tinha sentido. Ela se curvou sobre as costas da poltrona de madeira e segurou os braços curvos para se apoiar. Sentiu ele surgir atrás dela, sua presença de início tímida, como se apenas a seguisse rua afora, mas então ele a tocou, beijou sua nuca, e sentiu ele se forçar dentro dela. Ela observou as mãos marrons enquanto os dedos estranhos se curvavam em torno de seus antebraços pálidos. Ele a penetrou devagar, e depois foi mais rápido, e pouco depois ele se curvou sobre ela, cobrindo-a como se fosse um lençol, como se fossem uma coisa só.

Eles logo viriam atrás dele.

Não tinha o cheiro de que se lembrava. Havia um quê de laranja passada no cabelo dele, e seu hálito, embora doce, tinha mais cheiro de melado do que ela gostaria. Lizzie virou o pescoço para olhar para ele, os olhos dele estavam abertos e concentrados nela, e ela teve a certeza de que era ele. Aquele colorido verde e cobre, a cor de um sol dourado explodindo em meio às folhas verdes e grossas de uma faia, continuava igual.

Uma vez, muito antes de Agnes, Wullie pegara três ônibus com ela até Kelvingrove Hall. Ela nunca tinha entrado num edifício tão lindo quanto aquele e se acanhou ao segui-lo por aqueles salões grandiosos. Achava os próprios sapatos barulhentos demais, estridentes demais, e a bainha de seu vestido de qualidade era longa demais em comparação com o casaco. Wullie não se importara. Com seus braços grossos, abria espaço na multidão para ela passar. Agia como se tivesse o mesmo direito de estar ali que um médico de Byres Road. Só depois ele confessou que conhecia aquele espaço grandioso porque tinha consertado o telhado.

Fora uma tarde rara. No alto da escada de arenito, havia um quadro em exposição — uma bela pintura a óleo de um bosque de faias à margem de um rio parado, as flores silvestres de outono ainda douradas e com cor de samambaia à sua beirada. Wullie estava sorrindo para ela naquele momento, e ela se esquecera completamente do vestido que usava para ir à igreja. Os olhos dele tinham pintinhas das cores do quadro, o mesmo verde desbotado do feno que não foi colhido e o castanho profundo de um cervo avermelhado. Agora, ao procurar nesses olhos o homem que amava, percebeu que o verde da pintura era o mesmo, apesar de a moldura estar diferente.

Houve um ruído fraco. Ela havia se esquecido. Como poderia ter se esquecido depois de perder tanto o sono se preocupando com aquilo?

Wullie parou. Ele se endireitou e fixou o olhar num canto, como se visse algo se aproximar ao longe, algo cujo aspecto não lhe agradava. Lizzie o sentiu sair de dentro dela. Arrumou a farda e estava indo em direção ao canto oposto. Andava na ponta dos pés, de palmas abertas, como se a coisa escondida ali pudesse espantá-lo e tentar passar correndo por ele. A criança tornou a berrar. Ela se lamuriou quando Wullie puxou a cortina de gaze do berço.

Jamais se esqueceria da expressão no rosto dele. Ele a fitava por cima do ombro quando a porta da frente enfim cedeu. Ninguém se deu ao trabalho de bater, e houve passos e vivas quando os sindicalistas e suas esposas entraram com pratos de sanduíches e garrafas de uísque Mackinlay pela metade. Ela só teve tempo de soltar os braços da poltrona e se endireitar antes que as primeiras latas de cerveja Sweetheart fossem abertas. Enquanto ele fazia de abraçar os amigos uma pantomima, seus olhos verdes e castanhos não abandonavam o rosto dela. A única coisa que ela pôde fazer foi balbuciar para ele em meio à multidão alegre *Me desculpa.*

Mais tarde, antes de os últimos admiradores irem embora, puxaram a cortina grossa e pularam na cama embutida. Ele disse que estava cansado, mas Lizzie sentia o calor da bebida irradiar dele, acordado a seu lado. Ela se perguntou se sua vergonha ardia visivelmente daquele mesmo jeito. Não falaram nada. Ficaram deitados ali, sem se tocar, e ele se sentia mais distante dela agora do que jamais se sentira no Egito.

Quando ela acordou, de manhã, ele já estava vestido com seu terno bom de lã. Agora a calça parecia grande, meio antiquada, e ela reparou que o paletó ficava mais largo do que antes. Ele tinha achado latas secretas de apresuntado e pernil de porco escondidas e o último pedaço de bolo que o dono da mercearia lhe dera. Estava tentando dar à filha um pouco do apresuntado frito, e sempre que ela recusava ele ria e a mimava com um pedaço de bolo.

Ela não gostou de vê-lo com aquela comida imunda. Imaginava o sr. Kilfeather, o verdureiro de pernas tortas, mas não se lembrava direito de como tudo havia começado, de tão insidioso que fora. Teria sido um punhado a mais de ovos? Um pouco mais do que a caderneta de racionamento permitia? Teria sido a ponta que sobrara de um pão? Como contar aquilo a Wullie?

O bebê, esse outro menininho Kilfeather, arrulhava sozinho no canto. Wullie estava de costas para ele, como se não o escutasse.

Quando ela saiu de trás da cortina, Wullie se levantou sem olhar para ela. Ele tornou a abotoar o paletó e deu um beijo de despedida em Agnes, depois tirou o fardo de cobertas limpas do velho carrinho de bebê. Lizzie estava olhando quando ele levantou o menininho do berço. Os braços rosados do bebê se esticaram para ele, como se conhecesse e confiasse naquele poço fundo de bondade de onde surgira Wullie Campbell. Lizzie viu Wullie pôr o bebê no carrinho imponente e carinhosamente enfiar a manta tricotada debaixo de seu queixo. Ele se virou em direção à porta.

Algo a levou a dar um passo adiante. Ela pôs a mão na manopla do carrinho.

— Onde é que você vai?

— Vou sair.

— Você vai voltar?

— Claro.

Ele pareceu surpreso com a pergunta.

Ela sentiu que se chorasse jamais conseguiria parar. Lizzie soltou a manopla.

— Me desculpa — sussurrou ela. — Consegui uma peças de carne. A gente comia bem. Eu não sabia. Eu. Eu não fazia ideia se um dia você voltaria para casa.

— Eu sei.

Foi só o que ele disse.

Agora ela suplicava.

— Quando descobri, tomei todo o pó Askit que consegui. Mãos cheias de pó. Mas foi... Foi tarde demais.

— Não preciso saber, Lizzie.

Segurou o rosto dela nas mãos e a beijou. Era o primeiro beijo que ela ganhava desde que ele a beijara na praça Saint Enoch, no dia de sua partida. Ela nunca tinha deixado o sr. Kilfeather beijá-la, sentia que precisava lhe contar isso.

Ele disse:

— Me desculpa por ter ficado tanto tempo longe — disse, e então pegou o carrinho e o bebê estranho e saiu naquela manhã amena de primavera.

Foi o dia mais longo da vida dela.

Wullie voltou antes que os postes da rua se acendessem. Lizzie havia passado o dia na janela, e ela o ouviu assobiar até a Saracen Street. A sra. Devlin lhe contou depois que tinha se assustado com ele porque a princípio achara que fosse um dos indígenas, considerando-se o tom escuro e dourado de sua pele. Depois, ela contou, ele havia dançado pelas escadas, cantando e se equilibrando no corrimão, como se fosse o próprio Fred Astaire.

Quando ele apareceu na porta, não havia carrinho, não havia manta, não havia menininho estranho. Ele apertou suas meninas nos braços e Lizzie sentiu o ar fresco na pele dele, como campos distantes.

Wullie comeu a janta com apetite, duas tigelas grandes de sopa de ervilha engrossadas com creme e salgadas com carneiro desfiado. Lizzie não podia lhe contar de onde vinha aquilo tudo, como ela havia pagado, e ficou aliviada por ele não perguntar.

Naquela noite, curvada em cima dele atrás da cortina, ela acariciou os pelos grossos de seu braço. Ela se virou para ele e perguntou onde estava o bebê.

Wullie a puxou para perto e olhou para ela com aqueles olhos verdes salpicados, e a única coisa que disse foi:

— *Que bebê?*

Dezesseis

Agnes pensou no que a mãe tinha contado, pensou naquilo várias vezes nos dias anteriores à morte do pai. O câncer de pulmão acabou o levando embora. Ele chiou até o fim.

Enterraram Wullie Campbell em um dia úmido de março, em um leve declive nos fundos do Cemitério Lambhill. Nos dias em que estava sóbria, Agnes chorava pelo pai. Depois chorava por si mesma, de inveja, porque Shug nunca a tinha amado como Wullie amara Lizzie.

Quando estava bebendo, ela ligava para a mãe e ralhava com a velha por ter estragado as memórias que tinha com o pai. Que homem pega um bebê e o faz desaparecer do mapa? Então, menos de um mês depois da morte do pai, a mãe faleceu, e não restou ninguém com quem pudesse berrar.

Elizabeth Catherine Campbell tinha morrido usando chinelos.

Quando Agnes suplicou ao ponto de táxi de Glasgow para ir até Pithead e levá-la ao hospital, já fazia uma hora e meia que Lizzie estava com os anjos. Agnes, em seu estado de angústia, tinha saído e andado até o meio da Pit Road para encontrar o táxi. Quando enfim viu os faróis, se jogou e se prostrou na poeira.

Ao chegar ao hospital, os policiais disseram a Agnes que o motorista de ônibus estava arrasado.

— É um cara bom — declararam —, com muitos anos de serviço impecável e dedicado à empresa.

É que nunca tinha lhe passado pela cabeça que a velha daria um passo para a frente descendo do meio-fio. Jamais fora sua intenção matá-la, mas, ao dar um passo para a frente, ela devia estar decidida a se suicidar. Foi o que disseram.

Sob a sombra das palas de quepes dos policiais, Agnes percebeu que olhavam o corpo embriagado dela de cima a baixo, como se aquela ruína em forma de mulher fosse levar qualquer mãe a tomar aquela atitude. Os olhares frios e as palavras simpáticas não combinavam.

— Acontece com certa frequência — afirmaram, como se Lizzie tivesse optado por aquele jeito covarde de encerrar as coisas.

A mãe dela *jamais*. Era uma boa católica. Agnes sabia muito bem.

Já no final daquela semana, quando os agentes funerários enfim liberaram Lizzie, Agnes arrumou o corpo para o velório no quarto da mãe. Leek a ajudou a levantar a cama de casal e botá-la encostada na parede, a fim de abrir espaço para os cavaletes e o caixãozinho. O colchão dos pais ficou apoiado na parede, e ela percebeu que nunca mais seria abaixado. Do armário de roupas de cama, ela pegou um lençol largo e o colocou sobre o colchão, como se fosse um fantasma de boas lembranças agora mortas. Ainda não tinha dedicado nem um mês de seus pensamentos ao pai e já estava ali, parada aos pés da mãe morta. Seus ossos clamavam por uma bebida.

Agnes ficou sentada sozinha ao lado do caixão aberto de Lizzie. Cobriu o cabelo com o lenço mais lúgubre que tinha e usou o mesmo vestido de tricô preto pela segunda vez naquele mês. Agora o apartamento de Sighthill já não lhe trazia boas lembranças. Primeiro tinha sido o pai e agora, a mãe. Ela não cobriu o carpete com papelão dessa vez: que os enlutados o estragassem.

Lizzie parecia minúscula dentro do caixão. O agente funerário tinha passado uma maquiagem carregada nos sulcos da testa e escondido suas mãos destroçadas sob uma faixa de seda da decoração. Agnes pôs a Bíblia e o medalhão de São Judas Tadeu enrolado em cima da seda. Para ela, bastava daquilo.

Agnes tinha pedido que Lizzie fosse vestida com o terninho verde-oliva que usava para ir à igreja e que as raízes do cabelo fossem pintadas. O agente funerário pediu que ela levasse um chapéu para cobrir os danos causados à cabeça da mãe, e ela lhe deu uma foto que mostrava que o cabelo deveria ser arrumado em cachos enrolados e emoldurar o rosto nas laterais. O homem fez o que pôde para lhe devolver uma expressão pacata, mas a palidez do rosto negava a Lizzie sua imagem genuína. Não havia um tom alegre nas bochechas, não havia rubor na ponta do narizinho. Agnes a beijara. Chorou pelo seu perdão.

Quando suas lágrimas secaram, ela tornou a se endireitar na cadeira e ficou ouvindo o zumbido da televisão do apartamento vizinho. Tirou o último par de brincos que não tinha penhorado e com delicadeza pôs nos lóbulos da mãe.

— Sei que não combinam. — Ela puxou um cachinho para cobrir a orelha esquerda. — Pelo menos o papai vai rir à beça ao te ver.

Suas mãos viraram o broche bom de Lizzie para cima, a bela estampa em latão da Virgem com o Menino que Nan Flannigan tinha trazido especialmente de Lourdes.

— Coitada da Nan. Devia ter ficado mais de olho em você. — Ela expirou. — Por que é que você foi fazer essa idiotice?

Agnes cuspiu em um bolinho de papel higiênico e o esfregou nas maçãs do rosto da mãe. A tinta pesada mal saiu do lugar.

— Dessa vez eu ia fazer sanduíche de salmão enlatado em vez de queijo. Você acha que seria uma boa? Eu não gostava quando as bordas da fatia do papai endureciam depois de passar o dia em cima da mesa. Vi aqueles ingratos revirando os olhos. Vi aquela indecente daquela

Anna O'Hanna de lábio enrugado. Cheguei a ouvir Dolly falar com John: "Essa gente toda veio de Donegal e *não* tem nem uma fatia de carne para pôr no pão."

Agnes abriu seu batom radiante e o passou nos lábios finos da mãe. Depois de esfregar um pouco no polegar, ela o passou nas bochechas emaciadas, como se fosse blush. Queria esticar o cloche verde-esmeralda mas estava com medo de tocar na parte de trás da cabeça de Lizzie, por isso alisou com cuidado os cachos ruivos do cocuruto com a ponta de um pente-garfo.

— Pronto, você fica melhor com um toque de vida nas bochechas.

As palavras empacaram em sua garganta.

Agnes passou a noite ao lado da mãe. Na umidade da manhã de abril, puseram o caixão de Lizzie no espaço aberto acima de Wullie. A terra estava encharcada. Tiveram que bombear a água para fora da cova antes de abaixá-la em cima do marido.

Após o enterro, Agnes embrulhou sanduíches em papel-toalha e mandou Shuggie dar três voltas na sala, até que as bolsas pretas estivessem estourando, cheirando a salmão quente e manteiga. Mesmo quando as pessoas dispensavam os sanduíches, Agnes o mandava circular outra vez, e outra vez, com belos pratos cheios de carne grossa.

Estava escuro quando chegaram em casa após o velório. As mulheres dos mineiros continuavam debruçadas em cercas bambas, tirando proveito da trégua no chuvisco. Estava sóbria por medo de que a mãe a estivesse olhando, mas agora, de pé ao lado de Leek, ela deixou a doçura âmbar da Special Brew impregnar seu coração.

Agnes estava ao lado quando ele abriu o caderno de desenho. De um envelope no verso do caderno, ele desdobrou uma longa folha de papel com o que parecia ser uma quantidade interminável de números. Astucioso e constrangido, ele escondeu a circular dos olhos da mãe e discou devagarinho o longo número africano. Ali estava, então, o número que Catherine nunca quis que a mãe tivesse. Não havia solidão maior.

Ela tentou extrair o máximo de informações que conseguiu colher, mas ele era lacônico com suas palavras. Ela se esforçou para ouvir a voz de Catherine. Do corredor úmido de Pithead, Agnes teve a impressão de que havia belos canários no ar. Queria imaginar a filha rodeada de tapetes magníficos com flores tropicais, com nomes lindos que ela jamais aprenderia, de livros que ela jamais leria. De coração, torcia para que a filha estivesse feliz. Torcia para que Catherine pedisse para falar com ela, para que Leek passasse o telefone e ela mesma pudesse dizer como gostaria que a filha estivesse em casa.

— Catherine, sou eu, Leek. Desculpa. Estou no telefone da mamãe. Isso. Ela está aqui, na verdade, está aqui do meu lado. — Ele olhou Agnes de cima a baixo com ar desconfiado. Fez uma pausa. Agnes ouviu Catherine levantar a voz, agitada. — Não se preocupa, nunca. Prometi pra você que não faria isso. Está gostando da África do Sul? — Mais uma pausa. — Ah, ele está bem. Quase morreu lá na mina, mas está bem. Ainda é meio engraçado. Sabe, engraçado *engraçado*. — Ele esticou o punho e ceceou ao telefone. — Gerald Fitzpatrick e Patrick *Fez* Gerald. Assim.

Houve uma risada do outro lado da linha. Agnes o cutucou.

— Bom, então, Catherine, Donald está aí? Não, *não* estou conferindo. É que tenho que te contar uma coisa ruim. É que, bom, a vovó morreu.

Houve outra longa pausa.

Agnes fez mímica: *ela está chorando?*

Leek abanou a mão pedindo para ela se afastar.

— Semana passada. Foi atropelada por um ônibus. Foi rápido. A cabeça estava indo. Bem. Ótima. Não. Olha, não sei como te contar, mas o vovô também morreu. Não é piada. Eu juro. A gente não queria te aborrecer. Três semanas, mais ou menos. — Ele passou a falar por entre os dentes cerrados. — Bom, a decisão de não te contar foi minha, na verdade, é assim que é quando você é largado para trás nessa porra dessa merda toda, você toma decisões de merda. — Houve uma longa pausa. Agnes imaginou ouvir Catherine chorando ou pedindo desculpas ou ambas as coisas. — Então, você vem pra casa? Ah. Ah. Ok. Ah. Que bom. Bom, parabéns, eu acho.

Agnes fez mímica — *ela está pedindo para falar comigo?* — e tentou não parecer muito desesperada.

Leek suspirou.

— Olha, Caff, você quer falar com a mamãe? Sóbria. *Em geral*. Triste. Eu imagino. Ok. Faço isso, sim. Ok. Não. Entendo. Faz como você bem entender. Obrigado.

Depois disso, ele desligou o telefone.

As mãos de Agnes estavam esticadas à frente. Só percebeu que estava segurando o fone quando a ligação acabou. Leek deu de ombros e falou para o carpete, de modo geral:

— Ela estava chateada demais pra falar.

Ele esfregou o maxilar dolorido.

— Eles jantaram linguiça sul-africana. Em um pauzinho, misturada com fatias de frutas. Que nojo, né?

Dezessete

Seu corpo pendia da lateral da cama, e, pelo ângulo esquisito, Shuggie soube que a bebida a tinha girado a noite inteira. Ele virou a cabeça da mãe para o lado para impedir que se asfixiasse com o vômito que lhe vinha à boca. Depois botou o balde do esfregão do lado da cama e com delicadeza abriu o zíper do vestido creme e o fecho do sutiã. Teria tirado os sapatos, mas ela já estava descalça. As pernas estavam brancas e feias sem a meia-calça preta que usava sempre. Havia hematomas novos nas coxas pálidas.

Shuggie arrumou as três canecas: uma com água da pia para umedecer os arranhões da garganta, uma com leite para forrar o estômago irritado e uma terceira com uma mistura dos restos chochos da Special Brew e das cervejas que tinha catado pela casa e mexido com um garfo. Sabia que seria o primeiro que ela pegaria, o que estancaria o choro de seus ossos.

Ele se debruçou sobre ela e escutou sua respiração. O hálito estava rançoso por conta dos cigarros e do sono. Ele foi à cozinha e encheu uma quarta caneca de enxaguante bucal. Rasgou uma folha do dever de casa, "Papas do Império", e escreveu com um lápis macio: *Perigo! Enxaguante bucal. Não beba. Não dê um golinho por acidente.*

Ouviu a porta da frente se fechar suavemente. Leek chegaria atrasado no trabalho de novo. Sempre relutava em sair do casulo protetor de sua cama, debaixo das cobertas seu dia ainda tinha certo ar impoluto. Shuggie espiou pela fresta das cortinas e viu os ombros curvados do irmão se arrastarem pela rua. Os primeiros filhos de mineiros começavam a fazer o trajeto até a escola. Os meninos que chegavam cedo para jogar futebol no pátio de concreto eram os mesmos que formavam círculos em volta dele e o empurravam quando estavam entediados. Shuggie achou a caneta azul da mãe e revirou seus cadernos com deveres de casa feito um escriturário, acrescentando o nome dela com um floreio, *Sra. Bain*. Agora parecia estranho.

O relógio do despertador mostrava que ele ainda tinha bastante tempo para entrar despercebido na missa matinal, então se virou no banquinho, entrelaçou as mãos e aguardou com paciência. A cômoda estava limpa e arrumada, como ela gostava. Quando não tinha tremores, ela esvaziava a caixinha de joias e fazia questão de limpar cada uma das peças, independentemente do valor. Às vezes botava todas as bijuterias no tampo da cômoda, e eles brincavam de lojinha. Ela deixava que ele criasse novas combinações para ela, mostrasse opções de brincos com colares para complementar. Era mais fácil quando ela ainda não tinha penhorado as peças mais bonitas.

Ele ficou observando o reflexo da mãe no espelho, as costas adormecidas subindo e descendo. Shuggie abriu um frasco de rímel e esfregou a tinta preta nos vincos cinza dos sapatos com que ia para a escola. Depois pegou o bastão e o passou sob os cílios. Os cílios finos se destacaram lindamente no rosto. Agnes se levantou da cama feito um esqueleto de parque de diversões. Ele tentou enfiar a escovinha no tubo, mas, como ela não entrava, escondeu o rímel deixando que caísse atrás da cômoda.

Mas Agnes não estava olhando para ele. A bebida minguante a levara a se pôr de pé, e ela estava imóvel ao lado da cama, com um dos seios meio que pendurado para fora do sutiã preto, que por sua vez estava pendurado nas roupas da véspera. Então se afundou na lateral da cama, como se se ajoelhasse para rezar antes de dormir.

O filho devia ter ido para a escola. Sabia que Shuggie estivera ali, vigilante como um fantasma preso, mas quando abriu os olhos ele havia sumido. Levantando-se, ela se sentou na beirada da cama, o balde de água entre os joelhos, e tentou aplacar a pulsação que batia em seu rosto enrubescido. O vômito subiu no peito, e ela se esforçou sobre o balde, arqueando a coluna feito um gato engasgado. Hesitante, puxou o fio da memória para si mesma e começou a olhar com carinho todas as imagens que sua mente tinha amarrado aos objetos. Viu a cadeira, o relógio e a casa vazia. Ela se viu indo da cozinha para a sala de estar e voltando à cozinha, e depois de joelhos, tirando o pó do rodapé com a unha. Viu o relógio de novo, e então as luzes do conjunto habitacional se acenderam, as cortinas foram abertas e o menino chegou da escola.

Afora isso, sua cabeça saltava como roupas limpas balançando no varal. Houve o telefone e o táxi, houve o bingo e ela sentada sozinha. Houve bebida e bebida e nenhuma vitória e bebida e nenhuma vitória e a mulher sentada a seu lado perguntando se ela estava bem e Agnes perguntando se ela tinha filhos e a mulher dizendo que não e lhe dando as costas. Houve um táxi que a levou para casa, não era de Shug, parando na entrada escura da mina desativada. Quase conseguia ver a cara do taxista, e então estava gritando e sufocando com o cheiro do pós-barba, e depois houve somente pânico.

O vômito subiu. Saiu em uma torrente violenta, corada. O cuspe cobriu sua mão, a lateral da cama e a bolsa de couro preta que estava no chão. Afastando a mão grudenta da beirada da cama, ela se deitou no travesseiro e inspirou o ar ofegando, como se estivesse se afogando. Tímida e ternamente, ela deslizou a mão seca pelas cobertas e entre as pernas. Apertou de leve e sentiu a dor nova que havia ali. Então tornou a sentir enjoo.

Demorou um tempo até juntar forças para se sentar. Que vontade sentia de um banho escaldante, mas o relógio meio vazio significava que a água estaria apenas morna. Ali na sombra ela via as feridas vermelhas na parte de dentro das coxas e as marcas roxas, do tamanho de panquecas, que davam a impressão de que a carne morria debaixo de sua pele creme. A água logo esfriou, e ela tremia ao se secar e vestir um suéter limpo. Só deu conta de jogar spray fixador no cabelo e passar uma sombra azul nos olhos, e então se sentou na poltrona, imóvel como uma estátua de cera de alguém da realeza.

Continuou imóvel quando ouviu uma batidinha alegre à porta e o som de unhas raspando uma saudação desesperada.

— Ag-niss! Ah-g-niss. Sou eu. — Jinty McClinchy já estava ao lado de sua poltrona quando perguntou: — Posso entrar?

Ela olhou para a mulher inerte e chupou o ar por entre os dentes soltando uma risada estridente.

— Ah, minha querida. Parece que você acabou de tomar um belo de um banho — comentou Jinty. — *Já* passei por isso. Eu entendo.

De todas as primas de Pithead, era a única que cheirava a hidratante noturno denso e a perfume Elizabeth Arden. Usava uma touca tricotada ao sol e gostava de sapatos sem salto, confortáveis, para os pés de criança. Jinty usava uma medalha de São Cristóvão e sempre jurava pela Bíblia quando estava julgando alguém. Se a bebida deixava Agnes melancólica e pesarosa, deixava Jinty ferina e afiada. Gostava de se sentar e pôr o mundo em ordem, dizendo às pessoas onde tinham errado. Depois de tomar duas cervejas, seus olhinhos se estreitavam como os de um juiz exigente em um concurso de fabricação de geleias. Era uma megera, e diziam que tinha sido expulsa de todas as casas do conjunto.

Jinty balançava a cabeça para Agnes, lamentando.

— Que tal eu te preparar uma torradinha?

Ela estava tirando o lenço floral da cabeça.

Agnes concordou em silêncio, os cantos da boca incapazes de segurar um sorriso educado por muito tempo. Jinty foi à cozinha e, embora o pão estivesse ao lado da torradeira, Agnes a ouviu bisbilhotando todos os armários à procura de bebida. Quando não conseguia ver as prateleiras mais altas, ela pulava, pulava, pulava, como um cãozinho alegre, as sandálias lisas batendo no linóleo duro.

Passado um tempo, Jinty voltou com uma única fatia de pão torrado sem nada por cima.

— A noite foi ruim, minha querida? — perguntou, com sua voz aguda, infantil, os olhos já examinando o cômodo.

— *Foi.*

— É, bom, minha querida. Não posso ficar muito tempo. Não posso ficar muito tempo. Só vim aqui tomar um golinho de chá. Estou com coisa pra fazer, sabe?

Ela tirou o casaco e se sentou, à espera.

Agnes tentou pôr o prato ao lado da poltrona, mas a mão tremeu e a torrada seca caiu no chão.

— *Querida, querida, querida.* Olha só teu estado. Que situação terrível essa em que você se meteu.

Agnes levou as mãos ao rosto. A cabeça doía, os braços doíam, e o corpo parecia estar todo machucado.

— Calma. Calma. Detesto ver você sofrendo.

Jinty a olhou de soslaio e fungou.

— Acho que você não deve ter *nada* em casa, ou tem?

Agnes sabia que Jinty já sabia a resposta depois da busca nos armários da cozinha.

— Acho que tem uma última lata debaixo da pia. No saco, atrás da água sanitária.

A cabeça de Agnes girava.

Jinty fungou.

— Vamos dar um golinho? Sabe. Só pra você ficar bem?

Agnes assentiu, e Jinty, com joelhos que estalavam, se levantou do sofá e quase saltitou até a cozinha. Ela achou a lata com a facilidade que Agnes imaginou que teria e voltou com ela e duas canecas enxaguadas. Pôs as canecas na mesa e com o mindinho puxou o lacre. A lata espumou quando ela habilmente pôs metade do líquido em cada uma das canecas. Esticou um dedo branco e o passou no buraco da lata vazia e o enfiou na boca fazendo um estalo, como se fosse chantilly.

— Ah, que bom... — Gemeu baixinho. — Acho que a gente podia pular o chá e tomar isso de uma vez. — Ela olhou para o lado. — Eu não estaria fazendo isso, sabe, mas você parece estar precisando, e detesto ver uma criatura de Deus sofrendo.

Como se fosse um chazinho de bonecas, Jinty levantou a caneca com as duas mãozinhas e a ofereceu à dona da casa. Agnes aceitou a caneca, levou-a à boca e deu um golinho. O vômito grunhiu dentro dela. Ela tomou outro e por força do hábito pôs a caneca do outro lado da poltrona, escondida e secreta.

Jinty ergueu a própria caneca e tomou um gole grande. Emitiu um ruído alegre e tomou outro e mais outro. As duas mulheres só voltaram a falar quando as canecas já estavam quase vazias. Agnes sentia a cerveja empurrar o vômito de volta à barriga; o tremor dos ossos se aquietou. Passou a mão pelas coxas macias e começou a sentir raiva.

Bebericando sem parar, Jinty viu o fundo vazio.

— Ah, bom, não posso ficar muito...

Ela pegou o lenço e limpou o batom da borda da caneca vazia.

— Mais umazinha faria você se sentir melhor? — indagou ela, fungando.

Agnes assentiu sem força.

Os olhos maquinadores de Jinty se semicerraram.

— Eu não vi mais nenhuma debaixo da pia. Não tem nenhum outro esconderijo, tem?

Agnes pensou nos lugares habituais, atrás do aquecedor elétrico, no alto do guarda-roupa mais alto, e fez que não.

— Ah! Bom, não posso ficar mais mesmo — disse Jinty com tristeza, as poucas rugas em volta da boca contraídas. — *Mas olha só você*. Você está com cara de que vai morrer se eu for embora agora. Você não teria uns trocados? Eu podia dar um pulo lá na lojinha.

Agnes abaixou a mão até o lado da poltrona e pegou a bolsa. Estava vazia, a não ser pelas embalagens de chiclete. Sua cabeça voltou ao motorista e ao táxi e à mina escura, e ela sentiu a bile subir dentro de si outra vez.

— Não sobrou nem uns trocados do talão da terça, é? — perguntou Jinty, entristecida.

Agnes fez que não.

Jinty McClinchy se remexeu no sofá, nervosa, como se estivesse com hemorroidas. Olhou para Agnes e depois para a caneca vazia. Por fim, suspirou e então torceu o nariz.

— Bom, vamos ver o que tenho na bolsa, né?

Com esforço, a mulher de ossos pequenos levantou do chão a bolsa grande de couro. Botou-a no colo e quase entrou nela. Agnes ouviu chaves e moedas se mexendo no fundo, e então houve um barulho aguado e doce quando Jinty tirou três latas de Carlsberg quente.

— Você me paga depois.

Jinty abriu a lata e repetiu o gesto delicado de servir e esperar e lamber a espuma do dedinho. Só quando estavam começando a terceira lata voltaram a se sentir elas mesmas.

— Fui na casa da minha filha ontem à noite. Você precisava ver o estado em que aquela casa estava.

Jinty enxugou a ponta do nariz com o lenço velho.

— Eu tomo conta de um idiota à toa com o fígado podre e mesmo assim estou sempre de casa limpa.

— Como é que vai o bebê novo? — perguntou Agnes, apenas meio interessada.

— Ah. Está bem, eu acho. Ela ama aquela coisinha até não poder mais — declarou Jinty, desapaixonada. — Agora ela vai receber mais auxílio, sem dúvida. Falei que ela devia guardar um pouco e arrumar uma faxineira. *Imundice*. Sinceramente, às vezes eu olho pra ela e não sei o que foi que criei. — Jinty estava se exaltando. — Tinha uma camada assim de pó no rodapé. Ela olha pra mim como se falasse "Mãe, não dá pra *você* ajudar?". Virei pra ela e disse "Eu *já* criei meus filhos. Para. Mim. *Chega*."

A mulher fez um gesto de corte no ar.

Agnes assentiu com tristeza. Teria amado uma casa cheia de netos. Teria amado uma casa de novo cheia dos próprios filhos.

Jinty continuou:

— O mais velho da Gillian me chamou de *vovó* outro dia. Quase arranquei a língua dele. Eu não me importaria com isso, mas a outra avó diz que ele tem que chamar ela de Shirley, e não quero ser a única velha no Natal.

Ela pegou a bebida e analisou Agnes por cima da caneca.

— Ei, por que é que você está tão calada?

— Eu? — indagou Agnes. — Nada.

— Agnes, posso até ser bêbada, mas você é uma grande mentirosa.

As mulheres ficaram em silêncio e tomaram o resto da lata. Depois de um tempo, Agnes perguntou baixinho:

— Jinty, se eu te contar uma coisa, ela pode ficar só entre nós? Você não pode contar pra ninguém.

Os olhos da mulher brilharam como contas de vidro. Ela fez o sinal da cruz com o dedo, mas não percebeu e cruzou do lado errado.

— Juro pela minha vida.

— Tive um apagão horrível ontem à noite.

Então Agnes contou a história do bingo e do táxi e do motorista parando na entrada da mina de carvão. Levantou a manga do suéter e mostrou as marcas de dedos que o estuprador tinha deixado em sua pele branca.

A mulherzinha soltou um muxoxo e fez que não com a cabeça cacheada.

— Que babaca horrível. Fazer isso com uma mulher indefesa. Onde é que o mundo vai parar? As pessoas se aproveitando umas das outras. Isso não teria acontecido na nossa época. Iriam atrás do porco e botariam ele montado numa estaca e carregariam ele até Trongate.

Com o dedo de nós saltados, ela gesticulou, mostrando a estaca afiada entrando na bunda do homem. Jinty pegou o lenço e enxugou o nariz. Depois o pegou e limpou a poeira de loja que havia sobre a última lata. As mulheres olharam para o objeto com pesar.

— Você não tem mesmo como arranjar umas libras?

Agnes observou a última gota do líquido dourado ser despejada nas canecas. Na imaginação, sacudiu o relógio da televisão, o relógio do gás e o relógio da energia, e todos estavam vazios.

— Não — lamentou ela.

— Você não tem um amigo pra quem possa ligar?

Agnes pensou nos machucados do corpo.

— Não.

Jinty ficou calada por um tempo, saboreando os últimos goles do líquido dourado.

— Que tal dar uma ligada para aquele cara? — perguntou ela. — Sabe?, aquele carinha de cabelo comprido aqui atrás. — Ela fez mímica, mostrado o cabelinho cacheado que era popular entre os jogadores de futebol e os astros do pop. — Ouvi falar que ele tem uma graninha e que gosta de uma bebidinha.

— Quem?

Jinty pensou por um instante.

— Lamby. É, é isso mesmo. A gente podia dar uma ligada pra ele.

As primas de Pithead diziam a todo mundo que Iain Lambert era um mineiro de carvão que fora abandonado pela esposa pouco antes da mina desativada lhe desferir o último golpe. Sem mulher com quem gastar a indenização patética, ele guardara o dinheiro debaixo do colchão. Enquanto os outros mineiros gastavam o dinheiro em bebida ou usavam para alimentar e vestir os filhos que estavam crescendo, Lamby continuava sentado no pé de meia e tinha arrumado um emprego de meio período como técnico de televisores alugados. As primas diziam que Lamby era um homem solitário e sem graça que não tinha nascido para romances de livro. Tinha cultivado um mullet de jogador de futebol, que estava na moda, mas ainda parecia um adolescente subnutrido. Apesar de ser uma nulidade em termos de aparência, essas mesmas mulheres lhe levavam travessas de batatas queimadas com carne acinzentada e cumbucas de caldo congelado. As primas diziam que era um bom homem que vivia no seu canto e que depois que a mina fechou ele havia provado que ainda era um trabalhador. Elas lhe davam algumas sobras, sabendo que a indenização que tinha recebido da mineradora teria alimentado os filhos delas por um ano ou mais.

— A gente podia dar uma festinha — prosseguiu Jinty. — Só nós três.

Agnes olhou para a caneca quase vazia e sentiu pânico. Assentiu.

Jinty se levantou depressa como um gato assustado. Pegou a lista amarela da mesinha de vinil onde ficava o telefone e, lambendo os dedinhos, folheou até chegar ao L. Leu em voz alta:

— L. L. Lambert. Senhor C.

Jinty verificou o endereço e, com a certeza de que se tratava de Lamby, discou o número. Pigarreou enquanto o telefone tocava. Estava na hora do almoço e era quinta-feira, mas uma voz masculina atendeu.

— Ah, oi, Lamby — disse com seu melhor sotaque. — É a Jinty que está falando. É, isso mesmo… Moro do outro lado do conjunto. Você deve conhecer o meu John. Eu andava com Mhari McClure. É, isso mesmo. — Ela se calou. — A Mhari? Ela se meteu numa situação terrível com Valium, é. Eu sei, é uma vergonha mesmo. Ela também era uma moça linda. A última notícia que tive é de que ela estava fazendo ponto na praça Blythswood. É, bom, mas pela graça de Deus, né? Mas, sabe, existe uma enorme diferença entre curtir um drinque quietinha e se vender em troca de remédio, não acha? É triste, sim. Eu estava perto quando ela começou com aquela besteira de tomar Valium. É, horrível mesmo.

Jinty fungou.

— Bom, resolvi dar uma ligada pra você porque queria ver se não quer dar uma passadinha na casa da minha amiga para beber um pouquinho. — Ela parou. — É, está meio cedo, está sim. É que ela é uma moça linda e eu estava louca pra vocês se conhecerem. É, *Agnes Bain*. É, isso mesmo, imagina a Liz Taylor, só que um pouco mais pálida.

Jinty sorriu com entusiasmo para a sala de estar e gesticulou para que Agnes fosse maquiar o rosto.

— Então, você vem? Ótimo! Lamby, desculpa perguntar. Você acha que daria para você ser amigo de verdade e trazer um engradado? É. A gente está meio que sem. É, ela é *linda*. Ela é impecável, fala bem... É, vamos fazer uma festinha. Só trazer seis latas e uma garrafa pela metade. Ah, e mais o que você quiser tomar. Lembra disso: é a casa perto da esquina.

Jinty terminou a ligação e disse a Agnes que ele tinha falado que estaria lá em uma hora. Ela começou a recolher os maços de cigarro vazios e os lacres das latas de cerveja.

— Sabe, minha querida, se eu fosse você, passaria uma escova no cabelo. Cobriria os machucados. Tentaria ficar mais apetitosa.

Esperaram mais de uma hora com os nervos à flor da pele pela chegada de Lamby. Jinty abriu a porta. Ele se sentou na beirada do sofá e ficou mexendo na jaqueta de couro da moda como se fosse um adolescente. Agnes percebeu que tudo o que as pessoas do conjunto habitacional tinham dito sobre ele era verdade. Jinty fez as apresentações e tirou o saco plástico pesado da mão dele.

— Um prazer te conhecer, Agnes — disse ele por entre uma fileira de dentes alinhados.

Agnes reuniu todo o charme que podia.

— Que bondade a sua de vir nos visitar. É complicado a gente arrumar uma forma de se divertir nesse lugar deserto.

— É, bom, não é todo dia que um sujeito feito eu recebe uma oferta de duas mulheres lindas que nem vocês — respondeu Lamby.

Jinty soltou um gritinho de deleite obsceno. Agnes já tinha ouvido cantadas melhores. Recostou-se na poltrona.

— Então, quer dizer que vocês não são parentes? — indagou ela. — Acho que ainda não conheci ninguém nesse conjunto habitacional que não seja parente da Jinty de sangue ou através de casamento, ou dos filhos.

— Não, acho que a minha ex-mulher tinha alguma coisa a ver com os McAvennie. Eu sou O'Hara. A gente geralmente mora no lado do conjunto onde tem os córregos… nas casas com telhado reto.

— É incrível que os ossos de algumas das crianças cheguem a se desenvolver.

Lamby deu um sorriso amável diante do insulto.

— É, bom. Deve ser por isso que vocês dão o que falar. Sangue novo e tal.

Jinty tirou a meia garrafa de Smirnoff da sacola e despejou um dedo gordo em cada uma das três canecas. Em cima da vodca, ela derramou o Irn-Bru, uma bebida cafeinada clara e gasosa. Borbulhou e chiou, e parecia tão inocente quanto um refrigerante.

— Ah, não posso ficar muito... — Ela fungou para si mesma, tomando um gole grande.

Lamby fumava cigarros artesanais. Ele salpicou o tabaco no papel e passou a língua rosada na barra grudenta.

— Além do mais, eu já tinha te visto — disse ele a Agnes. — Sempre achei que você *devia* ter marido. Bonita do jeito que é.

Ele lambeu o primeiro cigarro para fechá-lo e o passou para Jinty.

— Não custa nada a gente valorizar…

— Ela é uma divorciada feliz — interrompeu Jinty. — É sortuda. Qualquer mulher se dá bem sem um pançudo roncando do lado a noite toda. Não é verdade, minha querida?

— Agora você falou como uma mulher de verdade — declarou Lamby.

Agnes ponderou que ele parecia jovem demais para saber o que uma mulher de verdade era, mas não falou nada. Deu um longo gole na caneca. A vodca tinha um gosto limpo, como água sanitária. Lamby lambeu o cigarro seguinte bem devagar. Agnes reparou que suas unhas eram bem limpas e as orelhas e o pescoço estavam vermelhos, como se tivesse acabado de tomar um banho quente.

— Mas calma, né? Os homens ainda devem servir pra alguma coisa — concluiu em tom lascivo.

Isso instigou Jinty. Ela balançou as perninhas e gargalhou feito uma menina.

— Pra porra nenhuma — bradou ela. — Agnes, você está ouvindo o desplante que esse carinha indecente está falando? Ela acha que a gente nasceu ontem. — O calor da vodca provocou um rubor veiado em suas bochechas. — Você tem saído com alguém, Lamby?

— Ah, umas pombinhas — confessou ele, olhando para Agnes. — Estou curtindo a vida. Tentando manter as coisas na informalidade.

Ele deu uma piscadela para Agnes.

— Ai, homem é tudo igual, né, Agnes? Até os bonitões ficam à toa fascinados com a *coisinha* deles.

— E você? — perguntou ele a Agnes. — Está saindo com alguém?

Jinty rodou os joelhos em um círculo animado para responder por Agnes.

— Ela! — gritou ela. — Essa aí vive praticamente às ordens dos Pontos de Táxi da Grande Glasgow.

Agnes sentiu a alfinetada daquelas palavras entrando nos machucados de seu corpo. Levantou a caneca mesmo assim e assentiu, aceitando com tristeza aquela sentença.

Jinty puxou o saco plástico do meio de seus pezinhos e acrescentou cruelmente:

— Se você não for taxista, essa aí nem se interessa.

— É sério? — indagou Lamby. Ele olhou direto para Agnes outra vez e perguntou com uma expressão magoada: — E tem dado certo?

Jinty interrompeu de novo:

— Não é uma escolha que ela seja capaz de evitar. É uma maldição! Ela escuta o ronco de um motor a diesel e já abaixa a calcinha e, pronto, o taxímetro já está rodando.

O ar gelou. Houve uma lenta absorção de ar, e o rosto de Agnes se transformou em vidro. A bebida a inebriou nesse momento, e as palavras lhe escaparam em um silvo baixo, ameaçador.

— *Você é uma mulherzinha baixa, uma traíra, Jinty McClinchy.*

A pequena megera interrompeu a gargalhada insensível.

— Ai, te acalma. Falei à toa.

Com voracidade, levou a caneca ao rosto, mas seus olhinhos eram punhais afiados espiando por cima dela.

Lamby se empertigou, olhando de uma mulher para a outra. O ambiente ficou silencioso.

— É, olha, talvez seja melhor eu ir, né?

Jinty cruzou os tornozelos afetadamente em frente ao saco de bebidas e o calou.

— Ah, não liga pra ela, não. Ela não deu sorte no amor ontem à noite. Você tem que ficar. Tem que ajudar ela a se animar, né?

Agnes ficou sentada em silêncio pelo resto da tarde, tomando o que Jinty pusesse na sua frente e fumando o que Lamby enrolasse. Ele tentou conversar com ela sobre tudo quanto era assunto, mas quando tinha a chance de responder por si, só conseguia dizer um sim ou não. Quando estavam acabando com as latas, Jinty já estava de saco cheio.

— Lamby, meu filho, eu não sei o que deu nela — lamentou com azedume. — Em geral, ela é a alma da festa.

— Não tem problema.

As bochechas dele estavam enrubescidas, do mesmo tom das de Jinty, e ele ainda estava vestido com a jaqueta de couro. Agnes imaginou que estivesse desconfortável e ficou se perguntando se ele não estaria com vergonha porque não tinha ninguém em casa para passar suas camisetas limpas.

— É, mas não quero que você vá embora achando que passou o dia em um asilo de velhinhos. Põe uma fita pra tocar, põe? A gente faz uma festinha.

Lamby esticou o braço e abriu o velho aparelho de som de Lizzie. Pegou uma das fitas da pilha e a enfiou no toca-fitas.

— Minha esposa gostava dessa — comentou ele, basicamente para si mesmo.

— Ai, que voz que essa mulher tem. Que. Voz! — declarou Jinty, entre uma respiração e outra. Ela girou as mãozinhas brancas no ar de acordo com a melodia. — Lamby, pelo amor de Deus, levanta essa chata daí.

Ele olhou para Agnes com nervosismo.

— Não. Deixa ela em paz. Ela não quer dançar.

Depois de um quarto da garrafa de vodca e seis cervejas, ela se sentia um pouquinho menos acanhada.

— Senhora Bain! — ralhou Jinty como uma diretora de escola. — Isso aqui é uma festa! Esse homem trouxe bebida pra gente! Agora conceda uma dança a ele!

Agnes olhou para Lamby, tão irritado quanto um rapaz em um baile de escola. Ela lhe deu o melhor sorrisinho que conseguia para informá-lo de que estava tudo bem. Com as pernas instáveis, Lamby se levantou. Ele a pegou pelas mãos e tentou puxá-la da poltrona assim como encanadores puxam um obstáculo teimoso de um ralo. Agnes não se levantava desde que havia se sentado ali, bem mais cedo. A bebida e a inércia amoleceram suas pernas e, quando ela ficou de pé, ele a segurou nos braços, como se fossem amantes há anos.

— Aí sim, hein?! — gritou Jinty, se servindo de outra dose marota pelas costas dos dois. — Segura bem ela.

Os dois fizeram uma espécie de dança de encerramento da noite, uma valsa desajeitada, antiquada e lenta. Eles se seguravam de pé meramente pela forma como os corpos suados se misturavam. O rosto de Agnes estava a centímetros do dele, e pela primeira vez ela reparou que ele havia se barbeado para a festinha. O pescoço estava cheio de peles levantadas por feridas, e ele tinha cheiro de pinho, do tipo de pós-barba que tinha fragrância de produto para limpar banheiro, nem um rastro de sexo.

— Você é uma boa dançarina — comentou com ela em tom cordial.

Agnes tentou ser atenciosa e escutar. Mas só seu corpo estava na sala.

Jinty acabou com a bebida da caneca.

— Dá um beijinho nele!

— Eu não saio pra dançar desde que o meu divórcio saiu — comentou ele.

— Que ingrata! Ele te trouxe essa bebida toda! Beija ele! — gritou Jinty.

— Quem sabe não te levo uma noite dessas?

— Ele não vai voltar! — avisou Jinty.

Agnes era quase cinco centímetros mais alta do que o homem mais novo. Com a diferença de idade, poderia quase ser com Leek que estava dançando. Ela viu então que o outro lado do rosto dele tinha uma cicatriz que ia da orelha ao queixo, uma marca de facada bastante comum, mas em um homem tão jovem era uma pena. Ela esticou a mão desajeitada e tocou nela.

— Ah. Então você reparou, né? — disse ele com timidez.

— Você parece o meu filho mais velho.

— Dá um beijinho nele, pelo amor de Deus! — pediu Jinty, abrindo outra lata.

Agnes deixou a mão permanecer no rosto do rapaz e pensou nas saudades que sentia do filho mais velho. Mesmo quando ele estava ali, ela tinha saudades. Ele conseguia sempre fazê-la se sentir solitária. Lamby, esse homem, pôs a mão no rosto dela e juntou seus lábios aos dela. Jinty gritou de alegria. Agnes sentiu os lábios dele se abrirem, sentiu o rapaz sugar, sentiu a língua sondá-la. A mão dele escorregou pelas suas costas.

— Vocês dois tratem de não fazer nada que eu tenha que confessar depois.

Jinty McClinchy se abanava com deleite, aliviada de ter feito por merecer sua sacola de bebidas.

As mãos antes cavalheirescas começaram a avançar maliciosamente por sua bunda. Com os dedos apalpadores, ele apertou o machucado que ela tinha ganhado no alto do cóccix. O vômito subiu dentro dela. Ela virou a cabeça, mas foi tarde demais. Ela vomitou a acidez da cerveja e da vodca e do Irn-Bru na parte da frente da jaqueta da moda.

— Ai, puta que o pariu! — berrou o homem, a bile aguada pingando da roupa.

— Mamãe?

Shuggie estava parado na porta.

Agnes desmoronou na poltrona e pôs o rosto entre as mãos enquanto as lágrimas quentes de bêbada começavam a arder para fora dos olhos. O homem olhou da mulher abalada para o menino de uniforme escolar e depois para a mulher que enfiava o que restava do saco plástico na bolsa grande de couro.

— Lamby, meu filho! Ela não é sempre assim! Dou uma ligada pra você outro dia e a gente faz outra festinha!

A mulherzinha suspirou quando a porta da frente se fechou com um baque, e então olhou para todos os maços de cigarro abertos em cima da mesa, arrumou todos os cigarros que restavam em um maço só e o enfiou na bolsa. Balançou todas as latas abertas da mesa e, quando ouvia o chuá de resquícios, os despejava na caneca até esvaziar todas. Acabou com a caneca em dois ou três goles grandes, e então tirou o lenço floral da bolsa.

— Bom, não posso ficar muito tempo.

Dezoito

Shuggie ficou o mais distante possível da bola. Quando ela retumbava no pátio, ele fazia estardalhaço correndo ao encontro dela, mas tomava o cuidado de sempre deixar os outros meninos chegarem antes. Era mais feliz ao ficar à sombra do escanteio e ver as meninas brincando de pular elástico, as melhores dando piruetas graciosas em cima das fitas nas cores do arco-íris.

Uma explosão seca estourou em sua orelha esquerda. Estava desatento, e ela o pegou na lateral do rosto. Doeu como a palma de uma mão. A bola rolou até os pés do time rival, que a mandou para o gol.

Francis McAvennie parou ao lado de Shuggie. Como era o McAvennie mais velho, o conflito entre Colleen e Jamesy tinha tido as maiores repercussões para ele: a promoção a "homem da casa" foi instantânea, e ele se viu cuidando dos irmãos enquanto Colleen se entorpecia com os comprimidos azuis de Bridie. Ele chegou o mais perto que podia, tão perto que Shuggie sentiu o banho de cuspe morno.

— *Puta que o pariu. Deixa de ser uma bicha imbecil.*

Os outros garotos se juntaram como cães de Pithead, os olhos vorazes.

— Você quer ser menina?

Francis sorriu, os braços abertos para o grupo. Shuggie fez que não — só queria pôr a mão na marca que havia no rosto.

— Prefere usar saia?

— Não — murmurou Shuggie.

— Não me responda, seu viadinho.

Francis, uns trinta centímetros mais alto do que Shuggie, deu-lhe um empurrão na altura do peito.

— Você é uma bichinha viadinha. Você e o padre Barry vão queimar no inferno pelas coisas que fazem.

Houve um coro de risadas, depois a risada se transformou em um refrão cantado de *bate*, *bate*, *bate*. Francis levantou a mão esquerda para dar um tapa no lado vermelho do rosto de Shuggie. O menino recuou para o outro lado, mas Francis interrompeu o gesto e, com a outra mão, cerrou o punho e golpeou a têmpora de Shuggie. Ele se virou para os meninos eufóricos.

— Meu pai chama isso de caça-ratos.

Shuggie estava deitado no chão com a cabeça zumbindo dos dois lados. Um par de pernas à mostra com meias brancas frouxas apareceu acima dele. A menina cuspilhava feito um gato, o cabelo comprido criando um fluxo de limonada espumante.

— Para com isso, Francis, seu brigão de merda! Vai, tenta fazer isso comigo que você leva uma surra. Tenho muito mais primos do que você.

A menina se virou para cuidar dele. Shuggie viu os garotos lhe mostrando o dedo pelas costas, mas se afastando ainda assim.

Havia casquinhas nos joelhos dela, e Shuggie não conseguia parar de olhar para os elásticos arrebentados de suas meias. Quando ela pôs as mãos embaixo dos sovacos dele e o ajudou a se levantar, ele viu a nesga de pano floral da calcinha debaixo da saia da menina.

— Você devia revidar — disse ela. — Aposto que se batesse nele, ele nunca mais ia te zoar.

Shuggie não sabia qual lado do rosto esfregar primeiro.

— Está com vontade de chorar? — perguntou a menina.

Shuggie fez que sim.

— Bom, não chora ainda não, segura até a gente chegar no outro canto e aí você chora. Eu não conto pra ninguém.

Ela o conduziu para fora do pátio enquanto os meninos subiam nas grades para cuspir neles.

— Vocês estão indo brincar de boneca? — provocou um menino de cabelo ruivo.

A menina subiu na grade num piscar de olhos. Agarrou a gravata do uniforme do menino e puxou a cara dele contra o metal grosso. Houve um clangor quando a testa ossuda dele bateu no ferro enferrujado.

— *Corre!* — gritou a menina.

Eles deixaram uma nuvem de pó e só pararam quando já estavam na metade do morro baixo, a caminho de Pithead.

Quando tomaram fôlego, a menina de cabelo limonada soltou gargalhadas estrondosas. Havia um buraco do tamanho de um dedo mindinho no meio dos dentes da frente. Tinha uma fila de sardas no nariz, e os olhos eram tão brilhantes e azuis quanto uma bola de gude olho de gato.

— Você tem mesmo primo suficiente para brigar com os McAvennie? — perguntou ele, ainda tentando não chorar.

Ela fez que não.

— Não. Sou só eu e meu pai. Ele briga pelo controle remoto, mas só por isso. — Ela deu de ombros. — Meu nome é Annie. Estou um ano acima de você.

— Ah. Eu nunca tinha te visto.

— Eu já tinha visto você. Todo mundo já viu *você*. — Annie apontou para o alto do morro, onde um *cul-de-sac* improvisado de trailers havia sido montado. — A gente mora no trailer. Vou te acompanhar até em casa. Não vão se atrever a encostar em você enquanto eu estiver junto. — Ela inflou o peito magrelo. — Onde é que você mora?

Shuggie fez que ia apontar para as casas baixas dos mineradores e depois abaixou a mão. Ela estaria bêbada. Estaria ao telefone com o ponto de táxi, esbravejando à procura do pai dele.

— Eu ainda não quero ir pra casa.

— É quinta-feira — disse Annie sabiamente. — Com certeza a grana da bebida já acabou.

Shuggie fitou a menina de olhos semicerrados.

— Como é que você sabe?

Ela pôs a mão no braço dele.

— Eu já encontrei com ela. Tua mãe. Estava sentada no nosso sofá um dia, depois da escola. Nunca vi alguém falar tão bem.

— Espero que ela não tenha incomodado.

— Não, que nada. O cheiro dela era uma delícia. Ela me mostrou como fazer uma trança francesa no cabelo. — A expressão no rosto dela se entristeceu. — Só fico brava com as coisas ruins que falam dela. Você devia brigar por ela.

— Eu brigo por ela! — declarou ele. — Em geral é contra ela mesma, mas continua sendo uma briga.

A menina fez um som estridente de resignação.

— Vou deixar ele continuar com essa porra. Se meu pai quer morrer de tanto beber, o problema é dele. Acho que já é caso perdido. Ele sente saudades da minha mãe.

— Ela morreu?

— É, mais ou menos. Ela mora em Cambuslang com meus irmãos pequenos e um jogador de futebol semiprofissional.

Eles caminharam até o campo onde se concentravam os trailers.

— Mas é sério, vocês dois deviam revidar. Já ouvi gente dizer que ela se vende em troca de bebida, que você precisava de um pai e que é culpa dela você ser como você é. — A menina ficou com uma expressão melancólica. — Mas nunca conheci mulher mais linda que ela. Eu morreria de orgulho se ela fosse minha mãe.

Os doze trailers formavam um semicírculo, e alguém havia margeado o caminho lamacento irregular com seixos grandes. Todos os tipos de objetos pessoais emanavam das casas de lata, o caminho estava cheio de brinquedos de plástico e móveis encharcados. A falta de recato foi um choque para Shuggie. Annie galgou dois blocos de cimento rumo a um trailer bege. Um enorme pastor-alemão marrom estava deitado junto à porta aberta. Shuggie tomou cuidado ao segui-la porta adentro, pisando cautelosamente em torno do cão alerta e segurando a mochila da escola contra o peito. O trailer era estreito e comprido, a cozinha no meio e uma salinha de jantar em forma de ferradura na ponta oposta. Uma televisão em cores pendia de um suporte preso ao teto, proclamando os resultados da corrida de cavalos em uma voz rápida, taquigráfica. A pia rasa estava cheia de pratos de plástico sujos. Shuggie viu umas formigas serpentearem com afinco entre flocos de milho derramados.

— Pai. Sou eu — anunciou Annie.

Shuggie mal via o homem sentado na salinha de jantar escura. Ele estava debruçado sobre o jornal daquele dia, sublinhando nomes de cavalos com a caneta.

— Você comeu alguma coisa? — perguntou ela. — Posso fazer uma tigela de cereal pra você. Posso esquentar o leite se quiser.

O homem de olhos remelentos não respondeu. Shuggie o viu beber de uma caneca de chá velha e voltar à pontuação das corridas de cavalos. Tentou não imaginar sua mãe ali.

No fundo do trailer, Annie abriu uma porta fina e empurrou o menino até o outro lado. O quarto era um palácio rosa. Havia duas camas de solteiro espremidas em um espaço bem cuidado, em cada uma delas havia um lençol de princesa da Disney, e nas paredes havia prateleiras finas, cada uma delas com uma dezena de pôneis nas cores do arco-íris. O quarto era imaculado.

— Desculpa a bagunça — disse Annie, se afundando no metro de tapete rosa entre as camas. — Tento manter tudo em ordem, mas é complicado com ele tão decidido a ficar sentado na própria imundice o dia inteiro. — Ela deu batidinhas ao seu lado no chão, e Shuggie se espremeu naquele espaço apertado. — O que é que a tua mãe faz quando bebe? Ela fica assim paradona?

— Não, ela fica bem bêbada e aí fica muito brava — contou ele. — Fico com medo de ela se machucar.

— Tipo se matar?

— Acho que sim. Às vezes, antes de ir pra escola, eu escondo todos os comprimidos no banheiro. Sei que meu irmão leva as navalhas dele para o trabalho todo dia. — Ele girou o dedo na costura do tapete rosa. — Mas minha única preocupação é que ela dificulte a situação pra ela mesma. Ela perde o amor-próprio. As pessoas não querem mais saber dela. Minha irmã vive com negros a milhões de quilômetros daqui por causa dela. Meu irmão mais velho está tentando guardar dinheiro pra poder ir embora.

Annie enfiou a mão debaixo da cama e abriu um velho livro de colorir. Ele ficou decepcionado ao ver que ela tinha combinado as cores muito bem, mas ultrapassado o limite das linhas.

— Quando a mina fechou, tive que ficar aqui pra cuidar do meu pai — explicou Annie. — A minha mãe não deu a mínima. — Ela folheou as páginas. — Quer colorir?

Shuggie fez que não. Não conseguia impedir que seus olhos mirassem as prateleiras de pôneis coloridos que os olhavam com alegria.

— Quer brincar com meus cavalos? — perguntou Annie. Ela o observava com atenção, mas ele fez que não e tentou aparentar desinteresse. — Minha mãe manda eles pra mim no Natal e na Páscoa. Às vezes, manda vários iguaizinhos, é por isso que sei que ela não está prestando atenção.

Annie pulou em uma das camas finas.

— Aqui, tua mãe trançou a crina desse aqui pra mim.

Ela entregou a Shuggie um cavalo rosa-framboesa. Tinha a crina e o rabo longos e roxos de plástico, os dois trançados com esmero e finalizados com um laço feito com o fecho da embalagem de pão. Annie pegou um punhado de pôneis e saltou da cama para o chão do trailer. Eram de vários tipos de plástico colorido, todos pintados com longos cílios e sorrisos alegres.

— Você vai ser o Caramelo, o Algodão-Doce e a Florzinha dos Campos. Eu vou ser a Estrelinha porque ela é a minha preferida. Os outros querem roubar as presilhas lindas que ela usa na crina, mas ela é muito veloz.

Os pôneis de plástico pareciam brinquedos de cachorro inchados, mas para Shuggie eram mágicos. Annie deixou que ele brincasse com os pôneis a tarde inteira. Falavam em vozes agudas, animadas, fazendo-os correr pela coberta da cama. Passaram escovinhas nas crinas até o cabelo de plástico brilhar de estática.

Passado um tempo, Annie se entediou com os pôneis, parecia inquieta, irritada. Seu bracinho fino tateou a escuridão debaixo da cama. De baixo dos frufrus rosa, ela puxou um cinzeiro em forma de concha de ostra cheio de cinzas de cigarro. Havia dois ou três cigarros pela metade entranhados nas cinzas. Annie abriu a janela do trailer, acendeu um cigarro torto, deu uma baforada sem inalar e soprou a fumaça pela fresta. Ela inclinou a cabeça na direção do pai.

— Desculpa, ele me dá muito nos nervos.

Ela ofereceu o cigarro úmido a Shuggie. Ele fechou a boca e fez que não de um jeito afetado. Annie deu de ombros e voltou para o chão com um baque, o cigarro apertado entre os dentes.

Shuggie estava fazendo Algodão-Doce perseguir Estrelinha em uma gincana em cima de uma fita-cassete, quando Annie perguntou abruptamente:

— Shuggie, você tocou mesmo no piu-piu do Johnny Bell?

As laterais doloridas do rosto dele ficaram vermelhas outra vez ao se lembrar de Johnny Ossudo, o menino da máquina de lavar. De repente ele quis largar os brinquedos da garota, empurrá-los para longe, como se fossem uma prova das coisas obscenas que tinha feito.

— Não — mentiu.

— Como foi? — perguntou ela mesmo assim.

O cigarro pendia do canto de sua boca enquanto cobria o flanco do pônei com adesivos de estrela. Fez tudo isso com ares de rotina e tédio, letárgica como uma trabalhadora sindicalizada.

— Eu disse que *nunca* fiz isso.

O olho esquerdo dela se fechou contra a ardência da fumaça que subia.

— Bom. Eu também diria que "nunca fiz". Mas já toquei num piu-piu. Toquei no dos meninos da família O'Heaney e no de Fran Buchanan.

— Mas você só tem nove anos! — exclamou Shuggie. Ele se sentou longe dos pôneis. — Esses garotos estão na escola dos grandes.

— Eu tenho dez anos e meio.

Annie exalou uma longa nuvem de fumaça e soprou um círculo perfeito, elegante.

— É que eles me levaram nos guinchos de Pithead e deixaram eu tomar um Buckfast.

— Você não contou para o padre Barry? A polícia botaria eles na cadeia por causa disso.

— Não. — Ela apagou o cigarro e deitou a cabeça na cama, agora mais calma. — Mas não vale a pena. Buckfast é uma porcaria.

Shuggie ficou abismado com a indiferença dela. Estava de novo pensando na mãe, ali naquela caixa de lata, com o pai de Annie e seus dedos de nicotina. Sabia que ela detestaria aquele lugar, mas ainda assim ela tinha ido. Uma súbita raiva tomou conta dele.

— Por que fez isso? — revoltou-se com Annie. — Por que as meninas *sempre* deixam os meninos fazerem o que eles quiserem?

O pônei lilás da menina vinha saltitando em círculos graciosos. Annie se afastou dos brinquedos e ficou, pela primeira vez naquela tarde, sem saber o que dizer.

Do lado de fora, o pastor-alemão começou a latir. Shuggie sentiu o trailer inteiro sacudir quando o cachorro se levantou e correu para a entrada.

— Ah, puta que pariu. Rambo! Rambo!

Annie pulou da cama e saiu correndo do quartinho. Houve uma grande comoção no estacionamento de trailers quando o cachorro se encontrou com outro, e eles partiram um para cima do outro com ganidos e dentes rangendo.

Shuggie não queria mais ficar ali. Não queria ficar fingindo que não havia problema em mexer com brinquedos de meninas ou tocar nas partes sujas dos garotos do colegial. Não queria ser parecido com a menina da limonada em nada. Não queria ser como Agnes. Queria ser normal.

Ele se levantou e pegou a mochila. Annie estava berrando com Rambo, pedindo que ele soltasse o outro cachorro. Ele ouvia o palavreado ligeiro da narração da corrida na televisão. Shuggie não queria pensar em Agnes ali, não queria pensar no homem com cor de nicotina apalpando-a nem nela trançando o cabelo de Annie em troca de uma lata quente de Special Brew.

Sentiu raiva, por isso abriu a mochila da escola e enfiou dois pôneis nela.

Todo dia de escola, antes do último sinal, o estômago de Shuggie se contraía, e ele levantava a mão e pedia licença com toda a educação. Por dentro, o padre Ewan, de cara redonda, xingava o menino que parecia tão pontual quanto um relógio. No começo pedia que o menino esperasse, esperasse só mais quinze minutos pelo término das aulas. Shuggie, sempre dócil, assentia com cara de dor e se sentava um pouquinho de lado, parecendo estar numa emergência genuína, desesperadora. A careta e as bufadas logo começavam a distrair as outras crianças, e o padre consentia.

Mais tarde, na sala dos professores, o padre barrigudo fazia piada do que a dieta de mineiro, de repolho cozido e carne moída, poderia fazer com o clero. O menininho educado, o único que sem dúvida sabia a diferença entre *Eu posso* e *Eu poderia* vinha sentindo cólicas às três e quinze quase todas as tardes do ano letivo. O padre Ewan passara a ajustar o relógio segundo o garoto.

Então Shuggie passava os últimos minutos de escola sentado no pequeno vaso. Ele arriava a calça, só por garantia, mas já tinha se dado conta de que era apenas indigestão. Era a bile ardida de expectativa, o medo crescente do que poderia estar acontecendo em casa.

Agnes já tinha ficado sóbria diversas vezes, mas as cólicas nunca tinham acabado de verdade, por completo. Para Shuggie, os períodos de sobriedade eram fugazes e imprevisíveis, e não algo que curtia por completo. Assim como qualquer clima bom, havia sempre mais chuva do outro lado. Já tinha parado de contar fazia um tempo. Marcar a sobriedade dela em dias era como observar um fim de semana feliz sangrar: quando observado, ele era sempre curto demais. Portanto, parou de contar.

O menino não conseguia se lembrar da transformação nele mesmo.

Em que momento as cólicas passaram e as coisas ficaram diferentes, ele não sabia. Ele se lembrava de ter chegado em casa depois da escola em uma sexta-feira de novembro e ficar parado fora de casa, como sempre ficava. Cada detalhezinho da casa dizia o que havia lá dentro. Nesse fim de tarde, as cortinas estavam bem fechadas contra o frio, e as luzes estavam acesas. O estômago se animou de esperança. Shuggie abriu uma fresta da porta da frente, só o bastante para ouvir o zumbido da casa. Sabia em que prestar atenção. Lamentos e choros prenunciavam uma noite ruim: ela iria querer segurá-lo nos braços e lhe contar histórias péssimas sobre os homens que a tinham destruído. Se fosse o barulho de violões tocando música country e de cantoria melancólica, a umidade morna da merda já começava a molhar sua cueca.

Ouvir a mãe ao telefone nem sempre era mau sinal. Ele tinha que se esgueirar entre a porta da frente e a porta que barrava as correntes de ar para perceber direito o tom de voz, apertar a orelha contra o vidro frio e prender a respiração. Ela não precisava estar chorando ou gritando ou enrolando as palavras para estar bêbada. A bebida ainda podia estar ali. Ela a tornava educada demais, com um falso sotaque de Milngavie repleto de palavras cheias de sílabas. Os lábios se afastavam dos dentes da frente e ela usava palavras como *certamente* e *infelizmente*.

Esses eram os piores sons para se ouvir. Agnes estava lamentando suas perdas, e ainda longe demais da perda da consciência. Pedia que ele se sentasse e lhe contava histórias, só que nesse caso estava brava, e não triste. Com um maço de cigarros fumados até a metade a seu lado, ela deslizava o dedo pela lista e o obrigava a discar os telefones que ela lia em voz alta.

— Cinco, cinco, quatro, seis, três, três, nove.

Segurando o fone, o menino ouvia o *tuuu-tuuu* e torcia para ninguém atender. Empalidecia quando uma voz surgia do outro lado.

— Alô? — dizia o estranho.

— Ah. Alô. Sinto muitíssimo pelo incômodo.

Agnes assentia, demonstrando aprovação da poltrona.

— Estou procurando uma pessoa chamada sr. Cam McCallum.

— Quem? — perguntava a voz.

— Cam McCallum — repetia o menino. — Ele morou em Dennistoun entre 1967 e 1971. Era motorista de ônibus no East End, fazendo o trajeto de George Square a Shetleston. Tinha uma irmã chamada Renée que se casou com um homem chamado Jock.

A voz, confusa diante dessas informações estranhamente minuciosas, diria:

— Perdão, meu filho, mas não tem nenhum Cam McCallum aqui.

— Entendi. Muito obrigado, senhor. Desculpe pelo incômodo.

Agnes sibilava de desgosto da sala da frente e o obrigava a ligar para o McCallum seguinte da lista.

Era pior quando achavam o homem que Agnes vinha procurando. O homem do outro lado da linha dizia:

— Quem é que está falando? Eu sou Cam McCallum. O que você quer?

O coração do menino ficava apertado.

— Ah, entendi. Será que o senhor poderia esperar um momento, sr. McCallum? Estou transferindo a ligação.

As sobrancelhas de Agnes se erguiam num gesto de incredulidade. É ele? O menino tampava o fone com a mão e fazia que sim.

— Está bem — dizia ela, pegando a caneca de cerveja e um maço de cigarros novo.

Ele entregava o telefone a ela como um secretário obediente, e Agnes se arrumava, como se o sr. McCallum pudesse vê-la através do telefone. Com um cigarro novo entre os dedos longos, ela levava o fone à boca.

— *Seu canaaalhaaaa* — sibilava ela a título de apresentação.

— Alô? Quem está falando? — respondia o homem.

— *Seu canaaaaalha imuundo de meeeerda.*

O homem acabava desligando. Sempre desligava. Agnes dava uma longa tragada no cigarro e depois um longo gole na caneca velha. Apertava o botão que discava automaticamente o último número e sorria quando a ligação era retomada logo.

— Você não desligue na minha cara. Não se atreva a desligar na minha cara!

— Porra, quem é que está falando?

— Você achou que ia escapar ileso? É? As coisas que você fez com aquela moça. Seu canalha horroroso. Você não tem coração, né?

Cam McCallum desligava outra vez e, se tivesse sensatez, arrancava o telefone da parede. Agnes deslizava o dedo pela lista de telefones como se fosse um cardápio, procurando algo que saciasse sua fome. Seguia em ordem alfabética, até o próximo homem que a tivesse destratado. *Brendan McGowan*.

— Agora espera só eu te contar sobre essa peste.

Ela se virou para Shuggie com o fone encaixado debaixo do queixo.

— Me perder foi o maior erro que ele cometeu na vida.

Era capaz de ficar sentada à mesinha de telefone até escurecer, depois era capaz de ficar ali sentada na escuridão total. A ponta de um cigarro aceso era sua única luz. Shuggie ficava sentado ao lado do aquecedor elétrico escutando-a berrar. Tinha medo de acender uma luz, na torcida para que a escuridão a deixasse sonolenta, preocupado que a luz a atraísse para ele como uma mariposa.

Com tudo isso em mente, Shuggie se arrastava da escola para casa e escutava com atenção atrás da segunda porta, esperando que ela não estivesse chorando ou ouvindo música country, ou sentada, pronta para uma batalha ao telefone. Até o zumbido do silêncio fazia seu estômago se revirar outra vez. Ele já o tinha ouvido uma vez e tinha acreditado nele, o zumbido ensurdecedor do nada. Tinha entrado em casa de fininho para ouvir melhor, acreditando que aquele silêncio era um bom sinal. Suas mãos caíram nas laterais das coxas. Agnes estava no chão, de saia preta justa, com seu casaco de inverno bom. Estava ajoelhada como se rezasse, mas as costas das mãos estavam frouxas contra o linóleo, a cabeça inteira no forno branco oferecido pelo Conselho. O barulho de nada fora um truque. O zumbido do silêncio era apenas o gás denso levando-a embora.

Depois disso, ele aprendeu a não confiar no silêncio.

No que dizia respeito aos bons sinais, os barulhos de uma cozinha movimentada eram os melhores de se ouvir, os estalos e sacolejos da máquina de lavar, as colheres de metal na pia e o som da sopa borbulhando nas panelas grandes. Nesses dias, ele parava no corredor, feliz, e enxugava o vapor das paredes pintadas com Artex até ela descobrir que ele estava ali, meio estupefato de satisfação, os dedos traçando desenhos na argamassa branca.

Além dos McAvennie, os piores valentões da escola sempre pareciam vir de casas onde o pai ainda tinha trabalho. A comida deles era esquentada no micro-ondas ou empanada, embrulhada em papel-alumínio e em tamanho individual. Os pais deles eram mais jovens e deixavam os filhos comerem o que queriam e quando queriam. Caçoavam de crianças que comiam batata cozida e carne moída, levantavam o nariz e diziam que elas cheiravam a repolho podre. Quando falaram isso para Shuggie, ele enfiou a cabeça na manga do suéter da escola e respirou fundo. O repolho cozido e o pernil de porco, as batatas e a carne de cordeiro eram um bálsamo para ele, e se considerava sortudo de ter esses cheiros nele.

Havia dias em que voltava da escola e escutava outra voz em casa. Ele precisava se esgueirar pelo corredor até ter certeza absoluta de quem era. Pessoas boas tinham parado de fazer visitas fazia muito tempo. Quanto mais tempo a mãe ficava em Pithead, mais provável parecia ser que a visita fosse uma má pessoa.

Entre os piores estavam os tios de Pithead, homens nervosos, com espasmos, com cabelo ralo que sempre parecia molhado. Eles iam ver como ela estava se saindo sem um homem. Levavam barras de chocolate e sacos plásticos cheios de latas de cerveja, e continuavam de casaco dentro de casa.

Shuggie sabia que ao chegar em casa atrapalhava os planos malignos deles. De vez em quando um tio, se tivesse a esperança de botar os pés debaixo da mesa dobrável, fingia um interesse vazio no garoto enquanto lhe empurrava barras de chocolate pelo tampo da mesa coberta de cinzas. O homem perguntava: *Como ele está indo na escola? Ele gosta de brincar lá fora?*

À medida que o menino foi crescendo, pararam de agir assim, pararam de sorrir para ele com cara de Fagin. Agora que ele estava com dez anos, o enxergavam quase como outro homem, e se sentavam com suas carrancas petulantes que diziam que Shuggie estava estragando seus planos obscenos.

Se havia latas de cerveja fechadas, Agnes fazia Shuggie se sentar ao lado dos homens no sofá. Ela se recostava e semicerrava os olhos em meio à fumaça de cigarro, observando os homens se mexendo no sofá, incomodados. Entre goles de cerveja, ela os analisava como se fossem cortinas e uma coberta, tentando achar um par que combinasse. Ela dizia aos homens que seu Hugh era muito inteligente ou que estava indo bem na escola. Eles escutavam e assentiam e viam seus planos de trepar com a mãe dele naquela tarde escapulirem. Alguns tinham gastado uma boa grana para deixá-la no ponto certo de relaxamento. Agora ficavam diante dos desenhos animados pós-escola, impedidos de ter uma foda desajeitada, suada.

Os tios que retornavam aprendiam a lição: traziam bolas de futebol baratas, pipas de plástico, todos os tipos de brinquedos que fizessem Shuggie sair de casa. Os que estavam mesmo desesperados lhe davam uma pilha de moedas gordurentas e sugeriam:

— Vai passar uma hora no cinema.

Shuggie olhava sem expressão para os homens suados e jogava as moedas engorduradas na mochila da escola, como um motorista de ônibus, agradecia educadamente e ligava a televisão barulhenta.

Isso acontecia apenas se ainda estivessem na sala de estar quando Shuggie chegava em casa. Se já estivessem no quarto, o menino não ganhava dinheiro nenhum, e ninguém se dava ao trabalho de perguntar o que ele queria ser quando crescesse.

Por pior que esses tios fossem, estavam interessados somente na mãe dele. Para Shuggie, as tias que faziam visitas eram ainda piores. Era como se os piores defeitos de Agnes saíssem e achassem um amigo. Ele era obrigado a ficar de babá das duas mulheres enquanto elas caíam ruidosamente no esquecimento embriagado, debruçadas sobre cinzeiros, dividindo os últimos cigarros e xingando os homens que as haviam levado ao fundo do poço. Ao contrário dos homens, elas falavam sem parar.

Essas tias de cara encovada de Pithead apareciam na porta quase todas as manhãs como gatos selvagens. Mesmo depois de um período de cinco dias de sobriedade, elas tinham o poder de arrastar Agnes de volta à bebida. Era como se ouvissem os tremores do outro lado do conjunto habitacional e a atendessem às nove da manhã com uma bebida barata. Se naquele dia Agnes estivesse convicta da sobriedade, elas se sentavam e bebiam na frente dela. Como o sofrimento devia ser compartilhado, em pouco tempo os olhos dela já miravam avidamente o saco plástico a seus pés.

Se Shuggie já tivesse chegado em casa depois da escola, não deixava as mulheres entrar. Mesmo depois da passagem do primeiro carteiro, elas chegavam com sacos pesados na mão. Na porta quase pareciam ser boas pessoas, mas ele sabia que não era verdade. Tentava inúmeras vezes ser cordial ao mandar que descessem os degraus de pedra. Trancava a porta, e elas chamavam pela caixa do correio.

— A mamãe não está em casa? Vim só tomar uma xicrinha de chá — imploravam.

Ele tinha vontade de enfiar garfos pela fresta, enfiá-los em seus rostos macilentos enquanto Agnes estava deitada, destruída, dentro de casa, os ossos tremendo, as entranhas berrando por um gole de cerveja quente.

Como uma corrente de ar frio, elas sempre conseguiam entrar.

Esperavam até ouvir o sinal da manhã, para ter a certeza de que ele não estaria em casa. Quando ele aparecia na porta às quatro horas da tarde, elas lhe davam um sorriso triunfal.

Tia Jinty era a pior delas. Importunava Shuggie pedindo um beijo quando ele chegava da escola. O menino sentia sua língua morna na bochecha feito um pedaço de bife cozido gordurento. Nos dias úmidos,

Agnes o obrigava a esfregar os pés da mulherzinha. Anos de bebida haviam corroído as feições de Jinty, mas ficavam ainda mais esmaecidas com a careta de prazer que fazia quando seus pezinhos rançosos se retorciam nas coxas marrons. Ela nunca lhe dava dinheiro.

Jinty odiava Shuggie porque sua presença provocava em Agnes uma culpa que a instigava a períodos de seca. Se não fosse por ele, poderiam ter deixado o litoral da sobriedade para trás e navegado um mar de Special Brew para sempre.

— Em que ano você está agora? — ela tinha perguntado uma vez, os pés nas mãos dele.

— Quinto do primário — respondeu Shuggie, os olhos fixos na mulher.

Ela se virou para a mãe dele, ainda com um lenço na cabeça.

— Bom, está meio tarde, Agnes, mas sabe como é, acho que ainda dá tempo de fazer a diferença.

— Tempo de quê? — indagou ele, massageando os joanetes.

— Para te botar na escola da nossa Louise.

O menino ficou com um olhar de espanto. Piscou várias vezes e abaixou as sobrancelhas.

— A sua Louise é tapada.

Assim que falou, ele entendeu que tinha sido indelicado.

Jinty afastou os pés das mãos dele e se inclinou para a frente na poltrona. Abriu o longo dedo de nó proeminente e o enfiou no peito do menino. O rosto dela parecia estar machucado, e Shuggie compreendeu que o marido tinha batido nela. Agnes dizia isso. Enquanto falava, o lábio inferior parecia que ia explodir.

— A nossa Louise tem necessidades especiais, e a escola dela tem jumento. A tua escola tem jumento?

— Não.

— Bom, acho que você devia ir pra escola dela porque lá tem.

Com satisfação, ela tomou um gole de cerveja espumejante.

— Mãe, fala pra ela que não sou tapado. Não preciso de escola com jumento.

O tom de voz dele estava lamuriante e ameaçava falhar. Não tirou os olhos de Jinty.

Os olhos de Agnes estavam fechados, e um cigarro aceso escapava de sua mão. A cerveja espirrava no seu colo em gotas de chuva grandes. Jinty viu uma oportunidade e continuou com um sorriso falso.

— Vai ter um monte de criança que nem você. Você vai fazer um bando de amigos e vai comer um prato quente no almoço e outro na janta.

— Eu tenho amigos — mentiu ele.

— É uma grande aventura porque você passa a noite lá e volta na sexta para passar o fim de semana em casa.

Shuggie tinha visto o ônibus especial deixando Louise na sexta-feira à noite. Tinha visto os meninos da família McAvennie jogando pedras nele. Conhecia Louise de passagem, ela era quieta, igual a Leek. Também tinha reparado que ela parecia mais feliz no domingo do que na sexta-feira.

— Olha, vai ser bom. Você não vai ser mais tão *diferente*.

Jinty se virou para Agnes, que caía no sono barulhento de um velho.

— Está combinado, né, Agnes? — Ela cutucou a mãe dele, adormecida. — Amanhã eu ligo pra escola, e Shuggie pode entrar direto na classe da Louise.

Jinty levantou o pé de novo e o enfiou no colo dele outra vez.

Shuggie sabia que Louise era só um pouco devagar; o descuido a tornara tímida e retraída, e isso a levara a estar sempre um pouquinho fora de compasso, o que em Pithead era considerado esquisitice. Bridie Donnelly já tinha dito que Jinty era só egoísta. A escola especial deixava Louise longe durante todo o ano letivo e possibilitava que Jinty dedicasse mais tempo à criação de sua filha predileta, Stella Artois.

Agnes disse depois que, quando se deu conta do que estava acontecendo, Shuggie já havia derrubado Jinty no chão, e o medalhão de São

Cristóvão da mulher já estava com a fechadura quebrada. Mais tarde, quando Leek perguntou o que tinha acontecido, o menino só lembrava de ter torcido o dedão dela até que se quebrasse. Tinha deslocado e torcido até o joelho se dobrar e ela cair da poltrona aos gritos, implorando perdão. Depois disso, declarou Shuggie, tudo desmoronou — foi igual a olhar através do binóculo pelo lado errado.

Shuggie escutou da porta da frente por hábito. Ao atravessar o longo corredor, sentiu as paredes úmidas do vapor do repolho e da condensação das chaleiras. Ele se esgueirou pela casa feito um fantasma até vê-la de pé na porta da cozinha, reembalando um bloco de banha branca maleável. O cabelo estava macio, as raízes brancas brilhando sob a tinta preta, o rosto sem maquiagem. Enquanto embrulhava a banha, ela olhava os muitos metros de pântano pela janelinha acima da pia. Parecia estar em paz.

Ele endireitou as costas, por fim, e a dor nos intestinos passou. Ela o viu na sombra do corredor. Shuggie foi ao encontro dela, ela passou os braços em torno da cabeça dele e o puxou para perto de sua barriga macia. Ele passou os braços em volta dela, e ela enfiou o rosto no cabelo preto e macio do filho.

— *Hummm*, você está com cheiro de ar fresco — comentou ela, segurando suas bochechas geladas e as beijando com carinho.

— Você está com cheiro de sopa.

— Que ótimo! Vai, vai tirar seu uniforme. Vou pôr um chá pra você.

— *Vai?*

Ela o afugentou da cozinha. A sala de estar estava aconchegante e cheirava a aspirador quente e lustra-móveis de limão. O aquecedor elétrico estava ligado e as cortinas grandes estavam fechadas para evitar o frio que vinha de fora. Ele ligou a TV e o relógio no alto piscou, avisando que tinham mais seis horas até que precisassem pôr mais uma moeda de cinquenta centavos — era um luxo puro. Apoiado nos calcanhares, ele chutou um sapato e depois o outro, tirou a calça do uniforme e desabotoou a camiseta branca. As roupas caíram em volta dele no chão, em uma pilha derretida. Ele se sentou de cueca limpa no meio da mesa de centro grande e quadrada e fitou boquiaberto os programas vespertinos.

Agnes surgiu com uma caneca de chá quente e um pratinho, que pôs na frente dele.

— Por que isso? — perguntou ele.

— É pra você.

Shuggie olhou para o pastel dourado de maçã e num gesto lento esticou só um dedo para tocá-lo. Ele sentia a quentura. Tinha posto o doce e o pires no forno para esquentá-los por inteiro. O pastel era marrom e folhado, e em toda a superfície havia cristaizinhos brancos de açúcar que derreteram e formaram uma casca crocante que parecia ser doce. De cada lado da massa havia um molho quente, melado, de maçã dourada, que pingava no prato em poças borbulhantes. O pastel fez um barulho feliz, de crocância se quebrando, sob seu dedo.

O menino olhava para o prato sem expressão nenhuma no rosto. Temia não conseguir comer, já que o estômago fazia algo parecido com as cólicas de medo. Dessa vez, em vez da acidez asfixiante, algo espumava dentro dele como um sol amarelo. Um sorriso irrompeu dentro dele e, depois de levantar os pés com meias, ele se balançou sobre o cóccix e girou e girou e girou de costas até a mesinha de centro estar reluzente de deleite.

Agnes tinha escolhido a reunião de Dundas Street na esperança de não conhecer ninguém. Ia a reuniões do AA de tempos em tempos, mas nunca tinha seguido adiante. Olhava para os companheiros ao redor, para homens e mulheres destruídos, e a vergonha surgia dentro dela. À luz do dia, teria atravessado a rua só para evitar aquelas pessoas.

Apesar de sua presença irregular, o grupo de East End a que às vezes comparecia tinha começado a lhe parecer pequeno e conhecido demais.

Agnes tinha feito uma bagunça. A maioria dos homens mais velhos já a tinha visitado em Pithead, e ela começava a ver partes familiares de si no rosto das mulheres cansadas, nervosas. Ficava cada vez mais difícil negar que era como eles. Então, uma noite ela não desceu do ônibus, passou pelas salas de reunião conhecidas e prosseguiu rumo a Dundas Street. Era um recomeço, ponderara ela, e torcia para que fosse uma classe melhor de alcoólatras.

A reunião de Dundas Street era no centro da cidade, entre a estação de trem de Queen Street e a estação de ônibus Buchanan — portanto, atraía uma congregação bastante ampla. O prédio de arenito já tinha sido um grande escritório de comerciantes, mas devido às mudanças nos anos 1960 se tornara parecido com uma escola primária mal administrada. Fazia tempo que já tinha sido despojado dos frisos entalhados e abafado sob a desairosa tinta marrom do Conselho Municipal, as lâmpadas à mostra e o linóleo descascado. Para Agnes, parecia bastante *anônimo*.

O AA de Dundas Street pagava a locação barata, de longa data, de uma sala de reuniões de pé-direito alto. O palco um pouco elevado na frente do salão era equipado de uma mesa dobrável atrás da qual havia seis cadeiras de plástico enfileiradas. À esquerda estava uma pequena antecâmara e um corredor apertado onde ficavam uma urna e biscoitos. Dava a sensação de transitoriedade, mas os frequentadores tentavam deixá-la aconchegante e despretensiosa com calendários e cartões-postais enviados de Lourdes, Roma, Blackpool.

Agnes pôs Shuggie na cama cedo e depois pegou o ônibus até a cidade, sem saber direito se iria a uma reunião ou, como já tinha feito antes, se tomaria o rumo do bingo de Gallowgate. Precisou juntar todas as suas forças para subir a escada de Dundas e, ao cruzar a porta, ficou aliviada de não ver nenhum rosto conhecido. O ar estava carregado de fumaça de cigarro. As pessoas se remexiam na cadeira, nervosas, todas mantendo uma distância respeitável de quem estava ao lado. Havia um coro quase constante de tossidas de nervoso e catarro grudento. Era menos aconchegante que outras reuniões. As pessoas assentiam e sorriam educadamente para as outras, mas parecia haver menos conexão, mais do anonimato que ela almejava. Ela se sentou a uma distância reservada da frente e sentia olhos queimarem a parte de trás de sua cabeça. Estava bem-vestida demais no longo casaco de angorá.

Um grupo de pessoas que conversava baixinho no canto pegou as seis cadeiras à mesa no palco. Um belo homem de cabelo grisalho se levantou detrás da mesa. Os olhos dele eram intensos e castanhos, e as sobrancelhas se destacavam em uma reta densa, pronunciada. Apesar dos nervos e dos tremores, Agnes não conseguiu não sentir uma palpitação.

— Olá — começou ele, com a voz estrondosa. — Obrigado por virem ao grupo noturno de terça-feira. Para quem não me conhece, meu nome é George e sou alcoólatra. Estou em Dundas Street faz, hum... Bom, quase doze anos. Fico animado com a quantidade de rostos conhecidos que estou vendo na plateia hoje, e como sempre fico entristecido com a quantidade de rostos novos.

Ele pousou os nós grossos dos dedos na mesa.

— Também temos amigos de longa data na mesa esta noite, e um ou dois novos.

As pessoas à esquerda e à direita se remexeram e sorriram.

— Antes de apresentá-los a vocês, vamos começar parando um instante e pedindo a ajuda do Senhor.

O homem abaixou a cabeça, seu cabelo reluzia como um ouropel natalino. Agnes semicerrou os olhos para enxergá-lo melhor. A sala se movimentava em uníssono quando as cabeças se abaixaram e os olhos se fecharam para a Oração da Serenidade. Agnes já a tinha decorada, nenhuma das palavras havia se incutido em sua cabeça.

A reunião começou, e ela escutou a mesa discutir os assuntos da reunião e divulgar notícias e condolências. Uma amiga do grupo tinha falecido — pelo que Agnes entendeu, tinha sido culpa da bebida. George apresentou os rostos mais novos à mesa e pediu que dividissem suas histórias com o grupo. Um homem magro com um sotaque monótono de Glasgow se levantou.

— Oi, todo mundo, meu nome é Peter e eu sou alcoólatra.

Os olhos de Peter marejaram quando falou que tinha perdido o contato com a esposa e que os filhos tinham caído primeiro na bebida e depois nas drogas. Agnes ficou ouvindo o homem abrandar as vogais, cuspir a história como se estivesse com raiva, usar palavras curtas familiares que as pessoas de Glasgow tinham inventado. Ela teve a sensação de saber até em que prédio morava devido à sua forma de falar. Não se surpreendeu com as situações e, no final, estava com pena dele: jamais conseguiria escapar do fardo do próprio sotaque.

Enquanto falavam, ela viajava a quilômetros dali, as entranhas doendo pela falta da bebida. Uma voz chamou.

— *Você*. A mulher de cabelo preto e casaco roxo. — George apontou direto para ela. — Quer dividir alguma coisa com o grupo?

Agnes fez que ia balançar a cabeça, dizendo *não*, mas percebeu suas pernas se retesando, e quase sem querer ela se levantou. Já tinha feito isso, dezenas de vezes em um punhado de locais diferentes. Ela se virou para a esquerda e depois para a direita e deu um sorrisinho. Todos os rostos se voltavam para ela, mas as feições das pessoas eram apenas borrões misturados indistintos. A preocupação passageira de que as costas do casaco lindo estivessem amarrotadas porque estivera sentada a distraiu por um instante, e ela tropeçou nas primeiras palavras.

— O-oi, meu nome é Ag-Agnes, e eu sou. Acho que eu sou. Alcoólatra.

A sala soltou um ruído de apoio morno.

— Seja bem-vinda, Agnes.

Agnes fez que ia continuar, mas percebeu que as palavras a haviam abandonado. Passava a mão nas costas do casaco para tentar alisar os vincos. A não ser por uma tossida crônica, a sala ficou em silêncio.

— Estou em chamas, porém não queimo — estrondeou a voz do homem.

— Perdão? — disse Agnes.

— *Ego sum in flammis, tamen non adolebit* — respondeu George. — Estou em chamas. Não queimo. É o lamento da Santa Inês.

— Ah.

Ela não sabia se deveria se sentar.

— Verdade maior não há, né? — continuou ele, encontrando o equilíbrio, dirigindo-se a todos os companheiros. — Estou em chamas, porém não queimo. Bom, que sirva de esperança para todos nós. Todo mundo aqui esta noite já foi arrasado pelas chamas. — Ele pigarreou e abriu os braços, como um mascate em um parque de diversões. — Todos nós não ardemos por mais uma bebida, não ardemos de febre, de suor e pânico, nossa garganta em chamas, nosso coração queimando no peito?

A plateia murmurou, concordando.

— Então, ela surge. — Ele soltou um *ahhhhh* satisfeito. — Aquela bebida gloriosa que você tanto quis, e ela arde dentro de você, tão infalível quanto gasolina. Feito gasolina, ela abastece os demônios dentro de você, ela te queima até você virar o demônio em pessoa. Você pega fogo, e tudo que você toca destrói. Todo mundo que você ama se afasta, se afasta do fogo. O dinheiro arde, famílias ardem, carreiras ardem, reputações ardem, e, depois que está tudo queimado, *você* ainda arde.

A plateia estava arrebatada. Ele continuou:

— É, nem sei dizer quantas vezes vi as chamas queimarem tudo o que eu tinha. Mesmo quando eu tentava parar de beber, parado ali, pedindo ajuda, era como se eu ainda estivesse aceso, o grande intocável.

As pessoas assentiram, solidárias.

— Quando eu esticava a mão em busca de ajuda, todo mundo se afastava de mim. As pessoas recuavam com medo de que o fogo voltasse. "Não ajuda ele, não", diziam. "Ele não vale a pena." "Ele não vai mudar nunca, vai só te puxar pra baixo junto."

O belo homem balançou a cabeça. A sala estava em silêncio.

— Mas, no final das contas, era verdade, né? Eu estou em chamas, porém não queimo. — Ele enxugou os perdigotos dos cantos da boca. — É isso o que Santa Inês tem a nos ensinar. Que mesmo nas trevas ainda existe esperança.

Agnes pestanejou cegamente no ambiente enfumaçado. Arrumou a saia e o casaco no corpo e fez que ia se sentar. O homem ergueu a voz de novo e apontou para ela.

— As chamas não são só o fim. Elas também são o começo. Porque tudo o que você destruiu você pode reconstruir. Você pode crescer de novo a partir das suas cinzas.

Agnes sorriu afetadamente, resistiu ao ímpeto de revirar os olhos.

O orador tinha feito o máximo para inspirar. A reunião seguiu, e todos os companheiros se voltaram para a frente de novo. Agnes soltou um longo suspiro baixinho — lhe pareceu o primeiro da noite.

Uma mão reconfortante estava em seu ombro naquele momento, uma mão feminina, bonita e pálida, mas as costas já tinham veias grossas azuis estufadas por conta da idade. A mulher se inclinou para a frente para cochichar em seu ouvido. Ela chegou tão perto que Agnes não pôde se virar, não pôde ver o rosto.

— É, isso mesmo. Os imbecis não conseguiram queimar Santa Inês, então trataram de decapitar a coitadinha. Homens de merda, né?! — A velha senhora deu uma única batidinha no ombro de Agnes e então, com uma tossidela, voltou a se recostar na cadeira.

Dezenove

Agnes se afastou das próprias cinzas a tempo do décimo aniversário de Shuggie. Havia parado de beber fazia três meses quando assumiu o turno da noite no posto de gasolina da mina de carvão. Tinha dividido o Natal em quatro catálogos, empilhando presentes na árvore e enchendo a mesa de quatro tipos de caça e carne sem ter como pagar por nada daquilo. Com Leek e Shuggie deitados empanturrados à luz da televisão, ela não se dava conta de que não precisava ter se dado àquele trabalho. Estavam felizes apenas com ela, com sua sobriedade e com a paz que isso trazia.

As contas dos catálogos começaram a surgir, porém, mais do que o dinheiro, era de outro aspecto do emprego que ela precisava naquela época. O emprego a ajudava com a solidão. Ela se mantinha ocupada, tinha o que fazer nas noites longas, vazias. Sem ele, teria ficado sentada em casa, se perguntando o que fazer até o sono chegar. Na maioria dessas noites, ela ficava pensando em Shug, nas amigas que nunca mais tinham telefonado, em Lizzie e Wullie e em Catherine na África do Sul. O turno da noite a ajudava a ficar longe da bebida.

O posto de gasolina também funcionava como lojinha, o único lugar num raio de quilômetros que vendia cigarros, picolés açucarados e sacos de batatinhas. Era o meio do nada. Ela puxou uma caixa para si e pegou as moedas sujas que retiniam ali dentro, largava o troco e empurrava maços de cigarros e caixinhas de leite pela vidraça de segurança. Era uma espécie de vida social, e estava contente de tê-la.

Quatro noites por semana, Agnes se sentava atrás da vidraça de segurança e contemplava a escuridão vazia. De vez em quando, taxistas paravam e enchiam de diesel os carros pretos. Alguns pediam a chave do banheirinho abafado e outros, o jornal e uma lata gelada de Irn-Bru. De ambos os lados da vidraça, entabulavam uma conversa fiada sobre as greves em Ravenscraig, a morte do rio Clyde, as coisas que tinham em comum na vida. Taxistas estavam acostumados a ficar atrás da vidraça — suas noites eram feitas de divisórias e para-brisas. Agnes passou a ficar contente com a companhia deles.

Com o tempo, alguns dos homens viraram fregueses, e alguns começaram a passar os intervalos ali com ela, comendo sanduíches de um dos lados da vidraça. As vendas noturnas do posto melhoraram depois que ela começou. Alguns taxistas desviavam do caminho para visitá-la, para passar cinco minutos com a bela mulher que ria de suas histórias, aquela boneca que sempre parecia feliz em vê-los. Só seguiam em frente quando o taxista seguinte parava.

De vez em quando, se ela estava ocupada conversando, alguns dos táxis davam voltas no posto até ela ficar livre. Eles a observavam como crianças acanhadas boquiabertas diante de uma travessa de biscoitos. Ela os via ziguezagueando pela estrada deserta, aguardando seus dez minutos de paz com ela, ficando petulantes quando a viam rindo com outro motorista.

Certos motoristas mais velhos pediam apenas o que ficava nas prateleiras de baixo. Era um jogo para eles, para matar o tempo. Agnes não se importava. Tagarelavam e a observavam planando pela lojinha, catando os artigos que tinham pedido, açúcar e amido. Sentiam menos solidão ao saborear a saia dela se apertando quando ela se abaixava para alcançar a prateleira mais baixa e pegar o jornal do dia. Gostavam que seu suéter fosse decotado e que seu sutiã preto ficasse visível na pele cor-de-rosa. Agnes sabia que coisa terrível era sentir solidão.

Depois de uns meses escuros de inverno no posto, ela começou a receber coisas. Primeiro foram coisas pequenas, como caixas de batatas ou potes extras de cebola em conserva da loja atacadista. Teve uma manhã em que ganhou uma remessa de absorventes. Pouco depois, alguns dos motoristas começaram a lhe trazer presentes maiores, como uma frigideira usada, uma televisão portátil velha e outros eletrônicos. Shuggie chegou da escola e viu que a porta que evitava as correntes de ar, antes rachada, tinha sido envidraçada de novo. Chegou da escola e viu que a copa mofada estava recém-pintada.

Já no final do turno da noite havia períodos em que ninguém parava na oficina. Agnes ficava sentada olhando para a Pit Road, contando as horas vendo as idas e vindas do único ônibus noturno. Nessas noites, ela se sentava atrás da vidraça de segurança e folheava lentamente o catálogo da Freemans, gastando salários antes de ganhá-los. O sol se esgueirava e ela se preparava para encerrar o expediente, enfiando uma barra de chocolate no bolso para o filho levar para a escola e surrupiando um maço de cigarros. Ela abria a tranca da porta e deixava o turno da manhã entrar. Enquanto caminhava pela estrada rumo a Pithead, o sol matutino botava fogo nos montes de escória antes que o céu carregado tivesse a chance de chegar e cobrir o conjunto habitacional com seu lençol cinza de praxe.

A caminho de casa, Agnes entoava um educado *bom dia* quando passava pelos ossos cansados das mulheres que trabalhavam fazendo limpeza na cidade. As faxineiras esfregavam as cruzes douradas penduradas no pescoço e murmuravam um *sim* baixinho sem olhar para ela. O que uma católica de respeito estava fazendo voltando para casa naquele horário profano aquelas mulheres magrelas não conseguiam entender. Desconfiavam da mulher, que usava batom de manhã cedo e esmalte intacto da cor do sexo. Os homens que ainda tinham a sorte de ter emprego olhavam para cima e sorriam ao passar por Agnes. Tentavam esconder o embrulho do almoço que suas esposas tinham feito, ao lhe desejar bom dia e lhe dar uma piscadela marota.

Quando chegava em casa, ela enfiava o chocolate furtado debaixo do travesseiro de Shuggie e, com um beijo e uma xícara de chá com leite, ela o acordava para a escola. Aos pés da cama de Leek, ela deixava o macacão do garoto, lavado na noite anterior. Os meninos ficavam deitados em camas separadas, se encarando em silêncio, escutando o som da cantoria da mãe junto com o programa de rádio matinal. Nenhum deles piscava, com medo de ser o primeiro a quebrar o feitiço.

Agnes vinha trabalhando no turno da noite fazia só alguns meses quando o conheceu, o touro de cabelo ruivo. Era diferente dos outros. Os outros taxistas tinham ganhado aquela forma conhecida dos homens que já tinham passado do auge, as horas sedentárias atrás do volante, causando o colapso de seus corpos, os cafés da manhã encorpados dos escoceses e os jantares em lanchonetes se instalando feito mingau frio em suas cinturas. Mais cedo ou mais tarde, o táxi os arqueava até os ombros se transformarem em uma leve corcova e a cabeça se projetava para a frente sobre o pescoço empapado. Os que estavam havia muito tempo no turno da noite adquiriam uma palidez fantasmagórica, a única cor que tinham era de uma leve rosácea por conta dos anos de bebida. Esses eram os homens que decoravam os dedos com anéis de ouro, sentindo um prazer vaidoso ao vê-los pousados e reluzentes no volante. Era impossível ela não se lembrar de Shug.

Na primeira vez que o ruivo desceu do táxi, ela tentou não encarar. Ele devia ser novo na profissão. Os ombros ainda eram retos, e o rosado do rosto era da luz do dia e do ar fresco, não dos pubs escuros e dos copos de cerveja dourada. Era um homem alto, largo e, enquanto ele enchia o tanque do táxi de diesel, ela percebia que tinha orgulho de si. Ele conduzia o táxi de um lado para o outro com o braço grosso, os cachos vermelhos brilhando sob as luzes fluorescentes tremulantes. Ele não se retraiu ao vê-la, como às vezes os outros faziam, mas tampouco sorriu. Ela estava sentada atrás da vidraça, os braços cruzados, como se esperasse um amante que tivesse se esquecido de aparecer para buscá-la. Ela empurrou o troco para ele pela caixinha de segurança, e ele murmurou um agradecimento e voltou ao táxi.

Demorou algumas semanas para aparecer de novo. Dessa vez, ela já estava falando antes que ele se aproximasse do guichê.

— Você não é motorista há muito tempo, né? — perguntou ela, com um sorriso pintado de batom, a caixinha empurrada para ele num gesto convidativo.

— Perdão? — disse ele, arrancado dos próprios pensamentos. — Não dá pra te escutar atrás do vidro.

Agnes notou que falava no dialeto das Terras Baixas da Escócia, o cantarolado suave de Strathclyde na voz. Ela prosseguiu com seu inglês castiço:

— Só estava perguntando se você começou agora a dirigir táxi.

— O que te leva a perguntar isso a um homem? — indagou ele incisivamente, o bafo quente no vidro gelado.

O sorriso de Agnes se fechou.

— É só que… tem um monte de taxistas que passa aqui. Você me parece mais… alegre do que o resto.

Ele a olhava como olharia para um cachorro que falasse. Ela prosseguiu, atrapalhada:

— Sabe, parece menos enfastiado. De dirigir tanto. De todos os passageiros complicados.

— Então, você se acha capaz de julgar o caráter dos outros?

A pergunta pegou Agnes de surpresa. Agora era ela que ficava em silêncio. O ruivo largou algumas moedas na caixinha com um tinido alto.

— Só uma caixa de leite e um pão branco. Pão assado, não o simples. Tem que estar fresco, e trata de não amassar ele nessa sua geringonça. — Ele apontou para a caixa de segurança.

Ela levou um instante para se recuperar e se levantar da cadeira. Já estava no meio da lojinha quando olhou para trás para ver se a observava, mas o ruivo fitava os próprios pés como se uma história estivesse escrita nos sapatos. Ele respirava pelo nariz, que parecia de cavalo, e ela viu seus ombros se erguerem e se espraiarem e depois caírem. Parecia cansado, doente e cansado. Ao voltar ao guichê, ela pôs a garrafinha de leite na caixa e a passou para o outro lado. Ele a pegou com sua pata enorme. Ela jogou o pão na caixa e foi só então que ele voltou a falar:

— Você vai amassar o meu pão.

Agnes ergueu os olhos para ele, em choque. O pão aguentaria uma empurrada, mas ele tornou a protestar, as bochechas ficando coradas.

— Estou falando, não enfia ele aí.

— Vai dar tudo certo. O pão é maleável.

Ela enfiou os dedos no pão molhadinho e, como se fosse uma propaganda de frescor, ele se inflou de novo.

O homem ficou calado.

Agnes deu um sorriso recatado.

— Bom, não tenho o que fazer. Não posso abrir a porta de segurança. — Ela pôs a mão no peito e arregalou os olhos. — Estou aqui sozinha, entende?

O ruivo jogava o peso do corpo de uma perna para a outra, as bochechas vermelhas. Ele piscava e olhava para os pés. Tomou um longo fôlego pelas narinas largas.

— Escuta, você vai querer o pão ou não vai? — indagou Agnes, se aproximando do vidro. A parte da frente do suéter se deslocou, e ela sabia que a alça preta do sutiã estaria no ombro. Ela sorriu por entre os olhos semicerrados.

Ele bateu o punho grosso no vidro. Ela deu um salto para trás como se tivesse levado um tapa.

— *Mãe de Deus*. Será que um homem honesto não tem direito a uma porra de um pão liso?

Isso trouxe à tona o demônio que havia em Agnes. Não fez bem ao seu moral se sentir tão invisível. Ser ignorada daquele jeito fez com que ela quisesse um gole de bebida. Com a unha pintada, ela abriu a ponta grudada do pão e tirou a fatia grossa. Ela a atirou na caixa como se fosse um peixe morto. Empurrou a única fatia para o grandalhão.

Ele olhou para a gavetinha, para a fatia de pão que ela tinha posto na caixa.

— Bom, pega logo — advertiu ela, o sorriso e a alça do sutiã já tinham sumido.

O ruivo pegou a fatia e a segurou com ternura. Com um silvo metálico, a caixinha foi puxada para dentro. Agnes depositou outra fatia e a empurrou para ele. O homem a pegou. Continuaram em silêncio, Agnes botando fatias de pão na caixa e o homem as recolhendo delicadamente, como se fossem pratos de porcelana. Ela tinha certeza de que ele não respirava desde a primeira fatia empurrada em sua direção. Em algum canto dentro dele, o ar escapava como de um pneu furado, e ele olhou para a metade do pão que segurava nos braços. Agnes continuou manuseando a gaveta.

— Eu trabalhava na mina até eles fecharem — explicou ele baixinho. — Como é que você percebeu que eu não era motorista?

— Dá pra perceber — disse Agnes. — Tenho experiência nisso.

— É?

— Eu poderia escrever um livro.

Ela pôs outra fatia na bandeja.

— Eu não sei como eles aguentam — comentou o ruivo. — E as pessoas que você encontra? Tudo quanto é tipo de salafrário.

— Não é qualquer um que aguenta rodar por aí de madrugada. Faz tempo que está no turno da noite?

— Mais ou menos um mês.

— É uma solidão terrível, né? — perguntou Agnes.

O homem olhou para ela, e parecia ser a primeira vez.

— É, é muita solidão — confirmou, os olhos cansados.

Ela passou a última fatia grossa para ele.

— Bom, aparece amanhã à noite. Eu passo uma caixa de flocos de milho para você através dessa gavetinha.

O homem sorriu pela primeira vez. Os dentes eram grandes e retos e brancos.

— Ok.

— Mas trata de trazer um saco plástico, porque vou te passar de floquinho em floquinho.

Desde Shug ela tivera outros homens, mas não havia passado noites fora de casa. Tinha passado o dia inteiro à espera da buzina do táxi. Tomou banho na hora do almoço e ainda precisava aguardar até as oito horas, quando ele disse que viria buscá-la. O relógio do despertador piscava seus números em neon, como se fosse uma contagem regressiva. Agnes oscilou o dia todo de exaltada à desanimada, e agora, esperando de frente para o espelho da penteadeira, sentia-se cada vez mais idiota. Em sua cabeça, fez uma lista de todas as coisas que não poderia contar a esse homem novo. As coisas ruins, que era melhor não mencionar, asfixiavam sua garganta, que pedia uma bebida.

Shuggie ficou sentado ao seu lado, em um silêncio atento, as mãos pacientemente pousadas no colo, os tornozelos cruzados impecavelmente, com a mesma expressão de nervos à flor da pele no rosto. Agnes tentava arrumar a vida em uma narrativa e se sentia cada vez mais sem graça e desinteressante. As coisas das quais não devia falar a deixavam com lacunas escancaradas. Elas a transformavam em uma mulher que estava dormindo desde 1967, o ano em que conhecera Shug.

O touro ruivo se chamava Eugene. Era um bom nome, tão antiquado como singelo. Era um nome que as mães escolhiam para o primogênito, os que seriam firmes e fiéis, o orgulho da mãe, mas não sua alegria. Agnes sempre teve a impressão de que era um nome dado pelas mães católicas aos filhos que deviam entrar para o sacerdócio, as crianças marcadas como a oferta do dízimo.

Eugene apertou a buzina do táxi preto e Agnes se sobressaltou. Vidrinhos de perfume tilintaram de leve na mesinha de cabeceira. Ela olhou para o menino, que tinha cruzado os dedos desejando boa sorte. Ele os levantou e os mostrou para ela com um sorriso esperançoso. Leek se aproximou da porta, os braços cruzados. Ela lhe pediu um beijo de boa sorte, e Shuggie viu quando ela passou os braços em volta do pescoço dele. No começo, Leek não se mexeu, mas depois, bem devagar, ele se abriu e a abraçou. Ele encheu as bochechas da mãe de beijos até que, rindo como uma colegial, ela teve que afastá-lo e verificar se não tinha estragado seu blush.

Lá fora, à luz suave da noite, ela viu de novo como aquele homem era lindo. Com um terno de lapela larga e o cabelo volumoso penteado, ele fazia o táxi velho parecer um Rolls-Royce. Eugene abriu a porta do motorista e desceu do carro. Agnes viu a gravata fina, o alfinete reluzindo com orgulho. Essa era, percebeu ela, a primeira vez que não estavam separados pela vidraça de segurança. Ele abriu a porta de trás para ela, e, sem olhar para cima, ela percebeu que todas as mulheres de Pithead se agitavam nas janelas. Sentiu a brisa de milhares de cortinas de voile se mexendo. Com a mão cheia de anéis, ela tirou o cabelo do rosto e levantou a cabeça. Quase ouvia o estalo raivoso das gengivas delas.

— Você achou fácil, então? — perguntou ela, quando ele fechava a porta.

— É, problema nenhum — disse ele, dando partida. — Deixei você esperando?

— Não, não. Tive que me arrumar correndo, o dia passou voando.

Ela tentou salpicar as palavras com uma risadinha casual.

— Bom, você está vestida à altura da ocasião.

Ele lançou um olhar de aprovação pelo retrovisor.

— Ah, que alívio — comentou ela, levantando os braços, deixando as franjas de couro das mangas se balançarem. — Eu não fazia ideia do que vestir.

Agnes nunca tinha ido ao Grand Ole Opry. Ficava no sul de Glasgow, na Govan Road, um cinema reformado em uma região decadente da cidade. Casais iam lá por causa da música country, com danças e duelos de armas. Talvez fosse o prazer da música country ou talvez fossem as armas, mas por algum motivo o Opry fascinava os moradores de Glasgow. Ficava abarrotado todas as noites da semana. Durante algumas horas, Edna McCluskey, de Clarkston, podia se tornar a Beldade de Kentucky, e seu namorado, Stan, se enfiava em um colete de couro e um chapéu grande e virava o Cocheiro Stan, Caçador de Recompensas.

Eugene estacionou e ajudou Agnes a descer da carruagem. O letreiro de Velho Oeste do Opry iluminava a rua e refletia no asfalto molhado. As pessoas se acotovelavam para entrar, e Agnes teve a impressão de estar em uma estreia chique. Eugene foi até o começo da fila, mostrou o distintivo prateado de xerife, e eles entraram direto.

O interior mal lembrava o cinema que já tinha sido. Era feito de dois níveis, com um palco grande na frente. No palco estava uma banda, o cantor de calça de couro caramelo, o cabelo arrumado em um topete *rockabilly* sobre o rosto esburacado. Ele segurava o pedestal do microfone contra as pernas como se fosse uma garota por quem estivesse apaixonado. Cantava com a voz fanha de um Johnny Cash.

Diante do palco, havia uma pequena pista de dança, onde uns casais mais velhos dançavam uma quadrilha em versão antiga. Senhores de jeans justo balançavam donas de casa de braços grossos, e pareciam estar se divertindo muito dando-se os braços e bailando ao ritmo da banda. As mulheres do Opry usavam roupas de vaqueiras com chapéus de aba larga, ou vestidos cheios de frufrus com acabamento de renda, e plumas no cabelo. Agnes pensou em sua saia preta justa e seu casaco de couro. Tinham custado uma fortuna no catálogo. Tivera que devolver duas vezes para conseguir o tamanho que lhe caía bem. Agora olhava para o salão, para os jeans e os vestidos com babados, e odiava a própria roupa.

Eugene a conduziu pela multidão. Ele estava de botas de couro e, debaixo do paletó caramelo, usava um cinto com coldre com estampa decorativa que continha uma pistola de cada lado. Cabeças acenavam para ele, e ele retribuía o aceno friamente. Em torno da pista de dança, havia mesinhas de tampo redondo onde estavam os casais mais jovens, ainda não embriagados o bastante para perder a vergonha de dançar. Eugene puxou uma cadeira e sentou Agnes bem no meio do salão, não enfiada em um canto qualquer. Ele pegou o casaco dela, e ela deixou que ele levasse um tempo, as mãos grandes em seus ombros, só o bastante para que sentisse o perfume de seu cabelo.

O salão tomava vida com o chocalho contagiante da banda e os passos, os saltinhos da dança. O ar estava carregado dos cheiros agradáveis de uísque dourado e de couro. Ainda estava cedo, mas a multidão já estava entusiasmada. Agnes pensou que era engraçado como vestir umas fantasias baratas poderia ser tão libertador.

— O que você achou? — perguntou Eugene, seu rosto em um sorriso largo, orgulhoso.

— É maravilhoso, não é?

— É, sim. Glasgow é o verdadeiro faroeste, sabe? A pessoa ainda pode ser escalpelada na Maryhill Road numa noite qualquer da semana. — Eugene estava relaxando em seu ambiente. — Que bom que a gente finalmente conseguiu vir.

— Também acho.

— Me dei conta de que essa é a primeira vez que tive como ter certeza de que você tem perna mesmo. — Ele riu. — Que você não é só um banquinho no posto de gasolina da cintura pra baixo.

— Espero que você não esteja decepcionado.

— Não, não.

Eugene riu e esticou a mão com a intenção de fazer uma apresentação formal.

— Um prazer conhecê-la. Me conta um pouco de você.

— Não tenho muito o que contar.

Agnes levantou um porta-copos molhado e começou a girá-lo de nervosismo. Ela deslindou a narrativa que havia ensaiado em sua cabeça.

— Católica nascida e criada em Glasgow. Tive uma vida sossegada.

— É, eu também.

— Sou divorciada — acrescentou ela depressa, gostava mais de como essa palavra soava do que da afirmação *Meu marido me trocou por uma puta desleixada de cara sem graça.*

Eugene estancou. Ela teve a sensação de que demorou um segundo a mais do que devia.

— Não deu pra resolver as coisas? — indagou o católico.

Estaria ele decepcionado? Agnes não saberia dizer. Ela fez que não e ficou aliviada quando, com o farfalho das esporas, uma garçonete apareceu do lado da mesa. Era uma mulher muito bonita, vestida com jeans de lavagem clara e um cinto grande de cascavel, a cabeça da cobra ainda presa, o guizo socado na boca do animal para fechá-lo.

— Ah, olá, xerife, como a vida tem te tratado?

Ela falava com um sotaque texano aberto embora fosse da região de Gorbals.

— Oi, Belle, não tenho do que reclamar. — Eugene gesticulou para Agnes. — Essa é a minha amiga Agnes, é a primeira vez dela aqui.

Sem sorrir, Belle acenou com o chapelão na direção de Agnes. Foi uma saudação fria.

— Então, xerife, você anda dirigindo sua diligência nova por essa cidade maluca?

— É. Infelizmente.

— Bom, um dia desses te convenço a vir me pegar — prosseguiu ela, no puro texano hollywoodiano, se aproximando, a blusa se abrindo no peito. — Quem sabe a gente não dá uma corridinha até Burntisland. Minha sobrinha tem um trailer à beira da água.

Agnes ficou se perguntando se havia trailers à beira-mar no Texas. Deu risadinhas. Não teve como evitar. A garçonete olhou para ela como se fosse uma peste.

— Quem sabe outra hora, né? — retrucou Eugene, se mexendo na cadeira.

Belle suspirou e enfiou o polegar no passador da calça.

— Bom, o que é que vai ser, camarada? — Agora o sotaque era todo do sul de Glasgow.

— Vou tomar uma cerveja e meia dose de uísque — respondeu ele, e olhou para Agnes.

— Hum… Vou tomar só uma Coca — pediu Agnes.

Estava de boca seca por causa do momento que vinha temendo o dia inteiro.

— Só isso?

— Com um limão? — sugeriu Agnes, tão indiferente quanto possível.

— Já está vindo.

A mulher suspirou e saiu ruidosamente, tomando o cuidado de rebolar a bunda como uma novilha engordada.

Agnes observava o rosto de Eugene. Ficou contente por ele não ter dado uma olhadela.

— Bom, ela parece *legal*.

— É, acho que é — disse Eugene em tom pouco convincente.

— É um nome bem bonito, Belle.

— É, sim. Uma pena que o nome verdadeiro seja Geraldine.

Agnes riu.

— É verdade, *xerife*?

Eugene deixou que ela risse dele, foi generoso, e por isso ela relaxou um pouco.

— É, é a Geraldine de Gartcosh, e não tenho muita certeza de que ela não matou a cascavel e fez o cinto com as próprias mãos.

— Melhor eu me cuidar, então.

— É. Essa mulher seria capaz de fazer uma bota nova com seu ex-marido.

As bebidas chegaram e eles ficaram sentados, olhando os dançarinos rodopiarem e rodopiarem por um tempo, até que ele se virou de novo para ela.

— Então, por que é que você não está bebendo?

Agnes esquadrinhou a história da versão limpa de sua vida.

— Ah, sabe como é... Bebida não me cai bem. Eu fico com muita dor de cabeça na manhã seguinte.

Ela coçou a parte de trás da cabeça, nervosa. Eugene parecia que não aceitaria a mentira. Uma faísca de reconhecimento lampejou entre eles.

— Ah, bom, quem sabe mais tarde.

— Quem sabe. — Ela tentou mudar de assunto. — Então, me conta, como é que o xerife da cidade ainda está solteiro?

— Eu ia te perguntar a mesma coisa.

— É uma longa história. Lembra as botas feitas de maridos?

— O quê? Então quer dizer que é melhor eu tomar cuidado?

— Bom, tem quem diga que sou uma divorciada à procura de uma bolsa que combine. — Ela sugou pelo canudinho. — Vai. Responde a minha pergunta.

Ele levou um tempo para responder. Tomou um gole de cerveja e um bocado de uísque.

— Bom, passei bastante tempo casado, até o ano passado, na verdade. Aquela doença que começa com C. Bem de repente.

— Eu sinto muito. — Ela pôs a mão na dele. — A mesma que levou meu pai.

Ele apenas assentiu e tomou outro bocado das bebidas. O suor no copo de cerveja parecia refrescante.

A música country chegou ao fim, e a banda disse à plateia que faria um intervalo. Um casal suado se aproximou, a mulher num vestido de bordel e o homem com uma fantasia padrão de caubói.

— Ei, xerife, como é que vai? — disse a mulher, no tom mais cabaré que poderia haver em Glasgow.

Eugene os apresentou como Leslie e Lesley, um casal de fregueses.

Leslie disse:

— Se você encontrar com minha esposa, não conta pra ela que estou aqui com a minha pombinha — disse Leslie, e deu um sorriso de furão.

— Haja paciência. Como se eu nunca tivesse ouvido isso antes — retrucou a esposa, revirando os olhos, enfadada depois de anos da mesma bobagem. — A gente só queria ver como você anda, xerife.

Lesley dobrou os braços de carneiro sob o peito grande e pegou o crucifixo entre os dedos.

— Como você tem passado?

— Razoável.

Eugene parecia meio encurralado.

— A gente continua rezando por você lá na igreja — declarou Lesley. — Parece que foi ontem, né?

— É — disse Eugene.

Ele deu um olhar nervoso para Agnes.

— Que Deus a tenha em um bom lugar — disse Lesley, girando a cruz.

Eugene ergueu o uísque em um brinde, mas não bebeu.

Agnes observava Lesley. A mulher analisava Eugene, os olhos se movendo do cabelo para os botões remendados do colete, passando pela gola da camisa, limpa e engomada. Era uma daquelas mulheres que viviam para os detalhes. *Quem está passando a camisa? Quem está preparando a comida dele?*

— Como vão tuas irmãs? — perguntou ela, por fim.

— Ah, estão bem. Posso até ser o mais velho, mas você não acharia se visse elas. Seriam capazes de falar com Matusalém de nariz empinado.

— Ai, elas só estão preocupadas contigo. Fala pra Colleen que perguntei por ela e pelas crianças, está bem? Que horror a história do Jamesy. Fala pra ela que vou mandar umas roupinhas usadas pra eles. Gerald deu outra esticada, está crescendo que nem erva daninha. Nem sei como é que Colleen arruma roupa para os cinco desde que a mina fechou.

Eugene ficou imóvel, o copo de uísque ainda no ar. Agnes precisou de um instante, mas, quando a ficha caiu, seu sorriso começou a se fechar.

— Aquele lugar está virando um chiqueiro desde que a mina fechou. Ouvi falar daquela loucura de Valium. Ah, *e* ouvi falar também da puta alcoólatra que se mudou pra casa da frente. — Ela se virou para Agnes, esperando alguma solidariedade entre mulheres. — Na minha época, a Igreja teria botado essa mulher pra correr. Não é direito, uma mulher que nem essa viver no meio de boas famílias.

Com isso, o caubói com cara de furão revirou os olhos e pegou o braço rechonchudo da esposa. Ele meio que a arrastou até a pista de dança.

— Ah, bom, então tchau — disse a mulher com alegria, e depois se virou para Agnes. — Adorei te conhecer, querida.

Agnes assentiu, mas seus olhos já estavam vidrados, o delineador preto ameaçando voltar à forma líquida. Depois que os Leslie foram embora, ela e Eugene passaram bastante tempo calados.

— Então, vocês *todos* estão rindo de mim? — indagou ela.

— Não.

Eugene balançou o emaranhado de cachos vermelhos como uma criança séria.

— Eu não.

— Está todo mundo rindo de mim — disse ela, basicamente para si. — Eu devo ser uma grande piada pra você.

— Não — repetiu ele.

Ele pousou as palmas rosadas das mãos grandes sobre o tampo da mesa, assim como Shug sempre fazia, um embuste tentando parecer sincero.

Agnes ficou olhando as mãos paradas ali e engoliu a autocomiseração que a levava a querer que ele a machucasse, a parte dela que ansiava pelo esperado.

— Então, quem exatamente é Colleen McAvennie pra você? Vocês dão tantas voltas que não me espantaria se ela fosse sua prima, sua irmã e sua leiteira ao mesmo tempo.

Eugene suspirou.

— Você me perguntou se foi fácil eu achar a sua casa e eu disse *sim*. Bom, não fui muito claro.

Ele deu um gole vagaroso na cerveja, um gole rápido no uísque e botou as palmas abertas sobre a mesa outra vez.

— Colleen McAvennie é minha irmã caçula.

Os barulhos alegres do ambiente cessaram. Agnes sentia os Leslie olhando direto para ela. Seus olhos pequenos marcavam com o já conhecido ferro quente da vergonha a lateral de seu rosto, a bainha da saia, os anéis nos dedos. Ela aguardou até assimilar as palavras. A cerveja chamava seu nome. Dizia que tudo ficaria melhor.

Ela percebeu que Eugene tinha voltado a falar.

— Com Colleen, somos oito, todos morando no conjunto habitacional. Uma boa linhagem de irlandeses. Sabe como é. Nosso avô foi um dos primeiros mineiros, e todo mundo cresceu lá e acabou ficando. Eles não tinham muita imaginação naquela época.

Ele tentou dar um sorriso carinhoso. Ela não se deixaria enternecer.

— Então, o que é que ela fala de mim? — perguntou Agnes, endireitando as costas.

— Ah, não esquenta a cabeça com ela. Ela fala demais sobre qualquer porra.

As palmas abertas se fecharam em bolas.

— Bom, de qualquer jeito, dá pra imaginar...

— É que é um lugar pequeno... — suavizou Eugene.

— *Eu bebo muito...*

— e as pessoas não têm o que fazer...

— *e sou uma péssima mãe...*

— em que todo mundo bisbilhota a vida dos outros...

— *eu dou vexame...*

— quando devia cuidar da própria vida.

— *e sou uma puta asquerosa.*

Com a última palavra, ele se mexeu na cadeira, sem jeito. O bom católico, o primogênito, firme e fiel.

— Entendi — sussurrou ela.

— Eu preciso perguntar — disse ele, passado um instante. — Assim. *Peço mil desculpas por te fazer essa pergunta.*

Ela viu o pescoço grosso dele se contrair.

— Mas você dormiu com o marido dela? Com Jamesy?

Agnes hesitou quanto à resposta. Anos de álcool a deixavam sem certezas. Anos de pessoas perguntando *Você se lembra da noite em que fez isso?* levavam a pessoa a perder o próprio senso da verdade. As coisas que tinha esquecido em apagões poderiam ser banais e insignificantes, mas também poderiam ser épicas e até infames. A verdade é que não tinha dormido com Jamesy, não por vontade própria, de qualquer modo. Ele tinha trapaceado para enfiar o pau nela e depois tinha descumprido o acordo entre eles. Isso tornava a coisa pior do que sexo. Ela não sabia o nome daquilo.

— Não. Nunca dormi com Jamesy — respondeu ela no tom mais seguro que conseguiu.

Eugene levou o copo aos lábios outra vez, contente, parecia, em pôr algo entre os dois. Agnes se sentou empertigada, a cabeça tão erguida a ponto de parecer desconfortável.

— Você sabe que as coisas que falam sobre mim não são verdades. Minha casa é linda. É imaculada.

Um homem magro tomou o palco. Esfarrapado e emaciado, tinha cabelo branco comprido ao estilo Willie Nelson, a parte da frente amarelada pelos anos de nicotina. Ele matraqueou ao microfone como se chamasse uma dança escocesa.

— Junta aqui, pessoal. Chegou a hora outra vez. É matar ou morrer... velhos caubóis irlandeses entre nós... isso significa que são dez e meia da noite.

A plateia soltou uma risada bondosa.

— É a hora dos pistoleiros. Então, formem filas. Podem começar a primeira rodada.

Satisfeito com a distração, Eugene tomou o resto do líquido âmbar de uma vez só.

— Vamos lá! Levanta.

Ele se levantou e, sem esperar pela resposta, levantou Agnes da cadeira. Ele tirou o paletó, deixando à mostra as duas pistolas prateadas. Tirou o coldre da cintura e passou-o para a cintura dela. Ele o apertou, mas ainda assim ficou frouxo.

— Então é isso. Fica de olho em mim.

— O caubói do palco vai contar até três. — Ele mantinha os braços duros ao lado do corpo. — Só quando ele chegar no três é que vocês podem sacar a pistola. Combinado? Quando ele chegar no três, saquem a pistola, mirem, empurrem o martelo e disparem.

Eugene sacou uma das pistolas e com um movimento ligeiro empurrou o martelo para trás e fingiu apertar o gatilho.

— Não se preocupem com uma mira muito boa. É só vocês serem bem ligeiros com o gatilho.

— Não posso. Vou dar vexame.

— Nós deixamos o orgulho na porta.

Eugene apontou para o distintivo de plástico reluzente.

— Eu sou o xerife desta cidade e você é minha mulher. Ninguém vai mexer contigo.

Agnes só escutou a parte *minha mulher*.

O homem magrelo no palco convocou a rodada feminina, e as mulheres começaram a se enfileirar. Agnes ainda não tinha reparado em todas aquelas armas, mas estavam ali, compridas e luzidias e com cara de falsas. Eugene a posicionou em uma fileira.

— Não posso! — sibilou ela.

— Olha, finge que é Colleen que você consegue acertar bem entre os olhos.

As primeiras duas mulheres se instalaram a seis metros de distância no chão coberto de serragem. O homem magrelo as apresentou como Anniesland Angel e Delta Deirdre. Com a mão levantada no ar, ele contou bem alto ao microfone.

— É um... É dois...

No três, as duas mulheres sacaram a pistola da cintura. Elas as apontaram e espalmaram o martelo e puxaram o gatilho. Soltaram um estalo alto e fumegante, como uma pistola de brinquedo. Delta Deirdre levou a melhor sobre Anniesland Angel. Ela soprou a fumaça da parte de cima da arma. O salão deixou escapar um urro.

— É isso aí! — disse Eugene. — Esqueci que você vai precisar de um nome artístico.

Ele se afastou com um sorriso perverso. Ela o viu se sentar à mesa e pedir outra rodada. Ele lhe levantou o polegar, os dedos carnudos e rosados.

Quando Agnes chegou à frente da fila, o ar já estava denso de enxofre como se fosse a Noite de Guy Fawkes. Uma mulher na frente perguntou a Agnes qual era seu nome e, depois de anotá-lo, o entregou ao homem do microfone. Agnes foi conduzida até o outro lado e virada para que ficasse de frente para outra mulher, na qual teria que atirar. Infelizmente, não tinha nada a ver com Colleen. De trancinhas, meias brancas com frufrus e um vestido de avental curto, poderia muito bem ter sessenta anos e parecia se sustentar como cozinheira de escola.

O magrelo no palco anunciou as pistoleiras. À esquerda estava Arizona Ann. A plateia bateu palmas quando a cozinheira levantou a bainha do vestido e fez uma reverência. À direita, o homem declarou, apontando para a novata, estava Phoenix Rising. A plateia tornou a bater palmas, e Agnes teve a certeza de que batiam palmas mais alto para ela.

O homem iniciou a contagem.

— É um… É dois…

— Desculpa. Espera, espera! — gritou Agnes, se abaixando no chão e enfiando a bolsinha entre as pernas.

A plateia riu. Agnes ficou vermelha.

Com um suspiro, o homem recomeçou a contagem. Compenetrada, Agnes pôs a língua na frente dos dentes. Os homens todos a olhavam.

— É um… É dois… É trêêêês…

Houve um estouro, e logo depois houve outro estrépito. Agnes abriu os olhos. A cozinheira tinha levantado o punho, vitoriosa.

Na série dele, o xerife chegou às semifinais, e Agnes passou boa parte da noite sozinha à mesa, afagando um copo quente de Coca. Ele atirava nos outros homens com facilidade, e de um jeito estranho ela sentia orgulho. Estava pasma e se permitiu pensar no belo casal que formariam. Em seguida, pensou em Colleen e em todos os outros rostos tensos que a haviam julgado e que talvez fossem de irmãs dele.

O xerife acabou sendo tirado de combate pelo cantor, cujo pseudônimo era Singing Plumber. O homem de rosto esburacado parecia estar muito absorto naquilo, como se tivesse treinado no quarto ouvindo fitas de Kenny Rogers. Tinha um rosto carrancudo, que esgarçava em um sorriso barato de Clint Eastwood que se orgulhava de ter aperfeiçoado.

Por fim, ele venceu — ganhou fichas para pedir bebidas de graça no bar e depois voltou ao palco, e a banda recomeçou. Mais casais, azeitados pelas bebidas baratas, tomaram o chão de madeira. O xerife levou Agnes até o centro e a puxou para perto, do jeito formal com que os mais jovens já não se importam mais.

— Gostei do nome que você escolheu.

— Obrigada, mas você me deixou desprevenida.

Ele estava morno e com um cheiro adocicado. Seu hálito estava quente. Ela se permitiu ser puxada para junto dele e deixou seu corpo se imprensar contra o barril que era o peito dele.

— Você se saiu muito bem.

Ele parecia genuinamente orgulhoso. Ela ficou feliz.

— *Que nada*. Levei um tiro e morri em três segundos.

— Imaginar Colleen te ajudou?

— Eu estava de olho fechado.

Eugene caiu na gargalhada, os olhos cintilantes por conta da bebida.

— Bom. Você sem dúvida ganha o prêmio de mais linda.

— *Shiii*. Além do mais, espera só. Eu tenho umas cortinas velhas em casa e vou fazer um vestido grandão para a próxima vez.

Ele pareceu entusiasmado e a sacudiu um pouquinho.

— Vai ter uma próxima vez?

— Então, creio que sim, agora que já planejei minha roupa.

— Mal posso esperar pra ver. Vai ser um daqueles vestidos de puta cheios de babados?

Diante dessa palavra, Agnes estremeceu como se ele tivesse pisado em seus dedos. Ele a sentiu se enrijecer dentro de seus braços. Agnes se retraiu, e o ar frio preencheu os espaços onde antes pressionava seu corpo contra o dele. A banda tocava uma música nova, uma melodia triste, de coração partido, das que faziam mulheres dançarem com outras mulheres e cantarem junto.

— Então, quanto tempo faz que você parou de beber?

— Talvez você deva perguntar pra Colleen.

Dessa vez, foi Eugene quem se enrijeceu.

— É difícil. Não beber? — perguntou ele a sério.

— É, e fica cada vez mais difícil, não mais fácil.

— Por quê?

— Bom, você vai ficando cada dia um pouco mais forte, mas a bebida está sempre ali, à espera. Não importa se você anda ou corre pra longe dela, ela está sempre logo atrás de você, feito uma sombra. O macete é não esquecer.

— Esquecer o quê?

— De tudo quanto é tipo de coisa. — Ela suspirou. — De como você é fraca, de como você se afundava na bebida. Às vezes acha que dá pra controlar. Que tem domínio.

— Aposto que você consegue ter domínio — disse ele francamente.

Ela ergueu os olhos para ele.

— É por isso que ir a reuniões é importante. Você *nunca* domina.

— Espero que eu beber não te incomode.

Ela levou um instante.

— Não.

— Incomoda?

— Ah, não. Só queria poder tomar uma contigo. Pra me sentir normal.

— Ah, mas você me parece bem normal.

Ele havia respondido com tanta clareza, tanta rapidez, que ela se comoveu.

— Acredite ou não, fazia tempo que não escutava um elogio desses.

Continuaram dançando, e ela tentou se sentir melhor. Tentou tolher as dúvidas e a vergonha e deixar os devaneios de antes se reacenderem. Poderia ser ele a arrancá-la do vazio, um amigo, um amante, um pai. Ela poderia mantê-lo arrumado e alimentado. Ela permaneceria limpa. Ele poderia lhe dar dinheiro. Poderiam tirar férias.

Ele pagaria os produtos de um carrinho grande de um supermercado grande, de renome. Ela o amaria. Era esse o caminho que os devaneios tomavam.

Os espaços de ar frio se fechavam entre seus corpos, quando algo dentro dela a instigou a perguntar:

— Se Colleen te falou que sou uma desgraça, por que você veio?

Ele demorou um tempo para responder. A espera a deixou constrangida, e quando ele respondeu ficou claro que já tinha pensado naquilo antes.

— Tem anos que estou sozinho. Já me sentia sozinho antes da minha esposa morrer. Não nos entenda mal. Ela era uma boa mulher, uma boa mulher que nem a Colleen, mas a gente estava preso na nossa rotinazinha.

A música não combinava com a tristeza suave de suas palavras.

— Se você parar pra pensar, passei boa parte da minha vida debaixo da terra. Eu não tinha muito o que dividir no fim do dia. Depois de vinte anos, você vai falar do quê? Mas ela *era* uma boa mulher. Preparava uns jantares enormes pra mim, com carne e molho, o prato escaldante porque ela deixava ele dentro do forno o dia inteiro pra esquentar. A gente fazia jantares enormes porque já não tinha mais nada pra falar. Nada que valesse a pena, pelo menos. Tenho quarenta e três anos. Quatro a mais do que o meu pai tinha quando morreu, então eu devia estar pendurando as chuteiras. Devia estar me aposentando das minas, vivendo o resto dos meus dias com ela e sem nada pra dizer.

Ela percebeu o nó na garganta dele.

— Quando eu te vi, não estava procurando. Eu não sabia de você, não tinha ouvido Colleen tocar no teu nome. Isso é coisa de mulher, né? Não se fala de homem desse jeito. Fofoca. Histórias. Igreja. Essa praia é delas. Só sei que quando te vi atrás do vidro, vi outra pessoa solitária, e torci pra gente ter alguma coisa pra falar um pro outro.

Os lábios dele tremeram.

— Foi quando eu me dei conta. Eu não quero pendurar as chuteiras.

Então, Agnes o beijou. Eugene, firme e fiel. Seus lábios eram duros, mas o gosto era doce.

Vinte

Agnes estava no carpete do quarto, de costas para a porta. Canções de amor suaves tocavam no rádio-relógio da mesinha de cabeceira, e ela estava ajoelhada, os botões rosa dos dedos dos pés balançando atrás do corpo, cantarolando com alegria. Shuggie viu a cabeça abaixada, compenetrada ao examinar as pilhas de lingerie. Estava separando tudo, as pretas das brancas, e depois separando as brancas em brancas novas, impecáveis, as quase brancas, e na ponta um monte descartado de brancas que havia muito tempo já não eram mais brancas. Shuggie se aproximou por trás, esticou os dedos do pé e os entrelaçou aos da mãe, enfiando as juntas nos espaços entre os dedos dela. Passou o braço em torno dos ombros dela e ficou observando-a trabalhar.

Ela mostrou uma calcinha de renda a ele, tinha uma nesga de cetim na frente, mas as laterais eram de renda. Ela beliscava a costura lateral.

— O que você acha dessa? — perguntou. — Acho que talvez sejam baixas demais no quadril, talvez meio antiquadas?

A calcinha o lembrava de alguma coisa. Shuggie olhou das calcinhas para as cortinas de renda branca que pendiam diante das janelas. Ela seguiu o olhar dele.

— Seu abusado!

Mas ela não estava zangada. Escorou-se nele e jogou a calcinha na pilha de descarte.

— Questão resolvida!

Shuggie pegou um sutiã branco e velho. Ele o esticou e escutou o elástico gemer e estalar.

— Aposto que Leek conseguiria transformar isso aqui em estilingue. Eu poderia derrubar todas as janelas dos McAvennie com cinco pedaços de carvão.

Agnes o tirou dos dedos dele e o jogou de volta na pilha de descarte.

— Eu jamais conseguiria viver com isso — ironizou.

— Pra que você está fazendo isso?

Agnes levou um chambre ao rosto, suspendendo o tecido sedoso logo abaixo dos olhos, e o roçou no rosto, como se fizesse parte do harém misterioso de Simbad.

— É que preciso me organizar.

— Pra quê? O padre Barry nos ensinou que a única pessoa que devia ver a roupa íntima de alguém é a própria pessoa.

— Esse tal padre Barry, ele está coberto de razão. Se quer saber, é porque vou passar a noite fora.

Ela se aproximou dele em tom conspiratório.

— Só que vai ser de dia.

— Com o taxista? Você não vai deixar *ele* ver tua calcinha, né?

Ela riu e apertou o botãozinho que era o nariz do filho.

— É, com o meu homão de cabelo de fogo. E, para a sua informação, *não*, não vou deixar que ele veja a minha calcinha.

Ele estava tão animado para mostrá-lo para ela. Desde que a buscara de táxi, vinha se alternando entre dizer "você vai amar" e "espero que você ame" de poucos em poucos minutos. Eugene percorreu ruas que Agnes nunca tinha visto, e no começo ela ficara triste de ver que ficavam longe da cidade. Esperava que fossem almoçar na cidade ou, melhor ainda, que veriam um espetáculo vespertino no King's Theatre, e portanto tinha se vestido para a ocasião.

Agora estavam parados, olhando para um buraco profundo na terra, e Eugene coçou a nuca, consternado.

— Que merda, vou ter que te carregar.

A lama subiu pelos saltos pretos, ela corria o risco de tropeçar a qualquer instante.

— Mas e se você me deixar cair?

Ele deu uma espiada no buraco fundo.

— Ah, não esquenta. Você morre rapidinho. — Ele apoiou um dos joelhos no lodo, feito um cavaleiro, e deu as costas para ela montar. Agnes delicadamente levantou a saia até onde podia, sem se importar se ele veria suas coxas, mas tomando cuidado para que não visse a nesga de pano desajeitada, grosseira, da meia-calça preta.

Ela passou as pernas em volta dele, e ele não teve dificuldade de levantá-la. A descida era muito perigosa: havia alguns degraus escorregadios embutidos na rocha, porém mais embaixo os degraus tinham sido corroídos e o caminho estava bloqueado por seixos caídos. Eugene se segurava na lateral do buraco e ia devagar. Várias vezes precisou pôr Agnes no chão para subir antes e depois ajudá-la a pular algum obstáculo. Ambos estavam ofegantes e imundos quando chegaram ao fundo.

O buraco onde estavam vinha sendo burilado há milhares de anos por uma água que corria lentamente. O rio preguiçoso que passava ali era vermelho-ferrugem, a água juntando milênios de sedimento de arenito vermelho. Parecia quase um sangue aguado, e Agnes ficou incomodada. As paredes vermelhas se avultavam, ondulando e se retorcendo segundo o desejo vagaroso do rio. No centro, havia um imenso depósito de arenito que se projetava da água feito um altar. Embora se alargasse no fundo, o buraco se estreitava no alto e era rodeado de árvores e musgo. Quando olhava para cima, ela mal enxergava o céu. Eugene sorria de orelha a orelha.

— O púlpito do diabo — disse ele, orgulhoso. — É um arraso, não é?

Agnes se equilibrava na ponta dos pés. Os saltos caíam e ficavam presos nas frestas da rocha.

— Bom, dá pra perceber que você foi mineiro.

Ele passava a mão no arenito e no musgo, acariciando como se estivesse com saudades.

— A primeira vez que a gente veio aqui foi com o meu pai. Quase ninguém sabia que isso existia naquela época. Ele arrumava a cadeira de lona, abria umas latinhas e deixava a gente passar horas rindo e gritando.

Eugene olhava ao redor, recordando os bons tempos.

— A água é um gelo, mas Colleen adorava nadar nela. Tinha pernas tão compridas que vencia qualquer um de nós.

Agnes fechou a cara para a água vermelho-sangue, e enfiou a bolsa debaixo do braço.

— No final do dia, devia parecer Carrie, a estranha.

Eugene se curvou, pegou um punhado da água.

— Não, não! Pode beber, é fresquinha. Olha.

Ele levou a água aos lábios, mas ela pôs a mão no peito e fez que não. Quase imediatamente desejou ter tomado a água. Eugene parecia abatido. Ele enxugou a mão molhada na calça.

— Que idiotice a minha, né? O que é que eu estava pensando de trazer uma mulher com os seus modos pra um lugar feito esse?

— Não. É que não era o que eu estava esperando.

Ela passou a mão pelo arenito vermelho, tentando puxar dali a ternura das recordações dele.

— Acho que já faz um tempo que nenhum de nós corteja ninguém.

— Está na cara?

Eugene limpou a poeira do sapato nas costas da calça. Arrancou um pedacinho de pedra vermelha com a unha do polegar. Apertou com força, até os nós dos dedos ficarem brancos.

— Eu era um mineiro modesto, mas aposto que se eu apertar isso aqui por bastante tempo ele faz um diamante.

Agnes riu. Ela abriu o fecho da bolsinha e a inclinou para ele.

— Por que você não disse antes? Agora sim você está falando a minha língua!

Quando dois turistas alemães desceram o vale, ele a carregou para a terra outra vez. Dessa vez, ela se enrolou toda nele e de propósito aproximou os lábios da pele rosada atrás de sua orelha. Eugene tinha planejado o dia e, fosse qual fosse a forma que tomasse, ela estava decidida a não estragar mais nada.

Ele dirigiu o carro até as montanhas de Campsie e a caminhada até o outro lado das montanhas foi pantanosa, mas dessa vez ela não reclamou. Sentaram-se nos despenhadeiros verdes e ficaram olhando para a cidade ao longe. Ele tinha levado uma coberta de lã xadrez e, sem que ela precisasse pedir, colocou-a entre ela e o vento uivante, desembrulhando a comida que havia preparado.

Era um banquete simples, nutritivo e singelo. Havia sanduíches de queijo grossos, em que o queijo fora cortado do mesmo tamanho que o pão, uma caixinha inteira de morangos grandes e vermelhos, além de um pote de linguiça que ele grelhara em casa, tudo digno de um bufê. O que faltava em termos de bom gosto, ele tinha em tamanho: tinha providenciado comida suficiente para todos os mineiros de um turno.

— Sua esposa comia muito? — indagou ela.

— É, acho que ela tinha um bom apetite.

Deixou que ela risse dele, e Agnes de novo se lembrou de como era bondoso. Eugene pegou um pacote de latas de cerveja da sacola esportiva.

— Você não se incomoda, né?

Ela tirou lama da saia.

— De jeito nenhum. Fique à vontade.

Ele pediu que ela escolhesse entre uma caixa de leite que parecia quente e uma garrafa grande de suco com gás. Ela apontou para a bebida gasosa e ele a despejou em um copo térmico.

— O que é que se bebe quando não se toma álcool?

Ele parecia genuinamente perplexo. Era uma pergunta genérica, não voltada apenas para ela.

Mas Agnes a entendeu de outra forma.

— Em geral, as lágrimas dos meus inimigos e, quando não dá, chá ou água da pia.

Com isso, trocaram um animado *tim-tim!*. De onde ela estava, percebia que a cerveja estava com aquele conhecido aroma argiloso, coalhado, e de repente se arrependeu de ter deixado Eugene se sentar contra o vento. Ela beliscou o sanduíche de queijo — o queijo estava gostoso, um cheddar de sabor forte. Agnes tinha que ciscar pedacinhos como um passarinho para evitar que a grossa camada de manteiga fizesse o pão se alojar atrás de sua dentadura.

— Não está bom?

— Não, está uma delícia — disse ela. — Eu estava pensando aqui: nem me lembro quando foi a última vez que alguém preparou alguma coisa pra eu comer.

— Minha nossa, como você tem sido negligenciada.

Ela abriu os braços e riu.

— Santo Deus. Obrigada. É o que andei dizendo!

— Bom, sei cortar queijo em cubinhos e sei fazer presunto com salada, se é isso o que tem em casa. Sei abrir lata sozinho e sei até ferver ovo sem endurecer a gema.

Ele levantou o queixo com um orgulho juvenil.

Agnes fez o sinal da cruz e desfaleceu.

— Sr. McNamara, onde você estava escondido este tempo todo?

Talvez mais tarde ele lhe dissesse que tinha entrado na própria casa sorrateiramente com a comida do piquenique como um adolescente com um saco cheio de contrabando. Em algum momento lhe contaria que naquela manhã tinha preparado os sanduíches enormes com a tábua de cortar que tinha levado para o banheiro trancado. Ele lhe falaria de sua filha Bernie e de seu jeito bisbilhoteiro, só que mais tarde, bem mais tarde. Tudo podia esperar, ele não queria estragar o dia encantador dela.

Agnes tampou a boca com as costas da mão e bocejou. Eugene riu, e então fez a mesma coisa.

— É, o turno da noite deixa a gente assim.

— Olha só a gente durante o dia. Se arrastando como um par de criaturas noturnas.

Eugene tomou um bocado de cerveja.

— Bom. Fico é feliz de ter trabalho. Mesmo tendo que rastejar por aí feito um, *feito um*...

— Bom, feito um *bicho rastejante* — sugeriu Agnes.

— Moça, você por acaso está me chamando de cobra?

— Outros homens, sim. Mas não, você nunca. E, veja bem, eu adoro couro. Deve dar pra fazer um belo casaco com couro de cobra.

Agnes bocejou de novo e se virou em direção a Glasgow. Parecia tão distante agora, um aglomerado cinza no meio de um vale verdejante. Ficaram observando o sol da tarde puxar a cidade do meio das nuvens baixas.

— A gente pode ficar aqui até ver as luzes? — quis saber ela.

— Se você não congelar, sim, por que não?

Como se o clima estivesse escutando, um vento frio soprou no outeiro, e ela estremeceu enquanto seu cabelo voava. Eugene abriu a parede de seu corpo e deu batidinhas no peito como se ali fosse o lugar dela. Ela era elegante demais para se arrastar. Então, Agnes se levantou, tremendo sobre os saltos pretos, e atravessou a coberta para se deitar nele.

Ela fechou os olhos quando ele passou os braços em torno dela e a deixou segura. Ficaram bastante tempo desse jeito, sem falar nada, enquanto viam o crepúsculo vagaroso cair sobre a cidade. Ela estava aquecida nos seus braços, e se recostou e confiou na solidez de seu corpo. Ele esfregou suas canelas, tirando o frio, e ela ficou olhando as sardas dos dedos dele ao percorrerem lentamente o osso pontudo de seu joelho.

Quando ele beijou seu pescoço com delicadeza, ela tornou a fechar os olhos e felizmente se esqueceu da promessa de não lhe mostrar a calcinha.

— Acorda!

Ela o sacudiu com força. O menino abriu os olhos. Ela o olhava de cima com o braço cheio de roupas pretas. Inclinou-se e sussurrou, animada:

— Se veste! A gente vai embarcar numa grande aventura.

Ele ainda estava sonolento quando Agnes o arrastou pela Pit Road e para fora do conjunto habitacional. Ali, no meio da noite, as turfeiras eram pretas como carvão, e o silêncio era total, a não ser pelo gorgolejo baixinho da água do córrego e a canção dos sapos do brejo. Desde Eugene, tudo parecia menos sinistro para ela, menos um buraco negro sugador feito para que continuasse empacada. Agora, ria enquanto Shuggie se lamuriava, e marchava, persuadida, e o arrastava junto na escuridão, nunca interrompendo a alegre canção: *Ai beg your paaar-don, Ai never promised you a rose gaaar-den*. Na outra mão, ela balançava meia dúzia de sacos de lixo pretos. Em um deles, algum objeto de metal pesado tilintava ruidosamente, um objeto tal como uma cerveja enlatada.

Quando chegaram à via expressa rumo a Glasgow, passaram de fininho pelo posto de gasolina até estarem sob as sombras dos carvalhos que margeavam a pista. Ela observava a estrada larga em busca de uma trégua no tráfego, e então saíram em disparada até a ilha no meio da rodovia. Como fugitivos, eles se agacharam debaixo de arbustos densos, espinhosos. Agnes ria ao virar os sacos pretos e tirar uma pá e um conjunto de utensílios de jardinagem.

— Está bem, temos que agir rápido — sussurrou ela, cortando a primeira camada do solo com uma pá pequena. — A gente só vai embora depois de tirar. Uma. Por. Uma.

Shuggie estava deitado na cama ainda no seu melhor traje de assaltante. Mordia o lábio ao pensar no homem ruivo que andava beijando a mãe e tinha devolvido a cantoria a seus lábios. Queria perguntar a Leek sobre aquele assunto, mas o irmão tinha desaparecido sob monte de cobertas, e sabia muito bem que não devia arrancá-lo de seus sonhos. Atravessou o carpete com passos pesados e puxou uma ponta da cortina.

O que viu a princípio não fez sentido. Do outro lado da janela, o jardim imundo do Conselho tinha se transformado. O pequeno lote que antes era de terra marrom e grama até a cintura agora era um mar ondulante de cores. Dezenas de flores saudáveis, encorpadas, tremulavam com a brisa: rosas pêssego, creme e escarlate, todas dançando e se agitando feito balões felizes.

Ele saiu naquela manhã clara e juntou as pétalas que tinham caído das rosas. Ao se levantar, os cinco filhos dos McAvennie já estavam pendurados na cerca de ripas feito sacos plásticos soprados pelo vento. Estavam boquiabertos, de queixo caído, com o mar de flores lindas, ofegando pelas bocas abertas.

— Onde você arrumou isso aí? — berrou Rata Suja, a menina do meio.

— Sei lá — mentiu Shuggie.

— Bom, elas não estavam aí ontem à noite.

Uma marca de espuma de cereal de chocolate emoldurava sua boca. O cabelo de ratinha estava emaranhado nas laterais e apontavam para o oeste, mais adiante, como se orientasse um motorista em um dia de ventania.

— Vai ver que elas brotaram do nada — respondeu ele. — *Feito mágica.*

Os que respiravam pela boca riram, uma risada grave e lenta. Francis, o mais velho, enfiou a mão pela cerca e arrancou uma rosa branca por inteiro.

— Ei! — gritou Shuggie, soando mais como uma bruxa do que pretendia. — Por favor, não faz isso.

O garoto subiu ainda mais na cerca, até a ripa mais alta bater em sua barriga magra.

— Quem vai me impedir? Você?

— É que não é seu, você não pode estragar!

— Também não é teu, ô, imbecil — cuspiu Rata Suja, exultante com a possibilidade de uma briga. Tinha metade da idade de Shuggie e já levava vantagem sobre ele.

— Tu acha que elas cresceram da noite para o dia? — indagou Francis.

— *Quem sabe*?

— Jesus amado, que bichinha idiota você é — disse Rata Suja, exibindo os dentes de leite afiados em um sorriso.

Os McAvennie riram e saltaram na cerca, berrando em coro:

— *Bichinha idiota, bichinha idiota.*

Suas vozes ressoavam pela rua sossegada, mais altas do que a musiquinha da van de sorvete.

— Tu gosta de pinto e de bunda — disse Francis. — Minha mãe falou pra eu ficar longe de você, pra você não tentar enfiar o dedo no meu cu!

As crianças se balançavam com força na cerca e mostravam as garras para ele. Revezaram-se cuspindo no jardim, arqueando o corpo e pulverizando o menino e as flores viçosas. Um por um, descascaram a cerca e riram rua afora. Dentro da cerca de casa, a Rata Suja se virou e deu um aceno muito alegre.

Shuggie os viu entrar marchando pela porta da frente. Puxou a manga do suéter preto sobre a mão e enxugou o cuspe do rosto. Assim que fez isso, se arrependeu. Colleen McAvennie fumava na janela, os braços cruzados sobre o corpo magrelo e um sorriso ferino emplastrado no rosto encovado, cor de chá.

Todas as janelas estavam abertas, e o toca-fitas tocava no peitoril. Agnes estava no meio das rosas, de jeans cortado e uma blusa velha de algodão, cujas alças tinha empurrado para baixo, para que não estragassem as marcas do bronzeado. Naquele verão fazia um calor anormal, com uma série de dias secos, longos, um atrás do outro, e um sol claro que recompensava o entusiasmo com a ameaça de insolação e bolhas.

Agnes rodopiava como se dançasse com um parceiro imaginário.

— Pega esse seu corpinho e vem dançar com a sua mãe — disse ela alto demais, a voz ecoando nas casas dos mineiros.

Lá dentro, na sombra do quarto fresco, Shuggie fechou a cara na beirada da cama. Estava se escondendo desde aquela manhã.

— Olha, você não tem como ficar dentro de casa o dia inteiro — insistia Agnes. — Daqui a pouco o sol some e só volta daqui a um ano, e aí você vai se arrepender.

Ela havia girado, balançando uma espátula de jardinagem, como se fosse louca. Ele achou que ela parecia mais feliz do que nunca, e ficou surpreso com a dor que isso lhe causava. Tudo por conta do homem ruivo. Ele conseguira fazer o que Shuggie fora incapaz.

Agnes parecia ser a deusa de todas as rosas. Os ombros e o rosto estavam rosados devido ao sol de verão. Os vasinhos rosados, provocados por anos a fio de invernos e bebidas, brilhavam nas bochechas felizes. Era como se o Disney em pessoa a tivesse colorido e dado vida, uma Branca de Neve mais corpulenta, mais esfumaçada.

Agnes enfiou a parte de cima do corpo na janela dele e apoiou os seios derretidos no caixilho. Pelo menos já era um pouco melhor, ponderou ele, pois pelo menos ela não estava rodopiando e dançando feito louca na frente de todo mundo. Nunca tinha ficado constrangido com a mãe sóbria. Era uma sensação nova e desagradável.

Shuggie se sentou em cima das mãos para não cerrar os punhos. Sonhava em dar socos frustrados. Alguns pelas rosas idiotas, alguns pelos imbecis dos McAvennie, mas a maioria porque tinha esperado muito tempo por aquela felicidade e agora parecia incapaz de curti-la.

Ele ergueu os olhos e ela continuava sorrindo, demente, mas um sorriso contagiante mesmo assim. Os braços tinham sido arranhados pelos espinhos das rosas, mas ela não se importava.

— Não dá pra você ficar sentado dentro de casa feito uma velha. Vem me encontrar no jardim.

Agnes sumiu de vista, e Shuggie passou mais um tempo emburrado. Uma mão branca surgiu do casulo formado pelas cobertas de Leek. Apontou para Shuggie em tom ameaçador e então, com um movimento abrupto do polegar, apontou para os fundos da casa. Shuggie sabia que o irmão andava dormindo mais tarde agora que a mãe estava sóbria. Vinha desenhando, em rolos maiores de papel milimetrado, representações de armários de madeira que pretendia montar para o seu lado do quarto. O primeiro era um móvel complexo que guardaria seu aparelho de som e seus LPs. Ao lado, planejava uma mesa baixa de pinho com prateleiras tampadas, assim teria um espaço aconchegante para desenhar e um lugar para esconder do irmão as ideias. Shuggie ficava horas olhando os desenhos enquanto Leek estava no treinamento. Os móveis eram aparafusados direto nas paredes de pedra. Shuggie passava os dedos nos desenhos e gostava do senso de permanência.

Ainda ouvia a mãe cantar. Houve um clangor alto de metal que fez Leek chutar as cobertas e se virar abruptamente. Shuggie entendeu o aviso e se arrastou pela casa escura rumo ao sol. Ele virou no jardim dos fundos e a viu curvada com a mangueira na mão, enchendo de água uma caixa branca de metal.

Agnes tinha virado de lado a velha geladeira de Donnelly. Durante um ano, ficara suja e mofada à sombra da casa, esperando que o Conselho a levasse embora. O Conselho só pegaria se a botassem no meio-fio e, apesar dos quatro meninos adolescentes robustos da casa de Bridie, a geladeira não saía do lugar. Exalava um cheiro azedo e leitoso no verão e úmido e podre no inverno. Agnes tinha arrancado todas as gavetinhas aramadas e agora a enchia de água. A porta grande de metal se escancarou como a tampa de um caixão.

Houve um quê de emoção. O desejo de pular na geladeira fria e fechar a tampa brigava com a necessidade de lhe dizer que a amava e que estava contente por ela estar melhor. Queria esmagá-la com seus segredos assim como ela o esmagara com os dela.

— O que é que eu tenho de errado, mamãe? — perguntou ele baixinho.

Agnes atravessou o jardim e enxugou o rosto encalorado do filho com a mão fria.

— Sentiu? Você está fervendo. Dez anos, é uma idade esquisitinha. Pode ser que seja um péssimo caso de crescimento. — Sem nenhuma negociação, ela passou o suéter preto pela cabeça dele e arriou sua calça. — De cueca ou sem cueca?

— De cueca, óbvio — retrucou ele e cruzou os braços. — Não é todo mundo que está na África.

O interior da geladeira estava até o talo de água gelada, corrente. Depois de ser tombada de lado, era um mundo bagunçado de puxadores e compartimentos para hortaliças. Com todas as prateleiras de aramado retiradas, era grande como uma banheira, mas tinha o dobro da profundidade, com o fundo liso e laterais retas. Ele mergulhou devagar na água fria e ela transbordou pelos lados. Ele se levantou e olhou para Agnes em pânico.

— Você está molhando meu gramado? — perguntou ela, rindo.

Shuggie levantou as pernas e as deixou cair feito pedra na água gelada. Com um *chuá* alto, ela cascateou pelos lados e se derramou na grama. Sob a água, o mundo parou. O rosto enrugado apareceu sobre a superfície e sorriu para ele. O emaranhado de raiva dentro dele sumiu, e ele peidou bolhas enormes.

Ele passou boa parte da tarde sentado na geladeira, até muito depois de sua pele começar a parecer a superfície de um mingau velho. Agnes se sentou na beirada, fumando seus cigarros, tomando chá gelado de verdade na caneca que antes continha a bebida secreta. A água transbordante fez o brim de seu short adquirir um tom azul profundo. Gostou que ela não tivesse se zangado.

Ela acariciou o cabelo preto do filho enquanto ele lhe fazia caretas de peixinho.

— Que tipo de homem você vai ser quando crescer?

— Que tipo você quer que eu seja?

Agnes refletiu por um instante.

— Pacato. — Ela mexeu no cabelo molhado dele outra vez. — Com menos cara de preocupado.

O rosto dele se fechou em um nó.

— Sei lá. Só quero ficar com você. Quero te levar embora para algum lugar onde a gente possa ser novinho em folha.

Shuggie se afundou mais na água, fazendo outra onda transbordar. Ele reapareceu, a boca no nível da água.

— Você ama o homão com cabelo de fogo? — perguntou ele de repente, se abaixando mais. — Ele vai ser meu novo pai?

Ela não respondeu.

— Ele é da família McAvennie, e todos eles são um bando de babacas imundos.

Agnes respirou por entre os dentes.

— Bom. Nem *todos* eles são ruins.

— São, sim.

Ele relaxou e soltou outro pum borbulhante. Não era tão engraçado, mas ambos tentaram rir.

Ela andara sorrindo, mas as nuvens voltaram a seu rosto.

— Faz tempo demais que somos só você e eu.

Shuggie viu a boca da mãe se contrair. Ela exalou profundamente ao se levantar e catar os cigarros e o isqueiro. Não olhou para a geladeira, mas para os campos de turfas marrons.

— Faz tempo demais que somos só você e eu — repetiu ela e suspirou de novo. — Não está certo.

Agnes abriu o envelope que seria para pagar o catálogo com um rasgo. Cheio de salários do posto de gasolina, ela entregou a ele uma cédula azul novinha de cinco libras e deixou que a levasse até a van do sorvete. Por todo o conjunto habitacional, relógios de gás foram abertos, moedas de bronze foram contadas, e Pithead inteira tomou as ruas, tentando pegar o primeiro lugar na fila para tomar um bocado de açúcar. Crianças sujas, felizes, galopavam, e donas de casa deram corridinhas esquisitas.

A van do sorvete chegou ao final de uma rodada dissonante de "Flower of Scotland" antes da multidão que se acotovelava ameaçar virá-la. Era uma enorme lata branca em forma de caixa, e parecia ter sido feita em casa a partir do desenho de um bebê do que devia ser uma van. Já tinha tido dias melhores: buracos foram feitos nas laterais, depois cobertos com pedaços de lata e madeira aplainados depois de encaixados. Elevava-se sobre pneus altos, e as crianças ficavam nas pontas dos pés para alcançar a janela de vidro deslizante. Se os doces não estivessem espremidos contra o vidro, jamais veriam o que estava à venda. Gino, o italiano que dirigia a van, gostava assim. Era esplêndido para ver de cima os tops das mocinhas.

Shuggie estava no final da fila de pessoas agitadas. Ficou atrás de Shona Donnelly, que morava em cima deles, a caçula de Bridie e sua única menina. Ela se virou e piscou para ele e puxou o top para baixo para revelar o lacinho rosa que ficava no meio do sutiã esportivo. Como tinha quatro irmãos, ela ficava antenada aos costumes masculinos e, como era a única filha, era sempre ela quem ia à van de sorvete de Gino. Shona fez uma cara estranha como de um sapo gorgolejante e revirou os olhos.

Jinty McClinchy ficou um século pedindo o tabaco solto e o chocolate com menta. As crianças atrás dela não tinham dinheiro, mas tinham um bom estoque de garrafas velhas de refrigerante, que valiam dez centavos cada. Eles as levantavam até a janela com um tinido e depois gastavam o lucro sem pressa. Balinhas de um centavo e pirulitos que explodiam na boca, ratinhos de chocolate baratos e cogumelos de marshmallow rosa — todos contados um a um. No final da fila, Shuggie estava com as mãos nos quadris. Calado, corrigia a aritmética de Gino sempre que ele propositadamente diminuía o troco de alguém.

Passaram a noite sentados no sofá assistindo a novelas, comendo todas as barras de chocolate. Acabavam uma e abriam outra na mesma hora, rasgando com desleixo as embalagens reluzentes com gemidos felizes. Era bom, como se de repente fossem milionários. Shuggie estava deitado de costas, enchendo a boca de chocolate e olhando para o rosto da mãe, vendo a televisão refletida em seus óculos hexagonais e grandes. Agnes estava chupando o chocolate com recheio de menta, com expressões críticas diante do drama da TV. Para ela, Sue Ellen Ewing era um reflexo de si mesma, mas talvez em um espelho distorcido. Ela se identificava com a personagem alcoólatra e, sempre que estava bêbada na tela, soltava um muxoxo e dizia para Leek: "Ah, é igualzinha a mim, não é?" Então dava risadinhas por entre os dentes falsos cheios de chocolate. O glamour fajuto da tragédia de Sue Ellen o tornava quase invejável. Agnes dizia para a TV "É uma doença, sabe?" e "A pobre coitada não tem como evitar". Shuggie via a atriz tremer o lábio inferior com uma emoção falsa. A coisa toda era um monte de mentiras. Onde estava a cabeça no forno e a casa cheia de gás? Onde estavam as lágrimas e os tios meio nus e a irmã que nunca voltaria para casa?

As cortinas estavam abertas e as luzes alaranjadas se acenderam pelo conjunto habitacional inteiro. *Dallas* terminou, e a rua começou a ser abandonada pelas crianças. O chocolate acabou, e eles ficaram sentados em silêncio, sentindo-se enjoados e podres e prestando pouca atenção às propagandas com chimpanzés falantes.

— Dança pra mim, Hugh — pediu Agnes, do nada.

— Hein? — respondeu Shuggie, rolando pelo carpete.

Leek suspirou, não gostava quando ela tratava o irmão como um bichinho de estimação. De que servia um garoto mole em um mundo brutal? Deixou os dois sozinhos com aquela bobagem. Ouviram-no bater a porta do quarto e entenderam que ficaria encurvado, os fones de ouvido ligados, desenhando outra vez no caderno preto.

— Vai, dança pra mim. Quero que você me mostre como é que as crianças de hoje em dia dançam.

Agnes pôs uma fita no aparelho alugado. Quando ela puxou o suéter de contas até as coxas, ele se deu conta de que a cabeça dela estava em outro lugar.

— Bom, você fica meio assim de pé. — Ele afastou os pés alinhados com os ossos do quadril. — E depois… — Ele começou a balançar a bunda para a frente e para a trás.

Agnes o copiou.

— Assim?

Parecia mais natural nela, em uma mulher.

— Aí você tem que sacudir os ombros e mexer as mãos só um pouquinho.

Ele deu trancos nos ombros, como tinha visto na TV, feito por uma cantora negra com ombreiras e um moicano.

— Aí faz isso aqui um pouco disso — continuou, se mexendo cada vez mais rápido, balançando a palma das mãos na rotação contrária à dos quadris, meio como um esquiador, meio como um epiléptico.

— Assim? — perguntou ela, parecendo estar sofrendo um derrame.

— É. Mais ou menos. — Ele não estava muito convencido. — Depois faz isso...

Ele se movimentou como um robô e pulou para a frente e para trás, como se estivesse apagando um incêndio.

Agnes tentou, e todos os enfeites de vidro no armário tilintaram.

— Tem certeza de que é *assim* que os jovens de hoje em dia dançam? — questionou ela, já corada devido à coreografia.

— É isso aí — disse Shuggie, levantando um ombro e abaixando o outro, e depois trocando, botando as mãos nas laterais da cabeça, como se estivesse com dor de cabeça.

Tinha acabado de ensinar à mãe a coreografia de "Control", de Janet Jackson.

— Vou ter que descansar um minutinho.

Ela desmoronou no sofá e pegou o cigarro.

— Mas você continua dançando e eu fico assistindo. Quero dançar bem quando for sair com Eugene.

Shuggie se sentiu enganado. Se ele soubesse, teria lhe ensinado a dança do zumbi de "Thriller". Ela veria só. A canção mudou, e Shuggie continuou dançando. Agora era uma sacudida de ombros envergonhada, as mãos se abrindo feito fogos de artifício, e a cabeça se movimentando como se ele tivesse um cabelo comprido e sexy. Ele se abaixava e rebolava, exagerando um pouco no uso dos quadris para um garoto. Murmurava com a música como se fosse uma grande ópera, não um hit saído de uma fábrica de canções pop de três acordes feitas para meninas de treze anos.

— Brilhante! Que dançarino natural! — elogiou ela. — Vou fazer tudo isso na boate na semana que vem. Eugene não vai nem acreditar. Espera só pra você ver.

Ele estava curtindo a atenção. Algo dentro dele florescia, e ele começou a movimentar o corpo como tinha visto os meninos negros fazerem na TV. A vergonha o abandonou, e ele rodopiou e sacudiu os ombros e se mexeu segundo todos os passos da televisão. Estava no meio de um salto ao estilo *Cats* quando soltou um grito estridente. Foi agudo e feminino, o mesmo berro que deu quando Leek o assustou saltando do escuro. Shuggie parou com os dedos esticados, congelado no tempo. Não os tinha visto, a princípio, e jamais saberia há quanto tempo estavam ali. Do outro lado da rua, na janela da sala, estavam os McAvennie. Eles se apertavam contra a vidraça, e estavam morrendo de rir. A janela vibrava enquanto batiam a cabeça nela de tanta alegria. A Rata Suja fez uma pirueta sexy, feminina, e Shuggie se deu conta de que estava imitando ele.

Olhou para a mãe: quando ela tinha reparado? Ela simplesmente olhou para ele e deu um trago no cigarro. Sem olhar para a janela, ela falou por entre os dentes trincados:

— Se eu fosse você, continuava dançando.

— Não posso.

As lágrimas já estavam chegando aos olhos dele.

— Sabe que eles só ganham se você deixar.

— *Não posso.*

Os braços e os dedos ainda estavam esticados e congelados, como uma árvore morta.

— Não dê essa satisfação a eles. — Ela continuava a sorrir entre dentes. — Você ergue a cabeça e. *Dá. Tudo. De. Si.*

Ela não ajudava em nada no dever de casa de matemática, e tinha dias em que preferia que ele morresse de fome a preparar um prato, mas Shuggie olhou para ela naquele momento e entendeu que era naquilo que ela se sobressaía. Todo dia de maquiagem e de cabelo arrumado, ela saía de sua cova e erguia a cabeça. Depois de se desgraçar de tanto beber, ela se levantava no dia seguinte, vestia o melhor casaco e encarava o mundo. Quando estava de barriga vazia e os filhos sentiam fome, ela arrumava o cabelo e fazia com que o mundo pensasse o contrário.

No começo, foi difícil voltar a se mexer, sentir a música, ir para aquele outro lugar dentro da cabeça dele em que guardava a autoconfiança. Não se movimentavam juntos, os pés se arrastavam e as pernas e braços estavam dissonantes, mas, assim como um trem vagaroso, ele pegou o ritmo e em pouco tempo já estava voando outra vez. Tentou abrandar os movimentos mais espalhafatosos, o rebolado dos quadris e os braços abertos. Mas estava dentro dele, e, à medida que transbordava, ele descobria que não conseguia parar.

Vinte e um

Parado de pernas azuladas no meio do campo de futebol, ele foi o último a ser escolhido, como normalmente acontecia. Ele já esperava, mas a dor nunca diminuía. O menino gordo, o menino asmático, o menino manco e Lachlan McKay, com seu amor por sapos, foram escolhidos antes dele. No chuvisco de novembro, haviam obrigado seu time a tirar a blusa. Ele andava de um lado para o outro do campo, esfregando o peito, sem saber se estava gelado ou fervendo por causa do vento.

O professor berrou que, se ele estava com frio, devia se mexer mais. As sapatilhas de lona fina guinchavam na grama molhada, enquanto os meninos de pernas azuladas e ouriçadas arrancavam torrões de grama ao passar voando com suas chuteiras com travas. Ele fez um esforço preguiçoso para seguir na direção geral da bola, mas não cometeu o erro de se aproximar. O professor desistiu de berrar incentivos e passou a tentar ofensas. Era um homem velho, mas estava em boa forma e era insensível, um campeão de hóquei escocês na juventude. Quando baniram a palmatória, uns anos antes, ele achou que precisaria parar de lecionar. No final das contas, pouca diferença fez: depois de tantos anos espiando os cantos mais escuros das almas dos meninos, sabia onde estavam a dor e a motivação verdadeiras.

Com as mãos em concha em torno da boca, ele gritou para o campo:

— Se mexe, Bain! Seu mariquinha.

Isso provocou gargalhadas nos outros garotos. Estavam ofegantes e cansados, mas tiveram fôlego suficiente para interromper os passos e rir dessa fala.

Shuggie não esperava que Lachlan McKay risse, mas ele riu. O dia teria passado lentamente como qualquer outro, mas o menino de cabelo louro-escuro também tinha rido. A meleca e a terra em volta da boca se racharam, e ele rira, abertamente, cheio de alegria. Shuggie pegou suas pernas geladas e correu pelo campo. Lachlan estava no canto, perto do próprio gol, esperando a bola.

— Por que você riu?

— Quê?

— Por que você riu?

— Porque me deu vontade.

Ele estava tirando a lama da perna. As roupas do menino eram puídas e lhe caíam mal. Era uma blusa velha do irmão virada do avesso e um short esportivo emprestado, daqueles que alguém dava quando o menino se esquecia do kit de educação física para tentar ficar para trás lendo um livro. As pernas estavam sujas, cobertas de diversas camadas, e as meias eram meias sociais pretas em vez das esportivas de marcas conhecidas.

— Ma-mas — gaguejou Shuggie, olhando para o menino de cima a baixo.

— Mas o quê, porra?

O menino alargou o corpo e se aproximou de Shuggie, mexendo a cabeça como um furão briguento.

— Mas o que leva *você* a pensar que pode rir de mim?

A bola correu na direção deles, e os outros meninos atravessaram o campo feito pôneis de Shetland, trotando em uníssono e dando a impressão de que tinham medo de ser separados. O professor interrompeu o trote.

— Oi, as duas mocinhas aí, quando vocês terminarem o chá, que tal jogar a porcaria da bola? — vociferou.

Shuggie poderia ter revidado, poderia ter dito alguma coisa bem insolente, se o punho não o tivesse atingido na lateral do rosto primeiro. Ele caiu para trás, na grama arrancada, a lama respingando nas costas nuas.

— McKay! — bradou o professor, sem muito entusiasmo. — O que foi que eu te disse?

O menino louro olhava Shuggie de cima. Shuggie esperou a doce vingança do castigo, a única verdadeira esperança dos fracotes.

— *Nunca. Bata. Em. Meninas.* Agora volte ao jogo.

O campo foi tomado por uma risada estrondosa.

Lachlan tremia de raiva.

— Você se acha melhor do que eu, seu bacana? — Ele cuspiu. — A gente se encontra depois da escola, vou acabar com a tua raça.

A empolgação da ameaça reverberou ao longo do campo.

Durante toda a partida, outros meninos desaceleravam o passo para passar ao lado de Shuggie e lhe diziam: “Aêêêê. É hoje que você morre.” Um ou dois lhe disseram que mal podiam esperar, que queriam que já fosse três horas da tarde. Os meninos da família McAvennie disseram que estavam do lado dele e depois correram até o louro para botar mais lenha na fogueira.

As aulas da tarde passaram em um mar de olhares pestanejantes. Ninguém olhava para a professora, pois todos os olhos se voltavam e olhavam para o morto sentado no fundo da sala. Algumas das meninas sorriam, com uma solidariedade genuína, mas a maioria exultava com a alegria do espetáculo. Ele mal havia reparado no relógio grande acima do quadro-negro. Agora ele só fazia olhar para os ponteiros deslizando rápido demais. Até eles pareciam estar animados.

O menino louro emergia, inseguro, do casulo. Estava inebriado pela veneração dos outros. Na semana anterior, haviam lhe dito que, pelo cheiro, ele parecia ter se cagado. Na semana anterior a essa, tinham perguntado se o auxílio da mãe cobria os custos da cirurgia plástica. Agora curtia a falsa adoração enquanto eles o empurravam e ele sorria como um bichinho contente. Tinha quase esquecido por que estava brigando.

Shuggie o observava, e a mágoa aumentava. Poderia ter falado com algum professor e pedido para ficar dentro da escola. Poderia ter esperado até as outras crianças se cansarem ou se entediarem antes de se arriscar a sair e ir correndo para casa. No entanto, vendo o louro sorrir, ele se sentiu no fundo do poço. A campainha soou. O professor exausto fez vista grossa quando as crianças meio que carregaram os meninos para fora. O mar de corpos os desovou à sombra escura da escola, um canto esquecido atrás das cabanas pré-fabricadas, ao lado das caçambas da cantina.

Lachlan sorria, a plateia vibrava por ele como se fosse um gladiador. Formaram um semicírculo enquanto os dois guerreiros se olhavam. Mãos golpeavam as costas de Shuggie, e ele foi empurrado à frente. O menino pôs as mãos no peito de Shuggie e o empurrou para trás, ele tinha um cheiro esquisito, de feno e coelhos engaiolados.

— Fica longe de mim, seu viadinho — ceceou ele, olhando ao redor.

A plateia estava adorando.

A turma atrás de Shuggie o segurou e o pôs de volta no centro. Na beirada do círculo estavam Rata Suja e Francis.

— Por que você não faz a tua dancinha pra gente? — alardeou Rata Suja.

Não fazia sentido, mas a plateia riu como se fosse a coisa mais engraçada do mundo.

Algo explodiu no peito de Shuggie. Ele sentiu os dentes pegarem o interior da bochecha no momento em que os trincava. Antes de entender o que estava fazendo, já estava voando na direção do menino louro. O rosto de Lachlan mudou da vitória para o pânico em um instante, mas era tarde demais. Shuggie o atingiu bem no rosto. Foi um soco raivoso, porém fraco. O pulso se dobrou e o punho fez um som de tapa. O menino sujo recuou, pareceu confuso, e então fez uma careta de fúria.

— Você não vai aceitar calado, né? — bradou Francis, sentindo cheiro de sangue.

— *Não* — respondeu o menino.

Era uma pergunta retórica. Shuggie soltou um muxoxo.

No começo, seus corpos se entrelaçaram em uma luta, uma batalha para virar o outro e derrubá-lo no cascalho. Lachlan passou o braço na cintura de Shuggie e ficou tentando levantá-lo e derrubá-lo de cabeça para baixo. Sempre que as pernas saíam do chão, elas voltavam, como se fosse uma dança destrambelhada. Shuggie levantou os braços e bateu no rosto do menino com toda a força que tinha. Não foi potente o bastante. Não havia ímpeto suficiente, e não o atingia da forma certa. Eram igualmente fracos, e a briga era entediante até para crianças entediadas. Teria que ser uma briga de humilhação — o vencedor teria que envergonhar o outro, subjugando-o.

O pé de Francis entrou no caminho do tornozelo de Shuggie, e os meninos caíram como um casal. Com a ponta do sapato escolar, Francis pegou a manga do suéter de Shuggie, prendendo-o no chão. *Um. Dois. Três.* Lachlan usou o punho livre para socar o rosto de Shuggie. O sangue voltou para dentro do nariz e borbulhou na garganta. Shuggie virou a cabeça para o lado e o derramou no chão cinza, um creme carmesim.

Shuggie não podia se mexer porque o menino estava sentado em seu peito, e Francis estava em cima de seu braço livre. Ele ficou deitado ali, fazendo barulhos de gorgolejo enquanto o sangue se acumulava na garganta. A plateia enfim se contentou. Só então vieram as lágrimas.

* * *

Filetes pretos de sangue rastejavam pelo lado direito do rosto de Shuggie. Ele dava passos largos pelo longo gramado da turfeira, enquanto as outras crianças andavam pela Pit Road entre conversas animadas, como se tivessem acabado de ver o céu repleto de auroras boreais.

O sol já estava baixo no céu, a grama afiada e dura sob os pés, uma primeira geada outonal. Ele parou atrás do Clube dos Mineiros e mexeu com uns barris pequenos e vazios de cerveja. Se enfiasse o dedo no botão da forma certa, eles soltavam um arroto efervescente. Alguns dos garotos mais velhos se juntavam ali e faziam os barris arrotarem, lambendo os respingos de cerveja dos dedos, dando rodopios de filmes mudos como se estivessem bêbados. Não sabiam o que era bebedeira de verdade. Shuggie detestava não se divertir com aquilo.

Ficou um tempo esperando à sombra, fazendo os barris arrotarem sem muito entusiasmo, aguardando as crianças de Pithead irem para casa. Esgueirando-se por entre os juncos altos, ele saltava de córrego em córrego, pisando em televisores antigos e carrinhos de bebê na vertical para ultrapassar a água asfixiada. Parou um pouco no círculo de grama restrito. Pensou em praticar. Em vez disso, empurrou torrões de terra com o dedo do pé e tornou a chorar, arfadas rangentes e doídas de lágrimas, grandes lamentos raivosos de ódio de si mesmo.

Quando subiu a cerca de arame para voltar ao gramado dos fundos, já tinha se prometido que não iria jantar. Shuggie parou na geladeira tombada e empurrou os mosquitinhos mortos. Enfiou a cabeça ensanguentada inteira na água gelada. Ajoelhou-se em silêncio por um instante, prendendo a respiração, mas a chama da vergonha não o largava. Esfregou o rosto cheio de sangue, e a água ficou manchada e dançou com serpentinas rosadas. Que lindo, pensou ele, e então se arrependeu de pensar desse jeito.

Leek o olhava de cima, a mão na gola dele.

— Entra! Passei a porcaria da tarde te esperando.

A casa estava bem movimentada; todas as luminárias grandes queimavam sofregamente. Leek e Shona Donnelly, a caçula de Bridie, que vivia no andar de cima, estavam ocupados pendurando um bocado de fitas douradas. Haviam pendurado na parede um banner rosa no qual lia-se *1º Aniversário da Bebê*. Sobre a palavra "Bebê", Leek tinha colado um pedaço de papel milimetrado com "Agnes" escrito a lápis colorido. As cadeiras de madeira da mesa de jantar estavam enfileiradas junto à parede, e o sofá fora empurrado para o canto. Havia linguiças fatiadas em espetinhos, nacos de abacaxi suculento aninhados ao lado de queijo cheddar laranja suado. Sobre cada superfície, havia tigelas de amendoim salgado rodeadas de garrafas de plástico de um litro de suco com gás, que pareciam apetitosos e refrescantes.

— Pra que tudo isso? — perguntou Shuggie, enxugando o rosto molhado.

— É aniversário dela — declarou Shona, desdobrando um fio de luzinhas cheio de nós. Ela semicerrou os olhos para ele. — Isso na tua cara é sangue?

— Meu nariz sangrou. Acontece quando o cérebro cresce mais rápido do que o crânio.

Ele deu de ombros. Era plausível.

— Bom, a mamãe tem só vinte e um anos! Foi ela que me disse. — Shuggie foi de fininho até os espetinhos de abacaxi. — Acho que ela deve estar na faixa dos trinta, mas por favor não contem pra ela que eu disse isso.

— É o aniversário dela no AA, seu idiota, de sobriedade — respondeu Leek.

Ele estava equilibrado em cima de uma cadeira, grudando balões grandes na beirada dos armários de compensado. E sorria. Era tão raro, que Shuggie parou para observar.

— Você matou muita aula, Shuggie — zombou Shona. — Você fala feito um menininho esnobe, então achei que fosse o melhor da turma.

— Está mais pra cabeça cheia de bosta — retrucou Leek. — Deve ser por isso que o nariz dele sangra.

— Bom, a tua mãe tem quarenta e cinco anos, no mínimo.

— É. Eu estou pra fazer vinte e um, ô retardado.

Era difícil para Shuggie assimilar essa informação.

— Mas ela me obriga a comprar o cartão de feliz aniversário de vinte e um anos para ela.

— Como assim? *Todo* ano? — indagou Shona.

— Isso.

Leek assentiu para Shona, seu argumento comprovado.

— Eu sei. *Eu sei.*

— Olha, só faço o que deixa ela feliz, está bem? De qualquer forma, por que ninguém me falou do aniversário de alcoólatra dela? Eu teria feito um presente.

Shuggie estava magoado. Tocou no amendoim, enfiando a mão até o fundo da tigela.

— Ei, tira a mão daí. — Shona deu um tapa forte na lateral do rosto dele.

— Te falar? Que piada. A gente não podia contar logo para *o Dedo-Duro*. Você não sabe guardar segredo — disse Leek.

— Sei, sim. — Shuggie se afundou no sofá e comeu o amendoim roubado, um por um, saboreando o gosto salgado, saboreando a visão da abundante comida de festa em sua casa. — Nesse momento, estou guardando uns quinhentos segredos.

— Não, você não sabe, você é *o maior* dedo-duro do mundo — caçoou Leek.

— Cala a boca.

Amendoim.

— Eu sei de um milhão de coisas.

Amendoim.

— Que você não sabe.

— Tipo o quê?

— É, tipo o quê? — perguntou Shona.

Eles pararam de arrumar a festa e se viraram para ele.

A tentação era doce, as possibilidades pairavam no ar feito milhares de portas. Ele não conseguia se conter. Comeu mais amendoim e sorriu.

— Bom.

Amendoim.

— Eu sei que a Shona.

Amendoim.

— Está aceitando dinheiro.

Amendoim.

— Do Gino, o sorveteiro italiano.

Amendoim.

Para olhar.

Amendoim.

— O pinto cabeludo dele.

Amendoim.

Shona saiu voando da cadeira na maior velocidade que sua saia-lápis justa lhe permitia. Banners se soltaram, mas foi em vão. Shuggie se levantou e cruzou a porta. Dedos-duros tinham que saber fugir.

— Está vendo? Te falei! — Leek bradou atrás dele. — O maior. Dedo-duro. Do mundo!

A festa estava cheia, e estranhos desajeitados tentavam arrumar espaço na salinha da frente. Cadeiras descombinadas, que Shona tivera a gentileza de pegar emprestadas dos parentes rua afora, estavam bem organizadas junto às paredes. Os membros reunidos do grupo de Dundas Street estavam sentados nelas. Eles se arrumaram em grupinhos pequenos e estavam fumando feito chaminés, quietos a não ser pelo frequente coro de tossidas bronquiais. De vez em quando, alguém se manifestava, falando do tempo ou dos azares de Jeannie das reuniões noturnas de quarta-feira, mas a confraria logo voltava a tragar seus cigarros e olhar para os próprios pés, constrangida, como se fosse a sala de espera do consultório de um médico.

Shona Donnelly ficava de vigia à espera de Agnes, as pernas ágeis aparecendo sob as cortinas fechadas. Os músculos da panturrilha pálida se contraíam de expectativa, e alguns dos homens da sala davam tragadas fortes nas guimbas e as observavam subirem e descerem enquanto ela dançava na ponta dos pés.

Do outro lado da sala estavam alguns vizinhos: Bridie, alguns dos irmãos mais velhos de Shona, e Jinty McClinchy, que parecia irritada por não haver o que beber. Tinham ouvido falar que era uma festa, e agora estavam inquietos com as blusas limpas, lamentando a secura da casa. Olhavam boquiabertos para o grupo desanimado, que continuava mirando o chão, com vergonha.

Shuggie tirou o resto de sangue do rosto. Vestiu-se como um mafioso dos anos 1940, de camisa preta com gravata larga. Ele mesmo tinha passado a camisa, deixando vincos finos na borda externa da manga, o que o tornava bidimensional. Ele rodeava os convidados cativos com pratos de papelão cheios de cheddar e abacaxi. As mulheres gentilmente erguiam os cigarros Kensitas pela metade, como se os estivessem comendo, e diziam, em tom educado:

— Agora não, filho.

Ele rodava a sala inteira, depois pegava a tigela de amendoim ou de linguiça engordurada e fazia a mesma rota. Para deter o garçom inquieto, os convidados começaram a pegar comidas que não queriam e formar pirâmides sobre os joelhos. A gordura manchava suas melhores calças e saias. Torciam para que ele parasse, assim poderiam voltar a olhar os pés em paz. Shuggie estava se divertindo como nunca e, instigado pela educação dos convidados, só fazia circular pela sala calorenta mais rápido ainda.

Na mesa do canto, estavam dois presentes embrulhados, esquisitos por causa do tamanho enorme da mesa onde estavam. Nem todo mundo tinha pensado em levar algum, nem todo mundo entendia por que estava ali. Dos dois presentes, que Agnes abriria mais tarde, um era a série completa da *Ginástica da Jane Fonda* e o outro era uma caixa com duzentos cigarros espanhóis embrulhados em um papel de presente que celebrava o primeiro ano do bebê.

— Está uma beleza, não é? — disse uma mulher de Dundas Street, apontando com o cigarro para o enfeite de festa que cobria o console do aquecedor elétrico.

— Acha? — quis saber Shuggie, genuinamente surpreso. Ainda não se sentia seguro quanto aos banners infantis e os balões rosa, femininos, que Leek e Shona tinham espalhado pela sala.

— Ah, ela vai ficar orgulhosa.

A expressão no rosto da mulher era de alegria. A rosácea das bochechas a deixavam com um ar de que fora levada pelo vento, de menina, e ela olhou para o menino como se risse muito. Shuggie se perguntou se seria de fato alcoólatra.

— Leek passou o dia inteiro arrumando — explicou ele. — Nunca tinha visto ele tão animado.

— É? Vocês se saíram muito bem. Acho que ela vai morrer de felicidade.

A mulher sorria.

— Sério? — Ele continuava na dúvida. — Não. Eu conheço a mamãe. Acho que ela vai perder a cabeça quando perceber que Leek grudou balão nos armários bons. A fita vai arrancar o verniz.

Ele tornou a circular com os espetinhos de abacaxi.

As pernas de Shona começaram a se contrair mais depressa.

— Pronto! Pronto! Ela chegou! Ela chegou!

Ela emergiu de trás das cortinas e as fechou. Estava de saia curta e com toda a maquiagem que sua mãe tinha.

— Pronto, agora todo mundo: *silêncio* — ordenou ela.

Todo mundo se arrumou nas cadeiras que rangiam, e quem não estava falando levou o indicador aos lábios. Alguns ensaiaram um sorriso; o gesto breve e desconfortável, no entanto, logo se desfez. Leek apagou a luz do teto e de repente o ambiente ficou escuro.

Lá fora houve o ruído de um táxi preto subindo no meio-fio e o ruído do motor a diesel sendo desligado. Portas pesadas se fecharam e o portão foi destrancado. Acima de tudo havia o *plec-plec-plec* feliz dos saltos finos, altivos. A porta de vidro da sala se abriu e mostrou a silhueta de uma mulher no corredor iluminado. A sala explodiu em um animado *surpresa!* e a interrompeu no meio de uma frase. Alguns dos homens mais velhos estavam tragando quando ela entrou e, depois de perder a deixa, acrescentaram um estribilho fraco:

— É, surpresa mesmo, querida.

Shuggie se aproximou correndo.

— Mamãe, quer um espetinho de abacaxi? *Está uma delícia.*

Agnes recuou até a porta de tela, e as mãos tamparam a boca pintada. Estava vestida como que para uma noite na ópera, mas na verdade tinha passado a tarde jogando o Compre Um, Leve Um no bingo Ritz. Os olhos azuis de Eugene hesitantemente espiavam por cima do ombro dela. Seu rosto carrancudo remetia à igreja, e ele não teve como não olhar com desdém para o bando maltrapilho espalhado pela sala. Ele entrou na sala e assentiu, solene, como se estivesse em um velório.

— O que é isso? — perguntou Agnes.

Os olhos dela estavam arregalados e percorriam a sala, tentando entender o ambiente. Nunca tinha visto alguns daqueles rostos fora do antigo escritório do comerciante na Dundas Street. Tudo aquilo era meio desconcertante.

— Feliz aniversário! — exclamou Leek.

— Do que é que você está falando? — quis saber Agnes, ainda olhando a sala inteira.

— É o seu primeiro aniversário. Mary-Doll ligou para avisar. Ela falou que era importante comemorar durante o percurso de recuperação. — Leek sorria de orelha a orelha. Apontou para a mulherzinha de cabelo castanho que tragava um cigarro. — Faz um ano *inteiro* que você está sóbria.

— É verdade. Leek contou — acrescentou Shuggie.

— Você contou? — perguntou Agnes.

— Sim — responderam os dois juntos. Shuggie pegou um calendário de papel surrado no aparador. Folhinhas de papel pendiam abaixo de uma aquarela do Santuário Nossa Senhora de Lourdes. Ele folheou a meia dúzia de páginas que Leek tinha marcado com cruzinhas.

As pessoas começaram a perambular pela salinha, contentes com a oportunidade de se levantar das cadeiras. Agnes ia de rosto em rosto, recebendo às lágrimas os abraços e deixando que beijassem suas bochechas lhe dando bênçãos. Shuggie supervisionou a abertura das garrafas infladas de refrigerante, despejou o líquido ácido e melecado em copos de papel. Shona entregou a Eugene um copo verde-claro de suco de lima, e ele o examinou como se fosse muito estranho.

— Nunca tinha ouvido falar desse tal de Pithead — disse uma das mulheres das noites de quarta-feira.

Mary-Doll era mignon e parecia um junco, como se a bebida a tivesse diminuído como um pedaço de madeira cinzelada. As bochechas eram afundadas sob os grandes olhos castanhos, e o cabelo preto emoldurava o físico apodrecido, como se fosse uma peruca emprestada. Agnes se calara desde a descoberta de que a mulher tinha só vinte e quatro anos. Levara a mão ao coração e ouviu Lizzie cochichar que sempre existia alguém em situação pior.

Agnes segurou a mão da mulher mignon entre as suas.

— Eu tenho rezado por você. Teve sorte com as crianças?

Mary-Doll ficou radiante, e a juventude de seus olhos se tornou visível e foi renovada.

— Já te contei que meu caçula está começando a escola?

— Você deve estar morrendo de orgulho. Os pequenos arrasam quando estão arrumadinhos de paletó e gravata.

Uma sombra cruzou o rosto de Mary-Doll.

— É, ele usou isso mesmo. Só consegui ver uma fotinha, mas me senti confiante e liguei pra ele na mesma noite. Ele estava muito animado.

— Eles continuam com a sua avó?

— É. Ela ainda não me deixa chegar perto deles.

Só a ideia de ser afastada dos meninos já provocava em Agnes a vontade de apertá-los contra si. Já bastava ter perdido Catherine por causa da bebida.

— Teve uma época que eu achava que você nunca ia parar de tremer. Tenha fé, minha querida. Sua avó vai mudar de ideia.

— É, espero que sim — sussurrou a magricela, sem muita convicção. — Mas a foto é um amor. Comprei uma moldura legal e botei na parede.

Um homem se levantou de uma das cadeiras emprestadas. Peter, das segundas e quintas-feiras, tinha a mesma idade que Agnes, mas parecia ser seu pai. Estava usando um jeans claro alvejado e um casaco grosso de lã de Shetland que tinha saído de moda na época em que Agnes era casada com o católico. O homem tinha um andar esquisito, estridente, como se fosse feito de uma pilha de pratos que ameaçavam cair. Tinha um jeito gregário, falante, que exagerava para disfarçar a solidão.

— Ei, Agnes. Como você se sente depois de renascer? Completando um ano? — perguntou ele, em voz alta.

— Pra falar a verdade, eu não tinha me dado conta — declarou Agnes.

— É, bom, é muito bacana ver teus filhos tão orgulhosos. — Peter das segundas e das quintas apontou para Leek. — Eles estavam loucos para fazer alguma coisinha. Pra dar força pra continuar, sabe? Te dar um estímulo depois de você superar a dificuldade do primeiro ano.

Eugene estava parado na porta da sala de estar, sem se envolver com o ambiente, mas incapaz de se retirar do espetáculo de corpos nervosos. Shuggie permanecia ao lado da mesa de comida, enxugando a gordura e o molho da beirada dos pratos. Distribuía os pratos assim mesmo, organizando linguiças suculentas em arranjos alinhados e girando o queijo para que a parte de cima não secasse e rachasse. Eugene observava seu espalhafato. O menino estava montando uma pirâmide decorativa de copos de papel quando enfim ergueu os olhos e viu o homem assistindo a ele em silêncio.

— Como vai, rapazinho? — perguntou Eugene, dando um passinho à frente com as mãos no bolso.

— Tudo bem, eu estava só...

Shuggie olhou para a minuciosa pirâmide de copos e passou a mão por ela como se fosse uma escavadeira. Copos se espalharam pelo chão.

Eles viravam lado a lado, assistindo à festa como se fosse um esporte de grande apelo popular, os dois tentando não se olhar.

— Que noite essa, né? — disse Eugene, tendo a bondade de ignorar a demonstração de cuidado e destruição domésticos dada por Shuggie.

— Acho que é. Acho que Leek pirou.

Eugene riu.

— Não! É magnífico amar a mãe. Afinal, a gente só tem uma. — Ele sorriu, e perguntou de repente: — Você sabe quem eu sou, né?

Shuggie fez que sim e respondeu em tom monocórdio:

— Você é Eugene McNamara. O irmão mais velho de Colleen. Talvez vire o meu novo pai. — Ele estava olhando para os sapatos. — Mas ninguém pediu a minha opinião.

— Ah? — Eugene foi pego desprevenido.

— Bom, acho falta de educação a pessoa declarar uma coisa dessas e nem perguntar pro menino se ele quer um pai.

— Você tem toda a razão. Um cavalheiro deve se apresentar da forma certa a outro homem. — Eugene esticou a mão para que Shuggie a apertasse. — Eu sou Eugene. Um prazer te conhecer.

O menino apertou a mão dele com medo. Era uma pata de urso, uma das coisas mais ásperas que já tinha tocado.

— Você está planejando ficar muito tempo?

— Mais ou menos uma hora.

— Não, estou falando em ficar por perto, ficar junto com a minha mãe.

— Ah! Não sei. Espero que sim.

— Sr. McNamara. Não vou gostar se você decepcionar ela.

Por um tempo, Eugene não falou nada. O menino esquisito o havia espantado a ponto de calá-lo.

— Sabe, filho, talvez seja hora de você pensar mais em você mesmo. Deixar a sua mãe em paz um tempo. Posso assumir daqui em diante. Você devia sair para brincar com crianças da tua idade, tentar ser mais parecido com os outros meninos.

Do bolso da calça formal Eugene tirou um livrinho vermelho do tamanho de um maço de cigarros. Era fino e a impressão, barata. Ele o entregou ao menino, e Shuggie olhou para a capa com o canto dobrado. Dizia: *Brinde Grátis com a compra do Glasgow Evening Times.* Na capa havia um retrato em preto e branco de um velho herói do futebol: as meias pareciam grossas e feitas de lã. Era o *Livrinho Vermelho: Guia da História do Futebol Escocês.*

Shuggie olhou para o livreto e folheou as páginas amarelas cheias de placares de partidas antigas. *Os resultados da Premier League Escocesa. Gers venceu 22, empatou 14, perdeu 8, 58 pontos no total. Aberdeen venceu 17, empatou 21, perdeu 6, 55 pontos no total. Motherwell venceu 14, empatou 12, perdeu 10.* Seu rosto corou de vergonha. O sentimento de superioridade o abandonou.

— Obrigado — disse ele, e o enfiou no bolso às pressas, como se fosse um segredo obsceno.

Shuggie cruzou a sala, foi até onde a mãe estava com os homens da reunião de Dundas Street. Olhavam para ela feito um coro de adoradores. O primeiro homem, Peter das segundas e quintas-feiras, segurava outro homem pelo cotovelo. Esse outro homem parecia que tinha sofrido um derrame, ou que as funções motoras, se deteriorado por causa da bebida. O terceiro homem era mais novo e mais largo, ainda não era uma ruína ou uma casca, mas os dedos tinham manchas de cigarro. Esse homem mais novo estava na mesma faixa etária que Leek. O cabelo era descolorido nas pontas e usava uma jaqueta de náilon que estava na moda, mas lhe dava um ar de vagabundo. Parecia dissimulado e mão-leve, como os meninos de Pithead que rodeavam a loja do sr. Dolan e usavam os bolsos dos casacos militares para furtar mercadorias. Shuggie ficou feliz por ter escondido a porcelana de Capodimonte da mãe. Então o rapaz sorriu. Os dentes eram pequenos, mas retos e brancos. Seu rosto era bonito e saudável e bondoso. Shuggie teve uma sensação esquisita. O livro de futebol queimou sua perna.

— Ah, esse aqui é o meu caçula, Hugh.

Agnes afagava a cabeça de Shuggie com orgulho.

— Olá, camarada — disse o primeiro homem. Ele estendeu a mão para o menino. — Sou o tio Peter.

Shuggie olhou para a mão sem apertá-la e ergueu os olhos para o sujeito com frieza.

— Não. — Ele suspirou. — Você é só *Peter*. Conheço bem minha árvore genealógica, obrigado.

— Ah, que mocinho inteligente, você tem razão — declarou o homem, se endireitando.

Dali, Shuggie percebia onde as mãos trêmulas tinham se esquecido de passar o barbeador — havia pedaços que pareciam machucados debaixo do queixo.

Agnes deu uma sacudida tão forte no filho que o cabelo dele saiu da risca certinha.

— O que foi que deu em você? Pede desculpas para o sr., o sr.... — Agnes não sabia o que dizer, e Peter das segundas e quintas-feiras se inquietou, constrangido. Ela sacudiu o filho de novo. — Pede desculpas pro Peter!

— Me desculpa, sr. Peter — disse ele, mas seus olhos observavam Eugene.

Mary-Doll cruzou a sala em direção a Eugene.

— Nunca te vi antes. Você veio com o grupo da Dundas Street?

— Não.

— Ah, achei mesmo que não estava te reconhecendo.

Ela puxou a franja reluzente sobre os olhos e, sentindo-se melhor, sorriu.

— Estou sóbria faz quase três meses. O Conselho acabou de me dar um apartamentinho. E olha que passei quase quatro anos na lista. Estou torcendo pra conseguir logo um beliche pra sala. Aí as crianças vão poder ficar comigo.

Ela enrolou uma mecha do cabelo brilhante no dedo, sedutora.

Eugene tentou dar um leve sorriso. Ela entendeu errado.

Mary-Doll continuou fornecendo detalhes pessoais sem intervalo ou preocupação.

— Estou me esforçando pra economizar, e já comprei uma televisãozinha em cores portátil e um tapete novo lindo, umas quinquilharias, sabe?, uma coisinha ou outra. Bem que gostaria de ter o tino da Agnes. A casa dela é linda, não é? Ela está sempre linda e tal. Mesmo quando está na pior está sempre perfeita.

— É mesmo?

— É. Mesmo quando está na pior ela está sempre nos trinques. — Ela mudou o rumo da conversa, cansada de falar de outras mulheres. Pôs a mão no braço dele. — Escuta, você não me disse qual reunião você frequenta.

— Ah, bom, eu não frequento. Não vou a reunião nenhuma. Não tenho problema nenhum.

— *Ah, é?* Que sorte a tua. Quer o meu?

Ela riu, as gengivas eram brancas e pareciam anêmicas.

— Não, obrigado.

Eugene levantou a cabeça e chamou Agnes um tom acima do da música. Achou que ela também parecia pouco à vontade e se perguntou o que o filho dela andava dizendo para deixá-la assim. Ele acenou com sua cabeça ruiva, e ela se aproximou da porta.

Eugene pediu licença à mulher fantasmagórica e conduziu Agnes até o corredor. O ambiente era mais sossegado e menos enfumaçado, e ele enfim expirou o ar. Agnes viu Eugene botar a mão na pochete de um jeito que a deixava incomodada.

— Escuta, é melhor eu ir. Fazer umas corridas antes de as boates todas fecharem, sabe?

— Ah. Claro. Você está legal?

— Estou, estou — respondeu ele rápido demais, depois coçou o cabelo da nuca.

Agnes percebia quando alguém estava mentindo. Ela se inclinou para beijá-lo na boca, mas Eugene desviou o rosto, sem jeito, e lhe deu um beijo na bochecha. Foi leve e seco, como um cumprimento informal entre amigos franceses. Quando ele se afastou, ela se deu conta de que ainda estava de lábios abertos, pronta para o beijo de verdade que nunca aconteceu. Era seu beijo de sexo, e não foi desejável. Ela se sentiu velha e imunda. Ela viu Colleen nele e mudou de expressão tarde demais, do amor à mágoa para a armadura.

— Bom, eu te ligo, está bem?

— Sim. Por favor.

Ela fungou com indiferença, cruzando os braços.

— Bom, melhor você voltar pra sua... É... Sua... — Ele tropeçava nas palavras. — Sua *festa*.

Ela viu a porta se fechar, depois a sacudida da maçaneta, já que ele tomou o cuidado de averiguar se estava mesmo trancada, como se lacrasse uma caixa. Ela escutou o trinco do portão quando ele saiu e gritou para os sobrinhos e sobrinhas que brincavam na rua. Era uma voz diferente da que usava para ela. Uma vida inteira prestando atenção aos sons de táxis fez com que soubesse que ele tinha batido a porta do carro. Ouviu o motor ligar com um rosnado e compreendeu que ele saiu depressa. No entanto, interpretar táxis era a parte mais fácil.

Da sala de estar, ouviu o silvo açucarado de garrafas de refrigerante sendo abertas. Observou os amigos que estavam ali, com roupas largas. Por anos a fio, a bebida os empacara, como se estivessem congelados, roubando-lhes décadas, deixando-os tão zonzos a ponto de se afastarem do mundo e literalmente lhes sugando a vida. De repente se sentiu mal, sentiu que os queria fora de sua casa, para dar à sua própria vida um bom banho de água sanitária.

Agnes olhou para si mesma e se sentiu envergonhada por ter se rebaixado tanto a ponto de estar ao lado deles. Em seguida, sentiu-se ainda pior por ser uma cristã indigna. Junto ao teto do corredor pairava uma onda densa de fumaça de cigarro. Alguém pôs para tocar um novo álbum de sucesso. Agnes já o tinha escutado. O cantor de voz estridente começou a cantar: "Happy birthday, happy birthday". Agnes foi ao banheiro para se arrumar.

Estaria destruída e empacada que nem eles? No espelho, um fac-símile de Elizabeth Taylor a encarava de volta, só que agora era Liz, a versão vaidosa e esnobe das fotos de *paparazzi* tiradas no iate de Puerto Vallarta. O cabelo continuava volumoso, a maquiagem continuava felina. Mas agora o cabelo estava preto demais e a maquiagem, carregada demais, as cores populares de uma década passada. Até as pálpebras eram de um verde metalizado, feito cobre oxidado. Pegou o velho pente que parecia um garfo de tartaruga e arrumou os cachos do cabelo, criando camadas de ondas e os deixando mais lisos, menos bufantes, menos antiquados. Achou um elástico e fez um belo rabo de cavalo, o primeiro de sua vida. Levantou seu rosto quando limpou a camada grossa de batom dos lábios, o brilho metalizado das pálpebras, o ruge rosado dos vasinhos vermelhos estourados. Agora com o rosto feito uma tela em branco, passou um lápis azul-elétrico debaixo dos olhos, assim como tinha visto nas garotas do *Top of the Pops*.

Quando tornou a erguer a cabeça, a mulher que a olhava de volta continuava a mesma. Estava empacada como os outros. Não tinha nada a ver com o exterior.

Estava louca por uma bebida, alguma coisa, qualquer coisa, para arrancar a mulher do espelho. Agnes tirou o envelope velho da conta de gás da bolsinha de maquiagem e tomou dois dos comprimidos da alegria de Bridie Donnelly. Sem água, ela mastigou, virou a cabeça e os engoliu como um filhote de passarinho.

Não teve pressa, terminou o cigarro, e o jogou, sibilante, no vaso. Ao vê-lo rodopiar esgoto abaixo, ela foi se esquecendo lentamente do que a incomodava. Olhou no espelho de novo e sorriu. Agora estava arrumada.

Vinte e dois

Quando Shuggie chegou da escola no dia de seu aniversário de onze anos, havia uma caixa de sapatos no último degrau da entrada e um táxi preto estacionado na frente da casa. Eugene andava mais frio desde a festa, tão frio que até Leek notou. Nas noites em que ela não estava trabalhando no posto de gasolina, Agnes adquirira o hábito de fumar feito uma chaminé ao lado do telefone e sublinhar páginas do livro dos doze passos. Shuggie e Leek passavam essas noites em claro. No escuro, eles se entreolhavam ao ouvi-la suspirar diante dos programas de fim de noite da televisão, sabendo que ela não estava prestando atenção a nada.

Shuggie ficou três dias sem ir à escola. Fingia ter cólicas de constipação e a seguia pela casa lendo em voz alta trechos de *Danny, o campeão do mundo*. Acreditava que, se pudesse preencher de barulho todos os momentos dela, talvez ela mantivesse distância da bebida. Ele ficava na porta quando ela fazia xixi e lhe contava dos faisões que Danny enganava com soníferos. Subia na cama fria da mãe à noite e lia sem parar enquanto ela permanecia acordada. Quando ela já não aguentava mais, Agnes o empanturrava de leite de magnésia e ficava aliviada quando ele relaxava o bastante para voltar às aulas.

Shuggie se sentou na entrada de casa e pôs a caixa estranha no colo. Estava aninhado ali dentro, em nuvens de papel de seda branco, um par de chuteiras pretas. Shuggie tirou os sapatos reluzentes do uniforme escolar e calçou as chuteiras com travas. Estrepitou de um lado para o outro da trilha que dava na porta. Era pelo menos dois números maior do que o dele, mas parecia ser igual à que os meninos da escola usavam. Enquanto estalava em círculos, ele se perguntava se o tornavam mais normal.

O leite de magnésia rosnava dentro dele, soltando seu intestino. Ele virou a maçaneta da porta da frente, mas estava trancada. Entendeu muito bem. Esperando à sombra da casa, estava contente por Eugene ter voltado; até um McAvennie como pai era melhor do que a mãe bebendo. Encostou a orelha na porta e rezou para Eugene ficar, rezou para a mãe encontrar forças para continuar sem beber e ficar em paz. Depois rezou para Deus torná-lo normal como presente de aniversário.

O estômago se revirou outra vez. Estava com uma mão no traseiro murmurante e a outra puxando a porta com violência. A chave girou dentro da fechadura e a maçaneta foi arrancada de sua mão.

Não era Eugene. Quem estava na porta era seu pai. Ele estava alisando o cabelo sobre a cabeça rosada, e olhou para o menino com cara de espanto.

— Você já voltou da escola? — Foi só isso o que ele disse, depois de tanto tempo.

Shuggie, de olhos arregalados, assentiu como se fosse simples. Não via Shug desde aquela tarde na casa de Rascal, três anos antes. Shug enfiou a camisa dentro do cós frouxo da calça e apontou com a cabeça para os pés do menino:

— Então, gostou do presente? — Shuggie olhou para os pés e se deu conta de que as chuteiras pretas não eram de Eugene. Antes de conseguir responder, o pai já o havia pegado pelo rosto e dito: — *Puta que o pariu*. Você vai ficar mesmo com aquele nariz de católico.

A mão de Shuggie foi logo protegendo o nariz que havia puxado dos Campbell. Passou o dedo pelo ossinho, a saliência parecida com um leme que crescia ali.

Balançando a cabeça de decepção, Shug pegou o moedeiro que usava no táxi. Com um peteleco do polegar, puxou duas moedas de vinte centavos.

— Aqui, quem sabe se você praticar boxe alguém não quebra ele pra você.

Shuggie passou um tempo olhando para as moedas, mais em choque do que ingrato. Shug interpretou errado e, a contragosto, pegou mais quatro moedas de vinte.

— *Não venha me pedir mais!* — De má vontade, botou o dinheiro na mão do menino. — Então, já está correndo atrás das meninas?

O menino nunca tinha ouvido aquela pergunta. Ele deu de ombros.

Shug pensou em si com onze anos e achou que era falsa modéstia.

— É, bom, vai ver que você é um Bain mesmo, afinal, hein? — A língua umedeceu o lábio inferior. — Você está naquela idade boa pra se enfiar na caixinha de pão das meninas, já que falta uns anos para isso ser um risco.

Shuggie só conseguiu pensar na caixinha da vovó Lizzie e no pão com casca que sempre havia lá dentro. Em como ela tirava a crosta para ele e depois a encharcava de manteiga e a comia.

— Bom, não posso ficar aqui de papo o dia todo. Você está gastando o meu dinheiro mais rápido do que eu ganho. — Shug deu a volta no filho e gemeu ao entrar no táxi. O menino viu o carro afundar e suspirar sob o peso dele. — Não esquece de cuidar da tua mãe. Tenta impedir que ela se arrume com algum católico, entendeu? — O pai virou e foi embora sem se despedir.

Shuggie se voltou para a escuridão sossegada da casa. Tirou as chuteiras novas e, com um chute para o alto, as lançou para as turfeiras.

Entrou e a encontrou ali, sentada na beirada de sua cama de solteiro. As cobertas estavam emboladas, e a seus pés havia um saco cheio de Special Brew. Eles se olharam com a mesma expressão pasma, como se ambos tivessem despertado do mesmo cochilo pacato, como se fosse levar um tempo para que sentissem ter forças para formar palavras e falar.

Tinha ouvido falar que ela estava bem, ou melhor, não tinha ouvido nada, e era essa a questão. Já fazia mais de um ano que não ligava para o ponto de táxi. Catorze meses desde que tinha berrado sem parar ao telefone com o despachante e desde que ameaçara enfiar uma faca no menino e se matar abrindo o gás. Fazia mais de um ano que não sabia de nada.

O aniversário do menino estava chegando, e seria um ótimo momento para que conferisse com os próprios olhos. Um dos outros motoristas tinha conseguido uma porrada de chuteiras pretas de um caminhão. Tinham parado uma van alugada ao lado do caminhão articulado, e enquanto era descarregado, roubaram seis dúzias de pares bem no meio da Sauchiehall Street, com a maior tranquilidade do mundo, em plena luz do dia.

Que garoto não gostava de futebol? Se Agnes estivesse de namorado novo, ele poderia só deixar as chuteiras. Não haveria mal nenhum. Se não tivesse namorado, então queria saber por que ela tinha parado de incomodá-lo. Ela tinha ferido seu ego de maneira inesperada, por isso, no saco do presente de aniversário, ele havia enfiado seis latas de Special Brew.

Shug abaixou a janela do táxi e apoiou o braço no metal preto quente. Observou a luz refletir no ouro dos anéis e pensou que suas mãos pareciam mais bonitas depois de uma semana ao sol no trailer de Joanie. Tudo ficava melhor quando estava um pouquinho bronzeado. Enquanto corria pela rodovia, ele se perguntava se Agnes ainda era tão linda quanto em suas lembranças. Gostava de Joanie, mas não era nenhuma beldade se comparada com Agnes Campbell. Joanie era paz e tranquilidade. Era equilibrada e estável e não incomodava nunca. Tomava uns drinques mas nunca ficava bêbada, e nunca tinha ligado para bingo ou para tapetes chiques ou sonhos. Joanie trabalhava muito e se satisfazia com seu quinhão. Tinha pouca personalidade, mas era safada e grata na cama, como ele sabia que mulheres normais costumavam ser. Porém, era preciso admitir que em termos de visual, Agnes Campbell era uma égua premiada, e Joanie era só um pônei de catador de lixo.

Ao dobrar no bairro mineiro, ele se questionava se a bebida já teria arruinado sua beleza. Já tinha visto aquilo acontecer. Havia um tipo de mulher, principalmente em Glasgow, que ficava congelada e murchava ao mesmo tempo. O rosto mirrava, tornava-se seco por conta da bebida, vasos vermelhos brotavam nas bochechas ossudas, bolsas flácidas de tristeza inchavam sob os olhos úmidos. Tentavam disfarçar, mas estavam empacadas, e o rosto virava um museu de penteados antiquados e maquiagens carregadas. Ele se perguntava se ainda teria os olhos claros de irlandesa e as maçãs do rosto saltadas, o rosado suave que sempre tinha cheiro doce de limpeza. No táxi quente, ele sorria e sentia o sangue ferver por ela. Ele se pegou pensando no que diria para conseguir trepar com ela uma última vez. Estava contente de ter tomado banho na noite anterior.

Shug não tomava aquele caminho havia anos. Uma olhada na lista amarela confirmou que o endereço ainda era exatamente o mesmo. Ela ainda usava seu sobrenome. *Bain*. Ele sorriu, pensando que ela era orgulhosa demais para voltar a ser uma irlandesa suja, comum. Não teve dificuldade para achar a casa, o glorioso jardim de roseiras, extravagante demais e espalhafatoso demais para o decadente bairro de Pithead. A porta era de cor diferente das outras, recém-pintada de um verniz vermelho; parecia autoconfiante, e ele ficou feliz de ver.

Bateu à porta e esperou que ela atendesse. De fora, ouvia o rugido do aspirador de pó. Bateu de novo, e a máquina foi desligada. Ouviu as portas se abrirem e abriu seu melhor sorriso quando a vermelha foi puxada para dentro.

Agnes sempre deixava as janelas abertas no verão, e a porta aberta fez o vento correr pelo cabelo longo e ralo de Shug. Ao olhá-lo de cima, percebeu que tinha a vaidade de tentar segurá-lo no crânio reluzente. O sorriso lúbrico se desfez no rosto dele.

Não havia maquiagem em seu rosto, e embora mais velha, ela estava tão viçosa quanto da primeira vez que a vira. Tinha vasos rompidos nas bochechas, mas os olhos ainda brilhavam, e Shug achou que ela parecia ter acabado de dar uma caminhada revigorante. O cabelo, preto como a noite, caía macio, cacheado, em volta do rosto. Ele ficou zangado porque ela via sua careca de cima.

— Olha só. O amor da minha vida.

Agnes ficou olhando para ele, inexpressiva, a língua enfiada no céu da boca.

— Bom, não precisa parecer tão surpresa assim. — Assim que o disse, entendeu que não a ganharia desse jeito. Queria parecer leve e tranquilo, lembrá-la do que estava perdendo. — Faz um tempo. Você não teve saudades de mim?

— Você engordou.

A mão dele foi do cabelo para a barriga.

— Ah, é, pode ser. Ela cozinha bem, a tal Joanie.

Agnes estremeceu.

— É uma puta completa, então.

— Escuta, eu não vim aqui pra brigar na sua porta. Eu trouxe um presente de aniversário para o menino. — Ele levantou o saco plástico barato. — Não posso entrar?

Agnes cruzou os braços sobre o peito como se fosse um bloqueio. Depois fechou a cara.

— Meu filho não precisa de nada que venha de você.

Shug a analisou por um instante e se preocupou com a possibilidade de tê-la perdido para sempre. Ele se perguntou, como um peixe se liberta do anzol? Enfiou a mão na sacola e pegou a caixa da chuteira. Mostrou-a para ela. Ela não descruzou os braços para pegá-la, então ele a deixou, como se fosse uma oferenda aos deuses, no degrau da entrada, aos pés dela.

— Você sabe que sempre foi o amor da minha vida. — Era verdade, e era uma lástima. — Aqui, isso aqui é pra você. — Ele ofereceu a sacola de cerveja enquanto dava um passo para trás.

— Essa época passou — ela disse com frieza.

— Ah! — Ele contraiu os lábios de admiração. — Quanto tempo faz dessa vez?

— Tempo suficiente para ser relevante.

Ele lhe deu uma pequena salva de palmas.

— Eu achei que não tinha notícias tuas.

— Então veio dar uma olhada na ruína. Só pra ter certeza?

— A quem estou querendo enganar, né? — Abriu a palma das mãos, num gesto de reconhecimento. — Não posso entrar mesmo, *senhora Bain*? — Ele brandiu o sobrenome dela no tom mais suave possível.

Ela não tinha dito que sim, e não tinha dito que não. Apenas se virou e atravessou o corredor rumo à cozinha. Ouviu a porta se fechar, ouviu a chave girar na fechadura e os passos pesados de Shug às suas costas.

— Gostei do que você fez com a casa. — Shug se sentou à mesinha dobrável; estava examinando o canto onde a umidade ainda fazia o papel de parede descascar.

Agnes reparou que ele olhava para a geladeira e o congelador grande e se questionava como ela conseguia bancar aquilo tudo. Mãe solteira com um problema brutal de alcoolismo. Sem dizer nada, ela ligou a chaleira e abriu a caixa de pão. Do embrulho de papel, ela tirou duas fatias grossas de pão branco e passou nelas a manteiga amarela. Cortou as duas ao meio e as pôs em um pratinho. Empurrou o prato na direção dele, e ele agradeceu.

Ele pegou a fatia amanteigada e enfiou no canto na boca; a manteiga estava doce e densa.

— Ouvi falar que a Caff está gostando da África do Sul.

— A *Catherine*? Foi o que eu ouvi. — Agnes parecia cansada.

— Você não tem notícias dela? — ele indagou.

— Não muitas.

— Ah, bem, agora você vai ser vovó.

Ela segurou a beirada da bancada da pia. O ar se esvaiu de dentro dela.

— Foi o que eu ouvi.

— A Peggy Bain está indo pra lá, sabe? Para ajudar quando a criança nascer. Numa hora como essa — ele acrescentou, cruel —, a pessoa precisa da mãe, então se ela não tem mãe serve a sogra mesmo.

— Onde é que eu arrumaria grana pra isso? — Agnes se virou para esconder o rosto dele. Tentou se ocupar preparando duas canecas de chá preto. Torcia para que ele não visse sua mão tremer.

— O Donald Junior tem certeza de que é menino. Eu falei pra ele que compraria o carrinho se ele desse o nome de Hugh, em homenagem ao tio predileto.

Quando conseguiu controlar o rubor do rosto, ela se virou e levou o chá à mesa. No dele, pôs três colheres de açúcar a acrescentou um bocado de leite.

— Eu estava tentando cortar o açúcar, mas que se dane.

— Seu coração zicado?

— É, ainda me dá uns sustos de vez em quando. Pelo menos, quando fraqueja, eu sei que ele ainda existe. — Ele riu e terminou a fatia de pão com manteiga, dobrando a crosta e a enfiando inteira debaixo do bigode. — Como é que anda o meu filho? É parecido com o velho dele?

— Meu Deus. Espero que não.

Agnes se levantou da mesa em silêncio e saiu da cozinha. Queria processar as notícias de Catherine em paz. Não disse para onde estava indo. Shug ficou sentado à mesa e comeu outra fatia de pão com manteiga, e de cabeça somou o custo dos novos eletrodomésticos. *Ela tem namorado*, ele pensou. Sentou-se na beirada da cadeira e esticou o pescoço até a porta para verificar se conseguia vê-la. Enxugando os dedos cheios de manteiga na calça, ele se perguntou se ela não teria escapado para o quarto. Com um sorriso, pegou as cervejas e percorreu a casa desconhecida procurando por ela. Enfiando a cabeça em portas entreabertas, reparou na organização e na limpeza de tudo. Pensou em Joanie, seu sofá coberto de pelos de gato, as gavetas sujas no chão do quarto, e conseguia imaginá-la agora, empurrando com indiferença as migalhas de pão das cobertas descombinadas.

À medida que Shug percorria lentamente o corredor, dando olhadas nos cômodos, os enfeites tristonhos com olhos de vidro o encaravam. Ela não estava em nenhum daqueles ambientes. Parou diante de uma das últimas portas que havia antes da porta da frente e a encontrou ali, de costas para ele. Era um quarto de menino, com duas camas de solteiro estreitas. Em uma mesinha junto à porta, Shuggie tinha posto alguns robôs de brinquedo, e nos espaços entre eles havia anotado em cartõezinhos bem cuidados os nomes dos que faltavam, dos que ainda não tinha. Isso o lembrava de Agnes. Ele havia se esquecido do quanto ela queria e queria e queria.

— Dê uma boa olhada — ela disse baixinho — e depois vá embora.

— Cadê o monte de pôster de futebol? — ele indagou, olhando as paredes vazias.

— O Hugh não gosta de futebol. Pra falar a verdade, ele não gosta muito de pôster. Acha que são muito comuns.

Shug olhou para o lado do quarto apertado, espalhafatoso, que cabia a seu filho. O único sinal da infância eram os robôs bem organizados. Olhou para eles e então se deu conta do que eram. Eram um console cheio de enfeites tristonhos de olhos de vidro.

— Já viu o que basta? — Naquele momento Agnes parecia uma professora cansada.

— Acho que já. — Ele escarneceu ligeiramente.

— Que bom — Agnes disse com um sorriso tenso. Ela esticou a mão na direção da porta. — Agora pode ir à merda.

Agnes estava preocupada com seus brancos. Ao longo do verão as notícias eram de Chernobyl e da explosão nuclear que havia acontecido lá. Era uma preocupação triste, porém distante, até o homem do noticiário avisar que uma leve chuva nuclear caía no oeste da Escócia e estava a caminho da Irlanda. Quando Shuggie a estava ajudando a tirar as roupas do varal do quintal, ela perguntou se uma chuva nuclear poderia ajudar a tirar manchas que não saíam por nada. O menino fez que não: *não*, não seria que nem água sanitária. Ele contou dos desenhos animados deprimentes sobre guerra nuclear que o padre Barry os obrigara a ver, e disse que talvez corroesse as cobertas por inteiro. Tinham acabado de levar para dentro o último cesto de lençóis ainda úmidos quando o chuvisco começou. Da janela da frente, as gotas grandes pareciam uma chuvinha escocesa qualquer. Enquanto ela salpicava a rua deserta, eles criaram um jogo em que diziam as coisas que gostariam que fossem destruídas:

— *Dobradinha no futebol!*

— *A Jinty McClinchy!*

— *A Rata Suja McAvennie!*

— *Essa bosta desse conjunto habitacional inteiro!*

— *Bateu!*

Shuggie estava deitado na frente das três barras do aquecedor e observava Agnes tirar com o ferro o último resquício de umidade das roupas limpas. Por causa do vapor que subia, ela ficava enxugando o rosto com um velho pedaço de papel higiênico que sempre guardava na manga. Ela tirou a arcada superior e fez caretas engraçadas para ele em meio ao silvo do vapor. Era atípico dela abrir mão da vaidade daquela forma. Mas ali, junto ao calor do fogo, Shuggie sonhou que a chuva radioativa jamais terminava. Seria melhor se ficassem presos ali dentro sozinhos, onde ele poderia protegê-la para sempre.

Shug tentara derrubá-la. Nenhum dos dois falava do pai dele ou da visita imprevista. Para ofendê-lo, Agnes e Shuggie fizeram o ato magnânimo de entregar todas as latas de Special Brew para Jinty. Tinham se vestido com suas melhores roupas e, a passos lentos, desfilado até a porta dos McClinchy. Jinty abrira a porta com uma carranca confusa que encobria uma leve camada de desdém. Sorriram para ela como se fossem as mais fiéis das Testemunhas de Jeová. Foi só ao ver a sacola plástica que Jinty amoleceu; diante do retinido abafado dos sinos das latas, ela sorriu feito um apóstolo após a Ressurreição.

Eugene havia ligado naquele mesmo dia.

Agnes vinha tendo cada vez menos contato com ele desde o seu primeiro aniversário de AA. Como era um homem bom, ela esperava que se afastasse aos poucos, com muita delicadeza, e que depois nunca mais tivesse notícias dele.

Eugene fora procurá-la de táxi. Estava lustroso, como se tivesse sido lavado especialmente para a ocasião. Buzinara uma só vez, mas quando ela saiu na rua, ele não desceu do carro e abriu a porta do passageiro para ela, como tinha feito nas vezes anteriores.

Colleen e as outras mulheres se enfileiraram nas cercas de madeira do outro lado. Bridie segurava uma panela de batata meio seca e um pano de prato cinza. Parecia que a rotina delas tinha sido interrompida pelo rosnado do motor a diesel de Eugene. Colleen ficou lívida quando Agnes foi embora com seu bem tão estimado.

Quando o táxi se afastou, Eugene não disse nada. Tinham acabado de passar pela capela quando ele saiu da Pit Road e parou o carro a alguns metros do portão de ferro da mina de carvão desativada. Ele desligou o motor, e como um animal vivo o táxi parou de tremer debaixo deles. Era um lugar muito escuro e silencioso. Ele esticou o braço e acendeu a luzinha amarela de dentro do táxi.

Agnes já tinha estado ali antes, com outro motorista de táxi, um rosto de que não conseguia se lembrar. Ela sentiu um calafrio. Ficou olhando os olhos gentis de Eugene no espelho. Se ela falasse primeiro, soaria canhestra e magoada, por isso revirou a bolsa à procura do cigarro e esperou que ele falasse o que queria e desse o tom.

— Eu não ia levar em frente — ele disse baixinho, sem se virar no banco. — Acho que me assustei.

— Sou tão assustadora assim?

— Foram todos aqueles alcoólatras e a, hmm, a doença deles.

Agnes fechou a gola do casaco, na defensiva.

— Bom. Não precisa se preocupar. Não é contagiosa.

Ela ouviu os lábios dele se abrirem e se fecharem, e por fim ele tornou a se manifestar.

— Eu sei que parece uma idiotice. É que aquela gente. Aquelas pessoas da tua festa. Elas eram. Sabe como é. *De dar dó.*

Ela aceitou o golpe sem estremecer, e então surpreendeu a si mesma.

— Eugene, é bom que você saiba, "aquela gente", bom, eu sou dessa gente.

O rosto dele se transformou de tal modo que ela entendeu que não era isso o que ele queria ouvir.

— Não quis ofender. É que, bom, você parece tão *normal.*

— De novo essa palavra. — Agnes terminou o cigarro e girou a língua dentro dos dentes. — Eugene, escuta, sem mágoas, está bem. Só faça o favor de me levar para casa.

Ele ficou bastante tempo calado, e então fechou a divisória que os separava. O táxi tremeu e ganhou vida. Os faróis claros iluminaram os portões quebrados da mina. Em tinta vermelha, já desbotada, lia-se: *Sem carvão, Sem alma, Só auxílio.*

O táxi sacudiu pela pista, mas, em vez do caminho curto de volta ao conjunto habitacional, ele virou em direção à rodovia principal, em direção à vida. Agnes se curvou para a frente e bateu o anel na divisória, mais por curiosidade do que por irritação.

— Eu pedi pra você me levar para casa. — Ele não respondeu, e se afundando no banco, ela não fez pressão. A ideia de sair de casa nem que fosse só por uma hora pairava diante dela como um sonho bom desde que ele havia telefonado.

Não foram muito longe. O táxi chegou aos postes luminosos da estrada principal e dobrou à esquerda na pista. Quase no mesmo instante em que acelerou para participar do tráfego mais rápido, ele desacelerou e se aproximou de uma entrada de garagem escura feita de cascalho.

Agnes já tinha visto o hotel dos jogadores de golfe, mas nunca tinha entrado. Ficava na beira da estrada de pista dupla, e como só se chegava ali de carro, declarava não querer tipos como o dela. De seu banco no ônibus, ela via os Jaguares estacionarem, carros chiques de estados chiques, bem distantes dali. Via os homens de rosto liso pegando os tacos de golfe no porta-malas enquanto as esposas ficavam de lado, com suas bolsinhas e saltos baixos, enroladas em suéteres da Scottish Woollen Mill.

Era verdade que o círculo verde em torno de Glasgow agora tinha novas favelas criadas pelos reassentamentos urbanos, aqueles conjuntos habitacionais distantes, esquecidos. Agnes achava cruel que aqueles campos verdes também abrigassem alguns dos hotéis e clubes particulares mais chiques que já tinha visto na vida. Os dois mundos diferentes não gostavam de se olhar.

— A gente não vai entrar aí, né?

— Como não? — ele disse, parando o táxi preto gordo entre dois carros sedã extravagantes.

Agnes olhou para as luminárias do jardim que mostravam o caminho até as portas brancas do clube.

— Dá uma olhada nele. Não é pra gente que nem a gente.

Eugene riu.

— Assim você me ofende.

O orgulho dela veio à tona. A mão puxou a bainha da saia.

— Ah, Eugene, não dá. Não estou vestida para isso.

Sem dizer mais nada, Eugene saiu do táxi e abriu a porta dela. Teve que enfiar a mão bem no fundo do táxi para segurar a mão de Agnes. Na pata quente dele, a dela de repente parecia pequena e fria. Ela era orgulhosa, e estava com medo, e de repente ele se arrependeu do que tinha falado antes.

O salão de jantar do clube de golfe era simples, mas para Agnes era o auge da classe. Era um ambiente amplo e aberto que dava de frente para uma parede de portas de vidro com vista para o gramado verde do décimo oitavo buraco. O assoalho do salão era coberto por um tapete grosso de Paisley cor de ouro e salsinha, e as paredes tinham lambris que iam do chão até a altura da cintura, e acima havia fotografias de membros do clube e de benfeitores famosos. Agnes não reconhecia nenhum deles, e não gostava de semicerrar os olhos na frente de estranhos.

Uma jovem de saia comprida xadrez os levou a uma mesa nos fundos da área de fumantes. Agnes quase morreu de vergonha quando Eugene pediu uma mesa mais próxima das portas de vidro e do gramado iluminado. A menina simplesmente sorriu e os conduziu a uma mesa mais perto da frente. Quando se sentaram, Eugene deu um oi às mesas vizinhas. As pessoas educadamente assentiram para ele.

Tinha um nome gaélico extravagante, mas ela entendeu que era frango. Agnes comeria somente o frango com batatas, mas Eugene só deixou o garçom tirar os cardápios depois que ela pediu entrada, prato principal e sobremesa. Ela bem que gostaria de ter passado dias sentada sozinha com o cardápio. Não sabia o que eram todas aquelas coisas, mas de repente ver tudo aquilo disposto à sua frente e saber que poderia escolher o que quisesse a deixou zonza. Era como um catálogo da Freemans, só que melhor. Ela pediu o que entendia, e depois ficou ali preocupada com o preço.

— Escuta, pode tomar um drinque se quiser. Não se preocupa comigo — ela declarou, quando o garçom lhes serviu duas Cocas. Os copos eram altos, e os dois tinham palitinhos para misturar coquetéis. — Que chique, não é? — disse Agnes, examinando o mexedor, incapaz de relaxar. — Sinceramente, não ligo se você tomar um drinque.

Os coquetéis de camarão chegaram. A tigela de sorvete era forrada com uma folha de alface e camarões rosa congelados que nadavam em um mar de molho rosé. Na borda do copo havia rodelas grossas de limão. Os camarões ainda estavam meio frios, não de todo descongelados, o que Eugene disse que não era um bom indício para o restaurante. Agnes não se importou, para ela tinha gosto de fresco, o gelo uma punhalada revigorante em comparação com o molho rosé de sabor doce e forte.

— Eu já fiz esse molho. Mas nunca tinha pensado em botar limão ou…

Eugene a interrompeu no meio da frase.

— Tenho que te fazer uma pergunta.

Agnes pousou o garfinho.

— Eu não queria tocar nesse assunto de novo — Eugene disse, sem jeito. — É que, estou tentando entender, eu acho. Mas, bom, aquela gente, sabe, o pessoal do AA, te falou quando você vai ficar boa?

O garçom tinha tirado as tigelas antes de Agnes tornar a falar.

— Nem sei o que te dizer. Eles dizem que nunca vamos melhorar. Pelo menos — acrescentou, olhando nos olhos dele — não do jeito que você imagina.

— Mas lembra que você me falou que agora é outra pessoa? Você me falou que era ele que te levava a beber. Bom, isso tudo mudou. — Eugene tentou suavizar o tom. — Se a gente tentasse, você não acha que conseguiria continuar sem beber?

— Eu acho que não funciona assim.

— Que saco. Comigo na tua vida, pra que você ia precisar ter problema com bebida? Bebida é só pra aqueles idiotas dignos de pena. Olha pra você agora. Olha pra mim, puta que o pariu. — O casal de suéter em tons pastel da mesa vizinha deu uma tossida de mau gosto. Eugene abaixou a voz outra vez. — Olha, só estou falando que eu gosto de você. E acho você um puta arraso.

Eugene não estava disposto a admitir a derrota, e Agnes imaginou que fosse um homem muito habituado a arrumar qualquer objeto que estivesse estragado. Ela se sentiu um motor abandonado, corroído, no gramado da frente de casa.

— Bom, eu também gosto de você.

O garçom serviu os pratos principais. Enrolou as mãos em uma toalha e delicadamente pôs os pratos quentes na frente do casal. Agnes olhou primeiro para o frango assado e depois deu uma espiada no cordeiro com batatas cozidas de Eugene como uma criança no Natal. Eugene ignorou o molho e apontou o dedo grosso na direção do terreno da mineradora de carvão.

— Você é a mulher mais linda que tem naquele conjunto inteiro. A maioria nem passa uma escova no cabelo, e olha só você. Você está sempre perfeita, na hora que for. — Ele se aproximou. — Eu só preciso saber. Antes de me apaixonar de verdade por você. Antes de a gente começar uma coisa séria.

Agnes estava incomodada. Tentou desviar o assunto para a comida.

— Parece uma delícia. Que porções bem servidas, né? Eu estava achando que seria um peito ou uma coxa, não um frango inteiro.

O garçom pigarreou e perguntou se precisavam de mais alguma coisa. Eugene fez que não. Então, pensando melhor, ele acrescentou:

— Amigo, me traz uma garrafa do vinho da casa, que tal?

— Tinto ou branco, senhor? — o garçom perguntou baixinho.

Eugene olhou para Agnes, que estava tensa. Ele olhou de volta para o garçom.

— Com frango se toma do branco? — O garçom fez que sim, ele considerava uma boa ideia. Então Eugene pediu uma garrafa de branco.

— Não precisa, se você não quiser — Eugene declarou gentilmente. — Não vou te forçar.

O frango que antes lhe parecia dourado e suculento agora estava seco e morto diante dela. O garçom trouxe a garrafa de vinho. Ele fez que ia servir um pouco a Agnes, e ela não o impediu. Ela comentou que o vinho tinha quase o mesmo tom pêssego claro das rosas de seu jardim.

— O pêssego das rosas é a cor da sinceridade, sabia, a cor da gratidão.

Os dois ficaram um bom tempo olhando para a taça. Eugene ergueu a dele e brindou aos dois.

— *A nós. Tem alguém melhor que nós dois? Uns poucos, e estão todos mortos!* — Agnes deu um meio sorriso e levantou o copo de Coca. Estava choca e aguada.

— Você nunca me falou muita coisa da sua filha. — Ela empurrava o frango de um lado para o outro do prato. — Bernadette, não é isso?

— Ah, ela já está crescidinha, eu acho. Faz umas coisas maravilhosas para as crianças da creche da paróquia de Saint Luke. Nisso ela é igualzinha à mãe, e ela era muito próxima da mãe quando ela era viva.

Sempre faziam coisas juntas, coisas boas para a Igreja, caridade para as viúvas de mineiros. — Ele sugou um fiapo do meio dos dentes de trás. — Mas ela passa tempo demais na igreja. As duas viviam naquela porra de água benta. Entravam e saíam como se fosse molho pra mergulhar a comida.

— Mas ela parece ser uma boa pessoa. — Agnes disse isso, mas, conhecendo Colleen, ela suspeitava do contrário. — Você já contou de mim pra ela?

— Não — Eugene respondeu sem ânimo.

— Ah! — Ela bem que queria ter soado menos desiludida.

— Porque a Colleen contou.

Agnes expirou.

— Aposto que ela me descreveu com muito carinho.

Eugene deixou seu olhar pousar na taça de vinho intacta.

— Acho que se pode dizer que sim.

Eles terminaram os pratos e falaram de táxis e lanchonetes, África do Sul e suas minas de paládio. Agnes enfiou as batatas rechonchudas debaixo da carcaça pela metade. O garçom tirou os pratos e levou o tiramisu para a mesa. Eugene tomou a garrafa de vinho branco enquanto a taça de vinho cor de pêssego dela continuava intacta, esquentando.

— Acho que não aguento nem mais uma garfada. — Ela estava brincando com o tiramisu. — Mas é uma delícia. O melhor creme que já comi.

— Um uisquinho seria ótimo para encerrar — sugeriu Eugene, enfiando o último pedaço da sobremesa na boca.

— Sabe de uma coisa, eu jamais agradeceria a você por um uísque. Nem nos meus piores dias. Eu acho igual a gim. Deixa a pessoa triste. Eu não bebia pra ficar triste. Eu bebia para afogar a tristeza.

— Então você bebia o quê?

— Ah, em geral era cerveja, e quando eu podia, meia garrafa de vodca. Nos dias ruins, me dava forças pra lutar. — Ela parou. — Mas são os piores apagões. Bom, pelo menos quando você bebe pra ficar bêbado.

— Mal dá pra acreditar que *você* e *ela* são a mesma pessoa. — Ele se calou, depois disse: — O que você acha que ia acontecer se você tomasse um gole desse vinho agora?

— Eu provavelmente iria querer mais.

— Mas pode ser que não.

— Pode ser — ela concordou, mas tentando ser mais leve: — Eugene, você não precisa me embebedar para fazer safadeza comigo.

— Graças a Deus! — Varreu com a mão a sujeira da mesa. — Isso aqui é dinheiro indo pelo ralo, né? — Ele riu, e o rosto ficou ainda mais rosado. — Olha, eu não estou querendo te embebedar. Estou tentando fazer você provar *uma* bebida.

— Mas por quê? — De repente, Agnes ficou exausta.

— Porque… porque é isso que gente normal faz. — Ele mexeu na taça morna. — Olha, só um golinho. Para socializar. Você vai ficar legal. Escuta, se você começar a perturbar, eu peço para eles te expulsarem e você pode ir andando pra casa. — Ele empurrou a taça para ela pela haste longa, elegante. — Vai ficar tudo bem. Você agora é outra mulher.

Agnes pegou a taça na mão e aproximou o vinho do nariz. A taça estava morna, e o vinho cheirava a sol.

— Eu nem gosto muito de vinho — ela declarou, afastando a bebida.

— É, você está se cagando de medo.

Ela *estava* com medo; estava apavorada, na verdade, mas não deixaria que ele percebesse. Ela levou a taça de cristal à boca, e um golinho correu pela sua garganta. Ardeu de um jeito que ela não se lembrava. O vinho não tinha gosto nenhum de sol. Era amargo, como maçã usada para fazer receitas e vinagre.

— *Viu* — ela disse, pondo a taça na mesa.

— *Você viu?* — disse Eugene, genuinamente animado. Parecia estar prestes a se levantar. — Você não pegou fogo. Não brotou outra cabeça no teu pescoço. — Ele ergueu os restos de sua taça e a balançou na direção dela, em uma saudação. — Tim-tim! Estou muito orgulhoso de você. Eu sabia que o que minha irmã disse não era verdade.

Ele tinha razão: ela não se sentia diferente. Colleen estava enganada. Agnes sentiu uma onda de alívio. Terminou lentamente a taça de vinho, torcendo para ser verdade o que ele dizia, sentindo que tinha derrotado o AA e que poderia voltar a ser normal.

Quando a conta chegou, ele pagou em notas pequenas, bem enroladas em suas noites passadas dirigindo o táxi. Quando saíram da mesa, Agnes se sentia aquecida por dentro, e Eugene a levou ao bar pequeno exclusivo dos membros. Eugene passou o braço grosso nas costas dela, e ela ficou feliz que os outros os olhassem com admiração. Ao se sentarem, lado a lado, no canto, Eugene beijou o lóbulo de sua orelha, e Agnes pediu uma vodca com tônica e depois pediu outra e mais outra.

O táxi virou bruscamente no conjunto habitacional escuro. Era uma sorte que não houvesse nenhum outro carro na pista. Agnes escorregava no banco de trás, entrando e saindo do estupor. Eugene parou o táxi na entrada da mina desativada de novo. No breu, tentaram trepar, mas foi uma tentativa desajeitada e dolorosa, e ela ficou tensa pela memória sombria de que não conseguia se lembrar direito. Enquanto Eugene se atrapalhava em cima dela, moedas caíram de seus bolsos, e ela teve a sensação de que estava sendo paga.

Quando Agnes conseguiu enfiar a chave de casa na fechadura da porta, as luzes do corredor já estavam acesas. Ao desabar na porta da frente, ela sentiu o casaco de angorá se prender no gesso irregular e ouviu a meia-calça se rasgar nos ganchos das prateleiras.

Tinha certeza de que estava sorrindo para Leek, por isso não entendia por que o filho estava tão bravo, por que gritava com ela. Ela só compreendeu que ele batia com os punhos bem no pescoço grosso de Eugene. Só se lembrava que a porta de outro quarto se abriu, e ali estava o menino com o semblante preocupado igual ao da avó. O rosto dele estava molhado de decepção. A parte da frente do pijama estava toda escura de xixi.

Vinte e três

O Natal chegou e passou, e Agnes começou cedo as comemorações de Ano-Novo. Quando escureceu no último dia do ano, ela já tinha acabado com o fluxo sorrateiro de vodca, meio escondido no chão ao lado de sua poltrona. Quando a televisão começou a se preparar para as festividades, ela estava abrindo latas de Special Brew com o silvo e estalo triunfante e as despejando feito cascatas na velha caneca de chá. Os sinos do Ano-Novo ainda estavam a horas de distância e ela já estava listando todos os homens que a tinham destruído.

Se Agnes percebeu que Leek vinha desaparecendo aos poucos, não disse nada. Leek tinha passado a semana de Natal se escondendo na cama, dormindo. De noite, ele pegava carona até a cidade e gastava o salário do treinamento nos caça-níqueis enfileirados nos fliperamas debaixo da Estação Central. Tinha sumido mais cedo do que o habitual na noite de Ano-Novo, como quem vê a chuva chegando e tenta escapar correndo.

Shuggie ficou em casa, afastando Agnes já embriagada da porta, mantendo-a longe do telefone. No Ano-Novo, ele se sentou à janela e ficou vendo as luzes das árvores de Natal se acenderem nas outras salas enquanto botava punhados de cortinas de voile na boca. Ele as enfiou até a boca ficar cheia e ele sentir menos fome do que antes. Sujou as cortinas boas na frente dela e ficou louco para que ela o mandasse parar, mas ela não mandou.

Enquanto os McAvennie brincavam com as bicicletas novas e curtiam a visita de Jamesy, Shuggie ficava sentado aos pés dela como uma sombra quieta. Ele observava sem falar enquanto ela bebia da caneca que parecia não ter fundo. De novo contou histórias ruins sobre o pai dele, pegando a anedota como se fosse um livro que tivesse deixado de lado durante um ano.

Quando o noticiário das seis horas chegou ao fim, ela estava sentada na cama, falando ao telefone com Jinty McClinchy, a voz arrastada. Shuggie passou de fininho pelo corredor e se sentou com as costas apoiadas na porta do quarto da mãe. Dali, ele ouvia através do compensado e podia acompanhar a curva em sino do humor dela, que vinha piorando. Ele se perguntou quanto tempo demoraria para que ela desmaiasse, para que ele pudesse descansar.

Música vinha do toca-fitas, e ele entendeu que era um mau sinal. Entrou no quarto feito um fantasma desconfiado. Agnes estava fumando, vestida somente de meia-calça preta e sutiã de renda preta. Shuggie volta e meia comprava meias-calças novas para ela. O orgulho não lhe permitia sair de casa de meia-calça desfiada, por isso o menino aprendeu o tamanho e o tom exatos de que a mãe gostava. A meia-calça Pretty Polly preto-azeviche e semitransparente fazia parte de todas as suas lembranças dela, tanto felizes quanto tristes.

Nos dias mais sombrios, como o atual, a meia-calça lhe parecia obscena e feia. Contrastava com a pele cor-de-rosa e chamava atenção para o fato de que deveria estar vestida com decência, como as outras mães. A meia-calça deixava marcas rosa na gordura macia da barriga, onde pinicava a pele. Parecia ser algo que os outros não deveriam ver. Ele tinha vontade de cobrir.

Ela havia se esquecido de que ele estava em casa. Quando enfim o percebeu através do espelho, deu aquele sorriso apático que dava com os dentes fechados. Enfiando a mão no fundo da bolsa de couro preto, ela pegou uma moeda de cinquenta centavos.

— Olha o seu estado — ela soltou. — Como é que a gente vai comemorar a virada se você ainda está de pijama? — Ela lhe deu a moeda e mandou que enchesse a banheira.

Não gostava de deixá-la daquele jeito. Via que ela não estava se sentindo em casa no próprio corpo. Ela passou os braços em volta da cintura dele, o puxou e lhe deu um beijo nos lábios. Ele sentia o calor de seu bafo, os lábios um pouco afastados e inertes.

— Se lava bem — ela avisou. — Quero começar o ano direito.

Quando a banheira já estava com água morna até a metade, Shuggie entrou com cuidado. Passou o sabão no couro cabeludo e se deitou, escutando-a se arrastar de esconderijo em esconderijo, procurando o álcool que tinha escondido dele e havia esquecido. Ele pegou o livretinho vermelho de futebol que Eugene lhe dera e começou a decorar todos os times e resultados de todas as partidas da Liga Principal no ano anterior. Era penitente com aquelas ave-marias, repetindo inúmeras vezes os placares sem sentido até sabê-los de cor. Seria um novo ano, uma nova oportunidade.

Sua roupa de Ano-Novo estava em cima da cama dela. Era uma roupa de gângster monocromática, a camisa preta e a gravata branca. Enquanto se vestiam juntos, em silêncio, pareciam um casal infeliz a caminho de uma festa muito especial. Ele segurou a mãe para equilibrá-la e a ajudou a puxar a saia.

— Vamos dar uma olhadinha em você, então. — Ela pegou o dedo pintado e o passou no nariz do filho. — *Nossa*, olha que lindo que você está! — Ela balançou a cabeça, devaneando. — Bem diferente daquele gordo imbecil do seu pai.

Agnes descascou a embalagem de plástico de uma lata de Special Brew quente. Olhou para ela com carinho e a enfiou cerimoniosamente nas mãos do menino.

— Aqui, leva pra Colleen. Deseje um feliz Ano-Novo a ela por mim, e faz ela reparar bem na sua elegância. — Um sorriso amargo surgiu em seus lábios. — Não deixa de dar à *titia* Colleen um "Feliz Ano-Novo" meu e do Eugene, está bem?

Todas as casas da rua estavam com as árvores de Natal iluminando altivamente a janela da frente. Meninos de cabelos escuros corriam pela rua com pedaços de carvão, empolgados e adiantados para serem os primeiros a cruzarem a porta depois da virada. Shuggie deu a curta caminhada até a casa de Colleen a passos lentos. Passava junto às cercas de madeira que continham os arbustos que davam frutos brancos. Não tinha nenhuma intenção de passar adiante a lata de cerveja ou o recado da mãe.

Ao cruzar a rua se perguntou o que as pessoas estariam comendo. Ele as imaginou amontoadas de barriga cheia, fechadas dentro de casa por conta do frio. Ficou parado diante da casa de Colleen espremendo os frutos entre os dedos e pensou nos sanduíches de bife com manteiga que a Agnes sóbria tinha feito para a virada do ano anterior. Pensou neles aconchegados no sofá, comendo chocolate com menta, vendo a multidão na George Square começar o ano com uma canção.

Shuggie se perguntou o que fazer com a lata de cerveja. Ele se acocorou no escuro, junto ao depósito de carvão de Colleen, e puxou a argola. Escorregou para longe da lata com um silvo exuberante, o cheiro conhecido estava forte no ar gelado. Com a língua cautelosa, Shuggie lambeu a espuma da lata. Tinha um gosto inofensivo, macio, como ar amargo, meio azedo e metálico, como fechar os lábios em volta da torneira fria da cozinha. Sentia punhaladas na barriga de fome e expectativa, ela pedia para ser preenchida, para sentir o sabor de qualquer coisa. Agachado feito um animal, ele virou as costas para a rua e deu um golinho na cerveja. Não ardeu. Parecia refrigerante choco com um toque de pão multigrãos. Tomou outro gole e mais um, e o ronco da barriga se aquietou.

Estava contente com a quentura da bebida e com a sensação de tontura que provocava em seu coração. A fome começou a se aplacar, e se sentia um pouco mais leve quando ouviu um motor a diesel se aproximar. Viu Agnes tropeçar pelo pavimento irregular da entrada, fechando o casaco roxo com as mãos sobre a saia curta. Ela disse alguma coisa em tom de flerte para o motorista e entrou, sem graciosidade nenhuma, no banco de trás do táxi. O motorista usava óculos com lentes grossas fornecidos pelo governo; estava claro que não era Eugene. Shuggie entrou em pânico quando o carro saiu de Pithead.

Nos quatro meses e treze dias desde que Eugene ajudara sua mãe a voltar a beber, o taxista ruivo aparecia duas ou três vezes por semana. Nessas manhãs, Shuggie ficava escutando Leek sair para o treinamento e, alguns minutos depois, Eugene entrava de fininho na casa silenciosa. Shuggie seria capaz de ajustar o relógio da televisão de acordo com os passos dos dois.

Desde aquela noite no clube de golfe, Eugene tivera o bom senso de evitar Leek. Enquanto Agnes se deitara e cantara sozinha no tapete da sala, Leek urrava, e de cueca samba-canção bateu em Eugene até mandá-lo para a rua. Seria fácil para Eugene resistir, mas tinha modos a ponto de se deixar ser arrastado porta afora, e foi pedindo desculpas até chegar ao meio-fio.

Naquela noite, Eugene não conseguiu dormir por conta da culpa. No dia seguinte, de manhã cedo, longe da cara feia da filha, ele pegara o telefone do corredor e o levara para o banheiro, trancando a porta. Tinha acordado Agnes, e ela o encontrara no portão da mina. Ele se desculpara por pressioná-la a beber, e prometera que a ajudaria a corrigir a situação de novo. Sentados no banco de trás do táxi frio, ela lhe dera um beijo para tranquilizá-lo. Sua língua frouxa parecia inchada e inanimada, e Eugene esperava que a cerveja em seu hálito fosse apenas um resquício da noite anterior. Quando ela descansou a cabeça no táxi, ele se lembrou: ela não tinha tomado cerveja com ele no clube de golfe.

Depois dessa noite, Shuggie pensava que Eugene fugiria. Na realidade, o menino ficava sentado de uniforme escolar à mesinha do telefone e escutava a conversa deles quando Eugene aparecia para visitá-la. Shuggie desdobrou o dever de casa no colo e cuidadosamente assinou o nome da mãe com a caneta velha. Lembrou-se de uma vez, na casa de Lizzie, em que brincou com uma das imitações dos bonecos de porcelana de Capodimonte da mãe. O enfeite era um romântico menininho de fazenda. Brandia uma foice afiada e tinha um olhar tão estranho, nostálgico, que devia ter testemunhado o pôr do sol mais glorioso de todos. Inúmeras vezes, Agnes pedira que Shuggie deixasse o menino quieto, mas ele percebeu que não conseguia, e quando ela estava em seu banho dominical, ele o deixara cair no chão e o braço havia se quebrado do corpo e a foice se amassado na mão. Shuggie escondera a imagem na escuridão do armário da lavanderia de Lizzie, que estava aberto para ser arejado. Ele se sentou junto ao calor do aquecedor de imersão e tentou de tudo para grudar o braço, de fita adesiva a arroz doce congelado. Visitou o menino quebrado todos os dias, durante uma semana, e rezou por um milagre. Quando não estava no armário da lavanderia, ele ficava obcecado, e quando estava no armário, ele chorava pelo que tinha feito. Foi uma semana inteira de tortura até ele entrar em pânico e simplesmente deixá-lo ali, escondido entre um jogo de toalhas velhas para que outra pessoa o achasse e o consertasse.

Shuggie se sentava à mesinha de telefone e pensava de novo no enfeite quebrado. Escutava-os falar na voz baixa que os adultos usam de manhã, e percebia que Eugene estava cansado do expediente noturno. O homem tinha um livreto de papéis de parede, e perguntava qual estampa Agnes preferia, as alegres flores do campo ou as listras grosas com flores-de-lis minúsculas. Da mesinha de telefone, Shuggie entendia que a mãe era silenciada pela dor de cabeça e que precisava de toda a sua energia para fritar fígado para Eugene comer de café da manhã.

— Não é incômodo nenhum — Eugene declarou, bem feliz. — Posso fazer a cozinha inteira em um dia. Meu pai me ensinou uma receita para acabar com esse mofo aí. Posso lixar as paredes de manhã e colar o papel de tarde. Vai ficar tudo novo em dois segundos.

— É. então está bem — Agnes concordou com a voz pequena.

— Você está legal?

— Estou — ela disse. — Só um pouco de dor de cabeça.

Shuggie ouviu Eugene fechar o livreto pesado de papéis de parede; conseguia imaginá-lo com as palmas viradas para cima e abertas.

— Sabe de uma coisa, que tal você não beber hoje? Que tal, se você sentir que a vontade está vindo, você dar uma caminhada ou coisa assim?

Shuggie ouviu a mãe lutar para manter a voz estável e monocórdia. Como uma tábua de madeira lascada, ela a lixou, para amolar a aspereza do sarcasmo que havia nela.

— Uma caminhada. Sim. Talvez resolva o problema.

Algumas semanas depois, quando o papel de parede já estava instalado, Shuggie reparou que Eugene tinha parado de dizer coisas como aquela. Ele dizia que se Agnes precisava beber, que ao menos por favor parasse de ligar para o ponto de táxi atrás dele. Shuggie se sentou à mesinha de telefone outra vez e pôs a lista telefônica da mãe, cheia de dobras nos cantos, no colo. Pegou a caneta mastigada, e depois de achar o nome de Eugene, ele trocou o 6 do telefone dele por um 8. Depois achou o registro do ponto de táxi e trocou todos os números 1 pelo 7 com a maior destreza possível.

Quando ergueu os olhos, Eugene estava parado no vão da porta da cozinha com uma chave Philips na mão. Shuggie observou-o andar de um lado para o outro do corredor e apertar todas as dobradiças das portas até rangerem contra a madeira.

— Eu estava pensando — ele disse a ela. — O táxi vai precisar ir pra oficina na semana que vem, então vou ter algumas noites livres. Que tal uma saidinha, dessa vez à noite mesmo. Quem sabe a gente não vai de novo no clube de golfe e pede aquele coquetel de camarão que você tanto gostou. Eu pensei em não tomar drinque nenhum dessa vez. Quem sabe dessa vez ninguém toma drinque nenhum.

Shuggie pegou sua caneca de chá suja e passou por Eugene na cozinha. A mãe estava sentada à mesa, a cabeça entre as mãos, os dedos esfregando o crânio, um balde entre os joelhos. O papel de parede novo era lindo, o campo florido amarelo e azul de fato animava o ambiente apertado. Eugene fora muito engenhoso e habilidoso ao alinhar todas as campânulas pequeninas. O mofo tinha sumido por completo, mas agora, quando Shuggie olhava pela janela, o pântano marrom se destacava como uma enorme mancha quadrada em um belo campo primaveril.

Shuggie se agachou diante da casa dos McAvennie e despejou o resto da cerveja de Ano-Novo na grama morta. Escondeu a lata vazia na blusa porque sentia vergonha. Meio tonto, cruzou a rua e viu a porta da frente entreaberta e todas as luzes da casa ainda acesas. Ia de cômodo em cômodo, incrédulo, ainda na esperança de achá-la em algum canto. Ele revirou os armários vazios da cozinha e achou uma última lata de pudim. Abriu e mergulhou bem a colher. O creme açucarado fez a cerveja parar de rolar dentro da barriga. Sentou-se à mesinha de centro e com avidez devorou colheradas de pudim enquanto os festeiros de George Square começavam a aparecer na televisão.

Quando a banda de música gaélica escocesa estava no auge, ele entendeu que a mãe não voltaria para casa. Os festeiros começaram a se abraçar e cantar. Ele se achou uma criancinha por sentir falta da mãe. Não era justo, que todo mundo pudesse se levantar e ir embora na hora que bem entendesse.

Shuggie vasculhou a casa em busca de um bilhete ou um sinal, um mapa do tesouro para o lugar aonde ela tinha ido, mas não havia nada. Ele revirou a bolsa preta que usava no bingo e encontrou todas as canetas marcadoras lá dentro. Foi à mesinha de telefone da sala e pensou em para quem poderia ligar. A caderneta de endereços de couro vermelho junto ao telefone listava todas as pessoas que Agnes conhecia. Tinha sido rigorosa na atualização, e alguns dos nomes do caderno tinham sido riscados com o que parecia ser raiva. Ao lado da bela letra cursiva, ela havia rabiscado com outra letra, que parecia ser de outra mulher, um breve comentário. Nan Flannigan *ainda deve cinco libras à mamãe que ela pegou em 1978*, e Ann Marie Easton, *puta duas-caras*, e Davy Doyle *usou terno azul-marinho no funeral do papai*, e Brendan McGowan *só queria uma escrava e uma empregada.*

Havia inúmeras pessoas só com o primeiro nome na caderneta. Shuggie imaginava que a maioria era do AA. Alguns números eram acrescidos de uma informação descritiva, uma forma de distinguir uma Elaine de outra Elaine. Shuggie achou engraçado que membros do AA fizessem isso. Talvez fosse para manter o anonimato, os sobrenomes serem confidenciais, mas era mais provável que fosse porque as pessoas iam e vinham, e descrições eram melhores do que nomes. Ele folheou páginas com nomes que ele reconheceu: o Peter das segundas e quintas-feiras, o Peter Careca, Mary-Doll, Jeanette amiga da Mary-Doll, Cathy de Cumbernauld e a Ruivinha Jeanie, que desconcertantemente estava no G em vez do J. Isso o irritou.

A mãe poderia estar em qualquer lugar, e ele começou a entrar em pânico com a ideia de que poderia voltar a vê-la só em fevereiro. Ele berrou para a caderneta grossa:

— Onde é que você está, porra? *Me fala!*

A comemoração do Ano-Novo na Escócia era lendária por durar dois dias. O Ano-Novo na Glasgow de Agnes era infindável. Quando chegaram em Pithead, o menino vira uma festa que se estendera por vários dias. Agnes ainda estava bêbada no sexto dia. Quando Shuggie estava vestindo o uniforme escolar, pronto para o semestre letivo, Leek resolveu que bastava. Leek aguentava muita coisa, mas no dia seis de janeiro ele esbravejou pela casa com um saco de lixo preto e pôs dois mineiros imundos na rua gelada.

Shuggie refletiu a respeito de Leek, suas gritarias, seus caça-níqueis cintilantes, e suas entranhas se retesaram. Estava ficando cansado de brincar de "batata quente" com o irmão. Cutucando o lábio inferior, ele levantou o fone à toa e farejou a fumaça azeda e o cheiro de batom que ainda estavam no bocal. Para ficar mais confortável, ele segurou o telefone bege e prestou atenção ao zumbido do sinal de linha. Olhou para o teclado numérico e por fim, reparando no botão vermelho de *redial*, ele o apertou.

O telefone estridulou por bastante tempo até alguém atender. Shuggie mal conseguia ouvir a mulher do outro lado por causa da música alta e antiquada no fundo.

— *Alou. Alou!* Quem é? — ela gritou, a voz grossa por conta do cigarro e arrastada por conta da bebida.

— Hmm. A minha mãe está aí? — ele perguntou, agora empertigado na cadeira.

— Quem é? — Ela parecia incomodada com a interrupção. — Qual é o nome da tua mãe, rapazinho?

— A minha mãe é a Agnes Campbell Bain — ele declarou. — Vo… você podia falar pra ela que é o Shu… o Hugh. — Ele se conteve. — Você poderia avisar pra ela que acabou o pudim?

A mulher voltou ao barulho da festa.

— Ei, alguém aqui conhece uma tal de Agnes? — ela perguntou para o salão às suas costas.

Outras vozes falavam, e então ela disse:

— Espera um minutinho, amigo. Feliz Ano-Novo, hein? — Antes que ele pudesse responder, ela havia deixado o fone na mesa. Ouvia homens e mulheres rindo no fundo e percebeu que eram velhos porque já estavam escutando canções escocesas melancólicas. Shuggie esperou e passou bastante tempo prestando atenção, aguardando a mulher voltar. Tinha certeza de que ela o havia esquecido quando uma voz falou.

— Sh... *Alou* — disse a voz arrastada familiar.

— Mamãe?... Sou eu.

A voz passou um tempo calada, e quando falava parecia confusa.

— O que é que você quer? Que horas são?

— Quando é que você volta pra casa?

— Que horas são?

Shuggie esticou o pescoço, e à luz da televisão conseguiu por um triz ver o mostrador do reloginho.

— Dez e meia, hmm, não, são quase onze horas.

A voz se aquietou. Ele ouviu a chama do isqueiro quando ela tragou um cigarro.

— Bom, então você devia estar na cama.

— Quando é que você volta pra casa?

— Olha, não precisa ficar mal. A mamãe não merece festejar? Já fazia tempo, Hugh. — A voz dela foi sumindo. — Na minha época, me prometerem muita festa. Por que você está tentando estragar a minha festa? — Ela já estava se repetindo.

— Mãe, eu estou com medo. Onde é que você está?

— Eu estou na casa da Anna O'Hanna. Vai pra sua cama, eu te vejo quando chegar em casa. — Essa parte foi sinistramente vaga.

A linha ficou muda, e ele levou um tempo para botar o fone no gancho. Shuggie pensou em ligar de novo, mas ela não voltaria ao telefone. Ele ficou ali, cheirando o fone outra vez, ainda todo vestido, com as luzes do quarto acesas e as comemorações da virada ainda brilhando na televisão. Havia vozes alegres na rua; ele ouvia as crianças da família McAvennie correndo pela rua berrando "Feliz Ano-Novo" a plenos pulmões. Tinham uma matraca de madeira que giravam, fazendo um barulho estrondoso.

Ele se levantou e voltou à mesinha de telefone. Shuggie olhou no A e depois no O e lá estava ela, *Anna O'Hanna*. Já tinha ouvido aquele nome. Anna não era do AA, era uma amiga de infância, que talvez fosse ou talvez não fosse uma parente distante. Já tinham trabalhado juntas nos refeitórios da emissora STV e iam dançar juntas no Tollcross quando jovens. Ela era, segundo a letra da própria mãe, *uma fofoqueira traíra de olhinhos puxados* e também *a melhor amiga que eu tive na vida*.

Debaixo do nome estava o endereço, marcado como Germiston. Não fazia ideia do que era Germiston, mas como todo mundo que Agnes conhecia vivia em Glasgow, ele esperava que ficasse na cidade. Shuggie arrancou uma folha em branco do final da caderneta da mãe e copiou o endereço com a melhor letra possível. Em seguida, ligou para um número que achou na caderneta sob "Táxi".

— Mack's Hacks, *alou* — disse o sujeito brusco.

— Alô. O senhor poderia me dizer onde fica Germiston, por favor?

— Fica no noroeste, camarada. Você quer um táxi? — respondeu, impaciente.

— Desculpa incomodar de novo — disse o menino, bem-educado —, mas quanto custa um táxi pra lá?

— De onde você sairia? — indagou o homem, suspirando.

Shuggie foi bem específico ao responder ao homem, dando o bairro, o nome da rua, o número da casa e até o código postal.

— Ah, umas oito libras, mais dois extras por ser Ano-Novo.

— Está bem. Um táxi, por favor — disse Shuggie, desligando o telefone.

Com a faca de manteiga ele conseguiu abrir o relógio do gás conforme Jinty havia lhes mostrado. Com muito cuidado, contou as moedas de cinquenta centavos, alinhando-as na mesa em frente à TV. Havia apenas vinte, que sem contar nos dedos ele sabia que dava dez libras. O menino pegou a faca longa de pão na cozinha e começou a abrir a parte de trás do relógio da televisão como já tinha visto Agnes fazer centenas de vezes.

Pela prática, ele sabia que precisava dar solavancos, assim as moedas cairiam sem danificar o relógio em si. Se o homem da televisão visse que o relógio estava quebrado, a pessoa arranjava um *problemão*, mas todo mundo na rua tinha tantos anos de prática que ninguém parecia arranjar esse *problemão*. Shuggie tinha visto Agnes e depois Leek fazendo incursões frequentes ao relógio da televisão. Era necessário pôr uma moeda de cinquenta centavos no relógio para assistir a três horas de TV. Quando o dinheiro acabava, a televisão desligava automaticamente, deixando o espectador na escuridão. Não havia como negociar até o fim do filme ou até o intervalo comercial. Se a grana acabasse, a TV ficava preta.

Shuggie enfiou a faca de manteiga na fresta e duas moedas de cinquenta centavos rolaram para fora. Se o homem tivesse falado a verdade, bastaria para levá-lo a Germiston. Mas não para que voltasse.

Quando ouviu a marcha lenta do táxi, Shuggie saiu. As luzes de todas as casas da rua estavam acesas, e famílias felizes passavam a virada reunidas. Colleen estava sozinha na janela, vendo os filhos correrem pela rua, chacoalhando as matracas. Shuggie fez como Agnes tinha ensinado, portanto acenou e sorriu ao entrar no carro.

O taxista era um sujeito magro de cabelo claro. Ficou perplexo ao ver uma criança vestida como um gângster de Chicago.

— É você mesmo, rapazinho? — ele perguntou, confuso.

— Sim. — Ele entregou ao motorista o endereço escrito à mão.

O taxista abaixou a cabeça e espiou a janela da frente da casa de Shuggie à procura de um sinal de que havia um adulto ali dentro, uma mãe ou um pai que aparecesse na janela da sala de estar. Shuggie tirou o saco plástico cheio de moedas do bolso e o botou em cima do joelho. Aquela prata toda fez um barulho faiscante, e depois de olhar para o menino e o dinheiro, o motorista enfim segurou o freio de mão com enfado.

O táxi saiu do conjuntinho habitacional poeirento, e pouco depois já estavam na pista dupla, seguindo rápido. Shuggie conhecia aquela estrada que levava ao centro da cidade. Prestava atenção à rota, riscando pontos de referência, preparando-se para a longa caminhada de volta. Primeiro passaram por uma escola secundária, depois por uns campos de rúgbi, e por fim o vazio negro do lago silencioso. Dali por diante, tudo voou, desconhecido.

Em vez de pegar o caminho mais difícil, o taxista pegou a rua principal, como se estivesse desviando da cidade. Pareciam ser pistas em áreas desertas, como se a cidade tivesse exaurido os limites de sua expansão. A estrada era rudimentar: à esquerda havia casas inacabadas da empreiteira Barratt, de fundos virados para o tráfego e cercas altas de madeira escura contendo os gramados não plantados. À direita, deslindavam-se quilômetros e mais quilômetros de terras sem cultivo, escuras e vazias. O taxista devia conhecer bem aquele caminho, pois não parava de olhar para trás e sorrir para o menino de gravata branca.

— Você está elegante à beça. Está indo pra uma festa? — ele indagou, sorrindo no espelho.

— É, mais ou menos. E também acho que é sempre importante a pessoa estar bem arrumada.

O homem riu.

— Então, cadê a tua mãe, ela está nessa festa?

— Espero que esteja — murmurou Shuggie.

— Muita maturidade a sua viajar sozinho na tua idade. Eu tenho um menino mais ou menos da tua idade. Você tem o quê, doze? Ele adora se sentar aqui na frente e ficar mexendo no meu rádio.

Ele tinha apenas onze, mas gostava do conforto de um número mais alto, por isso não respondeu. Era engraçado que só conseguisse ver os olhos ou a boca do motorista no espelho, nunca tudo ao mesmo tempo.

— Quer vir aqui na frente comigo? — disse a boca do sujeito no espelho. Ela irrompeu em um sorriso largo.

O táxi desacelerou até parar, não em um cruzamento ou no sinal, mas no meio da rodovia ampla e deserta. Shuggie olhou para as casas inacabadas à esquerda e para os campos aplainados à direita. Se era para trazê-la de volta sã e salva, Shuggie imaginava não ter alternativa a não ser fazer o que mandavam.

O homem disse a Shuggie que descesse. A porta esquerda da frente se abriu; não havia banco de passageiro no lado esquerdo dos táxis pretos, apenas o chão atapetado. Ele ficou no cercadinho atapetado entre os jornais da tarde, um casaco velho, e um embrulho de sanduíches pela metade. Shuggie tentou não olhar fixo para a comida. O pão tinha uma crosta grossa, mas estava com tanta fome que nem se importava, teria comido com crosta e tudo.

— Prontinho, assim é melhor, né? — O motorista tirou as coisas do chão e fez espaço para o menino. Segurou o sanduíche. — Quer um pouquinho? — ofereceu ele. — É só manteiga e um bocadinho de presunto enlatado.

— Não, obrigado — respondeu Shuggie em tom educado, mas os olhos devoravam a comida pela metade.

— Aqui, pega — disse o homem, empurrando o sanduíche para ele. — Dá pra ouvir a tua barriga daqui.

Shuggie aceitou o sanduíche. O pão estava úmido por causa da manteiga, e ele tentou comê-lo devagar, mas a cerveja azedava seu estômago e ele se viu dando mordidas grandes no presunto salgado. Era tão grosso e saboroso que grudava no céu da boca.

Nem ajoelhado Shuggie batia no ombro da figura sentada. Olhando de relance, ponderou que o motorista não tinha nada a ver com o pai. O rosto do homem era mais bondoso, os contornos dos olhos eram vincados devido aos sorrisos. Havia um crucifixo em uma corrente de prata pendurada no pescoço, e aquela imagem provocou em Shuggie uma tranquilidade inesperada.

— Isso aqui é a central de rádio — explicou o motorista, apontando para o aparelho que parecia um barbeador elétrico. O taxista apertou um botão no mostrador. — Pronto, pode falar o que der na telha, se quiser. São só os motoristas de longas distâncias e os corações solitários que acompanham eles que vão te ouvir nesse canal. — O homem sorriu para ele com os dentes retos, e Shuggie pensou que gostaria que Agnes o conhecesse, conhecesse esse sujeito que lhe dera sanduíches.

Com um estalo do freio de mão, o táxi partiu de novo pela estrada escura. Shuggie recostou na divisória de vidro.

— Opa, pronto, rapazinho, se segura em algum lugar! — Com o braço esquerdo ele envolveu a cintura do menino, segurando-o firme, empertigado no espaço reservado a bagagens.

Continuaram percorrendo a estrada escura. Shuggie tentava não comer o sanduíche muito rápido. O presunto era grosso e estava tão salgado que fazia cócegas nas gengivas. O homem disse de repente:

— Acontece mais do que você deve imaginar. Crianças ficarem sozinhas em casa. — Ele se virou para Shuggie e sorriu. — Eu vejo isso o tempo todo, mães e pais tão desesperados para ir ao pub que deixam que os filhos se virem sozinhos. Pobrezinhos. — Shuggie terminou o sanduíche. Tentou não lamber a manteiga dos dedos. — Estava bom?

Shuggie fez que sim e respondeu educadamente.

— Estava, sim. Muito obrigado.

O braço ainda estava em sua cintura para escorá-lo.

O homem deu uma risada bondosa.

— *Aai, muito obrigado* — repetiu ele, como um papagaio entretido. — Você é um rapazinho bem educado, hein?

Shuggie tentou disfarçar a vergonha. Fixou o olhar no espelho retrovisor e desejou que Leek estivesse ali. A estrada deserta no meio da área rural parecia não acabar nunca; tentava se lembrar das coisas pelas quais tinham passado. Fez uma lista do que tinha visto, como um jogo, mas depois de dez ou quinze árvores e só um sinal de trânsito, tudo parecia igual, e a contragosto ele desistiu.

Aos poucos, o braço do motorista foi descendo pelo lado do menino. Com a mão vagarosa, ele tirou a camisa de Shuggie de dentro da calça de tweed e insidiosamente enfiou os dedos gordos e quentes na parte de trás de sua cueca. Sem olhar, Shuggie sabia que o homem ainda sorria para ele.

— É, você é um rapazinho engraçado, hein? — repetiu o homem. Com um movimento brusco, a mão desceu mais dentro da cueca, e ele começou a tatear o menino com os dedos. O cós da calça de tweed apertava Shuggie na parte da frente. A força parecia parti-lo em dois, e só por essa dor ele já teria sido capaz de berrar. Porém, Shuggie não disse nada.

O táxi seguia devagar. O motorista fez um barulho esquisito, como se comesse sopa quente por entre os dentes da frente. Faróis surgiram da direção contrária. Shuggie estremeceu diante do homem; os dedos gordos o pressionavam de um jeito estranho. O pudim tinha formado uma casca em cima da cerveja azeda, e o pão inchava e se expandia no estômago, por isso teve a sensação de que iria vomitar. Os dedos apertavam e apertavam. A boca do taxista estava tensionada em uma careta. Shuggie ansiava pelas luzes de algumas casas.

— Meu pai é taxista, sabia?

O motorista parou com a careta.

Shuggie prosseguiu, tentando manter um tom de voz casual e ignorar os dedos que sondavam sua parte suja.

— ... E o namorado da minha mãe, ele se chama Eugene. — Ele deu uma respirada curta. — Será que ele conhece você? — A voz dele ficou mais alta no fim da pergunta.

Aos poucos, o motorista foi tirando a mão da parte de trás da calça de tweed. Shuggie escorregou as costas pela divisória e sentou sua parte suja no chão do táxi, a salvo. Pôs os dedos na cintura e no breu ele sentiu as marcas rosadas deixadas na barriga pela costura. Era como tirar as meias apertadas do uniforme escolar, só que pior.

Vozes crepitaram na central de rádio. Um homem com sotaque das montanhas falava de inundações na Perth Road. Discretamente, o motorista limpou a mão na calça.

— Então, o teu Natal foi bom? — perguntou em tom informal, passado um instante.

— Foi, sim. Obrigado — mentiu Shuggie.

— O Papai Noel foi bom contigo?

O Natal vinha do catálogo da Freemans e era pago aos poucos.

— Sim.

O táxi preto enfim chegou às luzes de um conjunto habitacional cinzento, decadente, e o motorista indagou:

— Filho. Qual é mesmo o nome do teu pai?

Shuggie cogitou mentir:

— Hugh Bain.

O motorista foi tomado por algo parecido com alívio, e ele relaxou no banco. Quando deixou Shuggie em Germiston, a virada já tinha acontecido. O menino ofereceu ao taxista o saco de moedas roubadas. O homem olhou bem para aquilo, talvez com pena ou culpa, e declarou que a corrida seria de graça porque Shuggie tinha sido um bom menino. O garoto preferia que ele pegasse as moedas: não queria que o homem achasse que tinha gostado da forma como seus dedos o haviam machucado.

Shuggie sentia o sujeito observando suas costas enquanto subia todos os degraus de pedra rumo à porta da frente na Stronsay Street. Só quando ele se virou e deu um sorriso valente foi que o motorista partiu. Quando o táxi dobrou a esquina, Shuggie enfiou a camisa preta na calça de tweed. Esfregou o azedume do estômago. Todos os prédios eram idênticos; os prédios se aglomeravam na rua estreita e criavam um cânion de tijolo e vidro. Olhando para cima, reparou que música e luzes fortes vinham de um apartamento no terceiro andar, por isso apertou o botão 3R no interfone. Sem que ninguém lhe perguntasse quem era, a porta se abriu automaticamente.

A entrada do prédio era mal iluminada. Em algum lugar lá em cima, a música e as vozes alegres ecoavam nas paredes. Shuggie entrou. Qualquer criança de Glasgow sabia que aquele era um dos prédios mais pobres. Os cerca de um metro e oitenta de azulejos decorativos que revestiam a entrada estavam rachados ou haviam sumido. Ali estava a tinta marrom, aplicada em camadas grossas pelo Conselho, com uma faixa cor de creme suja mais ou menos ao nível dos olhos dos adultos, que apontava para a barriga da entrada. Todas as superfícies lisas eram cobertas de declarações grafitadas de amor e de orgulho gângster. Pelas juras de lealdade ao IRA, Shuggie percebeu que Germiston era um bairro católico.

Ao subir, ele ouvia a festa no terceiro andar. Parecia animada, como se a noite ainda não tivesse azedado. O menino subiu a escada íngreme devagar, um degrau de cada vez. Eram de granito duro desgastado no meio, formando uma curva, e o corrimão não fazia a curva; a escada havia sido construída em torno de uma parede maciça de concreto. Ao subir, não via o que havia depois da curva.

Ele ia em frente sem fazer barulho. Ao virar a segunda curva, ele se deparou com uma mulher e um homem na escada gelada. Estavam deitados ali, amarrotados feito duas pilhas de roupa suja. Estavam fazendo coisas que o menino já tinha visto. A velha parecia estar quase inconsciente, e o homem estava com a mão debaixo da saia dela, tocando-a em sua parte suja.

Shuggie cruzou os braços e educadamente deu um passo para trás, para longe do que havia ali na altura de seus olhos. Em silêncio, desceu alguns degraus e já havia quase feito a curva quando a mulher abriu os olhos que se reviravam e o notou. O homem continuou a esfregá-la como se engraxasse um sapato.

— Está olhando o quê? — perguntou ela, exibindo as gengivas.

— Você está legal? — indagou baixinho ele. — Ele está machucando você?

Em algum lugar acima deles uma porta se abriu e o barulho da festa espetacular tomou a entrada. As pessoas estavam indo embora.

— Dá pra você parar um minutinho, John? — Ela empurrou as mãos. A mulher fechou o casaco e tentou dar mais dignidade à cena. Abaixou os olhos para a escada de pedra. Ainda assim, o homem bêbado continuou a morder o pescoço dela.

Shuggie pegou uma das moedas de cinquenta centavos e a pôs no joelho à mostra da mulher. Então passou correndo por eles, subindo em direção ao barulho no alto da escada. Choviam homens e mulheres de casaco de inverno. Era necessário pés ligeiros e esforço para não tropeçar nas pernas destrambelhadas e nos casacos longos. Ele chegou ao terceiro andar e, ao perceber que a porta ainda estava escancarada, entrou. Ninguém o segurou quando se acotovelou entre pernas rumo ao corredorzinho. Ninguém prestou atenção quando ele entrou na sala principal.

O ambiente era uma versão menor da sala da casa dele. Era revestido de um papel de parede de brocado vinho, e contra uma parede havia um aquecedor elétrico pequeno com carvão falso de plástico, que lançava um brilho laranja na sala suarenta. No meio do cômodo havia um sofá de três lugares ainda coberto de plástico. Nos cantos, algumas cadeiras de cozinha emprestadas, e nelas estavam sentados homens e mulheres na faixa dos quarenta e dos cinquenta anos, rostos que Shuggie nunca tinha visto na vida. Os homens estavam de ternos, cinza pesados e gravatas largas, e as mulheres usavam blusas bonitas. Pareciam tensos, como se tivessem vindo da igreja, mas os olhos estavam úmidos, como se tivessem tomado muito vinho na comunhão.

O aparelho de som que havia no canto tocava uma versão muito melancólica de “Danny Boy”. Alguns bêbados mais velhos estavam sentados ali perto, com suas latas de cerveja quente, e brincavam de matar a letra, enquanto uma mulher velha estava de olhos marejados ali do lado. O ambiente inteiro já sentia a queda após o ápice da noite. Ele circulou pela sala, buscando de rosto em rosto um sinal da mãe. Agnes não estava ali.

No canto mais próximo da janela, sentado a uma mesa dobrável, havia um menino mais ou menos da idade de Shuggie. Ficara observando Shuggie durante toda a volta que dera pela sala. Estava usando suas melhores roupas, e o cabelo estava arrumado desde quando a mãe dele o partira, mais cedo. Enquanto se olhavam, Shuggie se perguntava se também estaria perdido ou procurando. O menino levantou a mão, num leve aceno, e Shuggie resolveu atravessar a sala e falar com o estranho. No meio do caminho, viu que na mesinha havia um prato cheio de biscoito amanteigado e um suco gasoso que ainda soltava bolhas. Alguém ali amava aquele outro menino. Shuggie deu meia-volta e continuou a procura por Agnes.

Cruzando o corredor, ele tornou a passar pelo emaranhado de pernas. Na pequena copa havia uma mulher de cabelo preto. Seu coração saltou e se apertou quando ele percebeu que não era a mãe. Shuggie pensou em lhe perguntar onde estava Agnes, mas tinha tanta vergonha por causa do menino do biscoito amanteigado que não falou nada. O orgulho fechava sua boca, e a mulher de cabelo preto passou por ele como se ele fosse invisível. O apartamento tinha três quartos. Todos estavam vazios, a não ser por um ou outro convidado perdido, fumando em silêncio ou dando uma choradinha. Procurou em todos eles, mas nenhuma das bêbadas era a dele. O último quarto era o maior, o das mães e dos pais. A porta estava bem fechada, e ele precisou abaixar a maçaneta de metal e empurrar com força para que a porta emperrada se abrisse. Não havia luz acesa no quarto, mas com a claridade que o seguia pelo corredor ele viu que a cama de casal estava abarrotada de casacos de inverno.

Shuggie ficou parado e pôs a mão no saco de moedas dentro do bolso. Bastaria para que chegasse em casa. Talvez a encontrasse lá, desesperada, sóbria de preocupação, esperando com um chá quente e uma torrada.

Na fumaça e na escuridão, as lágrimas começaram a arder em seus olhos, e ele se sentou na cama coberta de casacos só por um instante.

Estava agindo feito uma criancinha e sabia disso. Tinha agido feito um bebezão a noite inteira, querendo a mamãe, e desejava ser mais parecido com Leek, que dava a impressão de nunca precisar de ninguém. Shuggie enfiou as unhas da mão esquerda na parte mais macia do braço direito, e fez com que a autocomiseração cessasse.

Algo se mexeu debaixo dos casacos. Shuggie se levantou, assustado. Sob alguns casacos velhos, surgiu uma mãozinha branca. Pairou por um momento, antes de tirar um casaco de cima do rosto, e ali, de cara molhada e rímel borrado, estava a mãe dele.

O cabelo de Agnes estava liso e embaraçado do lado direito. Na penumbra, o menino viu pelo tamaninho dos olhos que ela já não estava mais embriagada. Ao olhar para ele, os lábios tremeram como se ela fosse chorar. Isso o assustou a tal ponto que interrompeu os próprios soluços, e ele tentou se endireitar como um rapaz. Um por um, ele jogou os casacos no chão e a destampou. Devagar, ela emergiu, meio nua e amassada, da pilha. Na penumbra, ela o fitou e não disse nem uma palavra. Aos poucos, ele continuava a tirar camadas da cama. De baixo dos casacos pesados surgiram as pernas brancas e os pezinhos. Shuggie parou e olhou para ela ali, e, naquela confusão e sob a luz do corredor, ele reparou que a meia-calça preta estava rasgada do dedo até a cintura.

Vinte e quatro

O menino abriu os olhos, e ela estava ali, sentada em silêncio na beirada da cama. Era a meia pessoa tenebrosa que agora sempre aparecia de manhã. Ficou um tempo olhando-a tremer, tremendo com a umidade que a bebida havia deixado dentro dela. Tampava a boca com um chumaço de papel higiênico ao tossir um catarro molhado e tentar reprimir o vômito ruidoso que vinha em seguida.

Agnes levantou a cabeça e o fitou com olhos suplicantes, insones.

— Bom dia, luz do dia.

— Bo-bom dia. — Shuggie esticou os dedos do pé na ponta da cama.

A mão dela tremia enquanto puxava as camadas de cobertas. O ar úmido de março entrava, e Shuggie choramingava e se encolhia em uma bola. Agnes esticou a mão fria e a pôs no pé pegajoso do filho. Ele havia sofrido outro estirão: agora o pijama velho já batia acima das panturrilhas, os pelos nas pernas começavam a ficar mais grossos e mais escuros.

— Mais um ano e você vira homem, e aí o que é que eu vou fazer?

— Você acha que eu vou ficar mais alto que o Leek? — perguntou ele. A cama do irmão já estava vazia.

— Tenho certeza. — Ela tirou o cabelo preto de cima dos olhos do filho e tentou adotar um tom alegre. — Que tal você tirar folga da escola hoje? Pra me fazer companhia?

Os olhos de Shuggie se arregalaram com a proposta.

— Não sei, não. O padre Barry diz que eu já faltei demais.

— Poxa, deixa ele pra lá. Você foi quase todos os dias na semana passada. Eu escrevo um recado dizendo que a sua avó morreu.

Shuggie suspirou e esticou os dedos no ar frio.

— Ele não é burro. Você já fez isso três vezes.

Sabia o que ela queria. Assim que o relógio marcou quinze para as nove ele estava fora de casa, na rua gelada, com o talão de terça na mão. Estava de casaco fino com capuz e com sua calça boa, e em um dos braços carregava uma sacola de compras grande, de náilon. A sacola era um disfarce; não haveria produtos para pôr ali, mas tinha seu papel e fazia a coisa toda parecer mais digna. Como um agenciador de apostas ganancioso, Shuggie folheava as páginas do talão do auxílio das terças-feiras, para quem havia filhos, e observava a soma suntuosa de oito libras e cinquenta centavos surgir em todos os cupons datados. Achou o que ela tinha assinado para aquela semana, verificou se ela tinha preenchido a ficha corretamente, apesar da fome desesperadora, e então o enfiou na sacola que servia de disfarce.

Como sabia que ela o olhava detrás da cortina de voile, ele andava depressa e com determinação. Quando virou a esquina e saiu de seu campo de visão, ele diminuiu o ritmo e passou um tempo amassando os frutos brancos, transformando-os em uma pasta.

Shuggie tinha tentado de todos os jeitos, correndo feito um fugitivo pela rua e sumindo por horas a fio nas turfeiras. Uma vez, chegara a embolsar o cheque e gastar o auxílio em produtos, mantimentos e carne do açougueiro. Sempre acabava da mesma forma: ela devolvia os produtos que pudesse e comprava o que de fato precisava primeiro, a bebida. Então agora, quando descontava os cheques do auxílio, ele simplesmente abaixava a cabeça e seguia em frente com um clima de resignação.

Ela não era mais a mesma desde a véspera do Ano-Novo. A pessoa que a deixara meio nua debaixo de uma pilha de casacos de desconhecidos havia lhe tirado a ânsia por uma boa festa. Agora, quando Shuggie a via beber, percebia que ela perdera o gosto pela diversão. Estava bebendo para esquecer de si mesma, porque não conhecia outro jeito de afastar a dor e a solidão.

O posto de gasolina a dispensara. Ela perdera muitos expedientes, e sem ninguém para cobri-la, o posto tinha ficado no escuro vezes demais. No início, Agnes encarara a rejeição de forma exagerada, pois, assim como tudo, estava escrito que não daria certo para ela. Quando as contas do catálogo começaram a se acumular, e na quinta-feira já não tinha dinheiro para beber, ela passou a falar de sua demissão como se fosse uma conspiração. Tinha sido popular demais, bonita demais, ela dizia, e os donos do posto não tinham gostado de vê-lo transformado em um clube de taxistas solitários. Leek se sentara e ficara ouvindo, enfiando silenciosamente colheradas de cereal quente na boca, e então perguntara, em tom calmo:

— Por quanto tempo você vai ficar mentindo pra você mesma?

A fila não andava. As pessoas estavam em silêncio, a não ser pelas tossidas roucas, o farfalhar dos casacos de náilon, e o *paf, paf, paf* das mulheres agitadas atrás do balcão. Pela inquietação, via-se que o fim de semana de espera para descontar os livretos dos auxílios tinha sido longo. Algumas pessoas estavam passando fome, outras estavam quase sem cigarros no domingo, na hora do chá, e outras, como a mãe dele, sentiam uma sede profunda. Shuggie chegou no balcão e empurrou o talão na caixinha que ficava ao nível dos olhos. Com um golpe rápido, ela foi puxada. Com um golpe rápido, ela voltou.

— Você não assinou — disse a agente do correio.

Shuggie pegou a caneta presa por uma corrente e escreveu o nome no espaço do procurador como ela o fizera treinar. Ele o pôs de volta na caixinha e sorriu para a moça. A mulher o pegou e olhou bem de ambos os lados. Usava óculos de aro rosado e o olhava como uma professora em um banco alto.

— A senhora Bain não pode vir pessoalmente receber o auxílio? — questionou ela, um pouquinho alto demais.

Shuggie sentiu que a fila atrás dele se mexia, impaciente, mudando o apoio de uma perna para a outra.

— Não.

A mulher se esticou para trás como se alongasse as costas cansadas.

— Rapazinho. Você não devia estar na escola? — Ele ouviu a fila pigarrear, concordando.

— Minha mãe não está passando bem — sussurrou ele, discretamente, para a caixinha.

A mulher se inclinou junto à vidraça de segurança, o rosto se avultando sobre ele.

— Sim, mas me veio à cabeça que vejo você todas as manhãs de segunda e terça. — Ela fungou e pegou o livreto, passando o dedo sob a assinatura de Agnes. — Diz aqui — disse ela, fungando de novo — que autorizar um procurador é só para uso temporário, e se a pessoa não pode resgatar o próprio auxílio, o talão deve ser devolvido ao Departamento de Assistência Social.

Shuggie sentiu a ameaça da merda na cueca. Só conseguiu dizer um abafado:

— *Por favor, senhora.*

— Devo tirar esse talão de você, rapaz? — Ela empurrou os óculos com o dedo sujo de tinta. — Devo mandar ele de volta à Assistência Social?

O menino fez que não e sentiu o vazamento piorar.

— Não. Por favor, senhora — implorou.

A mulher parecia não escutar ou não se importar. Ela dobrou o talão e o deixou fechado no balcão. Em tom cerimonioso, entrelaçou as mãos sobre ele como se rezasse. A parte de trás dos olhos de Shuggie começaram a suar. Ele ouvia a multidão esfomeada se queixar. Aquele auxílio era mais de um quarto de todo o dinheiro que Agnes receberia para alimentá-los durante a semana.

De lábios trêmulos, Shuggie tentou de novo.

— Por favor, senhora.

A multidão impaciente soltava muxoxos e suspirava atrás dele.

— A mãe do menino não está bem! — disse uma voz estridente dos fundos da agência dos correios. A agente ergueu os olhos do rosto pálido para a longa fila. — Dá o dinheiro pra ele, senão ele não vai ter o que comer! — Ela tornou a se manifestar.

Uma senhora da frente se envolveu. Estava cansada da espera e sacudia seu talão.

— Ah, tenha santa paciência. Dá o dinheiro para o menino, sua burocrata desalmada.

A moça atrás do balcão olhou para a fila e para o menino apreensivo. Ela abriu o talão a contragosto. *Paf! Paf!* Ela carimbou e arrancou o cheque daquela semana. Na caixinha, enfiou o talão de terça, uma nota de cinco, três notas de um e uma moeda nova de cinquenta centavos. Ela segurou a caixa e aproximou o rosto dos buraquinhos do vidro. Agora com a voz mais baixa, ela disse:

— *Você é um garoto esperto. Não venha me aparecer aqui semana que vem. Volta para a escola. Estuda. Aguenta firme para não passar a vida inteira na fila do auxílio.* — Havia compaixão em seus olhos, e em seguida ela passou a caixa para o outro lado. O menino assentiu, obediente, e, lambendo o suor que escorria do lábio superior, pegou o dinheiro da caixinha. Não podia se preocupar com a semana seguinte. Teria que se preocupar primeiro com o resto daquela semana.

Shuggie tinha voltado para Pithead o mais rápido possível. Ao passar pela escola, subiu a cerca quebrada e acelerou o passo na terra que margeava o pântano. Quando já estava bem distante da estrada, tirou a calça e a cueca, e depois de se agachar, ele terminou o que a agente dos correios tinha começado. Em seguida, virou a cueca branca do avesso e tentou limpá-la com cana-do-reino seca.

Ao chegar em casa, ainda não era nem dez e meia da manhã, e a rua já começava a abrir suas cortinas. Ele abriu a porta da frente e se deparou com ela parada no meio do corredor. Estava usando seu melhor casaco de angorá e tinha passado lápis nos olhos e posto uma sombra lavanda intensa nas pálpebras. O cabelo estava arrumado e cacheado, e o spray fixador ainda estava molhado e cintilava nas pontas feito orvalho. Debaixo do braço esquerdo, carregava a melhor bolsa que tinha, e a outra mão estava à mostra, a palma virada para cima, como uma santa paciente. Coçava e estava vermelha.

— Onde foi que você se meteu? — perguntou ela, sem querer resposta.

O menino abriu a sacola de compras e pegou as notas e a moeda do meio da cueca suja. Agnes guardou o dinheiro na bolsa, em segurança.

— Está bem, eu preciso que você me acompanhe até a rua. Se a gente encontrar alguém, eu quero que você converse comigo.

— Sobre o quê?

— Qualquer coisa. Qualquer merda. É só conversar comigo e não parar, combinado?

Agnes o girou e o empurrou porta afora. Quando chegaram à esquina, ele percebeu que ela estava aliviada de ainda não ter passado por ninguém. No pé da colina, debruçada sobre a cerca de um jardim, Colleen McAvennie falava com uma das primas dela e de Eugene. Fumavam, e Colleen estava com dois sacos pretos grandes cheios de roupas sujas, de cobertas ou das últimas peças de roupa que restavam de Jamesy. Ergueram os olhos quando ouviram o batuque dos saltos no concreto. Agnes fez um desvio desequilibrado, como se fosse atravessar a rua, mas na realidade ela levantou a cabeça e seguiu no mesmo caminho. Pavoneou-se em um passo ritmado e seguro, virou a cabeça e disse para o menino:

— O que você vai querer jantar hoje?

Shuggie ergueu os olhos para a mãe e fez o que ela tinha mandado.

— Frango assado, por favor. Estou meio cansado de comer lombo dia sim, dia não.

Eles passaram pelas mulheres, que tinham interrompido a conversa delas, e Agnes disse com uma risada leve:

— *Ai, você!* Você vai comer bife de novo e agradeça a Deus por isso! — Ela virou seu perfil régio e escondeu a mão em carne viva atrás do corpo. — Ah, oi, Colleen, oi, Molly. Este menino aqui está crescendo que nem mato. — As mulheres não disseram nada quando ela passou, mas ela sentiu que estavam atentas ao casaco, aos sapatos e ao cabelo. Já numa distância segura delas, seu semblante se fechou em uma careta, e ela murmurou: — É, pra vocês também, suas babacas.

O empório de Dolan ficava no fim de uma fileira de três fachadas cobertas de tapumes no alto da colina cuja vista era de Pithead inteiro. Quando a mina de carvão ainda estava aberta, devia ter sido um lugar movimentado, atendendo à necessidade que as famílias tinham de legumes frescos, das melhores carnes e de um espaço para trocar fofocas. Agora o sr. Dolan nem sequer acendia as luzes. Se o outro mercado mais próximo não ficasse a mais de três quilômetros de distância, talvez a loja de Dolan já tivesse encerrado as atividades. Como que admitindo sua meia derrota, o empório estava de portas de metal fechadas e de luzes sempre apagadas, com apenas a luz do dia entrando pela porta da frente, cheia de anúncios.

O próprio sr. Dolan era um homem bondoso e gentil, embora Shuggie se assustasse ao vê-lo. Quando o dono do empório era menino e a mina ainda funcionava, ele havia caído de uma árvore e esmagado o braço direito, numa fratura tão feia que tiveram que amputá-lo. Agora, sempre que uma criança subia na cerca, mães se debruçavam nas janelas e berravam:

— *Desce daí senão você acabar que nem o pobre coitado do senhor Dolan.*

Quando o sino da loja tocou, o sr. Dolan pareceu tanto feliz como triste em ver Agnes. As prateleiras de latas de cerveja e garrafas de uísque atrás dele demonstravam que entendia bem a nova economia do conjunto habitacional. No entanto, quando a bela mulher se aproximava do balcão, o homem de um só braço não conseguia não suspirar perante o desperdício.

Agnes, tentando ignorar a pena no semblante dele, perguntou ao dono da loja como ele estava. O sr. Dolan apenas deu de ombros e assentiu para o menino.

— Por que é que você não está na escola?

— Ele está com uma infecção, senhor Dolan — interferiu Agnes. — Está circulando.

O velho chupou os dentes mas não se prolongou na mentira. Agnes pegou um papel no qual havia feito uma breve lista de compras. Pediu alguns mantimentos inocentes: pudim enlatado, ervilha enlatada, picadinho de carne e um punhado de batatas. Pediu um pouco de presunto fatiado e não parou quieta enquanto o sr. Dolan manuseava habilidosamente o frio no fatiador com seu coto. A ponta do porco curado e a ponta franzida rosada do coto pareciam ser a mesma coisa.

— Quanto deu? — perguntou ela enquanto ele botava as fatias de presunto na sacola de compras.

— Cinco libras e vinte centavos — declarou o homem.

Agnes tateou por um instante.

— O senhor pode me dar também o jornal de hoje, por favor?

— Cinco libras e vinte e sete.

— Uma barrinha desse Cadbury aí para o menino.

— Cinco libras e cinquenta.

— Vejamos — disse Agnes, em um tom falsamente esquecido. — Ah, é. Quase me esqueci — Shuggie olhou para os pés, envergonhado. — Me dá doze latas de Special Brew, por favor?

Quando o homem se virou para pegá-las na prateleira, Agnes lambeu todo o batom do lábio inferior.

— Exatamente treze libras — anunciou ele.

Agnes abriu a bolsa e olhou para as notas e a única moeda de prata.

— Ih, senhor Dolan, acho que hoje ficou faltando um pouquinho.

O maneta enfiou a mão debaixo do balcão e pegou um caderno grande de capa vermelha. Folheou as páginas até chegar ao B e achou o sobrenome de Agnes.

— Minha querida, você já me deve vinte e quatro libras — disse com a voz séria. — Só tenho como te dar mais crédito depois que estiver tudo pago.

Com um sorriso aflito, Agnes revirou a sacola de compras e pôs o presunto, as latas de ervilha e duas batatas no balcão.

O que o sr. Dolan pensou, ele nunca disse. Por mais horripilante que sua manga frouxa fosse para o menino, Shuggie sabia que era um sujeito extremamente solidário. Todas as mães do conjunto o chamavam de “bandido maneta” por conta dos preços altos, mas Shuggie jamais o vira ser outra coisa que não amável. Enquanto Agnes tremia diante dele em uma manhã de terça-feira, ela parecia estar fazendo compras no West End, em uma loja de marca. O sr. Dolan nunca desmontou a farsa. Às vezes, ao tirar a comida da sacola, ele piscava para o menino elegante de cabelo lavado e partido e lhe passava uma fruta madura. Mas não naquele dia. Naquele dia ele aceitou de volta quase todos os mantimentos e registrou a venda da cerveja para Agnes.

Agnes batucava os saltos pelo conjunto habitacional com a sacola de compras a seu lado. Andava mais rápido agora, e Shuggie se esforçava para acompanhar o ritmo enquanto ela voava colina abaixo. Ao chegar em casa, ela foi para a cozinha sem tirar o casaco. Shuggie se sentou na sala de estar e deixou que ela se recompusesse. Esperou o chiado e o esguicho das latas e depois o barulho da bebida sendo escondida. Esperou até ouvir a torneira se abrir na pia grande de metal.

— Está se sentindo melhor? — perguntou ele da porta.

Ela virou as costas para a caneca de chá. O nervosismo havia sumido do rosto, mas a preocupação continuava ali.

— Muito melhor, obrigada. Você me ajudou muito hoje.

Ele se enrolou na cintura dela.

— Eu faria qualquer coisa por você.

Já do outro lado da turfeira, ele ficava parando e se virando para acenar, até a casa sair de seu campo de visão e ele não conseguir mais enxergá-la na janela. Ao abrir caminho pelas águas congeladas, ele se consolava, sabendo exatamente como eram os dias dela. Havia certo aconchego no fato de que, sóbria ou não, ela em grande medida seguia a mesma rotina empacada.

Shuggie deu petelecos na cabeça quebradiça dos juncos e se perguntou se a tristeza a assaltaria naquele dia. Os juncos congelados estavam secos feito osso, e quando ele batia nas pontas as sementes tomavam o ar como pequenos paraquedistas. Voavam para o alto e depois caíam sobre o conjunto habitacional feito um desfile de fantasminhas. Transformou em brincadeira dizer aos fantasmas que a amava, e com um peteleco os mandava para junto dela.

O círculo de grama pisoteado, onde havia treinado para ser um menino normal, estava exatamente onde o havia deixado. Nos dias em que ela o impedia de ir à escola, ele catava móveis abandonados para sua ilha amassada. Quando ela tivera uma bebedeira especialmente terrível, ele havia ficado uma semana inteira sem ir à escola, e carregara uma cadeira velha até lá, alguns pedaços de tapete tirados das lixeiras, talheres descombinados e louças quebradas. Com as pontas de uma corda velha, ele puxava coisas do córrego cor de ferrugem.

Já tinha puxado uma televisão quebrada e a colocara de frente para o centro da ilha. Embora não tivesse tela, só de tê-la já dava uma sensação a mais de que aquilo era um lar. Quando já tinha todos os móveis que queria, ele passava os dias de seca arrumando e rearrumando as coisas em uma sala de estar prosaica. Achou um carrinho de bebê antiquado e o empurrava, lutando para atravessar os juncos altos, recolhendo as flores mais lindas para a sua nova casa. Quando achou um coelhinho preto, morto e congelado, em uma tarde de inverno, ele o lavou no córrego e o enterrou na terra. Depois enterrou os pôneis de plástico do lado do coelho, os vergonhosos cavalos perfumados que tinha roubado mas não eram feitos para meninos. Na primavera seguinte, ele revirou os depósitos de resíduos e passou a pôr ramos de orquídeas violetas nos túmulos. Sem amigos com quem conversar, esses pequenos rituais o ocupavam, possibilitando que passasse o dia com orgulho de casa, que cuidasse do montinho vergonhoso com tanta dedicação quanto uma viúva enlutada.

Durante todo aquele dia curto ele perambulou pela ilha pisoteada, limpando a sujeira das coisas. Levou o garfo, a colher e os pratos rachados até o córrego e os enxaguou na água. Levantou os pedaços de tapetes e os sacudiu para tentar tirar o pó. Depois pendurou o lençol encharcado pela chuva em uma cadeira para que secasse e crepitasse sob o sol baixo.

O sol já deixava o céu após um dia curto de afazeres domésticos. Ao pular a cerca dos fundos, ele esperava tomar um longo banho e memorizar o livrinho vermelho, mas a porta da frente estava escancarada. Shuggie ficou imóvel no último degrau por bastante tempo, questionando onde estaria o presságio, inclinando a cabeça e prestando atenção feito um cão de guarda. Ao se arrastar pelo corredor comprido, ele ouviu uma comoção na sala de estar. Andou devagar até a porta e abriu só uma fresta. Ali, prostrada no chão, estava Agnes. Sentado no peito dela, como um valentão de escola, estava Leek.

Os redemoinhos carmesim no tapete vermelho eram um erro. A estampa parecia falhada e desconjuntada. Quando Shuggie se aproximou, viu que havia sangue na mãe e que também havia sangue no rosto de Leek. Se tivesse conseguido se concentrar, teria visto que também havia sangue na TV e na mesa marrom e na franja do sofá.

Leek fazia força contra o amontoado dela. Em torno deles havia pilhas ensanguentadas de tecidos que antes eram panos de prato limpos. Agnes estremecia e praguejava sob o peso de Leek. Ela o xingava de nomes que Shuggie nunca tinha ouvido, e o irmão derramava lágrimas esquisitas e lutava para segurá-la contra o chão.

Havia uma lâmina de barbear quebrada no tapete; para Shuggie, era um objeto pequeno e fino e que parecia inofensivo, como uma miniatura de guilhotina para um rato de desenho animado. Só reparou nela porque era estranho que estivesse na sala de estar, no meio do tapete bom da mãe. Leek gritava algo para ele, mas Shuggie não entendia. Queria saber por que havia sangue na caneca dela. Viu o irmão virar o rosto da mãe para ele enquanto segurava os panos de prato enegrecidos sobre os punhos de Agnes. Quando já estava com um braço dela seguro sob seu joelho, ele esticou a mão e puxou Shuggie pela frente da blusa. O outro braço de Agnes se desvencilhou, e houve um leve jorro de sangue. Shuggie queria dizer a Leek, *Olha! Olha! É daí que o sangue está saindo!*, mas Leek o segurava pela gola e o sacudia com tanta força que ele achou que estalaria o pescoço.

— Shuggie. Me escuta. — Os olhos de Leek estavam muito arregalados, e tinha uma espuma branca nos cantos da boca. O rosto estava coberto pelo pó branco grosso do estucador e havia sangue no branco de seus dentes. — Você precisa ligar para chamar a porra da ambulância.

— Você é um babaca egoísta — ela choramingava. — Me deixa em paz.

O corpo dela era assolado pelos soluços profundos. As lágrimas de Leek caíam no rosto dela e se misturavam às dela.

— Estou cansada demais. — Ainda assim, ela empurrava e se esforçava, e então seus olhos se reviraram como se estivessem buscando a trégua do sono. — *Você não me ama. Você não me ama* — ela repetia sem parar.

O menino fechou a porta em silêncio. Ele se sentou e se recompôs antes de ligar para a emergência e pedir uma ambulância. Leek gritava alguma coisa para ele, mas ele não entendia. Não estava entendendo nada.

Quando Agnes despertou no hospital psiquiátrico, não tinha nenhuma lembrança de como havia chegado lá. A ambulância havia percorrido vários quilômetros rumo à Enfermaria Real, à sombra de Sighthill. Um dos médicos do pronto-socorro habilidosamente dera pontos nas feridas e estancara o sangue. Em seguida, colocaram-na no soro intravenoso e a sedaram para que não se arranhasse de novo. Enquanto mergulhava em um sono espasmódico, tinham-na internado no Gartnavel para iniciar um processo terapêutico mais profundo. Ao acordar, estava na ala com mais treze mulheres: mulheres adultas que se mijavam. Pobres mulheres que reclamavam com bonecas que elas precisavam se vestir para ir à escola. Mulheres sedadas que não pregavam os olhos.

Enquanto Agnes, pequenina e cheia de pontos, dormia ao longo de seu período de sedação, Leek e Eugene fecharam a cortininha contra as desventuradas e faziam a vigília de ambos os lados da cama. Nunca tinham passado tanto tempo juntos. Estavam contentes, de certo modo, por existir aquele corpo adormecido entre eles, no qual poderiam se concentrar. Era um alívio, assim como os idosos gostavam que houvesse uma criança na sala, pois ela lhes dava um motivo de rebuliço quando já não tinham o que dizer uns aos outros.

Leek não falava com Eugene desde que ele havia incitado Agnes a romper a abstinência. Agora passavam boa parte desse primeira tarde se enfrentando cautelosamente, evitando contato visual e falando de

Agnes como se o outro não a conhecesse. Só concordavam em uma coisa. Olhavam para a mulher esgotada e concordavam que ela tinha muita sorte de ter sobrevivido. Pelos cortes longos e profundos nos punhos, estava claro que não queria deixar nada ao acaso.

— Quer dizer que foi o contramestre? — perguntou Eugene, incapaz de olhar nos olhos cristalinos de Leek.

— Foi.

— Que sorte.

— Acho que sim. Nem sei quantas vezes ela me ligou naquele dia. Ela tem ligado bastante para o meu trabalho.

— É. Para o meu ponto de táxi também.

Leek encurvou os ombros, como se fosse esmagado pela lembrança daquilo tudo.

— Ela vivia ameaçando, mas em geral o capataz levava numa boa. Só que dessa vez ele veio me falar pessoalmente que era melhor eu correr pra casa porque tinha alguma emergência.

— Ele te disse isso?

Leek fez que sim.

— Ele estava com o meu casaco na mão e eu fui logo achando que ia ser demitido. Aí ele me disse pra correr. Ele até me deu a grana do táxi. — Leek arrumou o cabelo sobre os olhos. — Foi assim que eu soube que alguma coisa ruim devia ter acontecido.

Quando Agnes enfim despertou, levou um tempo para se dar conta do que tinha feito. Primeiro ela lhes sorriu como se tivessem lhe trazido o café da manhã. Nuvens de lembranças passaram sobre ela, e então ela abaixou os olhos e viu os punhos enfaixados. Dessa vez, tinha chegado mais perto do que nunca. O canteiro de obras de Leek ficava no South Side. Sua intenção era de que ele não conseguisse. Não sabia que o capataz era um homem de bom coração.

— Cadê o menino? — indagou ela, a voz falhando por causa da secura.

Leek olhou para ela, e então, pela primeira vez, ele olhou para Eugene.

— Ele está bem — disse Leek.

Os olhos de Agnes giraram sem que ela mexesse a cabeça.

— Perguntei cadê ele. Não *como* ele está.

A negrura das pupilas dilatadas o imprensava contra a parede. Leek desviou o olhar e tentou se ocupar de algo que aplacasse sua sede. Ele lhe serviu um copo fosforescente de suco diluído, mas ela esticou a mão, recusando-o. Ele olhou para os pés.

— Bom. Ele está com o Shug — Leek acabou dizendo, desejando no mesmo instante que tivesse mentido.

Agnes não falou nada. Pensou que estivesse mentindo. A forma como seu lábio superior grudou nos dentes avisava a Leek que ele devia parar de brincadeira.

— Antes de se cortar, você deve ter ligado para ele para pedir que ele buscasse o Shuggie. Foi tudo muito rápido. Eu não tinha como ajudar você *e* ajudar o Shuggie. — Leek expirou para cima, e sua franja ondulou como a cortina de uma janela aberta. — É coisa demais, mãe. Não tenho como salvar todo mundo o tempo todo.

Vinte e cinco

Quando Agnes acordou no Gartnavel Hospital, o filho estava morando na casa do pai fazia quase uma semana. Antes de se cortar, havia telefonado para o ponto de táxi para declarar que Shug finalmente teria o que desejava, ela deixaria todos eles para sempre, e ele deveria ir lá para recolher seus ganhos, o menino. Disse que tinha comprado um terno novo do catálogo para Shuggie, e que Shuggie teria que usar meias pretas no funeral, que Shug precisaria estar alerta a isso.

Leek nunca soube como o recado chegou aos ouvidos de Shug. Será que o despachante do ponto o divulgara na central de rádio para que todo mundo ouvisse? Será que todos os táxis pretos pararam no meio-fio sem desligar o motor no instante em que Joanie Micklewhite repassava os últimos desejos da mulher que havia ajudado a matar?

Shug não se dera ao trabalho de correr. Quando enfim foi para Pithead, se impressionou porque Agnes tinha de fato levado a ideia a cabo. Encontrou o menino comendo pêssego enlatado, perplexo no sofá ensanguentado, consolando Shona Donnelly, que morava no andar de cima e estava de rosto molhado.

Shuggie nunca tinha estado na casa nova do pai. À medida que o táxi estrepitava pesadamente pelas ruas ecoantes, o menino contava nos dedos e concluía que tinha passado menos de três horas com o pai desde que Joanie Micklewhite o roubara. Estava sentado no banco de trás do táxi preto, como um estranho. Ele também não conseguia se lembrar de ter conhecido Joanie Micklewhite, mas se lembrava dos patins amarelos com uma cólica de traidor que lhe doía o peito. Joanie havia se tornado uma vilã na sua cabeça; sua realidade e sua lenda se misturavam no fundo do coração dele. O ódio de Agnes por ela estava tão entranhado nele quanto os nós na madeira.

Portanto, Shuggie guardava um silêncio pomposo enquanto o táxi dobrava as esquinas de um conjunto habitacional de aspecto brutal. Todas as ruas eram campos escoriados de lojas de bebidas alcoólicas dilapidadas, canais imundos e carros sobre tijolos. Para o menino, a região era um pouco parecida com Sighthill: cinco ou seis arranha-céus fixavam o céu carregado de inverno ao lugar. Porém, ao contrário de Sighthill, os arranha-céus eram rodeados por casas de concreto térreas, retangulares, em vez de pátios vazios. Essas casas térreas pareciam formigas em volta de árvores, ou sucata feita dos blocos de concreto que haviam sobrado dos arranha-céus. O que tinha sido construído para ser novidade e ser sadio agora tinha um aspecto doentio devido à escassez de esperança. Não havia grama nem hortaliças; todas as superfícies planas eram revestidas de concreto ou cobertas de seixos grandes, redondos, lisos.

Shug desligou o motor diante de uma cabine telefônica vandalizada. Shuggie compreendeu, do banco de trás do táxi, que a conversa tinha sido difícil. Parecia difícil porque, depois de desligar, Shug ficou um bom tempo alisando o bigode dentro da cabine.

O menino abriu a mala que Shug o mandara fazer. Dentro dela, tinha guardado todos os objetos que lhe eram mais valiosos e umas poucas roupas limpas. Pegou uma polaroide desbotada. Mostrava Shug sem camisa, segurando-o quando recém-nascido com uma mão esticada, num gesto orgulhoso, e fumando uma guimba cheia de cinzas com a outra. Ele o comparou ao homem que agora estava na cabine telefônica.

Nos dias mais sombrios, Shuggie pegava o álbum de casamento de Agnes e se escondia aos pés da cama da mãe, examinando as fotos do pai. Shug não parecia a pessoa de que o menino se lembrava das três polaroides tiradas durante a recepção. Parecia menor do que o homem sorridente sentado em uma banqueta com os braços abertos em torno das damas de honra embriagadas. Agora, os anos de sedentarismo dirigindo o táxi tinham feito do que era mediano um rechonchudo. O corte César curto das fotos fora substituído por um penteado de lado para disfarçar a careca. Os olhos antes insolentes, agora mais encovados na pele rosada. Shuggie não conseguia imaginar que alguma mulher quisesse uma dança lenta com aquele homem agora.

Shug não tinha realmente olhado para o menino até voltar ao táxi e já estarem no North Side. Ele voltou ao banco do motorista e se virou e olhou para a lama e a terra e o sangue no uniforme escolar do garoto. Perguntou a Shuggie se ele tinha alguma roupa limpa para botar. O menino explicou que não tinha roupa limpa, mas tinha pijama. Era uma sensação de vergonha, tirar a roupa na frente de um homem estranho em um táxi estranho.

Shuggie estava de pijama limpo quando cruzaram a porta da casa de Joanie Micklewhite. Ficava no meio de um trecho de casas semigeminadas que rodeavam o mais robusto dos arranha-céus cinza. Tinha uma entrada de concreto e um quintal asfaltado, e por isso pagava um aluguel mais caro ao Conselho Municipal. Quando o menino cruzou a porta da frente, reparou com admiração que tinham uma escada em casa, dois andares separados; só isso já mataria Agnes.

Joanie Micklewhite estava parada no final de um corredor pequeno com os dedos pacientemente entrelaçados na frente da barriga redonda. Não disse oi nem para o menino nem para Shug; apenas assentiu e voltou à cozinha. Estava na hora da ceia quando chegaram, e Shug levou o menino ao que chamava de "sala de jantar", e Shuggie concluiu que nunca deveria contar à mãe que tinham escada e sala de jantar.

O menino se sentou à mesa dobrável, no meio, e Joanie fazia cara feia de um lado e o pai olhava com raiva do outro. Já havia seis filhos de Joanie sentados à mesa. Pareciam mal-humorados e famintos, como se tivessem sido obrigados a esperar algo que não era assim tão especial. O enteado mais velho de Shug era um garoto de mais ou menos dezessete anos. Só tinha uma menina, chamada Stephanie, e esse era o único nome de que Shuggie se lembrava das apresentações do pai. Em certa medida, se lembrava porque era o nome mais protestante que já tinha ouvido na vida, mas também porque, assim que Shug fora embora, Catherine havia ameaçado matar Stephanie Merda-White a pontapés numa tentativa de animar Agnes. Agora, sentado diante dela, Shuggie constatava que Catherine teria perdido a briga. Stephanie tinha antebraços grossos e peludos. De todos eles, era ela quem menos disfarçava a antipatia pela nova visita.

Shuggie ficou quieto enquanto os Micklewhite-Bain narravam o dia para o pai. Tinham muito o que lhe contar. Trabalhavam em escritórios, tinham carro, aguentavam firme na escola e estavam aguardando notícias de *uma universidade*. Um estudava para ser professor, e Stephanie trabalhava em um lugar onde todo mundo tinha algo chamado computador pessoal. Todos o chamavam de *pai*, o que confundia o menino, e todos queriam que ele os escutasse mais do que aos outros, como se fosse um hóspede de honra. Shuggie encarava, não conseguia evitar; Stephanie abaixou a cabeça quase até a mesa, ela o fitava com um olhar gélido e perguntou se ele não gostaria de tirar uma foto.

Depois disso, Shuggie tentou movimentar sempre os olhos. Tentou furtivamente absorver todos os detalhes do pai. Não sabia quase nada sobre ele, e enquanto os outros comiam, ele lançava olhares de soslaio para o homem e se perguntava por que tolerava todas aquelas crianças, mas o havia abandonado.

O estranho levantou o copo e tomou o leite, e o tempo todo seus olhos esquadrinhavam os outros como um farol. Abaixava o copo de leite e com a outra mão alisava os fios do bigode luzidio com satisfação. Shuggie esfregava o lábio superior com nervosismo quando o pai enfim o olhou e eles se fitaram em silêncio.

Depois do jantar, Joanie conduziu o menino para o lugar onde dormiria. Apesar da sala de jantar, a casa dos Micklewhite parecia apertada. O garoto mais velho dormia em uma cama de solteiro embutida em um armário estreito debaixo da escada magnífica. Era professor de química ou coisa assim, e o armário era decorado com lembranças de *Jornada nas Estrelas* pendentes do teto por linhas de pesca invisíveis. Se o mais inteligente e mais velho ficava no armário, o menino não conseguia imaginar para onde seria levado.

Joanie conduziu Shuggie escada acima, e eles passaram por três ou quatro quartos pequenos. Havia outro Micklewhite, o sétimo, um menino também chamado Hugh, que não estava em casa porque era cadete do Exército. Joanie acendeu a lâmpada à mostra e declarou que ele, o novo Hugh, poderia dormir ali, "mas presta atenção: é temporário". O quarto era bagunçado e parecia estar no limbo entre um quarto de criança e de adulto. Havia soldadinhos verdes colados no peitoril da janela, ao lado de um pôster da Samantha Fox nua. Hugh Micklewhite deixara as roupas, tanto as limpas quanto as sujas, em um amontoado junto à cama. Shuggie fez um espaço nas cobertas e se sentou no colchão vergado. Ele estava tonto.

Contou nos dedos. Se incluísse Leek e Catherine, Shug tinha catorze filhos. Havia os quatro do primeiro casamento, depois Shuggie, e havia acrescentado Catherine e Leek e acumulado os sete Micklewhite adolescentes. O pai tinha três filhos batizados em homenagem a ele:

um Hugh por mulher. Depois de fazer as contas, Shuggie achou que dera sorte de ter aquelas três horas com o pai.

Shug passou a se esconder no táxi: turnos duplos, expedientes vespertinos, expedientes noturnos, expedientes matinais. Por sua vez, Shuggie se esgueirava pelas sombras dos arranha-céus e se escondia de todos eles. De manhã, Joanie expulsava o menino de casa. Dizia que o pai dele precisava de paz para dormir, "era isso o que o expediente noturno fazia com os taxistas". Na porta da frente, enfiava na mão dele um pão com geleia e uma cenoura descascada e lhe dizia que fosse brincar e só voltasse depois que escurecesse. Ela apontava um lugar distante e gesticulava para o conjunto habitacional, indicando que ele poderia ir aonde quisesse porque ela não dava a mínima.

Enquanto as outras crianças estavam na escola, Shuggie matava o tempo perambulando pelos arranha-céus. Todos os andares dos arranha-céus tinham uma lavanderia compartilhada entre os apartamentos. Eram cômodos de concreto cavernosos que tinham uma parede de blocos de concreto e eram abertos do outro lado. Donas de casa penduravam as roupas limpas e esperavam o vento de Glasgow secá-las e deixá-las sólidas por conta do frio. Shuggie usava o elevador, de andar em andar, até enfim achar uma lavanderia destrancada e aberta. Quanto mais alta, melhor, e se sentava com as pernas e os braços nos blocos de concreto e observava a cidade de arenito, vendo até Sighthill. O vento que vinha do norte queimava seu rosto enquanto jogava soldadinhos verdes lá embaixo. Ele se esforçava para ver a linha preta do horizonte e tentava imaginá-la ali. Estaria com saudades dele? Estaria sequer viva?

O menino estava matando homenzinhos verdes jogando-os lá de cima fazia quase três semanas quando Agnes chegou. Passado um tempo, ela mesma se deu alta. Telefonou, e Shuggie ficou observando com uma curiosidade lúgubre Joanie Micklewhite cuspir sua raiva assim como a recebia. Ele se sentia um traíra, dentro da casa do amante de putas, vendo Joanie desligar na cara da mãe, depois vê-los rir e aviltá-la e destroçá-la feito um frango velho. O menino ficou de coração partido ao ver os dois curtindo a desgraça dela. Ficou morrendo de medo de que ela pensasse que agora era um deles, rindo dela ao telefone. Pensou nos punhos e no sangue nos panos de prato, e como um bebezão ele chorou de frustração bem ali na frente deles.

De certo modo, Joanie mudou de tom. O menino não entendia por que de repente ela havia se tornado doce feito açúcar com ele. Shuggie havia passado de imposição a joguete útil. Para ela, agora, ele era um jeito maravilhoso, mágico, ofensivo de mostrar de uma vez por todas a Agnes Bain quem havia vencido.

Agnes se cansou de todas as ameaças e todas as súplicas chorosas. Sentou-se à penteadeira e arrumou o cabelo em uma coroa dura de rosas pretas com camadas e mais camadas de spray fixador caro. Pôs a saia preta justa e uma blusa branca limpa, e por cima ela pôs o casaco bom, de angorá roxo, verificando que fosse comprido o bastante para cobrir os punhos delicados, enfaixados. Engoliu três latas rapidamente, depois abriu o relógio do gás e chamou um táxi.

Agnes havia ameaçado fazer aquilo, e não tinham acreditado nela. Como valentões, sentiam-se mais seguros em grupos, e tinham gargalhado ao telefone, soltando grandes rá-rá-rás. Ao descer no táxi preto, ela pediu ao motorista que fizesse a gentileza de esperar.

— Não vai levar nem um minuto — explicou ela. — Só vim aqui para rir por último.

Num ritmo altivo, Agnes andou pela rua contando os números ímpares. Depois de abrir o portão de metal, ela parou na entradinha e ficou de coração apertado ao ver as janelas com vidraça dupla. Olhou para as janelas novas e depois para os dois andares, e a boca se abriu em uma careta revoltada. Ela averiguou o endereço no papel rasgado e depois puxou as mangas do casaco roxo uma última vez.

Agnes bateu à porta, mas ninguém atendeu. Houve uma correria de passos junto à fechadura, e em seguida vozes dando risadinhas. Agnes bateu de novo, depois deu uns passos para trás.

— Shug! — berrou ela. — Shug Bain! Mostra as caras, seu amante de puta que gosta de bater em mulher.

Ela aguardou. Não obteve resposta do interior da casa de dois andares, mas as pessoas na rua interromperam seus passos. Faziam hora atrás de caixas de correspondências e carros estacionados; crianças largavam as bicicletas BMX na terra e corriam para ver melhor. Ela sentia que todos a observavam, e isso lhe deu mais coragem.

— Shug Bain! Seu careca babaca. Para de brincar com o seu peruzinho e mostra a cara, porra!

A voz dela ecoava nos prédios baixos e se espalhava com clareza pelos apartamentos dos arranha-céus. Agnes endireitou a coluna e inflou o peito para gritar de novo, e então algo lhe chamou a atenção. Não havia nada na entrada pavimentada: o concreto era totalmente liso e cinza. Não havia nada além de algumas ervas daninhas dispersas e, no canto, duas lixeiras prateadas.

Agnes pegou a primeira lixeira: ainda não estava cheia, tampouco estava muito pesada. Em um movimento desajeitado, ela virou o corpo, os saltos finos balançando sob os pés, e se lançando para trás ela largou a lixeira. Ainda fraca pelo tempo de hospital, quase caiu de costas, sem graça, sobre o portão. A lixeira de metal voou pelos ares, e por um instante ela imaginou que fosse quicar na janela grossa e lhe causar danos. Prendeu o fôlego pelo medo de que pudesse ter errado a mira.

Agnes não errou.

A lixeira encontrou o meio da janela e se espatifou com um estalo potente cômodo adentro. O vidro se quebrou em cacos pequeninos, em forma de cubos de gelo, e as imponentes cortinas de voile foram arrancadas do varal. As mulheres idosas que tinham parado na rua berraram pedindo misericórdia. As crianças nas bicicletas BMX davam gritinhos entusiasmados.

Os Micklewhite estavam sentados, uma família de propaganda de margarina, na sala de jantar nos fundos da casa quando Agnes começara a bater. Todo mundo menos Shug se sobressaltou ao ouvir o barulho que vinha da sala de estar. Joanie, que ria de Agnes ao servir uma travessa de batatas douradas, foi quem se levantou e se aborreceu primeiro. Ao ver o vidro e o lixo, gritou como se tivesse levado uma facada.

Depois que Shuggie já havia aberto caminho por entre o emaranhado de pernas dos Micklewhite, Joanie ficou parada no meio dos destroços e do lixo podre, boquiaberta e com as mãos frouxas junto ao corpo. Stephanie passou o braço em torno da mãe, para impedi-la de se ajoelhar. A enorme televisão em cores fora derrubada e a tela estava arrebentada. Shuggie se deu conta de que não tinha relógio medidor alimentado por moedas; *espera só eu contar isso pra ela*, ele pensou.

Ali, na entrada, sorridente, estonteante, e de modo geral sóbria, estava Agnes Bain. O menino queria gritar: *goooooooooool*. Queria dar uma volta correndo pelo conjunto habitacional junto com ela.

Shug foi o primeiro a chegar à porta da frente. Com os braços apoiados nas molduras da porta, impediu que o resto dos Micklewhite se espalhasse pela rua. Ao redor de Shug, eles mostravam as garras para ela; pareciam saídos dos filmes de terror com zumbis que Leek o deixava assistir. Com tranquilidade, Agnes enfiou a mão na bolsa e pegou um cigarro. Depois de acendê-lo devagar, deu uma tragada elegante.

— Seu cretino — disse ela, muito calma. — Traz o meu filho aqui agora.

Joanie, que ainda estava no meio dos cacos de vidro, enfim achou sua língua ferina. Soltou um grito daqueles que começam nos dedos do pé e tensionam todos os músculos do corpo até ele irromper pela boca.

— Sua puta velha, sua bêbada! Você vai pagar essa janela, com a graça de Deus!

Agnes cutucou uma lasca nova na unha. Parecia decepcionada ao levantar a mão para Joanie.

— Olha só o que você me obrigou a fazer. *Que droga.* — Ela fez careta e fez as unhas pintadas dançarem em um aceno. Voltou os olhos frios para Shug e sibilou por entre as dentaduras trincadas. — Traz o meu filho aqui agora.

Joanie abriu caminho até a sala, passou pelo menino e pelos outros corpos estrondosos que Shug continha com a pança. Seu rosto estava de um tom entre o escarlate e o arroxeado.

— Sua bêbada velha, eu vou matar você — cuspiu Joanie, as garras arranhando o ar desenfreadamente.

— Shug Bain, eu estou te avisando! — Agnes deu outro trago no cigarro e olhou para a rua enquanto mais vizinhos emergiam de suas casas. Ela se aproximou da segunda lixeira prateada. — Se você não trouxer o meu filho aqui pra fora, eu vou jogar todas as lixeiras dessa merda dessa rua.

Joanie continuava arranhando o ar ao redor de Shug e passou a cuspir sua saliva aguada na rua. Agnes simplesmente a olhava com asco e voltava a cutucar a unha lascada. Joanie não parava de gritar feito uma alma penada.

— Você é uma doida de pedra. Não deviam te deixar sair do hospício nunca mais.

Em um gesto fluido, Agnes soltou o cigarro e tirou os saltos pretos e os segurou nas mãos. Agnes, incapaz de jogar uma bola direito, estava corajosa depois de acertar a mira com a lixeira. O primeiro salto agulha singrou o ar, bateu na moldura da porta e caiu no chão. Agnes se inclinou para a frente com seus pés cobertos pela meia-calça e, como uma experiente lançadora de pesos, fez o segundo sapato voar; ele atingiu um lado do rosto de Joanie, que cambaleou para trás, rumo ao corredor, com um ganido sanguinário.

Os meninos das bicicletas urraram com um prazer perverso. Caíram no chão e, em fúria, cataram pedras, apresentando-as àquela mulher guerreira, pedindo mais sangue.

— *Aqui! Aqui! Senhora. De novo! De novo!*

Havia sangue, apenas uma quantidade pequena, mas suficiente para que Joanie enxugasse com a mão e excitasse a prole. Ao ver o sangue, os meninos da família Micklewhite começaram a forçar a passagem para conseguir sair e linchar Agnes. Parecia que o coração de Shug explodiria por conta do esforço que fazia.

Shuggie mal via a mãe parada na entrada. O corredor estava tão cheio de corpos pressionando seu pai, e se não conseguisse enxergar através da confusão de braços e pernas raivosos, jamais conseguiria alcançá-la. Ele se virou e lentamente recuou até a sala e furtivamente entrou no cômodo à esquerda. Atravessou a sala de estar, coberta de cacos de vidro, e subiu na televisão derrubada, usando-a como degrau para chegar ao peitoril da janela. Com um só salto, ele pulou a borda quebrada da janela e caiu no concreto lá fora.

Shuggie se aproximou da mãe com cautela. Estava esquelética e parecia aflita, e debaixo da maquiagem tinha uma cor cinza anêmica que ele nunca tinha visto, porém estava viva. Shug viu o filho pisar delicadamente no vidro quebrado.

— Shuggie, vem aqui *agora* — vociferou ele. A claque de vozes dos Micklewhite atrás dele começou a protestar. Queriam sangue; diziam a Shug que deixasse o menino. Ele os ignorou. — Ela não vai ficar melhor, filho. Fica longe dela.

Shuggie estancou por um segundo, olhou por cima do osso estreito do ombro e deu de ombros.

— Mas quem sabe melhora?

Agnes fuzilava Shug com os olhos, a mão esticada para o filho.

— Você não consegue ver nada bom que já quer roubar dos outros.

— Eu sei o que é bom para o menino. — O lábio dele se retesou sob os fios do bigode. — Você não sabe nem cuidar de você mesma, que dirá dele. Puta que o pariu, olha como você deixou ele esquisito.

De pés com meia-calça, Agnes se curvou e envolveu o menino em um abraço apertado. Os botões do casaco bom arranharam seu rosto, mas ele não se importou. Afundou-se na barriga dela e tentou mergulhar de volta na carne da mãe. O lábio inferior tremeu; projetou-se e se elevou como uma bolha de queimadura. Agnes pôs o polegar nele e beijou a pele pálida sobre a orelha esquerda do filho. Suas palavras foram tão carinhosas e reconfortantes quanto o sol da Feira de Glasgow.

— *Shhh*, a gente está se cumprimentando na frente deles já faz tempo. Aqui não, não dê essa satisfação a eles.

Ela se levantou de novo, um pouco mais baixa sem os saltos pretos. Ergueu os olhos para Shug e para o coro grotesco que ansiava por lhe fazer mal.

— Às vezes você nem vê nada de bom. Só não quer que ninguém mais fique com a coisa.

Sem dizer mais nada, Agnes pegou a mão de Shuggie e o levou portão afora. Os meninos das bicicletas continuavam gritando, pedindo sangue. Agnes levantou a mão para acalmá-los, mas eles entenderam o gesto como uma saudação, e então a rua inteira explodiu em uma aclamação:

— Ânimo, dona!

Quando entraram no táxi, o menino estava calado e a encarava como se fosse uma aparição. Ela pegou o rosto do filho com os dedos pintados em concha e virou-o para a casa baixinha.

— Olha bem. Se Deus quiser, você nunca mais vai ver esse gordo babaca.

Enquanto se afastavam, ela segurava o queixo do filho. Shuggie viu o pai lutar para empurrar os Micklewhite para o corredor, como se estivesse enfiando uma barraca tirada das estacas em uma sacola. Agora seus ombros tinham um vigor desinflado; toda a insolência vil das últimas semanas havia desaparecido.

Quando deixaram o conjunto habitacional, as bicicletas BMX rodearam o táxi, subindo e descendo como estorninhos. Agnes puxou o menino para si, e ele se agarrou à mãe feito um carrapato. Ela passou bastante tempo lhe dando um abraço apertado e tentou ignorar o cheiro do sabão de outra mulher no cabelo dele. Deixou que ela chorasse, deixou que ela falasse, e não a contradisse quando ela lhe fez belas promessas que ele sabia que não conseguiria cumprir.

Vinte e seis

Eugene parou o táxi um pouco depois da casa. Esperou o sol da manhã surgir sobre o conjunto habitacional e ficou olhando Leek sair pelo portão e se arrastar até o ponto de ônibus. O rapaz enfiava as mãos no bolso do macacão, o peso da caixa de ferramentas cavoucando o ombro direito. De onde Eugene o via, ele parecia um canivete meio fechado, algo que deveria ser afiado e útil, mas que estava fechado, esperando, enferrujando.

Depois que Leek se foi, Eugene usou a chave que ela havia lhe dado. Quando entrou na casa, ela estava roncando daquele jeito carregado que ele passara a detestar. Sabia que a cabeça dela estaria inclinada para trás na beirada da cama, e que a laringe estava lutando para enfrentar a bile entupida da bebida da noite anterior. Parou diante da porta e entendeu que naquele dia não poderia ficar. Tinha certas manhãs em que, se cronometrasse direito, ele a encontrava depois que o álcool da véspera já a havia abandonado e antes que tivesse se embebido de uma nova tristeza. Então ela se tornava humilde e um pouco deplorável, mas estava presente, até mesmo cativante, uma coisa de que podia cuidar assim como uma planta espigada que quisesse induzir a se voltar para o sol.

Ao atravessar o corredor, ouviu barulhinhos que vinham do outro quarto, passos graciosos, o som dos dedos de Shuggie revirando o organizado estojo de lápis. Eugene entrou na cozinha e deixou suas sacolas na bancada. Encheu a geladeira de fígado e manteiga frescos, e no fundo da despensa pequena guardou quatro latas de sopa de tomate e quatro latas de pudim, como vinha fazendo todas as manhãs. Estava agora diante dele, uma parede de comidas exuberantes, a prateleira rangendo sob o peso, e isso o levou a se sentir um pouco melhor.

Fez chá e torrada para si e para Shuggie. Deixou a comida de Shuggie no tapete, diante da porta do quarto dele, e depois se sentou sozinho à mesa da cozinha. O jornal da véspera estava ali, mas a noite tinha sido devagar, e ele já o tinha lido de cabo a rabo. Tinha lido até o obituário, que gostava de ler e achava muito informativo, coisa que jamais confessaria a quem quer que fosse. O jornal de Agnes estava aberto nos classificados: pessoas à procura de emprego, trailers à venda e gente solitária. Ela vinha circulando anúncios com o marcador do bingo, e ele tomou o chá examinando-os.

As páginas de trocas de casas estavam encharcadas de tinta. Tinha circulado qualquer coisa que parecesse ficar longe dali, e Eugene se surpreendeu por não se entristecer com aquilo. Desde o Gartnavel Hospital, via como ela andava de um lado para o outro feito um animal enjaulado, e quando não estava cutucando os próprios braços, ela cutucava a tinta da janela, o estrado da cama, os fios soltos do sofá. Teve uma manhã em que chegara por trás e precisara abraçá-la com força, quase esmagá-la nos braços, até que a ânsia de cutucar a abandonasse. Agora, pela tinta que vazava, ele percebeu que estava escolhendo outra ferida. Ela lhe dissera que estava louca por uma casa em um conjunto habitacional mais central, menos isolado. Massageava as costas dela uma manhã quando ela lhe disse que queria viver em algum lugar onde pudesse recuperar o anonimato, um lugar onde seu orgulho pudesse ser restaurado. Então acrescentou, acanhada: algum lugar onde Eugene pudesse viver com ela como se fosse seu marido. Ele não disse nada naquele momento, apenas continuou a massagear suas costas até ela se inquietar e ficar melindrada e se afastar.

Eugene sabia que, se alguém pedisse ao Conselho que achasse outra casa em outro bairro, a pessoa era colocada numa lista de espera longa. Até os que estavam de fato desesperados tinham que esperar uma casa do Conselho por anos a fio, e caso a pessoa já morasse em uma moradia popular, tinha baixa prioridade. A espera pela realocação era infindável. Portanto, se já ocupava uma casa do Conselho, o melhor método era tentar realizar uma troca direta de casas, extraoficial, às pressas. O Conselho não se importava: limpava a lista de espera, e qualquer coisa que evitasse que as massas queixosas marchassem Câmara adentro era bem-vinda. Na opinião deles, trocar uma casa por outra só deslocava o problema, mas pelo menos impedia que ele fosse parar nas mesas deles.

Eugene se esticou e tentou endireitar as costas encurvadas. Havia um envelope antigo de conta de gás ao lado do jornal. Ela estava escrevendo um anúncio e depois riscando palavras, várias vezes, até o texto ficar perfeito. Dava para perceber que Agnes tinha passado bastante tempo pensando no fraseado de seu pedido, e que havia se embebedado aos poucos à medida que a noite avançava. Quando estava mais perto da sobriedade, era quase digna de pena e suplicante, e mais tarde, ao resvalar no rancor, soava mais desafiadora. Acabara pegando todas as versões para elaborar uma. Em trinta palavras ou menos, fizera Pithead parecer um lugar encantador, um lugar bucólico e simpático, com boa vizinhança, em franca expansão. No anúncio, ela declarava estar disposta a considerar qualquer oferta. Eugene pensou que, caso fosse um anúncio procurando namorado, ela seria ao mesmo tempo uma pessoa desesperada e mentirosa.

Ele tomou o resto do chá e se levantou para ir embora. Caso fosse embora naquele momento, talvez ela jamais ficasse sabendo que estivera ali e ele pudesse dormir em paz na própria cama. Ele se virou para ir, mas o garoto estava na porta. Shuggie estava bem-vestido, a mochila da escola passada em volta do corpo. Ele saudou Eugene conforme os dois sempre faziam.

— Vigia noturna encerrada, senhor.

Eugene enfiou o dinheiro na pochete. Tentou não soar muito desanimado ao retribuir a saudação sem graça.

— É, vigia diurno apresentando-se ao serviço.

— Eu não gosto de você quando você bebe. — Foi assim que ele enfim lhe disse que estavam terminados.

Eugene tinha aparecido, como vinha fazendo, no fim do expediente noturno, ciente de que era sua maior chance de encontrá-la sóbria. Em certas noites, sem se despir, ele se deitava com ela na cama quente e conversavam sobre clientes engraçados que ele tinha transportado ou sobre as coisas reluzentes que ela queria para a casa. Se ela não estivesse com muita ressaca, ele abria o zíper da calça e rolava para cima dela. Agnes tentava acabar com a sonolência dos braços e pernas e ignorar a fricção dolorida do cinto de xerife em sua barriga. Ele se enfiava dentro dela, e em pouco tempo ambos tinham vontade de parar com aquilo. Com um grunhido ele rolava para fora dela e beijava sua bochecha. Ele dizia que estava inquieto demais para chamegos, e já vestido ia para a cozinha escura e a esperava de luz apagada. Agnes se levantava e lhe preparava algo quente na frigideira preta e fazia duas canecas de chá preto bem forte para ele. Botava as duas canecas na frente dele ao mesmo tempo, lado a lado, e observava enquanto ele as tomava de um só gole, escaldantes, como se fossem copos de água. Conversavam um pouco mais, sobre nada, a bem da verdade, e ele lhe dava um dinheirinho, só algumas notas, o bastante para um pão e talvez um spray fixador de cabelos. Em seguida, ele a beijava, o primeiro beijo propriamente dito da visita, e ele ia para a casa dele e a filha adulta e se deitava na própria cama.

Uma noite, Agnes esperou até ele subir em cima dela e, enquanto ele a penetrava, ela perguntou em tom ameno:

— Genie. Quando eu conseguir trocar de casa, você vai morar com a gente?

Eugene interrompeu as investidas e ela sentiu quando saiu de dentro dela. O rosto grosso ficou corado nos contornos. A expressão de concentração pueril se dissipou à medida que as feições se retesavam, preparando-a para a decepção.

— Não — disse ele simplesmente, saindo das cobertas quentes.

Agnes ficou tão constrangida que não conseguiu se sentar. Passou bastante tempo deitada ali, no arco que tinham feito. Ficou escutando quando ele foi à cozinha, e o ouviu puxar a cadeira e esperar o serviço. Ela precisou juntar todas as forças que tinha para se levantar. Derramou-se no chão como se não tivesse ossos. Quando ela entrou na cozinha, foi ele quem falou primeiro.

— Eu não gosto de você quando você bebe.

Ela entendia o que ele estava dizendo. Tinha dito aquilo como se não fossem amantes se separando, mas como se ele tivesse pensando naquilo e estivesse se demitindo de um emprego que odiasse.

Ela teve vontade de dizer que não gostava muito dele quando não tinha bebido, mas não disse. Não tinha forças para mentir. Não havia aparências a serem mantidas. Preferiu empurrar duas linguiças de um lado para o outro da panela até que explodissem. Depois lhe fez duas canecas iguais de chá preto, deixando o saquinho de chá. Ele as tomou e depois foi embora.

Shuggie nunca mais viu Eugene.

Os filhos de Agnes percebiam que havia algo diferente. Era como saber que uma fogueira tinha gasolina, e não somente madeira. Em um ataque de fúria, ela afogou a tristeza na cerveja, e, quando se cansou da tristeza, ela passou à vodca e voltou a ficar com raiva.

Por semanas a fio a porta não parava de se abrir e se fechar, com Jinty e Bridie e Lamby e todos os outros que lhe traziam sacolas cheias de bebidas. Durante duas semanas, Shuggie ficou longe da escola e tentou impedi-la de sair de casa. Trancava as portas e fazia todas as compras. Quando ela adormecia sentada na poltrona, Shuggie pegava todos os livros da escola e tentava não ficar tão para trás.

— Eu vou dar o fora daqui — cuspiu Agnes uma tarde. — Chama um táxi pra mim.

— Mas aonde você vai? — indagou Shuggie, com o livro escolar na mão.

— Não me pergunta aonde! — berrou ela. — Para qualquer lugar, qualquer lugar que fique longe daqui. Longe de você.

Ele tentou não se encolher.

— Mas o que é que eu falo para o cara do táxi?

— Fala pra ele que eu quero as luzes, a ação. — Ela estalou os lábios. — Fala pra ele me levar ao bingo, puta que o pariu.

Shuggie pegou o fone e fingiu discar o número. Apertou 111-1111. Aguardou um instante e então tagarelou alegremente no bocal deserto.

— Táxi? Sim, por favor, Bain, isso mesmo. O bingo grande. Ok, obrigado. — Ele pôs o fone no gancho com delicadeza. Pigarreando, disse: — O cara do táxi falou que vai demorar meia hora, no mínimo.

Agnes já estava junto à porta da frente, a mão puxando a maçaneta. Dançava pé ante pé como se precisasse usar o banheiro.

— Porra! — gritou ela feito uma criança mimada. — Ninguém quer que eu curta a vida?

— Mamãe — Shuggie tentou acalmá-la —, o seu cabelo está saindo em um dos lados. Você não pode sair assim. Vem aqui comigo para a gente arrumar.

— Não! — retrucou ela, passando os dedos nos nós.

— Vem, você pode tomar mais uma bebidinha.

Então Agnes deixou a bolsa cair do ombro para o chão. Cambaleou pelo corredor. Quando ele conseguiu fazê-la se sentar de novo na poltrona, a cabeça dela já balançava, sonolenta, sobre os ombros, como se estivesse em um ônibus aos solavancos. De joelhos ao lado dela, ele lhe serviu uma caneca cheia. Usou mais vodca do que Irn-Bru. Entregou-a à mãe. Ela bebeu como se fosse água. Seus olhos se arregalaram.

— Então, você vai arrumar o meu cabelo?

Sentado no braço da poltrona, ele começou a passar a escova no cabelo preto. Agnes segurava a caneca contra o queixo e engolia o líquido doce.

— Já passou meia hora? — perguntou ela.

— Não, mãe. — Ele suspirou.

— Eu ia sair e arrumar um pai novo pra você.

Ele passou a escova de um dos lados do cabelo dela, e o spray se quebrou e se soltou no ar feito pólen doce. Ele gostou quando o cabelo começou a ficar mais macio e ondular.

— Tudo bem. Não preciso de pai.

Ela balançou a cabeça com pesar, como se discordasse totalmente.

— Já passou meia hora?

— Não, mãe.

— Já passou meia hora?

— Não, mãe.

— Queria que você ligasse para eles de novo.

Ela adormeceu na cadeira, a cabeça abaixada sobre o peito, a respiração rouca e irregular. Enquanto Agnes roncava, Shuggie deixou seus ombros caírem. Ele tirou a caneca dos dedos frouxos da mãe. Ajoelhou-se diante dela e delicadamente desafivelou os saltos cheios de tiras, tirando-os devagar, tomando cuidado para que a fivela não rasgasse a meia-calça nova. Com as mãos firmes, tirou os brincos descombinados. Ele levou de volta para o quarto dela todos esses objetos, na esperança de que, ao acordar, ela se esquecesse de que estava tentando sair.

Shuggie pegou o livro escolar outra vez e, como um cão leal, se sentou aos pés de Agnes e ficou ouvindo sua respiração penosa. Pela janela da frente via as crianças começando a voltar da escola, a barra da camisa para fora da calça, a gravata na testa. Estavam assim juntos fazia apenas uma hora quando Leek chegou do trabalho e bateu a porta da frente. Shuggie lançou um olhar tenso para a mãe, depois para o irmão, que estava no corredor, com cara de fantasma por conta do pó da argamassa branca. Agnes fez um barulho de gerador sendo ligado, e Shuggie deitou a cabeça nos próprios joelhos.

— Quero o dinheiro da sua parte nas contas. — Essas foram as primeiras palavras que saíram da boca de Agnes.

Leek não respondeu à mãe; encarava Shuggie como se lhe dissesse que tinha feito um péssimo serviço na tentativa de impedi-la de beber. Ele balbuciou um silencioso *muito bem* e entrou, com um baque, no quarto. Através da parede ouviam-se as guitarras estrondosas de Meatloaf, e Shuggie recostou a cabeça como um cachorro latindo e gritou para o ar:

— Porra, eu fiz o que deu.

— Deixa a gente em paz! Quem é você pra gritar desse jeito? — Ela enfiou o polegar afiado no peito dele. — Eu sou o homem da casa! *Eu!* — Agnes tropeçou pelo corredor e bateu na porta fina com seus anéis. O volume foi aumentado. Shuggie viu a mãe jogar seu peso sobre os calcanhares e projetar o maxilar. Percebeu que o cochilo de uma hora tinha apenas lhe devolvido o fogo, mas não havia lhe tirado nem um pingo do veneno. Agnes bateu os anéis grandes na porta mais uma vez.

Ouviram o ruído do trinco sendo tirado da base. Leek saiu para o corredor. Tinha tirado as roupas do trabalho e vestido a melhor calça jeans que tinha, a que guardava para os caça-níqueis do centro da cidade.

— Eu criei você para responder quando estou falando com você.

Shuggie viu que Leek estava tentando ser civilizado, apaziguá-la. Mordeu a ponta da língua antes de respondê-la.

— Sim, mãe. O que foi?

— O que foi? O que *foooi*? — Agnes girou pelo corredor, olhando para o teto numa incredulidade teatral. — Você espera que eu cozinhe e lave para você a semana inteira, e quando eu tento ter uma conversa civilizada com você, eu tenho que ouvir "*Sim, mãe. O que foi?*" — Tarde demais, Leek abriu a boca para se desculpar, mas Agnes continuou batendo. — Vou te falar o que foi. Eu passei o dia inteiro apodrecendo dentro de casa com esse idiota aí. — Ela apontou para Shuggie com o polegar. — E você chega em casa e não é capaz de me dar nem duas palavrinhas gentis.

— Lamento.

— Lamenta? Quem lamenta sou eu. — Ela o olhou de cima a baixo e se fixou no jeans azul. — Esse jeans é novo?

— Não.

— Eu nunca tinha visto. Deve ter custado um ou dois xelins. Você está indo ao pub?

— Talvez.

— Como assim, talvez? Você acha que eu sou burra?

— Sim. Eu *vou*, então.

— Bom, eu só queria saber. Quer que eu esquente um prato pra você antes de ir?

Leek hesitou. Shuggie fez uma careta.

— Quero, por favor. — Leek caiu na armadilha.

— É, eu apostava que você ia querer. Bom, você não me paga o suficiente para pôr um prato quente na mesa.

Leek deu as costas a ela para pegar a jaqueta de náilon da cama. A imagem do ombro anguloso a enfureceu, e Agnes espetou o dedo com anel no meio das costas dele. Ela o atingiu de um jeito esquisito; Shuggie o viu se contorcer de dor.

— Você não me dá as costas quando estou falando com você. Quem você está pensando que é, cara? — Ela entrelaçou as mãos sob o queixo como um leque delicado. — Todo embonecado no seu jeans de menino chique. Indo ao pub com os amiguinhos viados. Você não passa de uma bicha velha. Você é um gigolô, não é?

Algo naquelas palavras fez Leek olhar para Shuggie, que havia ficado da cor de cinzas. Eram as mesmas palavras que Shuggie ouvia todo dia nas ruas do bairro mineiro. As palavras que ouvia no pátio e nos fundos da sala de aula. Algo naquele olhar mostrava a Shuggie que Leek sabia que tinha algo errado com ele.

Ela continuava berrando, bêbada, mas nenhum dos meninos escutava o que ela dizia. O dedo foi erguido outra vez e pegou Leek no meio do peito ossudo. Algo instintivo nele fez com que ele levantasse a mão, e houve um estouro alto quando ele afastou os dedos dela. Shuggie entendeu, pela forma como ela encolheu os dedos doloridos, que aquele gesto a machucara. Pior ainda: tinha ferido seu orgulho.

Tanto Agnes como Leek tremiam de raiva.

— Você pensa que é o homem da minha casa? Nem de longe! — Lágrimas de fúria surgiam no rosto dela. Ela enfiou o dedo no peito dele outra vez. — Pega. As. Suas. Coisas. E cai fora daqui. Você morreu.

— Mãe. — Leek soava como um menininho.

— Morreu.

Houve um tremor no maxilar de Leek. Shuggie viu. Ele tremeu por um instante, depois se enrijeceu. Uma espécie de trava começou nos joelhos e percorreu o corpo inteiro, vértebra a vértebra, até ficar duro feito um pilar de pedra. Os ombros de Leek se endireitaram, e ele se empertigou, mais alto do que nunca, pelo que Shuggie se lembrava.

Shuggie esperou a mãe martelar um número do telefone para se mexer. Atravessou o corredor de fininho e entrou no quarto. Junto às paredes estavam os armários e prateleiras que Leek tinha feito à mão com pedaços velhos de madeira do Programa de Treinamento de Jovens.

Objetos lindos, funcionais, cheios de portas marchetadas e gavetas deslizantes que serviam de esconderijos. Debaixo da janela do quarto havia um móvel de compensado maciço que guardava as picapes de Leek, seus alto-falantes e seus álbuns. Na parte da frente do móvel, tinha feito dezenas de compartimentos em cada qual cabiam exatamente dez álbuns. A mão meticulosa e cuidadosa havia sumido agora, no frenesi de enfiar sua vida em sacos de lixo pretos.

— Fecha a porra da porta — vociferou ele quando Shuggie entrou.

Shuggie obedeceu, fechando a porta com delicadeza, deslizando a bolinha para dentro do trinco. Leek olhava os álbuns, decidindo o que levar e o que jogar fora. Shuggie cruzou o quarto e enfiou o indicador no passador da calça de Leek. Girou e girou até todo o sangue se esvair da ponta do dedo.

— Ela só está falando isso pra você por causa do que o Eugene fez com ela. Espera. Vai passar.

Leek se virou, se contorceu até afastar a mão dele de sua cintura.

— Caramba, Shuggie! Eu quero dizer uma coisa pra você, e quero que você me *escute*, não fique só *ouvindo*, combinado?

O menino assentiu devagar.

— Escuta. Agora você é o homem da casa. Então vai ter que crescer e fazer algumas coisas. Você vai ter que cuidar do dinheiro dela. Quando ela embolsar os Talões de Segunda e de Terça, você vai ter que guardar um pouco para comprar comida pra você se aguentar até o fim da semana. Você acha que consegue?

Shuggie teve vontade de dizer que já fazia isso. Que fazia isso desde que tinha sete anos.

— Você vai ter que fazer com que ela fique dentro de casa e impedir que esses alcoólatras imbecis entrem. Desliga o telefone quando ela não estiver vendo; se eles aparecerem na porta, você tenta mandar eles embora. Fala que ela saiu. Isso vale em dobro para os homens, está bem? — Leek continuava enchendo sacos de lixo com os objetos de sua vida; as coisas indesejadas que já não tinham mais utilidade, ele jogava em um canto. Mesmo com pressa ele fazia aquilo parecer fácil, como se já estivesse pensando naquela situação centenas de vezes. — Os homens só querem machucar ela, se aproveitar. — Ele estancou. — Está entendendo o que eu *quero dizer* com isso?

— Estou. — Ele sabia de tudo, mais do que Leek poderia imaginar.

— Você vai se aguentar firme na escola?

— Vou tentar.

— Bom, tenta mais do que eu. Trata de não cometer os erros que eu cometi, Shuggie. Trata de virar alguma coisa. — Leek pegou um punhado do cabelo de Shuggie em um punho cerrado e com delicadeza lhe sacudiu a cabeça. — Se tiver medo de deixar ela sozinha, esconde todos os compridos que estão no banheiro. E aproveita o ensejo para esconder todas as lâminas e as facas de carne. Embrulha tudo em um pano de prato, leva lá pra fora e esconde nos arbustos, combinado?

Leek analisou o irmão por um instante.

— Com quantos anos você está, uns *treze*? — Leek expirou o ar para cima, soprando a franja. — Que merda. Suas bolas já estão pra descer. Olha, não vai demorar muito. Só mais um tempinho até você poder ir embora.

A cabeça de Shuggie recuou sobre o pescoço, em um gesto de asco.

— Aí quem é que vai cuidar dela?

— Bom. Ela vai ter que cuidar dela mesma.

— Então como é que ela vai melhorar?

Leek interrompeu a arrumação. Ele se abaixou sobre um dos joelhos, para olhar Shuggie de baixo. Seus lábios se mexiam em silêncio, quase como se não soubesse por onde começar.

— Não cometa o mesmo erro que eu. Ela não vai melhorar nunca. Quando chegar a hora certa, você tem que ir embora. Você só pode salvar a si mesmo.

* * *

Qualquer força débil que Leek tivera sobre a casa se dissipou quando ele foi embora com o último dos sacos de lixo pretos. Os mais vulgares dos demônios saíram das lojas de bebidas alcoólicas e das casas de apostas e a entupiram de bebida. Bebiam e fumavam juntos, e então caíam no sono, sentados nas poltronas, apenas para despertar e voltar a beber. Shuggie tentava mantê-los longe dali; tentava guardar um pouco do dinheiro e ir para a escola. Só queria dar o melhor de si por Leek, provar que ela poderia melhorar, pois talvez isso o fizesse voltar para casa. Mas era difícil.

Vinte e sete

Foi a primeira vez em três semanas que ela não acordou e se deparou com a sala de estar abarrotada de corpos pegajosos, ensopados. Era um tipo esquisito de solidão. Agnes se sentou e passou um tempo se lamentando. Estava na poltrona, rodeada de cinzeiros que transbordavam, e pôs a cabeça entre os joelhos e enfiou as mãos debaixo dos braços para refrear os tremores.

Não sabia muito bem quanto tempo fazia que estava sentada ali, segurando o balde vermelho do esfregão, mas quando disse o nome dele, ele pareceu tão surpreso de vê-la quanto ela ficou de vê-lo.

— Me dá um abraço? — pediu ela, digna de pena.

Obediente, ele cruzou a sala e se sentou no braço da poltrona. Estava passando por outro estirão, e seus braços envolveram os ombros dela com facilidade. Toda vez que a segurava se tornava menos criança. Estava se transformando em outra coisa, ainda não era um homem, era como uma criança esticada, à espera de ser alçada à fase adulta. Ela se agarrava a ele enquanto podia. Ele cheirava a frescor, como os campos lá fora.

A única coisa que ele disse foi:

— Não quero mais viver aqui.

— É, eu também não.

Agnes preparou um banho quente. Era bom suar, e sentiu uma parte do mau humor abandonar seu corpo. Ela se arrastou com uma toalha áspera e vestiu suas melhores roupas, se preocupando em combinar o suéter com o casaco e os sapatos. Com as mãos rebeldes, passou a maquiagem e penteou o cabelo preto tomando o cuidado de cobrir as raízes brancas que começavam a surgir. Depois de achar o dinheiro que restava do talão de terça, ela o enfiou no bolso e saiu de casa. O dia estava quente e abafado, duas semanas de sol tentando enxugar um ano de chuva. No entanto, ela abotoou o casaco. Estavam observando quando saiu portão afora, paradas em grupos com pasta de feijão nos suéteres e crianças enroladas nas leggings elásticas. Agnes ouvia o que estavam falando, e sabia que era essa a ideia. Tinha pena delas por nem sequer terem a altivez de passar uma escova no cabelo. *Por favor, meu Deus. Que seja rápido*, ela pensou ao acenar e levantar a cabeça.

Homens grisalhos estavam em volta da entrada do Clube de Mineiros, tomando cerveja debaixo do sol fraco. Embora o clima estivesse mormacento e abafado, todos usavam os casacos pretos grossos que antes usavam abaixo do solo. Quando ela passou, eles se viraram uns para os outros feito pinguins tímidos, falando aos cochichos. Ouviu seu nome ser sussurrado, ouviu as lendas a seu respeito serem debatidas. Os mais atrevidos a fitavam com olhares famintos e seus copos de líquido âmbar na mão. Sabia que só queriam rebaixá-la, fazer com que atingisse novos pontos baixos. Conhecia um punhado deles, que tinham aceitado sua ajuda em troca de um saco de bebidas. Quando terminavam, todos voltavam para casa, para os braços das esposas esqueléticas com suas cobertas descombinadas. Era tudo pequeno demais, deplorável demais para ainda se importar.

Depois de uma longa caminhada, ela chegou à fileira de lojas fechadas à margem da estrada. Enquanto os carros passavam gritando, ela se deu conta de que essa era a única hora que saía do bairro de Pithead, a única hora que tinha a certeza de cruzar os pântanos, de que estaria perto de pessoas que não acreditavam saber de todos os detalhes sórdidos a seu respeito. Estava caminhando ao sol, se permitindo esse raro devaneio de liberdade, quando a viu. Como um gato acossado por um cachorro, a mulher se assustou e olhou ao redor com nervosismo. Por um instante, Agnes pensou que a mulher talvez avançasse, subisse a barreira baixinha, e tentasse atravessar correndo as quatro pistas de tráfego ruidoso. De certo modo, Agnes esperava que agisse assim.

— Oi, Colleen.

A mulher tentou dar a volta nela na calçada apertada. Agnes poderia tê-la deixado em paz, mas não naquele dia. Acompanhou o ritmo dela e disse, mais alto:

— Eu disse *bom dia*, Colleen.

A mulher mirrada estava empacada, impedida de escapar pelo trânsito barulhento.

— Por que você está dizendo isso? — indagou ela.

— Por que eu não daria um oi para você na rua?

A mulher ergueu os olhos para o rosto de Agnes pela primeira vez e tentou um sorriso azedo. Fechou os lábios em uma careta, que Agnes achou vergonhosa. A única coisa viçosa e feminina no rosto dela era a boca.

— Sei lá.

— Então, como é que vai o seu irmão?

A mulher pestanejou os olhos claros.

— Ah, bem, obrigada.

Agnes esperava que estivesse mentindo, mas ficou magoada ainda assim.

— Bom, será que agora que nós terminamos você poderia parar de me ligar?

Colleen pôs a mão sobre o crucifixo de prata.

— Não sei do que você está falando.

— Entendi. Você deve achar que eu sou burra. *Caramba.* — Agnes estalou os lábios como Lizzie fazia quando não estava comprando a mentira. Isso a surpreendeu, e ela riu. — Colleen, você respira que nem um cocker spaniel velho. Daqui pra frente, quando for ligar para alguém para atazanar, você devia tentar fechar a boca e respirar pelo nariz.

A expressão de inocência aos poucos se dissipou do rosto de Colleen como um picolé derretendo ao sol. O sorriso presunçoso voltou.

— Bom, você fica longe do meu irmão e a gente vê.

Agnes enfiou a mão no bolso e pegou um envelope velho de conta de gás. Listava o aviso de "Oferta de troca de casa", o mesmo que tinha botado no jornal; agora, planejava pôr o anúncio na janela da banca de jornais. Ela o entregou a Colleen, e enquanto os olhos dela espiavam o papel, Agnes reparou que a mulher lia devagar, os lábios se mexendo a cada sílaba. Agnes ficou contente de ter feito sua melhor letra cursiva, sem pressa.

— Está vendo? Eu estou tentando ir embora.

A mulher bufou.

— É boa demais pra gente, né?

Agnes se apoiou nos calcanhares. Cruzou os braços.

— Você lembra o meu segundo marido. Quer saber? Você não me quer aqui. Você também não me quer longe daqui.

— Tu está de brincadeira, né? — Colleen ficou boquiaberta, num choque dissimulado. — Tu chega aqui no nosso conjunto habitacional se achando *tudo isso*. Anda por aí como se fosse melhor que a gente, com seu spray no cabelo e a sua bolsa. — Ela enfiou o dedo na cara de Agnes. — Você e o teu menino esquisitinho ficam tentando esfregar isso no nosso nariz, e enquanto isso você estava era deitada no próprio mijo e trepando com o marido das outras. Meu Deus. Nunca vi ninguém mais hipócrita.

— Pois estou torcendo para você nunca passar dificuldade.

— Ah, vai à merda! Eu quase morri quando o Eugene chegou em casa e me contou que estava saindo com a puta de casaco roxo! Minha mãe ficou se revirando no céu vendo vocês dois juntos.

Agnes fez que não.

— Ela precisaria de um puta binóculo.

— Imagino que pra gente da tua laia tudo seja uma piada.

— Bom, está tudo acabado. Você venceu. Sua mãe já pode deixar a cortina de voile em paz.

O semblante de Colleen havia adquirido um tom tão vermelho que a mulher parecia prestes a explodir.

— Já é tarde demais pra isso, minha senhora. Você acha que a coitada da esposa vai querer ele agora, quando ele for encontrar com ela? Não tem nada que ele possa fazer pra se redimir depois de ficar contigo.

Agnes se afundou sobre os calcanhares, mexeu na parte de trás do brinco.

— Bom, agora eu posso dizer que já ouvi de tudo.

Havia uma expressão de puro ódio nos olhos de Colleen.

— Você não ouviu nada. Ele só te procurava de noite porque tinha vergonha de você. Se escondia que nem um ladrão! É por isso que só os taxistas ficam contigo, não é? Assim eles não precisam aparecer do teu lado à luz do dia.

— É mesmo?

A magricela sorriu, triunfante. Parecia leve, contente de ter expressado sua opinião.

— É.

— A gente nunca vai se entender, não é?

— Jamais! O que você acha disso?

— Ótimo — disse Agnes. Ela se virou e se dirigiu às lojas bombardeadas. — Ah, e Colleen… — ela gesticulou para o pescoço da mulher, depois passou a unha pintada pelo osso da própria clavícula pálida. —

Tem um círculo de sujeira em volta do seu pescoço. Quem sabe você não passa um pano aí antes de sair de casa de manhã. Estraga o brilho adorável do seu crucifixo.

A mulher zombou.

— Você não tem nada melhor pra me atacar?

Agnes fechou o casaco no pescoço e deu um sorriso de despedida.

— Ah, e eu trepei com o seu marido. Foi horrível. — Ela torceu o nariz ao lembrar. — Ele tinha uma monte de marcas de freada na cueca que eu achei constrangedoras.

A porta não parou a tarde inteira. No começo, as meninas da família McAvennie tentaram induzi-lo a sair. Disseram que tinham doces que queriam dividir, mas ele conhecia as meninas da família McAvennie, e sabia que os irmãos delas estariam escondidos entre os arbustos plantados pelo Conselho. Não paravam de ir até a porta, e quando ele parou de atender, passaram a cuspir pela caixa do correio, glóbulos compridos de catarro açucarado que grudavam na aba de metal e escorriam devagar pela madeira do interior. Shuggie se escondeu no canto, viu-os escarrar e fazer bagunça, e tentou limpar aquilo com um pano antes que caísse no tapete bom.

Shuggie não sabia o que Agnes tinha feito agora, mas lhe dirigiam palavras obscenas. Apelidos novos que soavam desagradáveis e podres; palavras femininas que os faziam salivar e soltar ruídos de sucção como uma bota em uma escória de carvão. O fosso imaginário que Eugene tinha criado ao redor da casa dos Bain havia sumido; ele o enrolou com tanta facilidade quanto enrolaria um tapete ao ir embora. Agora as crianças da família McAvennie batiam os pés contra a porta trancada. Berravam todos os xingamentos contra homossexuais que lhe eram familiares. Faziam barulhos de beijo molhado, depois simulavam em coro os barulhos de beijo molhado, depois retomavam os xingamentos.

Quando as meninas se cansaram de atormentá-lo, Francis McAvennie enfim foi até a porta. Shuggie estava pronto para abri-la. Estava tão exausto que queria acabar com aquilo, aceitar o que era devido, e fechar a porta outra vez.

Francis era quase dois anos mais velho que Shuggie. Estava na escola dos grandes, separado de seu irmão Gerbil, e tinha fios grossos sobre o lábio superior. Tinha começado a enfiar os dedos em uma moça protestante. As irmãzinhas contaram tudo com uma mistura estranha de asco e orgulho às pessoas do conjunto habitacional. Quando os olhos de Francis surgiram na caixa de correio, Shuggie achou que fosse cuspir ali dentro feito os irmãos. Ele dobrou o pano encharcado e se preparou para pegar a baba. Na realidade, os lábios grandes e rosados de Francis falaram em tom suave através da fresta.

— *Shuggie. Shuggie! Eu sei que você está aí. Abre a porta. Anda. Eu quero falar contigo.*

Nunca tinha se dirigido a Shuggie de forma tão doce. As palavras se derramavam aos poucos, como o gotejamento de uma torneira quente.

— Você não vai abrir a porta, Shuggie?

— Não.

Os olhos deles se cruzaram pela fresta, e Shuggie percebeu que o garoto de pele amarelada tinha cílios densos como as cerdas de um escovão. Francis disse:

— Ouvi dizer que vocês estão indo embora. Eu vim te pedir desculpas por ter sido meio idiota. — Shuggie o ouviu mexer nos bolsos. Voltou à fresta e empurrou o corpo de um robô dourado pela caixa de correio. A cabeça cortada do C-3PO fora colada com uma fita adesiva natalina tosca. Um brinquedo velho, infantil, há muito destruído, uma oferta de paz desprezível.

— Se você botar um pouquinho de cola, fica novinho em folha. — O menino mais velho desviou o olhar e aproximou a boca da fresta para mostrar que estava sorrindo. Os dentes eram grandes e lisos como pedrinhas brancas de praia. — Só abre a porta.

— Não.

— Por que você odeia a gente? — perguntou baixinho Francis.

— Eu não. São vocês que me odeiam.

— Não! — Ele parecia ofendido. — É só zoação. — Shuggie percebeu que Francis estava pensando bem no que dizer a seguir. — Eu queria fazer as pazes contigo. Por estar sempre te azucrinando. — A testa dele se enrugou. — Você quer beijar a gente?

— *O quê?*

Francis tornou a botar o lábio na fresta. Tinha uma leve marca deixada por uma cicatriz antiga na curva do lábio superior. O pai, Jamesy, era rápido com as costas da mão.

— Assim, eu deixo se você não contar pra ninguém. Eu deixo você beijar a gente. Era isso o que você queria esse tempo todo, né? — Ele torceu o nariz. — Abre a porta.

Shuggie aguardou, ele não confiava na sensação que se debatia em seu estômago.

— Por que eu iria querer beijar vocês?

— Poxa. Você sabe como você é.

Shuggie arrancou a fita adesiva transparente, a cabeça caiu do robô e rolou pelo tapete.

— Francis. Agora nós somos amigos, de verdade?

— Somos. Sem dúvida.

— Está bem. Então põe a sua boca na caixa de correio.

— Não, abre a porta. — O garoto parecia quase suplicar.

— É só pôr. — Shuggie ouvia o menino da família McAvennie hesitar. Tinha certeza de que a qualquer instante Francis se esquivaria, que iria desmascará-lo. Por um instante doloroso fez-se silêncio. Em seguida, escutou os botões da camisa roçarem a porta contra a qual Francis se espremia.

— Um beijo, aí você abre a porta? — A voz era tão clara que ele parecia estar dentro da sala.

Shuggie fechou os olhos e se ajoelhou. Enfiou o rosto na caixa de correio. O hálito de Francis estava doce e açucarado, como geleia de supermercado. Shuggie sentia o bafo pegajoso inundar seus lábios, e por um momento quis apenas enfiar os dedos no buraco e tocar em Francis com delicadeza.

Porém, o momento passou.

Shuggie levou a mão à fresta e, na maior rapidez possível, enfiou o pano molhado, o que estava encharcado do cuspe de seus torturadores. Estava dobrado de tal forma que a parte mais verde, mais catarrenta, ficasse à mostra. Sentiu o pano tocar no rosto do outro garoto, sentiu a resistência, depois sentiu Francis se afastar da porta quando o pano de prato escorregou. Shuggie se apoiou contra a porta. Ouvia Francis tossir o cuspe azedo da boca.

Francis enfiou os dentes de novo na caixa de correio. Agora estavam à mostra, mordendo e beliscando para machucar Shuggie.

— É, é melhor tu não abrir essa merda dessa porta. Eu vou te enfiar a faca, seu viadinho imbecil.

Houve um *pof-pof* na porta, como de um punho forte golpeando a madeira. Shuggie se encolheu quando a faca de cozinha de Colleen surgiu na fresta e deu pontadas desvairadas no ar. Shuggie se espremeu contra a porta inteira, feita para conter o frio, e ficou olhando a lâmina prateada entrando e saindo da caixa de correio. Buscava seu corpo às cegas, o gume tão afiado e ferino que rangia ao serrar a aba de metal.

Davey Parlando, o trapeiro, foi até a porta com sua carroça três vezes. Aceitava tudo o que Agnes oferecia e lhe pagava um rolo de notas encardidas unidas por um elástico velho. Nem acreditava na própria sorte diante da generosidade — ou burrice cega — da bela mulher. Ao falar, ficava assustado e nervoso, como se estivesse sempre improvisando, pois não sabia dizer qual era o caso: ela era idiota ou era boa? Era difícil saber, porque seus olhos eram vidrados por uma espécie de apatia.

Depois que Davey descarregou os restos da louça que Agnes ganhara de casamento, ele fez uma última viagem de carroça. Costumava dar às crianças um apito ou um brinquedo de plástico, mas deu a Shuggie uma caixa cheia de balões sujos, em número suficiente para que pudesse distribui-los às crianças a temporada inteira, todos produtos de segunda, com erros de impressão, decorados com a tipografia manchada de orgulhosas empresas patrocinadoras. Davey fez um truque em que enchia um balão com os lábios fechados enfiando o bico emborrachado entre os dentes da frente que lhe faltavam. Entregou o balão úmido ao menino arrumado, e leu devagar, como se Shuggie não soubesse ler sozinho.

— Está vendo? Diz "Glasgow é bem melhor".

— Do que o quê? — perguntou Shuggie, enfático.

A facilidade com que Agnes agora se dispunha a se desfazer das coisas preocupava Shuggie. Todos os móveis que o trapeiro não levava embora a um preço ridículo, Agnes mandava de volta para a central de aluguéis. Devolveu todos os móveis possíveis dos que havia comprado em prestações. Depois pegou um empréstimo capenga da Provident para comprar móveis novos e melhores quando chegassem à cidade.

Ele percebeu a febre que havia se abatido sobre ela, o sonho de ser uma nova pessoa rodeada de coisas novas. Ela a deixava suada como qualquer outro resfriado. Ela juntou todos os anos de cupons dos cigarros Kensitas e os contou obsessivamente. Todos amarrados juntos formavam tijolinhos espessos, barrinhas que ainda cheiravam ao tabaco doce e dourado. Shuggie se deitou no tapete e construiu muros e fortes para eles enquanto Agnes revirava o catálogo de Kensitas, dobrando os cantos para marcar luminárias e bandejas de chá que não adorava, e guardava uma soma que parecia preocupante no envelope da conta de gás.

Shuggie ficou observando-a e disse baixinho:

— Por que eu não basto pra ela?

Mas ela não estava ouvindo.

Agnes havia embalado a casa às pressas desde o momento em que a troca fora acordada. Olhava para a maioria de seus pertences como se a tivessem magoado de alguma forma. Os preparativos foram praticamente finalizados em uma tarde, ambos ansiosos para ir embora e preferindo viver as últimas semanas em uma casa embalada cheia de sonhos imaculados e expectativas. Shuggie ajudou-a a embrulhar os enfeites preciosos, tomando o cuidado de enrolá-los em jornais velhos e enfiá-los na caixa no meio das lingeries da mãe. Quando ela estava de costas, ele tirava as coisas de Leek da pilha de objetos descartados — uns álbuns antigos, cadernos de desenho usados até a metade, um duende de pelúcia velho que era de Catherine — e as escondia bem nas caixas de mudança da mãe. Os últimos pertences dos irmãos, ela havia entregado a Davey Parlando em troca de um rolo de notas sujas.

Na véspera da mudança, ela abriu o relógio da televisão uma última vez e comprou um punhado de chocolates da van de sorvete. Ela espalhou todas as suas roupas velhas na frente de Shuggie, e eles se sentaram, os joelhos se encostando, para resolverem quais versões dela levar e quais deixar para trás.

— As pessoas já não vestem mais esse tipo de coisa — declarou Shuggie. Ela tinha vestido um suéter preto felpudo, a malha parecendo um trilhão de cílios caídos.

Ela mordiscou uma ponta do chocolate com menta.

— Mas e se eu usar com cinto? — Ela apertou a cintura com as mãos.

Shuggie enfiou a mão dentro do suéter, desabotoou as duas ombreiras brancas e as retirou. De repente, ela parecia menos séria; estava com uma aparência mais suave e mais jovial. Ele estreitou os olhos.

— Se você usasse jeans, talvez ficasse melhor assim. — Ele enfiou as ombreiras no suéter do uniforme escolar e seus ombros bateram no maxilar.

Ela franziu o rosto.

— Eca. Sou velha demais pra usar jeans. Jeans deixa tudo com a mesma cara.

Shuggie se inclinou para a frente e pegou uma saia evasê de lã da cor de urze morta. Estava justa, mas não justa demais. Ele nunca a vira com ela.

— Gostei dessa.

Agnes ponderou. Puxou o zíper como se verificasse se ainda funcionava e depois a deixou de lado.

— Não. Não quero ser *ela*. Ela usa pantufa de homem em casa e fica o dia inteiro de avental.

— Você ficaria à vontade.

A mãe se deitou no tapete, zangada. Ela se virou e o olhou de cima a baixo.

— Então, quem você vai querer ser depois que a gente se mudar?

Ele deu de ombros.

— Sei lá. Eu tenho estado muito ocupado me preocupando com você.

— Meu Deus, é a própria Madre Teresa. — Agnes parecia estar de mau humor. Apoiou-se em um dos cotovelos e deu um gole na caneca de cerveja. Franziu a testa para as espirais que se formavam na superfície da bebida.

— Olha, quando a gente chegar no prédio, eu vou parar de beber, eu juro.

— Eu sei. — Ele tentou sorrir.

— Eu vou arrumar um emprego que nem as outras mães.

— Eu iria gostar.

Agnes cutucou a pele em volta da unha.

— O imbecil do seu pai nunca que me deixaria trabalhar. Lugar de mulher e essa conversinha toda. — Era verdade: Shug jamais permitira que ela trabalhasse, Brendan McGowan tampouco. Para o católico, era uma questão de orgulho: trabalhava o máximo que podia para que os vizinhos soubessem que ele conseguia sustentar a família inteira. Para Shug, a questão era que ele não era digno de confiança, e portanto não conseguia confiar em ninguém, muito menos na própria esposa. Preferia que ela ficasse em casa, assim sabia onde estava o dia todo. Seus homens nunca tinham gostado que trabalhasse, por isso ela jamais desenvolvera o gosto pelo trabalho.

— Você é boa demais para trabalhar. É linda demais. — Ele sabia o que dizer: já haviam falado assim centenas de vezes. Soou muito desanimado, mas ainda assim Agnes se satisfez. Então ele disse algo inesperado, que fez com que o sorriso ficasse congelado no rosto dela. — Mas, assim, *se* você trabalhasse, tudo bem. Se você arrumasse um emprego à noite, não teria mais o problema de precisar ficar comigo de noite. Eu sei me cuidar.

Agnes se sentou e tomou o resto da cerveja. Parecia querer mudar de assunto. Shuggie ficou olhando a mãe pegar duas imagens das roupas rejeitadas. Ela arrumou um suéter angorá rosa e uma roupa de gângster dele, agora pequena demais, em um par de bonecos ocos de Guy Fawkes. Shuggie a seguiu cozinha adentro, onde ela os pendurou no varal. Ela puxou a corda, e o varal subiu até o teto outra vez. Eles se contorciam ali, cheios de vida, duas versões deles mesmos antigamente, penduradas, à espera da nova família.

— O nome da mulher é Susan — declarou Agnes. — Ela é legal. Tem quatro filhos e um marido que instala carpetes. Ele nunca pediu auxílio na vida. Espera só até eles botarem os olhos nele aqui.

— A gente está enganando ela? — indagou Shuggie, muito preocupado com os novos inquilinos.

Agnes esfregou a bochecha como se tentasse se acalmar, como se a dentadura pinicasse na parte de trás.

— Não. Ela tem carro *e também* tem marido. Eles não parecem se importar muito com a ideia de ficar tão isolados.

Ela pôs o dedo na gola do suéter de Shuggie, puxou-a para fora, e esfregou a pele dele, como se averiguasse se a empregada preguiçosa tinha passado o aspirador debaixo do tapete. Pelos finos começavam a brotar na superfície lisa de seu peito pequeno. Ela os pegou com a unha, mas não comentou.

— Você está muito pálido. Quando foi a última vez que você saiu?

Ele não quis lhe contar sobre Francis McAvennie e a faca de cozinha. Não quis confessar que tinha medo de ficar lá fora desde o dia em que ele ameaçara esfaqueá-lo. No final das contas, não precisou dizer nada, pois a mente de Agnes era um projetor de slides saltitante. Ela disse:

— Você não vai se lembrar da cidade. Você era muito pequeno. Mas tem boate, tem tudo quanto é tipo de boate, e tem lojas grandes. Você pode passar o tempo todo na rua, porque o que não falta é coisa pra fazer. — Ele imaginou tê-la visto se encher de falsas esperanças, como se tentasse se inflar de uma empolgação frágil. Parecia tão delicada quanto a lanugem de uma semente. — Você não vai se lembrar. Mas vai ver.

— Mal posso esperar. — Era mentira, mas apenas meia mentira. Ele não teria como assumir para ela, mas a cidade o assustava um pouco, sua natureza vastamente indomável: todos os alcoólatras para os quais poderia perdê-la, os pubs escuros, os homens que poderiam se aproveitar, todas as ruas desconhecidas para as quais poderia ser engolida e onde poderia perdê-la. Pelo menos Pithead era um ambiente conhecido. Deixara os dois empacados como moscas no papel, refreando-os pelos quatro lados por nada. Ela poderia se ferir ali, mas ele não poderia perdê-la.

Shuggie tentou não pensar mais nisso.

— Quando a gente for embora, você vai mesmo tentar parar de beber?

— Eu disse que vou, não disse?

Havia um leve toque de incredulidade no olhar dele; não tinha como evitar. Ele se voltou para a pia para lavar os últimos pratos, para esconder o rosto.

Ela se irritou.

— Você está me chamando de mentirosa?

Havia passado o dia inteiro bebendo. Seu humor estava um pouco confuso, enevoado, sombrio e carregado, porém era estável, sem chuvas. Shuggie não queria acabar com a nebulosidade e forçar um tempo ruim.

— Não. Desculpa.

Agnes apagou o cigarro na beirada da pia. Ergueu a caneca de cerveja e jogou o que havia ali ralo abaixo. Tudo aconteceu de forma tão enérgica, tão rápida, que Shuggie se molhou com os restos e recuou, encharcado, pestanejando.

Agnes abriu o esconderijo debaixo da pia e pegou as últimas duas Carlsberg. Entregou uma a ele e abriu a outra. Ela a segurou sobre a pia, e a cerveja se derramou ralo abaixo em uma torrente engasgada, chiada. Quando já estava vazia e o resto da espuma branca já havia caído na pia feito neve úmida, ela jogou a lata no lixo e errou a pontaria, a lata chacoalhando no assoalho de linóleo. Shuggie só conseguiu dar um passo para trás, de olhos arregalados, e se segurar na bancada para não perder o equilíbrio. Agnes, agora tomada por alguma coisa, correu pela casa; ele a escutou passando as unhas debaixo dos móveis e tateando atrás do guarda-roupa. Ela voltou com meia dúzia de garrafas, todos os restos esquecidos de vodca, todos os últimos goles que ela não tinha terminado porque havia desmaiado. Esvaziou tudo na pia com um floreio teatral.

Shuggie nunca tinha visto a mãe fazer aquilo. Nunca a tinha visto desperdiçar bebida de qualidade.

Nas raras ocasiões em que prometia ficar sóbria, ela bebia tudo, até a última gota, antes de partir para a brutal abstinência e os vômitos e os tremores. Em outros momentos ficara sóbria por falta de alternativa. Nas semanas em que todo o dinheiro dos auxílios acabava, e homem nenhum lhe trazia umas latinhas, ela começava uma espécie de sobriedade relutante. Se acontecesse em uma quinta-feira, a sobriedade tinha uma vantagem inicial de quatro dias. Shuggie sempre torcia. Mas a bebida raramente perdia. Era como uma tirana que desse a Agnes aquela vantagem inicial com a segurança sorridente de que facilmente a alcançaria e ela seria vencida de novo quando o talão do auxílio fosse embolsado na segunda-feira seguinte. No entanto, Shuggie sempre caía.

Ele abriu a última lata bronze. Ele a olhava de soslaio ao despejá-la na pia, em um filete suave, titubeante, pronto para interrompê-lo a qualquer instante.

Agnes observou o filho, a cabeça erguida como se fosse uma senhora refinada.

— Agora você acredita em mim?

Shuggie estreitou os olhos com os nós do polegar para se acalmar, para conter as lágrimas esperançosas.

— Obrigado.

Agnes se empertigou, mas sorriu, uma coisa frágil e trêmula.

— Chega de bebida pra mim. Não estou dizendo que vai ser fácil, mas essa é a melhor coisa da cidade. Ninguém sabe quem a gente é. — Ela puxou o enchimento das imagens penduradas. Rodopiaram na cozinha silenciosa. — E você. Você vai poder ser que nem os outros meninos. Podemos ser outras pessoas.

1989
EAST END

Vinte e oito

Depois do isolamento dos montes de escória, os prédios pareciam um centro cheio de vida. A rua principal era repleta de edifícios compactos de arenito, e debaixo deles havia centenas de lojinhas, uma agência dos correios a cada quilômetro, praticamente uma lanchonete de peixe com fritas por quarteirão, e tudo quanto era tipo de loja de roupas e sapatos onde Agnes podia comprar a crédito. Carros reluzentes esperavam nos sinais e depois seguiam com paciência, em filas; havia ônibus de dois andares, dois por vez, que paravam mais ou menos de quarteirão em quarteirão. Havia um cinema, um salão de baile, uma enorme praça verde e mais capelas e igrejas do que jamais tinha visto. As calçadas eram apinhadas de gente indo fazer compras, e ninguém prestava atenção em ninguém. Movimentavam-se com independência, com uma liberdade inconsciente, anônima, tida como natural. As pessoas nem acenavam para se cumprimentar, e Shuggie apostava que ninguém era primo de ninguém ali.

O caminhão de mudança fez algumas curvas bruscas em ruazinhas apertadas. O céu parecia muito distante, e as únicas interrupções nos muros dos prédios eram as esquinas, por onde as ruas de mais prédios se estendiam. Shuggie olhou para cima, a sensação era de que tinham escavado a terra, de que estavam bem no fundo de um vale de arenito. Eles pararam, bloqueando a rua por completo, e com um estrondo alto os homens do AA abaixaram a guarda traseira. Agnes olhou para o papelzinho e se levantou, olhando para o prédio. Era um prédio amarelo-acinzentado que ficava no meio de um muro comprido da mesma cor. No portão havia o interfone de oito apartamentos, e Agnes achou os que ficavam no terceiro andar.

— Agora é aqui que a gente mora — declarou ela, apontando um dos andares para o menino.

Ele estava velho demais para isso, mas deixou que ela pegasse sua mão, ainda que fosse só para que ela seguisse em frente e não ficasse louca para beber. Shuggie entrelaçou sua mão à dela, ela lhe pareceu pequena de repente. Ela estava usando todos os anéis que ainda tinha, mas, apesar do metal frio, ele sentia o nervosismo e o desejo suado na mão dela.

— Vamos prometer que vamos ser outros. Vamos prometer que seremos normais — rezou ele, os dois de mãos dadas feito recém-casados.

A entrada do prédio era limpa e fria. As paredes, o assoalho e a escada pareciam ter sido esculpidos em uma única pedra bonita, e o cheiro dava a impressão de que tinha sido limpado com água sanitária fazia pouco tempo. Subiram devagar os degraus de pedra, dando passos para o lado para deixar os homens subirem e descerem com as caixas. Em todos os patamares, havia duas portas maciças frente a frente, cada andar muito bem dividido. À medida que passavam pelos patamares, tábuas rangiam atrás de algumas portas. Agnes ergueu a cabeça e continuou a subir.

A porta do apartamento ficava do lado direito do terceiro patamar de pedra. Quando entraram, Agnes fez um rápido inventário da sujeira que restava, dos tapetes que precisaria tirar, e apontou marcas de dedos aqui e ali como se fosse uma guia turística.

— É, ela não era muito limpinha — disse friamente. — Deve se dar bem lá em Pithead.

O apartamento novo era pequeno. Tinha um corredor curto em forma de L, e ele se pegou se perguntando onde ela colocaria a mesinha do telefone. Na parte da frente do prédio, com vista para a rua, havia uma sala de estar grande com uma sacada, e a porta seguinte se abria para um quarto de casal minúsculo. Nos fundos havia a copa estreita e um quartinho quadrado mínimo. Shuggie andou pelo quartinho, medindo-o dos calcanhares até os dedos em ambas as direções, na esperança de que tivesse espaço para duas camas, mas seria impossível. De repente lhe pareceu definitivo, e sentiu saudades de Leek.

Agnes parou diante da sacada e olhou para a rua. Shuggie a envolveu com os braços, e aquelas duas pessoas novas se permitiram um minuto de devaneio silencioso, pacato. Agnes coçou a panturrilha com o outro pé. Shuggie sabia que era da essência dela ser do contra.

Os homens da mudança terminaram logo, e ao levarem o último papelão, Agnes pegou o suéter de angorá e prometeu a Shuggie que teriam chá quente e doce de maçã no almoço. Shuggie fechou a porta e ignorou que a fivela do sapato havia repuxado a parte de trás da meia-calça. Passou bastante tempo sozinho na janela da copa e fitou o pátio verde dos fundos. Completamente emparedado pelos prédios, o espaço era dividido por muros de um metro e meio, assim cada prédio ficava com um quadrado igual de gramado áspero, dominado por um depósito de concreto para as caçambas.

Todos os quadrados de grama estavam cheios de crianças, como placas de Petri cheias de vida. O ar foi tomado por berros e risadas ecoantes, amplificadas pelos muros de arenito. Volta e meia uma criança gritava para os fundos de um prédio, e pouco depois uma janela se abria e um saquinho de biscoito ou um molho de chaves era atirado do alto do quarto andar.

Shuggie se sentou e ficou olhando a cena — uma espécie de coliseu — boa parte da tarde, perguntando-se como devia ser brincar, ser tão despreocupado. Ficou observando as crianças subirem as paredes e invadirem os outros gramados. Viu cabeças se ferirem e bebês serem empurrados do teto dos depósitos de caçambas. Uma janela se abria e um dedo intrometido escolhia o gladiador transgressor, e então a criança, chorando de medo e arrependimento, não era vista pelo resto do dia.

Shuggie acabou se entediando com a brutalidade.

Enquanto aguardava o retorno da mãe com as coisas para o chá, ele se lançou sobre o livretinho vermelho do futebol e pela centésima vez começou da primeira página. Estava lendo os resultados do Arbroath quando ouviu a chave na fechadura nova. Da cadeira junto à janela da copa, ele já soube.

— Oi, filho. — Ela ficou parada no vão aberto da porta, os olhos frouxos na cabeça, e havia um sorriso largo, cheio de dentes, no rosto dela.

— Vo-você andou bebendo? — perguntou ele, já sabendo da resposta.

— *Nããão.*

— Vem cá. Deixa eu sentir o seu cheiro. — Shuggie cruzou a copa vazia.

— *Sentir o meu cheiro?* — retrucou ela. — Quem você está pensando que é?

Ele estava cada dia mais alto. Segurou a manga dela e a puxou para perto com a autoridade de um homem feito. Ela cambaleou e tentou arrancar a manga das mãos dele. Ele a cheirou.

— Você bebeu! Você andou bebendo.

— Olha só você. Adora dar uma de estraga-prazeres. — Agnes tentou novamente tirar a manga das mãos dele. — Eu só tomei um copinho com a minha nova amiga, a Marie.

— Marie? Você prometeu que nós seríamos diferentes.

— Nós somos! Nós somos! — Ela estava se irritando com seu carcereiro.

— Você mentiu. Você nem tentou. Nós não somos outras pessoas. Somos a mesma merda. — Shuggie puxou a manga dela com tanta força que o suéter se esticou e a gola caiu sobre o ombro. Ali, na pele branca e macia, havia uma alça de sutiã preto. Ele esticou a mão para pegá-la.

— Tira a mão de mim! — Agnes parecia assustada. Puxou o suéter e se desvencilhou de um jeito tão abrupto que o menino deu um salto. Ele caiu com um baque contra a parede e escorregou até o chão no canto do corredor.

Agnes murmurava sozinha.

— Quem você pensa que é pra falar comigo nesse tom? — Uma ideia passou por sua cabeça e ela se voltou contra ele novamente. — O seu pai? Você está pensando que é o babaca do seu pai? — Sua cabeça recuou sobre o pescoço em um gesto feio de desafio, e ela cuspiu nele. — Nunca nessa porra de vida, raio de sol.

Ele ficou olhando a mãe cobrir o ombro com o suéter alargado e voltar a sair pela porta da frente sem fechá-la. Na entrada ecoante, ele a ouviu ir de porta em porta. Batia em todas elas, e quando alguém atendia, ela se apresentava educadamente com a voz arrastada.

— Oi. *Mil* desculpas pelo incômodo. Meu nome é Agnes. Sou a sua *nova* vizinha.

Shuggie ouviu aquelas pessoas bondosas do prédio estancarem e depois retribuírem os cumprimentos desajeitados. Quase ouvia seus olhos percorrerem a mãe de cima a baixo, assimilando-a, decidindo-se. Aquela mulher, de cabelo preto tingido, com meia-calça preta brilhosa e saltos pretos, já estava bêbada na hora do almoço.

A escola secundária era maior do que qualquer outra que já tivesse visto. Esperou e tomou o cuidado de seguir o menino que morava no andar de baixo. O menino tinha um bronze da cor das férias de verão. Nas esquinas, ele se virava e, com os olhos castanhos e grandes, fitava com desconfiança o menino pálido que o seguia feito um cão sem dono.

Shuggie tinha arrumado a tábua e passado as próprias roupas para o primeiro dia. A calça era de lã cinza, e Agnes tinha comprado um belo suéter vermelho para ele com os cupons do cigarro. Ele passou as roupas até ficarem perfeitamente lisas e chapadas. Depois passou a cueca e as meias.

Indo atrás do menino, Shuggie dobrou uma esquina, e lá estava. Expandia-se por uma eternidade e parecia uma cidade à parte: imensos cubos e retângulos de concreto que se cruzavam em ângulos diversos e eram rodeados por prédios menores que pareciam casebres pré-fabricados, porém mais permanentes. Não havia janelas com vista para o lado de fora, apenas uma confusão gigantesca de concreto de vários formatos no meio de uma vastidão de asfalto e pedra e lama marrom.

Ele atravessou o portão principal atrás do garoto. O pátio da escola era grande e estava cheio. Nele havia uma massa móvel de azul dos protestantes, e também branco e um pouco de vermelho. Quase todos os meninos usavam camisetas dos Glasgow Rangers, um casaco esportivo ou pelo menos uma bolsa esportiva. Para onde quer que olhasse, *Cerveja McEwan's* estava escrito em letras brancas garrafais. Shuggie enfiou a mão no bolso e se sentiu melhor ao sentir o livreto vermelho cheio de dobras nos cantos das páginas.

A campainha tocou, e ele foi atrás do garoto, atravessando algumas portas de vidro. Por falta de ideia melhor, seguiu o garoto até a sala de aula. As crianças se sentaram nas carteiras já conhecidas e passaram a conversar em alto e bom som. Shuggie pôs a mochila em uma carteira dos fundos e tentou se esconder atrás dela. Um homem baixinho de meia-idade e barba branca entrou na sala. Parecia um terrier raivoso e falava bem alto com um sotaque de Glasgow.

— Ok, calem a boca, vocês todos. A gente vê a lista de presença e depois vocês podem todos voltar a falar de brincos e permanentes e tal. — Ele fez uma pausa. — E estou falando só dos meninos.

Todos soltaram uma bufada entediada. O homem pegou a lista de presença e, quando chegou ao fim, os alunos voltaram a gritar. O professor cruzou os braços e fechou os olhos e apoiou as costas na beirada da mesa, tentando roubar mais cinco minutos de sono.

Shuggie levantou a mão, depois a abaixou, depois a levantou de novo.

— Senhor! — disse ele, em tom baixo demais. — Senhor!

O professor abriu os olhos e olhou para o novato.

— Sim? — perguntou ele, ainda não familiarizado com os rostos novos daquele ano.

— Sou novo — declarou Shuggie, acanhado demais para que sua voz atravessasse a turba.

— Todo mundo é novo, meu filho — respondeu o homem.

— Eu sei. Mas acho que sou da matrícula tardia. — Ele empregou o termo que Agnes o instruíra a usar.

Fez-se silêncio no ambiente. Trinta cabeças se viraram juntas para olhar, os meninos com os lábios superiores sujos de pelos e as meninas já com corpo de mulher e rosto cheio de espinhas brancas.

— Você é do quê? — indagou o professor com cara de terrier.

— Eu sou. Eu sou da matrícula tardia, senhor. De outra escola. — A sala inteira estava muda.

— Ah — disse o professor. — Qual é o teu nome?

Antes que pudesse responder, começou. Soou como um murmúrio, e então alguém falou em voz alta, e o cochicho se tornou uma gargalhada.

— É Lorde Gay? — disse um menino com cara de rato sentado à frente. A sala irrompeu.

— *O Grande Queima-Rosca?* — disse outro.

Shuggie tentou falar mais alto que eles. Seu rosto estava vermelho.

— É Shuggie, senhor. Hugh Bain. Vim da Escola Saint Luke's.

— Olha só a voz dele! — bradou outro menino, de cabelo crespo. Arregalou os olhos como se tivesse tirado a sorte grande. — É, menino fino. De onde foi que você tirou essa merda de sotaque? Tu dança balé, é?

Essa foi a melhor tirada. Serviu de inspiração divina para os outros.

— Só uma dançadinha! — berravam aos risos. — Rodopia aí pra gente, seu viadinho!

Shuggie ficou ali sentado, ouvindo-os se divertirem. Pegou o livreto vermelho de futebol e o largou na gaveta escura da carteira daquela escola estranha. Estava contente, pelo menos, de encerrar logo o assunto. Agora estava claro: ninguém conseguiria virar outra pessoa.

Vinte e nove

O menino de olhos castanhos que morava no andar de baixo bateu à porta como se fossem velhos amigos. Nos meses transcorridos desde a mudança, ele tinha feito o possível para ignorar Shuggie. Agora, quando Shuggie abriu a porta, o menino de olhos castanhos inclinou a cabeça para cumprimentá-lo, mandou que ele pegasse o casaco e o seguisse.

— Por quê? — perguntou Shuggie, bastante ingrato.

— Porque eu preciso da tua ajuda. — O menino já estava no meio da entrada.

Keir Weir era uma paleta de tons quentes, todas escolhidas por combinarem bem entre si. Era a pessoa mais bronzeada que Shuggie já tinha conhecido, e o cabelo castanho brilhava com lembranças de um sol que raramente via. Os olhos eram cheios de veios, feito madeira de nogueira, e os lábios eram arqueados de tal modo que Shuggie os fitava. Pareceria uma pin-up adolescente se não fosse a ponta caída do nariz e a herpes, que sempre incomodava o lábio superior.

Shuggie vestiu a jaqueta e seguiu o menino como um lacaio obediente. Quando chegaram à porta da entrada, Keir se virou e interrompeu seus passos.

— Olha, você não vai sair comigo desse jeito.

Shuggie olhou para baixo. Estava vestido com o que usava todo dia: calça velha de lã do uniforme escolar, sapatos pretos velhos e um casaco azul do catálogo parecido com um dos casacos velhos de Agnes, que ela ficaria constrangida de usar para fazer compras.

— Você vai me matar de vergonha. A tua mãe ainda te veste? — Keir enfiou as mãos no casaco de Shuggie. Tocou na lombar de Shuggie e, com um puxão, ajustou os cordões que havia ali. O casaco se ajustou na cintura até quase cortá-lo ao meio, e a bainha se abriu feito um gibão elisabetano. O garoto de olhos castanhos pegou a gola bem passada e a virou para cima, depois segurou o zíper de plástico e o puxou até o alto até Shuggie ter a sensação de que espiava de dentro da chaminé de um navio.

Shuggie inclinou a cabeça para trás e perguntou por cima da gola:

— Aonde a gente está indo?

— Eu vou te apresentar a umas meninas. Mas não dá pra você ir parecendo uma mocinha.

Keir pegou um pente preto barato do bolso de trás; uma das pontas estava tão mordida que já não servia para nada. Cuspiu uma bolota branca espumosa e fez uma risca bem no meio da cabeça de Shuggie. Ele estremeceu de horror, mas Keir pôs os dedos compridos na nuca de Shuggie e o segurou para que não se mexesse. Era como os homens puxavam as mulheres para perto em todos os filmes que Agnes gostava de ver na televisão. Não significava nada para Keir, mas Shuggie sentia que a parte de trás dos olhos suavam.

O puxão do pente deformado lhe deu a impressão de que o crânio tinha sido dividido com um corte limpo, preciso. O menino arrumou bruscamente a risca lateral feita por Agnes e partiu o cabelo preto em cortinas pesadas.

— Pronto! — Ele esfregou parte de trás da cabeça de Shuggie, satisfeito com o próprio trabalho. — Agora você está com uma cara mais barra-pesada. — Ele se virou e saiu na rua. — É só fazer o que eu fizer que a gente não vai ter problema, combinado?

— Combinado — concordou Shuggie, avançando atrás dele, imaginando formas de fazer com que Keir o tocasse de novo.

Keir Weir andava de pernas tortas pela rua. O queixo era escondido pela gola do casaco, e as mãos estavam enfiadas no fundo do bolso. Shuggie caminhava um pouco mais atrás e tentava usar os passos largos que Leek havia lhe mostrado.

— A gente vai encontrar com umas meninas. Uma é a minha namorada. A outra é amiguinha dela. Ela é gente boa. Você já tem namorada?

— Tenho — mentiu Shuggie.

— Quem? — perguntou Keir. Apenas a testa franzida e os olhos estavam visíveis debaixo da gola alta do casaco.

— Uma menina do lugar onde eu morava.

— Ah, é? Então qual é o nome dela?

Shuggie não sabia dizer se Keir estava zombando. Era difícil saber quando não se via os lábios da pessoa.

— É-é... — gaguejou ele. — *Madonna*. — Assim que a palavra escapou ele se sentiu grato pela gola. Seu rosto adquiriu um tom rosa de quem conta mentiras.

Keir o fitou de olhos semicerrados. Uma sombra passou pelo rosto dele, que dizia estar começando a se arrepender de tê-lo convidado para sair.

— Ah, é mesmo? — As sobrancelhas arquearam bem acima da gola. — Você já meteu o dedo nela?

A boca de Shuggie se abriu atrás da fachada. Ele assentiu devagar.

Shuggie ouviu Keir dar um respiro entediado, viu as cortinas formadas pelo cabelo quicarem por causa do sopro de ar.

— Bom, a amiga da minha namorada é uma vagabunda. Ela trepa contigo se você pedir. — Ele escarneceu outra vez. — Isso se a Madonna não ligar. — Ele enfiou um cigarro gola abaixo assim como se enfia um balde em um poço. — Bom, eu quero só que você não deixe a menina incomodar a gente. Entendeu?

Eles caminharam pelas ruas cheias de prédios amarelos, sem parar para olhar as mulheres despejarem baldes de água sanitária nas calçadas. Keir atravessou o condomínio com um jeito de andar masculino, dobrando esquinas rapidamente, pulando bancos e murinhos de pedra. Fez uma linha direta e eficiente na direção dela. Shuggie acelerava os passos atrás dele. Keir só diminuiu o passo quando chegaram a um conjunto de prédios com cara moderna. Ele apagou o cigarro enrugado, enfiou a mão no bolso e pegou um chiclete. Enfiou-o na boca e mascou às pressas. Shuggie sentia o cheiro do bloco de hortelã se quebrando entre os dentes brancos e grandes. Ele o mascou feito um cão faminto e o tirou da boca.

— Aqui — disse ele, oferecendo o chiclete molhado a Shuggie. — Você tem que ficar de bafo fresco para as damas.

Shuggie hesitou diante do chiclete cinza entre os dedos molhados do garoto. De novo ficou contente pela gola levantada, já que sua boca se voltou para baixo em uma careta enojada.

— Larga de ser bicha, porra. *Aqui!* — Keir empurrou o chiclete para ele. Relutante, Shuggie pegou o bloquinho e o enfiou na boca. Estava viscoso e quente e tinha gosto de menta, feijão e cigarro. Descobriu que não se importava; rolou-o pela boca lentamente e saboreou. Usou a língua para enfiar o resto da saliva de Keir na cavidade seca acima dos dentes, atrás dos lábios, como se fosse durar mais tempo ali.

Subiram a escada rumo aos apartamentos do último andar. Todos os patamares tinham uma sacada grande aberta, e Shuggie ficou feliz de parar em todos eles e admirar a vista, como um pensionista satisfeito. Ao chegarem ao alto do prédio, Keir se virou para ele e disse:

— Tenta não parecer um garoto esnobe, está bem? Não quero elas rindo da gente.

Keir apertou a campainha do lado da porta de vidro texturizado. Lá dentro, uma porta se abriu, e a música pop metálica tomou o corredor. Viram uma nuvem de cabelo louro se aproximar cada vez mais através da vidraça cheia de bolhas. Ali na porta estava uma menina baixinha e comum, de pele pálida, de olhos verdes e grandes obscurecidos pelos óculos fundo de garrafa com armação rosa. O cabelo cheio de gel estava afastado do rosto e explodia em um enorme rabo de cavalo com permanente. Na lateral da cabeça, em fileiras alinhadas, ela usava presilhas de cabelo cor-de-rosa que pareciam um par de costelas de porco.

Era um pouco mais nova que os garotos. O esmalte mal passado nas unhas fez com que Shuggie se lembrasse das meninas da família McAvennie quando deslizavam, destrambelhadas, nos saltos baixos de Colleen.

— Oláááá — disse a menina pela fresta da porta.

A menina deu uma risadinha e olhou para Shuggie com desconfiança.

— O que é que vocês dois querem? — Ela fechou um pouco a porta.

— A tua mãe está em casa? — perguntou Keir.

— Você está cansado de saber que ela está no trabalho.

— Então a gente pode entrar um pouquinho?

— Não. — Ela estremeceu e fechou a porta um pouco mais.

— Por que não?

— Porque eu estou dizendo. Minha mãe falou que ia me bater se eu deixasse você entrar quando ela está no trabalho.

— Ah, poxa. — Ele saiu do papel que interpretava.

— Não — protestou ela em tom infantil. — Você estragou tudo da última vez! Mijou no assento e na borda do vaso inteiro. Minha mãe ficou louca de raiva quando viu. Eu apanhei de cinto de couro. — Ela fechou a porta até que somente seu rosto coubesse na fresta.

Eles ficaram assim por um instante. Lá dentro houve o barulho de alguém virando o lado de uma fita cassete. Keir foi o primeiro a falar.

— Bom, eu trouxe isso aqui pra você. — Tinha na mão um sabonete embrulhado em um celofane transparente e perolado; parecia um daqueles sabonetes baratos que formavam pilhas enormes no mercado Barras, aqueles para os quais Agnes torcia o nariz. Dizia claramente em um dos lados: *Não deve ser vendido separadamente.*

A mãozinha branca da menina saiu de trás da porta e com cautela pegou o sabonete. O celofane fez um barulho de amassado, um farfalhar. A menina ficou boquiaberta de alegria, depois acrescentou:

— Isso não muda nada.

— Você ainda quer ser a minha namorada?

Ela olhou para o sabonete e de novo para o garoto alto.

— É. Pode ser.

— Você não quer sair, então? Dar umas voltinhas comigo?

— Não. Não posso. — Ela fez beicinho.

— Por que não? — Keir Weir piscava os olhos castanhos com toda a força que tinha.

— Porque a Leanne está aqui, por isso que não.

Keir assentiu e apresentou o plano que havia preparado.

— Bom, esse aqui é o Shuggie. Ele está a fim da Leanne. — Shuggie saiu das sombras do corredor. — Então ela pode vir junto e tal.

Os olhos da menina se arregalaram. Ela soltou um gritinho, e sua cabecinha voltou para o corredor enquanto a porta de vidro se fechava. Shuggie ficou observando o pompom distorcido de cabelo louro correr até a sala.

Seria esse o momento que o tornaria normal? Todo o ensaio do jeito de andar, toda a correria atrás da bola de futebol e o estudo dos placares de partidas antigas: era tudo por isso.

A porta se abriu e duas carinhas espiaram. Em seguida, a porta se fechou outra vez. Uma gargalhada vinha lá de dentro. Keir trocou de perna de apoio, nervoso.

— Que tal você tentar ficar menos cara de viadinho, hein? — sibilou ele sem se virar.

Shuggie respirou fundo e tentou inflar o peito e endireitar a coluna e então, como uma tartaruga infeliz, enfiou o rosto no casaco com um olhar zangado. A porta se abriu outra vez, dessa vez mais que uma fresta. As duas meninas ficaram ali, se mexendo, deleitadas. Leanne Kelly era uns trinta centímetros mais alta do que a outra, e os espiava sob o mato do cabelo louro. O maxilar estava firme e ela não usava maquiagem nem enfeites no cabelo. Pela forma como deu um passo à frente e se pôs diante dos meninos, era evidente que tinha sido criada com uma colônia de irmãos. Ao falar, a boca se espremia como se resguardasse os dentes. Shuggie achou que os olhos pareciam uvas-passas atentas.

— Como é que você poderia ser a fim de mim? Eu nunca te vi na vida — questionou ela sem meias palavras.

Shuggie teve um branco, e Keir o chutou com força no tendão do tornozelo.

— Bom, é que... é que eu ouvi falar muito bem de você.

A menina franziu o nariz, incrédula.

— Ouviu o quê?

— Ouvi que você era muito atraente.

— Por que é que você fala desse jeito engraçado? — indagou ela sem sorrir, o nariz ainda franzido. — Em que escola você estuda?

A menina deu outro passo à frente, rumo ao sol da entrada, e Shuggie reparou que o rosto dela não estava de fato sujo, e sim coberto de milhares de sardas lindas. Os olhos de passas ainda dardejavam, examinando-o com desconfiança.

— Hmm, eu estudo na escola no fim da rua — declarou ele.

— Aquele chiqueiro protestante?

— É.

A menina suspirou, e o vinco se desfez no nariz.

— Que pena. Eu estudo no Saint Mungo. É pra católico.

— Não tem problema. Minha mãe é católica. Então eu acho que sou meio a meio.

Um sorriso fraco se espalhou nos lábios dela.

— Isso não importa aqui na área. Meus irmãos iam me esfolar viva se descobrissem que eu saí com um cachorro perebento que é orangista.

Shuggie tentou disfarçar o alívio. Ele o dominou, e ele teve vontade de expirar longa e profundamente. Poderia lhe dizer que era sobretudo católico, que tinha feito a comunhão, mas na verdade disse:

— Ah. Bom. Tudo bem, então. Foi um prazer te conhecer. — Ele se virou com um aceno cavalheiresco. Queria sair correndo.

— Não precisa fazer doce — gritou Leanne. — Deixa eu pelo menos pegar o meu suéter.

Chuviscava de leve quando voltaram às ruas cinzentas. Caminhavam em pares alinhados. Subiam e desciam, subiam e desciam entre prédios idênticos. De início, Shuggie sentia a menina lhe lançar olhares de soslaio; depois o mirava boquiaberta com a mesma expressão perplexa com que ele olhava bebês africanos esfomeados na televisão. Sua boca permanecia aberta e os olhos queriam se desviar mas não conseguiam, pois estavam confusos com o que viam. Durante todo aquele tempo ela mexia, distraída, na ponta do longo rabo de cavalo.

— Você é engraçado — declarou ela por fim, a avaliação concluída.

— Perdão?

Ele se perguntava quanto tempo faltava para que pudesse ir para casa.

— Você não tem pai, né?

Shuggie virou a cabeça dentro da gola de chaminé.

— Por que você acha isso?

— Dá pra perceber... — Ela bufou, como uma clarividente entediada. — Eu sou boa de adivinhar esse tipo de coisa.

— Meu pai morreu — afirmou ele, e então ponderou se sequer ficaria sabendo se fosse verdade.

— *Sério?* O meu também! — Ela estava se animando. Em seguida, acrescentou, como se tivesse esquecido: — Quer dizer, meus sentimentos. Que triste.

Shuggie balançou o cabelo acortinado.

— Não. Eu acho ótimo.

Leanne deu risadinhas.

— Que coisa horrível de se dizer. Deus vai se vingar.

— Tudo bem, meu pai era um cara ruim.

Andaram um pouco mais antes de ela voltar a se pronunciar.

— Você gosta de menina mesmo?

— Não sei — ele soltou inesperadamente, quase como um peido frouxo, e se arrependeu no mesmo instante. Seu rosto corou, e os olhos se lançaram sobre ela. Era a melhor chance que tinha de ser um menino normal, e já a tinha estragado.

Mas a menina apenas suspirou.

— É, eu também não... Gosto de menino. — Ela pensou na questão por um instante e acrescentou, quase derrotada: — Então, quer ser meu namorado mesmo assim? Sabe. Só por enquanto.

— Tudo bem — concordou Shuggie. — Só por enquanto.

Ela entrelaçou a mão à dele; a mão dela era maior, mas ele gostou da sensação que teve, de segurança e afeto. Chegaram a um trecho de grama enlameada onde crianças de pernas arroxeadas jogavam futebol. Do lado oposto, Keir e a menina loura passavam por uma fenda em uma cerca de arame.

Leanne estancou, teimosa, e cruzou os braços sobre o peito ossudo. Ele ficou meio espantado com a forma como seus dentes trincavam na boca pequenina.

— Pervertidos imundos! — resmungou ela. — Só querem fazer isso! Entrar ali e chupar a cara sarnenta um do outro. Me dá nojo como eles ficam se apalpando. Ela é ninfomaníaca desde que fez treze anos.

O par ficou observando Keir e a namorada sumirem no descampado. Shuggie foi o primeiro a falar.

— Eles vão achar que nós somos esquisitos se a gente não entrar.

A menina pensou nisso por um minutinho. Escavou a terra com os dedos do pé.

— Aí — disse ela, fazendo beicinho — eu mando meus irmãos matarem eles.

Keir se virou, com as ervas daninhas batendo na cintura, e com um movimento do punho mandou que Shuggie *andasse logo porra*. Shuggie puxou o arame e com um suspiro Leanne atravessou o buraco com cautela, curvando o corpo até a metade de sua estatura.

Do outro lado da cerca, a grama se encrespava em um morrinho abandonado. Pelo declive da colina ficava a estrada que dava em Edimburgo. O tráfego passava berrando em velocidades aterradoras a menos de seis metros dali. Caminharam pelo outeiro coberto de grama que ficava junto ao acostamento até chegarem a uma ponte para pedestres. Uma a uma, as crianças rastejaram sob a ponte e se arrastaram pelo aterro de concreto que descia até a estrada. Cheirava a mijo e fumaça de carro, mas era um lugar seco, e se eles se sentassem bem atrás de uma das colunas estruturais, seria quase reservado.

Sentaram-se ali, os dois casais, em um silêncio inquieto, vendo os turistas da manhã de sábado passarem correndo. Jogavam pedras da lateral do aterro e comemoravam quando corriam morro abaixo, ficavam presas nas rodas dos carros apressados, e voavam perigosamente pela pista.

— Você tem cigarro? — perguntou a menina loura. Estava alisando uma mecha rebelde para enfiá-la na presilha.

— Não — respondeu Keir.

— Não sei por que eu namoro contigo — reclamou ela. — O Stookie falou que me daria um maço de cigarro por semana se eu ficasse com ele. Não foi, Leanne?

— Foi — confirmou a menina alta, distraída.

Keir deu de ombros; ele a pegaria na mentira.

— Então vai lá ficar com o Stookie. Até parece que eu ligo.

Estava um gelo debaixo da ponte, longe do sol fraco, e Leanne começou a tremer de frio. Shuggie tirou o casaco. Ficou olhando ela vesti-lo com um sorriso satisfeito, e riu quando os braços longos dela saíram das mangas curtas demais. Ela passou o braço comprido em torno dele. Ficaram sentados em silêncio por bastante tempo, vendo os carros passarem correndo. Quando Shuggie olhou ao redor, percebeu que Keir estava deitado em cima da menina loura. Abria e fechava a boca junto à dela, como se tentasse vomitar.

Shuggie viu uma mão comprida e magra escorregar por dentro do moletom da garota. Keir fez pressão contra a perna dela, os músculos da bunda enrijecidos pela concentração, e Shuggie viu o garoto mexer a cabeça para cima e para baixo na boca da menina como se a estivesse mastigando. Gemia e se esfregava enquanto a menina se contorcia desajeitadamente debaixo dele. Shuggie saboreou a imagem dos músculos do braço do garoto, a onda de suas costas, a pulsação de sua bunda. Keir abriu os olhos e viu o olhar sedento de Shuggie. O contorno da boca estava úmido e vermelho e rachado. Ele semicerrou os olhos castanhos.

— Porra, você estava olhando pra minha bunda?

— Não… — Shuggie se virou para o outro lado. O número de carros havia diminuído.

Os óculos da loura estavam úmidos e tortos na cara. Parecia ter sido agredida.

— Leanne, querida. Você está legal, meu bem? — Sua voz minúscula ecoava na ponte de concreto acima deles.

Leanne, fria e entediada, apenas deu de ombros sem olhar para trás. Os dois ficaram em silêncio, escutando os jovens amantes atrás deles. Keir foi o primeiro a falar, em uma voz propositalmente alta.

— Está vendo! — disse ele para a menina arrasada. — Você é a única que não me acha um gostosão.

— Você é um imbecil — resmungou a menina, mas ela já se contorcia debaixo dele outra vez.

Keir cuspiu um catarro grosso no concreto. Shuggie sentia os olhos do outro queimando seu pescoço. O menino se voltou para a garota imprensada.

— Posso enfiar o dedo em você um pouquinho? — perguntou ele sem rodeios.

— Não. Está frio demais.

— Ah, por favor... Eu sopro o dedo antes para esquentar. Você não precisa nem tirar a calcinha.

— Não.

— Mas eu te disse que te amo. E te dei um sabonete.

— *Você roubou o sabonete* — retrucou a loura, antes de suspirar e acrescentar: — Tudo bem, então. Mas é só por um minutinho e você vai ter que esquentar os dedos antes.

O rosto de Shuggie estava escarlate. Sentia o calor irradiar da pele. Pegou o pente mastigado de Keir do bolso e devagar enfiou a ponta na boca. Cheirava a cigarro e a gel de cabelo. Tinha o cheiro de Keir.

— Se você quiser, eu deixo você tocar no meu peito — declarou Leanne, ao lado dele. — Isso se você quiser.

Ele fez que não sem olhar para ela.

— Não, obrigado. — Ele deixou que um punhado de pedrinhas cinza rolassem pelo aterro e caíssem na estrada.

A menina cavoucava uma fila de musgo verde.

— Bom, eu não vou ficar aqui sentada só pra pegar resfriado.

Shuggie tirou o pente mastigado da boca e enxugou a ponta molhada na calça. Deixou uma marca úmida, escura na perna.

— Que tal se eu penteasse o seu cabelo?

A menina não respondeu, e ele sentiu o rubor voltar a seu rosto. Em seguida, ela suspirou e lentamente tirou o elástico peludo do cabelo, e o rabo de cavalo ralo e liso caiu ao redor das orelhas. A tensão de seu rosto se abrandou. As sobrancelhas se abaixaram, e a pele sardenta pareceu menos esticada e transparente. Agora ela parecia mais bondosa e muito mais nova. Shuggie pegou o pente e o passou pelo comprimento do cabelo. O castanho era algo além do castanho. Tinha milhões de tons de vermelhos reluzentes e uma miscelânea de castanhos escuros. O cabelo escorregava por seus dedos feito seda, as mechas leves como gaze.

Ficaram um bom tempo assim, escutando os gemidos desajeitados atrás deles e vendo os ônibus partindo e chegando de Edimburgo. Shuggie passava o pente no cabelo da menina com delicadeza, e em pouco tempo ela fechou os olhos e relaxou, apoiando a cabeça no peito dele.

— A tua mãe é de beber? — perguntou ela de repente.

— De vez em quando. Só um tiquinho — admitiu Shuggie. — Como é que você sabe?

— Você tem muita cara de preocupado. — Ela levantou a mão e achou o ossinho do nariz dele. Ela o friccionou com carinho. — Mas tá tudo bem. A minha bebe e tal. Quer dizer. Bom, de vez em quando. Só um tiquinho.

Shuggie se concentrou no pente que deslizava pelo cabelo. Reparou que cada mecha se separava como água de córrego.

— Eu acho que ela vai morrer de tanto beber.

— Você ficaria triste? — perguntou a menina.

Ele parou de pentear o cabelo.

— Eu ficaria arrasado. Você não?

Ela deu de ombros.

— Sei lá. Eu acho que é isso mesmo o que os alcoólatras querem. — Ela tremeu. — Morrer. Alguns estão só fazendo um caminho mais lento.

Algo se soltou dentro dele, como se a cola antiga que grudasse suas juntas falhasse. De repente, seus braços estavam inesperadamente pesados, como se os músculos entrelaçados que impedissem os ombros de se estenderem se desenredassem de súbito. Ele sentiu as palavras começarem a brotar. Era bom contar coisas a ela. Não tinha ideia de como se sentiria mais leve.

— É difícil não saber o que você vai ver quando chegar em casa à noite.

— É, mas nunca é o prato quente da janta, né?

— Não — admitiu Shuggie. O estômago se embrulhou com a ansiedade renovada. — Você tem muitos tios?

— Tenho, claro. Sabe como é, eu sou católica.

— Não! Estou falando de *tios*, entende?

— Ah, eles... Sim. Eles não ficam muito, aqueles aproveitadores babacas. Sempre acabam batendo nela, e aí meus irmãos sempre acabam batendo neles. — Ela bocejou como se a situação fosse normal demais para valer explicações. — Minha função é revirar o bolso deles para catar dinheiro.

— Sério? — Ele ficou surpreso com o orgulho descarado que ela demonstrou.

— É. Limpar a carteira. Não deixar nem um centavo. — Ela deu de ombros, indiferente. — Eu preciso. Minha mãe gasta dinheiro demais em bebida.

Shuggie catou os fios quebrados do pente velho e os enrolou no dedo, pensativo.

— Será que a minha mãe conhece a sua?

— Duvido.

— Estou falando das reuniões. Se elas se conhecem pelo AA.

— Não. A Moira já deixou essa merda pra trás faz tempo. — Ela balançou a cabeça. — Ela já tentou te mandar para o Al-Anon?

— Não. O que é isso?

— É igual ao AA, só que para as famílias. A Moira falou que é um grupo de apoio. Falou que ia me ajudar a lidar com a doença dela.

— Você foi?

A menina se sentou de costas eretas e pegou o cabelo na mão.

— Uma vez. Mas depois, nem fodendo! Por que é que eu iria se ela mal vai nas reuniões? Hein? — Ela puxou as mangas curtas sobre as mãos arroxeadas. — Bom, você devia ver só os babacas esnobes que estavam lá. Um monte de reclamação de que a mamãe tomou todo o xerez do Natal e dormiu antes da hora de abrir os presentes. — Um sorriso cruel cruzou seus lábios. — Então eu contei da vez em que a minha mãe abriu os presentes todos e tomou a colônia que o meu irmão ia ganhar de Natal misturada com uma garrafa de refrigerante. Você devia ter visto a cara que eles fizeram. — Leanne sorriu feito o diabo e simulou um sotaque refinado de Edimburgo. — Vou querer um pós-barba e uma Coca Diet, por favor.

— Coca Diet?

— É, ela se preocupa com o peso.

Shuggie riu, depois se sentiu mal por ter rido.

— Ela bebeu o perfume de verdade?

— De verdade. Bom, ela tomou o troço inteiro. Quase morreu. Passou dias vomitando. — Leanne esfregou as pernas geladas. — Mas o vômito cheirava bem.

O rosto de Leanne adquiriu um ar triste novamente; a ponta do nariz estava roxa de frio.

— No Natal seguinte, ela ficou mais esperta. A velha Moira Kelly sentiu aquela vontade e levou alguns dos presentes para a Duke Street na Véspera do Natal. Ficou com a neve batendo no joelho e vendeu tudo na beira da estrada, em troca de grana pra bebida. Ela vendeu um toca-fitas por cinco libras e uma TV em cores portátil por vinte.

— Eu lamento.

— O pior é que ainda estou pagando o pedido no catálogo.

As palavras já estavam nos lábios dele antes que sequer se desse conta de que as tinha dito em voz alta.

— A minha mãe tentou se matar ontem à noite.

Leanne se virou para ele.

— Ela tomou um monte de comprimido?

— Não.

— Cortou os pulsos?

— Bom, não. — Ele fez uma pausa. — Pelo menos não dessa vez.

— Enfiou a cabeça no forno?

— Não. Ela já fez isso. Mas acho que o da casa nova é elétrico.

— Ah, isso não segura elas. — Leanne pegou uma mecha de cabelo entre os dedos e inspecionou as pontas esfiapadas. — Minha mãe fez isso uma vez, quando eu estava numa excursão com a escola. Eu tinha me divertido à beça no Zoológico de Edimburgo, olhando os pinguins, mas quando cheguei em casa os meus irmãos estavam todos em volta dela, rindo. Ela parecia ter ficado sentada na praia. Tinha tentado se matar e acabou assando a cara. Metade do cabelo tinha marcas de grelha por causa da grade do forno. — Ela foi violenta ao puxar um fio de cabelo quebrado. — Foi uma loucura. Ela encrespou para sempre metade da cabeça e a outra metade ficou meio ondulada.

Shuggie não conseguiu não rir. A menina deu risadinhas leves e depois, com a mesma rapidez, suspirou com tristeza.

— Bom, então, o que foi que a tua fez?

— Ela tentou se jogar da janela. — Ele abaixou os olhos. — Sem roupa.

— Caramba. — A menina assobiou. — Isso a Moira nunca tentou. É uma puta sorte eu morar no térreo.

Shuggie esfregou o braço; sentiu os hematomas novos da luta da mãe berrarem sob o suéter. É claro que Agnes se dirigira ao parapeito da janela. Era uma nova tática, e o ato o apavorara. Vinha se enervando ao telefone e então sossegara. Quando a achou, ela estava na copa com uma perna para dentro e outra para fora da janela, a boceta nua no peitoril de pedra. Estava nua e aos berros, e ele teve que usar todas as suas forças para arrastá-la para dentro. Ainda havia pedaços de pele da mãe sob suas unhas. Uma sensação de cansaço, de abatimento o dominou.

— Acho que a bebida vai matar ela, e eu sinto que a culpa é minha.

— É. Provavelmente vai matar ela mesmo — disse ela, basicamente como se estivesse apenas discutindo o clima. — Mas é como eu falei, um caminho lento, e não tem nada que você possa fazer pra ajudar ela.

Os barulhos esbaforidos de chupadas atrás deles parou. Leanne se virou para a frente, o cabelo tão brilhante que quase parecia molhado, o semblante mais tranquilo e mais simpático. O ar frio da estrada passou entre eles. Shuggie deixou que uma bolinha de cabelos soltos rolasse aterro abaixo, e de repente sentiu solidão, como se quisesse se sentar nos joelhos de Agnes outra vez, como fazia quando era pequeno.

Leanne se virou e o fitou por cima da curva do ombro. Sob o clarão dos faróis, ele viu como os olhos dela eram lindos, não somente castanhos como dourados e verdes e de um tom cinza triste e monótono. Entendeu que não poderia cumprir a promessa. Havia mentido para Agnes assim como ela havia mentido para ele ao declarar que pararia de beber. Ela jamais conseguiria ficar sóbria, e ele, sentado no frio com uma garota encantadora, compreendeu que jamais se sentiria um menino totalmente normal.

Trinta

A primeira coisa que ele disse a ela ao chegar da escola foi:

— Estou com fome.

Ninguém nunca ligava para como ela se sentia ou se estava com fome. Apenas lhe diziam o que queriam e que tomariam dela. Ela permaneceu sentada na poltrona e acendeu outro cigarro escutando as portas dos armários da copa se abrindo e se fechando.

— Mãe, não tem nada pra comer! — berrou ele da cozinha. A voz estava falha, e embora não fosse grave, tinha o timbre petulante de um homem adulto. Ele nem se deu ao trabalho de entrar e ver se ela estava ali. Sabia que estaria. Agnes deu um gole da caneca e perguntou, sem um alvo específico.

— Por que vocês todos acham que eu vou estar sempre aqui?

Ela o ouvia arrastar a mochila pelo carpete.

— Mã-ãe, eu estou com fome. Mã-ã-ãe, eu estou com fome — choramingava. A essa altura, já era quase uma canção para ele. A porta da sala de estar se abriu e ele se arrastou até lá. Ele estava mudando, ficando mais alto, passando por um estirão. Estava sempre com fome.

Agnes olhou para ele, o cabelo partido de um jeito diferente, as roupas pendendo dos ombros magrelos, e resolveu que não estava gostando da mudança.

— Você não vai me perguntar como é que foi o meu dia? — acusou ela arrastado.

Shuggie a ignorou e arrumou a sala com eficiência, feito uma camareira de hotel. Fechou as cortinas e acendeu as luzes. Ligou o aquecedor elétrico, o que usava quando estava tentando fazê-la pegar no sono.

— Desliga isso aí — vociferou ela. Ele olhou para ela, depois a examinou e deixou o aquecedor ligado. — *Eu estou bem obrigada e você como vai?* — disse com um sarcasmo malicioso.

— Eu já falei pra você que estou com fome e que não tem nada pra comer nesta casa. — Ele se virou para encará-la, e apesar de se empertigar, ele parecia cansado. — O que é que você fazer pra resolver isso?

Parado ali, ele parecia a avó. Ela conseguia ver Lizzie de mão na cintura, balançando a cabeça para demonstrar sua decepção, lamentando que só o inferno fosse emendá-la. Primeiro foi pega desprevenida, depois a irritou.

— Não olha pra mim desse jeito.

Shuggie já não aguentava mais. Sentou-se de frente para ela e esfregou as têmporas como se a cabeça doesse.

— Eu já disse que estou com fome. — Ele a estava fustigando de propósito. — O que é que *você* vai me dar pra comer?

— Ah, vocês são todos iguais, né? Quero isso, quero aquilo! Bom, deixa eu te contar uma coisinha, eu não tenho mais nada pra dar.

— Bebida! Bebida! Bebida! — imitou ele. — Bom, deixa eu te contar uma coisinha, eu estou morrendo de fome.

— Seu descarado imprestável. — Ela rangeu os dentes falsos no rosto esticado. Só os olhos estavam vagos e meio distantes, girando sob as ondas do álcool daquele dia.

Shuggie tornou a se levantar e parou diante do aquecedor.

— Deve ser moleza pra você ficar aqui o dia inteiro, mas eu tenho que sair e me misturar com *essa* gente. — Ele soltou um longo suspiro, como um pneu de bicicleta furado. Os ombros perderam todos os ossos. — A maioria mal sabe falar direito. Eu nem entendo o que os professores estão ensinando.

— Moleza pra mim? — Ela estava perdendo o ritmo. — Eles te servem um prato na escola, não servem? Três pratos quentes, aposto. É mais do que eu como sentada aqui sozinha.

Shuggie pôs a língua entre os dentes e mordeu com força. Só quando acalmou a respiração foi que ele tornou a falar.

— Olha, é só você me dar uma parte do auxílio. Eu saio e arrumo a janta pra gente.

— Você bem que queria, não queria? Bom, não sobrou dinheiro nenhum.

— Como? — A vida voltou a seus ombros. — Pois bem. Talão de segunda, talão de terça. Onde é que a grana dessa semana foi parar?

— *Aff* — disse ela, fazendo um floreio com a mão; parecia um pássaro voando que só tinha cor nas pontinhas das asas. — Foi embora. *Escafedeu-se*. Que nem todos os imbecis horríveis que conheci na vida.

Shuggie se curvou sobre ela e olhou para a lateral secreta da poltrona. Havia apenas seis latas de cerveja barata. Não era o bastante para que gastasse o auxílio todo.

— Foi embora pra onde?

— Ah. Para o bingo. Hoje foi uma bola de neve — declarou ela. — Bom, teve isso e eu também comprei um sanduíche. Perdão.

— Agnes — disse ele. — A gente vai morrer de fome.

Agnes pigarreou. Então deu de ombros.

— É. Bem provável.

Shuggie se sentou no meio do sofá e olhou para as barras quentes do aquecedor. Agnes pegou outra lata e com a unha pintada puxou a argola com um silvo delicioso. A vontade de lutar começou a se esvair dela.

— Escuta, é melhor você comer todos os pratos. Já é uma refeição, acho eu.

— Eles estão roubando os meus vales. Não estou recebendo o almoço gratuito — contou baixinho e olhou para o rosto da mãe: ela havia encolhido a cabeça sobre o pescoço, numa confusão afrontada. — Os garotos do quarto ano. Não gostam do meu jeito de falar. Falaram que sou esnobe demais. Eles pegaram os vales. Estão comendo o almoço que era meu.

Algo clareou nos olhos dela. O fogo entoava sua canção sibilada, as barras espiraladas crepitando com o calor laranja, mas agora ela sentia apenas frio.

— A gente vai morrer de fome — disse ela baixinho.

— Eu sei.

Ficaram bastante tempo sentados diante do calor radiante do aquecedor elétrico, até que Shuggie se levantou. O aquecedor o deixava com sono, e o cheiro de cerveja o deixava enjoado. Precisava sair. Pensou que poderia ir até a rua principal para tentar fazer o que Keir havia lhe ensinado: roubar salgadinhos das bancas de jornal para o jantar. Quatro ou cinco pacotinhos, ele refletiu, e nenhum dos dois sentiria fome.

Agnes ficou olhando o filho se levantar e se arrastar em silêncio até a porta, os pés alisando o carpete com seus passos. Com o estirão que teve, estava quase da altura do irmão. Tinha quase quinze anos e as dores do crescimento o deixavam irritadiço. Para ela, ele parecia um caramelo pálido, esticado demais, prestes a se partir ao meio. Reparou que os dois filhos tinham a mesma corcunda de velho, Alexander e Hugh, os mesmos ombros sobrecarregados. Observando-o, sentiu saudades do outro filho. Tentou disfarçar.

— Ah, então agora você também vai me abandonar?

— O quê?

— Tirou tudo o que dava e agora chega.

— O quê? — Ele não conseguia entender o que ela estava dizendo.

— Você nunca tinha passado fome. Nem uma única vez nesses anos todos.

— Eu sei — mentiu ele. Não serviria de nada brigar com ela agora.

Com dificuldade, Agnes se levantou e se afastou da poltrona. Empurrou o garoto, que pairava sem rumo entre lá e cá.

— Bom, pronto, eu vou ajudar você. — Ela se arrastou até o corredor; seu ombro se apoiou no vão da porta e estalou.

Ele escutou as unhas da mãe apertarem os botões do telefone. Ele ouvia-a reclamar baixinho e então:

— Alô! Sim. Um táxi, por favor. Para Bain. Isso mesmo. Perto do Parade.

Ela voltou à sala com uma expressão vitoriosa.

— Bom, eu nunca imaginei que você fosse me abandonar.

— Para com isso — implorou ele, as mãos abertas, esticadas na direção dela. Nada dentro dela queria machucá-la. — *Não estou indo embora.*

Ela escorregou na poltrona onde bebia.

— Está, sim. Todo mundo vai embora. Todo mundo.

— Pra onde eu iria? Não tenho pra onde ir.

Agnes havia começado a se voltar para dentro. Havia começado a falar sozinha.

— Eu só criei um bando de porcos ingratos. Eu vi você olhando para a porta, olhando para o relógio. Bom, o diabo que te carregue.

Da rua, a buzina de um táxi pulsou três vezes. O zumbido do motor a diesel ecoou no cânion de prédios.

— Vai! — cuspiu ela. — Vai! Vai para a casa da porra do seu irmão. Vai ver se ele não alimenta você. Não dou a mínima.

— Não, eu não quero ir. Meu propósito é ficar aqui com você. Só eu e você. Como a gente se prometeu. — Seu lábio começou a tremer. Ele cruzou a sala e tentou abraçá-la, tentou entrelaçar os dedos na nuca da mãe.

Soando impaciente, o taxista buzinou outra vez. Ela segurou os braços dele e enfiou as unhas na pele macia de seus punhos.

— Você e as suas promessas de merda. Nunca conheci um homem que cumprisse promessas. Vocês ficam sentados e se empanturram até não aguentar mais, e depois ficam rindo, *Agnes Bain*. Rá-rá, porra!

— Não! — Ele lutou para segurar o cabelo, o suéter, o pescoço dela. Qualquer coisa.

— Escuta! — argumentou ela ao se desvencilhar. Por um instante, a bruma de seus olhos se desfez, e a mãe pareceu estar ali dentro de fato. — Não me pede pra chamar um táxi e fica aí parado, fazendo eu parecer uma mentirosa. Pega sua mala. Cai fora!

O telefone tocou. Ela o empurrou e uma chuva de contas caiu da gola do suéter de Agnes. O telefone continuou tocando. A campainha martelava seu crânio. Shuggie atendeu entorpecido, e um homem rude perguntou:

— Táxi para Bain, colega?

— Ahã. — Ele enxugou o rosto na manga.

— Bom, seu motorista está na frente do prédio. Ele não tem o dia inteiro.

Shuggie pôs o fone no gancho e ficou imóvel no corredor, esperando que ela falasse alguma coisa, qualquer coisa. Agnes poderia ter dito qualquer coisa naquele momento, e ele aceitaria e a perdoaria. Teria se sentado ao lado dela e passado os braços em torno de suas pernas. Poderia passar fome, contanto que passassem fome juntos.

Não. Agnes não olhava para ele. Não disse nem uma palavra sequer. Portanto, Shuggie pegou a mochila escolar e saiu porta fora, desceu a escada tortuosa e saiu pela entrada ladrilhada do prédio. O motorista dobrou o jornal quando o garoto entrou no táxi preto.

Agnes foi à sacada e olhou para baixo, para a rua estreita. Viu seu filhinho sair do prédio e olhar para o céu à procura dela. Ela assentiu presunçosamente, indicando que ela tinha razão, que sempre soubera que ele a abandonaria, como todos faziam. Ela o viu entrando no táxi, e naquele instante compreendeu que o havia perdido.

O taxista perguntou a Shuggie para onde iria. O garoto ficou ali sentado e teve que passar um bom tempo refletindo, sem saber direito aonde ir, protelando em busca de algum sinal de esperança. Seus olhos pestanejavam com nervosismo para a entrada do prédio. Ele enxugou os olhos na manga do suéter escolar, torcendo sempre que afastava a mão que ela estivesse ali.

O motorista o observava pelo espelho e se virou com um olhar preocupado.

— Você está legal, rapazinho? — indagou com a paciência por um fio.

Ninguém apareceu na entrada.

— Para o South Side, por favor.

O táxi conduziu o menino pelo centro movimentado de Glasgow, em uma linha sinuosa do East End ao South Side. Passaram pela estação de trem vitoriana, e ele viu garotos da sua idade que pareciam perdidos vestidos com casacos em formato de bolhas e jeans justos, perambulando pelos fliperamas e brinquedos que se concentravam nas redondezas. O táxi atravessou uma das ruas cheias de edifícios comerciais, e as pessoas saíam do trabalho e formavam filas nos pontos de ônibus das esquinas. As luzes se acendiam nas lojas de produtos baratos e ele ficou observando as mulheres com sacolas de compras cheias de presentes de Natal. Várias vezes pigarreou para pedir ao taxista que desse meia-volta, mas nunca pediu. Passaram voando pelo rio Clyde, cinza e largo, com seus guindastes largados e pátios onde navios eram construídos.

— Qual é o endereço exato, colega? — perguntou o homem.

Shuggie não sabia o endereço exato. Sabia que ficava na Kilmarnock Road, e tinha quase certeza de que ficava em cima de um banco, e foi isso o que disse ao sujeito. O taxista suspirou e abaixou a cabeça, desacelerando o carro na avenida principal congestionada, procurando um banco com letreiro azul em alguma esquina.

Ali os prédios vitorianos ainda tinham certo esplendor. Eram feitos de arenito vermelho caro, e não da pedra amarela porosa do East End que sugava toda a poeira e a umidade preta da cidade e a retinha por décadas a fio. A avenida era animada pela energia transitória de estudantes, imigrantes e jovens profissionais. O táxi passou por bares de vinhos e delicatessens. Havia livrarias pequenas, pubs com mesas na calçada e lojas que vendiam as roupas mais novas do sul. Shuggie observava uma jovem com flores na cesta da bicicleta e quase não percebeu o banco. Estava ali, à esquerda, velho e frio, com um enorme letreiro azul, exatamente como ele se lembrava.

O taxista fez uma pirueta graciosa.

— Doze libras — anunciou, apertando o botão do taxímetro.

Shuggie sentiu o pânico surgir.

— Espera um minuto, por favor — disse ele, pegando na maçaneta da porta.

— Não, colega. — O velho motorista trancou a porta de longe. — Doze libras, por favor.

Shuggie testou a maçaneta trancada; ela não cedia.

— Por favor. Meu irmão vai pagar, e ele mora nesse prédio aí.

— Meu filho, você acha que nasci ontem? Se eu abrir a porta, você vai sair por essa rua feito um irlandês imundo segurando uma batata quente.

Shuggie se recostou no banco.

— Senhor, eu não tenho dinheiro nenhum.

O motorista mal fechou a cara diante do que já imaginava.

— Então a gente vai para a delegacia. — Ele soltou o freio de mão, e Shuggie sentiu o carro estremecer e seguir em frente. As rodas da frente ganharam o tráfego do fim de tarde.

— Senhor! — gritou Shuggie, em pânico. — Hmm. Eu deixo você tocar no meu pinto.

O motorista olhou para o menino pelo espelho. Os olhos eram fundos e pequenos no rosto corado. Eram difíceis de se ler. Os lábios mal se mexiam debaixo do bigode.

— Filho, quantos anos você tem?

— Catorze.

O homem não tirou os olhos do rosto do garoto. A cabeça parecia se encaixar sobre o pescoço grosso, e o bigode dançava, infeliz. Shuggie tentou sorrir, mas os lábios estavam secos e não desgrudavam dos dentes.

— Estou falando sério. Mesmo. Você pode tocar no meu pinto ou mexer na minha bunda — disse com sinceridade. — Se quiser.

Sem aviso prévio, as luzes vermelhas acima das trancas se apagaram. Havia pena nos olhos do motorista, mas Shuggie estava com medo demais para permitir que isso lhe arrancasse o orgulho.

— Filho, eu só aceito dinheiro.

Shuggie testou a porta e quase caiu na rua. Mulheres cansadas com sacolas cheias de compras ziguezagueavam apressadas na calçada larga. Destrambelhado por conta dos nervos, Shuggie atravessou aos tropeços as filas de clientes inquietos e parou sob o santuário da entrada do prédio. Achou o nome Bain no enorme painel do interfone. Apertou o botão e esperou, mas ninguém atendeu. As pernas começaram a se contrair em um pânico agitado, ameaçando correr. Ele apertou o botão outra vez e olhou para os dois lados da rua em busca de uma aglomeração ou um portão aberto onde pudesse desaparecer. Atrás dele, o motorista suspirou.

— Tudo bem, filho, entra aqui no táxi.

Nesse exato instante uma voz crepitou no interfone.

— *Alou?*

Quando Leek desceu, ainda estava com o uniforme de trabalho. A camada grossa de argamassa branca o deixava parecendo um fantasma de padeiro. Ele foi até o táxi e pagou as doze libras ao motorista. Shuggie o viu contar seus últimos trocados, moedas de dez e de cinco centavos. Quando acabou, ele virou o rosto branco para o irmão caçula. Seus ombros relaxaram.

— Jesus! Com você ela começou cedo.

Leek conduziu o irmão escada acima. Chegaram à porta do apartamento e entraram em um corredor sem janelas. Cinco ou seis portas se abriam para aquele corredor; atrás de cada uma delas havia um quartinho com uma cama de solteiro. Leek enfiou a chave na fechadura frágil e abriu a porta.

Shuggie já tinha estado ali um vez, uma época em que Leek inesperadamente o procurara. Agnes andava bebendo, e um operário de siderúrgica do prédio ao lado andava contente em encher sua caneca. Na hora do almoço, já haviam lhe provocado a impressão de que estava no caminho, e em algum canto bem lá no fundo, Shuggie havia perdido a força para cuidar dela.

Portanto, fora procurar Keir perto do Parade, sob a chuva torrencial, entrando e saindo de baixo das bancas de jornais e marquises dos pubs. Algo gelado desceu pela sua nuca, e ele se virou e viu o irmão o observando na entrada do prédio, que estava seca, apenas observando. Shuggie não sabia quanto tempo fazia que o irmão estava ali. Fazia quase dezoito meses que não se viam. Shuggie levantou o braço em um aceno tímido e atravessou a rua com cuidado. Estava assustado, pois sabia que Leek não gostava de ser encostado contra a parede, e tinha medo de que o irmão usasse suas pernas compridas para correr. Mas Leek não correu. Apenas assentiu e deu um soquinho no ombro de Shuggie.

Naquele sábado chuvoso, Leek o levara para o outro lado da cidade para que tivesse algumas horas de paz e sossego. Ele o saciara com uma cumbuca de cereal açucarado, e depois se sentaram no sofá para assistir juntos a *Dr. Who*. Shuggie fingira ter adormecido e escorregado lentamente sobre a lateral estreita do corpo de Leek. O irmão não o afastara, e Shuggie não conseguira lhe dizer como havia sentido saudades.

Leek nunca disse mais. Nunca mencionou quantas vezes tinha ido cuidar de Shuggie. Shuggie nunca soube se aquela tinha sido a primeira vez ou a centésima. Simplesmente estava feliz que estivesse ali.

Portanto, Shuggie já tinha visto aquele cômodo uma vez. O cômodo em si era amplo e imponente, e o ambiente que antes era uma bela sala de estar agora estava tomado de móveis emprestados. O teto era mais alto do que a sala era ampla, e na parte da frente tinha sacadas largas que deixavam entrar a luz do fim de tarde e o barulho do tráfego na avenida. Shuggie olhou ao redor; havia alguma coisa diferente desta vez, mas não sabia dizer o quê.

Leek se acomodou de novo na frente da televisão ruidosa e deu colheradas no macarrão quente. Leek viu que ele o encarava.

— A chaleira acabou de ferver.

Shuggie rompeu o lacre que cobria o macarrão e despejou a água galopante da chaleira fervida. Sabia que precisava deixar cozinhar por cinco minutos, mas o pote queimou sua mão, e o cheiro de macarrão barato atiçava a fome de sua barriga. Seus lábios deviam estar úmidos de fome, e quando ergueu os olhos, Leek lhe esticava seu único garfo. Ele tirou as roupas da beirada da cama estreita.

— Senta aí, você está me dando nos nervos.

Shuggie se sentou onde o irmão havia mandado, e os dois se apertaram em silêncio diante da televisão em cores. O menino tentou não comer rápido demais, tentou não agir feito um porco, ser um bom hóspede, como ela sempre lhe ensinara a ser.

— Muito obrigado pelo jantar — disse ele, como se fosse um belo assado de domingo.

Passado um tempo, Leek perguntou:

— Então, como é que foi que ela deu o fora no menino de ouro, hein?

— Sei lá — respondeu Shuggie.

— Quanto tempo faz que ela está bebendo desta vez?

Shuggie balançou a cabeça.

— Parei de contar. Ela ficou um tempinho sem beber perto do Halloween, mas não sei por quê, mas não durou muito.

Leek soltou um suspiro decepcionado, como que para dizer que não precisava saber de mais nada.

— Eu achava que você já estava mais esperto. Ela nunca vai parar de beber.

Shuggie olhava fixo para o caldo pantanoso.

— Quem sabe. Eu só preciso me esforçar mais para ajudar ela. Ser bom com ela. Me comportar. Eu posso fazer com que ela melhore. — Em seguida, acrescentou: — Bom, você podia dar uma ajuda.

Leek esfregou um bolsão de vento preso em seu peito.

— Ah! Entendi. Você foi expulso porque é um chato que não para de reclamar.

Shuggie ignorou o escárnio. Olhou ao redor, para todas as coisas que Leek tinha juntado para construir uma casinha: uma xícara, uma cumbuca, um único conjunto de toalhas. Eram objetos achados, remendados, uma luminária a querosene na mesinha de cabeceira, uma cadeira de cozinha usada como mancebo. O ambiente era incoerente e desarrumado, como o quarto vazio de uma casa velha em que as pessoas enfiam as coisas que já não querem mais. Porém, no meio dos móveis surrados e apertados, havia brinquedos eletrônicos caros: um telescópio, uma câmera japonesa em um tripé, um Lamborghini com controle remoto. Parecia a toca de um menino, o refúgio de alguém que gastava dinheiro em todas as coisas erradas. Então Shuggie se deu conta do que estava diferente desta vez: estava organizado. Estava arrumado porque Leek andara empacotando sua vida inteira em uma série de caixas pardas. Estavam no cantinho, agourentas. Ele ia se mudar.

Enquanto Leek assistia à televisão, Shuggie se sentia mais sozinho do que nunca. Passou os olhos pelo quarto alugado e viu o que era. Já não era mais sombrio. Estava maravilhoso. Não era um buraco onde se esconder dela, ou um covil secreto. Era o último bote. Leek estava de partida.

Ele analisou a lateral do rosto de Leek. O irmão mais velho ainda tinha a corcunda, os ombros nodosos, a boca contraída, porém os olhos agora pareciam ser verdes e não cinza, e o cabelo estava puxado para trás, demonstrando autoconfiança. Shuggie o contemplou assistindo à televisão e invejou a nova paz que havia naqueles olhos distantes.

— O que é que você acha que vai acontecer com ela?

— Ela vai ficar sóbria. Vai implorar pra você voltar. Depois vai fazer tudo de novo — afirmou Leek, sem rodeios. — Mas agora ela já tomou gosto por te expulsar.

— Estou falando a longo prazo.

— Ah. A bebida vai acabar botando ela na rua — disse Leek, bem depressa e em tom casual demais.

— Na rua? Claro que não! Ela nem sai de casa sem pintar os arranhões dos sapatos.

— Shuggie, ela está ficando velha demais pra isso. É só uma questão de tempo pra situação apertar pra ela. — Ele cutucou o nariz. — O que ela vai fazer quando você for embora? O que ela vai fazer quando os caras não quiserem mais ela?

— Então eu não vou embora — declarou Shuggie com convicção.

Leek abafou o riso.

— Quer dizer que você vai virar um daqueles patetas de meia-idade que continuam morando com a mãe? Ainda deixam a mamãe comprar as roupas dele e vão se arrastando até os correios com um carrinho de feira? — Ele enrolou o muco e com um peteleco o jogou no canto. — Além do mais, se fosse pra ela melhorar, a essa altura ela já teria melhorado. — Leek coçou o queixo, mas os olhos voltaram para a televisão pequena. — A bebida vai botar ela na rua. Você vai cair na real. Mais cedo ou mais tarde.

Agora Shuggie tinha certeza de que eles vinham brincando de batata quente e ninguém tinha lhe contado. Não sabia que iria fazer essa pergunta, mas assim que a fez, entendeu que fazia muito tempo que tinha vontade de fazê-la:

— Por que você nunca voltou pra me buscar?

Leek tirou os olhos da televisão e se deparou com o olhar fixo de Shuggie. Encaixou a mão na nuca do irmão.

— Isso não é justo, Shuggie. Como é que eu ia te criar? O que eu tenho? Além do mais, você continua mentindo pra você mesmo. Olha só pra você! Só você pode se ajudar, Shuggie. Pensa nisso. Pensa em quanto tempo eu levei, e nesse tempo todo a Caff nunca voltou pra me buscar.

Uma campainha alta tocou no corredor acarpetado.

— Shuggie. Você. *Não é possível que você tenha feito isso.* — ele encarava o irmão com os olhos arregalados de medo. A campainha estridente disparou de novo, mais insistente e mais raivosa. Leek correu até o corredor e Shuggie o ouviu berrar no fone, lutando para ser ouvido apesar do barulho da rua movimentada.

— *Não era a minha intenção.* — Shuggie estava falando sozinho, desculpando-se sem se dirigir a ninguém. — Eu só falei pra ela que estava na Kilmarnock Road. — Ele só estava piorando a situação. — Ah. Pode ser que eu tenha dito que era em cima do banco.

— Seu dedo-duro imbecil. — Leek levantou um pote de geleia cheio de moedas e despejou o conteúdo na cama. Um cheiro sujo de metal tomou o ambiente. Com dedos ligeiros, ele revirou as moedas e somou cerca de dez libras. Enfiou as moedas no macacão empoeirado e tilintando ele atravessou a porta e desceu até a entrada do prédio. Shuggie o ouvia retinir ao longe.

Quando Leek retornou, estava de rosto confuso e bravo, vermelho por conta da escada e fechado devido à afronta. Shuggie sentiu os fios de macarrão em sua barriga se transformarem em vermes. Leek estava na porta com um saco plástico nas mãos. O saco estava cheio de latas de creme de milho Bird's. Leek tirou a franja úmida do rosto. A testa estava rosada e já livre do pó.

— Este creme de milho — disse ele, tomando fôlego — acabou de gastar o restinho do meu salário fazendo uma excursão por Glasgow.

Uma bolha de riso enjoado, nervoso, irrompeu dentro de Shuggie. Ele tentou cobrir a boca com a manga, mas o som escapou mesmo assim.

— Não tem graça nenhuma, porra — vociferou Leek, mas ele estava sorrindo, depois rindo. — Você sempre traz más notícias, Shuggie. Sempre foi assim. — O volume de uma televisão sintonizada no noticiário da noite foi aumentado no quarto ao lado; Leek fez a saudação com dois dedos para a parede vizinha e fechou a porta fina. — Parece que a mamãe ligou pra empresa de táxi e falou que era para alguém ir buscar ela. Quando ela desceu, ela enfiou esse saco de creme de milho no banco de trás e disse para o motorista que era pra trazer para cá. Ele falou para ela "de jeito nenhum", mas ela falou que o filho ia pagar a corrida no endereço de entrega. Que eu ia até dar uma gorjeta de duas libras para o taxista! — Leek tinha parado de rir. Ele desabou contra as caixas da mudança. — Acho que eu não tenho grana nem pra pegar o ônibus pra ir trabalhar.

— Mas por que ela mandou o creme? — indagou Shuggie. Ele ficou pensando que coisa terrível teria feito para arrumar o dinheiro da comida.

Leek tinha começado a descalçar os sapatos que usava no trabalho quando a campainha berrou de novo. Os dois se olharam, incrédulos. Leek foi até o interfone do corredor. Voltou com uma expressão arrasada e preocupada; o sorriso havia desaparecido. Do bolso, ele tirou um canivete e, de joelhos, abriu a tranca do relógio de gás até um punhado de moedas prateadas reluzentes caírem. Sem falar nada, juntou todas elas e desceu a escada.

Dessa vez, Leek demorou muito tempo para voltar. Shuggie fincou raiz no chão. Sussurrava para si mesmo, sem parar:

— Eu não devia ter deixado você, me desculpa, eu não devia ter deixado você, me desculpa.

A porta se abriu e Leek saiu da escuridão rumo ao quartinho. Debaixo da brancura do pó havia um rosto ainda mais pálido. Leek embalava alguma coisa nos braços, e ao falar usou a voz acanhada que usava antes. Já não estava mais sorrindo, definitivamente.

— Shuggie — murmurou ele. — O taxista está esperando lá embaixo. Eu dei um punhado de moedas pra ele, e ele disse que levaria você de volta pra casa. Ele precisa ir praqueles lados mesmo. Junta suas coisas e vai pra casa.

Shuggie assentiu devagar, obediente. Ele *tinha* ficado com a batata quente. Jamais ficaria livre.

— O que é que tem no saco?

Leek olhou para o saco plástico branco que carregava nos braços e desfez o nó das alças. Shuggie viu seus ombros se encolherem atrás das orelhas. Fosse o que fosse, havia transformado a raiva de Leek em preocupação; tinha quase o assustado. Leek enfiou a mão e lentamente tirou o plástico cor de bronze com ponta espiralada.

— Acho que não é um bom sinal.

Era o telefone da casa da mãe.

Era o fim de qualquer contato, um sinal de que ela se feriria e desta vez não ligaria para pedir socorro — nem para o contramestre de Leek nem para Shug nem para Shuggie. O creme enlatado não era um vão-se-fuder para os filhos ingratos. Estava garantindo que o filho tivesse o que comer, e agora estava dizendo adeus.

Trinta e um

Era março e ela estava fazendo aniversário. Shuggie roubou dois punhados de narcisos murchos da loja do paquistanês. Desde a tarde que havia passado na casa de Leek, ele havia escondido os talões dos auxílios e fazia questão de que tivessem comida suficiente antes que ela comprasse as bebidas da semana.

Desde o Natal, ele havia guardado um pouco do dinheiro do relógio longe das vistas da mãe, para lhe dar algumas libras para jogar no bingo no dia dela. Ela pegara o envelope meio cheio de moedas e o apertado contra o peito como se fossem as joias das coroa. Ficara muito feliz.

Quando a polícia a levou para casa na manhã seguinte, o ar do apartamento já estava denso e repugnante por causa do pólen dos narcisos em decomposição. Haviam-na achado vagando à margem do rio Clyde. Tinha perdido os sapatos e o casaco roxo bom. Não tinha nem chegado ao bingo.

Agnes não conseguia olhar para Shuggie de tanta vergonha, e ele se recusava a olhar para ela por conta da profunda noção da própria burrice. O arrepio por passar uma noite de março ao ar livre fazia seus pulmões úmidos chiarem de dor, portanto Shuggie encheu a banheira e espalhou uma quantidade generosa de sal de cozinha na água. Ele passou e deixou roupas limpas à mostra. Preparou um chá com leite, que deixou em frente à porta do banheiro, e foi embora sem que nenhum dos dois dissesse nem uma palavra sequer.

Vestido para ir à escola, ele correu pela avenida principal com as outras crianças e ficou surpreso ao ouvir duas moedas de cinquenta centavos tiradas do relógio de gás tilintando no bolso do casaco. Ele gelou. Virou-as na mão. Subiu no primeiro ônibus que tomava um rumo qualquer e perguntou ao motorista aonde aquele dinheiro o levaria.

A vista do décimo sexto andar da torre de Sighthill lhe deu a sensação de que era minúsculo. A cidade estava viva lá embaixo, e ele nunca tinha visto nem metade dela. Shuggie passou as pernas sobre o muro de cimento da lavanderia e ficou olhando aquela área infinita. Passou horas vendo os ônibus laranja serpentearem pelo arenito cinza. Olhava as nuvens chumbadas obscurecerem os pináculos góticos da enfermaria, enquanto em outro lugar, os raios de sol obstinados davam vida ao vidro e ao aço da universidade.

Os braços e pernas pesavam, pendendo sobre a cidade, mas ele achou o envelope no bolso do casaco e o pegou para refletir sobre ele pela centésima vez. Não tinha o endereço do remetente, só um carimbo postal que dizia Barrow-in-Furness. Não sabia onde ficava Barrow-in-Furness, mas não parecia ser na Escócia.

Era um cartão de Natal que havia chegado com dois meses de atraso. Leek tinha achado um emprego em outro lugar. Estavam construindo casas novas, e precisavam de homens jovens capazes de executar qualquer trabalho: colocação de azulejos, emplastramento, instalação de telhados. Dizia que o pagamento era razoável, e que não sabia quando voltaria. Não tinha escola de belas-artes, quem sabe no ano seguinte, ele declarava, ou no outro. Mas havia uma menina legal, e ela trabalhava no salão de chá, e gostavam de dar caminhadas juntos em um lugar que chamava de charco. Dentro do cartão ele tinha grudado uma nota de vinte libras, uma cédula nova, dura, que nunca tinha sido dobrada. Fazia muito tempo que Shuggie vinha pensando naquele dinheiro. Ele se permitiu um breve devaneio em que Leek o esperava em uma estação de ônibus longínqua. Depois o gastou em carne fresca e surpreendeu Agnes com uma tigela cheia de batatas cozidas.

Havia algo mais dentro do cartão de Natal: uma folha de um caderno escolar pautado tomado por um desenho a lápis de um menino pequeno. Estava sentado de pernas cruzadas aos pés de uma cama desarrumada, de costas para o artista, portanto se via a base de sua coluna nua no ponto onde a camiseta e a calça do pijama não se encontravam. Aquilo que prendia a atenção do menino estava aninhado discretamente na curva torta de seu corpo. O garoto estava compenetrado, o rosto à sombra, e parecia brincar com cavalinhos de brinquedo que poderiam muito bem ser brinquedos de madeira, militares ou de Troia. Shuggie sabia o que eram na verdade, que eram brinquedos aromatizados, claros e alegres e feitos para meninas. Eram os pôneis bonitos, e Leek sabia. Leek sempre soubera.

O vento frio que vinha do Norte rugiu na lavanderia de concreto e beliscou o nariz de Shuggie, deixando-o vermelho. Quando já não aguentava mais sofrer, pôs o cartão dentro do casaco e voltou para casa.

Todas as luzes estavam acesas quando ele chegou. Os narcisos roubados ainda esmoreciam em todas as superfícies, e ele sentia o cheiro de levedura e da podridão de seu confinamento. Shuggie ouviu o bipe da operadora de telefone ao pôr o telefone abandonado de volta no gancho. Ela andara agitada: a caneta vermelha estava em cima do caderninho de telefones e havia rabiscos novos nos nomes antigos.

Agnes dormia na poltrona. Parecia uma vela derretida, as pernas inertes e a cabeça tombada para o lado. Shuggie deu a volta nela e sacudiu as latas escondidas de Tennent's para ver quanto ela tinha bebido.

Levantou a garrafa de vodca contra a luz e mediu os resquícios. Havia acabado com quase tudo.

No silêncio, ouvia-a tossir em meio ao torpor, depois ela cochilou, e um filete de bile grossa surgiu em seus lábios. Shuggie enfiou a mão na manga do suéter da mãe e pegou um chumaço de papel higiênico, tomando cuidado para não acordá-la. Com a mão já experiente, enfiou o dedo na boca e tirou o fluido dos brônquios e a bile. Limpou a boca e abaixou a cabeça da mãe sobre o ombro esquerdo.

Havia um vazio em sua barriga. Era abaixo do estômago; era mais intenso que a fome. Ele se sentou aos pés dela e começou a falar baixinho.

— Eu te amo, mamãe. Desculpa por não ter tido como ajudar você ontem à noite.

Shuggie levantou os pés dela com delicadeza, primeiro desafivelando o gancho do tornozelo e tirando os saltos altos e depois puxando a costura rígida da meia-calça dos dedos dos pés; Ele esfregou a sola dos pés frios com carinho, e lentamente colocou os pés dela no chão. Falava baixinho enquanto fazia esses gestos.

— Eu fui a Sighthill hoje — sussurrou ele. — Fiquei olhando a cidade inteira.

Ele deixou os saltos ao lado da poltrona e se levantou de novo. Com destreza, procurou sob a curva flácida de seus seios até achar o meio do peito, e através do suéter fino ele abriu o fecho de borboleta do sutiã. Viu quando os seios pesados se libertaram.

— Você ia amar viver lá. Era tanta coisa pra se ver — murmurou. — Fiquei zonzo só de pensar.

Com os dedos curvados, ele achou as duas alças do sutiã. Ele as afastou dos ombros e livrou a pele sobrecarregada da pressão do náilon. Agnes se agitou mas não despertou. Tossiu outra vez, uma tossida forte e úmida que era das casas dos mineiros e do mofo, da cerveja quente e agora da noite fria à beira do rio. Shuggie massageou o esterno da mãe e ficou se perguntando se as celas da delegacia seriam muito frias. A cabeça dela tombou para trás, para as costas da poltrona, e rapidamente, por instinto, ele pôs os dedos nas têmporas e delicadamente a fez tombar de novo para a frente.

— Eu vou largar a escola assim que der. Discutir não serve pra nada. Eu preciso arranjar um emprego e tirar a gente daqui — declarou. — Estava pensando em talvez levar você a Edimburgo um dia. A gente poderia visitar Fife e até Aberdeen. Eu podia economizar dinheiro suficiente para um trailer, quem sabe. Você acha que talvez assim você melhorasse? — Shuggie sorriu para o rosto inconsciente dela. — O que você acha?

Ele ficou ouvindo a respiração dela por um tempo e depois esticou o braço e abriu o zíper da saia. Escorregou sem problemas, e a barriga macia se inflou com gratidão, quase como uma massa de pão escapando da fôrma.

— Não? Imagino que não — sussurrou ele.

Shuggie enfiou a mão na boca que roncava, e com um barulho de sucção úmida, ele tirou todas as dentaduras. Enrolou-as em papel higiênico e as colocou no braço da poltrona. Com seus dedos macios, massageou a cabeça e criou ondas em todo o cabelo preto. Massageou o couro cabeludo exatamente como ela gostava. A raiz estava obscenamente grisalha.

Agnes voltou a tossir, uma cócega seca na garganta que ressoava na barriga e se tornou ao mesmo tempo forte e densa. A bile estava de novo nos lábios. Shuggie parou de passar os dedos no cabelo e pegou o papel higiênico, mas algo o fez estancar. Ficou olhando-a tossir.

— Acho que o Leek tinha razão.

Ela gorgolejou outra vez, e a cabeça tombou para trás até se apoiar nas costas macias da poltrona. Agnes adormeceu e ele viu a bile formar bolhas sobre as gengivas à mostra e os lábios pintados. Shuggie ficou ali parado, escutando a respiração dela. Primeiro ficou mais penosa, carregada e entupida. As sobrancelhas franziram um pouco, como se tivesse ouvido alguma notícia desagradável. Em seguida, seu corpo se sacudiu, não com força, mas como se estivesse no banco de trás de um táxi e estivessem sacolejando na pista esburacada de Pithead outra vez. Ele quase fez alguma coisa, quase usou os dedos para ajudá-la, mas então o fôlego saiu com um chiado; simplesmente esvaeceu, como se estivesse indo embora, abandonando-a. O semblante dela mudou, a preocupação se dissipou, e enfim ela parecia estar em paz, levada embora com suavidade, imersa na bebida.

Já era tarde demais para fazer alguma coisa.

Ela ainda se sacudia com força, mas não acordava.

Ele a sacudiu outra vez, e então chorou sobre a mãe por muito tempo, muito depois de Agnes ter parado de respirar. Não serviu para nada.

Já era tarde.

Shuggie arrumou o cabelo dela da melhor forma possível. Tentou disfarçar a brancura descarada da raiz, penteá-lo do jeito que ela gostava. Desembrulhou as dentaduras e as colocou de volta na boca com carinho. Depois, pegando o papel higiênico, ele enxugou o vômito do queixo e passou um batom nos lábios, tomando o cuidado de empurrar a tinta até os cantos e não borrar os contornos. Ele se levantou e secou os olhos. Ela parecia estar apenas dormindo. Então se curvou e a beijou uma última vez.

1992
SOUTH SIDE

Trinta e dois

Não havia poeira de verdade para limpar, mas Shuggie passou a manhã limpando os enfeites de porcelana de Agnes. Na mudança para o quartinho da sra. Bakhsh, o cervo pequenino tivera a orelha lascada e a bela menina que vendia maçãs rosadas havia perdido um braço inteiro, ainda segurando suas maçãs. Fazia semanas que se sentia péssimo só de olhar para eles. Agora tomava de fato o cuidado de limpá-los com delicadeza e botá-los de volta no lugar exato.

Naquele manhã ele pegara o cervo de patas longas e o revirara nas mãos cautelosamente. Já esperava a lasca na orelha esquerda do cervo, mas ao olhar melhor ele viu que a tinta estava desbotando nos olhos de cílios compridos e as marcas brancas estavam saindo do flanco. Sentiu raiva. Sempre fora tão cuidadoso. Sempre tentara fazer o possível.

Shuggie espremeu o enfeite até os nós dos dedos ficarem brancos. O cervo continuava com o mesmo sorriso sereno. Apertou a graciosa pata da frente, primeiro de leve, depois com mais e mais força, até a porcelana ceder. Fez um rangido horrível, um ruído de *corte* ao se quebrar. Ele ficou um bom tempo sem respirar. Sob o verniz da porcelana reluzente, a cerâmica era áspera e virava pó. Passou o dedo pela ponta quebrada. Então, sem pensar, ele puxou sem parar até arrancar todas as patas do enfeite. Quando já estava despedaçado na mão, percebeu que não aguentava mais olhar para ele. Jogou o cervo quebrado no espaço entre a cabeceira da cama e a parede. Pegou o casaco depressa e a mochila com o peixe enlatado que havia trazido da loja, e depois de trancar a porta do quartinho, saiu na chuva revigorante.

Shuggie seguiu atordoado até a rua principal. Apesar da chuva, os homens paquistaneses ainda estavam ocupados botando caixas de legumes marrons na parte da frente das lojas. A música estridente vinha da locadora de vídeos de Bollywood: as vitrines estavam repletas de pôsteres coloridos de homens morenos em abraços arrebatados com mulheres com olhos de corça. Parou um instante para examiná-los, depois seguiu em frente, passando despercebido.

Embarcou em um ônibus laranja, e com um golpe ruidoso o motorista emitiu um bilhete branco comprido, metade do preço para crianças. Ele subiu a escada e se sentou em um dos últimos bancos secos no andar de cima. O ônibus se arrastava em meio ao tráfego lento, mas Shuggie não se importava. Fez um buraquinho enxugando a condensação e ficou olhando a cidade desaparecer. O ônibus estremeceu e virou rumo ao conjunto habitacional abandonado à direita. As empenas dos prédios meio demolidos estavam expostos debaixo da chuva. Salas de estar pintadas com cores vivas e corredores revestidos de papéis de parede estavam nus e pareciam se envergonhar sobre as pilhas de escombros. Em um pátio de fundos ainda havia um varal altivamente pendurado entre dois postes improvisados. Em outro, crianças felizes chutavam uma bola com blocos inteiros destruídos ao redor.

O ônibus roncou ao passar pelo Clyde. O rio refletia o casco cinza do guindaste Finnieston, que pairava sobre a água, solitário e inerte. Shuggie tornou a enxugar a janela úmida e pensou em Catherine. Sua mente sempre voltava a ela quando via guindastes enferrujados. Não tinha ido para casa para comparecer ao funeral de Agnes. Tinha dito a

Leek, que disse a Shuggie, que preferia lembrar da mãe dos bons tempos. Não lhe faria bem nenhum ver como o álcool a havia destruído. Agora, olhando para os guindastes, Shuggie se deu conta de que já não conseguia mais imaginar o rosto de Catherine claramente. Ele se perguntou exatamente o que Catherine ainda enxergava quando pensava na mãe deles. Talvez enxergasse somente coisas encantadoras.

Tinham cremado Agnes em uma manhã fria e clara.

Shuggie ficara sentado ao lado do corpo durante praticamente dois dias inteiros. À noite, ele a cobria com um lençol, e na manhã seguinte o tirava. Acendera o fogo quando ela ficara fria, mas foi em vão, a pele não conseguia reter o calor. Ele ligou para Leek na pensão do sul para avisar que a mãe deles havia morrido. Leek passara um bom tempo esperando que ele parasse de chorar, e quando disse a Shuggie o que fazer, passo a passo, e depois, com muita paciência, repetiu tudo devagar, enquanto Shuggie anotava tudo no caderninho de telefones de Agnes. Foi bom da parte dele, Shuggie ponderou mais tarde, não sair do sério.

Leek foi para o norte em um ônibus noturno. Viajara muitos quilômetros e parara a três metros do corpo de Agnes. Nunca parecia ser capaz de chegar mais perto. Deixou que Shuggie mexesse na mãe, e mais tarde ficara apenas vendo o irmão se curvar sobre o carpete do agente funerário e esmigalhar e colar pedrinhas baratas até fazer um par de brincos para ela que quase davam a impressão de que talvez combinassem.

Leek organizou a cremação. Shuggie seguiu Leek a semana inteira, cansado demais para chorar, atordoado demais para ajudar em mais alguma coisa. Do promotor público ao agente funerário, depois a capela, Shuggie ia atrás dele, pálido, imprestável, emudecido. Várias vezes Leek interrompeu o que estava fazendo e se virou para o irmão. Não dizia nada: deixava um espaço em branco para Shuggie confessar o que pesava em sua cabeça. Shuggie tentou, queria contar a Leek o que havia acontecido, mas as palavras não vinham, ele não era capaz de admitir. Só conseguia dizer que estava cansado, que queria ter tentado mais.

O Departamento de Assistência Social pagaria para que fosse cremada mas não cobriria o custo do enterro, pois não havia sobrado espaço no jazigo de Wullie e Lizzie. Leek não deixou a morte fora do jornal: não houve anúncio no *Evening Times*. Porém, uma mulher do prédio vizinho frequentava o AA com Agnes esporadicamente, e em pouco tempo a nova se espalhou pela irmandade e estranhos apareceram na porta. Em seguida, a notícia da morte dela se infiltrou em Pithead e todos os demônios carniceiros do passado foram ao Daldowie Crematorium.

Shug não foi à cremação de Agnes. O único táxi preto que foi ao Daldowie foi o de Eugene, e embora fosse provável que Shug tivesse recebido a notícia de Catherine ou de Rascal, ele nunca deu as caras. Shuggie havia enchido a mochila de roupas limpas, só para garantir, depois se sentiu um idiota de ter feito isso. Ao longo do serviço, procurou o rosto do pai, mas Shug não apareceu.

Leek fechava a cara para Shuggie, como se tivesse raiva de sua esperança, decepcionado que Shuggie fosse tolo a ponto de ainda acreditar. Leek dissera que Shug era um merda egoísta. Shuggie ficou triste, não só porque era verdade mas também porque Leek ficara muito parecido com a mãe deles ao dizê-lo.

Dentro do crematório, os enlutados se sentaram junto às paredes e nos fundos. Apenas Shuggie e Leek se sentaram na frente. Eugene se acomodou perto da porta, ladeado por Colleen e Bridie. Jinty, já embriagada, apoiava-se no jovem Lamby. Quando se virou para trás, Shuggie achou que ninguém parecia estar triste de verdade. Depois de colocarem Agnes na câmara cerimonial, ele ouviu uma voz feminina desaprovar:

— Cremação? Não vão conseguir apagar o maldito fogo nunca com a quantidade de álcool que ela tomava.

Até então, Shuggie não tinha pensado bem na ideia de que seria cremada. Quando puseram o caixão sobre o rolo, sua mente foi tomada pelas esteiras rolantes dos supermercados. Então se deu conta. Ele se pegou tenso, espiando de olhos arregalados e desvairados, esperando para ver onde ela iria. Ao olhar para o irmão, Leek apenas assentiu calmamente e disse:

— É, lá vai ela.

Era o que Leek costumava dizer quando viam Agnes entrar em um táxi. "Lá vai ela", ele declarava, ao sair de trás das cortinas boas de voile, sorrindo para o irmão caçula, e depois se punha a atormentá-lo diante do noticiário noturno.

Lá vai ela. Era o que as pessoas diziam ao se desfazer de alguma coisa.

Do lado de fora do crematório havia botões brancos nas árvores desfolhadas, e o cheiro de plantas degelando pairava sobre o jardim da casa funerária. Alguns dos enlutados atravessaram o gramado para prestar as condolências aos meninos. As mais corajosas foram pessoalmente; outras, como Colleen, mandaram emissários, sob a forma de Bridie. Jinty teve dificuldade para cruzar o gramado úmido. Ficou perplexa quando Leek declarou que não haveria recepção, não serviriam bebidas para celebrar.

— O quê, nem uma gota? — perguntou ela.

— Você está tirando uma com a minha cara, porra? — vociferou ele, a parte da frente dos dentes falsos trincada.

Eugene segurou Jinty pelo braço, para levá-la para longe dali. Ele se virou para os filhos de Agnes para dizer alguma gentileza. Mas Leek simplesmente lhe virou as costas.

Shuggie encostou a cabeça na janela do ônibus e tentou não pensar mais no funeral. Os dedos separavam umas moedas das outras. Pensou em ligar para Leek mais tarde, do telefone público em frente à pensão da Sra. Bakhsh. Ele agora já sabia como seria: Shuggie perguntaria como estava o novo bebê, mas não perguntaria da escola de belas-artes. Então, quando Leek lhes perguntasse como ele estava, Shuggie diria que estava bem, pois sabia que era isso o que o irmão queria ouvir. Ambos fingiriam que estava tudo bem, e depois conversariam um pouco sobre uma passagem de trem e uma visita ao sul, algo breve e distante pelo qual ansiar. Depois Leek ficaria mudo. Sabia que Leek nunca tinha gostado muito de falar. De certo modo, era bom: ligar para o sul naquele telefone ganancioso custava caro, e a Sra. Bakhsh se recusava a instalar um telefone que fosse dos pensionistas.

O ônibus seguia em frente roncando. Os pátios de construção naval do Clyde estavam mortos. O rio largo estava sossegado e deserto, a não ser por um barqueiro solitário em um barquinho. As faixas refletoras do casaco de chuva brilhavam feito diamantes em meio ao chuvisco constante. Todo mundo conhecia aquele homem: estava sempre na primeira página do jornal gratuito *Glaswegian*. Assim como o pai, o homem patrulhava o Clyde sem descanso. Salvava aqueles velhos que, bêbados, tinham caído no Glasgow Green. Outras vezes, tirava da água os cadáveres de homens e mulheres que não queriam ser salvos, aqueles que tinham escorregado em silêncio, de propósito, da lateral das pontes de pedra na água salobra.

Shuggie desceu do ônibus atrás da Central Station. Mesmo com uma camada grossa de sujeira e salpicada de cocô de pombos, as abóbadas de vidro da estação de trem continuavam altivas e magníficas. Boa parte da estação de vidro ficava acima da Argyle Street e fazia da rua ampla lá embaixo um túnel escuro. O terminal tinha lanchonetes onde o prato principal era peixe com batata, lugares claros que vendiam jeans pela metade do preço e um pub sem janelas que abria o mais cedo possível de manhã e já estava tomado pela fumaça na hora do almoço. Shuggie parou diante de uma padaria. Os fornos faziam o ambiente brilhar, radiante e quente, e o ar era adoçado pelo açúcar de confeiteiro barato e pelo pão branco.

Às vezes apenas ficava parado ali e passava uma hora em silêncio, fingindo aguardar um ônibus mas apenas se aquecendo no sonho açucarado do respiradouro. Em uma visita, havia se flagrado mirando de olhos semicerrados o ponto de táxi do outro lado. Estava um pouco curvo, dobrando os joelhos e vasculhando o rosto dos motoristas, antes de se dar conta do que estava esperando. Envergonhado, endireitou logo as costas e foi embora depressa.

Shuggie entrou na padaria. Havia uma longa fila de secretárias pingando sobre a vitrine de doces quentes. Shuggie esperou com paciência, as pálpebras se fechando no calor doce. Uma balconista de bochechas rosadas coçou a parte de trás da redinha que tampava o cabelo, e ele pediu duas tortinhas de morango. Quando ela começou a enfiar as tortas no saco de papel, a geleia vermelha reluzente começou a se derramar e grudar no papel.

— Perdão, moça. Será que você poderia botar numa caixa?

— São poucas tortas para a caixa, meu filho — declarou ela, com uma mastigação encalorada, entediada.

Shuggie dobrou a nota de cinco libras entre os dedos. Só seria pago outra vez na semana seguinte, mas disse:

— Tudo bem, então. Vou levar quatro, por favor. São para presente.

A mulher bufou, mas não foi indelicada.

— Você devia ter falado logo, ô Casanova. Não sabia que eu estava servindo o últimos dos esbanjadores.

— Não é assim — murmurou Shuggie, o queixo no peito.

Com dois giros dos punhos, a mulher montou uma caixa de papelão. As tortinhas vermelhas pareciam quatro corações de rubi. Ele pagou à mulher, vestiu o capuz e voltou à monotonia. O dinheiro fez o que sempre fazia: agora que a nota de cinco havia sido trocada, ele se viu em uma lojinha, gastando moedinhas em uma garrafa de refrigerante. Com o peixe enlatado na mochila e os corações de rubi, caminhou pela longa rua até o fim. Vagou pela área velha da Merchant City até percorrer o Trongate e o Saltmarket e se viu de volta ao rio largo. Andou pela margem deserta do rio até chegar à entrada da Shipbank Lane. Sob o terminal da velha estrada de ferro Saint Enoch, grupos de homens se acotovelavam em camisetas de manga curta e paletós finos. Tremiam e faziam barulho ao vender fitas de vídeo pirateadas tiradas de caixas de papelão esticadas. Mulheres os ignoravam quando passavam pelo beco estreito carregando sacolas com roupas de segunda mão que tinham comprado no mercado de cima.

Ela estava ali, exatamente onde dissera que estaria.

A menina estava do outro lado da entrada do mercado, sentada na cerca baixinha como se tivesse enferrujado e grudado no metal. Sob o chuvisco, o cabelo dela estava liso, e as enormes argolas dos brincos a deixavam parecendo mais criança do que era. Shuggie ficou doído ao vê-la tão cansada e magricela. Quando a conhecera, com Keir Weir, no ano anterior à morte de Agnes, ela tinha um ar de valentia desafiadora. Ela era sensata, e era atrevida, e agora ele sabia que não passara de uma fachada infantil, uma bravata insolente que encobria o sofrimento dentro dela. Agora, suas feições bonitas, sardentas, estavam implantadas no jeito reservado, defensivo que havia desenvolvido. Os lábios estavam quase sempre contraídos, e os olhos cor de passas estavam sempre esquadrinhando a multidão para ver se haveria conflitos. Tinha agora uma dureza calcificada que usava como uma armadura e volta e meia se esquecia de tirar.

— Você demorou. Eu estou ensopada até o osso — declarou Leanne Kelly. Protegia uma pequena pilha de sacos de compras entre as pernas.

— Me desculpa — disse Shuggie. Ele subiu na cerca ao lado da amiga e se sentou igual a ela. Comparou sua postura à dela e a mudou até ficarem iguais. Era tão alto quanto ela agora, até mais alto, e ele esticou a mão e esfregou o punho dela, que o casaco parecia nunca cobrir. — Então, o que é que você quer fazer? Dar uma caminhada?

Leanne deu um sorriso afetado.

— Que bom que a gente não está namorando. — Ela jogou o chiclete cinza na poça. — Você é muito previsível.

— Desculpa.

Ela passou a mão na lateral do rosto dele e depois o empurrou com força.

— Eu estou brincando. É claro que a gente vai dar uma caminhada, o que mais a gente poderia fazer? — Ela mexeu nas sacolas a seus pés. — Me deixa só fazer uma coisinha antes, ok?

Ele sabia o que ela queria fazer. Se Agnes estivesse viva, se ele ainda tivesse a chance, iria querer a mesma coisa para a mãe. Porém, ao ver Leanne morder os lábios de preocupação, ele não se conteve:

— Leanne. Poxa. Se fosse eu com essa bobagem, você ia me bater. Não serve pra nada. Desculpa, mas não serve.

Ela o interrompeu.

— Não começa. Eu sei, porra. — Leanne fechou a cara para a chuva como se fosse um incômodo que pudesse mandar embora. — Além do mais, eu nem sei com certeza se vou ver ela.

Mesmo sob a chuva fraca o Paddy's Market era movimentado. O beco serpenteava pelos linhas de trem desativadas e em todos os arcos da estrada de trem abandonada havia barracas cheias de roupas infantis, cadeiras de praia floridas e luminárias de mesinha de cabeceira nas cores berrantes dos times de futebol. O mercado usava todos os espaços disponíveis: peças de roupa pendiam dos tetos fuliginosos e mesas dobráveis eram cobertas de enfeites estranhos e relógios antigos. Vendedores se espalhavam desordenadamente pelo beco apertado, os móveis de segunda mão já encharcados e estragados pela chuva.

Shuggie observava a menina loura com a raiz do cabelo preta. Ela se agachou sobre o que parecia ser todos os seus pertences, que tinha disposto cuidadosamente em um pedaço do chão enlameado. Ele pensou que Agnes teria ao mesmo tempo amado e odiado aquele lugar.

Leanne lhe entregou a xícara de isopor cheia de chá, e quando ele tirou a tampa viu que já estava frio e opaco. Olhou para a catarata leitosa e se sentiu mal por ela ter passado tanto tempo à sua espera.

— A Agnes faria cinquenta anos hoje — afirmou ele, depois acrescentou logo: — mas ela negaria até a morte.

Shuggie inclinou o refrigerante em direção a Leanne feito um sommelier arrogante que tinha visto na televisão.

— Eu achei que a gente podia fazer uma festinha de aniversário. Pra alegrar a gente. — Ele estava sorrindo quando lhe entregou as tortinhas de morango. Ela abriu a caixa com um arrulho suave, e ele de repente ficou frustrado por conta da bagunça feita pela geleia vermelho-sangue amassada pela tampa. — Que saco! Eu trouxe com todo o cuidado.

Leanne encostou seu ombro no dele.

— Não liga pra isso. São uma beleza.

As tortas que uma hora antes eram tão encantadoras agora estavam entre os dois com cara de destruídas e úmidas. Shuggie esticou o braço e apanhou uma. Queria que sumissem. Com a mão como pá, ele forçou a torta inteira na boca. A geleia doce e melada e o creme morno encheram sua garganta até ele quase sufocar. Ele engoliu a torta e se sentiu melhor com aquele peso no estômago. Enfiou a mão na caixa para pegar a segunda, e dessa vez Leanne deu as costas para ele e gritou:

— Tira a mão! Elas são minhas, seu mendigo guloso.

Shuggie riu. Gostava de vê-la com o semblante menos preocupado. Ele amassou o resto da geleia entre os lábios até cobrir sua boca feito um batom passado com descuido e fez um monte de caretas grotescas para ela. Leanne o empurrou. Comeu duas tortas, devagar e com delicadeza, tomando o cuidado de separar a geleia do creme e passando a massa de que não gostava para que Shuggie a comesse. Fechou a tampa sobre a última fatia.

Ficaram sentados juntos desse jeito apertado, enquanto a chuva parava e recomeçava, e parava e recomeçava, simplesmente tomando o chá frio e o refrigerante doce e conversando e esperando algo que talvez nem fosse acontecer. Leanne foi a primeira a falar.

— Então, o Calum engravidou uma moça de Springburn.

Ele pegou um punhado de seu cabelo e passou os dedos por eles. Espremeu-o entre o dedo indicador e o polegar, como uma calandra de roupa velha, e os fios soltaram a umidade com um rangido.

— Ele é o que tem a idade mais próxima da sua?

— Não, tem dois mais velhos entre nós, o Stevie e o Malky. Ele é até bonitinho, mas não é muito esperto, e é por isso que a gente precisa ficar de olho nele. Ele tenta enfiar o pinto em qualquer lugar.

— Que encanto.

— É. Ele deve ter conhecido essa moça na Páscoa passada, na boate, em um sábado, e segundo o que todo mundo diz ela já devia estar grávida quando abriram as portas da capela no domingo. — Leanne balançou a cabeça diante da burrice do irmão. — O pai dela bateu na nossa porta ontem de noite. Achou a gente pela lista amarela. O Malky deu uma surra de cinto no Calum quando soube. Não por ter engravidado a moça, mas por ser burro de falar para a menina o sobrenome verdadeiro dele. — Leanne pegou uma mecha separada do próprio cabelo e ficou procurando pontas duplas. — O Calum nem se lembrava do nome da moça, que dirá a cara dela. Você devia ter visto a cara dele quando viu ela. Ele teria passado reto na rua. Agora ele é pai. Um completo idiota.

Shuggie ouviu a mulher antes de Leanne vê-la. Era uma risada infantil, juvenil demais para uma mulher tão velha, e soou vazia e forçada, como se estivesse interpretando para alguém. Shuggie pensou em ignorá-la; cogitou direcionar o olhar de Leanne para o rio, para longe da mulher que ria. Quando se virou para a amiga, ela estava mordendo a cutícula do polegar, ocupada com o conteúdo dos sacos plásticos. Quando ele afastou a mão dela da boca, já quase não havia pele ao redor de qualquer um dos dedos. Não conseguiu mentir para ela, portanto suspirou e apontou para a mulher. Então foi Leanne quem suspirou.

A mulher ainda não os tinha visto. A mão pálida se entrelaçava ao braço de um dos homens de camiseta de manga curta do beco, sua boca jovem um nó fechado de falta de dentes. Bem claro do outro lado do mercado movimentado, do lado oposto do beco, Shuggie a ouvia bajulando o jovem bêbado para que aceitasse sua companhia. De lábios molhados, ele lhe disse *não*, sem rodeios, e Shuggie viu o homem usar seus dedos afiados para se desvencilhar das garras da mulher. O bêbado saiu chiando e a deixou sozinha.

O par ficou observando a mulher por um tempo; parecia estar presa no meio do beco, sem saber para onde ir. Estava mais destruída do que da última vez que Shuggie a vira. Os cachos castanhos feito ratos se transformavam em um emaranhado pontudo de mechas embaraçadas e a pele estava vermelha e azul-escuro por causa dos vasinhos rompidos. Havia um pouco de sombra azul no rosto e, em torno dos lábios, um resquício de um batom rosa vivo. Shuggie se sentiu reconfortado ao ver que ainda usava meia-calça bege, embora uma das pernas tivesse um furo, e que ficava de pé recatadamente, com os joelhos e os tornozelos de certa forma unidos.

Leanne revirou os olhos. Percebeu que ela teve que juntar todas as suas forças para se forçar a dar um passo à frente. Ela escorregou da cerca e catou os sacos plásticos a seus pés. Uma das sacolas estava pesada, com roupas dobradas e roupas íntimas limpas que já tinham deixado a brancura para trás. Outra continha comidas macias e doces, como iogurte para bebês e potes de papinha de maçã. Shuggie se lembrou da própria contribuição e tirou do bolso o saco com latas amassadas de peixe.

— Você disse que é o predileto dela.

Leanne abriu o saco e olhou para as latas.

— Muito obrigada, Shuggie. — Ela revirou o salmão nas mãos. — Mas ela está na rua. Onde é que ela vai arrumar um abridor de lata? — Leanne balançou a cabeça por causa da própria pergunta. — Desculpa. Que ingrata que eu sou. — Ela expirou devagar e girou a sacolinha, formando um arco amplo, como se fosse um porrete. — Escuta, a Moira vai dar um jeito. Ela sempre dá, cacete.

Leanne atravessou a entrada do mercado em direção à mãe. Shuggie viu a mulher reparar na menina que se aproximava e revirar os olhos castanhos. Não teve como evitar um sorriso pela semelhança familiar.

Elas se cumprimentaram sem afeto. A chuva havia parado por um instante, e a sra. Kelly seguiu Leanne do Paddy's Market até a margem do Clyde. Shuggie alisou uma caixa velha de papelão e a pôs sobre o parapeito molhado. Deixou que as duas se sentassem juntas, e ficaram observando o barqueiro examinar a água inutilmente.

— Eu conhecia algumas das moças que ele pescou daí — declarou Moira Kelly. — Sem nem derrubar nada. Os cigarros úmidos continuavam no bolso delas, todos os anéis de Claddagh. Ele não pegou nem um centavo. Não é uma coisa?

Leanne abriu a caixa de tortinhas e ofereceu a última à mãe. Shuggie tentou não ficar olhando a mulher enfiar o dedo em um pedaço de geleia vermelha melada e enfiá-lo da boca franzida. Tinha cavidades fundas, exaustas, em torno dos olhos, como se tivesse de novo parado de comer. O açúcar do morango cintilava nos cantos da boca feito gloss, e parecia obsceno.

— A gente vai passar o dia inteiro aqui sentado? — indagou ela, sem nem uma palavra de agradecimento.

— Por que a gente não fica um tempinho? — Leanne pôs a caixa de doce no colo da mãe, tentando imobilizá-la pelo açúcar, assim como se atrai um cachorro para perto com uma lata de carne. A mulher cambaleava devido à bebida, mas levantou a última torta e enfiou a língua até o fundo do creme exposto. Ele reparou que havia mais dentes faltando na lateral, dentes que estavam ali no outono. Tinha creme nos nós dos dedos, e lambeu o dedo inteiro de um jeito sugestivo. Leanne parecia satisfeita em vê-la tentar comer, mas para Shuggie o gesto era vulgar demais. Ao olhar para a meia-calça rasgada da sra. Kelly, com a pele arrepiada das pernas aparecendo, de repente só quis rever a mãe.

Ficaram um tempo juntos ali, e Shuggie ficou olhando o Clyde enquanto Leanne contava à mãe da novela que os cinco irmãos tinham criado no dia a dia. Várias vezes a sra. Kelly apenas riu da bobagem dos meninos e disse:

— Que puta sorte que eu não estou lá pra limpar a merda.

Shuggie havia descoberto que, quando dizia coisas assim, ele tinha que manter o rosto virado para o rio. Leanne então disse à mãe que ela seria avó. Shuggie sentiu a cerca bambolear quando a mulher deu de ombros.

Quando Leanne já não tinha mais nada para falar, ela pediu à mãe que se levantasse. Ela pediu a Shuggie que segurasse o sobretudo velho da sra. Kelly aberto; e enquanto a mulher pulava de uma perna para a outra, Leanne tirava a meia-calça e a calcinha suja de baixo da saia. A mulher não gostou de ser manipulada. Rosnava para si mas voltava o olhar para Shuggie. Shuggie não desviava os olhos da calçada molhada.

— Eu não te entendo, meu filho. Você devia estar por aí, correndo atrás de meninas, tomando todas. Não perseguindo a velha Moira em busca de companhia.

— Não vim aqui atrás de você, sra. Kelly — murmurou ele. Levantou mais o casaco, de certo modo tentando tirar os olhos úmidos dela de si.

A mulher ficou impassível.

— Bom, eu devia estar lá dando umas boas gargalhadas. Não dançando um fandango esquisito com um carinha esquisito que nem você.

Leanne ainda estava de joelhos. Ela afivelou os sapatos da mãe outra vez.

— O Shuggie trouxe salmão pra você. Para de ser ingrata.

— *Bom, então vai depressa*. Hoje é dia de salário. Não vou nem conseguir que os caras me paguem uma bebida antes de sair gastando tudo — sibilou a sra. Kelly e se agitou feito uma criança impaciente.

Shuggie não tinha nada a dizer à sra. Kelly, mas pelo bem de Leanne queria segurar a mulher ali com eles só mais um pouquinho.

— Então? Como você tem andado desde a última vez que eu te vi?

A sra. Kelly zombou dele:

— Ah, a primavera foi simplesmente maravilhosa. Não foi? — Então contraiu os lábios, impaciente com aquele incômodo todo. — Um mariquinha bisbilhoteiro você, né? — Por um instante, a impressão era de que só falaria isso. Em seguida, sua boca se abriu com um sarcasmo azedo. Ela tinha o que dizer, e de repente ficou contente por ter uma plateia. — Escuta! Eu voltei com o Tommy um tempinho. — Ela esfregou o maxilar num gesto instintivo, no lugar onde estava desdentada, lembrando-se daquele homem desconhecido. — Não era tão ruim assim. Dava uns belos de uns golpes lá no pátio da ferrovia Caley. Ele me paparicava tanto que fiquei mal-acostumada. Ia de pub em pub e fingia que era cego. Tão cego que precisava tatear o bar pra achar o copo dele. — A sra. Kelly estava morrendo de rir. — Ele tomava uma boa parte do uísque dos outros antes de descobrir que os olhos dele funcionavam bem pra cacete.

Ela estava gargalhando sozinha. Shuggie viu que Leanne estava feliz de vê-la rir. Era nítido pela forma como erguia os olhos para a mãe e a tensão em torno da boca se amainava. Mas passou logo. Leanne parecia ter se lembrado de si mesma e tentado recobrar suas defesas. Era como se tivesse repreendido uma criança malcriada, mas a criança a tivesse vencido com seu charme, e ela tivesse cedido apesar de saber que não devia.

A sra. Kelly havia reparado.

— Está vendo, eu sou uma boa companhia. Você gosta de ver a Moira, né? — A sra. Kelly estava esfregando o ombro da filha. — É, eu sempre consigo te animar.

Leanne não disse nada para incentivá-la. Shuggie abaixou o casaco e voltou a observar o barqueiro. A sra. Kelly cutucou o maxilar dolorido outra vez e perguntou, por fim:

— Então, será que tu não tem uns trocados para eu tomar uma garrafinha de vinho forte?

— Não. — Shuggie balançou a cabeça.

Ela chupou os dentes que faltavam.

— Ah, bom. Quem não chora não mama. Né?

Ele lhe ofereceu o resto do refrigerante. Ela fitou a bebida adocicada como se a ofendesse, depois a tirou da mão dele mesmo assim. Vinham curtindo-a devagar, mas a sra. Kelly a tomou como se estivesse morta de sede. Shuggie olhou para o traço pastoso de batom que ficou no gargalo da garrafa. Tentou morder o lábio, mas não conseguia se conter.

— Por que é que você tem que deixar ela nesse estado?

Leanne parou de enfiar as roupas sujas nos sacos plásticos e voltou a se agachar. Ergueu os olhos para a mãe outra vez, como se fosse algo que não quisesse perder por nada no mundo.

— Quem é que vai dizer que eu não *gosto* de beber? — A sra. Kelly fez beicinho e arrancou o casaco dos braços de Shuggie. — Você está é com inveja. Eu me divirto à beça! Ajuda um pouco dar uma dançadinha. Apaga as partes chatas. — Ela tirou um batom do bolso. Estava gasto até o fim, e ela pressionou com tanta força que a cor saiu do contorno dos lábios. Shuggie tentou ignorar aquele tom de rosa.

— Ela te ama — declarou ele.

— *Shuggie!* — apelou Leanne.

— Ah, piu-piu, beijinho-beijinho — bufou a sra. Kelly, e ela bateu no peito para soltar um pouco do gás açucarado. — Bom, você quer saber o que eu acho? Eu acho que quanto mais você ama uma pessoa, mais a pessoa te acha uma piada. A pessoa faz cada vez menos o que você quer e cada vez mais o que bem entende. — Ela bateu no peito de novo e dessa vez arrotou.

Leanne catou a roupa suja e se levantou de novo com um suspiro de cansaço. Ela se pôs entre o menino e a mãe. Shuggie via que as bochechas ardiam de tão vermelhas e os olhos estavam líquidos quando voltou a morder os lábios. Ele se virou e tornou a observar o barqueiro.

— Os pubs daqui a pouco começam a encher — disse a sra. Kelly, fechando o casaco. — Já fiz valer a grana de vocês.

— Ah, que encanto! — Leanne se afastou da mãe e verificou sua obra. Falava com a sra. Kelly como se a mulher fosse apenas uma criança ansiosa para voltar à rua para brincar antes que as luzes do conjunto habitacional se acendessem. Sabia que não tinha como segurá-la mais.

— Está bem, Moira, pode ir, então. Tenta se cuidar, combinado? Vou te procurar outra vez.

— Se você vê necessidade.

Shuggie percebeu que havia cerrado os punhos. Ele deu um passo à frente e enfiou as mãos dentro do casaco da sra. Kelly. Passou os braços em torno da cintura e procurou na barriga macia até achar a umidade escorregadia familiar da malha de raiom. Puxou a anágua, desajeitado, até ficar do jeito certo dentro das roupas.

A boca da sra. Kelly ficou aberta de espanto, mas ela se deixou manipular, como se não se importasse com o calor dos braços dele em torno da cintura. Então ela lambeu o lábio inferior com a língua gorda e deu um sorrisinho perverso para Leanne.

— Ih, você se cuida com esse daí, minha querida.

O garoto soltou a cintura dela. Pôs as mãos nos braços dela e lhe deu uma sacudida vigorosa. A sra. Kelly pestanejou feito uma boneca arremessada. Os olhos levaram um tempo para se concentrar no rosto dele outra vez.

— Você aí! — Ela se desvencilhou das mãos do menino e deu a volta nele, desfazendo a carranca. — Que imbecilzinho engraçado que você é.

Depois disso, a sra. Kelly se virou em direção ao mercado, aos pubs escuros que ficavam debaixo da linha de trem. Ficaram observando-a se afastar, cambaleando pelo beco, os braços cheios de sacos de compras. Ela parou na esquina e, com um golpe baixo, atirou a sacola com o salmão enlatado na menina de cabelo louro e raízes pretas. A sra. Kelly levantou os braços como se tivesse marcado um gol, depois seguiu em frente tropeçando e sumiu.

— Você não começa! — avisou Leanne. Ela fechou o zíper do casaco até cobrir a parte de baixo do rosto.

— Não vou começar. — Ele fixou o olhar na calçada molhada e tentou se acalmar. — Você está se sentindo melhor?

Leanne escarneceu e deu de ombros. Tirou o cabelo úmido do rosto e o prendeu com um elástico que ficava no punho. Ele se entristeceu ao ver o rosto bonito dela ficar tão esticado e tenso outra vez.

Shuggie limpou a lama do sapato na perna da calça. Esticou o braço e puxou um fio solto da manga de Leanne, o pulso dela estava frio ao toque.

— Minha mãe ficou um ano livre. Foi ótimo.

Leanne não disse nada. Enfiou a unha do polegar roída na boca e ficou sozinha com seus pensamentos. Shuggie a deixou em paz. A chuva havia parado, e ele ficou olhando o barqueiro amarrar o barquinho na margem do rio e alongar as costas curvas.

Ainda tinham o resto do dia juntos, e mesmo naquela umidade a ideia aqueceu seu coração.

— Então! — Shuggie fez o possível para soar mais animado. — O que você quer fazer agora?

Leanne enxugou os olhos. Ela virou do avesso os bolsos vazios do jeans e os deixou pendentes feito bandeiras tremulantes.

— Que tal a gente dar uma voltinha, hein?

— Nossa. Quem é que é previsível agora?

— *Eu?* — Ela riu pelo que parecia ser a primeira vez em muito tempo. — De jeito nenhum. Nós dois sabemos que você só quer ir dar uma olhada nos bonitões do fliperama Virginia!

Ele sentiu o rubor da vergonha. Balançou a cabeça, como que para negar, mas algo nos olhos dela o fez estancar. Ele puxou o ar por entre os dentes da frente.

Leanne esticou a mão e o cutucou com força nas costelas.

— Para com isso. Além do mais, eu acho que aquele ruivo de orelha furada está de olho em você.

— Sério?

Ela sorriu.

— Pode ser. Vê bem, ele é caolho, então, porra, vai saber.

Leanne girou o saco com a calcinha suja da mãe e fingiu que a lançaria no fundo do Clyde. Então entrelaçou o braço livre ao do amigo e tentou dissipar a preocupação dele. Ele a puxou pelo ombro feito um rebocador, até os dois ficarem de costas para o rio.

Shuggie jogou o lixo em uma lixeira da prefeitura.

— Sabia que ouvir você falando do Calum me deu vontade de ir a uma boate?

Leanne continuava balançando a sacola suja, e agora ria sem parar. Foi uma gargalhada tão alta, tão vibrante, que os bêbados das fitas cassete pularam de medo.

— Rá! *Você?* Vai se foder com esses seus sapatos de viadinho — bradou ela. — Duvido que Shuggie Bain saiba dançar!

Shuggie soltou um muxoxo. Saiu do lado dela e correu uns passos à frente. Assentiu, todo animado, e rodopiou, uma vez só, sobre os saltos engraxados.

Agradecimentos

Acima de tudo, devo tudo às lembranças de minha mãe e de sua luta, e ao meu irmão, que me deu tudo o que pôde. Sou grato à minha irmã por me incentivar a pôr tudo em palavras e compartilhá-las com vocês.

Este romance não estaria nas suas mãos sem a fé e o entusiasmo de Anna Stein, leitora lenta, mas agente corajosa. Agradeço também a Lucy Luck, Claire Nozieres, Morgan Oppenheimer, e a todo mundo da ICM Partners e da Curtis Brown. Agradeço especialmente ao meu editor, Peter Blackstock, pela paciência, valentia, e por ser firme, mas delicado, com Shuggie. Morgan Entrekin e Judy Hottensen me deram um apoio entusiástico, e agradeço a Elisabeth Schmitz, Deb Seager, John Mark Boling, Emily Burns, e a todos da Grove Atlantic. Obrigado a meus amigos do norte, Daniel Sandström e Cathrine Bakke Bolin, e a Ravi Mirchandani a todos da Picador UK por terem levado este romance para casa. Minha sincera gratidão a Tina Pohlman pelos primeiros passos e pela generosidade incrível. Também devo muito aos meus primeiros leitores: Patricia McNulty, Valentina Castellani, Helen Weston e Rachel Skinner-O'Neil por todas as observações e o estímulo.

As últimas palavras deste livro são de Michael Cary, ele foi o primeiro a lê-lo, e cultivou sua essência, como sempre faz.

intrinseca.com.br

@intrinseca

editoraintrinseca

@intrinseca

1ª EDIÇÃO

PAPEL DE MIOLO
Pólen® Soft 80g/m²

TIPOGRAFIA
Janson Text

IMPRESSÃO
Geográfica